BASTEI LÜBBE

Von Claire Rayner erschien bei Bastei Lübbe:

14177 Roter Fingerhut
14281 Höhere Gewalt
14425 Blutige Spuren
14614 Stumme Zeugen

Claire Rayner

BLANKER HASS

Ein Thriller aus der Welt der Gerichtsmedizin

Aus dem Englischen von Karin Meddekis

BASTEI LÜBBE

BASTEI LÜBBE TASCHENBUCH
Band 14 659

Erste Auflage: Januar 2002

Vollständige Taschenbuchausgabe

Bastei Lübbe Taschenbücher ist ein Imprint der Verlagsgruppe Lübbe

Deutsche Erstveröffentlichung
Titel der Originalausgabe: FIFTH MEMBER

Umschlaggestaltung: Agilmedien, Köln
Satz: hanseatenSatz-bremen, Bremen
Druck und Verarbeitung: Elsnerdruck, Berlin
Printed in Germany
ISBN 3-404-14659-X

Sie finden uns im Internet unter
http://www.luebbe.de

Der Preis dieses Bandes versteht sich einschließlich
der gesetzlichen Mehrwertsteuer.

Für Colin Maitland,
einen liebenswerten Schurken.

DANKSAGUNGEN

Die Autorin bedankt sich für Ratschläge und Informationen über den Tod, die polizeiliche Ermittlungsarbeit, den Adel, parlamentarische Vorgänge und verschiedene andere Themen bei Dr. Trevor Betteridge, Pathologe am Yeovil District Hospital in Somerset; Dr. Rufus Crompton, Pathologe am St. George's Hospital in Tooting, London; Dr. Azeel Sarrah, Pathologe am Queen Elizabeth II. Hospital, Welwyn Garden City, Hertfortshire; Mr. Richard Bark-Jones, Anwalt aus Formby, Liverpool; Peter Angel, Anwalt aus Kenton, Middlesex; Robin Corbett, Abgeordneter für Erdington; Debrett's Peerage Ltd.; Detective Chief Inspector Jackie Malton von der Metropolitan Police; bei vielen Mitarbeitern des Northwick Park und des St. Mark's Hospital in Harrow, Middlesex und einer ganzen Reihe weiterer Personen, die an dieser Stelle nicht alle genannt werden können.

1

Ist sie verärgert?«, wiederholte die Abgeordnete für Westleigh.
»*Verärgert?* Sie kocht vor Wut.«

»Manchmal ist sie wirklich unmöglich«, sagte die Abgeordnete für Central Casterbridge, die sich unbehaglich fühlte, weil sie genau wusste, wie oft sie selbst schon eine Fraktionssitzung versäumt hatte. »Der Mann könnte krank sein, oder seine Kinder könnten in Schwierigkeiten stecken oder etwas in der Art.«

»Sam Diamond krank? Dieser Mann erfreut sich bester Gesundheit, und er hat keine Kinder.«

»Nun, Sie wissen schon, was ich meine. Jeder kann mal in eine Notlage geraten. So, ich verschwinde jetzt. Soll ich Sie mitnehmen?«

»Nein, danke«, erwiderte die Abgeordnete für Central Casterbridge, die auf die Tür des Fraktionsbüros starrte. »Ich muss noch ein paar Dinge erledigen.« Sie war sich schmerzlich der Tatsache bewusst, dass sie von ihrer Kollegin dem rechten Flügel zugeordnet wurde, und das gefiel ihr gar nicht. Aber das ist nun mal Politik, sagte sie sich. Auf ihrem Gesicht spiegelte sich Erschöpfung, doch man sah ihr auch an, dass sie sich nicht unterkriegen ließ. Sie ging ins Büro.

Jedenfalls konnte die Abgeordnete für Central Casterbridge nicht untätig sein. Mary Bodling stand in dem Ruf, die zäheste Fraktionsvorsitzende zu sein, die die Konservativen je hatten, und dass sie schwereres Geschütz auffuhr als jeder andere in der vordersten Reihe. Sie hatte keine Lust, sich mit einem Platz in den hinteren Rängen und einem lausigen Wahlsieg zufrieden zu geben. Sie nahm sich vor, mit ihrer Parteifreundin einmal über deren

Frisur und die Kleidung zu sprechen. Die Abgeordnete sah mit ihrem zerzausten Haar und den schweren Stiefeln unter dem langen Rock einfach zu links aus. Konservative Frauen sollten nach Mary Bodlings Meinung auch wie konservative Frauen aussehen – zumindest, solange *sie* hier in diesem Büro saß. Aber das würde sie später klären. Erst einmal wollte sie Sam Diamond zu fassen kriegen und ihn in der Luft zerreißen.

Aber obwohl ihre Mitarbeiter ihn immer wieder angerufen und die anstehenden Termine überprüft hatten, war Diamond nicht aufzutreiben. Mary Bodling wurde richtig sauer. Einer der jüngeren Mitarbeiter flüsterte seinem Kollegen am Nachbarschreibtisch zu, dass sie mit ihrem brummigen Gesicht wie eine Mickymaus-Figur aussehe.

Mary Bodling hörte die Bemerkung. Sie nahm sich vor, diesem Mann die Leviten zu lesen, was für einen so ehrgeizigen jungen Burschen nicht gerade erfreulich sein würde. Mary war unter anderem bekannt dafür, ein Gedächtnis wie ein Elefant zu haben. Sie vergaß nie eine Beleidigung und übersah niemals das kleinste Vergehen. Dabei betrachtete sie es als selbstverständlich, dass ihren Bitten stets umgehend Folge geleistet wurde. Der Premierminister verehrte sie, und das Zentralbüro glaubte, in ihr sei der Erzengel Gabriel wieder auferstanden. Und die Presse berichtete besonders gern über ihre letzten Heldentaten.

Doch im Moment bereitete die Presse ihr Kopfzerbrechen. Es war eine sehr wichtige Abstimmung gewesen, da die Regierung zu einem Brüsseler Gesetzentwurf Stellung nehmen sollte. Diesmal ging es um den Import teurer Medikamente von europäischen Pharmakonzernen, und die Journalisten hatten herumgeschnüffelt und aufgeregt nach Beweisen für die Spaltung der Regierung in dieser Frage gesucht. Dass die Regierung heute Abend mangels einer Stimme so knapp gescheitert war, hatte die Presseleute in blutrünstige Wolfshunde verwandelt. Es war lange her, dass es ein so knappes Abstimmungsergebnis gegeben hatte, und der Parlamentspräsident musste sich einschalten, damit überhaupt eine tragfähige Mehrheit zustande kam. Die Medien hatten bereits auf Kosten des Parlamentspräsidenten ihre Späße gemacht, denn jeder wusste, dass er in Wahrheit noch immer ein begeisterter Anhänger der Labour Party war. Daher musste es für ihn sehr bitter gewesen sein, seine entscheidende Stimme der Regierung geben zu müssen, wie die Regeln des Parlaments es verlangten. Und jetzt wollten TV- und Radiosender Mary Bodling an den Kragen. Die Zeitungen von morgen könnten eine Publicity-Katastrophe werden, und Mary hatte nicht die Absicht, das zuzulassen – zumindest nicht, bis sie Diamond zur Schnecke gemacht hatte.

Doch selbst seine Frau, die doch hätte wissen müssen, wo ihr Gatte sich aufhielt, war nicht aufzutreiben. Marys ängstlichste und jüngste Mitarbeiterin, die die Aufgabe hatte, sie aufzuspüren, berichtete, dass Diamonds Gattin in Italien Shopping mache.

»Shopping?«, rief Mary Bodling. »Shopping? Wenn ich ihn erwische, muss sie bald für einen neuen Ehemann Shopping machen.«

»Sie kauft Waren ein«, erklärte die Mitarbeiterin. »Für ihr Geschäft.«

Mary, die genau wusste, wie das Shopping der Ehefrau aussah, schnaubte vor Entrüstung. Alice Diamond, die für Marys Geschmack zu blond, zu dünn und zu verschwenderisch war, hatte ein ungeheuer teures Geschäft auf der Sloane Street, wo sie Seidendessous und ähnliche Dinge an amerikanische Touristen verkaufte und damit sehr viel Geld verdiente. Mary hatte den Diamonds mehrere Male erklärt, sie sei der Meinung – und ihre Meinung hätte für Sam und Alice Diamond natürlich das Evangelium sein müssen –, der Platz einer Abgeordnetengattin sei im Wahlkreis ihres Gatten. Warum verkaufte Alice nicht hübsche Tweed- und Kaschmirgarderobe in Hedgington? Doch Alice war ihren eigenen Weg gegangen, und jetzt hatte Sam Diamond eine wichtige Abstimmung versäumt. Das war entsetzlich, eine ausgesprochen niederträchtige Treulosigkeit! Nach Marys Sündenkatalog gab es kein schlimmeres Vergehen. Es müssen Schritte in die Wege geleitet werden, dass Diamond nicht wieder kandidiert, sagte Mary sich finster und fing wieder an, ihre Mitarbeiter zu terrorisieren. Nicht nur die Abstimmung von gestern Abend war eine äußerst wichtige Sache, um die sie sich kümmern musste. Es stand noch der Gesetzentwurf für die Finanzierung des staatlichen Gesundheitswesens an, der irgendwie durchgepaukt werden musste, wobei der privaten Krankenvorsorge weit mehr Bedeutung zukam denn je (*schleichende Privatisierung,* wie die Gegner es säuerlich nannten). Außerdem musste dem Theater um die Fachärzte des National Health Service ein Ende gemacht werden; außerdem musste das Gesetz vom Tisch, welches das Oberhaus vor den Reformern schützen sollte, die eine Abschaffung der Erbfolge anstrebten. Das alles war sehr wichtig und würde »saumäßig viel Arbeit« bedeuten, hatte Mary zum Premierminister gesagt, um die Gesetzesvorlagen wenigstens mit einer hauchdünnen Mehrheit durchzubringen. Und diese schlechte Stimmung und der Eigensinn auf den Bänken der Liberaldemokraten!

Mary machte sich energisch an die Arbeit. Sie würde den Leuten schon gehörig Feuer unterm Hintern machen – das konnte sie besonders gut.

*

»Ich wollte doch nur pinkeln«, sagte der Mann noch einmal. Seine Stimme war gedämpft, weil er beide Hände an die Wangen presste. Er saß auf dem Bordstein, und seine ganze Haltung drückte sein Elend aus. »Ich hab mit meinen Freunden ein paar Drinks genommen und musste pinkeln. Sie wissen ja, wie das ist ...« Er hob den Blick und schaute die beiden Männer, die neben ihm standen, wie eine Eule an. »Und ich stehe nicht gern auf den Straßen herum. Man weiß ja nie, wer vorbeikommen könnte, und ... na ja ... Das ist peinlich.«

Die beiden Männer wechselten belustigte Blicke und schauten den Übeltäter dann wieder an.

»Wir brauchen Ihre Aussage«, sagte der größere der beiden Männer, der einen leichten schottischen Akzent besaß. »Wir kümmern uns darum, Sie aufs Revier zu bringen, damit Sie dort Ihre Aussage machen können.«

»Oh, Mist«, stöhnte der Mann, der auf dem Bordstein saß. »Muss das sein? Ich fühle mich gar nicht gut, und ich hab Ihnen alles gesagt, was ich weiß. Ich bin hier in die Gasse gegangen, um zu pinkeln, und ich hab nichts gesehen, rein gar nichts, bis ich mich umgedreht habe, um zu gehen. Und da lag er ...« Er wurde ein wenig blass, als er sich erinnerte. »Mir wurde ganz schlecht. Hat mir regelrecht die Kehle zugeschnürt ...«

Die Durward Street füllte sich mit Passanten, obwohl es mitten in der Nacht war. Detective Sergeant Urquhart starrte die Leute böse an. »Schafft diese Gaffer weg«, rief er einem der uniformierten Polizisten zu. »Und dann schicken Sie die Kollegen fort, die hier am Tatort nicht mehr gebraucht werden. Der Chef ist unterwegs, und ich glaube nicht, dass er all diese Streifenbeamten hier noch sehen will. Ein Wagen soll bleiben, die anderen können fahren ...«

Er blieb vor der Einmündung der Gasse stehen und warf noch einmal einen Blick in die dunkle Straße. Feiner Nebel lag über dem Pflaster. Als er tief einatmete, stieg ihm der Geruch der Themse in die Nase; obwohl sie ein ziemliches Stück weiter südlich lag, roch man die Nähe des Flusses. Mord, dachte er. Das wird dem Chef gefallen. Das sollte natürlich nicht heißen, dass es ihm gefiel, wenn Menschen ermordet wurden. Aber er mochte seltsame Fälle, und dieser hier war verdammt seltsam.

»Kommen Sie«, sagte er zu Bob Pennington von der Spurensicherung. »Hier entlang.«

Sie sprangen über die Pfütze, die der Mann hinterlassen hatte, der mittlerweile als Mr. Piers Wilson identifiziert worden war. Er saß jetzt im Streifenwagen, der ihn zum Revier Ratcliffe Street bringen würde, damit er seine Aussage machen konnte. Urquhart und Pennington gingen weiter auf den kleinen Platz am Ende der Gasse. Es war nur ein winziger Hof aus altem rissigen Beton. In einer Ecke standen Mülltonnen, und die Reste eines kaputten Fahrrads und alte Blechdosen lagen herum. Der Hof war umgeben von tristen Mauern, schmutzigen Fenstern und Hintertüren. Ein Relikt aus alten Tagen, denn hier hatte es überall so ausgesehen, bevor ganze Häuserzeilen abgerissen wurden, um Platz für einen riesigen Supermarkt und eine Reihe moderner Wohnblocks zu schaffen. Aber hier bestand das Old East End noch aus einem

Haufen baufälliger Häuser, deren Türen von innen verschlossen waren. Mike hatte das sofort überprüft, nachdem er von den Kollegen an den Tatort gerufen worden war. Ein Streifenwagen hatte den Fund gemeldet. Der Wagen hatte nur gehalten, um den Mann zu überprüfen, der auf dem Bordstein saß und schrecklich torkelte und würgte. Es war schon alles in die Wege geleitet worden, um die Mieter oder Besitzer der Häuser zu kontaktieren, da alle drei offensichtlich als Büros oder kleine Werkstätten benutzt wurden und nachts unbewohnt waren. Daher kümmerten sie sich zunächst um die auf dem Rücken liegende Gestalt auf der linken Seite der Gasse, die auf den Hof führte.

Als Mike vorhin hier angekommen war, hatte es eine Weile gedauert, bis er begriffen hatte, was er im Schein der Taschenlampe des Streifenbeamten sah. Er hatte erstaunt und entsetzt zu Boden gestarrt, so wie jetzt, worüber er sich ein wenig wunderte. Schließlich war er lange genug bei der Polizei, um auch an schlimmste Anblicke gewöhnt zu sein, aber so etwas hatte er noch nie gesehen. Und das Bild, das sich ihm jetzt bot, war noch genauso abscheulich wie vor einer halben Stunde, als er den Toten zum ersten Mal gesehen hatte.

Ein korpulenter, gut gekleideter Mann – soweit man das in diesem Zustand beurteilen konnte –, denn sein Kopf war nach hinten gekippt, und ein breites Grinsen entstellte sein Gesicht. Doch es war eigentlich gar nicht sein Gesicht; vielmehr war seine Kehle durchgeschnitten, und die riesige, klaffende Wunde sah wie ein freudloses Lächeln aus – ein zugleich absurder und entsetzlicher Anblick. Trotz der Dunkelheit waren links und rechts der Kehle Blutlachen zu sehen, obwohl es nicht so viel Blut war, wie man bei einer so grausamen Verletzung hätte erwarten können. »Ist wohl unter die Leiche geflossen, das Blut«, murmelte er, woraufhin der Beamte der Spurensicherung nickte.

»Bei der anderen Verletzung auch«, sagte Mike und holte tief Luft. Mit sichtlicher Anstrengung folgte er dem Lichtstrahl der Taschenlampe und ließ seinen Blick den Körper hinuntergleiten. Dem Mann war die Hose ausgezogen und sein Mantel zur Seite geworfen worden. Die Unterwäsche war zerrissen, und der Bauch und die Leiste waren nackt. Aber da hörte – wenn man so sagen konnte – auch die *Normalität eines Verbrechens* auf. Wo bei dem Mann, als er noch gelebt hatte, unter seinem dicken Bauch das Schamhaar und seine Genitalien gewesen waren, war nur noch tiefe, von getrocknetem Blut umrandete Dunkelheit. Sonst nichts.

»O Gott«, murmelte der Kollege der Spurensicherung, und Mike legte eine Hand auf seinen Arm, um den armen Kerl, der sich aufgrund seines Jobs noch intensiver damit beschäftigen musste, ein wenig zu trösten.

»Das ist noch nicht alles«, sagte er mit leiser Stimme und ließ den Lichtstrahl der Taschenlampe nun auf die obere linke Seite der Leiche scheinen. Dort lagen oben auf der Schulter die fehlenden Körperteile hübsch ausgebreitet, wie Fleisch auf dem Hackbrett eines Metzgers.

*

Als Superintendent Gus Hathaway eintraf, der Leiter der Sonderkommission, war Bob Pennington schon fertig. Die Fotografen hatten jeden Zentimeter des Hofes, der Gasse und des Bürgersteigs vorn auf der Durward Street aufgenommen, und Bob Pennington hatte eine Probe von Mr. Wilsons Körperflüssigkeit genommen – ein ungewöhnlich pedantischer Schritt, den er bei einem so schrecklichen und seltsamen Mordfall jedoch für notwendig hielt. »Uns kann alles als Beweis dienen«, sagte er ernst zu Mike, als er seine Flaschen zustöpselte. »Man weiß ja nie. Und ich lege keinen gesteigerten Wert darauf, mir von der Gerichtsmedizinerin die Hölle heiß machen zu lassen, weil ich etwas versäumt habe.«

»Wahrscheinlich haben Sie Recht«, sagte Mike und grinste ihn flüchtig an. »Ich werde es ihr sagen, wenn sie kommt.«

»Kommt sie nicht mit dem Chef?«, fragte Bob.

Mike zuckte die Schultern. »Vielleicht. Ich weiß genauso viel wie Sie. Wollen Sie noch mit ihr sprechen?«

»Ist wohl besser, wenn ich alles bis morgen früh fertig habe«, erwiderte Bob. »Wenn ich mich nicht irre, will der Chef den ganzen Kram morgen in aller Herrgottsfrühe auf seinem Schreibtisch haben. Wir sehen uns auf dem Revier.«

»Ja«, sagte Mike und schaute ihm nach. Pennington fuhr noch am Wagen des Chefs vorbei, als dieser aus der Brady Street kam und dann mit quietschenden Bremsen hielt.

»Was für seltsame Dinge höre ich da?«, fragte Gus, noch ehe er ausgestiegen war. Er sah sehr elegant aus. Sein dunkles, gelocktes, normalerweise widerspenstiges Haar hatte er glatt frisiert, und zwischen schwarzen Satinrevers lugte ein weißes Smokinghemd hervor. Gus fing seinen anerkennenden Blick auf und errötete leicht. »So ein blöder Empfang im Krankenhaus«, knurrte er. »Wieder so ein Professor, der etwas entdeckt und eine Auszeichnung dafür bekommen hat. Als gäbe es nicht schon genug scheußliche Krankheiten! Nein, sie müssen auch noch neue entdecken. Ich bin sofort hergekommen.«

»Und ... hm ... Frau Doktor?«, murmelte Mike.

»Ich hab sie nach Hause geschickt, damit sie sich umzieht. Ihr Kleid hat fast dreihundert Pfund gekostet. Wenn Sie glauben, ich würde zulassen, dass sie es sich hier versaut, sind Sie schief gewickelt. Es wird nicht lange dauern. Klären Sie mich schon mal auf.«

Mike folgte sofort der Aufforderung und erklärte wild gestikulierend und anschaulich, was vorgefallen war. Gus hörte zu, und seine Augen glänzten im dürftigen Licht des einzigen Blaulichts, das noch eingeschaltet war.

»Ach, hören Sie auf«, sagte er. »Sie übertreiben mal wieder.«

»Das würde ich nicht wagen, Chef.« Mike schüttelte den Kopf. »Kommen Sie und sehen Sie selbst. Die Spurensicherung ist schon fertig. Wir brauchen nur noch die Gerichtsmedizinerin ... Kommen Sie, und sehen Sie sich das an.«

»Mann«, brummte Gus, als er auf den Leichnam starrte. »Mann, Mann, Mann.«

»Ja«, murmelte Mike, der den Chef von der Seite ansah. »Das habe ich auch gesagt ... oder so ungefähr jedenfalls.«

»Da kriegt man ganz weiche Knie, nicht? Mein Gott, was für eine Art, einen Kerl fertig zu machen.«

»Ich kapiere nicht, wie jemand so etwas tun kann, Chef.«

»Hm?«

»Ich frage mich, wie jemand so was tun kann. Schneidet ihm sein bestes Stück ab. Es mitnehmen oder so, okay, aber es sauber und ordentlich auf seine Schulter legen? Das ist doch verrückt.«

»Auf seine Schulter legen«, wiederholte Gus. Er schaute mit verschwommenem Blick auf die Leiche. »Ja, genau das ist hier passiert, oder?«

»Sehen Sie selbst. Er hat die Genitalien nicht einfach dort hingeworfen. Nein, er hat sie ordentlich dort hingelegt. Meinen Sie nicht auch?«

»Jetzt, wo Sie es sagen. Kann schon sein.« Gus wirkte zerstreut. »Es erinnert mich an ... Ach, da bist du ja endlich.«

»Ich wäre längst hier gewesen, hättest du nicht so ein Theater wegen meiner Klamotten gemacht.« Die Gestalt, die neben ihnen aufgetaucht war, trug Jeans, ein weites Sweatshirt, auf dem in verblasster Schrift *Buffalo* stand, und ramponierte Turnschuhe. Ihr Haar, das dick und dunkel und so lockig war wie das von Gus Hathaway, nur viel länger, hatte sie hochgebunden und zu einem hübschen, lockeren Knoten zusammengesteckt. Sie trug eine große, runde Brille und hatte einen kleinen Koffer bei sich, den sie jetzt neben den Leichnam auf den Boden stellte. »Was ist passiert?«

»Sieh selbst«, sagte Gus und nahm Mike die Taschenlampe aus der Hand. »Mike, besorgen Sie ein paar Lampen, damit Dr. Barnabas sieht, was hier passiert ist. Ich kläre sie inzwischen auf.«

Mike zögerte. Offensichtlich hatte er noch etwas auf dem Herzen. »Sind Sie sicher, dass sie nicht ... dass Frau Doktor nicht lieber ...« Als Gus sich umdrehte und ihn anstarrte, verstummte er.

»Was sollte ihr lieber sein?«

»Nun, vielleicht Hilfe. Von einem ... einem Mann aus der Spezialeinheit des Innenministeriums. Es ist doch ziemlich ekelhaft ...«

»Mike, lassen Sie mich mit Ihren unqualifizierten Äußerungen in Ruhe und besorgen Sie Licht. Wenn Dr. Barnabas nicht damit klarkäme, würde sie diesen Job nicht machen – nicht wahr, George?«

Er grinste die hoch gewachsene Frau, die von einem zum anderen sah, ein wenig hämisch an.

»Was ist denn eigentlich los?«, fragte sie. »Gib mir mal die Taschenlampe, Gus. Ich will sehen, was hier passiert ist.«

»Mike meint, es könnte dein weibliches Feingefühl etwas strapazieren.« Gus grinste jetzt übers ganze Gesicht. »Aber ich habe keine Angst, denn ich kenne dich gut genug. Ich bin noch nicht mal sicher, ob du überhaupt weibliches Feingefühl besitzt, was immer das sein mag. Ich musste mir sogar erst den Mund fusselig reden, damit du dich umziehst, um das hübscheste Kleid, das du je hattest, nicht hier am Tatort zu versauen, hm?«

»Mensch, Gus, halt doch die Klappe«, schimpfte George. Sie nahm die Taschenlampe, richtete sie auf den Leichnam, der zu ihren Füßen lag, und ließ den Lichtstrahl langsam von einer Seite zur anderen gleiten. Als das Licht auf die durchgeschnittene Kehle fiel, verharrte sie einen Moment regungslos, doch der Anblick entlockte ihr kein Wort und keine Geste des Abscheus. Der Lichtschein wanderte weiter den Körper hinunter, bis er den Bauch erreichte und George die Verstümmelung sah. Diesmal holte sie scharf Atem. Gus, der neben ihr stand, sagte spöttisch: »Wie sie in den Filmen immer sagen: Das ist noch gar nichts. Etwas weiter nach oben und nach rechts, nein, von dir aus ist die rechte Körperhälfte ja links ... Genau. Was hältst du davon?«

Es herrschte einen kurzen Moment Stille. George war entsetzt und stammelte dann mit weit aufgerissenen Augen: »Mein Gott! Mein Gott!«

2

Trotz der Halogenlampen, die aufgestellt worden waren und den Hof mit grellem weißen Licht erfüllten, konnte George am Tatort nicht viel tun. Sie untersuchte den Toten flüchtig und überwachte dann, wie er in ein Leichentuch gehüllt wurde, um in die Leichenhalle gebracht zu werden.

»Wenn ihr nicht aufpasst, reißt der Kopf gleich ab«, sagte sie. »Der Hals ist fast ganz durchtrennt, und das Gewicht könnte ... okay. Halten Sie den Kopf fest. Hm. Am besten, ich nehme etwas Blut vom Boden auf. Er kann nicht mehr viel Blut im Körper haben, das wir untersuchen können.«

Sie hantierte mit Glasflaschen und Etiketten und hockte sich über die zerklumpten Blutlachen auf dem Betonboden, die jetzt sichtbar wurden, nachdem der Leichnam weggebracht worden war, während Gus sich um die Vernehmung der Mieter in den angrenzenden Gebäuden kümmerte. Er hatte das Gebiet vorerst absperren lassen, um ungestörter ermitteln zu können.

»Nicht dass ich große Hoffnung habe, noch viel zu finden«, erklärte er. »Mike und die Spurensicherung haben gute Arbeit geleistet. Ich nehme nicht an, dass wir brauchbare Antworten bekommen.«

»Er ist nicht wie ein Säufer aus dieser Gegend gekleidet«, sagte George. Seitdem sie als Gerichtsmedizinerin für das Revier Ratcliffe Street und als Pathologin für das Royal Eastern Hospital arbeitete, das auch kurz Old East genannt wurde, hatte sie sich an verstümmelte Leichen gewöhnt, die in verwahrlosten alten Häusern, auf Brachland oder neben (und in) der Themse, die Shadwell im Süden begrenzte, gefunden wurden. Aber dieser Leichnam passte nicht ins gewohnte Bild. »Weißt du schon, wer es ist?«

Gus schüttelte den Kopf. »Die Spurensicherung hat gar nicht erst nach einer Brieftasche oder etwas Ähnlichem gesucht. Das hat sie dir überlassen. Warum, frage ich mich?«

»Warum, frage ich mich«, wiederholte George spöttisch. »Sehe ich's richtig, dass es dir lieb wäre, wenn ich das heute Nacht noch machen würde?«

»Das kannst du halten, wie du willst, Schatz«, erwiderte Gus scheinbar gleichgültig, doch George wusste, dass er sie genau beobachtete. »Ich werde auf jeden Fall heute Nacht arbeiten müssen, und es würde mir helfen, wenn ich so schnell wie möglich erfahre, wer der Kerl ist. Vielleicht kannst du die Voruntersuchungen – Kleider und das alles – schon heute machen und die eigentliche Obduktion morgen?«

»Das war's dann wohl mit unserem romantischen Abend«, sagte sie, und ihre Augen glänzten im Licht.

»Wenn ich in der Einsatzzentrale alles vorbereitet und meine Leute auf den Fall angesetzt habe, kann ich meinen Schlaf nachholen«, sagte Gus. »Wie wär's mit morgen Nachmittag? Vielleicht bist du bis dahin auch mit deiner Arbeit fertig. Dann könnten Alan und Jerry die Stellung halten, während du ... hm ... das Gleiche machst?«

»Man muss die Feste feiern, wie sie fallen, und nicht am nächsten Tag. Morgen hat mich der Alltag wieder. Dann ist die ganze Romantik dahin.«

»Nicht ganz, Liebling. Überlass es mir, und du wirst überrascht sein, was ich für uns beide auf die Beine stelle.«

»Verdammt, Gus, denkst du eigentlich nur noch an Sex? Wir haben es hier mit einem äußerst seltsamen Mordfall zu tun, und du hast nichts anderes im Kopf als ...«

»Bumsen.« Gus grinste sie lüstern an. »Das gibt mir Kraft für den Job hier.« Als jemand ihn rief, drehte er sich gereizt um. »Wer ist denn da?«

»Ich bin's.« Ein Mann kam aus der dunklen Gasse auf den Hof. George spürte, dass ihre Gesichtszüge erstarrten, während der

Mann seinerseits nur unmerklich nickte und sie kaum anschaute. Es war ihr nie gelungen, ihr äußerst kühles Verhältnis zu Rupert Dudley zu verbessern. Er war Sergeant gewesen, als sie ihn kennen lernte, und schon von Anfang an war sie ihm ständig auf die Füße getreten. Zwei Mordfälle, an denen ihre und Gus' Leute gearbeitet hatten, konnte sie vor Dudley lösen, und er hatte ihr diese berufliche Blamage nie verziehen. Jetzt war er Inspector, weil Gus große Stücke auf ihn hielt und alle Hebel in Bewegung gesetzt hatte, um ihn in sein Team zu bekommen. George konnte den Mann trotzdem nicht leiden. Diskussionen oder Bemerkungen über Rupert Dudley waren eines der wenigen Tabuthemen zwischen ihr und Gus. Jetzt biss sie sich auf die Lippe und hörte mit brummiger Miene zu.

»Hallo, Roop«, sagte Gus. »Sie hätten doch nicht extra aus dem Bett springen müssen. Fast die ganze Kripo von der Ratcliffe Street und einige meiner Leute von der Sondereinheit sind hier.«

»Das ist mein Revier, also ist es auch mein Fall, Chef«, erwiderte Rupert, der die Mundwinkel ein wenig verzog. George lachte sich eins ins Fäustchen. Gus nannte ihn hartnäckig Roop, obwohl Dudley, der diese Verniedlichung hasste, ihn immer wieder bat, es nicht zu tun. Und immer wieder brachte ihn das auf die Palme. »Natürlich bin ich hier. Ich bin sofort gekommen, als ich davon hörte. Und ich war gar nicht im Bett, denn meine Frau hat heute Geburtstag. Und jetzt passen Sie mal auf. Ich war rechtzeitig hier, um noch zu sehen, wie der Leichnam in den Wagen geschoben wurde, und ich habe einen Blick auf ihn geworfen. Vermutlich weiß ich, wer es ist.«

»Das ist gut.« Gus war plötzlich ganz aufgeregt. »Irgendeine lokale Größe? Oder nur ein aufgeblasener Windhund?«

»Lokale Größe? Ich weiß nicht«, erwiderte Rupert genüsslich. »Wohl eher eine nationale Größe. Er könnte sogar eine internationale Größe sein, weil sein Job, wenn ich mich recht erinnere, mit Export zu tun hatte ...«

»Ach ja?«, fragte Gus gereizt. »Spannen Sie mich nicht auf die Folter.«

»Parlamentsmitglied«, sagte Rupert. »Hatte etwas mit dem Ministerium für Handel und Industrie zu tun, wenn ich mich recht entsinne. Sam Diamond. Ich bin ziemlich sicher, dass er es war, wenn er auch nicht so aussah wie auf den Bildern in der Presse oder so wie damals, als er vor Mrs. Dudley's Ladies' Lunch Club sprach. Sie war letztes Jahr Präsidentin, darum musste ich hin. Sie wissen ja, wie das ist ...« Er errötete ein wenig, aber es war trotz des spärlichen Lichtes zu erkennen. »Und so traf ich ihn. Darum bin ich mir auch so sicher.«

»Ein Abgeordneter, Dudley? Oh, ich könnte laut schreien. Das wird für einige ein gefundenes Fressen sein. Wir werden jeden kleinen Parteifritzen aus ganz Wapping am Hals haben. Allmächtiger Gott, das hat mir gerade noch gefehlt.«

»Ich werde heute Nacht arbeiten«, flüsterte George ihm ins Ohr. »Wir sehen uns zu Hause.« Und dann fügte sie etwas lauter hinzu: »Guten Morgen, Roop«, und schenkte ihm ein zuckersüßes Lächeln, als sie an ihm vorbeiging. Dem werde ich's zeigen, dachte sie und fühlte sich schon viel besser.

Als sie durch die ziemlich leeren Straßen fuhr, umspielte ein verhaltenes Lächeln ihre Lippen. Es war bis jetzt ein schöner Abend gewesen, und sogar dieser Fall würde ihn nicht verderben. Auf sie kam eine interessante Arbeit zu. Ein seltsamer Mord, und obendrein war das Opfer ein hohes Tier. George erschauerte ein wenig, weil sie sich schon auf die Ermittlungen freute. Diese rätselhaften Fälle liebte sie besonders, und sie wusste, dass auch Gus gerne in besonders mysteriösen Fällen ermittelte, obwohl er das nie zugegeben hätte.

Der Tag hatte gut begonnen. Die Teppiche, die sie schon vor Monaten für ihr Haus am winzigen Constom Square bestellt hatte – gleich neben der Shad Thames auf der anderen Seite der Themse –, waren heute Morgen ziemlich früh geliefert worden. Es hatte Spaß gemacht, die Teppiche auszurollen und die Möbel hin und her zu rücken. Das war die Belohnung für einen der seltenen freien Tage, den sie sich gegönnt hatte. Als Gus nach Hause gekommen war, hatte das Schlafzimmer richtig hübsch ausgesehen, und es hatte ihm sichtlich gefallen.

In ein so altes und baufälliges Haus zu ziehen – Gus meinte, 1815 sei nicht alt, aber für eine Frau, die aus Buffalo stammte, hatte George zu ihm gesagt, sei es ziemlich alt –, war fast genauso eine Herausforderung wie der Entschluss, zusammenzuziehen. Aber nach ihrem letzten gemeinsamen Fall hatte George es in ihrer Wohnung in Bermondsey nicht mehr ausgehalten, deshalb hatten sie diesen Schritt gewagt. Gus hatte beschlossen, seine piekfeine, teure Wohnung in einem der eleganten neuen Dockside-Wohnhäuser in Wapping zu verkaufen. George hatte darauf bestanden, alle Unkosten zu teilen, obwohl Gus mehr als genug Geld besaß, da er das beachtliche *Fish-and-Chips*-Imperium seines Vaters geerbt hatte. Sechs Monate währte nun schon ihr Glück im gemeinsamen Heim ohne Trauschein; die Zeit war reibungsloser verlaufen, als George erwartet hatte. Natürlich flogen manchmal die Fetzen, denn niemand konnte mit Gus zusammenleben, ohne sich ab und zu mit ihm zu streiten. Er behauptete allerdings, der Grund für die Reibereien wäre sie, George, denn er war natürlich der liebste Mann auf der Welt.

Es gab auch Tage, an denen es nicht so gut harmonierte, aber der heutige zählte nicht dazu. Allmählich sah das Haus genauso aus, wie sie beide es sich vorgestellt hatten: das lange Wohnzimmer, das sich über die gesamte erste Etage erstreckte, mit den hohen Fenstern an beiden Seiten und den weißen Wänden, mit schönen modernen Gemälden, einem dunkelroten Teppich und schwarzen Möbeln; im Erdgeschoss das gemütliche, holzgetäfelte Esszimmer und die hübsche geflieste Küche; im zweiten Stock die Schlafzimmer, und schließlich das Dachgeschoss mit den beiden Arbeitszimmern. Zum ersten Mal, seit George im Berufsleben stand, hatte sie richtig Platz zum Arbeiten, hatte bis jetzt aber noch keine Zeit gehabt, sich mit dem Buch zu beschäftigen, das sie über ihre interessantesten Fälle schreiben wollte. Nachdem heute Nachmittag im Schlafzimmer alles fertig war, hatte sie ihr Arbeitszimmer in Angriff genommen und ihren Schreibtisch aufgeräumt. Später hatte sie sich für den Abend zurechtgemacht, geduscht, ihr dunkles smaragdgrünes Seidenkleid angezogen, das ihre Rundungen betonte – die gar nicht so übel waren, wie sie geglaubt hatte –, und ihr Haar hochgesteckt. Sie hatte es sogar geschafft, ihre Kontaktlinsen einzusetzen, ohne eine einzige Träne zu vergießen. Und der Empfang war gar nicht so übel gewesen. Professor Caversham hatte nur eine ganz kurze Rede gehalten – für einen Professor. Das Essen war für ein Krankenhaus überraschend gut, und der Wein war für ein Unternehmen, das normalerweise so wenig Geld wie möglich ausgab, um Angestellte und Gäste zu bewirten, hervorragend.

Dann war Gus per Handy verständigt worden, dass in seinem Revier eine Leiche gefunden worden war – und damit war es mit dem schönen Abend vorbei. Er bestand hartnäckig darauf, dass sie nach Hause gehen und sich umziehen sollte, ehe sie zum Tatort kam, um ihren Teil der Arbeit zu übernehmen. Impulsiv wie sie war, wäre ihr das schöne Kleid in dem Moment schnurzpiepegal gewesen; das konnte man ja in die Reinigung bringen, falls es einen Spritzer Blut oder Schmutz abbekam. Aber Gus wollte nichts davon wissen. Natürlich hatte er wieder mal Recht gehabt, und das ärgerte sie besonders. Es war ein schickes Kleid, das mehr gekostet hatte, als sie in ihrem ganzen Leben für ein Kleidungsstück ausgegeben hatte. Da sie aber auch ihre wichtigsten Utensilien für die erste Inaugenscheinnahme der Leiche brauchte, war es sinnvoll, zuerst nach Hause zu fahren. Es hatte sie nur wütend gemacht, dass Gus sie darauf gebracht hatte.

Sie würde es später mit ihm klären, nahm sie sich vor, als sie den Wagen geschickt auf dem kleinen Platz hinter dem Labor parkte, sodass sie mit ihrem eigenen Schlüssel ins Krankenhaus gelangen konnte, anstatt den ganzen Weg vom Haupteingang durchs Krankenhaus zu latschen. Das Old East war ein sehr großes Gebäude, und man konnte viel Zeit damit vergeuden, durch die unzähligen Korridore zu wandern. Jetzt muss ich mich um eine heikle Obduktion kümmern, sagte sie sich. Ein Parlamentsmitglied! Das würde sicher gewaltigen Wirbel machen – was George aber durchaus recht war. Dadurch erhielt der übliche Trott mit Verkehrstoten, erschlagenen Ehefrauen und Männern, die bei Kneipenschlägereien mit dem Messer aufeinander losgingen, ein wenig Würze, denn das war alles, was in letzter

Zeit auf ihrem Obduktionstisch gelandet war. Sie freute sich schon jetzt darauf, wieder mit Gus an einem Fall arbeiten zu können.

*

»Schätzchen«, sagte Mattie, »das sieht ihm gar nicht ähnlich. Ganz und gar nicht. Ich bin zutiefst beunruhigt. Sicher, es gibt gar keinen Grund ...« Sie griff nach dem Glas, doch ihre Hand zitterte so sehr, dass sie es umstieß. Sie fluchte.

Susan Napper, die das Klirren ebenso hörte wie das laute »Mist!«, konnte sich denken, was passiert war, und rief: »Mattie! Ich habe es dir doch schon gesagt. Sicher wird er im Parlament aufgehalten. Er kommt bestimmt bald nach Hause. Hattet ihr wirklich keine Meinungsverschiedenheit? Du weißt ja noch, was letztens passiert ist ...« Sie ließ den Satz unvollendet.

Mattie schluchzte und schniefte dann laut und vernehmlich, und Susan am anderen Ende der Leitung wurde ganz übel. Sie verzog das Gesicht und stöhnte leise. Marcus, der neben ihr lag, regte sich und hob ungehalten den Kopf.

»Was 'n los?«

Susan legte noch nicht einmal die Hand auf die Muschel. »Mattie. David ist noch nicht daheim, und sie macht sich Sorgen.«

»Sag der dummen Kuh, sie soll nicht so ein Theater machen«, knurrte Marcus ins Kissen. »Wahrscheinlich hat er es nicht eilig, nach Hause zu kommen. Diese alte Schachtel ist doch immer stinkbesoffen.«

»Das ist nicht wahr. Ganz bestimmt nicht!«, jammerte Mattie in Susans Ohr. »Sag Marcus, dass ich nicht besoffen bin.«

»Mattie, Liebling, was redest du denn da?«, meinte Susan besänftigend. »Marcus hat nichts dergleichen gesagt. Er hat nur gesagt, dass du ... hm ... sicher krank vor Sorge bist. Und er hat ganz Recht. Dazu besteht kein Grund. Du weißt doch, dass David viel im Parlament zu tun hat und ...«

»Aber er hat gesagt, dass er bis Mitternacht zu Hause ist«, jammerte Mattie. »Ich hab extra was gekocht, und ich hab mich so angestrengt, nicht zu ... nicht ... ach ... Du weißt schon ... Und er ist nicht gekommen, und da musste ich einfach ... oh, verdammt.« Mitten im Gespräch knallte sie den Hörer auf die Gabel, brach in bittere Tränen aus, stand auf, wich dem nassen Fleck auf dem Teppich ungeschickt aus und ging in die Küche, um die Flasche zu holen. Sie hatte sie extra dort stehen lassen und ihr volles Glas mit ins Wohnzimmer genommen, weil sie gehofft hatte, sie würde zu faul sein, in die Küche zu gehen und ihr Glas nachzufüllen. Aber warum sollte sie überhaupt versuchen, keinen Tropfen mehr anzurühren – sie war jetzt fast vier Wochen trocken –, wenn die Leute dachten, sie sei betrunken, obwohl sie es gar nicht war?

Jetzt nahm sie die Flasche mit ins Wohnzimmer, setzte sich aufs Sofa, goss sich ein Glas Wodka ein und hob den Hörer noch einmal ab.

*

Gus war damit beschäftigt, in der Einsatzzentrale im Revier Ratcliffe Street alles für den nächsten Morgen vorzubereiten, als er es hörte. Gutmütig, wie er war, hatte Mike Urquhart eingewilligt, ihm zu helfen, obwohl er einen guten Grund gehabt hätte, endlich nach Hause zu gehen. Weder Rupert noch Gus hätten ihn aufgehalten, weil ihn fast die halbe Nacht ein Unfall mit Fahrerflucht auf Trab gehalten hatte, bis er den Täter stellen konnte. Doch er blieb, und deshalb war er in Hörweite, als der Anruf kam. Er hatte gerade Papier aus dem Schrank geholt, als die diensthabende Beamtin das Gespräch entgegennahm.

»Wenn Sie bitte etwas langsamer sprechen würden, Madam. Wann haben Sie ihn zurückerwartet? Um neun Uhr. Ich verstehe. Okay. Könnte es nicht sein, dass er im Büro aufgehalten wurde? Das kommt doch vor, oder? Man hört immer wieder von Männern, die Überstunden machen müssen und ... Ja, sicher, es ist schon ziemlich spät. Hm? Es ist nach zwei. Vielleicht hat er beschlossen, bis morgen früh im Büro zu bleiben, um Sie nicht zu stören?«

Die Polizistin fing Mikes Blick auf und legte eine Hand auf den

Hörer, den sie unters Kinn geklemmt hatte. »Die ist stockbesoffen, Sergeant. Schwört, dass ihr Mann verschwunden ist. Jetzt will sie, dass wir ihn sofort suchen. Ich hab versucht, sie auf morgen früh zu vertrösten, wenn sie ihre Sinne vielleicht wieder beieinander hat, auch wenn sie dann ihren verdienten Kater haben wird, aber ... Was? Ja, Madam, ich bin noch dran.« Sie nahm die Hand von der Muschel, lauschte und starrte in den Raum. Die Frau am anderen Ende der Leitung schien sie nicht zu beeindrucken.

»Nun, Madam, ich glaube nicht, dass wir im Moment viel mehr tun können. Mitten in der Nacht kümmern wir uns normalerweise nicht um erwachsene Männer, die nicht pünktlich nach Hause kommen. Wenn Sie sich morgen früh vielleicht noch einmal melden, nachdem Sie ... nachdem Sie in seinem Büro angerufen haben, um festzustellen, ob man dort etwas weiß? Wo arbeitet er denn eigentlich? Ach! Im Unterhaus? Ich verstehe.«

Mike, der gerade den Raum verlassen wollte, ging zurück und schaute der Kollegin über die Schulter. »Fragen Sie sie, was genau er dort macht«, flüsterte er.

Die Polizistin schaute ihn entgeistert an, folgte aber seinen Anweisungen. »Madam, was macht Ihr Mann dort? ... Oh. Abgeordneter, ich verstehe, Madam.« Sie runzelte die Stirn, schob die Unterlippe ein wenig vor und schaute Mike an. »Ja, ich verstehe. Gut, ich notiere mir das, und dann schauen wir mal, was wir tun können. Würden Sie mir bitte noch einmal Ihre vollständige Adresse und Telefonnummer geben ...«

»Was war denn das?«, fragte Mike sofort, als sie aufgelegt hatte. »Wenn es sich um einen Abgeordneten handelt, können wir die Sache nicht einfach so abtun wie bei anderen Burschen, die fremdgehen und auf die zu Hause eine betrunkene, durchgeknallte Alte wartet.«

»Woher sollte ich denn wissen, dass er Abgeordneter ist?«, erwiderte die junge Beamtin beleidigt. »Das hat sie mir ja nicht gesagt. Tut mir Leid, Sergeant.«

»Wer ist es?«, fragte Mike.

Die Polizistin schaute auf ihren Block und kicherte. »Das ist vielleicht ein Name! David Caspar-Wynette-Gondor mit zwei Bindestrichen. Und seine Frau heißt Marietta. Das muss man sich mal auf der Zunge zergehen lassen: Marietta Caspar-Wynette-Gondor. Wie finden Sie das?«

Doch Mike war schon weg und rannte den Korridor hinunter zu dem Büro, das er mit Tim Brewer teilte. Dort stand doch sicher ein Exemplar ...

Ja, dort stand es. Er seufzte erleichtert, als er das schmale blaue Büchlein *Vacher's Parliamentary Companion* in Händen hielt und die dünnen Seiten mit den kleinen Buchstaben durchblätterte. Mike betete, dass dieses Exemplar, das wie die Hälfte der Nachschlagewerke in den Regalen, aus dem Jahre 1989 stammte, also nicht zu alt war. Wenn der Mann nicht vor kurzem durch eine Nachwahl seinen Sitz bekommen hatte, müsste er aufgeführt sein – falls er überhaupt Abgeordneter war. Immerhin war die Anruferin betrunken, und es war nichts Neues, dass fantasierende Betrunkene nachts im Revier anriefen.

Aber sie hatte nicht fantasiert, dort stand sein Name. Der ehrenwerte David Caspar-Wynette-Gondor, Abgeordneter für Bilkley Town. Bilkley Town? Mike starrte auf die Seite und dachte nach. Wo, zum Teufel, war denn das? Dafür brauchte er ein anderes Nachschlagewerk. Er griff nach der Straßenkarte, die oben auf dem Bücherregal lag. Es war nicht der beste Plan, aber für seine Zwecke würde er reichen.

Bilkley war, wie es aussah, eine Kleinstadt in den Midlands, nicht weit von London entfernt. Er musste dem Chef sofort berichten, dass es einen weiteren Abgeordneten gab, um den man sich Sorgen machen musste.

3

Auf den Spätausgaben der Morgenzeitungen prangten sensationslüsterne Schlagzeilen. Seit mehreren Wochen hatte die Presse weder einen hübschen Mord noch eine Vergewaltigung gehabt, und ein so schreckliches Verbrechen – zudem an einem Politiker – war mehr, als man in seinen kühnsten Träumen erhoffen durfte. Alle möglichen Leute, einschließlich seiner Schwester, waren interviewt worden, und Mary Bodling, die mit Foto abgebildet war, drückte ihr tiefes Bedauern über den Verlust eines so fähigen und bemerkenswerten Mannes wie Sam Diamond aus, der eine Zierde der Partei gewesen sei, stets hundertprozentig zuverlässig und loyal. Daher habe sie schon vergangenen Abend befürchtet, dass ihm etwas Schlimmes zugestoßen sein könne, da er nicht erschienen sei, um über die Einführung pharmazeutischer Produkte aus anderen europäischen Ländern ins Vereinigte Königreich abzustimmen – eine Sache, die ihm sehr am Herzen gelegen habe. Da sie ihn nicht habe auffinden können, berichtete Mary dem Reporter vom *Clarion,* habe sie in der Tat beschlossen, am nächsten Morgen selbst die Polizei zu verständigen – ach, hätte sie es doch nur schon eher getan! Aber natürlich hatte die Polizei ihre schreckliche Entdeckung da schon gemacht und so weiter und so fort.

Die Berichte legten besonderen Nachdruck auf die Tatsache, dass Diamonds Kehle fast gänzlich durchgeschnitten war, und George – die die Zeitungen so gierig verschlang wie jeder andere, obwohl sie alle Insider-Informationen hatte, die man nur haben konnte – überprüfte sorgfältig, ob dort kein Wort über die anderen Verstümmelungen seines Körpers stand. Gut gemacht, Gus, dachte sie, denn er hatte es geheim gehalten. Ihr wurde ganz schwindelig, wenn sie an die Reaktionen der Öffentlichkeit dachte, sobald diese davon erfuhr.

Sie hatte die Obduktion noch vor sechs Uhr morgens beendet, obwohl sie zuerst den Sektionsgehilfen Danny, der in einem Wohnheim ein paar Straßen weiter zu Hause war, aus dem Bett klingeln musste. Als er kam, knurrte er natürlich wütend, war aber dennoch ziemlich eifrig bei der Sache. Das Geld für die Überstunden, das er für diese Arbeit außerhalb der normalen Dienststunden bekam, entschädigte ihn mehr als genug für den fehlenden Schlaf, aber trotzdem würde er sicher wieder versuchen, George das Leben so schwer wie möglich zu machen.

Das klappte heute Morgen jedoch nicht. George arbeitete viel zu konzentriert, um überhaupt auf Danny zu achten, und nach einer Weile war auch dessen Interesse geweckt, sodass er zu klagen aufhörte und nur noch interessiert beobachtete.

Auf der anderen Seite des Labors lehnte Mike Urquhart mit gefalteten Händen an der Wand und starrte mit leerem Blick in die Ferne. Zwar sah es so aus, als verfolgte er die Obduktion, doch er hing eigenen Gedanken nach und schlief fast ein.

»Die wichtigsten Gefäße des Halses sind durchtrennt«, diktierte George in das Mikrofon, das über ihrem Kopf hing, während sie sorgfältig die blutverschmierte Wunde unterhalb von Sam Diamonds Kinn untersuchte. »Starke Ausblutung, jedoch nicht in dem Maße, wie ich es erwartet hätte. Hm ...« Sie verstummte und zog mit der Zange so vorsichtig, als hätte sie es mit lebendem Gewebe zu tun, den Hautlappen zur linken Seite des Halses ab. Dann starrte sie noch genauer auf die Wunde.

Sie ließ sich von Danny einen feuchten Tupfer geben und reinigte die Haut von dem Blut, das die richtige Hautfarbe verdeckte. Jetzt war ein gelblich-wächserner Ton zu erkennen, obwohl George vermutete, dass Sam Diamond, als er noch lebte, einen rötlichen Teint gehabt hatte, der zu seinen runden Wangen und dem ausgeprägten Doppelkinn gepasst hätte. Er gehörte sicher zu den Menschen, die von allem zu viel hatten, besonders von Blut und Galle.

George riss sich von diesen Abschweifungen los und konzentrierte sich wieder auf die Obduktion. Nach dem langen, anstrengenden Tag und dem Empfang im Krankenhaus fiel es ihr allmählich schwer. Dann aber fiel ihr wieder ein, woran sie vorhin gedacht hatte, und ihre Sinne schärften sich. Im Körper war mehr Blut, als sie aufgrund der Verletzung der Halsschlagadern erwartet hätte. Wären diese durchgeschnitten worden, als das Herz noch schlug, hätte der Blutverlust größer sein müssen. Die verbleibende Blutmenge in der Leiche legte jedoch die Vermutung nahe, dass das Herz möglicherweise schon eine beträchtliche Zeit, bevor die Kehle durchgeschnitten wurde, zu schlagen aufgehört hatte.

George zog vorsichtig an der Haut, die durch das gründliche Waschen ein wenig aufgeschwemmt und runzelig war, um sie etwas zu straffen. Dann gab sie Danny ein Zeichen, damit er die Lupe, die an einem Schwenkarm über dem Tisch hing, in die richtige Position brachte, und schaute durch das Glas.

»Als hätte ich's geahnt!«, rief sie nach einer Weile. »Ich hatte Recht. Kommen Sie her, Mike, und schauen Sie sich das mal an.«

Mike zuckte zusammen, blinzelte mehrmals und schüttelte den Kopf, um wieder wach zu werden. »Was ist denn? Stimmt was nicht, Dr. Barnabas?«

»Doch, doch.« George war sehr zufrieden mit sich und sogar ein wenig aufgeregt. »Es ist nur interessant. Schauen Sie mal durch die Lupe.«

Mike schaute sich die Stelle genau an, auf die George mit der Zange zeigte, und fragte: »Was ist denn da?«

»Sagen Sie mir einfach, was Sie sehen«, forderte George ihn auf. »Ich will wissen, ob Sie der gleichen Meinung sind wie ich.«

»Tja, große Narben ... So vergrößert sieht das alles ziemlich seltsam aus ... Und es hat eine scheußliche Farbe ... wie alte Seife und ... Ah! Jetzt seh ich es«, sagte er, als George die Lupe ein wenig schräger stellte und wieder mit der Zange auf die Stelle zeigte. »Eine Art Kratzer. Nein, eigentlich kein Kratzer, sondern eine Vertiefung in Form eines Halbmondes. Und da ist noch eine ... und noch eine. Hm! Das da ist aber ein Kratzer, nicht wahr? Ziemlich in der Mitte. Ich glaube, dort ist die Haut eingerissen ...«

»Noch etwas?«, fragte sie.

Mike starrte wieder durch die Lupe auf die Wunde. »Bilde ich's mir ein, oder ist dort eine leichte Blaufärbung? Nicht sehr stark, aber ...«

»Sie bilden es sich nicht ein«, freute sich George. »Was beweist, dass ich es mir auch nicht eingebildet habe. Hier und hier und hier.« Wieder bewegte sie die Zange und zeichnete die Umrisse der blauen Flecken nach. Als Mike sich wieder aufrichtete, fragte sie gespannt: »Sicher können Sie erkennen, worauf das hindeutet?«

Mike runzelte die Stirn und schluckte. »Ich bin mir nicht sicher.«

»Hier«, sagte sie ungeduldig. »Schauen Sie es sich mal mit bloßem Auge an. Man kann es auch so sehen, aber nicht so deutlich.« Wieder zog sie vorsichtig an dem Hautlappen, der an der linken Seite der Kehle hing. Mike beugte sich über die Wunde, schaute genau hin, richtete sich dann wieder auf und strahlte George an.

»Erwürgt. Der Mann wurde erwürgt. Jemand hat ihn mit bloßen Händen erwürgt!«

»Sie haben es erfasst, Mike. Wenn ich mich nicht vollkommen irre, sind dort Eindrücke von Fingernägeln und ganz undeutlich blaue Flecken, kaum zu erkennen, da sie aufgrund der starken Verletzung und der Blutgerinnsel ihre ursprüngliche dunkelblaue Farbe verloren haben. Von der Anordnung der Druckstellen kann man auf einen Rechtshänder schließen, der hinter ihm stand, ihn nur mit der rechten Hand packte und ihn so erwürgte. Ich bin sicher, dass das Zungenbein gebrochen ist, als er erwürgt wurde, aber das kann ich nicht beweisen, weil der ganze Kehlkopf bis zur Unkenntlichkeit verstümmelt ist. Daher weiß ich nicht, was genau wann passierte. Doch er war mit Sicherheit schon tot, als ihm die Kehle durchgeschnitten wurde. Warum tut jemand so etwas?«

»Warum bringt überhaupt jemand einen Menschen um? Müssen wir das nicht herausfinden?«

»Nein ... ich meine nicht, warum er getötet wurde, sondern warum er *zweimal* getötet wurde. Er war schon tot. Es war nicht nötig, ihm noch die Kehle durchzuschneiden und somit Gefahr zu laufen, in Blut zu baden oder gestört zu werden.«

»Eine gute Frage.« Mike war jetzt hellwach und konnte wieder klar denken. Ein letztes Mal mobilisierte er seine Energie, denn nach der Obduktion würde er zusammenbrechen und den Rest des Tages schlafen. »Gibt es noch andere Beweise, die uns helfen könnten, eine Antwort darauf zu finden?«

»Ich bin mit der Obduktion noch nicht fertig.« George griff nach der Kamera, die ebenfalls an einem Schwenkarm über ihrem Kopf hing, machte schnell aus verschiedenen Winkeln ein paar Aufnahmen und nahm dann das Skalpell in die Hand. »Danny, bringen Sie mir bitte eine Reagenzflasche. Ich möchte dieses Stück Haut hier abschneiden und als Beweis behalten. Mike, schauen Sie jetzt genau hin, damit die Beweiskette lückenlos ist. Und merken Sie sich, wo ich die Haut abschneide. Sie wollen sich das sicher notieren. Ich diktiere, okay?«

Sie arbeiteten weiter, bis George mit dem Kopfende der Leiche einschließlich Schädel und Gehirn ganz fertig war. »Das ist alles«, sagte sie. »Jetzt schauen wir uns die Eingeweide an.« Sie wusste, dass in ihrer Stimme ein wenig Begeisterung mitschwang, was für andere sicher etwas befremdlich war, aber das hier war schließlich ihr Job.

In dem hell erleuchteten Raum glitzerten die Chromapparaturen und das Wasser, mit dem Danny den Tisch abspritzte, damit George ungehindert weiterarbeiten konnte, und die Wasserhähne an dem großen Becken tropften traurig. George war mit sich und der Welt zufrieden. Sie verlangte nicht mehr vom Leben, als sich mit der Lösung eines rätselhaften Falles und einer Obduktion zu beschäftigen, die vom Üblichen abwich, und beides wurde ihr jetzt geboten.

Schließlich hörte sie auf zu arbeiten, reckte sich und grinste Mike an. »So, keine Überraschungen mehr. Bevor er starb, hat er gut gegessen – ungefähr eine Stunde vorher. Und er hat wahrscheinlich viel Wein getrunken. Die Proben ...« Sie wies mit dem Kopf auf die etikettierten Gläser und Flaschen, die Danny an die Seite gestellt hatte, und fuhr fort: »Wir werden anhand der Proben erfahren, wie viel er getrunken hat. Jerry kann das morgen untersuchen. Ich weiß nicht genau, wie alt er war, aber ich vermute um die vierzig, obwohl Herz und Adern auf übermäßige Fettablagerungen hindeuten. Das schaue ich mir später genauer an. Seine Leber war in Ordnung. Nichts Auffälliges, was die Gesundheit betrifft. Ich vermute, dass er viel getrunken hat. Noch ein paar Jahre, und er hätte Probleme kriegen können.«

»Größere als jetzt?«, fragte Mike grinsend.

»Sie wissen schon, was ich meine. Weiter im Text! Die Hoden und der Penis sind zusammen mit viel Fettgewebe, Haut und Bindegewebe entfernt worden. Die Blase ist gebrochen, aber der untere Darm ist unversehrt. Was kann ich Ihnen sonst noch sagen?«

»Warum hat der Mörder alles ordentlich auf die Schulter des Opfers gelegt?«, fragte Mike. »Wirklich seltsam. Das ist mir zu hoch.«

»So etwas ist eine ganz geläufige Verstümmelung bei Sexualverbrechen«, erwiderte George. »Solche Fälle hatte ich schon. Wobei die Geschlechtsorgane allerdings nicht auf die Schulter gelegt wurden. Da stimme ich mit Ihnen überein. Das *ist* seltsam. Normalerweise werden sie mitgenommen.«

»Warum sollte ein Mörder diese Organe abschneiden und mitnehmen?« Mike schüttelte den Kopf. »Das kapiere ich nicht.«

»Das kommt gar nicht so selten vor. Ich habe schon von vielen Mördern in anderen Teilen der Welt gehört, die Trophäen ihrer Opfer gesammelt haben. Ein Mann in China, der mehrere Frauen umbrachte, soll stets weibliche Geschlechtsorgane mitgenommen haben. Andere nehmen Zungen und Ohren und ...«

»Das möchte ich lieber nicht wissen«, sagte Danny rasch. »Sie bringen mir seit Jahren ekeliges Zeug in meine Leichenhalle, Dr. Barnabas, aber dies hier ist wirklich am ekeligsten. Das ist unerträglich. Ich bin ein anständiger Kerl und mache meinen Job so gut ich kann, und deshalb meine ich, dass ich diesen entsetzlichen Morden nicht mehr als nötig ausgesetzt werden sollte. Was Sie da eben gesagt haben, ist abscheulich, und ich wäre froh, wenn Sie damit aufhören würden. Ich möchte nicht gezwungen sein, das der Gewerkschaft vorzutragen.«

»Oh, Danny.« George riss die Augen auf. »Ich vergesse immer wieder, dass Sie so zart besaitet sind. Verzeihen Sie mir. Kein

Wort mehr davon – auf jeden Fall nicht hier. Okay, Mike, ich bin fertig, Sie können sich jetzt aufs Ohr hauen. Sie brauchen Ihren Bericht nicht sofort zu schreiben. Ich werde Gus schon über alles informieren, bevor Sie ihn sehen. Und morgen dann – ich meine natürlich heute – werden wir uns alle zusammensetzen und über den Fall sprechen. Denn der ist wirklich verdammt rätselhaft.«

*

Gus ging nicht nach Hause, wie ursprünglich geplant. Es wurde schon hell, als er sich für ein paar Stunden auf das schäbige Sofa in Rupert Dudleys Büro legte, das einst seins gewesen war. Derweil suchten der größte Teil der Streifenbeamten der Ratcliffe Street und fast die gesamte Kripo weiterhin nach David Caspar-Wynette-Gondor oder auch kurz CWG, wie er hier schon von jedem genannt wurde. Und gegen elf Uhr wachte Gus auf.

»Na schön!«, rief er, als er wie ein aufgeregtes dreijähriges Kind aus dem Büro stürzte. »Wo sind all die Leute? Wird Zeit, dass ich einen Bericht bekomme, wie weit wir sind. Joe, holen Sie mir ein Schinkenbrötchen, zwei Tassen schwarzen Kaffee und ein Kirschplunder aus der Kantine – und bitte heute noch. Ich bin halb verhungert. Margaret, ist George ... hm ... Dr. Barnabas hier?«

Die Polizistin blickte auf und schüttelte den Kopf. »Nein, Chef. Sie hat sich telefonisch von zu Hause gemeldet und um Ihren Rückruf gebeten. Wenn Sie Zeit für sie haben, will sie sofort herkommen.«

»Dann rufen Sie sie bitte an und sagen ihr – bitten sie vielmehr höflich –, mir einen Anzug, ein Hemd und eine Krawatte mitzubringen. Ich kann ja nicht den ganzen Tag wie ein zerknitterter Pinguin herumlaufen.« Er zerrte gereizt am Kragen seines Smokinghemdes. Die Polizistin fing an zu kichern und griff nach dem Hörer.

»Roop? Wo ist Inspektor Dudley? Und Mike Urquhart? Und wo ist Tim Brewer? Was, zum Teufel, tun die alle?«

»Sie sind alle mit der Großfahndung nach dem vermissten Abgeordneten beschäftigt, Chef.« Ein Polizist kam und drückte ihm einen Zettel in die Hand. »Wir haben eine riesige Suchaktion gestartet. Bevor Sie sich hingelegt haben, sagten Sie, dass jeder verfügbare ...«

»Ja, ja, schon gut«, unterbrach ihn Gus, der sich wieder an seine Worte erinnerte. »Trommeln Sie alle Leute zusammen, und bringen Sie mir sämtliche Informationen, die wir haben. Ich will, dass wir uns alle zusammensetzen, um den Fall in Ruhe durchzusprechen. Wenn wir blind durch die Gegend schwirren und unter jedem Stein nachgucken, werden wir ihn wohl kaum finden, verdammt!«

Die beiden Polizisten runzelten die Stirn und warfen sich einen wütenden Blick zu. Hatten sie alle nicht genau das gesagt, als der Chef sie mitten in der Nacht losgejagt hatte? Genau das hatte er verlangt – und genau das hatten sie getan. Und jetzt meckerte er, weil sie seine Anordnung befolgt hatten. Das war ja ein starkes Stück! Aber so war der Chef eben, und er würde sich wohl niemals ändern.

Das Sandwich und der Kaffee wurden zusammen mit einem Berliner gebracht (»Das ganze Plundergebäck war schon weg«, sagte der Polizist nervös). Gus grinste den mit Zucker bestreuten Berliner, aus dem die Marmelade tropfte, lüstern an.

»Wie schade!«, sagte er, biss herzhaft ins Sandwich und verschlang es in Null Komma nichts. Keine fünfzehn Minuten später kam George mit einem Anzug und einem Hemd für ihn aufs Revier. Inzwischen war er auch mit dem Frühstück fertig. (»Du kriegst eines Tages ein Magengeschwür«, schimpfte sie, denn sie wusste, dass sie es nicht schaffen würde, seine Essgewohnheiten zu ändern, die er sich in all den Jahren bei der Polizei angewöhnt hatte.) Außerdem hatte Gus schon geduscht und trug daher nur seine Anzughose und das nicht zugeknöpfte Smokinghemd auf der feuchten Haut.

»Ja, ich weiß«, brummte er, als er die Sachen nahm und sich in Inspektor Dudleys Büro zurückzog, um den neugierigen Blicken der beiden Polizisten zu entkommen. »Aber ebenso von deiner Nörgelei wie vom schnellen Essen.«

Als er rasiert und sauber angezogen zurückkehrte, kam auch schon der Rest des Teams herein, die Streifen- und Kripobeamten, die alle ziemlich zerknittert und erschöpft aussahen. Einige von ihnen waren die ganze Nacht auf den Beinen, und sie schauten den munteren Gus mürrisch an.

»Schon gut, schon gut«, beschwichtigte er sie. »Wenn wir alles besprochen und eine Strategie entwickelt haben, können Sie nach Hause gehen und sich aufs Ohr hauen. Von der Sonderkommission kommen ein paar zusätzliche Leute, sodass Sie ein wenig entlastet werden. Ich brauche nur ein paar Informationen, damit ich weiß, wie weit wir bisher sind. Aus der Kantine wird gleich für alle Kaffee und Toast gebracht. Und bitte schonen Sie den Fußboden.«

Der ganze Raum war voller Menschen, die sich jetzt entspannten und hinsetzten. Gus hatte schon immer den Ruf gehabt, dass er gut für seine Mitarbeiter sorgte. Er nahm sie hart ran, aber er wusste auch, wann er ihnen zu viel zumutete. George beobachtetet ihn, und ihr wurde ganz warm, als ihr wieder einmal die Fähigkeiten dieses Mannes bewusst wurden.

Sie hätte nie gedacht, dass sie sich bis über beide Ohren in so einen Mann verlieben könnte. Er war ungehobelt, laut und redete schnell – ein waschechter Londoner. Aber genau das war passiert: Aus der waschechten Amerikanerin (obwohl ihre Sprache und ihr Auftreten mittlerweile schon eine gewisse Londoner Färbung hatten) und dem waschechten Londoner war ein Paar geworden, frei nach dem Motto: Unverhofft kommt oft.

Jetzt lebten sie zusammen und genossen es meistens. Vielleicht wäre eine Heirat gar keine so schlechte Idee, dachte George manchmal, verdrängte den Gedanken dann aber wieder. Gus schnitt dieses Thema von Zeit zu Zeit an, und sie wusste, dass sie sich eines Tages damit würde auseinander setzen müssen, wenn auch nur, weil sie beide Kinder haben wollten. Aber noch nicht und sicherlich nicht jetzt, denn jetzt hatten sie einen Mordfall zu klären. Und sie, George Barnabas – die Gerichtsmedizinerin war, aber keineswegs Polizistin –, hatte ebenso wie alle anderen etwas dazu zu sagen. Sie war schon ganz aufgeregt, wenn sie daran dachte, welche Bestürzung ihre Worte hervorrufen würden.

»Dann wollen wir mal«, rief Gus, um in dem überfüllten Raum für Ruhe zu sorgen, als Rupert Dudley hereinkam. Er war so tadellos gekleidet, als hätte er die letzte Nacht in seinem Bett und nicht auf den Straßen verbracht. »Kurzer Lagebericht. Zunächst einmal darf ich alle daran erinnern, wen wir suchen.«

»David CWG«, sagte ein Sergeant.

»David Caspar-Wynette-Gondor«, verbesserte ihn Rupert Dudley.

»Die Abkürzung muss reichen, sonst sitzen wir Ostern noch hier«, sagte Gus, worauf ein dankbares Murmeln zu hören war.

»Okay. David CWG, Abgeordneter für Bilkley Town. Vierzig Jahre alt. Labour-Partei. Ein ruhiger Bursche. Nicht besonders ehrgeizig. Ein unauffälliger Abgeordneter auf den hinteren Rängen des Parlaments«, sagte Dudley ein wenig steif, weil Gus ihm gerade in den Rücken gefallen war.

»Wer sagt das?«

Dudley grinste. »Die Fraktionsvorsitzende der Torys. Die haben tatsächlich eine Frau an der Spitze. Aber das sagen auch einige andere Abgeordnete, sogar von seiner eigenen Fraktion. Von seiner Frau ist erst mal nichts zu erfahren.«

»Ach ja?«

»Sie säuft. Könnte nicht schlimmer sein. Sie schwört, seit einem Monat trocken gewesen zu sein, doch als ihr Mann gestern Abend nicht nach Hause kam, ist sie so ausgerastet, dass sie wieder angefangen hat. Jetzt hat sie einen Kater und ist nicht vernehmungsfähig. Kein Wunder, wenn ein Mann abhaut, der so eine Frau zu Hause hat.«

»Allerdings sind sie schon seit fünfzehn Jahren verheiratet, und es hat nie Gerüchte über Frauengeschichten gegeben«, warf Tim Brewer ein. »Wodurch wir kaum Anhaltspunkte haben.«

»Hm. Was haben Sie unternommen?«

Die Beamten berichteten nacheinander von ihren Nachforschungen. Sie hatten alle Kollegen und Freunde von CWG im Morgengrauen aus dem Bett geklingelt, worüber die meisten ziemlich verärgert waren. Alle Restaurants und Clubs, in denen CWG regelmäßig verkehrte, waren aufgesucht worden. Die Polizisten hatten seine Verwandten, seinen Friseur, einfach *jeden* angerufen. Niemand wusste etwas, und alle behaupteten, besorgt zu sein.

»Viele haben gesagt, dass es nicht typisch für David sei«, berichtete Tim Brewer. »Ich habe immer wieder gehört, er wäre ein unbeschwerter Bursche, der in geordneten Verhältnissen lebt.«

Gus starrte mit zusammengekniffenen Augen an die Decke. »Sie wissen, was das bedeuten kann?«

Es herrschte einen kurzen Augenblick Schweigen, und dann sagte jemand hinten im Raum mutig: »Noch ein Mord, Chef?«

»Ja. Noch ein Mord. Ich gehöre nicht zu denen, die sofort den Teufel an die Wand malen. Aber der Mord an Sam Diamond ...« Gus zeigte mit dem Daumen über die Schulter auf die riesige Pinnwand, auf der die mageren Informationen aufgelistet waren, die sie bisher gesammelt hatten. »Der Mord an Diamond legt die Vermutung nahe, dass wir es mit einem Serienkiller zu tun haben. Ein Parlamentsmitglied ist auf höchst seltsame Weise getötet worden, und ein zweiter wird vermisst. Da wundert man sich doch.«

»Sollen wir die Themse an den üblichen Stellen absuchen, Chef?«, fragte Dudley. »Wir könnten die Wasserschutzpolizei heute Nacht darauf ansetzen, um unnötige Aufregung zu vermeiden. Und dann sollten wir vielleicht die Parkanlagen ...«

»Dort werden Sie ihn nicht finden«, unterbrach ihn George. Ein oder zwei Beamte sprangen überrascht auf. George hatte sich bis jetzt noch nicht zu Wort gemeldet, und die Beamten hatten ganz vergessen, dass sie anwesend war. Es war auch nicht üblich, dass die Gerichtsmedizinerin an diesen Besprechungen teilnahm.

»Was hast du gesagt?«, fragte Gus.

»Ich habe gesagt, dass ihr ihn nicht in der Themse oder in einem Park zu suchen braucht. Ich glaube, ich weiß ganz genau, wo wir ihn finden werden. Und er wird mausetot sein. Außerdem wurde er erwürgt, bevor ihm der Mörder die Kehle durchgeschnitten hat.«

Auf einmal war es mucksmäuschenstill in der Einsatzzentrale.

»Tatsächlich?« Rupert Dudley warf ihr einen hämischen Blick zu, doch sein Gesicht war ernst, und seine Augen funkelten. »Sind Sie ganz sicher?«

»Nein«, erwiderte George. »Nicht ganz. Aber immerhin so sicher, dass ich glaube, es würde sich lohnen, in Spitalfields zu suchen. Vermutlich in der Nähe der Hanbury Street.«

4

Die Beamten staunten nicht schlecht und tuschelten jetzt aufgeregt miteinander. Gus rief sie nicht zur Ordnung, sondern runzelte die Stirn und starrte George an.

»Wie bitte?«, stieß er schließlich hervor. »Warum Hanbury Street? Was weißt du über die Hanbury Street, das wir nicht wissen?«

George grinste ihn an. »Viel mehr weiß ich auch nicht, nur dass es die Straße schon lange gibt.«

»Aber was hat das denn ... Ruhe jetzt! Allmächtiger, hier versteht man ja sein eigenes Wort nicht. Schon besser«, sagte er, als wieder Ruhe eingekehrt war und die Beamten George erwartungsvoll anstarrten. »Dr. Barnabas, würdest du uns das bitte erklären?«

»Mit Vergnügen, Superintendent. Ich habe die Obduktion wie gewünscht in der vergangenen Nacht vorgenommen und einige sehr interessante Dinge entdeckt.«

Gus schaute sich im Raum um. »Wo ist Mike Urquhart? Ich möchte seinen Bericht über die Obduktion haben. Warum habe ich den heute Morgen noch nicht bekommen? Wurde er nicht offiziell vom Coroner eingesetzt?«

»Wurde er«, bestätigte George, »und er hat sich alles notiert. Aber der Mann konnte sich nicht mehr auf den Beinen halten. Deshalb habe ich vorgeschlagen, die Ergebnisse heute Morgen für ihn vorzutragen. Er wird dir seinen schriftlichen Bericht später geben.«

Gus funkelte sie wütend an und öffnete den Mund, um sie zurechtzuweisen, weil sie sich in Dinge einmischte, die sie nichts angingen. Doch als er das Glitzern in ihren Augen sah, hielt er es für besser zu schweigen. »Schön, dass du so um ihn besorgt bist«, sagte er stattdessen spöttisch. Jemand fing an zu kichern, und Gus starrte ungehalten in die Runde.

»Ich werde die Ergebnisse der Obduktion jetzt in groben Zügen vortragen«, sagte George schnell. Es hatte ihr gefallen, das ganze Team einschließlich Gus aus der Fassung zu bringen, aber jetzt war wieder Sachlichkeit angesagt. »Dann wollen wir mal. Ein gut genährter, eigentlich zu gut genährter Mann, der zu Fettleibigkeit neigte. Sein Alter kennen wir nicht, aber ich vermute um die fünfzig. Er war so weit gesund, Anzeichen für Krankheiten gibt es keine. Jetzt zu seinen Verletzungen. Die Kehle wurde mit sechs oder sieben brutalen Schnitten eines kleinen Messers durchgeschnitten, das nicht schwer, aber sehr scharf war. Unter anderem wurden die Nackengefäße durchtrennt. Besonders der Kehlkopf wurde stark in Mitleidenschaft gezogen. Der Mörder hat versucht, den Kehlkopf durchzuschneiden. Da ihm das aber nicht gelang, wurde die Luftröhre zerschnitten. Der Nackenwirbel wurde vom Messer an mehreren Stellen beschädigt, ohne jedoch durchtrennt zu werden, sonst wäre das Opfer fast enthauptet worden.«

»Mein Gott«, murmelte jemand. »Das muss ja verdammt schmerzhaft gewesen sein.«

George schaute sich um, konnte jedoch nicht feststellen, wer gesprochen hatte, und wandte sich daher an alle. »Nein. Er war bereits tot, als seine Kehle durchgeschnitten wurde.«

»Wie bitte? Er war schon tot?«, rief Rupert, der so verblüfft war, dass er Georges Worte ohne einen spöttischen Unterton wiederholte.

»Ja«, bestätigte George. »Er ist mit den Händen erwürgt worden. Ich konnte die Kerben der Fingernägel und die Überreste der blauen Flecken unter den Kerben erkennen. Eine Kerbe war außerdem zerkratzt. Die Hautproben habe ich sofort eingeschickt, damit Großaufnahmen davon gemacht werden. Sobald wir einen Verdächtigen haben, könnten wir die Verletzungen mit der rechten Hand des Täters vergleichen. Natürlich habe ich auch selbst schon Aufnahmen gemacht. Das Problem ist, dass jeder Verdächtige nur seine Fingernägel abschneiden muss, und dann können wir nichts mehr vergleichen. Die Kerben werden als Beweis keinen Pfifferling wert sein. Natürlich haben wir keine Fingerabdrücke. Selbst wenn es Spuren gegeben hätte, was – wie Sie wissen – auf Haut selten der Fall ist, aber nicht ganz unmöglich, sind sie jetzt durch das Blut verwischt. Ich musste das Blut abwaschen, um mir die Haut anschauen zu können, und dadurch sind auch mögliche Spuren entfernt worden. Aber anders ging es leider nicht.«

Sie erwartete, dass Gus sich beschweren würde, aber er nickte nur.

»Und was die anderen Verletzungen betrifft, nun ...« George warf Gus einen Blick zu. Er zögerte, dachte kurz nach und wandte sich dann an das Team.

»Wir haben es hier mit einer sehr heiklen Angelegenheit zu tun. Nur eine Hand voll Leute wissen, was Dr. Barnabas gleich vortragen wird. Das sind die Streifenbeamten von gestern Nacht und die Beamten, die zum Tatort auf der Durward Street gekommen sind. Aber nicht alle kennen die Details. Diejenigen, die sie kennen, wurden bereits gebeten, den Mund zu halten, weil diese Informationen unbedingt geheim gehalten werden müssen. Erstens ist es notwendig, um die zu Unrecht Verdächtigten und die Spinner auszusondern, die uns hier wieder die Tür einrennen werden, um ein Geständnis abzulegen, und zweitens darf in der Öffentlichkeit keine unnötige Aufregung gestiftet werden. Wenn auch nur eine Silbe von dem, was Dr. Barnabas gleich vortragen wird, an die Öffentlichkeit dringt, werde ich so lange suchen, bis ich den Übeltäter gefunden habe. Glauben Sie ja nicht, dass mir das nicht gelingt. Und dann knöpfe ich mir denjenigen *persönlich* vor. Verstanden?«

Die Neugier der Polizisten war geweckt. Selbstverständlich würden sie alle den Mund halten. Sie blickten den Chef erwartungsvoll an.

»Kapiert?«, wiederholte Gus. Er ließ den Blick von einer Seite des Raumes zur anderen schweifen und schaute jedem Polizei- und Kripobeamten in die Augen. »Ich vertraue Ihnen«, sagte er nach einer Weile und drehte sich dann zu George um.

Sie beschrieb die andere Verletzung des Opfers so sachlich wie möglich. Es hörte sich fast so an, als wäre es das Normalste auf der Welt, dass ein Mörder seinem Opfer die Genitalien abschnitt und sie ordentlich auf dessen Schulter legte. Alle hörten schweigend zu. Erst als George mit ihrem Bericht fertig war, rührte sich jemand und murmelte: »Was für eine Art, sich an jemandem zu rächen, der deine Tussi gevögelt hat.« Dann folgte ein nervöses Kichern, und die Anspannung fiel von den Beamten ab. Gus rief die Kollegen diesmal nicht zur Ordnung und wartete, bis die Geräusche verstummten.

»Ein äußerst seltsamer Fall, liebe Kollegen und Kolleginnen«, sagte er dann mit unheilvoller Miene. »Wir stehen vor einem großen Problem. Und das ist auch der Grund, warum wir uns solche Sorgen um den zweiten Abgeordneten machen. Nicht nur weil er Abgeordneter ist und all diese Burschen jetzt sehr sensibel reagieren, sondern weil dieser erste Mordfall sämtliche Merkmale eines Serienmordes aufweist. Besonderheiten wie diese sind schließlich nicht an der Tagesordnung.«

»Gott sei Dank«, murmelte jemand, und wieder lachten einige. Diesmal aber gebot Gus dem sofort Einhalt.

»Dieser Mann wurde erwürgt und dann auf eine besonders grausame Weise verstümmelt. Daher könnte es sich um einen Serienmord handeln. Das leuchtet doch ein. Was meinst du, Dr. Barnabas? Du bist die Pathologin, und du weißt, was in den Köpfen solcher Scheißkerle vorgeht.«

»Ich bin keine gerichtsmedizinische Psychologin«, erwiderte George. »Ich habe zwar Seminare besucht, aber weder eine Prüfung abgelegt noch viel in diesem Bereich gearbeitet. Daher musst du eine zweite Meinung einholen. Aber ich stimme dir zu, dass es sich lohnen dürfte. Für die Theorie eines Serienkillers sprechen mehrere Dinge.«

»Drei«, sagte Rupert. »Zuerst wurde das Opfer erwürgt, anschließend wurde ihm die Kehle aufgeschlitzt – und dann folgte die andere Verstümmelung.«

»Ich habe noch eine Vermutung«, sagte George. »Und die sagt mir, dass wir in der Hanbury Street nach CWG suchen sollten.«

»Dann schieß mal los.« Gus erhob sich und setzte sich auf die Ecke eines Schreibtisches, sodass er die Beine baumeln lassen konnte. Er wirkte jetzt lockerer, und George wusste, warum. Sein ganzes Team hörte gespannt zu. Und das gefiel ihm gut. Je mehr Interesse die Leute an dem Fall hatten, desto härter würden sie arbeiten.

»Als ich mit der Obduktion fertig war, fiel mir ein, dass ich schon einmal von einer ähnlichen Sache gehört hatte. Ich meine, dass die Genitalien entfernt und dann auf die Schulter des Opfers gelegt wurden. Das war auch ein Serienkiller – einer, der für viel Aufregung sorgte. Er hat allerdings nicht jedesmal die Geschlechtsorgane entfernt. Aber das war in Anbetracht der Tatsache, dass seine Opfer Frauen waren, auch schwieriger für ihn ...«

»Verdammt!«, rief jemand hinten im Raum. »Ich weiß, wen Sie meinen.«

George schaute hoch und sah die junge Polizistin in Uniform an. Diese errötete, weil alle Blicke auf sie gerichtet waren.

»Und?«, fragte George.

Die junge Frau war sichtlich verlegen. »Ich ... ich weiß es natürlich nicht genau«, stieß sie zögernd hervor. »Das war nur so eine Vermutung.«

»Das geht uns zu diesem Zeitpunkt allen so«, ermutigte sie George. »Ich wäre dankbar, wenn Sie mir Ihre Meinung sagen würden. Vielleicht vermuten wir ja beide das Gleiche. An wen haben Sie gedacht?«

»Es hört sich dumm an. Jetzt, wo ich darüber nachdenke. Irgendwie melodramatisch.«

»Spucken Sie es schon aus. Lassen Sie sich von diesen Kerlen hier nicht einschüchtern. Sie brauchen sich doch nicht dafür zu entschuldigen, dass Ihnen etwas zu dem Fall einfällt. Irgendwo müssen wir ja anfangen.«

»Nun, ich dachte an ... an Jack the Ripper.«

Ein paar Männer, die in ihrer Nähe standen, brachen in schallendes Gelächter aus, doch George sprang sofort auf. »Das ist kein Scherz, Freunde. Denn ich habe genau das Gleiche gedacht und fragte mich schon, ob ich spinne. Aber ich spinne sicher nicht, wie Sie gleich sehen werden. Hm, wie ist Ihr Name?«

»Constable Julie Bentley«, erwiderte die junge Frau.

»Okay, Miss Bentley. Schauen wir uns die Fakten einmal an.« George lief ungeduldig zur Pinnwand, auf der auch eine Karte des entsprechenden Gebietes hing. Auf der rechten Seite, genau über einer Hauptstraße, steckte eine Nadel mit einer roten Fahne.

»Sehen Sie, hier wurde Sam Diamond gefunden«, sagte sie. »Auf der Durward Street, genau hinter Whitechapel Station. Okay. Ich habe hier eine Karte des gleichen Gebietes aus der Zeit, als der Ripper sein Unwesen trieb. Sie stammt aus dem Jahre 1862, und die Morde wurden Ende der achtziger Jahre des letzten Jahrhunderts verübt, aber ich glaube nicht, dass die Straße sich in diesen gut zwanzig Jahren großartig verändert hat.«

Jetzt zeigte sie dem Team ein dünnes Taschenbuch. »Das habe ich vor einiger Zeit gelesen. Es stammt von einem gewissen Bruce Paley, der eine bemerkenswerte Theorie über den Ripper entwickelt hat. Natürlich interessiert uns das jetzt nur am Rande, aber das Buch ist gut recherchiert, und es hat mich wirklich nachdenklich gestimmt. Das erste Opfer von Jack the Ripper – das erste, bei dem man sicher war, dass es auf sein Konto ging – wurde hier gefunden.« George hielt die Karte aus dem Buch hoch. »Genau hier ...«

»Können wir das nicht vergrößern, damit wir alle was sehen können?«, fragte Gus. »Wie lange würde das dauern?«

»Das übernehme ich, aber es dauert einen Moment«, sagte Dudley und griff nach dem Buch.

»Ich würde gern zuerst erklären, was genau ich meine«, sagte George. »Dann können Sie es haben. Das Buch gehört sowieso Gus ... dem Chef.« Sie warf Gus einen raschen Blick zu. »Ich habe es mir nur ausgeliehen. Erinnerst du dich? Du hast es gekauft, nachdem wir diese Fernsehsendung über den Fall gesehen haben.«

Auch wenn Gus und George es nicht an die große Glocke hängten, wussten alle Beamten, dass sie zusammenlebten. Ihre Privatgespräche erheiterten sie immer sehr, vor allem, da der

Chef jetzt ein wenig verlegen war. Doch George fuhr bereits fort. »Okay, hier ist es. Bis wir die Karte vergrößert haben, müssen Sie mir schon glauben, was ich sage. Der erste Mord wurde auf einer Straße namens Bucks Row verübt, die unmittelbar im Norden von Whitechapel Station lag. Sie wurde vermutlich zerbombt oder abgerissen. Rings herum ist viel gebaut worden; ein neuer Supermarkt ist dort entstanden. Meiner Meinung nach wurde die Leiche dort gefunden, wo einst die Bucks Row verlief. Ist das nicht ein Zufall? Die schreckliche Halsverletzung, die Genitalien, die entfernt und auf die Schulter gelegt wurden – wie der Ripper es getan hat, und zwar auf der gleichen Straße oder in unmittelbarer Nähe. Darum glaube ich, dass wir CWG in der Gegend der Hanbury Street suchen sollten. Das ist in der Nähe des alten Obst- und Gemüsemarktes, denn dort wurde das zweite Ripper-Opfer gefunden. Wenn ich Recht habe und man ihn dort entdeckt, bedeutet es, dass wir es hier mit einem Täter zu tun haben, der Morde nachahmt, die vor mehr als hundert Jahren begangen wurden.«

Wieder herrschte Schweigen, doch Julie Bentley, die durch ihre erste Äußerung Mut gefasst hatte, meldete sich nach einer kurzen Pause wieder zu Wort. »Aber der Ripper hat doch Frauen umgebracht. Prostituierte. Unser Opfer ist ein Mann und der Vermisste auch. Und beide sind Parlamentsabgeordnete.«

»Einige betrachten auch die als Prostituierte«, sagte Tim Brewer nachdenklich, woraufhin eine laute Lachsalve folgte, in die sogar Rupert Dudley einfiel.

Gus grinste. »Da ist was dran«, sagte er. »Macht das deine Theorie zunichte, Dr. Barnabas?«

»Könnte sein«, räumte George ein. »Durchaus möglich. Ich denke nicht im Traum daran zu behaupten, dass ich hundertprozentig Recht habe, bis wir ein zweites Opfer finden. Aber wenn wir hier tatsächlich eine weitere Leiche entdecken, müssten wir uns intensiver mit dieser Theorie beschäftigen, oder?«

*

Mit bemerkenswerter Schnelligkeit wurde die Suchaktion neu organisiert. George saß in der großen Einsatzzentrale, als die Besprechung stattfand, und hörte Rupert Dudley zu, der detaillierte Anweisungen gab, wer wohin zu gehen hatte und auf welche Weise das Gebiet durchkämmt werden sollte. Sie war beeindruckt, wie schnell und effizient Dudley die Leute einteilte, obwohl sie ihm das niemals gesagt hätte. Gus hatte ihm diese unkomplizierte Aufgabe überlassen, weil er inzwischen dem Polizeipräsidenten Bericht erstatten wollte, der großes Interesse an dem Fall zeigte. Sogar Gus musste zugeben, dass das eigentlich selbstverständlich war. »Es passiert schließlich nicht jeden Tag«, sagte er trocken, als er ein Plätzchen suchte, um in Ruhe telefonieren zu können, »dass Abgeordnete der Regierung Ihrer Majestät abgemurkst werden.«

George pflichtete ihm bei. Nach einer Weile stellte sie fest, dass sie nur noch mit halbem Ohr zuhörte, weil sie darüber nachdachte, warum jemand Abgeordnete ermordete. Vielleicht ging ja auch die Fantasie mit ihr durch. Doch wenn der Mörder es nicht speziell auf Sam Diamond, sondern ganz allgemein auf Abgeordnete abgesehen hatte, stellte sich die Frage nach dem Grund. George wusste sehr wohl, dass Politiker sich in diesen schweren Zeiten nicht gerade großer Beliebtheit erfreuten. Es war schon lange her, dass das Volk den Abgeordneten, die es gewählt hatte, damit sie das Land regierten, Ehrerbietung und Hochachtung entgegenbrachte. Doch vom fehlenden Respekt bis zum Mord war es ein langer Weg.

Es waren seltsame Gedanken, die ihr durch den Kopf schossen. Bisher gab es keinen triftigen Grund, von mehr auszugehen als einem Mordfall. Und dennoch ...

»Inspector Dudley«, sagte sie, als die letzte Gruppe, die ihre Anweisungen erhalten hatte, den Raum verließ. »Kann ich die Männer begleiten?«

Er schaute sie ungerührt an. »Warum?«

»Wenn ich Recht habe und sie die Leiche finden, muss ich sowieso gerufen werden. Wenn ich gleich zur Stelle bin, sparen wir Zeit.«

»Und wenn Sie Unrecht haben«, sagte er in einem Tonfall, als würde er mit einem nörgelnden Kind sprechen, »stehen Sie uns nur im Weg. Wenn Ihr Handy eingeschaltet ist, kann ich Sie informieren, falls ich Sie brauche.«

»Trotzdem«, sagte sie und verkniff sich die Äußerung, die ihr auf der Zunge lag. »Ich wäre gern dabei.«

»Zweifellos.« Dudley stand auf, schickte sich an, den Raum zu verlassen und sagte noch einmal: »Zweifellos.«

Dieser Typ trieb George immer wieder zur Weißglut. Dudley war ein ausgesprochenes Ekel, und daran würde sich bestimmt niemals etwas ändern. Sie wollte verdammt sein, wenn sie je darauf hören würde, was der Kerl sagte. Er wollte sie nicht dabei haben? Pech gehabt! Ich werde aber dort sein, sagte sie sich im Stillen, denn ich habe das Recht dazu! Das hatte sie zwar nicht, zog aber trotzdem ihren Mantel an und verließ hinter Dudley den Raum. Irgendein Streifenwagen würde sie schon mitnehmen. Natürlich konnte sie nicht einfach an die Tür eines Einsatzwagens klopfen und sagen: »Ich komme mit.« Doch genau das tat sie.

Dudley war auf dem Flur stehen geblieben, um mit jemandem zu sprechen. Sie flitzte an ihm vorbei, rannte die Treppe hinunter, als wäre King Kong hinter ihr her, und erreichte den Hof, als die beiden letzten Streifenwagen auf die großen Tore zusteuerten. Mit einem Sprint schaffte sie es, sich dem zweiten Wagen so weit zu nähern, dass sie an die Heckscheibe klopfen konnte.

Der Wagen hielt, und ein Beamter mit Dienstmütze steckte den Kopf aus dem Fenster. »Was ist ... Ach, Sie sind es, Dr. Barnabas.«

»Ja«, keuchte sie. Offenbar war sie nicht gerade in Höchstform. »Ich komme mit. Roop meint, dass ...« Mehr sagte sie nicht.

Der Polizist stieg aus und öffnete ihr die Tür, damit sie sich auf die Rückbank setzen konnte. »Es ist uns ein Vergnügen, Dr. Barnabas«, sagte er höflich. »Selbst wenn Roop es nicht gesagt hätte.« Und sie stieg so schnell ein, wie sie konnte, falls Dudley doch noch auf dem Hof aufkreuzen, sie sehen und schimpflich aus dem Wagen zerren sollte. Sie war ihm wirklich knapp entkommen. Denn als der Wagen den Hof verließ und nach links in Richtung

Spitalfields abbog, konnte sie noch einen flüchtigen Blick auf Dudley werfen, der am Eingang des Reviers stand. Sofort rutschte sie den Sitz ein Stück herunter. Diesem blöden Kerl würde sie es schon zeigen!

George saß in einem richtigen Streifenwagen mit Blaulicht, das im Moment allerdings nicht eingeschaltet war. Ihr entging nicht, dass die anderen Wagen auf der Straße höflich Platz machten. Im Stillen musste sie über die beiden Beamten lachen, die ihre Überlegenheit genossen. Männer und Autos, dachte sie. Wie die kleinen Kinder!

Erst als sie die Commercial Street erreichten, wurde ihr bewusst, wie viele Streifenwagen im Einsatz waren. Die Bürgersteige waren hier vorwiegend von Bengalen bevölkert. Sie fuhren an den Menschenmassen, den glitzernden Sariläden und den exotischen Lebensmittelgeschäften vorbei, die ihr Gemüse und ihre Kräuter draußen aufgestapelt hatten. Frauen mit Kopfbedeckung und weißen Umhängetüchern feilschten mit Ladenbesitzern, die schlotterige Schlafanzüge trugen – für die Männer in diesen Stadtteilen die ganz normale Kleidung. Zwei Wagen, die sie überholten, sahen wie Privatwagen aus, aber dann erkannte George die Insassen. Wie ein Heuschreckenschwarm fielen sie über den Bezirk her.

Anfangs war der Empfang des Funkgeräts gestört, aber dann war der Ton klar und deutlich. »Alpha Tango drei, die Ostseite der Brick Lane von der Hanbury bis zur Fashion Street. Ich wiederhole, Brick Lane von der Hanbury bis zur Fashion Street.« Der Fahrer schnaubte verächtlich, als sein Kollege »Unterwegs« ins Mikro rief. »Wo, zum Teufel, glauben die denn, fahren wir hin? Wir wissen doch schon längst Bescheid. Wie oft wollen die das noch wiederholen, damit jeder Funkamateur es abfangen kann?«

Sein Partner beschwichtigte ihn. »Ach, die Typen in der Zentrale brauchen wohl das Gefühl, nützlich zu sein. Okay. Da ist die Hanbury Street.«

George beugte sich gespannt nach vorn, um aus dem Fenster zu schauen. Es sah hier nicht anders aus als auf allen anderen Straßen im East End. Hier und da standen noch Ruinen, aber größtenteils waren die Lücken zugebaut worden, die ein Luftangriff diesem Teil Londons gerissen hatte. Auch hier bevölkerten viele kunterbunt gekleidete Ausländer die Bürgersteige, und überall herrschte geschäftiges Treiben. Unter normalen Umständen hätte George sich an diesem Anblick erfreut, jetzt aber konzentrierte sie sich darauf, nach versteckten Gassen oder Winkeln zu suchen, wo unbemerkt eine Leiche hätte liegen können.

Der Fahrer des Streifenwagens parkte am Ende der Hanbury Street, wo sie die Brick Lane kreuzte. »Von hier aus gehen wir zu Fuß«, sagte er. »Möchten Sie mitkommen, oder bleiben Sie lieber hier? Das müssen Sie wissen, Dr. Barnabas.«

Sie zögerte. Ehrlich gesagt hätte sie am liebsten auf eigene Faust gesucht, aber die Beamten hatten das Funkgerät bei sich. Wenn sie nicht bei ihnen blieb, würde sie nicht erfahren, was los war. Deshalb stieg sie aus und schloss sich den Beamten an.

»Ich werde mitsuchen«, sagte sie und passte sich dem Schritt der Männer an, als sie über den Bürgersteig der Brick Lane gingen. Die Menschen schauten sie mit misstrauischen, ängstlichen Blicken an und wichen zurück, um sie vorbeizulassen. Sie zeigten so unverhüllt ihre Abneigung, dass George am liebsten gerufen hätte: »Alles in Ordnung, ich bin keine Polizistin, sondern ein ganz normaler Mensch wie ihr auch.« Für die Leute auf der Straße war sie jedoch eine von denen.

Es war eine lange, anstrengende Suche. Die Luft war schwül und feucht, und die Feuchtigkeit schien den Geruch von Kurkuma und Chili, Koriander und Kümmel noch zu verstärken. Es war kurz vor Mittag, und die kleinen Restaurants bereiteten sich auf die Gäste vor. Auch George war ein wenig hungrig, denn sie hatte mal wieder nicht gefrühstückt.

Ihr Elan ließ allmählich nach. Die beiden Polizisten waren offenbar nur mit der intensiven Suche beschäftigt. Sie schauten unter jeden Wagen, der hier parkte, spähten ins Innere, marschierten durch Geschäfte auf Hinterhöfe und schoben Kisten und Säcke mit Vorräten zur Seite, während die Geschäftsinhaber sie mürrisch beobachteten. Die Besitzer protestierten zwar nicht, zeigten aber ganz offen ihre Abneigung gegen die Gesetzeshüter. Dann gingen die Polizisten weiter zu den nächsten kleinen Hinterhöfen und suchten dort. Es war mühsam und langweilig, und George wünschte einen kurzen Augenblick, dass sie auf Roop gehört und auf dem Revier auf einen Anruf gewartet hätte – falls überhaupt ein Anruf gekommen wäre.

George war zu dem Schluss gelangt, dass es nie einen Anruf gegeben hätte.

Natürlich wusste sie, dass andere Polizisten auf der Westseite der Straße genauso gewissenhaft suchten, und sie hielt Ausschau nach ihnen, weil sie hoffte, dass sie vielleicht etwas gefunden hatten.

Doch die Polizisten suchten verbissen weiter, ohne dass etwas geschah, außer dass sie sich dem Ende des ihnen zugeteilten Bezirks näherten. George trottete hinter den Männern her und fühlte sich von Minute zu Minute elender. Das würde Roop bestimmt gefallen! George hatte mit ihrer Theorie fast die gesamte Mannschaft des Reviers für Stunden auf die Straße geschickt, und es kam absolut nichts dabei heraus. Roop würde sich ohne Zweifel eins ins Fäustchen lachen.

Plötzlich fing das Funkgerät, das der Polizist vor ihr auf der Schulter trug, zu brummen an, und dann hörte George eine blecherne, heisere Stimme: »Alle Einheiten kehren zur Basis zurück, alle Einheiten zurück zur Basis, außer Alpha Tango drei, Alpha Tango sieben und Alpha Tango acht. Drei, sieben und acht zur Greatorex Street, zwischen Chicksand und Hanbury Street auf der Westseite. Wiederhole, Westseite. Alle anderen Einheiten kehren zur Basis zurück.«

»Welche Einheit sind wir?«, rief George aufgeregt und zog den Polizisten am Ärmel. Er grinste sie an.

»Alles in Ordnung, Dr. Barnabas. Wir sind mit von der Partie. Tango drei.«

5

Im Westminster Palace wimmelte es stets von Boten, die umhereilten, als hielten sie die Schicksale der Völker in Händen und keine Zettel mit Terminen. Menschen standen herum, steckten die Köpfe zusammen und trugen bedeutungsvolle Mienen zur Schau, als hätten auch sie mit Dingen von höchster Wichtigkeit zu tun und würden nicht gerade ein paar nette Bosheiten über die kleinen Sünden anderer wechseln. Aber heute Nachmittag war es anders. Die Menschen, die jetzt miteinander sprachen, machten eher neugierige Gesichter und vergaßen ihre eigene Bedeutung, und die Boten eilten fast hektisch durch die Gänge. Die Lage war ernst, und die Menschen sorgten sich aufrichtig, denn jetzt hatten sie es mit einem wahrhaftigen Drama zu tun, das sie weit mehr interessierte als die letzten Dummheiten aus Brüssel oder Drohungen der Verwaltungsbeamten des National Health Service, den Machenschaften des Gesundheitsministeriums ein Ende zu setzen, weil ihnen schon jetzt an allen Ecken das Geld fehlte.

Im Fraktionsbüro der Regierungspartei war eine Dringlichkeitssitzung einberufen worden. Der Kaffee floss in Strömen, und die Personen, die sich um Mary Bodlings Schreibtisch versammelt hatten, wirkten gereizt und aufgeregt, aber nicht so verzweifelt wie bei der letzten Sitzung, die sofort einberufen worden war, nachdem man Sam Diamonds Leiche aufgefunden hatte. Denn zu dem Zeitpunkt hatten sie Angst gehabt, es könnte etwas über Sam Diamond ans Licht kommen, und darüber – ehrlich gesagt – sorgten sie sich mehr als über die Umstände und Hintergründe seines Todes. Sie leckten ihre politischen Wunden und fragten sich, was sie tun mussten, um ihre hauchdünne Mehrheit eines einzigen Abgeordneten zu halten, und welche Bestechungsgelder gewissen Liberaldemokraten angeboten werden könnten, um die Regierung über Wasser zu halten. Diese Gefahr war jetzt durch den Verlust eines Labour-Abgeordneten gebannt, und sie konnten es sich leisten, ein wenig zu tratschen.

»Ich hätte nie geglaubt, dass David Gondor für irgendwelche Mauscheleien zu haben war«, sagte Henry Bowler, der beschlossen hatte, mit seiner Niederlage bei der Wahl um den Fraktionsvorsitz in der Weise umzugehen, dass er der Siegerin Mary Bodling fast in den Hintern kroch. »Sie vielleicht?«

»Alles ist möglich«, stieß Mrs. Bodling hervor. »Je tugendhafter sie aussehen, desto wahrscheinlicher, dass sie etwas zu verbergen haben.«

»Da haben Sie wohl Recht«, erwiderte Mr. Bowler.

Steven Wittering – ein wenig robuster als Henry Bowler, aber dennoch geneigt, sich Marys Launen zu beugen – schüttelte den Kopf. »Meistens stimme ich Ihnen zu, aber Caspar-Wynette-Gondor? Der war durch und durch Sozialist. Mit diesen engagierten, idealistischen Spinnern komme ich schon klar – davon gibt es hier genug, aber Caspar war anders. Er hat seine politischen Geschosse so leidenschaftlich abgefeuert, weil er tatsächlich daran geglaubt hat. Daher gebe ich Mr. Bowler Recht. Ein Caspar-Wynette-Gondor mit Sex-Affären ist ein Widerspruch in sich. Man wird auf diesem Gebiet keinen Grund dafür finden, warum er als Hackfleisch endete.«

»Was nur beweist, wie schlecht Sie die Menschen kennen«, sagte Mrs. Bodling. »Je leidenschaftlicher sie sind und je höher ihr Adrenalinspiegel steigt, wenn sie über die Korridore des Parlaments schreiten, desto mehr Testosteron produzieren sie. Glauben Sie mir, *ich weiß es.*«

Henry, der sich die großartige Mary Bodling in einer Situation vorstellte, die sie über die tatsächliche Wirkung von Testosteron aufklärte, wich Stevens Blick aus, da er wusste, dass dieser dasselbe dachte. »Was wissen wir eigentlich genau über ihn?«

Mary Bodling war der Meinung, dass es nicht schaden könne, sich für das Privatleben der Labourabgeordneten zu interessieren, weil man nie wisse, wann man ein bisschen Öl brauchen könne, um es auf die Mühle zu gießen (Mrs. Bodling hatte eine Schwäche für Redewendungen, die sie allerdings ständig durcheinander brachte). Steven, der die Aufgabe hatte, in der Privatsphäre der politischen Gegner herumzuschnüffeln, lehnte sich im Stuhl zurück und starrte an die Decke. »Ein Einzelgänger. Nicht sehr beliebt bei den Arbeitern seiner Partei, denen die feinen Pinkel noch immer Unbehagen bereiten. Sie finden es schon schwer genug, mit der Islington-Brigade der Intellektuellen fertig zu werden. Davids zwei Bindestriche bereiten ihnen Sodbrennen.«

»Wieso denn ein feiner Pinkel?« Henry, der sich seines Status als Sohn einer Familie alten Landadels sehr wohl bewusst war und gerne glaubte, dass er in seinem Dorf im tiefsten Devon als Landjunker betrachtet wurde, spottete gern über andere. »So ein adeliger Fabrikantensohn?«

»Ich dachte, Sie wüssten alles über ihn«, stichelte Steven. »Haben Sie in jungen Jahren denn nicht den Debrett verschlungen? Nein, es fließt kein blaues Blut in seinen Adern. Er ist der jüngere Bruder des Earl von Durleigh. Sie haben sicher von ihm gehört? Es hat ziemlichen Wirbel verursacht, als er sofort nach der Schule der Labour Party beitrat. Er weigerte sich, die Universität zu besuchen, und machte eine Ausbildung als Maurer und Installateur. Ich sagte ja schon – einer dieser leidenschaftlichen Sozialisten.«

Henry war sichtlich verlegen. Wie konnte ihm das nur entgangen sein, wo er doch so viel über den Adel des Landes wusste? Er murmelte eine Entschuldigung, doch Steven war jetzt freundlich zu ihm.

»Kein Grund zur Verlegenheit, alter Junge. Er hat sich nicht in die Karten gucken lassen, seit er hier ist. Ich hätte auch nichts über ihn gewusst, hätte ich das alles nicht für Mrs. Bodling herausgesucht. Er hat jahrelang weiter auf Baustellen gearbeitet, während er schon aktives Mitglied der Labour Party war und in der Lokalpolitik mitmischte. Und vor ein paar Jahren, als Sie krank waren ... Erinnern Sie sich?« Henry hatte es geschafft, sich beim Skifahren beide Beine zu brechen, was ihn seinerzeit bei Mary nicht sehr beliebt machte, dafür aber den politischen Gegner erfreute. »Damals gab es eine Nachwahl in Bilkley Town. Das war ein absolut sicherer Laboursitz, und David Caspar kam ins Parlament. Glücklicherweise nicht auf unsere Kosten! Und seitdem hat er Zurückhaltung geübt. Das Einzige, was er getan hat ... Ich schaue mal nach ...« Er ging zum Schreibtisch und tippte auf die Tastatur seines Computers. »Ja, dachte ich's mir doch. Er ist im Sonderausschuss, der sich mit dem Gesetzentwurf zur Reform des Oberhauses beschäftigt. Und in einem dieser Bauausschüsse. Er hat in seinem Wahlbezirk hart gearbeitet. Und sein Privatleben ...« Er tippte noch etwas ein. »Nichts Besonderes, außer dass seine Frau säuft.«

»Ach?« Mary spitzte die Ohren. Sie saß mit aufgestützten Ellbogen an ihrem Schreibtisch und hielt mit beiden Händen eine Kaffeetasse. Bis jetzt hatte sie kaum zugehört, doch plötzlich war sie hellwach. »Was haben Sie da gesagt?«

»Marietta. Sie sind seit fünfzehn Jahren verheiratet. Keine Kinder, mehrere Fehlgeburten. Auf jeden Fall säuft sie schon seit Jahren.«

»So«, sagte Mary. »Vielleicht hat er sich deshalb anderweitig umgesehen. Und es könnte ja auch sein, dass ...«

Steven, der noch immer auf den Monitor starrte, schüttelte den Kopf. »Ich glaube nicht. Alles deutet darauf hin, dass er aufopfernd für sie sorgte und zu Hause blieb, wann immer er konnte, um bei seiner Frau zu sein. In Übereinstimmung mit meinen Quellen ...« Er schmunzelte. Wie viele Torys hatten so gute Labour-Quellen wie er? Niemand, nahm er an. »Das ist einer der Gründe, warum er so zurückhaltend war. Er wollte keine Jobs annehmen, die ihn zu lange von seiner Marietta getrennt hätten.«

»Marietta! Was für ein Name!«, sagte Henry, dessen Ehefrau schlicht und einfach Jane hieß, wie es für die Tochter eines Baronets angemessen war, und deren Kinder William und Emma hießen. Höchst passend. Alle fantastischeren Namen rochen für ihn nach Gosse. »Wahrscheinlich irgend so eine Showdiva.«

Steven grinste und schaltete den Computer aus. »Da muss ich Sie leider enttäuschen, alter Junge. Sie stammt aus sehr gutem Hause. Ihrem Vater gehörte ein großer Teil von Yorkshire. Das hat natürlich ihr Bruder übernommen. Sie hat kaum einen Penny gesehen, und das meiste hat sie versoffen. So sieht's aus. Auf jeden Fall ist ziemlich sicher, dass es keine Verbindung zu unserem Sam gibt. Dieser Gedanke hat mich nervös gemacht.«

»Wie könnte es denn eine Verbindung geben?«, fragte Henry, worauf Mary ihm einen vernichtenden Blick zuwarf.

»Ganz einfach«, sagte sie. »Erinnern Sie sich an die Sache im Gravesend Pub?«

Henry errötete. Er hatte tatsächlich das Theater vergessen, dass es vor nicht allzu langer Zeit gegeben hatte, als mehrere Abgeordnete der beiden großen Parteien und sogar ein Liberaldemokrat nach einer Schlägerei in einem Pub hochgenommen worden waren. Es hatte sich herausgestellt, dass dieser Pub ein bekannter Sado-Maso-Treffpunkt für Schwule war. »Aber wenn Sie garantieren, dass es keine Verbindung zwischen diesem Typen und dem armen alten Sam gibt, können wir uns ein wenig entspannen. Auf beiden Seiten wird es eine Nachwahl geben ...«

»Und den Umfragen zufolge könnten diese Scheißtypen beide gewinnen«, schimpfte Mary. »Das Zentralbüro muss Bomben in den Wahlbezirken legen, wenn wir keine größeren Probleme bekommen wollen. Wenigstens wissen wir, dass niemand etwas über Sam ausgraben kann. Ich habe auch alles genauestens überprüft.«

»Und seine Frau?«, fragte Steven. Mary warf ihm einen schneidenden Blick zu.

»Was haben Sie denn gehört?«

»Ach, nichts Konkretes«, erwiderte Steven hastig. »Nur dass sie ... Nun, Sie wissen schon! So wie die aussieht, und mit den Klamotten, mit denen sie handelt ... Auf jeden Fall habe ich gehört, dass viele ihrer Kunden ... hm ...«

Henry beugte sich vor. Das interessierte ihn brennend. »Hm?«

»Edelnutten werden sie genannt«, sagte Steven kichernd. »Nutten der besseren Gesellschaft. Sie sind teuer und geben viel Geld aus. Ich vermute, dass Alice gute Geschäfte mit ihnen macht.«

»Mist!«, wetterte Mary. »Ich hab ihr schon vor einem Jahr gesagt, dass das so nicht geht! Außerdem habe ich ihr unmissverständlich erklärt, dass es Sams Ruf schaden kann. Und sie macht das noch immer?«

Steven zuckte die Schultern. »Genau weiß ich es nicht. Aber offenbar weiß jeder, der für seine Frau was Neckisches zum Geburtstag sucht, dass Alice eine hübsche Auswahl an hauchdünnen Dessous hat. Und das ist besser, als wenn unsere Leute in Soho-Shops oder diese Ann-Summers-Läden gehen.«

»Mr. Wittering, ich habe Ihnen doch schon einmal gesagt, dass wir Fakten brauchen und keine Vermutungen. Auf alle Fälle sollten Sie verbreiten, dass es mir nicht passt, wenn unsere Leute so ein Zeug kaufen. Dass muss auf jeden Fall aufhören. Die Leute müssen von ihr fern gehalten werden. Das ist für die *Sun* ein gefundenes Fressen. Die blöden Pressefritzen haben schon ihre Zelte vor dem Parlament aufgeschlagen, um sich auf jeden zu stürzen, der hier ein und aus geht. Seit Sam gefunden wurde, blockieren die verdammten Journalisten unsere Telefonleitungen. Uns hat jetzt gerade noch so eine Story gefehlt, dass Diamonds Frau Reizwäsche in ihrem Laden verkauft. Kümmern Sie sich darum. Und Sie, Mr. Bowler, werfen ein Auge auf die Polizei, ja? Ich möchte über jeden Schritt der Ermittlungen informiert werden, klar? Also, an die Arbeit. Ich habe zu tun.«

Henry und Steven verließen das Büro. Wenn Mary Befehle erteilte, musste man ihnen Folge leisten.

*

»Nun, was sagen Sie dazu?« Colin Twiley saß auf der Ecke seines Schreibtisches und blickte auf seine engsten Mitarbeiter. Marcus Napper hockte zusammengesunken auf einem Stuhl in der Ecke und schien zu schlafen. Bryan Naith, der sich wie immer etwas abseits hielt, hatte die Hände tief in seinen Jackentaschen vergraben. Nach den Worten von Molly Nidd, die neben ihm saß, sah er wie das wandelnde Elend aus. Sie selbst sah aus wie aus dem Ei gepellt, obwohl ihr Rock sehr kurz war, sodass ihre langen Beine mit den schwarzen Strümpfen gut zu sehen waren, und ihr Make-up war einen Hauch zu sehr betont. Die Körperhaltung der beiden ließ erkennen, dass sie einander nicht ausstehen konnten. Sie blickten sich finster an; sogar ihre Ellbogen, Schultern und Knie drückten ihre Abneigung aus. Sean Burnell bemühte sich, mit seinen stolzen Einsneunzig eine ungezwungene Haltung einzunehmen, doch er wirkte in dieser erhabenen Gesellschaft verlegen und fast zu jung, um überhaupt dabei zu sein. Niemand konnte abstreiten, dass Sean einen hellen Verstand hatte. Der Bursche konnte wirklich brillant sein. Doch aufgrund seiner Brillanz kam er oft mit Leuten ins Gespräch, denen er bis jetzt noch nicht gewachsen war. Wenn Sean allein an seinem Schreibtisch saß, war er ein wahrer Schatz. Bei Treffen wie diesen war er vollkommen nutzlos. Daher schaute Colin ihn noch nicht einmal an, als er seine Frage wiederholte und seinen Blick von einem zum anderen wandern ließ.

»Steven Wittering versucht natürlich, David in den Schmutz zu ziehen«, sagte Mrs. Nidd. »Das kann er am besten. Aber jetzt sind sie alle etwas entspannter, weil ihr Diamond auch umgebracht wurde. Ich glaube nicht, dass die Polizei sie schon vernommen hat.«

Colin wirkte zuversichtlich. »Warum sollten die mit ihnen sprechen wollen? Glauben die denn, dass einer ihrer Leute ...«

Molly schüttelte den Kopf. »Ich weiß es nicht! Ich meine nur, dass die Polizei sicher mit ihnen sprechen will. Ebenso wird sie mit uns sprechen wollen. Über Davids Freunde, seine Kontakte, ob er Feinde hatte und so weiter. Ich bin nur ein wenig überrascht, dass sie noch nicht mit den anderen geredet haben. Immerhin wurde ihr Mann vor unserem fertiggemacht.«

»Vielleicht wollen sie Geld sparen«, sagte Marcus Napper, wobei er in seiner Tasche nach einer Zigarette suchte. »Sie warten, bis sie alle Opfer haben, und dann machen sie die Verhöre in einem Abwasch.«

»Seien Sie doch nicht albern«, brummte Bryan Naith. »Sie können doch nicht wissen, ob es noch ein weiteres Opfer geben wird, oder?«

Marcus schaute ihn über die Flamme des Streichholzes hinweg an, das er gerade angezündet hatte. »O je«, seufzte er. »Geht meine Ironie wieder mit mir durch? Tut mir Leid. Allerdings kam mir der Gedanke, dass hier wieder ein Serienkiller sein Unwesen treiben könnte. Ein zweiter Sutcliffe, verstehen Sie?«

Molly starrte ihn an. »Mein Gott! Glauben Sie wirklich?«

»Seitdem der arme David auch dran glauben musste. Denken Sie doch mal nach. Durchgeschnittene Kehlen, zwei Parlamentsabgeordnete – wer weiß, was in dem Kopf des Mannes vorgeht? Das muss ein Verrückter sein. Und Serienkiller sind verrückt.«

»Ja«, sagte Sean Burnell. »Dieser Gedanke kam mir auch.« Er wurde puterrot, als sich alle umdrehten und ihn anstarrten. »Ich ... hm ... nun, es war etwas ... Ich habe es überprüft, verstehen Sie? Durchgeschnittene Kehlen und noch etwas, glaube ich. Ich habe niemandem etwas entlocken können, aber da ist noch mehr passiert. Ich bin ganz sicher. Wir werden es letztendlich herausfinden, doch sie sprechen noch nicht darüber.«

»Wer?«, fragte Colin.

»Die Polizei«, erklärte Burnell. »Ich bin aufs Revier gegangen, wo die Ermittlungen vorgenommen werden. Das Revier Ratcliffe Street liegt in dem Bezirk, in dem Diamonds Leiche gefunden wurde. Daher nahm ich an, dass sie den Fall übernommen haben. Ich habe mich als Journalist ausgegeben. Das Diktiergerät hielt ich in der Hand, und eigentlich habe ich nicht gelogen ...« Er sah plötzlich sehr ernst aus. »Ich habe nur das Diktiergerät hingehalten und Fragen gestellt, und sie haben angenommen ... Ich hatte den Eindruck ...«, stammelte er.

»Noch mehr Morde?«, fragte Twiley. »Abgeordnete?«

»Möglicherweise.« Napper schlug einen so sachlichen Ton an, als würde er über eine Sache sprechen, die ihn persönlich überhaupt nicht betraf. »Eine interessante Idee, Abgeordnete in die Schusslinie zu stellen.«

»Sie könnten in vorderster Front stehen, wenn dieser Bursche weitermacht«, sagte Bryan mit einem gewissen Genuss in der Stimme. »Was stimmt Sie so fröhlich?«

»Ach, wir sind gewappnet, Naith, alter Junge«, sagte Marcus grinsend. »Ich gehe ab sofort nirgends mehr allein hin, halte mich fern von komischen Typen, die ein Messer in der Hand halten oder so aussehen, als könnten sie eins bei sich haben. Fragen Sie mich also nicht, ob ich mit Ihnen was trinken gehe, okay? Sie könnten Gott weiß was in Ihren Taschen versteckt haben. Aber so oder so bin ich fest entschlossen, dort zu bleiben, wo das Licht am hellsten scheint. Und wenn Sie vernünftig sind, tun Sie dasselbe.«

Molly kicherte, weil es ihr gefiel, dass Marcus Napper Bryan Naith scheinbar nicht ernst nahm. »Sie brauchen sich keine Sorgen zu machen, Mr. Naith«, sagte sie fröhlich. »Er wird sich nur auf Leute stürzen, bei denen er auch an den Hals gelangt.« Sie schaute mit scharfem Blick auf Bryans engen gestreiften Hemdkragen, der von dicken Speckrollen umgeben war. »Der Bursche würde eine halbe Nacht brauchen, um Ihre Luftröhre durchzuschneiden. Deshalb sind Sie so sicher, als würden Sie eine Rüstung tragen. Aber Sean, na ja ...« Sie schaute über ihre Schulter auf den schlanken jungen Mann. »Ein so großer Adamsapfel ist geradezu eine Einladung, nicht wahr? Ich finde, er sollte sich mit Marcus zusammentun, um sicher zu sein. Doch, wirklich.«

»Mensch, um Gottes willen!« Colin war der Meinung, dass es an der Zeit war, sich wie ein Fraktionsvorsitzender zu benehmen. Er war sich sehr wohl bewusst, dass man ihn in den Bars und Kantinen des Hauses auf eine Stufe mit Mary Bodling stellte. Sie wurden auch Elefant und Maus genannt, und er strengte sich sehr an, um größer und mächtiger zu wirken. (Dummerweise hatte er etwas in dieser Art zu Marcus Napper gesagt, der ihn blöd angeguckt und gesagt hatte: »Vorsicht, alter Junge. Sie könnten sich auch in eine Ratte verwandeln.«) Jetzt stand er auf, stellte sich mit leicht gespreizten Beinen hin und verschränkte die Arme, um an Autorität zu gewinnen. »Wir haben wichtigere Dinge zu tun, als hier herumzusitzen und schlechte Witze über Mörder zu machen. David war ein guter Freund von mir, und es ist ekelhaft, wenn Sie alle so ...«

»Schieben Sie es auf unsere Nerven«, murmelte Marcus. »So wie bei den Medizinstudenten, verstehen Sie? Die einzige Möglichkeit, mit diesem Schrecken fertig zu werden, besteht darin, widerliche Scherze zu machen. Auch ich mochte David sehr gern, aber es hilft uns nicht, wenn wir heulen und jammern und mit den Zähnen knirschen, nicht wahr?«

»Wir müssen darüber sprechen«, sagte Colin, der sich weigerte, Marcus anzuschauen, »welche Vorschläge wir im Ausschuss zur Reform des Oberhauses einbringen. Das ist der erste Schritt, um das Oberhaus neu zu organisieren. Der Vorsitzende will, dass wir es auf unsere Weise machen, und zwar schnell. David war Gold wert. Wir werden ihn schmerzlich vermissen. Verdammt!«, fügte er seufzend hinzu. »Haben Sie irgendeine Idee?«

»Das nehme ich in die Hand«, schlug Marcus vor. »Ich weiß eine Menge darüber, und ich kenne Davids Meinung. Daher kann ich ihn gut vertreten, und ich bin froh darüber. Übrigens nehme ich seinen Mord nicht auf die leichte Schulter, Mr. Twiley, glauben Sie mir. Mattie hat uns in der Nacht angerufen, erinnern Sie sich? Sie und meine Frau sind gut befreundet. Susan kümmert sich ab und zu um Marietta. Nun, das wird doch von mir erwartet, oder? Tja ...«

Colin sah unschlüssig aus, biss sich auf die Unterlippe und starrte Marcus an. »Gut«, sagte er, »das hängt natürlich mehr von der Walworth Road ab als von mir. Ich werde sehen, was sie sagen. Und andere Namen müssen in den Vordergrund gerückt werden. Versprechen Sie sich nicht zu viel davon. Außerdem war er im Bauausschuss und in dem Gremium, das sich mit der Einstellung von Gelegenheitsarbeitern auf Baustellen beschäftigt.«

»Richard Fallon hat auf diesem Gebiet viel geleistet, glaube ich. Wir könnten ihn als Kandidaten aufstellen. Oder was ist mit dem Burschen, der früher Maurer war? Wie hieß er noch gleich? Garton? Hat er Ihrer Meinung nach überhaupt Chancen?«

Endlich begann ein vernünftiges Gespräch, und alle brachten ihre Argumente vor, denn eine Sitzung ohne Diskussionen gab es nicht. Plötzlich ging die Tür auf, und eine Sekretärin steckte den Kopf durch die Tür. Sie brachte sichtlich erregt ihr Anliegen vor: »Mr. Twiley, ein Detective Inspector Dudley und ein Sergeant Urquhart vom Revier Ratcliffe Street möchten Sie sprechen. Außerdem sind zwei Beamten ins Büro der Fraktionsvorsitzenden der anderen Partei gegangen. Stimmt es, was sie sagen? Ist der arme Mr. Caspar-Wynette-Gondor tot? Wurde seine Kehle wirklich wie bei Mr. Diamond von einem Ohr bis zum anderen durchgeschnitten? Das ist doch sehr beunruhigend, oder? Jeder von Ihnen könnte der Nächste sein.« Sie hielt die Tür auf, und die beiden Polizisten marschierten ins Zimmer.

6

Die vier Beamten trafen sich wie verabredet in der Eingangshalle, die zum St.-Stephens-Eingang des Parlaments führte, um ihre Aufzeichnungen zu vergleichen. Sie hätten auch getrennt zurück zum Revier fahren können, doch als Inspector Dudley diesen Vorschlag machte, sagte Gus: »Sobald wir zurück sind, kommen wir nicht mehr weiter, weil alle uns erzählen werden, was sie getan haben. Und ich möchte, dass wir zuerst alles in Ruhe besprechen. Darum werden wir warten. Wir könnten auch eine Kleinigkeit essen gehen. Wie wär's damit? Schauen wir mal, ob wir hier im Hause etwas bekommen.«

Tatsächlich mussten sie das Gebäude verlassen und eine Kneipe aufsuchen. Der diensthabende Beamte im Foyer erklärte Gus unmissverständlich, dass der Zugang zu den Kasinos der Abgeordneten überwacht werde, die in dieser Frage nicht sehr großzügig verfuhren.

»Sie müssen von einem Abgeordneten eingeladen werden, Superintendent«, sagte der Beamte. »Der Gastgeber muss ein Formular ausfüllen, und das tun sie wirklich nicht gerne. Aber ich würde mich an Ihrer Stelle nicht aufregen. Es schmeckt wie in der Schulkantine.«

»Haben Sie schon mal in einem der Kasinos hier gegessen?«

»Nein, Sir, nur in der Angestelltenkantine unten im Keller. Jetzt bringe ich mir Sandwiches mit. Ich habe es nur schon oft gehört.«

»Danke für den Hinweis«, sagte Gus und schaute sich in der Eingangshalle um. Überall standen Leute, die inmitten all des pseudo-mittelalterlichen Grün und Rot und Gold, das Charles Barry der Stadt London vor über hundertfünfzig Jahren aufgebürdet hatte, ziemlich unbedeutend aussahen. Es war ein seltsamer Gedanke, dass dieses Gebäude erst seit etwa vierzig Jahren hier gestanden hatte, als der erste Ripper-Mord verübt wurde. Der Ripper könnte sogar den ganzen Bau verfolgt haben. Und vielleicht wurden jetzt wieder Ripper-Morde verübt.

Gus schüttelte sich kurz, um den Gedanken zu verdrängen. Nur weil George schlüssige Beweise für eine mögliche Verbindung geliefert hatte, musste es ja nicht stimmen. Und dass es ihm kalt den Rücken hinuntergelaufen war, als sie die Leiche von David Caspar-Wynette-Gondor gefunden hatten, musste ja auch nichts bedeuten. Der Anblick der durchgeschnittenen Kehle und der Verstümmelung zwischen den weit gespreizten Beinen, die so sehr nach sexueller Verspottung aussah, hatte ihm ein Gefühl vermittelt, als wäre er ein blutiger Anfänger in seinem Job. Ihm war übel geworden; er hatte sogar einen richtigen Schock bekommen. Wer tat so etwas? Aber er konnte nicht, durfte nicht auf diese unprofessionelle Weise denken. Er war Bulle und hatte hier seine Arbeit zu machen. Er musste alles über die Menschen herausfinden, die mit den Opfern zu tun gehabt hatten, ohne voreilige Schlüsse zu ziehen, wer die beiden umgebracht haben könnte. Die grundlegenden Regeln der Ermittlungsarbeit mussten befolgt werden, und dazu gehörte es nicht, voreilige Schlüsse zu ziehen. Gus schaute verärgert auf die Uhr. Wann tauchten Inspector Dudley und Sergeant Urquhart endlich auf?

»Sie kommen sicher gleich«, beschwichtigte Mike ihn. »Ich glaube, Sie mussten mehr Leute vernehmen als wir. Man hat mir gesagt, dass in den Fraktionsbüros der Regierung mehr Leute sitzen als in denen der Opposition. Was halten Sie von ihnen, Chef?«

»Weiß nicht.« Gus setzte sich auf die Bank, die rings um die gesamte Eingangshalle verlief, lehnte den Kopf gegen die Wand und ließ den Blick über die verzierte Decke gleiten. »Schienen ziemlich offen zu sein. Sie haben zugegeben, dass sie die politische Seite der Morde ebenso beunruhigt wie die persönliche. Ich hatte nicht den Eindruck, dass sie etwas vertuschen. Sie haben die Fragen schnell beantwortet. Was meinen Sie?«

»Bei diesem Napper war ich mir nicht so sicher. Ich glaube, er weiß mehr, als er rauslässt.«

»Wirklich? Warum?«

»Nun ...« Mike zögerte. »Er war einfach eine Spur zu witzig. Zu gut aufgelegt. Er schien mir die Sache nicht ernst zu nehmen. Twiley war ziemlich aus der Fassung geraten, glaube ich. Die Frau ebenfalls. Aber Napper war zu gelassen.«

»Und die anderen? Naith? Was ist mit ihm?«

Mike schaute Gus entrüstet an. »Was für ein fieser Typ! Wie kommen solche Leute nur ins Parlament? Erstens sieht er aus, als würde er sich kaum waschen, und als wir mit ihm gesprochen haben, hat er kaum mehr als gegrunzt. Einen Abgeordneten hab ich mir wirklich anders vorgestellt.«

»Haben Sie die gleiche Meinung über diesen jungen Typen? Burnell?«

Mikes Gesicht hellte sich auf. »Ach, der war okay. Er ist jung, ja, gut, und er hatte ein bisschen Angst vor den älteren, aber er ist ein gescheiter Bursche. Den würde ich wählen, wenn er Kandidat wäre. Natürlich ist er bis jetzt nur ein kleiner wissenschaftlicher Mitarbeiter. Aber ich bin der Meinung, der bringt es noch zu was. Und er wird es gut machen. Er war ehrlich ...«

Gus lachte. »Oh, Mike, Mike, was für ein naiver Bursche Sie trotz Ihrer Erfahrung manchmal sein können. Ein ehrlicher Politiker? Das gibt es nicht!«

Mike errötete. »Sie könnten ebenso gut sagen, dass es keine ehrlichen Bullen gäbe, Chef«, sagte er steif, »und das stimmt nicht, wie Sie genau wissen.« Mikes schottischer Akzent kam stärker durch, wie immer, wenn er verärgert war. Gus tätschelte beschwichtigend sein Knie und grinste ihn an.

»Schon gut. Sie haben ja Recht. Ach, da sind Sie ja endlich. Haben die Ihnen ihr ganzes Leben erzählt, Roop?«

Dudley schaute ihn grimmig an. »Denen musste man jedes Wort aus der Nase ziehen. Die haben sich aufgeführt wie diese Schurken aus den Wohnsiedlungen. Kein Wort wollten die sagen, wenn sie es vermeiden konnten. Sie wollten, dass zuerst ihre Rechtsverdreher kommen, ehe sie mit uns sprechen. Ich bitte Sie! Bei einer Voruntersuchung!«

»Politik macht wohl paranoid«, sagte Gus. »Kommt, hauen wir

ab. Ich brauche jetzt ein Bier und was zu essen. Suchen wir uns eine Kneipe.«

Als sie sich in einer schmuddeligen, verräucherten Spelunke, die zehn Minuten Fußweg entfernt war, mit ihren Biergläsern und Schinkensandwiches einen Platz gesucht hatten, verglichen sie ihre Notizen. Dudley hatte zwar länger für seine Verhöre gebraucht, hatte aber am wenigsten zu berichten. »Die Fraktionsvorsitzende Mary Bodling hat am meisten gesprochen. Das war vielleicht eine. Die würde sogar dem Erzengel Gabriel einen Schrecken einjagen – das kann ich euch versichern. Okay. Diamond war seit der Wahl 1983 Abgeordneter. Er hatte vorher schon eine Ewigkeit Lokalpolitik betrieben und Aufgaben für die Konservative Partei wahrgenommen. Nach ihren Worten ein Pfeiler der Partei, obwohl ich den Eindruck hatte, dass sie von seiner Frau nicht so begeistert war. Wir werden sie sofort aufsuchen, sobald sie zurück ist. Sie war in Italien und kommt heute nach Hause. Übrigens hat sie einen Laden auf der Sloane Street. Diese Bodling ist wohl froh, dass der nicht im Wahlbezirk ihres Gatten liegt.«

»Und wo ist der?«

»Hedgington South, auf der anderen Seite von Dorset. Sie haben einen erwachsenen Sohn, der in Australien lebt und arbeitet. Also kommen er und die Ehefrau als Täter nicht in Frage.«

Gus grinste. »Jetzt sagen Sie nur nicht, Sie glauben, das könnte ein schöner Mord innerhalb der Familie gewesen sein, Roop.«

Dudley machte eine verdrießliche Miene. »Ich schließe nichts aus, bis ich alle Fakten habe«, sagte er steif. »Tatsache ist, dass die meisten Morde von Angehörigen oder engen Bekannten verübt werden ...«

»Ja, ja, ich weiß. Sie haben natürlich Recht. Und wie sieht es mit guten Freunden aus?«

»Nur vage Andeutungen. Ich hatte das Gefühl, dass Politiker eher Alliierte als Freunde haben. Sie hängen ihr Fähnchen nach dem Wind, und je nachdem, um welche Streitfrage es gerade geht, halten sie es mal mit dem und mal mit dem.«

»Und womit hat Diamond sich beschäftigt?«

»Brüssel. Er war ein überzeugter Gegner des Vereinten Europa«, erwiderte Dudley. Dann fügte er unerwartet hinzu: »Bei dieser Frage hätte ich ihm meine Stimme gegeben.«

»Ach, wirklich?« Gus lächelte. »Ich hätte Sie nicht als Gegner der Europapolitik eingeschätzt, Roop. Außerdem wusste ich gar nicht, dass Sie sich so für Politik interessieren.«

»So sehr interessiere ich mich nun auch wieder nicht dafür. Wenn dort aber hochnäsige Idioten sitzen ...« Er wies mit dem Kopf in die Richtung, wo ungefähr das Parlamentsgebäude stand, »und sich in mein Leben einmischen, gefällt mir das nicht. Schlimm genug, dass wir eine andere Währung bekommen sollen, damit wir uns Europa anpassen, anstatt dass Europa sich uns anpasst. Für dieses Privileg müssen wir noch ein Schweinegeld bezahlen. Auf einmal sollen wir nur noch eine kleine Insel sein, die vor den Vereinigten Staaten von Europa im Meer schwimmt. Diese verdammten Deutschen.«

Gus blinzelte, als er diese unlogische Folgerung vernahm. »Ich verstehe, was Sie meinen. Glaube ich jedenfalls. Vielleicht sollten wir besser über den Fall sprechen, hm? Ich will mich nicht wegen solcher Dinge mit Ihnen streiten, alter Freund. Also weiter im Text. Er war also in Bezug auf Europa skeptisch. Noch etwas Interessantes? Wahlkämpfe?«

»Ich hatte den Eindruck, dass er eher auf die Dinge reagiert hat, als sie selbst in die Hand zu nehmen«, sagte Dudley. »Ich schaue noch mal nach.« Er blätterte die Seiten seines Notizblocks durch. »Hier habe ich die Liste. Er war Mitglied in dem Ausschuss, der sich mit der Reform des Oberhauses beschäftigt.«

»Ach, tatsächlich?«, sagte Gus ein wenig erstaunt. »Interessant, wie Sie gleich sehen werden. Noch was?«

»Ja.« Dudley schaute ihn scharf an. »Warum so überrascht?«

»Erkläre ich Ihnen später. Weiter.«

Dudley blickte wieder auf seinen Block. »Er saß auch in irgendeinem Bauausschuss. Und er hatte mit dem National Health Service zu tun. Es gab einen Sonderausschuss, der darüber beriet, ob Medikamente aus Europa eingeführt werden dürfen, und er war da sehr aktiv. Und sonst ... nichts Besonderes. Die Kollegen waren alle überrascht, dass er an dem Abend, an dem er umgebracht wurde, nicht zur Abstimmung erschien, weil er sonst sehr zuverlässig war. Diese Mary Bodling war noch immer ziemlich sauer, als würde sie nicht mal einen Mord als eine geeignete Entschuldigung für ein solches Verhalten betrachten.«

Gus fing an zu lachen. Es passierte nicht oft, dass Dudley mal ein Scherz gelang, und Dudley schien Gus' Reaktion zu gefallen. Einen Augenblick lang sah der oft mürrische Dudley richtig liebenswürdig aus, und das schien die ganze Gruppe anzustecken. Die beiden Polizisten entspannten sich, und Gus hob die Hand, um noch eine Runde Bier und weitere Sandwiches zu ordern.

»Okay«, sagte er ruhig, als die Bestellung gebracht wurde und der Kellner, der sich brennend für ihr Gespräch interessierte und um ihren Tisch herumschlich, wieder verschwunden war. »Dann kann Mike uns jetzt über diesen David mit dem seltsamen Namen berichten. Schießen Sie los, Mike.«

»David Caspar-Wynette-Gondor«, las er aus seinem Notizbuch vor. »Vierzig Jahre alt. Bruder des Earl von Durleigh ...«

»Mensch!«, rief Tim. »Müsste er dann nicht im Oberhaus sitzen?«

Mike schaute ihn verächtlich an. »Er ist kein Earl. Sein *Vater* war es, und nun ist es sein Bruder, und der *ist* natürlich Mitglied des Oberhauses. Ich habe hier ziemlich viel über seine Familie. David war der Jüngste. Er hat zwei ältere Brüder. Zwillinge. Einer von ihnen ist natürlich der Earl. Er sitzt regelmäßig im Oberhaus – im Gegensatz zu gewissen Abgeordneten, die nur zu Tee und Sandwich auftauchen, ein paar Pfund für ihre Anwesenheit kassieren und dann wieder abschwirren, ehe sie überhaupt über irgendetwas abgestimmt haben. Der Earl ist ein waschechter Tory. Und ein erstklassiger dazu. Er jagt, schießt und angelt, frönt also dem Sport der Reichen und Adeligen. Zwischen ihm und unserem CWG liegen Welten. David ist als sehr junger Bursche in die Labour Party eingetreten, weigerte sich, wie seine Brüder nach Oxford zu gehen, lernte stattdessen das Maurerhandwerk und arbeitete auf Baustellen und so weiter. War in der Gewerkschaft aktiv und Jagdsaboteur an Wochenenden – er hat sogar einmal bei der

Jagd seines Bruders Randale gemacht. Unser CWG heiratete eine Frau seinesgleichen. Sie waren schon von Kindesbeinen an befreundet. Keine aus unserem alten Landadel. Sein Schwager sitzt auch im Oberhaus. Er hat seinen Adelstitel vor ein paar Jahren geerbt, aber sein Vater war der erste Lord Hinckley. Er hat offensichtlich mit Motoren Geld gemacht und war ein echter Tory, aber dieser Lord sitzt als Liberaldemokrat im Oberhaus. Es ist richtig lustig. Die ganze politische Bühne ist wie eine Familie.«

»Tja, das könnte auf einen ganz gewöhnlichen Mord hindeuten«, sagte Dudley. »Jeder will dem anderen an den Kragen.«

Gus schüttelte den Kopf. »Nein, Roop. Wir haben danach gefragt. Es sieht so aus, als ob sie trotz der Politik alle gut miteinander auskommen. David und seine Frau haben ihren Bruder nicht oft gesehen, aber nur, weil sie es nicht wollte. Ihrem Vater sollen große Teile Yorkshires gehört haben, doch er hatte strenge Ansichten, was den Landadel betrifft. Er hat seinem Sohn seinen ganzen Grundbesitz, ein großes Haus und das meiste Geld überlassen, weil er offensichtlich glaubte, dass eine Frau ihr Geld heiraten sollte. Deshalb hat er ihr nur wenig hinterlassen. Das meiste hat sie nach den Worten dieses Burschen im Fraktionsbüro versoffen. David hat sich recht gut mit Hinckley verstanden, seinem Schwager, und hatte offensichtlich ein ganz gutes Verhältnis zu seinen Brüdern. Die drei waren nach den Worten von Marcus Napper eng befreundet. Er sagte, er wisse so viel darüber, weil seine Frau mit der Gattin von CWG befreundet sei. Sie haben nie zugelassen, dass die Politik sie trennt. Wir müssen natürlich noch mit der Frau sprechen, aber sie ist offensichtlich völlig am Ende, weil sie ihren David verloren hat. Sie hat sich drüben in Harrow in einer Entzugsklinik angemeldet. Morgen werde ich versuchen, mit ihr zu sprechen, obwohl das natürlich von ihrem Zustand abhängt. Ich werde es vorher mit ihrem Arzt abklären. Sonst gibt es nicht viel. CWG war aktiv im Sonderausschuss für Baumaterialien ...«

»Was?«, staunte Dudley und richtete sich auf. »Wie mein Bursche auch?«

»Das ist noch nicht alles«, erwiderte Gus mit Genugtuung.

»Er hatte auch mit der Gesetzesvorlage zur Abschaffung der Erbfolge zu tun, die offensichtlich als Druckmittel benutzt wird, um das Oberhaus zu reformieren, falls man das Gesetz durchbringen kann. Die Labour Party ist ganz versessen darauf, und keiner mehr als unser David. Es begann natürlich als eine Gesetzesvorlage der Torys, die die Lords stärken sollte, aber die Labour-Abgeordneten im Ausschuss haben dann ziemlich Druck gemacht.«

»Hm«, machte Dudley. »Das ist interessant.«

»Genau das dachten wir auch, als wir hörten, dass Ihr Bursche im gleichen Ausschuss saß wie unserer«, sagte Gus. »Wir müssen noch etwas tiefer in den politischen Gewässern fischen, Roop, ob es Ihnen gefällt oder nicht.«

»Ich würde gern bei den Angehörigen beginnen«, sagte Dudley mit erhobenem Kopf. »Und tun Sie mir einen Gefallen, Chef, und hören mit dem ›Roop‹ auf, okay? Das geht mir schrecklich auf die Nerven.«

»Sorry, Dudley. Und dann?«

»Wir werden sehen, ob uns das weiterbringt.« Dudley blieb hartnäckig. »Ich würde gern mit dem Sohn aus Australien sprechen. Nur weil er nicht hier ist, muss das nicht bedeuten, dass er nicht irgendwie mit der Sache zu tun haben könnte. Die Frau wird mir sicher ein paar Hinweise geben. Ich werde es so einrichten, dass wir sie am Flughafen treffen. Das kann eine der Polizistinnen mit Mike oder Tim übernehmen. Mal sehen, was sie auf dem Weg von Heathrow zu sagen hat. Es ist immer ein guter Zeitpunkt, die Leute zu überraschen, wenn sie vom Flug ein bisschen erschöpft sind.«

»Spielen Sie mit offenen Karten«, warnte ihn Gus. »Wir wollen nicht beschuldigt werden, uns unlauterer Mittel zu bedienen. Vergessen Sie nicht, dass das hier ein ganz heißes Eisen ist. Sehen Sie diese ganzen Journalisten, die sich vor dem St.-Stephen's-Eingang tummeln? Sie sind hinter jeder noch so kleinen Information her, um sie dann riesig aufzubauschen. Gehen Sie kein Risiko ein.«

Tim Brewer sah gekränkt aus. »Chef, Sie sagen mir doch immer, dass ich es mit den Vorschriften manchmal nicht so genau nehmen soll?«

»Natürlich, sonst kommen wir ja zu nichts. Ich habe nur gesagt, dass wir in diesem Fall ganz umsichtig vorgehen müssen, denn wir bewegen uns hier auf sehr dünnem Eis«, sagte er in gedämpftem Tonfall. »Ab jetzt lauern diese Typen uns überall auf. Schauen Sie nicht hin, aber wenn das da drüben am Ecktisch nicht der Bursche vom *Clarion* ist, fress ich 'nen Besen.«

»Ihnen entgeht auch nichts, Chef«, murmelte Mike, und Gus schnaubte verächtlich. Der Journalist am Ecktisch schielte sehnsüchtig zu ihnen herüber, und die Vier fingen laut zu lachen an.

Fünf Minuten später verließen sie die Kneipe und machten noch immer wie scheinbar ganz normale Gäste ihre Scherze. Aber Duggie Rowe vom *Clarion* ließ sich nicht zum Narren halten. Er kannte Gus vom Sehen, und diesen Dudley hatte er sicher auch schon an verschiedenen Tatorten gesehen. Als die mit Gravuren verzierte Glastür hinter der kleinen Gruppe ins Schloss fiel, zog Rowe sein Handy aus der Tasche. Je eher der Redakteur erfuhr, was er aufschnappen konnte, desto besser. Obwohl die Polizisten vorsichtig gewesen waren, hatte er ziemlich viel mitbekommen. Aufgrund seines pfeifenden Tinnitus, der sein Leben mitunter in ein Jammertal verwandelte, war er gezwungen, die Wörter von den Lippen abzulesen. Diese Fähigkeit hatte er bestens ausgebildet und setzte sie immer ein, wenn es sich lohnte.

»Ich fahre nach Heathrow«, sagte er zu seinem Redakteur, als er ihn endlich an der Strippe hatte. »Alice Diamond kommt heute Abend aus Italien zurück, und die Bullen holen sie dort ab. Mit ein bisschen Glück bin ich vor ihnen da, und dann schau ich mal, was ich erreiche. Okay?«

»Klar«, erwiderte die leise Stimme. »Gut gemacht.«

7

George saß auf einem hohen Hocker mitten im Labor und beobachtete Jerry, dessen Vorrat an Klammern zur Neige ging, während Alan Short, der an seiner Seite arbeitete, die Proben für das Endokrinseminar am Nachmittag fertig stellte. Ihre Bitte an die beiden war – wie sie selbst wusste – ein wenig unverschämt. Sie würde sich an ihrer Stelle auch ganz schön aufregen; trotzdem musste sie die beiden darum bitten. Einen Augenblick lang wünschte sie sich, sie wäre autoritärer gewesen wie viele andere Fachärzte im Old East, die ihren Mitarbeitern einfach sagten, was sie zu tun hatten, egal wie viele Überstunden das für die Kollegen bedeutete. Doch so war sie nicht. Es lag ihr nicht, die autoritäre Chefin herauszukehren.

»Hm, Jerry«, sagte sie, als er die letzte Klammer wegräumte und seinen Tisch für die nächsten Arbeiten säuberte. »Ich möchte mit Ihnen reden ... und mit Ihnen auch, Alan.«

Alan blickte auf, während Jerry, der den Kopf zur Seite geneigt hatte, sich auf den hohen Hocker schwang, die Beine übereinander schlug, die Arme verschränkte und George anschaute. »Na«, sagte Jerry, »was glaubst du, Alan? Habe ich die Wette gewonnen?«

»Ich weiß nicht, warum ich mir was einreden lassen sollte. Es ist so, als ob man einem Bettler seine Pfennige klaut.«

»Du gibst also zu, dass ich gewinnen werde?«

»Was habt ihr denn da ausgeheckt?«, fragte George, die ein wenig errötet war, weil sie befürchtete, die Antwort ganz genau zu kennen. »Ich will nur mit Ihnen sprechen.«

Jerry legte einen Finger auf die Stirn und machte ein Gesicht wie eine Vogelscheuche. »Ah, lass mich mal nachdenken, auch wenn ich viel zu dumm dazu bin. Die gute Frau möchte mit uns darüber sprechen ... Nachtigall, ich hör dir trapsen. Dr. Barnabas will gehen und uns allein lassen. Sie möchte ihren kleinen Korb nehmen und mit Gus weggehen – oder sollte ich besser James Bond sagen? – und herausfinden ... Nun, was will sie herausfinden?«

»Hm«, sagte Alan mit verzerrtem Gesicht. »Kann es schlimmere Mörder geben? Mörder mit Messern? Ach, hätte ich doch nur ein Herz, dann würde es bluten.« Und er tat so, als würde er weinen.

»Ihr Halunken«, schimpfte George. »So durchschaubar bin ich doch auch nicht, oder? Gut, das ist ein verdammt blöder Fall, und die zweite Leiche wurde nur gefunden, weil ich gesagt habe, wo man sie finden wird. Ich habe so ein Gefühl, dass man den Mann fassen könnte, bevor er einen weiteren Mord begeht, indem man einen bestimmten Ort genau überwacht. Das ist doch wirklich verdammt wichtig, oder? Ist es ein Wunder, dass ich dabei sein will? Das kann ich aber nicht, wenn ich immer hier sein muss. Ich möchte mich einfach darauf konzentrieren und die Angelegenheiten des Old East Ihren fähigen Händen anvertrauen ... Bitte.«

»Oh, Mann!«, stieß Jerry hervor. »Sie übergibt uns die Kontrolle und die Macht. Mir gefällt es, wenn mich eine Frau um etwas bittet. Dir nicht, Alan?«

»Sie ist noch nicht auf die Knie gefallen«, sagte Alan mit überheblicher Miene. »Ich möchte, dass sie *richtig* bettelt.«

»Nix da. Da können Sie noch lange drauf hoffen«, erwiderte George. »Okay, okay, ich verstehe. Dann kümmere ich mich also um den Fall und arbeite gleichzeitig hier. Das wäre nicht das erste Mal, also wird es auch diesmal gehen. Zum Teufel mit Ihnen.«

»Nun beruhigen Sie sich mal wieder, Dr. Barnabas«, sagte Jerry lachend. »Natürlich können Sie das. Mir ist nie in den Sinn gekommen, dass Sie es nicht könnten. Darum habe ich auch mit Alan gewettet.« Er grinste Alan an. »Ich werde meinen Wettgewinn demnächst, wenn ihr einen Babysitter habt, in Bier einlösen ... Machen Sie sich keine Sorgen, Dr. Barnabas. Ich werde mich persönlich darum kümmern, dass Sie jeden Tag einen detaillierten Bericht darüber bekommen, was hier im Labor an Arbeiten angefallen ist.«

Er sprang vom Hocker und steuerte auf das kleine Eckbüro zu. Es war einst das Reich von Sheila Keen gewesen, seiner Vorgängerin, aber niemand sprach mehr über sie, denn keiner mochte mehr daran erinnert werden, was im letzten Jahr passiert war. Jerry hatte den Raum leuchtend gelb gestrichen und ganz neu möbliert. Die Sachen hatte er von seinem eigenen Geld auf einem Markt auf der Bermondsey Street gekauft: einen alten Roll-Schreibtisch, einen Sessel und einem karminroten Teppich. Es war so, als hätte Sheila nie existiert.

»Da, ich leihe Ihnen mein Handy. Ich brauche es im Moment nicht. Wenn Sie es immer bei sich haben, kann ich Sie im Notfall anrufen. Obwohl ich nicht glaube, dass es etwas gibt, womit Alan nicht fertig wird. Stimmt's, Alan?«

Alan trug als Georges Vertretung die Verantwortung für die Pathologie, wenn George abwesend war, zog es aber bei weitem vor, sich pathologischen Arbeiten zu widmen als Verwaltungskram zu erledigen. Jetzt grinste er sie zufrieden an. »Genau, Jerry. Er hat wirklich Recht, Dr. Barnabas. Wir kommen ausgezeichnet zurecht. Ich werfe Ihnen nicht vor, dass Sie so viel Zeit wie möglich mit diesem Fall verbringen wollen. Ich würde es auch so machen. Sie können also ruhig gehen, und machen Sie sich keine Sorgen. Ich werde die normalen Obduktionen vornehmen und die gerichtsmedizinischen Arbeiten für Sie liegen lassen. Falls nötig, kann ich Sie ja auf Jerrys Handy anrufen.«

»Jungs, ich liebe euch«, sagte George erfreut und nahm das Handy. »Ich werde es die ganze Zeit eingeschaltet lassen. Versprochen! Ist das die Ersatzbatterie? Großartig. Ich werde darauf achten, dass das Handy immer aufgeladen ist.«

Sie stand schon an der Tür, als Jerry ihr nachrief: »Noch etwas, Dr. Barnabas. Wir erwarten, dass Sie uns über alle blutrünstigen Einzelheiten auf dem Laufenden halten, damit wir den anderen immer ein Stück voraus sind.«

»Versprochen«, rief George über die Schulter ins Labor und steuerte dann auf ihr Büro zu, um ihre Jacke und ihre wichtigsten Obduktionsutensilien zu holen. »Jede Einzelheit!« Und dann rannte sie davon. Sie hatte keine Zeit zu verlieren.

*

In der Einsatzzentrale des Polizeireviers Ratcliffe Street herrschte reges Treiben. Offenbar telefonierten alle, doch Gus war nirgends zu sehen. Das verdarb George die Laune. Sie hatte sich im Stillen bereits ausgemalt, wie Gus sich freuen würde, wenn er erfuhr, dass sie sich im Labor frei genommen hatte und nun intensiv an der Klärung des Falles mitwirken konnte. Jetzt machte sie ein so enttäuschtes Gesicht wie ein kleines Kind, das den Eiswagen davonfahren sah, ohne ein Eis bekommen zu haben. Vielleicht war wenigstens Mike Urquhart da. Von dem war immer einiges über den Stand der Dinge zu erfahren, wenn Gus nicht zu erreichen war. Doch leider war auch Mike nicht im Büro. George biss sich verärgert auf die Lippe. Ihr blieb nichts anderes übrig, als zu warten, bis Gus zurückkam. Wie gerne wäre sie auch dort draußen gewesen!

»Wo sind die denn alle?«, fragte sie die Polizistin, deren Schreibtisch in der Nähe der Pinnwand stand. Die junge Frau, die gerade den Hörer aufgelegt hatte, schaute hoch. Jetzt sah George, dass es Julie Bentley war, und grinste sie erleichtert an. »Hallo, Miss Bentley. Ich habe Sie nicht sofort erkannt.«

Die junge Frau lehnte sich im Stuhl zurück. Auch sie freute sich, George zu sehen. »Hallo, Dr. Barnabas! Sie sind alle unterwegs. Roop und Tim verhören die Tory-Abgeordneten im Unterhaus, der Chef und Mike die Labour-Abgeordneten. Anschließend wollen sie in die Parteizentralen.« Sie blätterte die Papiere auf ihrem Schreibtisch durch. »Da, ich hab's. Zentralbüro. Smith Square 32. Da gehen Roop und Tim hin. Der Chef und Mike gehen zur Walworth Road 140. Dort ist das so genannte John-Smith-Haus.«

»Haben die Männer es nach ihrer politischen Einstellung aufgeteilt?« George setzte sich auf die Ecke des Schreibtisches. »Ich dachte, Roop wäre Tory. Und ich weiß, dass Gus alles andere als ein Tory ist ...«

Julie zuckte mit den Schultern. »Keine Ahnung. Politik ist doch langweilig.«

George schaute sie betrübt an und schüttelte den Kopf. »Finden Sie? Das ist keine gute Einstellung. Die Politik hat großen Einfluss auf Ihre Arbeit.«

»Ach, ich weiß nicht, Dr. Barnabas. Unsere Bosse sind ständig mit Politik zugange, aber für die kleinen Lichter hier spielt es doch keine Rolle, was sich da oben abspielt. Die richtige Arbeit machen doch wir, und dafür brauche ich keine Politik. Hier geht es um Leute, die sich gegenseitig die Kehle durchschneiden.« Sie grinste mürrisch. »Auf jeden Fall hat es nichts mit dem wahren Leben und den Gefühlen der Menschen zu tun, oder?«

George war fassungslos. Sie hatte Julie Bentley ganz anders eingeschätzt. »Da liegen Sie aber völlig falsch. Wie kommen Sie darauf, dass Politik nichts mit dem wahren Leben und richtigen Gefühlen zu tun hätte? Das stimmt nicht. Die Politik kann Menschen dazu bringen, schreckliche Dinge zu tun und sogar Gewalttaten zu verüben.«

»Ja, da haben Sie sicher Recht. Immerhin haben wir zwei Abgeordnete mit durchgeschnittenen Kehlen. Da wird man doch hellhörig, oder? Und jetzt sind alle ganz aufgeregt.«

»Wer?«

»Die Politiker«, erwiderte Julie. »Wir müssen alle Abgeordneten anrufen und überprüfen. Da steht es: Wenn uns das Verhalten eines Abgeordneten irgendwie seltsam vorkommt, müssen wir das notieren.« Sie schaute auf ein Blatt, auf dem wahrscheinlich ihre Anweisungen standen. »Oder wenn wir irgendetwas erfahren, das für unsere Ermittlungen von Nutzen sein könnte.«

»Alle Abgeordneten? Sie müssen sie alle anrufen?«, fragte George ehrfürchtig.

»Fast alle«, erwiderte Julie seufzend. »Auch wenn wir ein wenig Unterstützung von der Sonderkommission und von anderen Polizeirevieren bekommen, ist es viel Arbeit. Im Oberhaus sitzen mehr als elfhundert Abgeordnete und im Unterhaus sechshundertfünfzig.«

»Und die müssen alle befragt werden«, sagte George nachdenklich. »Das bedeutet natürlich auch, dass sie gewarnt werden ...«

Plötzlich ging ein Raunen durch den Raum, und alle beugten sich über ihre Schreibtische. Es war, als würde ein kalter Windzug über ein reifes Weizenfeld wehen. George schaute sich um und sah, dass Roop Dudley und Tim Brewer gerade zurückkehrten.

Sie blieb still sitzen und ließ ein wenig die Schultern sinken. Auf keinen Fall wollte sie mit Roop aneinander geraten und ihm irgendeinen Grund liefern, sie rauszuwerfen. Er war ja immer schnell bei der Hand, sie von den Ermittlungen auszuschließen. Darum rutschte sie vom Schreibtisch herunter auf den Stuhl, der neben dem Julies stand, und machte sich ganz klein.

Doch leider klappte das nicht. Er sah sie auf den ersten Blick und sprach Tim sofort an. Dieser schaute zu ihr herüber, sprach kurz mit Roop, zuckte mit den Achseln und kam dann auf sie zu. Roop ging zur anderen Seite des Raumes, beugte sich über einen Stapel Faxe und kehrte George den Rücken zu.

»Hallo, Dr. Barnabas«, stammelte Tim unglücklich. »Alles in Ordnung?«

»Ausgezeichnet. Auf jeden Fall, bis dieser Typ hier aufgekreuzt ist. Je eher dieser Kerl von einem Lastwagen überrollt wird, desto besser«, stieß George hervor. »Das dürfen Sie ihm gerne sagen.«

Julie kicherte, machte sich dann aber wieder eifrig an die Arbeit.

»Also ... hm ... ja«, druckste Tim herum. »Nun, Dudley bittet Sie höflich, im Büro des Chefs zu warten, weil ... Sie möchten bitte dort warten, bis ...« Es war ihm merklich peinlich, George das ausrichten zu müssen.

»Der soll mich höflich gebeten haben? Dass ich nicht lache! Der hat sicher gesagt: Diese Kuh soll aus meinem Blickfeld verschwinden. Schicken Sie die ins Büro des Chefs oder sonst wo hin.«

»Oh, Dr. Barnabas, ich bitte Sie!«, rief Tim. »Ich möchte nicht in einen Streit zwischen Dudley und Ihnen verwickelt werden. Außerdem muss ich jetzt sofort nach Harrow fahren.«

»Es wird keine Probleme geben«, beruhigte George ihn. Plötzlich bekam sie wieder gute Laune. »Da ist der Chef ja schon.« Sie stand auf, ging durch den Raum und stellte sich neben Gus Hathaway. Es passte ihr besonders gut in den Kram, dass er schnurstracks auf den Stapel Faxe zueilte, den Roop sich gerade anschaute.

»Hallo, Gus«, begrüßte sie ihn lächelnd und legte besitzergreifend eine Hand auf seinen Ärmel. Roops Mundwinkel zuckten leicht. Großartig, dachte sie, dem werde ich es schon zeigen.

»Viel zu tun heute Morgen, Roop?«, sagte sie. »Sie Armer. Gus ... Chef ... hm.« Sie wusste ganz genau, dass Roop kein Wort entging, und fuhr genüsslich fort: »Ich habe äußerst wichtige Informationen für dich. Hast du Zeit?«

»Na klar.« Er schaute sie an und grinste. Dass sie etwas im Schilde führte, war nicht zu übersehen. Immerhin kannte er sie nicht erst seit gestern. Heute sah sie mit ihren strahlenden Augen und dem lockigen Haar, das ihr in die Stirn fiel, besonders hübsch aus. Eigentlich nicht wie eine Frau, die schon über dreißig war, dachte er. »Schieß los, Schatz.«

»Am besten, wir gehen in dein Büro«, sagte George. »Roop ist der Meinung, dass ich hier nur im Weg bin – nicht wahr, Roop? Er hat Tim zu mir geschickt, um mir ausrichten zu lassen, dass ich in deinem Büro warten soll. Und da gehen wir jetzt hin, okay?« Sie hakte sich bei Gus unter und zog ihn fast hinter sich her.

»Mensch, was geht hier vor?«, protestierte Gus. »Streitet ihr zwei euch schon wieder?«

George machte ein entsetztes Gesicht. »Ich mich streiten, Gus? Ich bitte dich!«

»Ich meine aber doch«, sagte Gus leicht verärgert. »Dass ihr auch nie Ruhe geben könnt. Aber wenn er wirklich unfreundlich war ...«

»Ach, es war nicht so schlimm«, lenkte George ein, die sich entspannte. »Er wollte mich nur verjagen. Pass auf, Gus, ich habe nachgedacht. Wenn es sich, wie ich vermute – und ich glaube, davon gehst du jetzt auch aus – um einen Serienkiller handelt, der so vorgeht wie Jack the Ripper vor über hundert Jahren, brauchst du einen Ripper-Experten, nicht wahr? Und der bin ich. Darum habe ich mich im Krankenhaus freigemacht ...«

»Wer sagt denn, dass du Ripper-Expertin bist?« Er hatte sich von George in sein Büro führen lassen und setzte sich jetzt an seinen Schreibtisch. George schloss die Tür hinter ihm. »Weil du ein Buch gelesen hast, willst du jetzt Expertin sein? Außerdem habe ich das Buch auch schon gelesen. Ich bitte dich, Schatz.«

»Nein, es geht ja nicht nur darum«, beharrte sie. »Ich habe schon viel mehr gelesen. Nachdem ich Parleys Buch nach dieser Sendung gelesen hatte, bin ich losgestiefelt und habe alles gekauft, was ich darüber finden konnte. Warum solltest du deine wertvolle Zeit damit vergeuden, dir das alles reinzuziehen, wenn ich es schon weiß? Bitte, ich möchte bei den Ermittlungen dabei sein, und zwar nicht nur als Gerichtsmedizinerin, okay? In meiner Abteilung habe ich schon alles geklärt. Alan und Jerry schmeißen den Laden, und ich bin telefonisch immer zu erreichen.« Sie tippte auf die Brusttasche ihrer Jacke. »Ich kann euch doch wirklich bei diesem Fall helfen. Ohne mich hättet ihr doch auch CWG nicht gefunden, oder? Niemand hat mir geglaubt, und ich hatte Recht.«

Gus seufzte und starrte sie mit glasigem Blick an. George wusste, dass er angestrengt nachdachte. Nach einer Weile schaute er über die Schulter durch die Glaswand ins Großraumbüro, in dem jetzt auch Roop vor einem Computer saß, und schüttelte den Kopf. »Roop rastet aus, wenn ich es erlaube. Er will, dass alles streng nach Vorschrift läuft.«

»Wer ist denn hier der Boss?«, fragte sie freundlich.

»Ob du es mir nun glaubst oder nicht, aber das hier ist sein Revier. Ich bin sozusagen nur ein Gast der Sonderkommission.«

»Mensch, Gus, hör auf! Du bist der Superintendent in diesem Fall, und du kannst entscheiden, was wie gemacht wird. Dein Team arbeitet doch auch an diesem Fall. Du willst es mal wieder mit keinem verderben, aber irgendwo gibt es da auch Grenzen. Wenn du behaupten willst, dass ich dir nicht helfen kann, okay, aber ...«

Gus schüttelte verzweifelt den Kopf. »Du bist mir eine große Hilfe, du alte Zimtziege. Das weißt du ganz genau. Du hast in der Vergangenheit schon einige komplizierte Fälle gelöst, und ich glaube, dass wir so einen klugen Kopf wie dich auch jetzt gut gebrauchen könnten, aber ...«

»Ja, ich weiß. Es ist nicht üblich, dass die Gerichtsmedizinerin ständig auf dem Revier herumhängt. Können wir jetzt darüber sprechen, was wir als Nächstes tun?«

»Habe ich eine andere Wahl?«

»Am besten, du hörst mir erst mal zu. Dann kannst du dir ja immer noch deine eigene Meinung bilden.«

»Okay«, sagte er mit einem Blick zur Decke. »Du bist verdammt starrköpfig.«

»Dann bin ich eben starrköpfig, aber nur, weil ich so viel Grips in der Birne habe. Können wir jetzt über den Fall sprechen?«

Verzweifelt warf er die Hände in die Luft, und George grinste ihn an.

»Pass auf. Wir haben bisher zwei Leichen gefunden, und beide weisen eine starke Ähnlichkeit mit den Ripper-Opfern auf, die vor mehr als hundert Jahren gefunden wurden. Ich bin jedoch der Meinung, dass es im Moment nicht so wichtig ist, nach Parallelen zu suchen, sondern dass wir uns um Unterschiede beim *modus operandi* kümmern sollten.«

Gus strahlte sie an und hörte aufmerksam zu. »Hat der Hund nicht gebellt?«

»So in der Art. Aber Spaß beiseite. Zwischen den Verbrechen des Rippers und unseren beiden Mordfällen liegen andere Zeitspannen.«

»Ich verstehe nicht ganz, was das ...«

»Ich auch nicht. Ich denke nur laut nach. Lass mich mal weitermachen. Okay, verschiedene Zeitspannen.« Sie griff in ihre Tasche, holte ein Notizbuch hervor und schlug es auf. »Schau hier. Der erste Rippermord wurde im Hochsommer verübt, genau am 31. August. Es gab im Frühjahr 1888 zwar eine Reihe brutaler Messerstechereien unter Prostituierten, die sich gegenseitig abgestochen haben, aber diese Morde gehören nicht dazu. Berufsrisiko.«

»Ist es noch immer«, murmelte Gus.

George fuhr fort. »Also, am 31. August. Mehr als eine Woche später folgte ein zweiter Mord. Aber ungefähr drei Wochen später gab es dann zwei Morde. Zwei in einer Nacht, am 30. September. Auf diese beiden Mordfälle folgte ungefähr sechs Wochen später ein weiterer. Sie wurden übrigens alle an Wochenenden verübt. Freitag, Samstag oder Sonntag. Und dann riss die Mordserie ab.«

»Ach ja?« Gus war verwirrt.

»Da gibt's also noch einen weiteren Unterschied zu unseren Fällen. Wir haben Ende Oktober. Hinzu kommt, dass in unseren Fällen die Genitalien gut sichtbar auf die Schulter des Opfers gelegt wurden ...«

»Das ist wirklich *abscheulich*«, stieß Gus plötzlich heftig hervor, und George schaute ihn mit einem süßsauren Lächeln an.

»Ich frage mich ... ach, egal.«

»Was fragst du dich?«

»Wärst du wohl auch so aufgebracht, wenn die Opfer Frauen wären? Ich weiß natürlich, dass dir Morde immer verhasst sind, aber ich habe fast das Gefühl, als ob du mit diesen Opfern so eine Art Solidaritätsgefühl entwickeln würdest ...«

Gus verzog das Gesicht. »Ich will ja gar nicht abstreiten, dass ein Mann weiche Knie kriegt, wenn er so etwas sieht. Aber so eine Diskussion bringt uns doch jetzt wirklich nicht weiter. Lass uns bitte damit aufhören, okay?«

»Einverstanden. Zurück zum Thema. Tatsächlich ist das nur in einem Ripper-Fall passiert. Ich meine, dass die Genitalien zur Schau gestellt wurden. Beim ersten Mord. Bei den anderen war es anders. In drei Fällen waren die Genitalien ganz entfernt worden. In einem Fall wurde dem Opfer das Herz herausgerissen, und in einem Fall gab es neben der durchgeschnittenen Kehle keine weitere Verstümmelung. Fassen wir mal zusammen. In einem Fall hat der Mörder die Genitalien zusammen mit anderen inneren Organen auf die Schulter des Opfers gelegt. In zwei Fällen wurde die Gebärmutter entfernt und niemals gefunden, und in einem anderen Fall fehlten das Herz und eine Niere. Alle Leichen sind ohne Zweifel brutal verstümmelt worden, aber gerade die zur Schau gestellten Geschlechtsorgane sind in die Geschichte eingegangen. Aber das hat es zu allen Zeiten gegeben. Doch es fiel mir erst auf, als ich Paleys Buch ein zweites Mal gelesen und mir Notizen gemacht hatte. Möglicherweise ist auch unser Killer diesem Irrtum erlegen, und er hat daher beiden Opfern – falls meine Theorie überhaupt stimmt – ihre Genitalien auf die Schulter gelegt.«

Gus schüttelte seufzend den Kopf. »Warum mache ich mir das Leben so schwer?«, beklagte er sich. »Warum bin ich nicht einfach ein fröhlicher Restaurantbesitzer, der schöne Stücke Heilbutt brät und sich von solchem Horror fern hält?«

»Weil du den Hals nicht voll kriegen kannst«, sagte George ein wenig zerstreut, da sie noch immer ihre Notizen durchsah. »Gus, es kommt mir so vor, als wollte unser Mörder etwas ganz Bestimmtes ausdrücken. Er ist nicht einfach darauf aus, wie der Ripper und die meisten Serienmörder krankhafte Gelüste zu befriedigen. Es geht ihm um mehr ...« Sie überlegte kurz und fuhr dann fort: »Er will eine ganz bestimmte Wirkung erzielen.«

»Serienmörder wollen immer eine Wirkung erzielen«, widersprach Gus, dessen Interesse jetzt wieder geweckt war. »Überleg doch mal, wie oft sie Briefe an die Polizei schicken, dort anrufen oder die Beamten verspotten, oder Mitteilungen an die Presse schicken.«

»Das gehört zu ihrem Vergnügen. Das tun sie, weil sie ihr Lustgefühl steigern wollen, das der Mord ihnen beschert. Allerdings bin ich nicht davon überzeugt, dass die Morde in unseren Fällen aus reiner Freude am Töten verübt wurden. Ich habe das Gefühl, der Täter will uns etwas sagen oder eine Wahrheit ans Licht bringen. *Irgendetwas*.«

»Ich glaube, du ziehst voreilige Schlüsse, Schatz. Unsere beiden Opfer sind Abgeordnete, und darum glaubst du an politische Motive. Aber vielleicht haben die beiden Mordfälle überhaupt keinen politischen Hintergrund. Möglicherweise haben diese Burschen ihre Frauen betrogen oder einen Freund erpresst und sind deshalb umgebracht worden. Warum sind sie an die Orte gegangen, wo man sie gefunden hat? Vergiss nicht, dass wir keinen Grund dafür entdecken konnten, warum sich diese Burschen im East End herumgetrieben haben, und vielleicht werden wir keine weiteren Leichen mehr finden. Das würde deine Ripper-Theorie doch vermasseln, oder?«

»Ja, schon. Wir brauchen weitere Leichen, nicht wahr?«

»Mein Gott!«, rief Gus. »Mich hat mein Job vielleicht abgehärtet, aber dich?«

»Ich kann nicht abstreiten, dass ich mich in der Gesellschaft von Leichen ziemlich wohl fühle«, gab sie zu. »Aber natürlich möchte ich nicht, dass weitere Menschen sterben, falls du das andeuten willst.«

»Nein, das wollte ich nicht. Du hast dich nur so kühl angehört.«

»Mich interessiert der Fall nun mal brennend. Ich würde gerne den nächsten Mord verhindern, falls der Mörder ihn bereits plant. Du nicht?«

»Ist der Papst katholisch? Ich bitte dich! Natürlich würde ich ihn gerne verhindern, falls es einen weiteren Mord geben wird.«

»Ich glaube ja. Es wäre mir ganz lieb, wenn nur wir beide ein wenig herumschnüffeln würden. Erstens kostet es ein Heidengeld, wenn das ganze Revier auf die Straße geht, und zweitens würde Roop nur blöde Bemerkungen machen, wenn wir nichts finden. Die beiden Morde sind kurz hintereinander verübt worden. Der Mörder ist über die Zeitabstände bei den Ripper-Morden nicht im Bilde. Deshalb sollten wir uns jetzt umsehen. Man kann nie wissen, was wir finden.«

»Hm.« Gus seufzte und schaute wieder über die Schulter in die Einsatzzentrale. »Es würde schneller gehen und wäre wohl sicherer, wenn wir ein paar Polizisten mitnehmen.«

»Falls da aber gerade jemand durch die Gegend schleicht, würden die Beamten ihn aufscheuchen, Gus. Vielleicht bereitet der Killer gerade den nächsten Mord vor, aber wenn er sieht, dass die halbe Besatzung der Metropolitan-Polizei durch die Gegend schwirrt, wird er die Tat woanders verüben, und dann kann ich den Tatort nicht mehr ermitteln.«

»Welchen Tatort?« Gus schaute sie mit großen Augen an.

»Henriques Street natürlich. Ich habe die alten Karten mit den neuen verglichen, und soweit ich es erkennen konnte, muss dort früher die Berners Street gewesen sein. Auf der Berners Street wurde der dritte Mord verübt. Bist du bereit?«

8

Das weiß ich wirklich nicht. Ich bin nicht immer hier«, sagte der Friseur, der gerade die Haarschneidemaschine auf den Nacken des Mannes setzte, der vor ihm saß. »Ich bin nur für einen Kollegen eingesprungen, der in Urlaub ist. Sie müssen mit Leuten sprechen, die immer hier sind.«

Gus schaute auf das Spiegelbild des Mannes im Friseurstuhl. »Kommen Sie oft hierher?«, fragte er.

Der Mann mit dem dicken Hals und dem roten Gesicht, dessen halber Schädel kahl rasiert war, kicherte. Er musste so um die fünfzig sein. »Diesen Tanz lasse ich aus.«

»Sehr lustig. Ich lach mich tot«, stieß Gus hervor. Er griff in die Tasche, zückte seine Dienstmarke und hielt sie dem Mann unter die Nase. »Superintendent Hathaway, klar? Ich hab Sie nicht um einen blöden Walzer gebeten, sondern um ein kleines Gespräch.«

»Woher soll ich das denn wissen?«, sagte der Mann, dessen Blick zur Seite glitt, um George anzuschauen. »Ich hab die Frau gesehen und dachte, Sie würden nur herumschnüffeln.«

»Meine Kollegin«, erklärte Gus, der genau wusste, dass George keine Dienstmarke hatte und deshalb auch offiziell keine polizeilichen Ermittlungen vornehmen konnte. Auf jeden Fall nicht in dieser Form. »Kennen Sie sich hier gut aus?«

»Sollte ich eigentlich, denn ich hab früher hier gewohnt, bevor diese Pakistani hergekommen sind und sich alles verändert hat. Darum bin ich nach Chigwell gezogen. Hübsche Gegend.«

»Und warum gehen Sie hier zum Friseur?«, fragte Gus.

»Weil ich hier arbeite. Drüben auf dem Markt. Ich habe dort

einen hübschen kleinen Obst- und Gemüseladen. Außerdem gehe ich gern dort zum Friseur, wo man mich kennt. In Chigwell bekomme ich keinen anständigen Haarschnitt.«

Gus schaute ihn skeptisch an. »Aber dieser Bursche hat doch gesagt, dass er normalerweise gar nicht hier ist und nur für einen Kollegen eingesprungen ist. Was machen Sie also heute hier?«

Der Mann im Friseurstuhl seufzte theatralisch. »Kann man sich heutzutage noch nicht mal mehr die Haare schneiden lassen, ohne dass die Bullen sich dafür interessieren, oder was?«, sagte er zu dem Friseur, den er nur im Spiegel sehen konnte. »Also ehrlich, man sollte doch meinen, die hätten wichtigere Dinge zu tun.« Jetzt schaute er Gus wieder an. »Ich wusste gar nicht, dass Alfie heute nicht da ist, klar? Und ich sah aus wie ein Besen, weil ich schon Ewigkeiten nicht mehr beim Friseur war. Darum hat Fred mir die Haare geschnitten, stimmt's, Fred?«

»Stimmt genau«, bestätigte Fred. »Nur dass ich Gary heiße.«

»Dann eben Gary. Ist ja auch egal.«

»Ich verstehe.« Gus zog seinen Block aus der Tasche, um sich Notizen zu machen. »Ich schreibe mir Ihren Namen und Ihre Adresse auf, wenn es Ihnen nichts ausmacht.«

Der Mann nannte schmollend Namen und Adresse. Gus notierte sich alles, zog das Gummiband um das Notizbuch und ging dann mit George hinaus auf die Straße. »Ich armer Irrer, mich so von denen reizen zu lassen«, knurrte er, als er die Ladentür hinter sich zuschlug. »Ich wollte überhaupt nicht damit rausrücken, dass wir von der Polizei sind. Er hat mich einfach auf die Palme gebracht.«

»Schon gut. Ist ja nichts passiert«, beschwichtigte ihn George. »Ich hätte mich auch geärgert. Und jetzt?«

»Wir haben uns schon jeden Winkel in dieser blöden Straße angesehen. Wo sollen wir noch suchen?«, knurrte Gus.

Viel mehr konnten sie tatsächlich nicht tun. Sie hatten in Tabakläden, Süßwaren- und Lebensmittelgeschäften Dinge gekauft, die sie nicht brauchten, und auf Schilder gestarrt, auf denen *Zu vermieten* oder *Zum Verkauf* stand, als wären sie angehende Pächter oder Käufer der baufälligen Gebäude. Die ganze Zeit hatten sie in jede Ecke, jeden Eingang und jede Gasse gestarrt, wo man möglicherweise etwas hätte verstecken können.

Jetzt standen sie neben dem Friseurladen und schauten auf ein Stück Brachland, auf dem Gestrüpp und Gras wucherten, das stellenweise fast hüfthoch und von dicken Sträuchern umsäumt war, die ihre Schatten auf den Platz warfen. Ein ideales Versteck für jede Menge Leichen, hatte George sofort gesagt, als sie die Stelle gesehen hatten. Über einen zerbrochenen Holzzaun konnte man den Platz problemlos betreten. Gus schüttelte jedoch den Kopf.

»Schau dir das doch mal an. Überall sind schon Leute herumgetrampelt. Unsere Beamten haben den Platz buchstäblich durchkämmt, als wir CWG gesucht haben. Die hätten doch keine Leiche übersehen.«

»Wenn sie überhaupt schon da gelegen hat, als nach CWG gesucht wurde«, gab George zu bedenken, die noch immer über die Schulter auf das Brachland starrte. Irgendwo dort drüben bellte ein Hund; deshalb musste sie lauter sprechen. »Wann wurde die Suche abgebrochen?«

»Als wir CWG in der Greatorex Street gefunden haben. Das war ... Lass mich mal überlegen ... ungefähr um zwölf, glaube ich. Auf jeden Fall vormittags.«

»Stimmt. Gestern Nachmittag habe ich die Leiche obduziert«, sagte George langsam und hob den Kopf. »Gus, dieser Hund bellt ganz hysterisch. Hat er sich verletzt, oder was ist los?«

Gus drehte sich gereizt um. »Ich hab schon so genug am Hals. Es würde mir gerade noch fehlen, mich um blöde Köter zu kümmern«, stieß er ungehalten hervor. Plötzlich riss er die Augen auf.

»Ja. Genau das meine ich.«

»Verdammt.« Gus rannte zurück in den Laden und stieß die Tür auf, dass der Friseur einen heftigen Schreck bekam und herumfuhr. Der Mann, der vorhin auf dem Stuhl gesessen hatte, war aufgestanden und wurde gerade abgebürstet.

»Sie hätten mir doch sagen können, dass gestern Nachmittag ein Lastwagen hier war!«, rief Gus. »Es war doch einer hier? Oder war es ein Lieferwagen?«

Gary starrte ihn an. »Ein Lastwagen? Ich hab keinen Lastwagen gesehen ...«

»Sie müssen aber einen gehört haben. Sie können mir doch nicht erzählen, dass Sie gestern Nachmittag nichts gesehen haben. Dort auf dem freien Platz.«

»Oh, verdammt!«, murmelte der Friseur. »Wie oft soll ich es Ihnen denn noch sagen? Mir ist nichts Ungewöhnliches aufgefallen. Ich habe Ihnen doch schon gesagt, dass ich hier keinen Lastwagen und keinen Lieferwagen gesehen habe.«

»Haben da keine Autos geparkt?« George hatte hinter Gus den Laden betreten und konnte sich nicht zurückhalten, Fragen zu stellen. »Gibt es hier auf der Straße genug Parkplätze? Ich könnte mir vorstellen, dass viele den freien Platz dort benutzen.«

»Wie oft soll ich es Ihnen denn noch sagen? Normalerweise bin ich nicht hier«, stieß Gary wütend hervor. »Ich weiß nur, dass hier gestern keine Autos standen. Okay?«

»Dieser Hund da ...« Gus wechselte abrupt das Thema. »Hat er gestern auch gebellt?«

Plötzlich war Garys Interesse geweckt. »Gebellt? Aber wie! Der hat mich fast zum Wahnsinn getrieben. Der Köter hörte einfach nicht mehr auf. Das ging die halbe Nacht so. Solange Alfie in Urlaub ist, schlafe ich oben in der Wohnung, und der Köter hat gekläfft und gekläfft. Ich konnte kaum fernsehen, darum hab ich den Ton so laut gedreht, dass die Nachbarn auf der anderen Seite an die Wand geklopft haben. Ich hätte diesen verfluchten Kläffer am liebsten umgebracht.«

»Wann fing das an?«, fragte George.

»Äh ...« Gary strich sich nachdenklich über den Kopf. »Schwer zu sagen ... Ich bin nur schnell zum Wettbüro runter, um den Gewinn vom Rennen in Ripon einzustreichen. Ich hatte einen ziemlich guten Tipp. Als ich losging, bellte der Köter noch nicht, aber als ich zurückgekommen bin, ging's los.«

»Wer war hier, als Sie im Wettbüro waren?«, fragte Gus. »Und wo finde ich denjenigen?«

Gary schaute ihn verlegen an. »Ich bin ganz allein hier. Na ja, das Geschäft lief nicht besonders. Da hab ich die Gelegenheit genutzt, schnell einen Zettel an die Tür gehängt und abgeschlossen. Und so lange war ich nicht weg«, verteidigte er sich.

»Wie lange? Mensch, nun sagen Sie's schon. Mir ist es wirklich scheißegal, wie lange Sie fort waren. Das können Sie mit Ihrem Kumpel Alfie klären. Sagen Sie mir einfach, was ich wissen muss. Wie lange?«

»Ungefähr 'ne Stunde. Na ja, so um den Dreh. Es war ein hübscher kleiner Gewinn. Ich hab mich mit ein paar Kollegen getroffen, und wir sind dann schnell was trinken gegangen.«

»Und haben da Wagen geparkt, als Sie zurückkamen?«

Gary kniff die Augen zusammen und versuchte sich zu erinnern. Dann schüttelte er den Kopf. »Ich habe nichts bemerkt. Allerdings hab ich gar nicht hingesehen. Warum sollte ich? Eigentlich habe ich mir auch keine großartigen Gedanken über den Hund gemacht. Warum auch? Aber der hörte erst mit der Kläfferei auf, als sämtliche Kneipen zugemacht haben.« Gary schüttelte den Kopf. »Ich schwöre, ich war schon drauf und dran, mit einem Beil rauszugehen. Aber wahrscheinlich hat der Besitzer es schließlich gehört und seinen Hund reingeholt. Und jetzt fängt dieser blöde Köter schon wieder an. Das kann einen wahnsinnig machen.«

Der frisch rasierte Schädel neben ihm grinste. »Du solltest mal auf meiner Straße wohnen, Kumpel. Ich schwöre, die verkaufen da mehr Maulkörbe als irgendwo sonst im Land. Fast nur Rottweiler und so riesige Viecher, und die machen einen Krawall, dass man platzen könnte. Aber das hält die Diebe fern, nicht wahr?« Er nickte George und Gus freundlich zu und steuerte auf die Tür zu.

»Ich werde mich mit Ihnen in Verbindung setzen, wenn ich Sie brauche«, rief Gus ihm hinterher.

»Ich kann's kaum erwarten«, entgegnete er augenzwinkernd und knallte die Tür hinter sich zu.

Gus und George folgten ihm auf die Straße. Während der Mann sich umdrehte und über die Henriques Street Richtung Commercial Road stiefelte, gingen Gus und George zu dem Brachland. Zwischen dem Bürgersteig und dem Platz war eine kleine Steinkante, auf der der zerbrochene Zaun gestanden hatte. Gus beugte sich vor und schaute über den Platz.

»Hm«, sagte er. »Das wird nicht einfach gewesen sein. Siehst du? Der Platz liegt tiefer als die Straße. Könnten etwa zwanzig Zentimeter sein. Auf den Platz gelangt man ziemlich leicht, wenn er auch etwas holperig ist, aber es ist verdammt schwierig, wieder rauszukommen. Man muss ganz schön Gas geben, damit man genug Schwung hat, um die hohe Stufe zu überwinden.«

»Mit diesen Geländefahrzeugen, mit denen die Leute heutzutage sogar in London herumfahren, müsste es aber gehen, Gus. Du weißt schon, diese Wagen mit Allradantrieb. Sie sehen aus wie große Kisten auf Rädern, und vorn haben sie meistens diese Stangen.«

»Frontbügel«, erklärte ihr Gus. »Hm. Ich weiß, was du meinst. Ja, damit könnte es gehen.«

»Komm jetzt!« George steuerte ungeduldig auf den Zaun zu und wollte schon hinübersteigen, um auf den Platz zu gelangen. »Schauen wir uns da mal um.«

»Warte! Zuerst müssen wir uns hier alles ansehen.« Gus stand am Rand und betrachtete alles ganz genau. »Schwierig«, sagte er nach einer Weile. »Es hat die ganze Woche nicht geregnet, und daher ist der Boden ziemlich hart. Diese Büsche und Gräser könnten unsere Leute gestern Morgen bei der Spurensuche niedergetrampelt haben. Schwer zu sagen, ob seitdem ein Auto hier entlanggefahren ist. Ich kann keine Spuren erkennen, die auf ein Geländefahrzeug schließen lassen.«

Dann hockte er sich hin, um sich die Steine vor seinen Füßen genau zu betrachten. »Keine Wagenspuren, obwohl hier ...« Er schaute sich alles noch genauer an und zog dann zu Georges größter Freude ein kleines Lederetui aus der Tasche. Als er es öffnete, kam eine kleine, sehr hochwertige Lupe mit einer winzigen Glühbirne zum Vorschein, die hell leuchtete, als er die Lupe aufklappte.

»Sherlock Holmes«, jubelte George. »Ich hätte nie gedacht, dass ich eines Tages ...«

»Das ist eine Minilupe für Landkarten«, knurrte Gus. »Die ist manchmal verdammt nützlich.« Er untersuchte den Boden jetzt mit der Lupe, stand schließlich auf und klopfte sich den Schmutz von der Hose. »Etwas Gummi, als ob ein paar heiße Reifen drübergefahren wären. Ein bisschen Gummi scheint da hängen geblieben zu sein. Aber nur auf dieser Seite, auf der anderen nicht. Natürlich bin ich mir nicht ganz sicher. Ich nehme eine Probe, die kannst du dann untersuchen.«

»Ich schicke sie ins Labor«, versprach George und schaute zu, wie er etwas von den fast unsichtbaren Rückständen, die er entdeckt hatte, in eine kleine Plastiktüte kratzte, sie dann versiegelte und mit einem Etikett versah. »Warum können wir nicht einfach ...«

»Auf den Platz gehen und alle Spuren niedertrampeln? Und was ist, wenn dort eine Leiche liegt? Wenn wir die Spuren vernichtet haben, ist es zu spät, und darum sehe ich mir jetzt alles an – mit deiner gütigen Erlaubnis.« Sein unverkennbar ironischer Tonfall brachte sie zum Schweigen. Sie biss sich auf die Lippe und verkniff sich ihre Frage.

»Okay«, sagte er schließlich. »Ich glaube nicht, dass wir im Moment viel mehr tun können. Jetzt werden wir dieses brachliegende Stück Land mal etwas genauer unter die Lupe nehmen.«

»Du hast deine Lupe doch schon wieder weggepackt.«

»Oh, Schatz, wie witzig du manchmal sein kannst. Komm, wir gehen zuerst einmal am Rand des Platzes entlang, damit wir mögliche Spuren sichern können. Okay? Und dann suchen wir diesen verdammten Köter.« Der kläffte tatsächlich noch immer, war aber nirgends zu sehen.

Gus ging voraus und streckte die Hand aus, um George über den zerstörten Zaun zu helfen. Als sie den Platz betreten hatte, stellte sie fest, dass dieser tatsächlich viel tiefer lag als die Straße. Da überall Pflanzen wuchsen, war das auf den ersten Blick jedoch nicht zu erkennen. George folgte Gus so dicht auf den Fersen, dass sie plötzlich an König Wenzel und seinen Pagen denken musste. Als ein Büschel Nesseln gegen ihre nackten Beine schlug, fluchte sie. Verdammt, das würde jetzt den ganzen Tag jucken!

Gus ging vorsichtig weiter und schob Efeuwedel und Sträucher zur Seite, bis sie die ganze Seite des Platzes abgeschritten hatten, die parallel zur Straße verlief. Dann drang er tiefer ins Brachland ein. Der Hund schien zu bemerken, dass Menschen in der Nähe waren, denn das Bellen wurde noch lauter und wilder.

»Da stimmt doch was nicht«, murmelte Gus. »Da muss ...« Mitten im Satz verstummte er und schob wieder die Zweige zur Seite, die genauso aussahen wie das Gestrüpp am Rand des Platzes, doch es bewegte sich nicht.

»Ich glaub, ich spinne«, flüsterte er stirnrunzelnd und kratzte an den Blättern, als wären sie eine Art Tapete, die bis weit über seinen Kopf hinauswuchs. Nach und nach segelten die Blätter zu Boden, und George konnte eine dunkle Oberfläche erkennen.

»Was in aller Welt ist denn das?«, stieß sie hervor. Gus schaute sie mit funkelnden Augen an.

»Wenn die das übersehen haben, bringe ich sie um!«, schimpfte er. »Ich breche ihnen sämtliche Knochen. Ich werde ...«

»Was ist das?« George spähte über die Schulter und stolperte fast über den unebenen Boden. Der Hund musste ganz in der Nähe sein. Er kratzte mit den Pfoten über den Boden, und das Bellen wurde immer lauter. Am Zaun hinter ihnen stand jemand und brüllte ihnen etwas zu. George schaute sich um und sah Gary aus dem Friseurladen mit ein paar neugierigen Leuten, die sich die Hälse verrenkten.

Gus zog noch einmal an dem Blattwerk, und diesmal schien es sich wie ein großer grüner Vorhang zu lösen. Unter den Blättern erblickte George senkrechte Holzlatten und eine Tür, die ein Stück offen stand.

*

George musste warten, bis die Spurensicherung und der Rest der Mannschaft angerückt waren, was sehr schnell geschah, nachdem Gus über sein Handy Unterstützung angefordert hatte, ohne eine Erklärung abzugeben. Innerhalb weniger Minuten hörten sie die heulenden Sirenen der Streifenwagen, und dann tauchten die drei Fahrzeuge mit den eingeschalteten Blaulichtern nacheinander auf der Straße auf. Polizisten und Polizistinnen, von denen einige

Uniform trugen, stiegen aus und bahnten sich ihren Weg durch das Gestrüpp.

Dudley erreichte sie zuerst und starrte sie an. »Mein Gott, was ist denn das?«

»Das werde ich Ihnen gleich erklären«, brummte Gus. »Darum habe ich Sie gerufen. Das ist ein Schuppen. Ein Schuppen, der hier schon Gott weiß wie lange steht. So lange, dass die Pflanzen ...«, er zeigte auf das dicke Blätterdach, »über das ganze Dach wachsen konnten. Ihre Leute haben doch gestern Morgen hier gesucht, oder nicht? Und haben sie das entdeckt? Nein, haben sie nicht, verdammt! Wir haben keine Ahnung, was da drin ist. Damit wir auf der sicheren Seite sind, haben wir auf Sie gewartet. Aber es könnte alles Mögliche sein. Was haben Sie dazu zu sagen?«

»Scheiße!« Dudley stieg die Röte ins Gesicht, und George spürte tiefes Mitgefühl mit demjenigen, der hier gesucht und das übersehen hatte. »Den bringe ich um!«

»Das ist sicher genau das Richtige, dann haben wir noch eine Leiche mehr«, spottete Gus. »Warum haben die Leute das Zeug nicht wie ich ein wenig zur Seite geschoben? Das kapier ich einfach nicht. Ich wollte zu diesem blöden Köter, der schon die ganze Zeit kläfft ...« Tatsächlich bellte er noch immer. »Darum war ich ganz sicher, dass wir hier noch etwas anderes finden würden als nur Gestrüpp.«

»Aber der Gerechtigkeit halber muss man sagen, dass sie das ja nicht wissen konnten«, sagte Dudley, dessen Tonfall allerdings verriet, dass er keine Solidarität mit seinen Männern zeigen wollte. »Wenn der Hund gestern nicht gekläfft hat, wären sie bestimmt nicht darauf gekommen, dass sich hinter der Mauer noch was anderes verbirgt. Das ist übrigens russischer Wein. Der wächst wie Unkraut. In wenigen Monaten kann ein ganzes Gebäude unter den Ranken verschwinden. Das ist mir selbst schon mal mit einem Schuppen passiert. Hat nur ein paar Wochen gedauert, bis der fast verschwunden war.«

»Kann sein«, knurrte Gus. Er zog noch immer an dem Wein und legte immer mehr von den Holzlatten frei. »Ich bin aber nicht hier, um mir Vorträge über irgendwelche Pflanzen anzuhören.«

Als die Tür knarrte und ein Stück weiter aufging, drehte George sich ruckartig um.

»Da liegt eine Leiche drin«, sagte sie. »Darum hat der Hund so gebellt.«

Gus schaute sie über die Schulter an. »Ja, ich glaube, ich rieche auch was. Der Köter wird in dem Schuppen sicher gleich alles auf den Kopf stellen. Einer Ihrer Männer soll den Tierschutzverein anrufen, Roop. Der Kläffer muss hier weg, aber wir müssen ihn erst mal finden. Bei diesem Krach kann man ja nicht klar denken.«

Gus winkte den Beamten der Spurensicherung herbei, während Dudley einem seiner Männer Order erteilte, den Tierschutzverein anzurufen. Gus entfernte sich mit George ein Stück vom Schuppen.

»Wir stehen hier nur im Weg«, sagte er. »Sobald die Spurensicherung alles untersucht hat, kommst du an die Reihe. Am besten, du beruhigst dich jetzt erst mal. Der liegt da sicher schon ein Weilchen, und es wird nicht angenehm sein, die Obduktion vorzunehmen.«

George, die sich vor Ungeduld kaum zügeln konnte, musste ihm Recht geben. Es bestand kein Zweifel, dass es Arbeit für sie gab. Der eklig-süßliche Geruch, der ihr in die Nase gestiegen war, als sich die Tür zu der versteckten Hütte geöffnet hatte, stammte unverkennbar von einer Leiche. Und die lag nicht erst seit gestern da.

9

Aus unerfindlichen Gründen war auf Terminal Zwei in Heathrow der Teufel los. Man hätte meinen können, sämtliche Flugzeuge der Welt landeten zur gleichen Zeit. Eine unüberschaubare Menschenmenge tummelte sich hier, als würde sie sich zum Jüngsten Gericht versammeln. Die Menschen stießen schwitzend und fluchend gegeneinander, als sie versuchten, hier rein oder raus zu gelangen. Auch Mike fluchte, als er sich durch die Menge drängte, um den Ausgang der Zollabfertigung zu finden, aus dem die Passagiere aus Milano kommen würden. Es war ziemlich ärgerlich, dass er diese Aufgabe übernehmen musste, weil Tim Brewer abgezogen worden war, um sich um irgendeine Sache in der Henriques Street zu kümmern. Mike war sauer, weil man ihm nicht gesagt hatte, was dort vor sich ging, obwohl es offensichtlich mit dem Fall zu tun hatte, in dem sie ermittelten. Es machte ihn wütend, dass sein Job durch die riesige Menschenmenge noch erschwert wurde.

Die Polizistin an seiner Seite, Margaret Chalice, die in ihren Jeans, dem Pullover und den Turnschuhen sehr jung aussah, sagte atemlos: »Das ist vielleicht ein blöder Job, Sergeant. Hier in dieser Menge jemanden zu finden und ihn dann zu verhören, das ist ...«

»Geht die Sonne im Osten auf?«, fuhr er sie an. »Sehr schlau! Aber das weiß ich auch.«

Diese Zurechtweisung ernüchterte Margaret, die jetzt den Mund hielt und dicht hinter Mike blieb, der sich mit seinen breiten Schultern den Weg bahnte. Er ließ wütende und verärgerte Menschen hinter sich zurück, doch die Mühe lohnte sich. Sie erreichten den Ausgang der Zollabfertigung gerade, als die ersten Passagiere, auf deren Gepäck »Air Italia« stand, aus Mailand eintrafen.

»Wir gehen bis zum Ende der Absperrung«, rief Mike laut, um das Stimmengewirr zu übertönen. Gemeinsam quälten sie sich durch die lärmende Menge bis zu der Stelle, an der alle Passagiere auftauchen mussten, ehe sie sich zerstreuten. Dort stand eine Gruppe Geistlicher mit steifen Kragen und in Soutanen, von denen einige schwere Kruzifixe trugen. Mike – ein treuer Sohn der schottischen Kirche – schoss der Gedanke durch den Kopf, dass es Katholiken waren, und einen Augenblick kam er sich vor wie eine Figur aus einem Roman. Hatte dem Detective in *Pater Brown* nicht eine Gruppe Priester im Weg gestanden und ...

Er blinzelte und schüttelte den Kopf, um den Gedanken zu verdrängen. Jetzt war Aufmerksamkeit gefragt. Alice Diamond kannte er nur von Fotos, und das machte die Suche nach ihr nicht leichter. Bei Frauen war das besonders schwierig. Sie musste nur ihre Haarfarbe oder ihre Frisur verändert oder sich heute anders gekleidet haben, und er wäre verloren. Es war sogar möglich, dass sie genau an ihm vorbeilief und er die Zielperson nicht erkannte.

Es war nicht ganz leicht für Mike, sich auf den Fall zu konzentrieren. Der Schlafmangel der letzten Tage machte sich bemerkbar. »Werden Sie Alice Diamond erkennen?«, fragte er Margaret.

»Wenn sie sich nicht großartig verändert hat«, erwiderte sie. »Aber Sie wissen ja, wie das ist. Sie braucht nur ein anderes Make-up aufzulegen oder ihre Frisur zu verändern ...«

»Daran habe ich auch gedacht«, erwiderte Mike bedrückt, der seine Blicke nicht von den Türen nahm, durch die jetzt viele Menschen drangen, die beladene Gepäckwagen schoben und Kinder hinter sich herzogen. »Wir wissen, dass sie ungefähr einsfünfundsechzig groß ist, etwa fünfundfünfzig Kilo wiegt und blondes Haar hat ... Ah! Die da? Nein! Die hat drei Kinder dabei. Am besten, Sie beobachten die linke Seite und ich die rechte. Und passen Sie gut auf!«

Margaret, die den Ruf genoss, sehr aufmerksam zu sein und Verdächtige schnell zu erkennen, öffnete den Mund, um zu protestieren, hielt es dann jedoch für besser zu schweigen, und beobachtete die Menschen. Zu ihrer großen Freude sah sie Alice Diamond noch vor Mike. »Sie ist gerade herausgekommen«, flüsterte sie ihm so leise zu, dass nur er es hören konnte. »Da, die in dem rosafarbenen Hosenanzug und mit der dunklen Brille. Die hat ja eine Menge Gepäck auf ihrem Wagen.«

»Das könnte sie sein«, sagte Mike. »Ja, ich glaube ... Wegen der Brille ist sie schwierig zu erkennen ... und dieser blöde Hut ... aber ich glaube, Sie könnten ... Mist! Sie nimmt den äußeren Gang.«

Das tat sie offenbar absichtlich. Während alle anderen Passagiere auf die rechte Seite der abgesperrten Zone zusteuerten, weil dort die meisten Freunde und Angehörigen warteten, wandte ihre Zielperson sich entschlossen nach links, um sich von der Menschenmenge zu entfernen. An dieser Seite war mehr Platz; daher konnte sie dem Trubel hier schneller entkommen. Mike erkannte, dass Alice Diamond ihnen entwischte, wenn sie sich nicht sofort an ihre Fersen hefteten. Schon drängte er die Leute unsanft zur Seite, um die Verfolgung aufzunehmen. Jemand, der ihm im Weg stand, nahm heftig Anstoß, warf die Arme in die Luft und schrie wie ein aufgeregter Italiener. Mike schrie zurück und versuchte, seine Dienstmarke aus der Brusttasche zu ziehen, um sie dem Mann zu zeigen. Dieser bekam es wohl mit der Angst zu tun, denn jetzt schrie er wie ein Wahnsinniger, und alle Leute, die in der Nähe standen, drehten sich um und näherten sich dem schreienden Italiener. Als sie jedoch sahen, dass Mike in seine Brusttasche griff, entfernten sie sich wieder. Ein Mann taumelte und fiel beinahe über die Tasche, die er vor seine Füße gestellt hatte; um das Gleichgewicht wiederzuerlangen, streckte er die Hand nach einem Passanten aus, der zufällig eine Frau war. Diese geriet ihrerseits in Aufregung, weil sich ein fremder Mann an ihrer Kleidung festkrallte, und fing ebenfalls zu schreien an. Mike, der im Mittelpunkt dieses Tumults stand, brüllte los, um die Leute zur Vernunft zu bringen, während er ihnen seine Dienstmarke unter die Nase hielt, die er endlich aus seiner Brusttasche gezogen hatte. Doch niemand zeigte das geringste Interesse an seiner Marke und seinen Worten. Die Leute waren viel zu aufgeregt.

Margaret wollte Mike zuerst helfen, folgte dann aber ihrer Intuition und quälte sich durch die Menge, was für eine so schlanke und drahtige Frau wie sie nicht sehr schwierig war. Sie steuerte auf die andere Seite zu und sah gerade noch, dass die Zielperson sich mit einem hoch gewachsenen Mann in einer dunkelgrünen Öljacke und einem dazu passenden Hut traf und ihn umarmte. Das schien ihm unangenehm zu sein, denn er hob beide Arme, um ihre Hände zu ergreifen und sie von seinem Nacken zu lösen. Aufgrund dieser Bewegung lagen seine Gesichtszüge im Schatten seiner Arme, und als es ihm gelungen war, sich zu befreien, übernahm er Alice Diamonds Gepäckwagen und wandte Margaret dann den Rücken zu, sodass sie sein Gesicht nicht mehr erkennen konnte.

Margaret zögerte. War das überhaupt Alice Diamond? Die dunkle Brille und der große Strohhut verdunkelten ihr Gesicht. Im ersten Moment war Margaret sich ganz sicher gewesen, doch jetzt kamen ihr Zweifel. Wenn es nicht Alice war und sie die Dame ansprach, konnte das zu unnötiger Aufregung führen. Es gefiel niemandem, von Fremden aufgehalten und nach seinem Ausweis gefragt zu werden. Natürlich rief es auch bei niemandem Begeisterung hervor, von der Polizei aufgehalten zu werden, wenn er nichts Unrechtes getan hatte. Und diese Frau hatte nichts Unrechtes getan. Sie war lediglich die Witwe eines Mordopfers, und in diesem Fall musste man mit viel Fingerspitzengefühl vorgehen. Sicherlich war es nicht angebracht, sie aus der Fassung zu bringen. Margaret schwankte, was gar nicht ihre Art war. Wenn es Alice war und sie die Dame nicht aufhielt ... Aber das hatte sie nicht vor. Sie warf einen Blick zurück und sah, dass sich das Theater noch immer nicht gelegt hatte. Zwei Flughafenpolizisten drängten sich jetzt von der anderen Seite durch die Menge und verschafften sich lautstark Gehör. Margaret drehte sich beruhigt wieder zu ihrer Zielperson um. Die Beamten würden die Situation bestimmt schnell klären. Alice Diamond trippelte auf ihren hohen Absätzen rasch hinter dem hoch gewachsenen Mann her, der den Gepäckwagen vor sich her schob.

Margaret zögerte nicht länger. Das musste Alice Diamond sein. Ihr erster Eindruck war sicher richtig gewesen. Sie folgte ihr und versuchte, ihr so dicht auf den Fersen zu bleiben, dass sie ihren Namen rufen und sie dazu bewegen konnte, stehen zu bleiben. Doch inmitten der Menge konnte Margaret nicht laufen. Sie duckte sich, wich den Menschen aus und behielt Alice im Blick. Die Menge würde sich gleich lichten, und dann konnte sie Alice ansprechen, ihr Anliegen vorbringen und sie höflich bitten, sie aufs Revier zu begleiten, um ihnen einige Informationen über ihren verstorbenen Gatten zu geben.

Plötzlich bemerkte Margaret, dass sie nicht die Einzige war, die Alice Diamond verfolgte. Ein ziemlich kleiner Mann, nicht viel größer als Alice selbst, folgte dem Paar dicht auf den Fersen. Er hätte die beiden problemlos einholen können, aber das hatte er offensichtlich nicht vor. Als das Paar stehen blieb und Alice ihre Handtasche oben vom Gepäckwagen nahm, um etwas in der Tasche zu suchen, blieb auch der Mann stehen und tat so, als würde er einen Zettel durchlesen, den er in der Hand hielt. Die Leute vor ihm schenkten ihm keinerlei Beachtung, und als das Paar schnellen Schrittes weiterging, nahm er die Verfolgung wieder auf, ohne jedoch den Abstand zu verringern.

Das war ja hochinteressant! Margaret wusste, dass sie Alice und ihren Begleiter jetzt hätte einholen können, aber der kleine Mann hinter ihnen war es wert, beobachtet zu werden. Solange sie Alice im Blick hatte, konnte sie ihr ja nicht entwischen. Margaret beschloss, Alice Diamond später anzusprechen. Im Moment bewegte sich die seltsame Truppe in der gleichen Formation weiter auf das Parkhaus zu: Alice und ihr Begleiter, hinter ihnen ihr Verfolger und als Schlusslicht die Polizistin. Schließlich lichtete sich die Menge.

*

Mike war verlegen und wütend zugleich, als er den Flughafenpolizisten endlich entkommen konnte. Er rannte mit geröteten Wangen auf den Ausgang zu. Dort war von Alice Diamond natürlich nichts zu sehen, aber auch Margaret war verschwunden, und das war ein gewisser Trost für ihn. Mit ein bisschen Glück, sagte sich Mike, hatte sie Verbindung aufgenommen und Alice gebeten, mit aufs Revier zu kommen. Im Geiste ging er rasch alle Möglichkeiten durch. Vielleicht verfolgte Margaret Alice noch immer, oder Mrs. Diamond war so aus der Fassung geraten, als Margaret sie angesprochen hatte, dass sie in einen Ruheraum gebracht werden musste. Oder hatte sie eingewilligt, mit aufs Revier zu gehen, und Margaret hatte sie schon zum Wagen gebracht, den sie auf der zweiten Ebene des Parkhauses in der Nähe des Terminals Zwei geparkt hatten? War Margaret bereits mit der Zielperson unterwegs zum Revier Ratcliffe Street und hatte ihn hier zurückgelassen? Nein, überlegte er, das würde sie sicher nicht tun. Sie wusste ganz genau, dass Roop ihn zur Schnecke machen würde, wenn ihm die Zielperson entwischt wäre. Margaret saß möglicherweise mit Mrs. Diamond im Auto, während er hier stand und zögerte, aber sie würde auf ihn warten. Daher war es das Beste, zum Wagen zu gehen. Mike lief los, folgte den Hinweisschildern *Parkhaus,* und diesmal gingen die Leute ihm Gott sei Dank aus dem Weg.

*

Margaret dachte angestrengt über die richtige Entscheidung nach. Es war nicht möglich, über ihr Funkgerät auf dem Revier Bescheid zu sagen, dass sie sich von Mike getrennt hatte, und das wollte sie eigentlich auch nicht. Das würde den Eindruck erwecken, als wären sie beide zu dämlich für diesen Job. Roop würde Mike sowieso die Leviten lesen, wenn er es herauskriegte. Sie musste allein fertig werden, aber leider war sie sich im Moment nicht sicher, ob sie der verzwickten Situation gewachsen war. Der Verfolger stand keine fünf Meter von Alice Diamond entfernt an einer Mauer. Alice stand am Treffpunkt des Parkhauses, lehnte sich gegen ihren Gepäckwagen und starrte in die Ferne. Der Mann, der sie abgeholt hatte, holte wahrscheinlich den Wagen. Margaret war der Meinung, dass jetzt der richtige Zeitpunkt war, um sich einzuschalten, Alice ihr Beileid auszusprechen und sie zu bitten, mit aufs Revier zu kommen, um der Polizei bei den Ermittlungen im Mordfall ihres Gatten zu helfen. Dann wird der unbekannte Mann allerdings verschwinden, dachte sie, und das wollte sie nicht. Sie wollte wissen, wer es war und warum er sich so eigenartig benahm. Und wieder schwankte sie.

Die Tür, durch die sie alle gekommen waren, um diesen Treffpunkt zu erreichen, wurde erneut geöffnet, und wieder drangen zahlreiche Leute ins Parkhaus. Sie stießen mit ihren Gepäckwagen zusammen, unterhielten sich lautstark und bevölkerten den ganzen Treffpunkt. Alice warf einen Blick über die Schulter und schaute Margaret direkt ins Gesicht, die sofort wegsah und hoffte, dass Alice es nicht bemerkt hatte. Fast im gleichen Moment legte sich eine Hand auf ihre Schulter, und sie zuckte erschreckt zusammen.

»Alles in Ordnung«, flüsterte Mike, der auf Alices Rücken starrte, die sich wieder umgedreht hatte. Scheinbar war ihr nichts aufgefallen, was die Polizistin sehr erleichterte. »Eigentlich dachte ich, du würdest im Wagen auf mich warten. Ich war schon auf dem Weg dorthin. Warum hast du nicht mit ihr gesprochen? Ist was schief gelaufen?«

Glücklicherweise begriff Mike sofort, dass Vorsicht geboten war. »Ein Typ hat sie abgeholt. Ich nehme an, er holt den Wagen. Die beiden werden von jemandem verfolgt. Darum habe ich gewartet und alles beobachtet.«

»Sie werden verfolgt?«, flüsterte Mike, der seinen Blick über die Menge schweifen ließ. Alice stand noch immer neben ihrem voll beladenen Gepäckwagen, und Mike sah auch den kleinen Mann, auf den Margaret hingewiesen hatte. »Am besten, wir gehen ein bisschen in Deckung.« Margaret folgte der Aufforderung und ließ sich von Mike ein Stück zurückdrängen, sodass sie nicht so schnell entdeckt werden konnten, obwohl sie Alice und den Treffpunkt genau im Blick hatten.

Es vergingen noch ein paar Minuten, und dann steuerte ein großer roter Volvo von der anderen Seite des Parkhauses auf den Treffpunkt zu. Ihm folgte ein kleiner, zerbeulter, grüner Lieferwagen. Als Alice den Volvo entdeckte, erwachte sie aus ihren Träumen und machte sich zum Einsteigen bereit.

Die beiden Fahrzeuge hielten dicht hintereinander am Ende des Treffpunkts, und ein dritter Wagen, der ein paar Fahrzeuglängen hinter ihnen war, musste an beiden vorbeifahren, um seine Fahrgäste aufzunehmen. Es entstand ziemliche Unruhe, als die Kofferräume geöffnet wurden und die Leute ihre Kisten, Schachteln und geschmeidigen Kleiderhüllen von ihren Gepäckwagen nahmen und in die Kofferräume legten. Plötzlich packte Margaret Mikes Unterarm und flüsterte: »Sieh mal da!«

Mike folgte ihrem Blick, schüttelte den Kopf und fragte: »Und?«

»Er hatte gar kein Gepäck bei sich«, sagte Margaret. Sie starrte durch die Menge auf den unbekannten Mann, der jetzt einen Gepäckwagen besaß, den er sich offensichtlich soeben besorgt hatte, nachdem die Leute ihre Sachen eingepackt und die Wagen einfach zur Seite geschoben hatten. Er hatte ihn genau neben den von Alice Diamond gestellt, die dem Manöver keine Aufmerksamkeit zu schenken schien. Ihr Interesse wurde auch nicht geweckt, als ihr Begleiter einige Taschen hinten in den Volvo lud und der große Unbekannte ganz gelassen eine Tasche von ihrem Gepäckwagen auf seinen zog.

Margaret starrte ihn ungläubig an. Es ging ihr vollkommen gegen den Strich, dass direkt vor ihren Augen ein Diebstahl verübt wurde. Der Dieb war so gewandt und sicher, dass es offensichtlich niemand bemerkte. Mike musste sie festhalten, um sie am Einschreiten zu hindern. »Nein, bleib hier«, zischte er sie an. »Ich hab mir die Nummer des Volvos notiert. Versuch, die Nummer des Lieferwagens herauszubekommen.« Er versetzte ihr einen kleinen Schubs, und Margaret stiefelte los.

Sie ging langsam auf den Treffpunkt zu, bis sie hinter dem Lieferwagen stand und die Nummer lesen konnte. Bravo, zwei, drei, null, murmelte sie und versuchte, sich die Nummer einzuprägen.

Ypsilon, Mike, Lima. Bravo, zwei, drei, null. Ypsilon, Mike, Lima.

Der Wagen, der vor dem Volvo und dem Lieferwagen gestanden hatte, war schließlich mit dem Einladen des Gepäcks und der Fahrgäste fertig und steuerte auf die Ausfahrtrampe zu. Schon stellte sich der nächste Wagen auf den frei gewordenen Platz und lud schnell Gepäck und Leute ein. Jetzt standen weniger Personen herum, und das bedeutete ein größeres Risiko, dass Margaret und Mike von Alice entdeckt werden könnten. Bestimmt würde sie nun auch sehen, dass sie bestohlen worden war, denn der Unbekannte hatte jetzt noch zwei große Kisten vom Gepäckwagen genommen.

Alice sah es jedoch nicht. Sie nahm überhaupt keine Notiz vom anderen Gepäckwagen, der dicht neben ihrem stand und auf dem jetzt drei ihrer Gepäckstücke lagen. Sie schob ihren leeren Wagen zur Seite und stieg auf den Beifahrersitz des Volvos. Der Mann in der Öljacke, der seinen Hut noch immer so tief in die Stirn gezogen hatte, dass sein Gesicht im Schatten der Krempe lag, setzte sich auf den Fahrersitz, ließ den Motor an und fuhr davon. Der seltsame Dieb, der sich so lässig bewegte, als wäre nichts Ungewöhnliches passiert, schob den Gepäckwagen hinten an den grünen Lieferwagen, öffnete die Tür, legte die Sachen hinein und stieg dann auf den Beifahrersitz des Lieferwagens, dessen Motor schon gestartet war. Der Fahrer war nicht ausgestiegen; man konnte ihn hinter der verschmutzten Windschutzscheibe kaum erkennen. Außerdem hatte er sich zurückgelehnt, sodass sein Gesicht im Schatten lag. Aber er musste sich nach vorn beugen, um zu schalten und den Wagen in Bewegung zu setzen, und jetzt konnte Margaret einen flüchtigen Blick auf ihn werfen. Der Mann hatte ein vollkommen unauffälliges Gesicht, wie tausend andere Lieferwagenfahrer in London, dennoch bemühte sie sich ernsthaft, sich die Gesichtszüge einzuprägen. Margaret und Mike standen wie angewurzelt da und schauten dem Lieferwagen fassungslos hinterher.

»So, so!«, sagte Mike dann. »Was für eine interessante Vorführung! Und ganz unerwartet!« Er zog sein Handy aus der Tasche und rief in der Zentrale der Ratcliffe Street an. »Wir werden diese beiden Wagen so schnell wie möglich aufspüren«, sagte er zu Margaret. »Wir nehmen sie später hoch. Das lohnt sich bestimmt. Ich habe seit Jahren nicht mehr ein so dreistes Manöver beobachtet. Die Frage ist, was sie schmuggelt. Etwas anderes kann es doch nicht gewesen sein, oder? Sie geht mit den Taschen durch den Zoll, und noch bevor sie den Flughafen verlässt, ist sie das Zeug los. Ganz schön raffiniert. Allerdings komisch, dass die Burschen vom Zoll sich nicht für so einen Berg Gepäck eines einzigen Passagiers interessieren.«

Margaret errötete. »Schmuggel? Ach! Ich dachte ...«

»Diebstahl?« Mike schaute sie an, wandte den Blick dann aber wieder ab, weil er sie nicht noch mehr in Verlegenheit bringen wollte. »Wäre auch möglich, aber ich habe in Dover gearbeitet, bevor ich zur Metropolitan Police gekommen bin. Ich kenne ihre Tricks. Gut, dass Sie unsere Zielperson im Auge behalten haben.«

»Aber was hat das denn mit dem Mord an ihrem Gatten zu tun, Sergeant?«, fragte Margaret. »Oder ist das vielleicht eine ganz andere Sache?«

»Das ist die große Frage«, erwiderte Mike, als er auf die zweite Ebene zusteuerte, auf der sie ihren Wagen geparkt hatten. »Die Frage, auf die wir alle gerne eine Antwort hätten, nicht wahr?«

*

Keiner von ihnen bemerkte den Mann vom *Clarion,* der sich an die Tür lehnte, die zum Terminal führte, und der scheinbar Zeitung las und auf jemanden wartete. Er schaute ihnen hinterher und rannte dann blitzschnell zu seinem Wagen. Diesmal hatte er eine verdammt gute Story für den Boss.

10

George stand fast eine Viertelstunde unter der Dusche und seifte sich mit viel Badedas ein, das den intensivsten Geruch von allen Duschlotionen hatte, die sie in der Pathologie aufbewahrte. Sie wusch sich zweimal die Haare; als sie schließlich die Dusche verließ und sich abgetrocknet hatte, cremte sie sich großzügig mit einer nach Rosenöl duftenden Körperlotion ein und benutzte ein passendes Deo. Nach der Obduktion hatte sie bestialisch gestunken.

In all den Berufsjahren hatte George schon manch unangenehme Arbeit erledigt, aber diese hier war wirklich ganz entsetzlich gewesen. Als sie den hysterischen Hund endlich los waren, der auf der anderen Seite des Schuppens wütend den Boden scharrte, waren sie ins Innere gegangen und hatten die Leiche gefunden. In dem Augenblick hatte ihre Arbeit begonnen und bis jetzt kein Ende genommen. Sie hatte die ersten Untersuchungen in dem zugewachsenen Schuppen durchgeführt. Gus wollte nicht, dass zu viele Pflanzen, die das Licht verdeckten, niedergerissen wurden, weil dadurch die Arbeit der Spurensicherung eventuell behindert werden könnte. Daher musste George im Licht der Halogenlampen arbeiten, was nie ganz einfach war. Obwohl der Körper durch die normale Zersetzung und den Pflanzenwuchs stark in Mitleidenschaft gezogen war, konnte George erkennen, dass der *modus operandi* mit den beiden anderen Morden identisch war.

Es handelte sich um die Leiche eines Mannes, der etwas älter war als die beiden anderen, wie sie aufgrund seines Haares und des spärlichen Überrestes seines Bartes vermutete. Beides war grau, obwohl man es in dem künstlichen Licht schlecht erkennen konnte. Die Kehle war durchgeschnitten und die äußeren Geschlechtsorgane entfernt und auf die schon bekannte Art und Weise auf die Schulter gelegt worden.

Aber es gab auch einige Unterschiede. Das hatte George bereits am Fundort der Leiche festgestellt, und ihre sorgfältige Obduktion bestätigte das jetzt. Von Kopf bis Fuß in einen Kittel gehüllt und mit Mundschutz versehen, hatte Gus mit versteinertem Gesicht die Obduktion verfolgt. Sein Unbehagen war ihm ins Gesicht geschrieben. Auch Tim Brewer, der ebenfalls in einem Kittel steckte, war dabei gewesen und hatte Georges Arbeit mit glasigen Augen beobachtet. Das war wahrlich kein schöner Anblick.

Die Schnitte, die die Köpfe von Diamond und CWG fast abgetrennt hatten, konnten genau nachgewiesen werden. Der Täter hatte offensichtlich schnell und mit einer gewissen Geschicklichkeit gehandelt. Bei dieser Leiche jedoch war es anders. Es gab Spuren von Schnittversuchen, die vor dem entscheidenden Schnitt erfolgten: zögernde, fast oberflächliche Wunden am Hals, vor allem auf der linken Seite. Außerdem waren die entscheidenden Schnitte nicht so entsetzlich tief.

Die Abtrennung der Genitalien war weniger deutlich erkennbar. Aufgrund der entsetzlichen Verstümmelung, die der Mörder dem Opfer zugefügt hatte, und der unvermeidlichen Zersetzung durch die Zeitspanne zwischen dem Mord und dem Auffinden der Leiche, hatten die Organe ihre ursprüngliche Form verloren. George konnte lediglich feststellen, dass die Hoden schon seit langer Zeit runzelig waren und ihre Funktion eingebüßt hatten – was bei einem sehr alten Mann nicht ungewöhnlich war –, und der Penis war sehr klein. Aber die Verletzungen des Nackens waren am aufschlussreichsten.

»Wie zuvor ein Rechtshänder«, sagte sie. »Er stand oder kniete hinter dem auf dem Rücken liegenden Mann und riss mit seinem Messer, das sehr scharf, aber nicht sehr schwer war, die Kehle auf. Ich glaube allerdings, der Mann war bereits tot, wie die beiden anderen Mordopfer. Auch er wurde zuvor erwürgt. Deshalb blutete er weniger stark, als ihm die Verletzungen an Kehle und Unterleib zugefügt wurden. Bei diesem Mord hat das Messer den Kehlkopf verfehlt, aber das Zungenbein ist gebrochen. Ich bin fast sicher, dass es durch den Druck der Hände geschah. Auf jeden Fall gibt es keinen Abdruck einer Schnur.«

»Und auch keine Anzeichen für den Gebrauch einer Waffe«, sagte Gus gereizt, der erschöpft von einem Fuß auf den anderen trat. »Wie lange ist er schon tot?«

George schüttelte den Kopf. »Schwer zu sagen. Wir müssen die Untersuchungen des Entomologen abwarten. Er hat Proben der Erde genommen, die unter der Leiche lag, und Proben der Leiche.«

»Ja.« Gus blinzelte. Die unangenehme Arbeit am Fundort auf der Henriques Street hatte ihn offensichtlich völlig fertig gemacht. George schaute ihn mitfühlend an.

»Es ist ziemlich ekelhaft«, sagte sie, »aber wir müssen es tun. Der Kollege wird mich so schnell wie möglich informieren, was den vermutlichen Zeitpunkt des Todes betrifft. Bis dahin kann ich lediglich schätzen, dass es etwas über drei Wochen sind. Es war ziemlich warm letzten Monat, nicht wahr?«

»Ja«, sagte Gus. »Wir brauchen keine Details. Wir gehen davon aus, dass dieser Mann hier längere Zeit vor den anderen ermordet wurde.«

»Zweifellos, und ich kann dir noch etwas sagen. Ich glaube, dass der Täter bei diesem Mord noch ein wenig geübt hat.«

»Hm?« Gus starrte sie an, und Tim Brewer kam näher.

»Nicht nur die zögernden Schnitte der Halsverletzung, sondern auch die des Unterleibes sind weniger professionell, wenn man so sagen kann. Ich könnte euch noch andere Verletzungen zeigen, aber das wird wohl nicht nötig sein.«

»Ganz bestimmt nicht«, brummte Gus.

»Ihr bekommt ja auch noch die Fotos. Die könnt ihr dann mit den anderen vergleichen. Ich glaube auf jeden Fall, dass dieser Bursche hier eine Art Versuchsobjekt für die anderen beiden war.«

»Was deine Ripper-Theorie ziemlich zunichte macht, George, oder?«, fragte Gus maßlos enttäuscht, als hätte auch er die Theorie akzeptiert. »Wenn dieser Mord wirklich der erste und nicht der dritte war und ...«

»Keineswegs.« Georges Gedanken überschlugen sich. »Vielleicht hat er diesen Schuppen aus einem anderen Grund benutzt und später erkannt, dass er die Morde des Rippers kopieren könnte, weil der Schuppen dort steht. Oder vielleicht ...«

»Es hat keinen Zweck, sich diese Fragen zu stellen, wenn wir nicht wissen, ob er noch weitere Morde begangen hat.«

»Und das hat er.« Als Tim Brewer sich zu Wort meldete, starrten Gus und George ihn an. Er hatte mutig auf den Mundschutz verzichtet und die ganze Zeit apathisch und mit zusammengepressten Lippen neben Gus gestanden. Sein Blick war so starr aufs Georges rege Hände gerichtet, dass es Gus offensichtlich große Willensanstrengung kostete, ihn nicht wegzuschicken.

»Hm?«, stieß Gus hervor.

»Wir können nicht sicher sein, dass er bei Nummer drei aufgehört hat, oder?«, sagte Tim. »Wie viele Ripper-Morde gab es?«

»Fünf«, erwiderte George.

»Verstehen Sie, was ich meine?« Tim schüttelte den Kopf. »Wissen Sie auch, wo die anderen gefunden wurden, Dr. Barnabas?«

»Ja, das ist alles belegt. Dorset Street, die südlich vom Spitalfields Markt liegt, und am Mitre Square bei Aldgate.«

»Na schön«, sagte Gus. »Sie haben natürlich nicht Unrecht. Und ich glaube, Roop hat auch schon daran gedacht. Er hat eine Menge Beamte losgeschickt, um das ganze Gebiet von nun an zu überwachen.«

»Ich würde es für vernünftiger halten, nur die beiden Orte unter die Lupe zu nehmen, an denen die beiden anderen Ripper-Opfer gefunden wurden«, sagte George. Dann drehte sie sich wieder zu der Leiche um und gab Danny mit dem Kopf ein Zeichen, dass er den Tisch säubern und die Leiche ins Kühlfach schieben konnte. »Das ist doch reine Verschwendung der Arbeitskräfte.«

»George«, begann Gus. »Hm ... Dr. Barnabas, kümmere dich um deine Pathologie, okay? Lass Inspektor Dudley bitte selbst entscheiden, wo er seine Leute einsetzt.«

»Ich würde nicht im Traum daran denken, mit ihm darüber zu

sprechen«, erwiderte George mit weit aufgerissenen Augen. »Nur mit dir.«

»Hm.« Gus seufzte. Er war erleichtert, als er sah, dass George ihre Gummihandschuhe auszog und sich vom Sektionstisch entfernte. Jetzt konnten sie endlich gehen. »Gott stehe mir bei«, murmelte er.

Tim, der neben Gus stand, fing an zu kichern. Die Privatgespräche zwischen dem Boss und Dr. Barnabas waren immer sehr erheiternd. Natürlich würde er das schadenfroh in der ganzen Kantine herumerzählen, sobald sich eine Gelegenheit bot. Gus funkelte ihn wütend an.

»Und Sie können jetzt gehen und den Bericht schreiben, Sergeant«, fuhr er ihn an. »Ich komme mit Dr. Barnabas nach. An die Arbeit.«

Als George sich jetzt anzog, fiel ihr die kurze Auseinandersetzung wieder ein, und sie schämte sich ein wenig. Immer wieder regte sie sich über Dudley auf, und immer wieder brachte sie Gus damit auf die Palme. Doch sie konnte diesen Typen einfach nicht ausstehen. Er war jedoch ein guter Bulle, und Gus hielt große Stücke auf ihn. Es war gemein, ihn mit diesem Mann zu reizen. In Zukunft würde sie versuchen, den Mund zu halten, nahm sie sich vor, als sie ihr Haar fönte und dann hochsteckte. Das hatte Gus nicht verdient.

George trat auf den kühlen Korridor vor der Leichenhalle und rannte die Stufen zu ihrem Büro im Erdgeschoss hinauf. Jetzt fühlte sie sich schon viel wohler. Ihre Vorhersage über den Fundort der dritten Leiche war richtig gewesen, auch wenn sich herausgestellt hatte, dass es das erste Mordopfer gewesen sein musste, und das war sehr ermutigend. Es konnte doch nicht so schwer sein, den Mörder aufzuspüren, sagte sie sich, als sie auf ihre Bürotür zuging, hinter der Gus wie versprochen warten würde. Immerhin handelte es sich bei den Mordopfern um Abgeordnete. (Ich wette, das war auch einer, dachte sie.) Am schwersten war es, jene Täter zu finden, die zufällig und plötzlich töteten und bedeutungslose Opfer wie Penner oder Säufer auswählten, die in den finsteren Gassen in diesem Teil vom East End herumhingen. Nachdem sie in den vergangenen Monaten mit mehreren dieser Opfer zu tun gehabt hatte, würde es bestimmt ein Kinderspiel sein, diesen hier zu finden. Wie dem auch sei – es war ein höchst interessanter Fall.

Gus saß auf dem Stuhl, beugte sich über ihren Schreibtisch und blätterte einige Unterlagen durch.

»Du Schnüffler«, schimpfte sie. »Das sind vertrauliche Unterlagen.«

»Bei mir sind Geheimnisse gut aufgehoben, mein Schatz. Wem soll ich denn was über Akromegalie erzählen? Was immer das sein mag.«

»Ich werde es dir nicht erklären. Gus ...« Sie zögerte. »Ich muss mich bei dir entschuldigen.«

Er lehnte sich zurück und fuchtelte wie ein Wilder durch die Luft. »O Gott, steh mir bei! Die Welt geht unter. Du willst dich entschuldigen?«

»Noch so eine Bemerkung, und du kriegst kein Wort mehr aus mir heraus«, erwiderte George. »Und mach es mir nicht so schwer, Liebling. Es tut mir Leid, dass ich wieder eine ruppige Bemerkung über Roop gemacht habe.«

Gus schaukelte auf dem Stuhl hin und her und schaute sie grimmig an. »Bis morgen, hm? Oder bis heute Abend, wenn du ihn dann noch siehst.«

George setzte sich auf die Schreibtischkante. »Nein, ich meine es ernst. Ich will versuchen, nett zu sein, aber er hat so eine komische Art. Er sollte sich auf Spitalfields und Mitre Square konzentrieren, verstehst du? Es ist Verschwendung, andere Orte zu überwachen.«

»Du fängst ja schon wieder an!« Gus schüttelte den Kopf. »Wenn es nicht zum Lachen wäre, würde ich heulen, das schwöre ich dir. Lass den Mann in Ruhe, okay? Der kennt sich aus in seinem Job. Wenn du mir nicht ernsthaft versprichst, dass du dich anständig benimmst, werde ich dich an keinen Besprechungen mehr teilnehmen lassen. Und es wird sicher sehr interessant. Ich habe zum Beispiel ein paar seltsame Dinge über Alice Diamond gehört, die dich ganz schön nachdenklich stimmen würden.«

Das interessierte George brennend. »Sag schon! Bitte! Ich lasse

Roop auch in Ruhe. Versprochen! Solange du versuchst, ihn mir vom Leib zu halten.«

»Dann geh ihm doch aus dem Weg. Ich werde mal darüber nachdenken, ob ich es dir erzähle.« Er schaute sie nachdenklich an. »Wenn ich es mir genau überlege, will ich es eigentlich nicht. Nein, ich will nicht, mach also kein Theater. Nicht jetzt. Morgen ist auch noch früh genug. Es war ein verdammt anstrengender Tag. Wir haben ununterbrochen gearbeitet, und ich brauche eine Verschnaufpause, und du auch. Der gute alte Roop – ja, ja, der gute alte Roop – hat eingewilligt, heute Nacht die Stellung zu halten. Ich kann mir also einen freien Abend gönnen. Wir gehen essen, Schatz, und dann hängen wir zu Hause die Vorhänge auf.«

George fing an zu lachen. »Vorhänge aufhängen? Liebling, was für eine Freude! Ich kann es kaum erwarten. Sag es mir schon. Ich sterbe vor Neugier.«

»Dann musst du eben sterben, und ich bitte Alan, deine Obduktionen zu übernehmen. Ich habe wirklich nicht die geringste Lust, heute noch über den Job zu sprechen. Und damit basta! Was ist also mit den Vorhängen? Was meinst du?«

George wusste, wann sie aufgeben musste. Heute Abend würde Gus kein Sterbenswörtchen mehr über den Fall verlieren. Sie musste ihre Neugier zügeln und auf morgen hoffen. Also dachte sie über den Vorschlag nach und schüttelte zu ihrer eigenen Überraschung den Kopf.

»Heute Abend nicht. Ich habe vorläufig genug im Haus gemacht. Vielleicht was anderes.«

»Jetzt bin ich aber sprachlos. Da will ich dir mal eine Freude machen ...«

»Kein Problem. Geh mit mir ins ... ins ...« Sie überlegte. »Ins Theater. Das wäre wirklich toll.«

»Was für eine Frau!«, knurrte Gus, doch seine Augen strahlten. »Immer erwischst du mich auf dem falschen Fuß. Gib mir mal die Zeitung, falls du eine hast.«

»Ich habe den *Evening Standard* von gestern«, sagte sie und ging zu dem Stapel Zeitungen, der auf einem Stuhl hinter der Tür lag. »Die muss ich alle noch lesen. Ich schau mal nach.«

George suchte die Veranstaltungshinweise. Gus saß am Schreibtisch, verschränkte die Hände hinter dem Kopf, wippte mit dem Stuhl und beobachtete George mit nachsichtiger Miene.

»Du siehst aus wie ein Schulmädchen«, sagte er. »Mit dieser riesigen Brille und dem Haar, das dir ins Gesicht fällt. Wann wirst du mal erwachsen?«

»Nach dir«, konterte sie und beugte sich wieder über die Zeitung. »Du siehst aus wie ein Halbstarker, der sich den Mantel seines Vaters ausgeliehen hat ... Da! Wie wäre es mit dieser Aufführung im Nationaltheater?«

Gus nahm die Zeitung und schaute sie grimmig an. »O nein, Ibsen ist mir heute zu dramatisch. Ich möchte mich entspannen und lachen. Hier, wie wäre es damit? Du kannst dich bilden, und ich kann lachen. Die Kritiker sind begeistert.«

»Ist ja toll, wenn du so über unseren guten alten Shakespeare lachen kannst. Einverstanden. Ob wir noch Karten kriegen? Das Stück hat ziemlichen Erfolg.«

»Überlass das ruhig mir«, sagte er vertrauensvoll. »Ich bekomme jederzeit Karten. Für einen Bullen kein Problem.«

»Okay. Dein Wort in Gottes Ohr. Und wo essen wir?«

»In meinem Restaurant. Wo sonst? Ich rufe Kitty an und bitte sie, uns ein schönes Stück Steinbutt zu sichern.«

»Mit Hummersauce«, freute sich George und legte schnell ein wenig Make-up auf. »Meinst du, so geht's?«

»Du könntest gut für dreiundvierzig durchgehen«, spottete er. »Komm. Ich rufe vom Wagen aus im Revier an. Du fährst.«

*

Es wurde ein wunderschöner Abend. Sie waren rechtzeitig genug da gewesen, um an der Theaterbar noch ein Gläschen zu trinken, bevor die Vorstellung begann. Gus hatte an der Theaterkasse noch Karten bekommen, und ihre Plätze lagen genau in der Mitte des ersten Ranges. »Das sind die besten Plätze«, hatte er ein wenig stolz verkündet. »Es ist wirklich eine großartige Aufführung. Wahrscheinlich wegen der kunstvollen Bühnendekoration und der spritzigen Musik aus den Zwanzigern. Komm.«

Wirklich ein bemerkenswerter Mann, dachte George, als sie sich auf ihren Platz setzte und sich entspannte. Wenn er sich auch mitunter wie ein Rabauke aus East End benahm, so war er doch sehr klug, und sie konnte sich kaum einen zärtlicheren Liebhaber vorstellen. Natürlich war er manchmal ein richtiges Ekel, aber das kam nicht sehr häufig vor; meistens war er ausgesprochen nett. George steckte den Arm in die Beuge seines Ellbogens und freute sich auf einen schönen Abend mit Gus und Shakespeare. In dieser Reihenfolge.

Als sie nach der Vorstellung auf der Shaftesbury Avenue standen, waren sie noch immer vergnügt und lachten. »Wir haben die *Komödie der Irrungen* in der Schule aufgeführt«, sagte sie. »Ich habe eine Unverheiratete gespielt.«

»Ich habe auch mitgespielt. Aber wir haben eine Doppelgänger-Komödie daraus gemacht, wenn ich mich recht entsinne. Jetzt siehst du besser aus.«

»Hm?« Sie blieb stehen und schaute auf der Suche nach Sternen zum Himmel empor. »Jetzt müsste es in den Londoner Straßen dunkel genug sein, um Sterne sehen zu können. Was hast du gesagt?«

Er grinste. »Gar nichts, Schatz. Nur ganz nebenbei ein Kompliment. Als ich klein war, konnte man immer Sterne sehen, weil wir so arm waren, dass es auf unserem Weg keine Straßenlaternen gab.«

»Lügner«, sagte George und hakte sich bei ihm unter. Dann steuerten sie auf das Parkhaus in der Lexington Street zu, wo sie den Wagen abgestellt hatten. »Wie meinst du das, ich sehe jetzt besser aus?«

»Aha! Du hast es also doch gehört! Das sieht dir ähnlich! Ich habe nur gesagt, dass du jetzt hübsch aussiehst.«

»Und wann sah ich nicht hübsch aus?«

»Vorhin hast du irgendwie schlecht ausgesehen. Ganz müde und abgespannt. So siehst du immer aus, wenn du dich zu sehr in einen Fall reinkniest. Das war immer so, wenn wir zusammen gearbeitet haben. Meistens sehen wir beide am Ende wie nasse Waschlappen aus. Diesmal wird das nicht passieren. Das habe ich mir fest vorgenommen.«

»Ach ja? Was willst du denn machen? Mich von den Ermittlungen ausschließen?« Sie blieb stehen, drehte sich um und musterte ihn herausfordernd. Die anderen Fußgänger machten einfach einen Bogen um sie. »Du wirst dein Versprechen halten, nicht wahr? Wo ich mir extra im Krankenhaus frei genommen habe, um von Anfang an bei den Ermittlungen dabei zu sein.«

»Schon gut.« Er umarmte sie und zog sie weiter. »Das wäre wohl ziemlich dumm von mir. Aber ich will nicht, dass du dich wieder so verausgabst wie beim letzten Mal.«

»Beim letzten Mal«, sagte sie und erschauerte leicht. »Lass uns nicht darüber sprechen. Es war furchtbar. Reden wir lieber über das Stück. Zwillinge. Zwei Zwillingspaare! Shakespeare hat den Bogen natürlich etwas überspannt, aber ich fand es trotzdem Klasse.«

»Du hörst dich an wie eine Englischlehrerin, die versucht, bei ihren unwissenden Schülern das Interesse für Literatur zu wecken.«

»Du bist unmöglich, Gus. Ich möchte lediglich mit dir teilen, was ich mal gelernt habe, und was ernte ich dafür? Verachtung!«

»Mir hat es doch auch gefallen. Diese ganzen Verwechslungen. Und die Musik war auch toll. Aber das Problem ist, dass ich die Geschichte zu gut kenne. Shakespeare hat sie nämlich von Plautus übernommen, und der Titel ist *Menaechmi.* Ich habe es im Lateinunterricht im Original gelesen.«

»Was? Du Mistkerl!«, rief sie. Er fing an zu lachen, ließ ihren Arm los und eilte die Great Windmill Street hinauf. Sie lief ihm hinterher und meckerte weiter. Niemand in der bevölkerten kleinen Straße beachtete sie. Verrückte sah man hier alle Tage.

Es war ein sehr schöner Abend, dachte George viel später, als sie müde im Bett lag. Gus hatte sich an sie gekuschelt und schlief tief und fest. Eine schöne Komödie, ein köstliches Essen, und dann hatten sie sich geliebt. Das war immer wieder ein großartiges Erlebnis. George war glücklich und schlief wie ein Murmeltier.

11

Der Kaffeeduft, der sich in der Einsatzzentrale ausbreitete, schien fast so aufmunternd wie der Kaffee selbst zu sein. George beobachtete die erschöpften Polizisten, die nach und nach mit hängenden Schultern eintrudelten. Doch als ihnen der Kaffeeduft in die Nase stieg, strahlten sie augenblicklich und steuerten sofort auf den Tisch in der Ecke zu, auf dem die beiden großen Thermoskannen standen. Gus bestand darauf, dass seine Leute anständigen Kaffee bekamen. »Pulverkaffee mag für die Leute hier im Hause genügen, aber meine Leute brauchen Kaffee, in dem der Löffel stehen bleibt«, sagte er. Wenn die Sonderkommission es mit einem großen Fall zu tun hatte, kaufte er von seinem eigenen Geld besten, frisch gemahlenen Arabica-Kaffee. Dieser Fall könnte ihn noch teuer zu stehen kommen, hatte er zu George gesagt. Auch sie trank schon die zweite Tasse, denn sie und Gus waren zu unchristlich früher Stunde im Revier Ratcliffe Street eingetroffen. Er hatte sich sofort über seinen Schreibtisch gebeugt; daher blieb George nichts anderes übrig, als zu warten. Dabei platzte sie beinahe vor Neugier und Tatendrang. Immerhin mussten drei Mordfälle gelöst werden. So eine Mordserie hatte sie in ihrer Karriere als Gerichtsmedizinerin noch nicht erlebt.

Julie Bentley setzte sich mit ihrer Kaffeetasse in der Hand neben sie. »Guten Morgen«, sagte sie ein wenig verlegen, als rechnete sie mit einer unfreundlichen Reaktion. George war schließlich Ärztin und sie nur eine kleine Polizeibeamtin. George begrüßte sie jedoch herzlich und machte ihr auf dem Schreibtisch, auf dem sie saß, ein wenig Platz.

»Hallo«, sagte George. »Wie läuft's?«

»Ziemlich langweilig«, erwiderte Julie und trank einen Schluck Kaffee. George war verblüfft.

»Sie finden diesen Fall langweilig?« Das war ja unfassbar! George hatte geglaubt, es mit einer recht gescheiten Frau zu tun zu haben, die eine vielversprechende Karriere vor sich hatte. Stellte sich jetzt heraus, dass sie gar kein Interesse an ihrem Job hatte?

»Nein, nein, ich meine nicht den Fall«, erklärte Julie. »Der ist alles andere als langweilig. Die Arbeit, die ich hier machen muss: Listen tippen, Sachen in den Computer eingeben und so was alles. Ich möchte gerne mit an den Tatort gehen und richtig ermitteln.«

George war erleichtert, dass sie Julie Bentley richtig eingeschätzt hatte. »Ich kann Sie gut verstehen. Mir geht es oft nicht anders. Sobald ich die Leichen obduziert habe, soll ich mich aus allem raushalten. Aber das lasse ich nicht zu.«

»Das haben wir auch schon mitbekommen.«

»Ach, du meine Güte! Wird manchmal über mich getratscht?«

»Manchmal? Sobald sich eine Gelegenheit bietet«, erwiderte Julie lachend.

»Na schön, und wenn schon. – Was würden Sie denn lieber tun als Listen in den Computer einzugeben?«

»Leute verhören«, sagte Julie sofort. »Richtig ermitteln. Ich weiß, dass auch die anderen Arbeiten getan werden müssen, doch das ist einfach verdammt stupide.«

»Haben Sie schon mal gefragt?«

»Leider bin ich noch kein Detective. Ich bin hierher versetzt worden, und dadurch habe ich die Chance, mehr zu lernen und bei der Kripo einzusteigen, aber Sie wissen ja, wie das ist, besonders für Frauen.«

»Wem erzählen Sie das«, sagte George mitfühlend, und dann richtete sie sich auf, denn plötzlich schien die Aufmerksamkeit der Anwesenden geweckt zu sein. Gus war in die Einsatzzentrale gekommen und stand jetzt mit Roop vor den Beamten. Endlich ging es los. George schaute auf die Uhr. Punkt acht. Sie lächelte. Gus würde es zwar hartnäckig abstreiten, aber seine Organisation war mitunter genauso strikt wie die eines Bankmanagers.

»Okay, Leute«, sagte er leutselig und blickte in die Runde. »Dann wollen wir mal. Ich will wissen, wie weit wir sind, und dann werden wir sehen, wie es weitergeht. Zuerst einmal wollen wir uns mit der dritten Leiche beschäftigen.«

»Mit der ersten«, murmelte George, jedoch nicht so leise, dass Gus es nicht mitbekam. Er schaute sie zwar nicht an, ging aber sofort auf ihre Bemerkung ein, als wäre genau das seine Absicht gewesen. »Eigentlich ist es die erste Leiche, da die gerichtsmedizinische Untersuchung ergeben hat, dass dieser Bursche vor den beiden anderen gestorben ist. Dr. Barnabas, könntest du bitte allen berichten, was du bei der Obduktion herausgefunden hast?«

George war im ersten Moment überrascht, doch dann fiel der Groschen. Der gute alte Gus. Wenn sie die Obduktionsergebnisse vortrug, war ihre Anwesenheit bei dieser Besprechung begründet, und Roop konnte keine Einwände erheben. Und tatsächlich machte Roop schon wieder ein grimmiges Gesicht.

»Gern.« Sie stand auf und zog ihr Notizbuch aus der Tasche, in dem sie gestern nach der Obduktion einige wichtige Punkte notiert hatte. »Die Leiche, die wir in dem Schuppen auf der Henriques Street gefunden haben, war die eines Mannes, der ungefähr zwischen siebzig und fünfundsiebzig Jahre alt war. Möglicherweise auch etwas älter. Der Tod ist vor drei bis vier Wochen eingetreten. Ich warte noch auf einige Untersuchungsergebnisse, die diese Vermutung erhärten sollen. Graue Haare und grauer Bart ...« George führte so viele Details wie möglich an und beschrieb die Unterschiede zwischen den Verletzungen dieser Leiche und der beiden anderen, die sich stark ähnelten, aber dennoch leichte Unterschiede aufwiesen. »Ich bin zu dem Schluss gekommen«, beendete sie ihre Ausführungen, »dass dieser Mord eine Art Übung für die beiden anderen war. Die ungeschickten Schnitte und ...«

»Bis hierhin erst einmal. Danke, Dr. Barnabas«, unterbrach Gus sie. »Später mehr zu den Schlussfolgerungen, wenn es dir recht ist. Wir haben schon einige Informationen über diesen Toten.«

»Sag bloß«, wunderte sich George.

»Natürlich«, knurrte Roop. »Es haben ja nicht alle gestern Nachmittag um sechs Uhr Feierabend gemacht. Ich zum Beispiel nicht.«

George öffnete den Mund, um zu protestieren, fing dann aber Gus' Blick auf und schwieg. Jetzt war nicht der richtige Zeitpunkt, um zu streiten, vor allem, da es Neuigkeiten gab.

Dudley zog eine Akte unter dem Arm hervor und setzte sich auf die Ecke des Schreibtisches, sodass er die Akte auf seinen Knien aufschlagen konnte. Jetzt stand Dudley im Mittelpunkt, und das genoss er sichtlich. »Ich muss zugeben, dass es nicht schwierig war, denn der Tote hatte eine Brieftasche und verschiedene andere Dinge bei sich, die uns bei der Identifizierung geholfen haben. Er ist ... war Abgeordneter des Oberhauses. Jack Scroop. Früher ein hohes Tier im Gewerkschaftsbund. Als er sich 1969 aus dem Amt zurückzog, wurde ihm der Titel eines Lords verliehen. Fast zum gleichen Zeitpunkt hatte er einen Streit mit der damaligen Regierung, und anstatt die Regierungspartei als Lord zu vertreten, wurde er parteiloser Abgeordneter.« Er hob den Kopf und fuhr fort: »Für diejenigen, die nur den Sportteil der Zeitungen lesen, werde ich das kurz erklären. Scroop gehörte der Labour Party an, die damals am Ruder war, änderte dann aber seine Meinung und wurde Unabhängiger, um der Partei auf diese Weise das Leben schwer zu machen.«

»Wenn er sich schon 1969 aus dem Amt zurückzog, muss er sehr alt gewesen sein«, warf Mike Urquhart ein.

»Das ist richtig«, bestätigte Gus, der Mikes Einwurf billigte. »War er. Aber er war nicht so alt, wie man vielleicht meinen könnte. Er war fünfzig, als er sich aus seinem Amt beim Gewerkschaftsbund zurückzog.«

»Ein schönes Leben!«, sagte jemand grimmig. »Der hat doch eine Pension gekriegt und einen bequemen, mit Hermelin gepolsterten Sitz, oder?«

»Wahrscheinlich«, erwiderte Gus. »Es hat einen Skandal gegeben. Es stellte sich heraus, dass er schwul war und jahrelang mit Freunden zusammenlebte. Damals sah das noch ganz anders aus – besonders für die Presse war es natürlich ein gefundenes

Fressen. Der *Daily Express* hat die Sache so aufgebauscht, dass er einen Nervenzusammenbruch erlitt. Seinen Posten beim Gewerkschaftsbund war er damit auch los. Aber da ihn alle für einen cleveren Mann hielten, wurde er ins Oberhaus aufgenommen.«

»Und dann machte er eine lange Nase und tat nicht das, was er sollte«, sagte Mike. »Das muss ein toller Typ gewesen sein.«

»Nein, war er nicht«, erklärte Dudley säuerlich und kniff die Lippen ein wenig zusammen. Offensichtlich missbilligte er schwule Lords. »Er war von Anfang an ein Unruhestifter.« Dudley rümpfte die Nase. »Sein Freund ist vor ein paar Jahren gestorben. Seitdem ist er ein bisschen aus dem Blickfeld gerückt. Gestern Abend habe ich mit ein paar Leuten über ihn gesprochen ...« Dudley blätterte seine Notizen durch. »Ich hab's. Er kreuzte zwei- bis dreimal pro Woche im Oberhaus auf, bevor Kenny Powys starb, sein Freund, aber danach kaum noch. Nach dem Tod seines Freundes verwahrloste er. Er hat sich nicht richtig gewaschen und nachlässig gekleidet. Eine wahre Katastrophe. Es wurde schon über ihn geredet. Man war der Meinung, dass man irgendetwas tun müsse. Aber dann kam er überhaupt nicht mehr und geriet in Vergessenheit.« Plötzlich grinste Dudley, sodass man seine Zähne sehen konnte. »Für einige ist das ziemlich unangenehm. Zuerst verwahrlost er, und dann verschwindet er in der Versenkung, ohne dass die lieben Kollegen es bemerken. Das erfüllt die Wähler nicht gerade mit Vertrauen in die Menschen, die unser Land regieren, oder?«

»Glauben Sie vielleicht, dass es Theater geben wird und wir das Oberhaus dann auch gleich los sind? Da wir die Abgeordneten des Oberhauses sowieso nicht wählen ...«, begann Mike, aber diesmal schaute Gus ihn missbilligend an.

»Aktive Polizeibeamten äußern ihre politische Meinung nicht, vergessen Sie das bitte nicht«, sagte er. Mike hob die Brauen und schloss schmollend den Mund.

»Wir müssen noch weitere Ermittlungen durchführen«, fuhr Dudley fort, als hätte niemand etwas gesagt. »Ich habe mit einigen seiner Nachbarn Kontakt aufgenommen. Ob Sie es glauben oder nicht, er lebte in einer Sozialwohnung in Islington. Er war ein Einsiedler. Es gibt niemanden, der sagen könnte, was er so gemacht hat. Und als er umgebracht wurde, hat keiner bemerkt, dass er verschwunden war. Darum wurde auch sein Leichnam nicht früher gefunden.« Das war jawohl die Höhe! Immerhin war es nur ihrer Hartnäckigkeit zu verdanken, dass man die Henriques Street genauestens abgesucht hatte. Aber um Gus nicht zu verärgern, hielt George den Mund.

»Hatte er denn keinen anderen Job?«, fragte sie stattdessen. »Ich meine, wovon hat er gelebt? Wenn er nichts geerbt hat, muss er doch finanzielle Sorgen gehabt haben, oder? Soweit ich es beurteilen konnte, war er nicht besonders gut genährt. Der Zustand der Leiche lässt allerdings keine genauen Schlüsse zu.« Julie, die neben ihr saß, erschauerte. »Und seine Kleidung war alles andere als teuer.«

»Er wird seine Sitzungsgelder bekommen haben«, sagte Mike, der wieder einmal zeigte, wie gut er sich in Parlamentsdingen auskannte. »Die kriegen nur dafür gutes Geld, dass sie dort auftauchen und dann auf den Bänken schlafen. Siebzig Pfund, habe ich gehört.«

»Dann hat man Ihnen was Falsches gesagt«, schaltete Rupert sich unfreundlich ein. »Ich habe das alles nachgeprüft. Er konnte einen Tagessatz von dreiunddreißig Pfund fünfzig verlangen, weil er in London lebte. Dadurch wurden die Kosten für Fahrt und Verpflegung gedeckt. Sonst hatte er nur seine Staatspension. Nicht gerade viel, um gut leben zu können, aber seine Miete war sehr niedrig. Ich habe die Zahlen hier, falls jemand sie sich ansehen möchte.«

»Hätte nicht gedacht, dass die Lords so arme Schlucker sind«, murmelte jemand hinten im Raum. »Aber wenn sie nichts tun, ist das mehr als gerecht.«

»Er hat wohl gelegentlich Reden gehalten«, sagte Rupert. »Immer zum gleichen Thema. Die Reform des Oberhauses. Er soll immer wieder behauptet haben, sie alle wären Abkömmlinge von Dieben und Räubern und größtenteils auf diese Weise an ihre Titel gekommen. Das war ein starkes Stück, denn er hatte seinen Titel ja bekommen, weil er den Pöbel aufgehetzt und zu Streiks ermuntert hatte.«

»Es gehört mehr dazu, Gewerkschaftsarbeit zu machen ...«, begann Mike, biss sich dann aber auf die Lippe, da der Boss ihn strafend anschaute.

»Damit wollen wir uns jetzt nicht aufhalten«, sagte Gus gereizt. »Von Bedeutung ist, dass er ein total exzentrischer alter Knabe war, um den sich niemand richtig gekümmert hat und der keinem Ausschuss angehörte. Er hatte also gar keine Macht, und es gibt somit auch keinen Grund, ihn umzubringen. Im Moment sieht es auf jeden Fall so aus.«

»Vielleicht wurde er von unserem Ripper als Versuchskaninchen benutzt. Ich habe ja schon gesagt, dass die Verletzungen darauf hinweisen. Die ungeschickten Schnitte lassen den Eindruck entstehen, jemand wollte etwas ausprobieren.«

»Das sehe ich anders.« Natürlich war Roop mal wieder anderer Meinung als George. »Warum sollte jemand das Risiko eines Mordes auf sich nehmen, nur um zu üben?«

»Warum geht jemand überhaupt das Risiko ein, einen Menschen umzubringen?«, erwiderte George mit erhobenem Kopf. »Begeht einen so seltsamen Mord und kopiert Serienmorde, die vor über hundert Jahren verübt wurden, Mr. Dudley?«

»Dafür haben wir keine Beweise, Dr. Barnabas. Das sind alles reine Vermutungen Ihrerseits.«

»Aber Roo ... Inspektor Dudley!«, stieß George hervor. »Wie können Sie so etwas sagen! Hatte ich bisher nicht Recht? Haben wir die Leichen nicht genau dort gefunden, wo der Ripper-Mörder seine Opfer einst versteckt hat? Zeigt die Mordmethode nicht, dass die Ripper-Morde imitiert wurden? Wie viele Beweise brauchen Sie denn noch?«

»Das sind alles Indizienbeweise. Vor Gericht würde das niemals Bestand haben.« Dudley schlug die Akte zu und starrte George an. Sie hielt seinem Blick stand.

»Okay«, mischte Gus sich schnell ein. »Soviel zum Fall Lord Scroop. Wir müssen ihn und seine Wohnung noch genauer überprüfen, ehe wir hier weiterkommen. Tim, das erledigen Sie. Nehmen Sie Detective Chief Chalice mit. Nun zum nächsten Punkt. Alice Diamond. Mike, unterrichten Sie uns bitte über den Stand der Dinge.«

Mike berichtete kurz und bündig über die Beschattung von Alice Diamond. Er versuchte zu vertuschen, dass er die Zielperson in Heathrow aus den Augen verloren hatte, trug aber genau vor, was am Flughafen passiert war. Alle hörten verblüfft und fasziniert zu, und als Mike fertig war, ging ein leises Raunen durch den Raum. Gus musste die Stimme heben, um für Ruhe zu sorgen.

»Ruhe! Wenn Sie etwas beitragen möchten, dann bitte so laut, dass wir alle etwas davon haben. Sie ...« Er zeigte auf einen der Kripobeamten, der seinem Kollegen eifrig etwas ins Ohr geflüstert hatte. »Was haben Sie gesagt, Hagerty?«

»Drogen, Chef. Es hört sich für mich nach Drogen an. Wenn sie das Zeug als normales Gepäck einschleusen konnte, hat sie das große Los gezogen. Wir müssen herauskriegen, warum der Zoll nicht über ihren Berg Gepäck gestolpert ist, dann können wir die Sache weiter verfolgen.«

»Das haben wir überprüft«, sagte Mike. »Sie fliegt regelmäßig und bringt immer eine Menge Zeug für ihr Modegeschäft in ihrem normalen Handgepäck mit. Offenbar zahlt sie lieber die Gebühren für das Übergepäck, als es als normale Fracht zu versenden. Sie hat die ganzen Papiere für die Klamotten – größtenteils Kleidung und etwas Modeschmuck.«

»Haben wir Beweise dafür?«, fragte Hagerty. »Hat der Zoll die Taschen durchsucht?«

»Ich hatte nicht den Eindruck«, erwiderte Mike. »Die Beamten schienen sie zu kennen und sich gar keine Gedanken darüber zu machen, was sie einführt. Sie sind nicht dumm, Ray. Wenn sie ihr Geschäft als Drogenumschlagplatz benutzen würde, hätte man sie inzwischen geschnappt. Ich vermute, es steckt etwas anderes dahinter. Aber ich weiß noch nicht, was. Ich würde mich gerne mal bei ihr umsehen, Chef. Vielleicht mit einem Durchsuchungsbefehl? Und im Laden auch.«

»Und mit welcher Begründung?«, fragte Rupert. »Sie haben doch selbst gesagt, dass dieser Typ mit dem Lieferwagen einige

Taschen an sich genommen hat. Hat den schon jemand überprüft?«

»Ich habe die Infos hier.« Mike zog sein Notizbuch hervor. »Den würde ich mir heute auch gerne mal vorknöpfen. Das Fahrzeug ist auf den Namen Max Hazell zugelassen. Er ist in der Trading-Siedlung am Wembley Stadion gemeldet.«

»Dann knöpfen Sie sich den mal vor. Lassen Sie Mrs. Diamond im Moment in Ruhe. Mir wäre lieber, wenn jemand mit ihr sprechen würde, ohne ihr gleich einen Durchsuchungsbefehl auf den Tisch zu knallen.« Gus schaute sich im Raum um. »Morley, Sie gehen mit Sergeant Urquhart zu ihr und sprechen mit ihr, okay? Ich möchte, dass sie anständig behandelt wird, verstanden? Wenn sie auch möglicherweise in eine Schmuggelaffäre verwickelt ist, bleibt sie die Witwe eines Mordopfers. Und ihr verstorbener Gatte war außerdem Abgeordneter. Also keine Aufregung, solange es nicht nötig ist. Hat noch jemand etwas zu sagen, ehe wir die Besprechung beenden?«

»Immer noch nichts am Mitre Square?«, fragte George. »Meinst du nicht, wir sollten da suchen?«

»Ich habe dort rund um die Uhr eine beachtliche Polizeistaffel eingesetzt«, erklärte Rupert. »Mehr können wir wirklich nicht tun. Letztendlich ist es ja nur eine Vermutung.«

»Und Sie sind ganz sicher, dass dort nirgends eine Leiche liegt?«

Dudley antwortete nicht und weigerte sich sogar, George anzuschauen. Dann eben nicht! Mit der Leiche auf der Henriques Street hatte sie ja auch richtig gelegen. Vielleicht würde sie selbst dort suchen, dachte sie, lächelte Rupert Dudley zuckersüß an und schwieg.

»Alice Diamond bereitet mir nach wie vor Kopfzerbrechen.« Mike gab sich noch nicht geschlagen. »Es könnten dort sehr wohl Informationen verborgen sein, die ...«

»Sie haben ja gehört, was wir besprochen haben«, sagte Rupert, aber Gus legte freundlich eine Hand auf Mikes Arm.

»Ich sag Ihnen mal was, Mike. Wenn Sie eine Möglichkeit sehen, sich in einem Damengeschäft mit lauter Kinkerlitzchen und

Dessous umzusehen, ohne Misstrauen zu erwecken, wären wir froh, wenn Sie es machen würden, okay?«

Leises Lachen erklang. Gus schaute Mike an, der jetzt ein saures Gesicht machte, und schüttelte den Kopf. »Ich kann Sie ja verstehen, Mike, aber wir haben keinen Grund, den Laden zu durchsuchen. Das würde nur für unnötigen Wirbel sorgen, das habe ich im Urin. Auf jeden Fall ist sie jetzt erst mal im Lande. Wir können uns die gute Frau also jederzeit vornehmen. Im Moment stehen dringlichere Dinge an. Okay, jetzt zu den einzelnen Einsätzen ...« Gus erklärte jedem ausführlich, was er an diesem Tag zu tun hatte. Julie, die neben George saß, seufzte, als sich herausstellte, dass sie wieder am Computer arbeiten und eingegangene Daten eingeben und überprüfen musste.

»Also wirklich, als wenn das so wichtig wäre«, murmelte sie. »Da drüben sitzt Barnett.« Sie zeigte mit dem Kopf zu einem uniformierten Polizisten auf der anderen Seite des Raumes. »Er ist ganz verrückt auf Computer. Ihm macht die Arbeit Spaß, und er ist doppelt so schnell wie ich. Warum kann er das denn nicht machen, damit ich bei den richtigen Ermittlungen dabei sein kann?«

George überlegte einen Moment. »Könnten Sie sich nicht krank melden?«

»Hm? Warum?«

»Damit Sie hier rauskommen.«

»Wie meinen Sie das?«, fragte Julie neugierig.

»Ich stimme Mike zu. Jemand sollte sich in dem Laden umsehen. Wer weiß, was wir da finden könnten? Ich stimme jedoch auch Gus zu. Es ist nicht so eine gute Idee, dass Mike das macht. Aber zwei Frauen in normaler Kleidung – natürlich nicht in Uniform –, das wäre doch etwas anderes, nicht wahr?«

Julie strahlte und lächelte George an. »Oh, Dr. Barnabas«, sagte sie laut. »Ich habe ganz schlimme Schmerzen. Meinen Sie, ich sollte mit unserer Krankenschwester darüber sprechen?«

»O ja«, erwiderte George noch lauter. »Das sollten Sie wirklich. Sie haben sicher Menstruationsbeschwerden. Ein Tag Ruhe wirkt da Wunder.«

»Diese blöden Weiber«, murmelte einer der Männer, als sie

sich an ihnen vorbeidrängten, und Julie und George grinsten sich vergnügt an.

»Ja«, sagte George. »Blöde Weiber. Vor allen, wenn wir was herausfinden und sie nicht. Verhandeln Sie mit der Krankenschwester, Julie. Ich werde unten auf Sie warten. Dann fahren wir eben bei Ihnen zu Hause vorbei, damit Sie sich umziehen können. Und dann auf zum Sloane Square!«

12

George ging auf dem Bürgersteig hin und her und wartete auf Julie, die offenbar Probleme hatte, die Krankenschwester des Polizeireviers davon zu überzeugen, dass sie einen freien Tag brauchte. Das dauerte ja ewig! George wurde langsam ungeduldig. Natürlich konnte sie das Geschäft von Alice Diamond am Sloane Square auch alleine aufsuchen. Doch sie hatte mit Julie vereinbart, zu warten. Außerdem war es besser, wenn sie zu zweit dort aufkreuzten, dann konnte eine von ihnen im Laden herumstöbern, während die andere Alices Aufmerksamkeit auf sich lenkte.

Daher stand George noch dort, als Gus polternd die Stufen herunterlief. Er musste zu Scotland Yard, um an einer Besprechung mit dem Polizeipräsidenten teilzunehmen, der verständlicherweise ziemlich nervös war. Immerhin waren drei Abgeordnete ermordet worden. Als er George sah, blieb er erstaunt stehen. »Wolltest du heute Morgen nicht ins Krankenhaus? Hast du es dir anders überlegt?«

»Nein, nein.« George, die hervorragend lügen konnte, wenn es notwendig war, hasste es, Gus zu beschwindeln. »Ich habe nur jemandem versprochen, ihn mitzunehmen, der die gleiche Richtung hat. Hm, wenn der nicht bald kommt, muss ich gehen.« Sie suchte angestrengt nach einem anderen Thema. »Was machen wir heute Abend? Musst du lange arbeiten? Oder vielleicht ...«

»Natürlich muss ich lange arbeiten. Ich hatte doch gestern Abend erst frei, Schatz. Roop arbeitet auch jeden Abend.«

George ging nicht darauf ein. Es wäre unvernünftig, wieder mit dem unleidlichen Thema Rupert Dudley anzufangen. »Kann ich dir helfen?«

»Wobei? ... Ach so. Darüber muss ich erst nachdenken.«

»Gut, dann denk darüber nach!« George sah hinter Gus' Schulter, dass Julie jetzt das Revier verließ, und sie betete, dass die junge Frau so viel Grips hatte, erst zu ihr zu kommen, wenn Gus verschwunden war. Julie stieg mit zufriedener Miene die Treppe herunter, und George, die noch nicht einmal wagte, ihr einen Blick zuzuwerfen, fuhr schnell fort: »Sag mir Bescheid, okay? Ich habe dir ja gesagt, dass ich mir extra im Krankenhaus frei genommen habe, und ich will meine Zeit nicht sinnlos vergeuden.« Gerade noch rechtzeitig erkannte sie, dass sie sich fast verplapperte. »Darum ... hm ... will ich auch heute Morgen mal dort nach dem Rechten sehen, damit ich weiterhin bei den Ermittlungen dabei sein kann.«

»Du klingst wie Alice im Wunderland an einem schlechten Tag«, sagte er. »In Ordnung. Darüber habe ich sowieso schon nachgedacht. Ich will versuchen, irgendwie durch eine Einladung ins Oberhaus zu kommen. Joe Durnell kann mir vielleicht helfen. Ich habe schon mit ihm telefoniert. Er hat seinen Titel verliehen bekommen, als er vor drei Jahren aus dem Polizeidienst ausgeschieden ist. Er wird das verstehen und dafür sorgen, dass wir einige Insiderinfos bekommen. Du kannst ja mitkommen, wenn du möchtest. Das wird dir sicher gefallen.«

»Du hast es erfasst«, sagte sie begeistert, und das nicht nur, weil sie über seinen Vorschlag erfreut war, sondern auch, weil Julie zu ihrer großen Erleichterung die Situation richtig einschätzte. Sie stieg nämlich die Stufen wieder hinauf und versteckte sich im Schatten der Vorhalle. Eine Frau, die mitdenkt, dachte George und strahlte Gus an. »Ich ziehe meinen besten Fummel an, und dann treffen wir uns. Und wo? Im Oberhaus oder zu Hause?«

»Schalte dein Handy ein. Ich rufe dich an. Jetzt muss ich aber los.« Er schaute auf die Uhr. »Die Besprechung fängt in zehn Minuten an. Ich muss das Blaulicht einschalten, damit ich es noch schaffe. Bis dann.« Er schnippte mit Daumen und Zeigefinger gegen die Krempe seines imaginären Hutes und ging zu der Seite des Gebäudes, an der der Hof lag und die Wagen standen.

Einen Augenblick später eilte Julie die Stufen herunter und

folgte George, die ziemlich schnell zu der Seitenstraße auf der anderen Seite des Gebäudes lief, wo sie ihren Wagen geparkt hatte. Es wäre nicht gut, wenn Gus sie zusammen sehen würde. George schämte sich ein wenig, weil sie Gus beschwindelt hatte. Er belog sie fast nie. Dann aber verteidigte sie sich im Stillen, denn er hatte ja auch keinen Grund dazu. Schließlich versuchte sie nie, ihn davon abzuhalten, Dinge zu tun, die er tun musste. Sie schloss den Wagen auf, und Julie stieg ein und machte sich ganz klein, weil sie genau wusste, dass Diskretion angesagt war.

George fädelte sich in den starken Berufsverkehr ein. Als die Gefahr gebannt war, atmete sie tief durch, und Julie setzte sich aufrecht hin.

»Weiß er, wohin wir fahren?«, fragte sie.

»Wo denken Sie hin! Was hat die Krankenschwester gesagt?«

»Ich glaube, sie hat mir zuerst nicht geglaubt, aber das Gegenteil ist schwer zu beweisen, nicht wahr? Auf jeden Fall hat sie mir zwei Aspirin gegeben und gesagt, dass ich nach Hause gehen könne, wenn es wirklich so schlimm sei. Ehrlich gesagt fühlte ich mich ziemlich mies dabei.«

»Wenn Sie weiterkommen wollen, geht es manchmal nicht anders«, beruhigte George sie. »Wo wohnen Sie? Je eher wir die Sache auf der Sloane Street hinter uns gebracht haben, desto besser. Wenn wir fertig sind, erleben Sie plötzlich eine Wunderheilung und können wieder an Ihren Computer.«

Julie war unglaublich schnell zurück. George wartete kaum länger als zehn Minuten draußen vor dem Haus in Wapping, in dem sie wohnte. Als Julie wieder auftauchte, war sie in ihrem kurzen roten Kostüm und den hochhackigen Schuhen kaum wiederzuerkennen.

»Ihr Outfit passt genau zur Sloane Street. Ich komme mir richtig schäbig dagegen vor«, sagte George beeindruckt.

»Tja, todschick sehen Sie nicht gerade aus. Mir gefällt das, aber ...«, entgegnete Julie aufrichtig.

George schaute auf ihre schwarze Jeans, die ebenfalls schwarze, sportliche Jacke, den grünen Pulli und die sauberen, aber nichtsdestotrotz ausgelatschten Turnschuhe. Julie hatte ganz

Recht. »Das ist der Grund, warum wir zusammen in den Laden gehen. Ich komme von außerhalb und suche etwas Modisches. Sie sind meine Beraterin, okay?«

»Einverstanden.« Julie freute sich, dass sie jetzt ein paar Erfahrungen in der polizeilichen Ermittlungsarbeit sammeln konnte, obwohl das ihrer Karriere wohl kaum viel nützen würde. Hoffentlich kam ihr niemand auf die Schliche. Der Wagen quälte sich durch den starken Londoner Verkehr, und George und Julie waren an diesem wunderschönen Herbsttag mit sich und der Welt zufrieden.

»Ich wäre gerne in Heathrow dabei gewesen«, sagte George, die vorsichtig einen langsamen Lieferwagen überholte, der Bretter geladen hatte, die gefährlich aus der Hecktür herausguckten. »Dann wüsste ich jetzt schon mehr über Alice Diamond.«

»Warum?«

»Man erfährt eine Menge über andere Menschen, wenn man sie beobachtet. Ihre Art zu reden und ihre Körperhaltung sprechen Bände. Man kann sehen, in welcher Stimmung sie sind, wie es um ihre Gesundheit bestellt ist, ob sie Schmerzen oder Kummer haben und wann sie zuletzt gegessen haben ...«

»Sie reden ja wie Sherlock Holmes«, wunderte sich Julie.

George fing an zu lachen. »Keineswegs. Das ist nur meine medizinische Ausbildung. Dadurch bekommt man einen Blick für bestimmte Typen. Und Sherlock Holmes hat ja auch mit Dr. Watson zusammengearbeitet, nicht wahr? Der Autor Conan Doyle war übrigens selbst Arzt.«

»Wenn ich Medizin studieren müsste, um Kriminalbeamtin zu werden, würde das ganz sicher nichts. Ich möchte um nichts in der Welt Ihren Job machen.« Julie erschauerte. »Immer diese Leichen.«

»Hm. Mitunter ist es scheußlich, aber sehr interessant. So interessant, dass man die ekelhaften Dinge gar nicht mehr zur Kenntnis nimmt.« George liebte ihren Job über alles, aber natürlich war das Sezieren von Leichen nicht für jeden der Traumberuf. »Ah, wir sind da. Wo, zum Teufel, sollen wir denn parken?«

Es dauerte eine halbe Stunde, bis sie einen flotten Fünf-Minuten-Marsch von ihrem Zielort entfernt einen freien Platz fanden. Dann bummelten sie zur Sloane Street, aber es war noch immer nicht zehn Uhr. Das Geschäft war geschlossen.

Es war ein sehr hübscher Laden. Die Schaufenster waren dem Stil des achtzehnten Jahrhunderts nachgebildet. Die Ecken waren mit dickem Flaschenglas verstärkt, ohne jedoch den Blick auf die Auslage zu versperren. Im Fenster stand ein tänzelnder Schimmel mit Pegasus-Flügeln, über den pfirsichfarbener Seidenstoff mit einer doppelten Spitzenborde fiel, und rings um das Pferd lagen neckische Slips im gleichen Farbton. In den Ecken lag mit Rüschen besetzter Tüll, und darauf waren seidene Narzissen und Gartenwicken verstreut. Über diesen ganzen Firlefanz hinweg konnte man einen Blick ins Innere des Geschäfts werfen, in dem helles Scheinwerferlicht auf die pastellfarbenen Kleiderständer fiel. Auch das Geschäft selbst war mit Tüll und Seidenblumen dekoriert. George lehnte sich gegen die Scheibe und legte ihre Hände an die Schläfen, um besser sehen zu können. »Sieht aus wie ein Bordell«, sagte sie in verächtlichem Tonfall.

»Ich war noch nie in einem Bordell«, erwiderte Julie kichernd. »Na ja, vielleicht haben Sie Recht. Ich finde es aber eigentlich ganz hübsch.«

George schüttelte den Kopf. »Nicht mein Stil. Was machen wir jetzt? Sollen wir warten?«

Julie schaute auf die Uhr. »Es ist fünf vor zehn. Das Geschäft öffnet sicher gleich. Diese feinen Läden machen meist erst spät auf. Die Kunden schlafen wohl bis in die Puppen.«

»Vermutlich. Gut, dann warten wir hier.« George verschränkte die Arme und lehnte sich gegen die Tür.

»Okay. Ich schaue mir rasch die anderen Schaufenster an.« Julie trippelte davon und begutachtete die Kostüme in den Nachbarläden.

Als Alice Diamond kam, war Julie schon bis zum fünften Geschäft vorgedrungen. Ein kleiner Sportwagen, der offensichtlich eine ganze Menge Power unter seiner Motorhaube verbarg, fuhr auf den Bordstein, um dort zu parken. Die Fahrerin interessierte es scheinbar nicht, dass sie ihren Wagen im absoluten Halteverbot abstellte. Beim Aussteigen kamen zuerst ihre langen Beine in marineblauen Strümpfen zum Vorschein. George, die sie genau beobachtete, tat so, als wäre sie müde vom Warten, aber ihr entging kein Detail.

Viel älter als sie sich kleidet, dachte sie, als die Dame in den Kofferraum des Wagens griff und zwei Pakete herausholte. Ihr blondes Haar muss jede Woche gefärbt werden, schoss es George durch den Kopf, und die Kleidung sieht wahnsinnig teuer und elegant aus, aber sie benötigt ein ziemlich stabiles Korsett. Am Gesicht war am meisten abzulesen. Als Mrs. Diamond schließlich den Wagen abschloss und mit den beiden Paketen auf ihr Geschäft zuging, konnte George deutlich sehen, dass Alice tadelloses Make-up aufgelegt hatte. Dennoch waren die feinen Fältchen und die leicht erschlafften Gesichtszüge einer Frau um die fünfzig in der unbarmherzigen Morgensonne deutlich zu erkennen. George musste jedoch zugeben, dass Alice Diamond für ihr Alter sehr gut aussah.

»Guten Morgen«, sagte die Dame jetzt freundlich. »Kann ich Ihnen helfen?«

»Ach, ich wollte mich nur mal ein wenig umsehen«, erwiderte George, die absichtlich ihren amerikanischen Akzent betonte, den sie mittlerweile fast ganz abgelegt hatte. Ihre Herkunft war heutzutage nur noch für Leute mit sehr geschulten Ohren zu erkennen. George nahm jedoch an, dass diese Dame der Gedanke an eine amerikanische Touristin mit viel Geld reizte.

Und sie hatte Recht. Mrs. Diamond war begeistert. Ihr blondes Haar hüpfte vor Freude, als sie heftig nickte, und ihre Ohrringe schienen noch stärker zu glitzern. »Selbstverständlich. Kommen Sie herein. Es tut mir Leid, dass Sie warten mussten. Zuerst trinken wir mal eine schöne Tasse Kaffee. Ah, da sind Sie ja, Maria.« Sie schaute über die Schulter, als unmittelbar nach ihr eine Frau den Laden betrat. Sie war viel jünger und billiger gekleidet, aber dennoch im gleichen Stil. »Unsere erste Kundin, Maria. Kochen Sie uns doch bitte Kaffee, okay? Und dann sehen wir mal, was wir für Sie tun können.«

»Meine Freundin ist mitgekommen, um mich zu beraten«, erklärte George, als Julie herbeieilte. »Es ist nicht nötig, extra Kaffee zu kochen. Ich möchte mir nur ein paar Sachen ansehen. Ich bin sozusagen dabei, mir meine Aussteuer zusammenzustellen, verstehen Sie? Ich heirate in Kürze und dachte, dass ich hier bestimmt eher ein paar tolle Dessous bekomme als bei mir zuhause in ... hm ... Minneapolis.«

»Ganz bestimmt«, erwiderte die Frau herzlich und führte die beiden in den Laden. Als die junge Maria durch das Geschäft eilte und auf die Schalter drückte, leuchteten noch mehr Scheinwerfer auf. Ehe sie sich versahen, saßen Julie und George in sehr unbequemen Sesseln mit goldfarbenen Bezügen, während Mrs. Diamond eifrig auf sie einredete. »Aussteuer ... Womit fangen wir am besten an? Maria, bringen Sie mir bitte das Gestell von hinten mit den italienischen Etiketten. Ja, genau. Nun, meine Liebe, an welche Farbe haben Sie denn gedacht? Klassisches Weiß? Oder ein freches Schwarz? Oder Pastelltöne, die in dieser Saison so in sind?«

»Ach, ich weiß nicht«, entgegnete George, die versuchte, einen verlegenen Tonfall anzuschlagen. »Was meinst du denn, Julie, Liebes?« Ohne eine Antwort abzuwarten, drehte sie sich wieder zu Mrs. Diamond um. »Das ist meine Freundin Julie, und ich heiße ... hm ... Vanny.« Der Name ihrer Mutter schien ihr hier besser geeignet als ihr eigener. »Eigentlich Evadne.« Sie reichte Mrs. Diamond freundlich die Hand.

»Ich heiße Alice Diamond«, stellte sich die Geschäftsinhaberin vor. George, die sich bis jetzt ein wenig unbehaglich gefühlt hatte, entspannte sich. Endlich begann die Arbeit. Sie war schließlich nicht zum Vergnügen hier.

Alice plapperte unentwegt, während sie ihre Wäsche vorführte, die Maria ihr reichte. Nach kurzer Zeit hing eine große Auswahl an Nachthemden, Büstenhaltern und Slips aus Spitze über ihrem Arm. Julie wusste, dass sie jetzt aktiv werden musste. Sie stand auf und bummelte durch den Laden, und Maria folgte ihr notgedrungen. George konnte hören, dass sich die beiden in der hintersten Ecke des Ladens unterhielten, und sie beglückwünschte sich zu ihrer Wahl dieser Verbündeten. Sie hatte sich in Julie bestimmt nicht geirrt.

»Es ist schwer zu sagen, was einem Mann gefällt, nicht wahr?«, sagte sie arglos zu Alice, die ihr gerade einen gelben Slip zeigte. »Was meinen Sie, Mrs. Diamond? Ich bin sicher, dass Sie mehr Erfahrung haben, denn Sie sind ja verheiratet.« Alice trug einen Ehering, daher war diese Bemerkung völlig unverfänglich. »Was gefällt Ihrem Mann denn so?«

Alice zögerte einen Moment. »Er ist tot«, antwortete sie dann.

George riss die Augen auf und schlug die Hände zusammen. »Oh, das tut mir aber Leid. Bitte, verzeihen Sie. Hm ... ist er schon lange tot? Hatten Sie schon Zeit zu ...«

»Er ist kürzlich gestorben«, erklärte Alice schroff. »Und was halten Sie von dieser Farbe?«

»Oh, ich bin ganz erschüttert.« George schlug die Hände vors Gesicht. »Wie kann man nur so taktlos sein! Bitte verzeihen Sie mir. Setzen Sie sich doch zu mir, damit ich mich bei Ihnen entschuldigen kann.«

Sie ergriff Alices Hand und bewegte sie trotz ihres Widerstands dazu, sich in den anderen Sessel zu setzen. »Sie müssen ja vollkommen am Boden zerstört sein. Und trotzdem arbeiten Sie? Wie tapfer Sie sind.«

»Das Leben geht weiter«, sagte Alice, die ihr einen verstohlenen Blick zuwarf. Sie war auf der Hut, aber sicherlich auch bekümmert. Hatte diese Frau etwas zu verbergen? Das wollte George schließlich herausfinden. Jetzt konnte sie sehen, dass Mrs. Diamond leicht geschwollene Augen hatte, als hätte sie schlecht geschlafen oder sogar geweint. George streckte die Hand aus und sagte ehrlich besorgt: »Sie schlafen nicht gut, nicht wahr?«

»Mein Gott! Kann man das so deutlich sehen?«, fragte sie kopfschüttelnd.

»Ich habe früher als Krankenschwester gearbeitet«, erklärte George. »Deshalb sehe ich so etwas sofort. Und Ihr Mann ist erst kürzlich gestorben?«

»In dieser Woche. Ja, erst diese Woche.«

»Dann kommt auch noch die Beerdigung auf Sie zu, Sie Arme«, sagte George mitfühlend. »Wie schrecklich für Sie.«

»Nein, noch nicht. Nächste Woche vielleicht. Wenn sie überhaupt nächste Woche ist.«

»Was, Sie wissen es nicht? Wie kommt denn das? Je eher die Beerdigung vorbei ist, desto eher können Sie Ihr Leben wieder in die Hand nehmen.« Das hörte sich zwar etwas abgedroschen an, aber der Zweck heiligte auch hier die Mittel. Jetzt ging es nicht darum, schlaue Reden zu schwingen. »Erst nach der Beerdigung ist es möglich, wieder richtig zu atmen. Ich weiß noch, wie es war, als mein Daddy gestorben ist ...« Tief in ihrem Innern spürte George Gewissensbisse. Es schrie zum Himmel, wie sie diese Frau hier behandelte. Vielleicht trauerte sie ja ehrlich um ihren Gatten. Doch Mr. Diamond wurde ermordet, rief George sich ins Gedächtnis, und Witwen haben in der Regel mehr mit dem vorzeitigen Ableben ihres Gatten zu tun als die meisten Menschen vermuten. Außerdem war diese Aktion mit ihrem Gepäck am Flughafen mehr als seltsam, und Sam Diamond war nicht der einzige Mordfall, mit dem die Londoner Polizei zu tun hatte. Daher spielte George weiter Theater, auch wenn sie Mrs. Diamond möglicherweise mit ihren dummen Fragen verletzte.

»Und wann ist die Beerdigung?«, fragte sie.

Alice atmete tief durch. Diese neugierigen Fragen berührten sie sichtlich unangenehm. Aber wie konnte sie sich diesem Gespräch jetzt entziehen? »Es müssen erst noch Ermittlungen durchgeführt werden. Er ist ... ermordet worden«, murmelte sie schließlich.

»Was?« George hielt den Atem an und betete, Alice möge noch etwas hinfügen. Im Hintergrund waren die flüsternden Stimmen von Julie und Maria zu hören. Nach einem kurzen Augenblick sprach Mrs. Diamond tatsächlich weiter.

»Sie werden es sicher in der Zeitung gelesen haben. Er war Parlamentsabgeordneter, und er war ... Nun, er ist ermordet worden, und ich bin jetzt ganz auf mich gestellt.« Sie starrte einen Augenblick in die Ferne, und George legte aufrichtig besorgt ihre Hand auf die ihre, in der sie noch immer den gelben Slip hielt.

»Haben Sie keine Kinder? Oder andere Verwandte, die Ihnen helfen können?«

»Einen Stiefsohn. Der wird sich nicht um mich kümmern. Er

konnte mich noch nie leiden. Sam und ich waren allein. Wir haben uns gut verstanden. Ich werde ihn sehr vermissen.«

»Natürlich. Wenn man jemanden liebt ...«

»Liebe?« Alice seufzte. »Ich weiß gar nicht, was Liebe ist. Wir haben uns gut gekannt und gut verstanden und uns gegenseitig geholfen. Natürlich hatten wir auch Meinungsverschiedenheiten. Als ich ihn zum letzten Mal sah, haben wir uns ganz fürchterlich gestritten.« Sie holte tief Luft und schaute George mit glasigen Augen an. Die Erinnerung schien sie zu belasten. »Mein Gott, ich wünschte, wir hätten das nicht getan ... Er hätte sich bestimmt wieder beruhigt. Ich hätte ihm das schon erklärt.« Sie blinzelte und fuhr fort: »Er wird nicht leicht zu ersetzen sein. Niemand hat so gut verstanden wie er, wie ich die Dinge angehe.«

Das hörte sich sehr seltsam an. Fast wie eine Arbeitgeberin, die einen wichtigen Mitarbeiter ersetzen musste, und nicht wie eine Frau, die um den Verlust ihres Lebenspartners trauerte.

Alice Diamond hatte jetzt wohl das Gefühl, das Gespräch wieder in die richtige Bahn lenken zu müssen. Sie stand auf und sagte fast heiter: »Ich sollte eine junge Braut wie Sie nicht mit meinen Problemen belasten. Beschäftigen wir uns lieber mit Ihrer Aussteuer.«

»So eine junge Braut bin ich nun auch wieder nicht. Ich war zwar noch nie verheiratet, aber ich war nicht immer allein, verstehen Sie?« George warf Mrs. Diamond nun einen Blick nach dem Motto zu: *Ich bin auch eine Frau, die mitten im Leben steht, also können wir ruhig weiterreden.* Doch Alice hatte ihre Selbstkontrolle wiedergewonnen und hielt ihr einfach den zitronenfarbenen Slip unter die Nase.

Plötzlich tauchte Julie mit Maria im Schlepptau zwischen den Kleiderständern auf und strahlte George an. Sie kam wie gerufen.

»Hm, Vanny«, sagte sie, »ist zwar schade, aber wir müssen jetzt wirklich gehen. Ich habe diesen Termin mit dem Wohnungsmakler für dich gemacht, erinnerst du dich? Um halb elf.« Sie drehte sich zu Alice um. »Wir dachten, Sie würden eher öffnen. Dann hätten wir genug Zeit gehabt, aber jetzt müssen wir los. Wir kommen später wieder. Vielleicht heute Nachmittag. Allerdings müssen wir uns zwei Wohnungen anschauen. Komm jetzt, Vanny. Du solltest wirklich nicht zu spät kommen. Du bist immer zu spät, und das macht das Leben so schwierig. Also komm jetzt ...«

Julie redete ununterbrochen und zog George aus dem Geschäft. Alice und Maria starrten ihnen hinterher, als sie davoneilten und zu Georges Wagen gingen.

13

Es heißt wirklich Cholmondeley«, sagte Gus. »Ein seltsamer Name, aber so steht es da.«

George, die versucht hatte, Cholmondeley auf der Karte zu entziffern, die sie in der Hand hielt, sagte grinsend: »Seltsam, seltsam. Das kann man ja kaum aussprechen. Was ist das denn für eine Veranstaltung? Und wie hast du es geschafft, eine Einladung zu bekommen?«

»Es ist für einen guten Zweck, und da ist es den Veranstaltern egal, wie viele Leute zu ihrer Party kommen. Es besteht ja die Möglichkeit, dass du ein paar Pfund herausrückst. Diese Veranstaltung findet zur Unterstützung der Jagdsportvereinigung statt, aber mach dir keine Gedanken. Wir tun so, als gehörten wir dem Landadel an. Joe Durnell ist einer der Gastgeber. Einer der Lords muss sich dazu bereit erklären, damit die Veranstaltung hier stattfinden kann, und Joe hat es arrangiert, dass wir dorthin können. Komm jetzt.«

Gus ging an dem Polizeiposten vor dem Oberhaus vorbei in die Eingangshalle und steuerte dann auf die weit geöffnete Tür auf der gegenüberliegenden Seite zu. George, die ihm folgte, war beeindruckt von der Pracht des Oberhauses. Alles sah sehr altertümlich aus, doch Gus hatte ihr versichert, das Gebäude sei noch nicht einmal hundertfünfzig Jahre alt. Ein seltsam muffiger, feuchter Geruch nach Bohnerwachs und Schweiß hüllte sie ein, als sie durch die Tür in den Cholmondeley-Raum gingen, in dem reges Treiben herrschte.

Sie wurden zu einem stämmigen Mann in den Sechzigern geführt, der verdächtig schwarzes Haar hatte, das wie ein Helm an seinem Kopf klebte. Neben ihm stand ein schlanker Mann in der gestreiften Hose und dem dunklen Jackett eines altmodischen Staatsdieners. Als George sein unterwürfiges Verhalten dem stämmigen Mann gegenüber bemerkte, hätte sie ihm am liebsten einen Tritt versetzt. Es sah aus, als hätte er sein Gehabe Dickens abgeguckt, aber es schien ihm zu gefallen.

Lord Durnell hingegen war ein sehr angenehmer Zeitgenosse. Er hatte wie Gus einen starken Londoner Akzent und war offenbar ganz unbeeindruckt von dem mageren Mann und seiner Umgebung. »Ich hoffe, du erfährst, was du wissen musst, Gus«, sagte er. »Die verstehen hier mehr davon, einen verdammten Fuchs auszuweiden, als von ihren Frauen. Was will man machen? Es gab aber eine gute Beteiligung, und daher sind sie sicher gesprächsbereit.«

George konnte sich nicht zurückhalten. »Sie jagen also nicht gerne?«

»Ich bitte Sie! Das ist noch nie mein Fall gewesen. Das ist doch barbarisch.«

»Und warum stellen Sie sich dann als Gastgeber zur Verfügung?«

In seinem Blick spiegelte sich Anerkennung. »Sie läuft nicht den ganzen Tag in Pantoffeln durch die Wohnung, nicht wahr, Gus? Halte sie fest, alter Junge. Das ist Politik, gute Frau. Ich tue jemand einen Gefallen, und eine Hand wäscht bekanntlich die andere, Sie verstehen?«, sagte er ernst. »Das ist die einzige Möglichkeit, an einem solchen Ort zu arbeiten. Hier ist alles verfilzt. Aber es ist schon in Ordnung, und daher sollten Sie kein voreiliges Urteil über mich fällen. Ich gehöre nicht dazu.«

George errötete leicht, und Gus kicherte leise. »Das hätte ich auch nicht angenommen«, sagte er zufrieden. »Dann schauen wir uns mal um.« Er nickte Lord Durnell leutselig zu und mischte sich unter die Menge. George folgte ihm und war dankbar, dass ihr jemand ein Glas Wein reichte. Sie nippte an dem Wein, schaute sich um und hörte zu.

Niemand schien über die Jagd zu sprechen, soweit sie es mitbekam. Es war ziemlich laut, und wenn es interessant wurde, senkten die Sprecher die Stimmen. Aber offensichtlich taten sie, was

Leute auf Partys stets machen: Sie tratschten über andere. George versuchte, etwas von den Gesprächen aufzuschnappen, hatte jedoch keinen großen Erfolg damit. Sie hörte allerdings, dass einige ziemlich gewagt mit den Ehefrauen anderer sprachen und manche Ehefrauen für mehr Unruhe sorgten, als diese Party wert war. Doch sie bekam nur Bruchstücke mit; dann entfernten sich die Leute, gingen zu dem Tisch, der als Bar diente, und versorgten sich mit Nachschub.

George suchte Gus, drängte sich durch Gruppen, die ernste Gespräche führten, lächelte entschuldigend wegen der Störung und sah Gus schließlich am Ende der Bar stehen. Er war in ein reges Gespräch mit einem recht korpulenten Mann mit dünnem, hellem Haar vertieft, der ihr irgendwie bekannt vorkam.

Als Gus sie sah, winkte er ihr zu. »Kommen Sie. Ich möchte Sie bekannt machen, Dr. Barnabas«, sagte er, und sie verstand sofort, dass sie jetzt die Rolle der Kollegin zu spielen hatte.

»Dr. Barnabas. Earl of Durleigh – Lord Durleigh.«

»Oh, hallo«, sagte George freundlich und beschloss, wieder die Nummer mit der dummen Amerikanerin zu spielen. »Ich freue mich, Sie kennen zu lernen. Wie darf ich Sie ansprechen? Eure Lordschaft?«

Auf dem runden Gesicht breitete sich ein Lächeln aus. »Versuchen Sie es mit Richard. Darauf höre ich in der Regel. Wie geht es Ihnen?«

»Danke, sehr gut«, antwortete George. »Wenn Sie die Frage ernst meinen.«

Richard Durleigh lächelte sie an. »Ich stimme Ihnen zu. Das ist eine ziemlich abgedroschene Phrase. Es steckt wie bei den Titeln nicht viel dahinter. Doch ich kann nichts daran ändern. Auch die Gespräche hier sind sehr oberflächlich. Ich bin damit aufgewachsen, und als der älteste Sohn richte ich mich danach. Was mein Bruder getan hat, wäre undenkbar für mich.« Sein Gesicht wurde ernst und büßte etwas von seiner Rundlichkeit ein. »Er konnte das tun, wozu sein Gewissen ihn trieb.«

»Der Earl ist der ältere Bruder von David Caspar-Wynette-Gondor«, erklärte Gus.

George biss sich auf die Lippe und bekundete ihr Mitgefühl. Wieder stand sie auf einer Bühne, und sie schämte sich ein wenig.

Richard Durleigh lächelte verhalten. »Schon gut. Ich kann nicht gerade behaupten, dass wir uns sehr nahe standen. Um die Wahrheit zu sagen, haben uns in vielerlei Hinsicht Welten getrennt. Politik kann eine Familie spalten. Bei unserer war das sicher der Fall. Aber wie ich Ihren Leuten, die mich verhört haben, schon sagte, waren wir trotzdem Brüder.«

Es herrschte einen Moment Stille, und sie nippten alle an ihren Gläsern. »Möchten Sie noch immer mit mir sprechen?«, fragte Richard Durleigh dann. »Sind Sie deshalb gekommen?«

»O nein! Nein, nein«, erwiderte Gus schnell. »Ich ... hm ... ich bin ein alter Freund von Lord Durnell, und er hat uns vorgeschlagen zu kommen. Es sei für einen guten Zweck, sagte er.«

Richard hob die Brauen. »Wirklich? Ich hätte nicht gedacht, dass der alte Durnell sich für die Jagd und solche Dinge interessiert. Wahrscheinlich war er nur jemandem einen Gefallen schuldig. Soviel ich weiß, unterstützt er Tierschutzorganisationen. In meinem Taubenschlag sind einige Sachen von ihm angekommen und ...«

»Taubenschlag?«, fragte Gus erstaunt.

»Seine Post. Unsere Namen, verstehen Sie? Sie sind ziemlich ähnlich. Manchmal kommt seine Post zu mir und meine zu ihm. Seine Briefe sind gut zu erkennen, weil sie ihre Umschläge mit Slogans versehen. Und um die Wahrheit zu sagen, sind die Sekretärinnen, die uns manchmal geschickt werden, nicht die hellsten. Sie öffnen die ganze Post im Taubenschlag, ohne zuvor die Adressen zu überprüfen. Daher habe ich ziemlich viel Post von ihm gelesen. Aber es hält sich die Waage.« Er lächelte verhalten. »Meine hat er auch gelesen. Er hat von meinen Exemplaren von *Pferd und Hund* sicher die Nase voll.«

Jemand stellte sich hinter George und sprach Lord Durleigh über ihre Schulter hinweg an: »Guten Abend, Dick. Ich habe dich gesucht. Wir müssen reden. Es geht um Marietta.«

George drehte sich zu dem Mann um. Er sah Lord Durleigh ziemlich ähnlich. Auch er hatte helles Haar und ein rundes Gesicht, war aber bestimmt fünf Zentimeter kleiner. Das musste ein weiterer Bruder von David Caspar-Wynette-Gondor sein. Die Ähnlichkeit war unverkennbar, obwohl der Leichnam so entsetzlich verstümmelt gewesen war. Diese beiden waren etwas älter, wahrscheinlich in den Vierzigern.

George streckte die Hand aus. »Mr. Caspar-Wynette-Gondor?«, sagte sie. »Darf ich Ihnen mein Beileid aussprechen?«

Richards Bruder schaute sie erstaunt an, und Richard sagte schnell: »Das ist Dr. Barnabas, Eddie. Und Superintendent Hathaway von der Londoner Polizei. Mein Bruder Edward, Superintendent.«

»Guten Tag«, sagte Gus und schüttelte seine Hand. »Es tut mir Leid, was mit ...«

»Ja«, erwiderte Edward ein wenig schroff. »Eine furchtbare Sache. Wirklich schrecklich. Sind Sie hier, um darüber zu sprechen? Ich habe heute Nachmittag schon ziemlich viel Zeit mit einem Ihrer Männer verbracht. Wenn ich mich recht entsinne, hieß er Dudley.«

»Nein, nein«, erwiderte Gus. »Das ist reiner Zufall. Lord Durnell hat uns eingeladen. Und es ist für einen guten Zweck, nicht wahr?«

»Sicher. Jagen Sie, Superintendent? Oder angeln Sie?«

»Leider nicht. Ich bin durch und durch Stadtmensch. Die Freizeitbeschäftigungen auf dem Lande sind mir vollkommen fremd. Doch ich bin der Meinung, dass die Menschen das Recht haben, zu tun, was sie wollen. Und wenn die Landbewohner das Gefühl haben, dass sich neunmalkluge Weltverbesserer in ihr Leben einmischen, gehe ich mit ihnen auf die Barrikaden. Was Recht ist, muss Recht bleiben.«

Edward schaute ihn eine ganze Weile an und nickte dann. »Sehr lobenswert. Ich bin froh, dass Sie uns unterstützen. Unglücklicherweise sind die guten Argumente nicht immer auf unserer Seite.«

»Wirklich?«, sagte Gus so erstaunt, dass George ihm einen scharfen Blick zuwarf. »Ich dachte, dass es für die Landbewohner kein Problem sei, ihren Sport zu verteidigen.«

»Sollte es eigentlich.« Edward wurde jetzt etwas munterer. »Doch im Zuge der Stadtflucht ziehen so viele Menschen aufs Land und bringen ihre sentimentalen Vorstellungen von flauschigen Häschen und dem guten alten Gevatter Fuchs mit, dass es für die Stimme des gesunden Menschenverstandes schwer ist, gehört zu werden. Immerhin ist der Jagdsport die beste Möglichkeit, mit Raubwild fertig zu werden, und er ist gleichzeitig der beste Wettkampfsport, den es gibt. Schade, dass Sie sich nicht entscheiden, bei uns zu leben. Wir brauchen mehr vernünftige Wähler.«

Gus neigte den Kopf zur Seite. »Wähler? Sind Sie auch Abgeordneter dieses hohen Hauses?«

Edward grunzte verächtlich. »Keineswegs. Das ist nicht meine Welt. In einer Reihe zu sitzen, sich aufzuspielen und sich gegenseitig anzuschreien ... das ist nicht meine Vorstellung davon, wie man Dinge angehen sollte.«

Der Earl schien belustigt zu sein. »Wie Sie sehen, sind mein Bruder und ich in politischen Fragen nicht immer einer Meinung. Er bevorzugt den bürokratischen Weg.«

Gus hob fragend die Augenbrauen, und Edward ging darauf ein.

»Brüssel. Ich verbringe ziemlich viel Zeit in den EU-Büros und beschäftige mich mit landwirtschaftlichen Problemen. Auch wenn ich nicht immer in Brüssel bin, schaffe ich in den wenigen Stunden, die ich dort verbringe, mehr als die Leute hier in einer ganzen Sitzungsperiode«, sagte er mit einem verächtlichen Blick auf die Parlamentskammern.

»Nicht, wenn man die Stunden zählt, die du mit deinen Reisen verbringst«, murmelte Richard. »Du scheinst mehr Stunden in Flugzeugen und Zügen zu sitzen als am Schreibtisch.«

»Außerdem muss ich mich um den Besitz kümmern, und daher verstehe ich nicht ...«

Er verstummte plötzlich, zog ein Taschentuch hervor und putzte sich die Nase. Ein Ablenkungsmanöver, schoss es George durch den Kopf. Zwischen den beiden Brüdern gab es offenbar erhebliche Meinungsverschiedenheiten, und Edward hätte es fast preisgegeben. Das wäre natürlich sehr aufschlussreich gewesen.

Auch Gus hätte gerne mehr erfahren. »Brüssel? Das ist sicher sehr interessant?«, fragte er.

»Nicht im Geringsten«, erwiderte Edward, nun wieder in schroffem Ton. »Äußerst langweilig. Aber dort werden heutzutage die Dinge entschieden. Und wie ich schon sagte, gefällt es mir, wenn etwas getan wird. Es geht mir vollkommen gegen den Strich, wenn ineffizient gearbeitet wird. Viel Wind um nichts, verstehen Sie? Wenn Sie mich jetzt bitte entschuldigen würden? Leider muss ich meinen Bruder entführen. Wir haben etwas Wichtiges zu besprechen. Dick?«

»Verzeihen Sie, Superintendent«, murmelte der Earl. »Vielleicht können wir unser Gespräch später fortsetzen.« Er nickte kurz und entfernte sich dann mit seinem Bruder. Auf der gegenüberliegenden Seite des Raumes blieben sie stehen. Sie steckten die Köpfe zusammen, und der Kleinere der beiden redete erregt auf den anderen ein. Nach einer Weile nickte Richard und folgte Edward, der ihm voraus zur Tür ging. Gus bummelte langsam in die gleiche Richtung, um die beiden zu belauschen. Als auch George die Tür erreichte, hatten die Brüder Durleigh den Raum bereits verlassen. Gus und George schauten ihnen nach.

Lord Durnell, der jetzt mehr Zeit hatte, da kaum noch neue Gäste kamen, die er begrüßen musste, stand ganz in der Nähe, als George dort ankam, und auch er sah den Brüdern nach. »Man sieht gar nicht, dass es Zwillingsbrüder sind, nicht wahr?«, sagte er zu Gus, als George sich neben ihn stellte. »Und dann sollen sie noch eineiige Zwillinge sein. Der Kleinere sieht aus, als hätte der Größere ihm früher den Pudding weggegessen, nicht wahr?«

»Das kommt bei Zwillingen vor«, sagte George. »Der eine bekommt weniger Nahrung im Mutterleib als der andere, und es gelingt ihm nie, das aufzuholen. Sogar eineiige Zwillinge verändern ihr Äußeres durch ihre Lebenserfahrungen. Ich vermute, der Earl hatte ein leichteres Leben als Edward. Er sieht viel fröhlicher aus.«

»Das wird jetzt sicher anders«, sagte Durnell. »Immerhin ist sein Bruder ein Fall für die Londoner Kripo geworden, und seine Schwägerin dreht durch.«

Gus schaute ihn an. »Wie bitte?«

»Mir ist zu Ohren gekommen, dass sie versucht haben soll, sich das Leben zu nehmen. Hast du nichts davon gehört?«

»Nein«, erwiderte Gus verärgert. »Nein, hab ich nicht. Warum hat man mich nicht angerufen und es mir gesagt? Woher weißt du es denn?«

Durnell zwinkerte ihm zu. »Ich plaudere immer ganz gern mit den Burschen am Tor, wenn ich komme. Einer von ihnen hat es vermutlich über Funk gehört. Natürlich sind sie nach diesen Mordfällen alle ganz versessen auf Neuigkeiten. Ich dachte, jemand hätte es dir inzwischen erzählt.«

»Das hätte ich auch gedacht«, brummte Gus und zog sein Handy aus der Tasche. »Ich rufe sofort im Revier an, um zu erfahren, was da los ist.«

Er ging in eine Ecke, um zu telefonieren. George fragte: »Was ist der Earl für ein Mensch? Leistet er gute Arbeit?«

Durnell schaute sie grinsend an. »Gute Arbeit? Wo? Meinen Sie seinen richtigen Job oder seine Arbeit hier im Oberhaus?«

»Was ist denn sein richtiger Job?«

»Sein Besitz«, erklärte Durnell. »Ihm gehört ein großer Teil von Warwickshire, und er bewirtschaftet ihn größtenteils selbst. Aber er hat einen guten Verwalter, der die schwere Arbeit für ihn macht. Edward kümmert sich natürlich auch darum. Ich habe mir sagen lassen, dass er noch härter arbeiten würde, aber da er der jüngere Sohn ist, steckt nicht viel für ihn drin. Er wird wohl eine Art Lohn dafür bekommen, und Richard hat ein Händchen für Geld. Nach allem, was man so hört, kann er ein richtiger Geizkragen sein. Seit dem Tod seines Vaters hat er den Wert des Besitzes vermutlich fast verdoppelt. Er organisiert Führungen – ihm gehört Durleigh Abbey –, und er hat Golfplätze angelegt, wo früher Weizen angebaut wurde. Außerdem betreibt er eine Handelsgärtnerei. Da bleibt ihm nicht viel Zeit, hierher zu kommen, aber wenn es um Landwirtschaftspolitik geht, nimmt er an den Sitzungen teil. Das scheint ihm sehr wichtig zu sein, um alte Werte zu erhalten. Das hat das Leben mit so einem Bruder für ihn natürlich schwierig gemacht.«

»Edward?«

»Nein, David. Der Bruder, der gestorben ist. Er war noch ziemlich jung und hat sich immer hartnäckig für Reformen des Oberhauses eingesetzt. Als ich jünger war, hielt ich das auch für eine gute Sache, aber jetzt bin ich einer von ihnen und sehe die gute Seite.«

George stand nicht der Sinn nach einer politischen Diskussion. »Was hat Richard denn gegen ihn unternommen? Gegen David, meine ich.«

Durnell schaute sie belustigt an. »Unternommen? Was konnte er schon tun? Er hat sich in den gleichen Ausschuss zur Reform des Oberhauses wählen lassen. Es geht unter anderem darum, die Erbfolge im Oberhaus abzuschaffen. Die Abgeordneten des Oberhauses sollen alle so wie ich ernannt werden«, sagte er lachend. »Dann könnten wir hier vielleicht richtig arbeiten. Es ist eine große Erleichterung, wenn man sich nicht mit Wahlen aufhalten muss und sich auf die wirklich wichtigen Dinge konzentrieren kann, ohne dass einem die Wähler ständig in den Ohren liegen.«

George nickte höflich. »Verstehe ich es richtig, dass der Earl dem nicht zustimmt?«

»Wo denken Sie hin! Sie haben sich deshalb immer in den Haaren gelegen. Das ist die Antwort auf Ihre Frage, ob Durleigh seinen Job gut macht. Er leistet in diesem Ausschuss ordentliche Arbeit, aber das ist auch alles. Darüber hinaus ist er nur ein Aushängeschild für die Torys. Er kommt, wenn er dazu gezwungen ist, und manchmal auch, um ihnen eine Gefälligkeit zu erweisen, solange in Warwickshire nichts Wichtigeres anliegt.« Er schüttelte den Kopf, als Gus schließlich zurückkam und sein Handy wieder in die Brusttasche steckte. »Er ist ein schlauer Bursche. Vor zehn Jahren ist er aus der Viehzucht ausgestiegen. Er rechnete damit, dass es in diesem Geschäft Probleme mit kranken Rindern geben würde – und wie Recht er hatte! Obwohl es ehrlich gesagt nicht allein seine Idee war. Es war Edwards. Eigentlich arbeitet er ja nicht mit seinem Bruder auf dem Besitz. Er weiß, was in Brüssel vor sich geht, und obwohl sie sich hier und da ein wenig streiten, stehen sie sich doch sehr nahe.«

»Tja, Zwillinge eben«, sagte George. »Das ist oft der Fall. Sind sie verheiratet?«

»Nicht miteinander, aber manchmal könnte man es meinen. Wo der eine ist, taucht der andere sehr wahrscheinlich auch auf.« Durnell fing wieder an zu lachen. »Edward ist nicht verheiratet. Er würde keinen guten Ehemann abgeben, wenn Sie wissen, was ich meine ...« Er grinste. »Ich glaube, er lebt mit einem Kerl zusammen. Es gibt halt so 'ne und solche. Und heutzutage gibt es noch andere Gründe, um diese Typen zu kritisieren.«

»Und Richard?«, fragte George, die sich zurückhielt, ihren üblichen Einwand über Leute vorzubringen, die über die Sexualität anderer richteten. »Was ist mit ihm?«

»Hm, ja und nein.« Joe Durnell kam ihrer nächsten Frage zuvor. »Er hat noch keine Kinder, denn er ist erst seit kurzem verheiratet. Es sind gerade ein paar Wochen, und ich vermute, dass sie bald Nachwuchs bekommen werden. Der Adel verschwendet keine Zeit, wenn es um die Erben geht, nicht wahr? Obwohl Richard sich mit der Ehe Zeit gelassen hat, denn die beiden müssen schon über vierzig sein. Aber jetzt hat er seine Gräfin gefunden, und er wird sich nicht mehr herumtreiben. Er hat sich jahrelang fröhlich die Hörner abgestoßen, doch die Zeit für einen Erben ist gekommen. Und für einen zweiten Erben auch – für alle Fälle. Danach streben die Könige, und daher macht der Adel es auch so.«

»Joe, du bist noch immer so ein altes Klatschweib wie eh und je. Gott sei Dank«, sagte Gus. »Wo wären wir ohne dich?«

»Darum bist du doch gekommen, oder? Ein paar Hintergrundinformationen, nicht wahr? Musst du noch mehr wissen?«

»Ich habe keine Zeit mehr für Plaudereien. Ich rufe dich an. Was ist mit dir, George? Wenn du noch etwas auf dem Herzen hast, sag es jetzt.«

Sie lächelte den alten Mann an. Trotz seiner gelegentlichen Vorurteile war er eine gute Kontaktperson und ein recht angenehmer Mensch. »Im Moment nicht. Wenn mir noch etwas einfällt, kann ich Sie ja anrufen, oder?«

»Natürlich. Gehören Sie denn zum Ermittlungsteam?«

Gus war die Frage unangenehm. »Gehört sie nicht. Sie ist die Gerichtsmedizinerin, aber versuch mal, sie von den Ermittlungen auszuschließen. Da beißt du bei ihr auf Granit. Es ist sicherer, wenn ich sie mitnehme, damit ich ein Auge auf sie werfen kann. Und manchmal hilft sie uns natürlich auch.« Er warf George einen lüsternen Blick zu. »Und ich weiß, dass sie mir nachher für diese Bemerkung die Hölle heiß macht. Komm jetzt, George, wir müssen gehen. Ich werde im Revier gebraucht.«

»George?«, fragte Joe, als sie sich abwandten. »Georgina oder Georgette?«

»Nein«, erwiderte George, der diese Frage immer wieder gestellt wurde, ein wenig ungeduldig.

»Sie wurde nach ihrem Großvater benannt«, erklärte Gus schnell. »Er mochte Frauen nicht, und er hatte nur eine Tochter. Sein Geld aber wollte er nur einem Kind hinterlassen, das seinen Namen trug. Darum hat ihre Mutter sie George genannt. So einfach ist das.«

»Ja, stimmt«, sagte Joe und lachte. »Hat sie auch so einen starken Willen wie ihre Mutter?«

»He!«, schimpfte George. »Ich bin auch noch da!«

»Da siehst du, was ich mir alles gefallen lassen muss, Joe.« Gus beugte sich herunter und küsste George auf die Wange. »Aber ich lerne, mir meine schrecklichen männlichen Unarten abzugewöhnen. Danke, alter Knabe. Ich setze mich mit dir in Verbindung – vielleicht auch Dudley oder einer der anderen. Gute Nacht!«

»Gute Nacht. Und kommen Sie mal her, dann speisen wir hier zusammen, George. Das Essen ist nicht gut, aber der Klatsch ist bestens.«

»Danke für die Einladung. Wenn ich den hier los bin, komme ich.« Joe schaute ihnen lachend nach.

14

Ich will doch nur die Sache mit Marietta überprüfen«, sagte Gus, als er einen schweren Sattelschlepper aus Holland überholte, der mitten auf der Straße fuhr. »Anschließend fahren wir nach Hause und gehen ins Bett. Wenn du möchtest, kannst du den Wagen haben, dann nehme ich mir ein Taxi.«

»Nicht nötig. Mich interessiert das genauso wie dich. Was ist passiert, Gus?«

»Wahrscheinlich sind die beiden Brüder auch darum so schnell gegangen. Marietta ist die Witwe von CWG. Sie wurde in eine Klinik eingewiesen, aber nicht auf eine geschlossene Station gesperrt, und offenbar ist sie abgehauen. Ich weiß die Einzelheiten nicht, aber sie hat wohl einen Brief hinterlassen, und darum muss ich hin.«

»Um Gottes willen! Und du stehst da herum und quatschst mit Joe? Warum hast du denn nicht gesagt, dass es dringend ist?«

»Weil es nicht dringend ist. Hinton kümmert sich um die Sache, und das halbe Polizeirevier von Harrow sucht nach ihr. Ich werde es früh genug erfahren, wenn es etwas Neues gibt.«

Wie auf ein Stichwort klingelte das Handy in seiner Tasche. Er zog es heraus, doch George nahm es ihm weg. »Du musst dich auf den Verkehr konzentrieren. Ich werde alle Nachrichten an dich weiterleiten«, sagte sie.

»Diese verdammten Weiber«, schimpfte er, ohne jedoch Widerstand zu leisten, und schon hielt George sich das Handy ans Ohr.

Zu ihrer großen Erleichterung war es Mike Urquhart. Es hätte ja auch Dudley sein können, und der hätte sich bestimmt geweigert, mit ihr zu sprechen. Mit Mike gab es kein Problem.

»Sagen Sie dem Chef, dass wir sie noch nicht gefunden haben. Da wir eine Menge Hinweise haben, wird es aber nicht lange dauern. Die Arme ist im Nachthemd und barfuß abgehauen, deshalb ist sie schwer zu übersehen. Doch es gibt noch etwas Wichtigeres ...« Er zögerte. »Ein Hausmeister aus einem Gebäude auf der Creechurch Lane hat den Notruf angerufen. Der Streifenwagen ist unterwegs, aber ich will keine Zeit verschwenden.«

»Ach?«, rief George und schaute Gus von der Seite an. »Wo, haben Sie gesagt?«

Mike seufzte leise. »Das liegt ungefähr parallel zum Mitre Square, aber das bedeutet natürlich nicht, dass dort eine weitere Leiche liegt.« George riss die Augen auf und drehte sich sofort zu Gus um.

»Gus, dort herrscht irgendwie Panik in der Nähe vom Mitre Square ...«

Er riss ihr das Handy aus der Hand, wobei er leicht von der Spur abkam, und hielt es sich ans Ohr. »Weiter«, sagte er und hörte zu. Nach einer Weile beendete er das Gespräch, schaltete das Handy aus und steckte es in seine Tasche.

»Sag schon, Gus«, bettelte George. Er konzentrierte sich auf den Verkehr und schwieg einen Moment.

»Wenn das eben eine wichtige Aussage gewesen wäre, würde ich jetzt wohl alt aussehen. Na schön. Der Hausmeister von diesem Bürogebäude hat den Notruf angerufen. Er war ganz hysterisch, sagte aber, dass jemand verletzt sei. Mike saß gerade in der Einsatzzentrale und arbeitete seinen Papierkram auf, als der Anruf an ihn weitergegeben wurde. Wenigstens hat man sich daran erinnert, alle verdächtigen Vorkommnisse in der Stadt direkt an uns weiterzuleiten. Mike ist sofort wieder eingefallen, was du über den Mitre Square gesagt hast. Okay? Erzähl mir jetzt, was er noch gesagt hat.«

George berichtete ihm über den Stand der Dinge bei der Suche nach Marietta. Mit ihren Gedanken war sie schon wieder bei dem Notruf. Und wenn sie in der Nähe des Mitre Square eine verstümmelte Leiche finden würden? Dann wäre ihre Vermutung richtig gewesen, frohlockte sie im Stillen. Natürlich war es kein Grund zur Freude, ein Mordopfer zu finden. Trotzdem geriet sie in Aufregung, als sie daran dachte, dass es ihre Ripper-Theorie erhärten würde. Wenn ...

»Fahren wir direkt dorthin?«

»Was denn sonst? Die Kollegen kümmern sich um Marietta und halten mich auf dem Laufenden. Die Frau ist einfach übergeschnappt und ... Wir fahren auf dem schnellsten Wege zu diesem Bürohaus.« Er griff ins Handschuhfach, holte das Blaulicht heraus, das er benutzte, wenn er wie jetzt in seinem eigenen Wagen unterwegs war, öffnete das Fenster und schob es aufs Dach. Dank Sirene und Blaulicht hatten sie freie Fahrt, und Gus raste mit über sechzig Stunden pro Meile durch die Straßen, was ihm offensichtlich riesigen Spaß machte. Männer und Autos, dachte George wie so oft, aber sie musste zugeben, dass es ihr auch gefiel, mit Blaulicht durch die Stadt zu sausen.

Gus brauchte dank seines unglaublichen Fahrstils nur sieben Minuten bis zur Leadenhall Street. Dort bog er mit quietschenden Reifen links ab und erreichte dann die Creechurch Lane, wo schon ziemliche Aufregung herrschte. Vor dem Gebäude standen drei Mannschaftswagen, und obwohl es mittlerweile spät geworden war und dieser Teil der Stadt nach Büroschluss nur spärlich bevölkert war, hatten sich ein paar neugierige Schaulustige versammelt. Als Gus jedoch die Pressefotografen erblickte, fluchte er laut. Er stieg sofort aus, und George folgte ihm auf den Fersen.

»Woher wissen diese Zeitungsfritzen, was hier passiert ist?«, brüllte er den erstbesten Streifenbeamten an.

»War nichts zu machen, Chef. Sie standen draußen vor dem Revier und sind uns einfach hinterhergefahren. Seitdem wir die erste Leiche gefunden haben, hängen die rund um die Uhr herum. Wir konnten sie einfach nicht abschütteln.«

»Diese verdammte Pressefreiheit und diese verdammten Pressefritzen, die sie missbrauchen«, wetterte Gus so laut, dass die Journalisten es hören konnten. Diese ließen sich jedoch nicht einschüchtern und fassten die Bemerkung als Aufforderung auf, noch näher zu treten. Gus lief schnell zum Eingang des Gebäudes, wo am meisten Aufregung zu herrschen schien. George wich nicht von seiner Seite.

Die Journalisten bedrängten sie wie ein Schwarm hungriger Vögel. »Ich werde nichts sagen, bis ich mich dort drinnen umgesehen habe«, erklärte Gus. »Allerdings bezweifle ich, dass ich dann etwas sagen werde.« Er blieb stehen. »Reden Sie mit unserer Pressesprecherin, und gehen Sie mir aus dem Weg.«

»Sie haben sicher wieder eine Leiche gefunden. Die Gerichtsmedizinerin ist ja auch dabei!«, rief einer der Journalisten. »Kommen Sie, Superintendent, geben Sie uns einen Hinweis. Wieder ein Abgeordneter? Hat der Ripper erneut zugeschlagen?«

»Ripper? Das ist wohl ein Scherz. Hören Sie auf, mir Worte in den Mund zu legen.«

»Nicht nötig, wenn Sie selbst solche Theorien in die Welt setzen«, murmelte jemand, und Gus warf ihm einen wütenden Blick zu.

»Wenn ich vielleicht meinen Job machen dürfte!«, brüllte er. »Ich habe es doch gerade schon einmal gesagt. Gehen Sie mir bitte aus dem Weg!« Gus drängte sie zur Seite und wich einer Kamera und einem Mikrofon aus, als er mit George das Haus betrat.

George sah auf der langen Informationstafel an einer Wand der Eingangshalle, dass in dem Bürogebäude ziemlich viele Mieter untergebracht waren. Gus, der dies auch erkannte, seufzte tief. »Mein Gott, das wird ja eine Ewigkeit dauern, bis wir die alle überprüft haben. Und lass es dir gesagt sein, niemand weiß etwas, niemand hat etwas gesehen. Hallo, Roo ... Rupert. Was ist los?«

Dudley, der neben dem Aufzug gestanden hatte, ging sofort auf Gus zu. Ein Mann in einer Pförtneruniform stand mit ängstlicher Miene vor der geöffneten Aufzugtür und schaute sie alle mit großen Augen an. Als Dudley Gus informierte, ignorierte er George wie immer vollkommen.

»Wieder das Gleiche, Chef«, sagte er leise. »Er soll im Kellergeschoss neben der Heizungsanlage liegen, aber ich war noch nicht unten. Mit der Heizung war was nicht in Ordnung. Darum ist der Typ runtergegangen, um es zu überprüfen, und da hat er ihn gefunden.«

»Die gleiche Mordmethode?«, fragte George. »Kehle, Unterleib und so weiter?«

Dudley blieb nichts anderes übrig, als ihr zu antworten. »Könnte sein. Wie ich schon sagte, war ich gerade auf dem Weg hinunter, und daher weiß ich auch noch nicht mehr. Es soll ziemlich viel Blut dort unten geben. Der Hausmeister, der die Leiche gefunden hat, faselte etwas von einer durchgeschnittenen Kehle.« Es war Dudley anzumerken, dass er diese Information ungern preisgab. »Das wird Sie also ...« Er verstummte und wandte sich wieder an Gus.

»Wenn Sie meinen, das wäre eine große Genugtuung für mich, kann ich Sie beruhigen«, sagte George. »Mir ist ein wenig ... übel.« Sie schüttelte den Kopf. Und das war tatsächlich so. Die anfängliche Freude, die der Anruf bei ihr ausgelöst hatte, war völlig verschwunden. Dass noch jemand umgebracht und verstümmelt worden war, bescherte ihr unbeschreibliches Unbehagen. In Gedanken versunken murmelte sie: »Ich frage mich, wann der fünfte ...«

»Den wird es nicht geben, wenn wir es verhindern können«, brummte Gus. »Irgendeine Idee, wer dieser hier sein könnte?«

Dudley schüttelte den Kopf. »Noch nicht. Wir sind erst ein paar Minuten hier. Der Notruf ist um ...« Er schaute auf die Uhr. »Ungefähr vor fünfzehn Minuten, würde ich sagen. Urquhart rief uns an und teilte uns mit, dass Sie unterwegs sind, und darum haben wir gewartet ...« Seine Stimme wurde ein wenig unfreundlicher, als er sich George zuwandte. »Können Sie sich sofort darum kümmern? Haben Sie Ihre Utensilien bei sich?«

George war froh, die Frage bejahen zu können. Gott sei Dank bewahrte sie immer eine Tasche mit den wichtigsten Instrumenten in Gus' Wagen auf, um sie im Falle eines Falles zur Hand zu haben.

»Dann können wir ja jetzt in den Keller gehen.« Dudley schaute sich noch einmal um. »Ist die Spurensicherung hier?«

Hagerty löste sich aus der Gruppe und kam herüber. »Abend, Chef«, begrüßte er Gus und wandte sich dann an Dudley. »Ich weiß es nicht, Sir. Ah, da ist ja Mike. Vielleicht weiß er mehr.«

Mike Urquhart lief durch die marmorne Eingangshalle auf sie zu. »Ich bin gekommen, so schnell ich konnte«, sagte er atemlos. »Was gibt's Neues?«

»Wir wissen auch nicht mehr als Sie. Ein Hausmeister kotzt ins Klo, und ein Streifenbeamter kümmert sich um ihn. Wir wollten gerade in den Keller gehen. Ist jemand von der Spurensicherung unterwegs?«

Mike nickte. »Er wird in zehn Minuten hier sein.«

»Dann können wir uns ja schon mal umsehen, aber wir dürfen nichts anfassen«, sagte Dudley. »Okay. Wir müssen nicht alle runtergehen. Sie, Tim, Mike, der Chef und ich, das reicht. Dr. Barnabas, Sie können loslegen, sobald die Spurensicherung kommt ...«

»Ich komme mit und schaue ihn mir mal an«, widersprach sie und machte sich schon auf einen Streit gefasst. Dudley zögerte, sagte aber nichts weiter, sondern drehte sich um und steuerte auf die Aufzugtür zu.

Der uniformierte Mann, der dort stand, war verschwitzt und blass. Es war offensichtlich der Pförtner von der Nachtschicht. »Was wissen Sie?«, fragte Gus ihn in scharfem Tonfall.

Der Mann schüttelte unglücklich den Kopf. »Nicht viel, Sir«, stammelte er. »Ich hatte gerade meine erste Tasse Tee getrunken. Die Mieter waren endlich alle weg, und wir wollten dann wie üblich zusammen unsere Runde drehen, um zu überprüfen, ob alle Büros richtig abgeschlossen sind. Aber es war kalt, und darum ist Darren in den Keller gegangen, um nach dem Heizungskessel zu sehen. Plötzlich rannte der die Treppe wieder rauf und schrie. Und leichenblass war der, das können Sie mir glauben. Er hat gesagt, dass unten an der Heizungsanlage eine Leiche mit einer durchgeschnittenen Kehle liegen würde. Dann hat er noch was von Verstümmelung gemurmelt und sich übergeben.« Der Pförtner schaute durch die Eingangshalle zu der Tür, auf der *Treppe* stand. »Er ist jetzt auf dem Lokus. Mein Gott, war der bleich. Und mir ist auch ganz komisch. Als ich den Notruf angerufen hab, war mir auch schon ganz anders.«

»Legen Sie sich hin«, sagte George. »Oder setzen Sie sich wenigstens, und entspannen Sie sich.« Einer der Streifenbeamten kümmerte sich um ihn, und Dudley ging zum Aufzug.

»Ich nehme die Treppe«, sagte Gus. »Mal schauen, ob ich dort etwas sehe. Und passt auf, wo ihr mit euren großen Füßen hintretet, Leute«, fügte er hinzu, als die Tür sich schloss. Dann grinste er George an. »Den letzten Satz hätte ich mir wohl sparen können. Roop passt schon auf, dass keine Spuren verwischt werden. Komm.« Er ging ihr voraus zum Treppenhaus.

Sie durchquerten die erhabene Eingangshalle mit dem Marmorboden, den vielen Säulen, Messingverzierungen und dem kunstvollen indirekten Licht, doch sobald sie die Tür hinter sich geschlossen hatten, ließen sie diese schöne Scheinwelt hinter sich. Kalte, schmutzige Steinstufen führten sie in den Keller. Unter den verrußten Wänden konnte man einen matten gelben Anstrich erkennen. George blickte die Treppe hinauf und zählte. »Sieben Stockwerke«, murmelte sie.

»Und jedes Stockwerk muss durchsucht werden. Komm jetzt. Ich nehme die rechte Seite, du die linke. Und fass bitte nichts an.«

»Schatz, du kennst mich doch. Ich bin Gerichtsmedizinerin und immer darauf bedacht, Spuren zu finden und keine zu verwischen«, erwiderte sie, als sie beide auf Zehenspitzen die Treppe hinunterstiegen, jeder auf einer Seite.

»Wahrscheinlich werden wir auf diesen harten Steinstufen sowieso nichts finden, aber Vorsicht ist die Mutter der Porzellankiste«, sagte Gus. »Wir sind da. Das Kellergeschoss.«

Er stieß die unverschlossene Tür mit dem Fuß so weit auf, dass George hindurchgehen konnte, und folgte ihr.

Der Keller war matt beleuchtet, aber es war hell genug, um alles erkennen zu können. Es sah hier so aus, wie in tausend anderen Kellern auch: hier und da alte, ausrangierte Möbel; in einer Ecke eine Werkbank mit ein paar alten Werkzeugen, und über der Werkbank ein Hängeschrank, in dem wahrscheinlich teureres Werkzeug lag; an einer Seite der große Kessel, der leise zischte, und der typische Geruch nach Staub und Öl.

George steuerte sofort auf den Kessel zu, doch Gus hielt sie zurück. Er führte sie an der Seite des Kellers entlang, an der eine

Staubschicht auf dem Boden lag, die bewies, dass hier seit langer Zeit niemand entlanggegangen war. (»Merk dir das, George, falls du eine Aussage machen musst«, instruierte Gus sie.) Sekunden später standen sie vor dem Kessel.

Auf die Vorderseite des Kessels, an der sich die üblichen Messgeräte befanden, fiel das Licht einer matten Glühbirne. Die Heizungsanlage schien normal zu arbeiten. Wenn es zu kalt war, musste lediglich der Thermostat neu eingestellt werden. Dann glitt Georges Blick über den Boden, und plötzlich sah sie auf der anderen Seite des Kessels den dunklen Schatten.

Gus zog eine schmale Taschenlampe hervor und richtete den Strahl in die Dunkelheit, bis das grelle Licht schonungslos auf die Gestalt fiel.

Auch diese Leiche lag wie die anderen auf dem Rücken, doch diesmal klemmten die Füße unter dem Kessel, und die Knie waren nach außen gebogen. Die anderen Mordopfer hatten langgestreckt auf dem Boden gelegen.

»Er hatte es eilig«, murmelte George. Gus schaute sie von der Seite an und sagte leise: »Gut beobachtet. Ja, er wollte hier verdammt schnell wieder raus, aber er hat sein Programm trotzdem fast durchgezogen ...«

Er hatte es tatsächlich fast geschafft. George spürte heftige Übelkeit in sich aufsteigen, obwohl der Anblick einer Leiche für sie weiß Gott nichts Ungewöhnliches war. Kein Wunder, dass der Pförtner fast aus den Latschen gekippt ist, schoss es ihr durch den Kopf. Diese Leiche bot einen besonders entsetzlichen Anblick.

Hinter sich hörte sie das Surren eines Aufzugs. Das hatte ja ziemlich lange gedauert. Merkwürdig! Doch das war jetzt sicher nicht so wichtig, und George beobachtete stattdessen Gus, der sich vorsichtig der Leiche näherte, und dachte über den Fall nach. Das vierte Mordopfer!

Warum war gerade dieser Mord so furchtbar abstoßend? Warum brachte der Anblick George dermaßen aus der Fassung? War ein vorsätzlicher Mord, bei dem der Täter sich einen materiellen Vorteil verschaffen wollte, verwerflicher als dieser Mord, durch den ein Serienkiller sein tiefes Verlangen befriedigen wollte, einen Menschen zu töten? George dachte über diesen Gedanken nach und stammelte dann: »Wenn das hier ein Serienmörder ist, dann ...«

»Hm?« Gus ging nicht weiter darauf ein, sondern hockte sich hin und betrachtete die Leiche. »Der arme Kerl«, sagte er gefasst.

»Kann ich zu dir kommen?«, fragte sie.

»Warum nicht? Pass auf, wo du hintrittst. Hier liegt höllisch viel Blut.«

George stellte sich neben Gus und sah sich die Leiche genauer an. Kopf und Unterleib lagen in Blutlachen. Die Kehle war wie auch bei den anderen Opfern durchgeschnitten. Dann glitt Georges Blick auf den Unterleib. Sie kniff die Augen ein wenig zusammen und murmelte: »Ich hatte Recht. Er hatte es eilig. Verdammt eilig.«

»Ja.« Gus verzog ein wenig das Gesicht, als er sich wieder aufrichtete. »Meinst du, er wurde gestört?«

»Vielleicht. Wenn du herausbekommen könntest, wer hier unten war und ihn gestört hat, hätten wir einen ersten Anhaltspunkt.«

Bei dieser Leiche waren die Genitalien nicht vollständig entfernt worden. Der Unterleib war nackt, und auf der linken Seite der Leiste war ein Messerschnitt, der die Hoden verletzt, aber nicht vom Körper abgetrennt hatte. Der Penis hingegen war abgeschnitten und lag verloren auf dem Boden. Ein absurdes Bild! Offensichtlich hatte der Killer seine grausame Verstümmelung nicht ganz zu Ende geführt. Diesem Mordopfer hatte der Mörder die Genitalien nicht auf die Schulter gelegt.

Gus holte tief Luft. »Du hast Recht. Diesmal werden wir das Schwein fassen. Wir müssen jeden Einzelnen hier im Gebäude verhören. Jeder Mieter muss vernommen werden, selbst die Leute, die sich nur stundenweise hier aufhalten. Einer muss etwas gesehen oder gehört haben. Anders kann es nicht sein. Und dann werden wir den Scheißkerl schnappen ...«

»Bevor er den fünften Mord begeht?«, fragte George leise. »Denn der Ripper hat fünf Morde begangen, und dies ist erst der vierte.«

15

Kaffeearoma riss George aus dem Schlaf, doch sie versuchte, es zu ignorieren und wieder in die Seligkeit ihres Traumes zu sinken. Sie öffnete ein Auge und sah den Übeltäter. Auf dem Nachtschrank, nur wenige Zentimeter von ihrem Gesicht entfernt, stand ein großer, mit bunten Stiefmütterchen bemalter Kaffeebecher, der verlockend dampfte. »Ich hasse dich«, murmelte sie. »Geh weg. Ich will schlafen.«

»Ich weiß, aber ich musste dich wecken. Bevor ich gehe, möchte ich noch kurz mit dir sprechen, und ich muss gleich los. Bitte, Schatz. Ich hab sogar Sahne in den Kaffee gegossen, um dich zu verwöhnen.«

Jetzt öffnete sie beide Augen, zog eine Grimasse und versuchte, den Schlaf zu vertreiben. »Du musst gehen, und darum muss ich aufstehen?«, brummte sie und stützte sich auf einen Ellbogen. »Jetzt hast du mich geweckt. Also, schieß los.«

Er reichte ihr den Kaffeebecher, den sie mit beiden Händen umklammerte, und dann nippte sie mit fest geschlossenen Augen an dem Kaffee. Er war ausgezeichnet: stark, heiß, sahnig und mit einem leichten bitteren Nachgeschmack – genau die richtige Mischung, um wach zu werden. Sie spürte, dass die Energie langsam in sie eindrang, als sie Schluck für Schluck trank. Wenn man solch einen Kaffee serviert bekam, war es nicht mehr so schlimm, in aller Herrgottsfrühe geweckt zu werden. Sie hatte die halbe Tasse geleert, als sie die Augen wieder öffnete und sich gegen die Kissen lehnte. »Wie spät ist es denn?«, fragte sie, den Becher in der Hand.

»Halb acht«, sagte Gus. »Ich weiß, ich weiß, aber vier Stunden

Schlaf sind besser als keiner, und du kannst ja weiterschlafen, wenn ich gegangen bin. Meinen fehlenden Schlaf kann ich erst heute Abend nachholen. Ich wollte dir sagen, dass ich schon mit dem Revier telefoniert habe. Wir haben die Identität des Toten.«

George war jetzt hellwach und setzte sich auf. »Was? Wie? Wo?«

»Er hat bei einer wichtigen Besprechung gefehlt, zu der er kommen wollte. Die Kollegen haben überall angerufen, aber er war nicht aufzutreiben. Wir haben die Vermisstenanzeigen überprüft, und tatsächlich war er als vermisst gemeldet.«

»Ein Mitglied des Parlaments?«

»Diesmal nicht.«

»Ein Lord?«

»Kein weltlicher Lord.«

»Was soll das heißen? Hör auf, Rätselraten mit mir zu spielen.«

»Ein geistlicher Lord, Schatz. Nicht deine Welt. Ein richtiger Bischof. Bischof von Droitwich. Ein ziemlich bekannter Bursche. Ich verstehe nicht, warum ich ihn nicht erkannt habe.«

»Er hatte sich ein bisschen verändert, als wir ihn gefunden haben«, sagte sie trocken. »Droitwich? Ich habe schon von ihm gehört. Ist das nicht der, der im letzten Jahr dieses ganze Theater wegen Homosexueller in der Kirche veranstaltet hat? Streikposten vor den Gotteshäusern und so Sachen?«

»Das ist er. Ein strenger Traditionalist, ein Anführer der Antiabtreibungsbewegung, ein Gegner sexueller Aufklärung in der Schule und ...«

»Ich weiß.« George trank ihren Kaffee aus und drängte Gus dann ein Stück zur Seite, damit sie aus dem Bett steigen konnte. »Wenn man überlegt, dass der Mann Arzt war, ehe er Geistlicher wurde, ist das schon ziemlich starker Tobak.«

»Warum? Es gibt doch viele Ärzte, die gegen Abtreibung sind, oder?«

»Sind wir alle«, rief sie aus dem Badezimmer. »Ich hasse Abtreibungen auch. Es ist furchtbar für die Frau und für den Arzt, der die Abtreibung vornimmt. Eine riskante und teure Angelegenheit, aber immer noch besser, als die Frauen zu zwingen, sich das

Kind auf irgendeinem Hinterhof abtreiben lassen zu müssen, weil wir ihnen keine Hilfe anbieten. Darum stimmen die meisten Ärzte für das Recht der Frauen, selbst zu entscheiden. Weil sie sich sowieso entscheiden werden, sollte man ihnen die Möglichkeit geben, sich von einem richtigen Arzt statt von einem geldgierigen Kurpfuscher behandeln zu lassen.« Sie verstummte plötzlich, und nach einer Weile steckte sie den Kopf durch die Badezimmertür. »Gus, glaubst du vielleicht ... Nein, das ist unlogisch. Er ist ja nicht der Einzige«, und sie ging zurück ins Bad.

»Beeil dich«, rief er. »Ich kann Gespräche zwischen Tür und Angel nicht leiden.«

Fünf Minuten später kam George im Bademantel aus dem Bad und frottierte ihr nasses Haar mit einem Handtuch. »Das war eine richtige Katzendusche«, schimpfte sie. »Aber da ich gestern nach der Obduktion fünfzehn Minuten unter der Dusche gestanden habe, ist das sicher kein Verbrechen. Und warum hast du mich so früh geweckt?«

»Weil es mir nicht gefällt, einfach abzuhauen und dir einen Zettel hinzulegen. Roop hat mich um sieben Uhr angerufen und mich über die Identität des Toten informiert. Außerdem haben wir besprochen, wie wir die Ermittlungen fortsetzen und wie die Überwachung auf dem Markt in Spitalfields organisiert wird.«

George riss die Augen auf. »Spitalfields? Ach!«

»In der Tat. Dort war früher die Dorset Street, der Ort, wo der Ripper sein letztes Opfer umgebracht hat. Wie du siehst, bin ich genauso wie du in der Lage, Geschichtsbücher zu lesen. Die Dorset Street gibt es schon lange nicht mehr, und der Markt ist jetzt dort, wo einst die Straße war. Bisher wurden die Leichen immer in der Nähe der damaligen Tatorte gefunden, daher müssen wir davon ausgehen, dass es bei einem eventuellen weiteren Opfer auch der Fall sein wird. Das bedeutet in der Nähe des Marktes. Roop und ich müssen uns zusammensetzen und planen, wie wir die Beamten einteilen, und überlegen, wie viele Leute wir dem Polizeipräsidenten noch abschwatzen können.«

Er grinste sie an. »Das wird aber nicht sehr schwierig sein. Da unser Killer es auf Prominente abgesehen hat, wird es Mittel und

Wege geben, uns die Arbeit zu erleichtern. Dem Parlament wird es auch nicht gefallen, wenn seine Leute reihenweise umgebracht werden. Wir werden schon Verstärkung bekommen, aber es muss alles organisiert werden. Das bedeutet, dass ich heute den ganzen Tag auf dem Revier verbringen muss, und ... du kannst nicht mitkommen«, fügte er hinzu, da sie den Mund geöffnet hatte, um etwas zu sagen. »Das wäre wirklich Unsinn, Schatz. Heute geht es nur um reine Routinearbeit. Wir werden planen und die Informationen sammeln, die wir schon haben. Den Rest des Wochenendes hast du frei. Du bist ein wahrer Glückspilz, und vielleicht kann ich sogar morgen zu Hause bleiben. Der größte Teil der Beamten bekommt morgen frei. Sie können ja nicht rund um die Uhr arbeiten. Hör mal zu, Schatz. Wie wäre es, wenn du uns heute Abend was Leckeres kochen würdest? Du hast schon eine Ewigkeit nichts mehr für mich gekocht. Immer koche ich hier.«

»Das ist eine verdammte Lüge«, fuhr sie ihn an. »Ich koche oft.«

»Wann hast du zum letzten Mal gekocht?«

Sie blinzelte mit den Augen und dachte angestrengt nach. »Na ja, gut, wenn du es so genau nimmst ...«

»Genau? Ich? Niemals! Komm, gib mir einen Kuss. Ich bin schon weg. Ach, was hast du da übrigens vorhin im Badezimmer gesagt?«

»Hm? Was meinst du?«

Er überlegte. »Du hast gesagt, Gus, glaubst du vielleicht ... Nein, das ist unlogisch. Er ist ja nicht der Einzige. Was sollte das heißen?«

»Ach, ich dachte, dass es vielleicht jemand war, der in der Abtreibungsfrage nicht mit dem Bischof übereinstimmte und ihn deshalb umgebracht hat. Aber das ist ja Quatsch. Wir müssen immer daran denken, dass wir es hier mit vier Morden zu tun haben – vielleicht sogar mit fünf.«

»Wenn es ein Serienkiller ist, so ein hirnloser Typ, der mordet, um seine Lust am Töten zu befriedigen, ist es verdammt schwer, eine Spur zu finden. Wie soll man Serienmorde vorhersagen? Das ist doch nicht möglich, oder?«

»Ich weiß nicht ...«, sagte sie und schüttelte den Kopf. »Ich bin mir nicht sicher.«

»Was, du meinst, es wäre möglich, das Motiv eines Serienkillers zu durchschauen?«

Sie blickte ihn ungeduldig an. »Ach, das ist doch nicht so schwer, wenn man weiß, wer es ist. Ich gebe dir Recht, dass es nicht einfach zu begreifen ist, bevor man ihn geschnappt hat, obwohl einige Profilfahnder sehr gute Arbeit leisten. Wenn man sie geschnappt hat, kriegt man es allerdings normalerweise heraus. Peter Sutcliffe hat gesagt, er habe Stimmen gehört, die ihm befohlen haben, Prostituierte zu töten, stimmt's? Nein, ich glaube eigentlich nicht, dass es einer dieser Axtmörder ist. Ich habe noch immer das Gefühl, dass es sich um richtigen Mord handelt.«

»Du hast Recht. Die Kehlen der Mordopfer waren *richtig* durchgeschnitten, von den anderen Verstümmelungen ganz zu schweigen«, sagte er trocken.

»Mensch, Gus! Du hast mich schon richtig verstanden. Ich bin noch immer der Meinung, dass diesen Morden ein bestimmtes Motiv zugrunde liegt. Der Mörder tötet nicht nur, weil ihn seine innere Stimme dazu zwingt, sondern er hat einen handfesten Grund. Den müssen wir herausbekommen, und dann haben wir unseren Mörder.«

Gus, der die ganze Zeit vor der Tür gestanden hatte, kam jetzt zurück und setzte sich in Gedanken vertieft aufs Bett. »Wenn es ein bestimmtes Motiv für die Morde gibt, also einen handfesten Grund, müssen alle Opfer etwas gemeinsam haben, oder?«

»Richtig.«

»Wenn wir nach dieser Gemeinsamkeit suchen, müssten wir also weiterkommen, ja? Was wissen wir? Alle Opfer waren Parlamentsabgeordnete.«

»Abgeordnete des Ober- und Unterhauses.«

»Ja.«

»Und sie gehörten verschiedenen Parteien an. Es geht also nicht um eine bestimmte Partei. Kein Typ, der mit seinen Morden Wahlkampf betreiben will.«

Gus grinste. »Statt Rufmord zu betreiben, werden die Kerle

gleich umgebracht. Es geht also nicht um Parteipolitik. Aber es könnte ja um parteiübergreifende Fragen gehen. Du hast doch selbst gesagt, dass es möglicherweise ein Befürworter der Abtreibung gewesen sein könnte, dem einer der Gegner ein Dorn im Auge war.«

George schüttelte den Kopf. »Gewalt ist nicht die Masche der Befürworter – und nenne uns nicht Befürworter, weil wir es nicht sind. Das habe ich dir schon erklärt. Es ist das kleinere von zwei Übeln. Es sind die Gegner, die sich daran beteiligen, in den Staaten Ärzte und Krankenhauspersonal zu erschießen. Niemals die andere Seite.«

»Okay. Also ist es kein Befürworter der Abtreibung. Wir brauchen ein Motiv. Was könnte der Grund dafür sein, sie alle umzubringen? Und warum mordet der Killer im Stil von Jack the Ripper?«

»Das ist die schwierigste Frage überhaupt.« George bürstete jetzt ihr Haar, das in dem warmen Zimmer rasch trocknete. Er schaute ihr vergnügt zu, während er noch immer über den Fall nachdachte.

»Will er uns auf diese Weise etwas über die Mordopfer sagen?«, fuhr George fort. »Oder will er uns etwas über sich selbst sagen? Denn eins steht fest, zumindest glaube ich es. Er versucht, mit uns zu kommunizieren. Wollte er einfach Menschen aus dem Weg räumen, würde er sie töten, ohne sie nach dem Mord derart zu verstümmeln, nicht wahr? Außerdem geht er ein größeres Risiko ein, geschnappt zu werden. Er wird wissen, dass wir über die Ripper-Morde im Bilde sind. Die Presse hat lang und breit darüber berichtet. Daher wissen wir auch, wo der nächste Mord verübt werden könnte, wenn es einen nächsten Mord gibt. Will er uns etwas sagen? Oder will er nur die Polizei zum Narren halten und damit angeben, wie clever er ist? So wie der richtige Ripper damals?«

»Du bist die Gerichtsmedizinerin, George. Hör mal zu. Könnte es sein, dass die Verbrechen nicht alle von der gleichen Person verübt wurden? Die Mordmethode ist immer gleich, aber trotzdem könnte jemand diese Methode kopieren, oder? Verdammt!

Natürlich nicht!« Er schüttelte den Kopf. »Die Verstümmelungen der Genitalien. Diese Information ist nicht an die Öffentlichkeit gedrungen, daher scheidet diese Möglichkeit aus.« Er seufzte. »Ich wünschte, ich könnte heute zu Hause bleiben und mit dir über den Fall sprechen. Sicher käme dabei mehr heraus als bei der ganzen Organisation und Planung auf dem Revier. Aber auch das muss gemacht werden.«

Er stand auf, ging zu George hinüber, die gerade ihr Haar hochsteckte, und gab ihr einen Kuss auf den Nacken. »Mach dir einen schönen Tag, Liebling. Ich bin heute Abend wieder da. Du musst uns nichts kochen, wenn du keine Lust hast. Wir können ja auch essen gehen.« Er fing an zu kichern. »Was macht eine amerikanische Prinzessin am liebsten zum Abendessen? Einen Tisch bestellen! Hahaha!« Gus duckte sich, als George sich blitzschnell umdrehte und ihn böse anfunkelte. »War doch nur ein Scherz. Wenn ich Glück habe, bin ich um sieben wieder da. Bis dahin.« Er schnippte mit dem Zeigefinger gegen die Stirn und ging jetzt endgültig.

*

Als Gus wieder nach Hause kam, hatte George eine Menge geschafft. Obwohl es eine harte Nacht gewesen war, konnte sie nicht mehr schlafen, nachdem Gus das Haus verlassen hatte. Noch in der Nacht hatte sie die Leiche obduziert, die sie auf der Creechurch Lane gefunden hatten. Sie war ins Old East gefahren, hatte die Leichenhalle aufgeschlossen und wieder einmal Danny aus dem Bett geklingelt. Trotz des anstrengenden Tages war sie noch voller Tatendrang gewesen, und das wollte sie ausnutzen. Gus hatte keine Einwände erhoben. Er war genauso gespannt wie sie, so schnell wie möglich Details zu erfahren.

Die Arbeit war nicht besonders schwierig, da die Obduktion der Ripper-Opfer mittlerweile schon Routine für sie war. Daher war sie auch verhältnismäßig schnell fertig, was Danny gar nicht gefiel, weil er auf mehr gut bezahlte Überstunden gehofft hatte. Seltsamerweise konnte sie in diesem Fall keine Papiere finden, die den Mann hätten identifizieren können. In den Hosentaschen hatte er ein paar Münzen, ein paar zusammengerollte, mit einem Gummiband umwickelte Fünf-Pfund-Noten, ein Taschentuch und einen Kamm – sonst nichts. Nachdem sie jetzt wusste, wer es war, konnte sie sich einen Reim darauf machen.

Sie hatte sich heute Morgen an den Tisch gesetzt und eine zweite Tasse Kaffee getrunken, die bei weitem nicht so gut geschmeckt hatte wie die erste. Dieses Phänomen war ihr schon früher einmal aufgefallen, und sie dachte über den Grund nach. Dann aber wandte sie sich wieder dem Fall zu und überlegte, was sie über das vierte Mordopfer wusste.

Er war ein traditioneller Christ, der ziemlich von sich reden gemacht hatte. Der ehemalige Arzt hatte nach seinen eigenen Worten in den fünfziger Jahren *das Licht gesehen* und war *aufgerufen worden,* sich in den Dienst der Armen zu stellen. George hatte das in der Presse gelesen, als er für Schlagzeilen gesorgt hatte, weil er vor der Kirche Streikposten aufstellte, um gegen homosexuelle Priester zu demonstrieren. Seitdem er Geistlicher geworden war, lebte er nach dem Vorbild des heiligen Franz von Assisi in Armut. Trotzdem war er ehrgeizig gewesen und hatte in der Kirchenhierarchie einen so hohen Aufstieg geschafft, dass einige munkelten, er würde vielleicht eines Tages noch Erzbischof werden.

Das erklärte wohl die ziemlich alte und schäbige, jedoch im Grunde saubere Kleidung, die die Leiche getragen hatte, sowie den spärlichen Tascheninhalt. Aber das erklärte nicht, warum er als Opfer ausgewählt worden war. George schob ihren Kaffeebecher zur Seite, zog den *Guardian* von der anderen Seite des Tisches zu sich heran und nahm einen roten Kugelschreiber, um sich Notizen zu machen.

Zuerst schrieb sie die Namen der Mordopfer auf. Sie begann mit dem ersten: SAM DIAMOND, und dann fügte sie in Klammern hinzu: (KONSERVATIV). Sie und Gus hatten übereingestimmt, dass es bei den Morden wahrscheinlich nicht um parteipolitische Querelen ging, aber man wusste ja nie ...

In die nächste Zeile schrieb sie: DAVID CASPAR-WYNETTE-GONDOR (LABOUR). Es folgten LORD SCROOP (parteilos) und schließlich BISCHOF VON DROITWICH (JIM LUTTER). Nachdem sie einen Moment überlegt hatte, schrieb sie hinter den letzten Namen (KONSERVATIV) und überlegte. »Gut«, sagte sie laut. »Wahrscheinlich ist es richtig. Immerhin vertrat er sehr traditionelle Ansichten.« Einen Moment später strich sie das durch und schrieb stattdessen (LABOUR) hin. Sie zögerte, strich auch das wieder durch und machte ein Fragezeichen. Letztendlich hatte es keinen Zweck, sich in Vermutungen zu ergehen. Sie würde es später herausfinden.

Vier tote Männer: Was hatten sie abgesehen von den schmachvollen Verletzungen ihrer Leichen gemeinsam? George war sicher, dass sie alle zuerst erwürgt wurden. Sie hatte bei den Leichen von CWG und dem Bischof die gleichen Abdrücke am Hals gefunden. Bei der Leiche von Jack Scroop waren die Abdrücke allerdings weniger deutlich. Doch diese Leiche hatten sie auch erst längere Zeit nach dem Eintreten des Todes gefunden. Gut, dachte sie, das ist immerhin ein Anfang. Doch sie war mit ihren Überlegungen noch nicht fertig.

Alle Mordopfer hatten dem Parlament angehört. Zwei waren gewählte Abgeordnete, einer hatte seinen Sitz geerbt, und der letzte hatte ihn *ex officio,* dank seines Berufes. Sie kaute auf ihrem Kugelschreiber und schmierte sich aus Versehen rote Tinte ins Gesicht.

Nach einer Weile schrieb sie zögernd: ALLES RADIKALE? Sicherlich traf das auf CWG zu. Er verhielt sich ganz und gar nicht so, wie man es von Leuten seinen Schlages erwartet hätte. Ein Sprössling einer Adelsfamilie, und doch war seine politische Meinung so weit links, wie es für einen Labourabgeordneten nur möglich war. Selbst für die Partei war er gelegentlich eine Spur zu idealistisch. Und Scroop? Was war mit ihm? Ein Gewerkschaftsmann, der in den Adelsstand erhoben worden war, um bei den Lords als Labour-Sprecher zu agieren. Und was tat er, als er im Oberhaus saß? Er weigerte sich, nach ihrer Pfeife zu tanzen, und wurde Unabhängiger. Das ist radikal! Und das war der Bischof natürlich auch, indem er ein riesiges Theater inszenierte, wenn ihm etwas gegen den Strich ging. Er legte sicherlich eine Art Radikalismus an den Tag, wenn man sein Verhalten mit dem ziemlich gemäßigten Liberalismus der Kirche verglich, die scheinbar vor allem Menschen hasste, die aus der Reihe tanzten und sich derartig in die Öffentlichkeit drängten wie er. Er tauchte lange Zeit immer wieder in allen Radio- und Fernsehnachrichten auf. George notierte sich auch das auf der Zeitung und war jetzt froh, dass sie so oft *Panorama* und *Newsnight* ausgesessen hatte, wenn sie zu müde zum Umschalten gewesen war. Diese Informationen konnten ihr jetzt helfen.

Und dann stutzte sie auf einmal. Was war mit Sam Diamond? War er auch ein Radikaler? Ein Tory, der sich einer großen Mehrheit erfreute und der nicht aus der Reihe tanzte – außer vielleicht in der Ehe ... Möglicherweise charakterisierte ihn gerade die Tatsache, dass er eine Frau hatte, die sich nicht wie die Gattin eines Konservativen verhielt. In dieser Hinsicht war Sam Diamond auch ein Radikaler.

Ein Anfang, dachte sie fröhlich, riss dann die voll gekritzelte Seite aus der Zeitung und klemmte sie mit einem Magnet in Form eines Schweins an die Kühlschranktür. Sie hatte jetzt noch andere Dinge zu tun, aber dabei konnte sie ja weiter über den Fall nachdenken.

Sie brachte das Haus ein wenig in Ordnung und beschäftigte sich mit dem Vorhangstoff, der noch immer zugeschnitten werden musste. Die ganze Zeit dachte sie über die vier Mordopfer nach und überlegte, was die vier außerdem miteinander verband. Sie mussten eine Verbindung finden, die bei näherer Betrachtung auf ein Motiv hinwies, und dieses Motiv musste sie zum Mörder führen.

Es war kurz vor sieben, als George in den Schmortopf guckte, in dem das Hähnchen brutzelte. Es war ihr gut gelungen. Sie war stolz auf ihre Kochkünste. Zum Nachtisch hatte sie Obstsalat gemacht. Sie hatte ihn mit einem Schuss Weinbrand verfeinert, und natürlich hatte sie auch Nüsse unter das Obst gemischt, denn für Gus war ein Obstsalat ohne Nüsse kein Obstsalat. Die Küche war schon aufgeräumt, und sie wollte gerade den zerfetzten *Guardian* wegwerfen, als ihr die Schlagzeile ins Auge fiel, die sie zuvor übersehen hatte, und aufgeregt las sie den Artikel. Es traf sie wie ein Schlag! Sie geriet völlig aus dem Häuschen. Als sie den Schlüssel in der Haustür hörte, stürmte sie die Treppe von der Küche herunter, zog Gus ins Haus und rief: »Gus! Ich glaube, ich habe es herausbekommen. Das Warum, meine ich. Oh, Gus, ich glaube, ich habe wirklich eine heiße Spur.«

16.

Gus weigerte sich zuzuhören, bis sie im Wohnzimmer auf dem Sofa saßen und beide ein Glas in der Hand hielten. »Ich bin kein Säufer, das kann wirklich keiner behaupten«, unterbrach er sie, als sie ihm sagen wollte, worüber sie nachgedacht hatte. »Aber der Tag war so anstrengend, dass ich dir erst zuhöre, wenn ich mich ein wenig gestärkt habe.« Und mit erstaunlicher Geschicklichkeit mixte er für beide eine Bloody Mary. Ab und zu trank er eben doch ganz gern ein Gläschen!

»Okay«, sagte er schließlich, als er sich mit einem zufriedenen Seufzer streckte und in die Kissen fallen ließ. »Was hat dein häuslicher Tag denn für Erkenntnisse hervorgebracht? Abgesehen von diesem Essen. Das Hähnchen – das ist doch Hähnchen, oder? – duftet fantastisch.«

»Da.« George drückte ihm den *Guardian* in die Hand.

»Dieses Revolverblatt? Was ist es diesmal? Sind wieder Druckfehler drin? Hoffentlich! Ich vermisse die alten Zeiten.«

»Lies die Überschrift«, sagte sie, und er beugte sich über die Zeitung und las.

»*Die Zerstörung der Demokratie.* Die Kolumne?«

»Genau. Nun lies schon.«

Sie beobachtete ihn über den Rand ihrer Brille hinweg, als er den Artikel las, und wartete so geduldig wie möglich. Als er schließlich den Kopf hob und sie anschaute, fragte sie sofort: »Und? Verstehst du?«

»Ich glaube ja«, erwiderte er langsam und legte die Zeitung auf den Tisch. »Dieser Bursche deutet an, dass es möglicherweise Anschläge geben könnte, um nicht nur die Regierung, sondern auch die Opposition zu stürzen, sodass das ganze Parteiensystem vollkommen in Verruf geraten könnte. Das könnte dazu führen, dass die Wähler für diese parteilosen Kandidaten stimmen, die bei den nächsten Wahlen antreten, ja?«

»So habe ich es auch verstanden. Er hat es nicht genauso ausgedrückt, aber es ist eine eindeutige Anspielung. Diese Schmiergeldaffäre, die Probleme mit der Atomindustrie und diese Abgeordneten, die in den letzten Wochen in fremden Schlafzimmern überrumpelt wurden ...«

»Du glaubst also, dass es eine Verbindung zwischen all dem und unseren Morden gibt?«, fragte er mit Blick auf die Zeitung.

»Ja, allerdings. Stell dir vor, du würdest einer Gruppe angehören, die versucht, dieses System radikal zu verändern und die bestehenden Parteien zu vernichten, sodass es nur noch ein Parlament aus lauter Einzelkämpfern gibt. Diese agieren nicht zusammen, sondern jeder tut, was er für sich und seine Wähler für das Beste hält. Das könnte – wie dieser Artikel betont – eine Katastrophe bedeuten, weil es Typen mit einem gewissen Charisma Tor und Tür öffnet, die Macht zu übernehmen.«

Gus schüttelte den Kopf. »Schatz, du sprichst über eine vorsätzliche Verschwörung. Ich glaube nicht, dass es hier um so was geht.«

»Warum nicht? Es hat schon früher in diesem Land Verschwörungen gegeben – in allen Ländern.«

»Ja, sicher, aber das sind irgendwelche wahnwitzigen Ideen, die sich eine Hand voll Verrückter oder Fanatiker ausdenken. Ich begreife einfach nicht, warum du dich dermaßen ereiferst.« Er schlug mit der Hand auf die Zeitung. »In dem Artikel wird der Tod der beiden Parlamentsabgeordneten und der beiden Burschen aus dem Oberhaus nicht erwähnt, oder? Er gibt nur seine eigene Meinung über das wieder, was in letzter Zeit in den Medien diskutiert wurde. Journalisten sind clever und finden mehr heraus, und das veröffentlichen sie dann auch. Glaub mir, Liebling, diese Typen, die in Westminster und Whitehall herumlungern, sind nicht schlau genug, sich zu verschwören. Sie sind viel zu sehr damit beschäftigt, sich um ihre eigenen Probleme und ihre Pension zu kümmern.«

George gab sich noch nicht geschlagen. »Es passt alles so gut zusammen, Gus! Eine der Verbindungen zwischen diesen vier Toten ist die Tatsache, dass sie alle in gewissem Sinne Radikale waren. Sam Diamond zum Beispiel, der nicht zu den Spitzenpolitikern der Konservativen gehörte und dessen Frau hauchdünne Dessous verkauft und scheinbar in irgendeine Schmuggelaffäre verwickelt ist. Denk daran, was in Heathrow passiert ist. Alles nicht sehr volksnah, stimmt's?«

»Ach, ich weiß nicht«, sagte Gus.

Doch George ließ sich nicht beirren. »CWG war ein fanatischer Idealist, ein Mann des Volkes, der vom Mount Everest gesprungen wäre, um die parlamentarische Demokratie zu schützen, und ich glaube, dass trifft auch auf Scroop zu. Als Gewerkschaftsmann muss er auf der gleichen Seite wie CWG gestanden haben. Das gilt auch für Lutter: durch und durch Idealist. Sie würden sich gegen jeden Versuch wehren, die beiden Parteien zu Fall zu bringen, nicht wahr? Darum geht es ja in dieser Kolumne. Es wäre sinnvoll, sie aus dem Weg zu räumen.«

Wieder schüttelte Gus den Kopf. »Ich verstehe, dass das eine verlockende Idee ist, aber was ist mit den anderen Auffälligkeiten bei unseren Mordfällen? Warum, zum Beispiel, kopierte der Täter die Ripper-Morde?«

»Kopieren? Da liegst du falsch. Das passt genau. Es hat damals große Anstrengungen gegeben, das alles zu vertuschen, oder nicht? Es wurde gemunkelt, der Mörder könnte eine berühmte Persönlichkeit oder sogar der Sohn von Queen Victoria sein! Und es gab noch andere Theorien. Wir wissen nur, dass verdammt viele der verfügbaren Beweise nie das Licht eines Gerichtshofs gesehen haben. Es war so, als wäre die Polizei unter Druck gesetzt worden und hätte Order erhalten, die ganze Sache schön langsam anzugehen und den Täter niemals zu finden. Das würde einleuchten, wenn es eine wichtige Persönlichkeit war, und in unserem Fall vermute ich, dass auch eine bedeutende Persönlichkeit in die Sache verwickelt sein könnte. Das will der Mörder uns sagen, indem er so vorgeht wie Jack the Ripper. Der gleiche *modus operandi.*«

»Ich verstehe, was du meinst. Aber was soll denn für eine Absicht dahinter stecken? Ein paar Leute aus dem Weg zu räumen, die politischen Schaden anrichten könnten? Ich garantiere dir, dass das ein Grund sein könnte. Ich hatte mit dem Fall dieses Bulgaren zu tun, der mit der vergifteten Spitze eines Regenschirms erstochen wurde, als er den BBC-Sender im Bush-Haus verließ. Daher weiß ich, dass derartige Dinge passieren, aber dann tötet man die betreffenden Personen einfach, ohne sich mit großartigen Mordmethoden aufzuhalten. Man setzt sich doch nicht einem zusätzlichen Risiko aus, geschnappt zu werden, um einen hundert Jahre alten Fall zu kopieren. Warum geht der Mörder die Gefahr ein, blutüberströmt den Tatort zu verlassen? Doch nicht im Ernst, um durch eine esoterische Botschaft anzukündigen, dass es politische Morde sind.«

George stürzte sich auf den letzten Punkt. »Denk daran, dass sie zuerst erwürgt wurden.«

»Ja, und?«

»Das bedeutet, dass es eher unwahrscheinlich war, dass der Mörder sich von oben bis unten mit Blut bespritzte. Wenn man ein Messer in die Arterie eines lebenden Menschen sticht, sprudelt das Blut wie aus einem Brunnen. Doch wenn das Herz nicht mehr schlägt, sickert es nur aus der Wunde, wenn man vorsichtig ist. Zudem stand er immer hinter den Opfern und konnte daher allen möglichen Blutspritzern ausweichen. Wenn er Handschuhe trug ...«

Gus beugte sich vor und legte eine Hand auf ihr Knie. »Ich will dir nicht widersprechen, Liebling. Ich verstehe, was du meinst, und ich verstehe, was du denkst. Wenn alle Mordopfer mit Politik zu tun haben, scheint es auf der Hand zu liegen, dass es um politische Dinge geht. Doch jetzt werde ich den Fall mal aus einer anderen Perspektive darstellen.«

»Okay«, sagte sie ein wenig schmollend. Gus' Reaktion enttäuschte sie. Er hätte ja nicht gleich vor Begeisterung in die Luft springen müssen, aber dass er ihrer Theorie gar nichts abgewann ...

»Ich komme auf die Theorie eines verrückten Axtkillers zurück. Das ist wirklich die Einzige, die Sinn ergibt. Ein Verrückter. Er kann von seinen Freunden und Nachbarn als ganz normaler, netter

Bursche betrachtet werden, aber hinter seiner Fassade steckt ein Verrückter mit paranoiden Ideen. Unter anderem hasst er Politiker wie die Pest. Und warum auch nicht? Es gibt tausend Gründe, sie zu hassen. Bei allen Meinungsumfragen stehen Politiker auf der Liste der meistgehassten Menschen – noch vor den Journalisten.«

»Und Polizisten?«

Gus überging die Frage. »Wie du selbst gesagt hast, hatte die Politik in letzter Zeit eine besonders schlechte Presse. Das hat sie natürlich auch verdient. Ich kann beinahe verstehen, warum jemand, der sowieso schon nicht ganz richtig tickt, durchdreht und Politiker tötet. In erster Linie geht es allerdings um das Bedürfnis zu töten. *Wen* sie töten, hat eine viel geringere Bedeutung als die Tatsache, dass sie *überhaupt jemanden* töten. Es ist reiner Zufall, dass eine bestimmte Gruppe ausgewählt wird. Beim Ripper waren es Prostituierte, bei unserem Typen sind es Politiker. Für einen anderen könnten es Schülerlotsen sein. Die *Tat* verschafft ihnen Befriedigung, nicht die Identität der Person. Ich kann dir sogar noch mehr über verrückte Axtmörder erzählen. Sie mögen Geschichten über *andere* verrückte Axtmörder. Wenn man ihre Buden durchsucht, nachdem man sie geschnappt hat, findet man stapelweise Bücher, in denen steht, wie und wo andere Mörder ihre Taten verübt haben. Unser Mann ist einer von denen – denk an meine Worte, Schatz. Wir werden ihn nur durch harte Polizeiarbeit schnappen und nicht dadurch, dass wir den Fall immer wieder von allen Seiten beleuchten. Wir brauchen hier keinen Sherlock Holmes, sondern richtige Polizisten.«

»Mit so einem Mann wie Roop in deinem Team ... Okay, lassen wir das«, sagte sie, als er den Mund öffnete, um zu widersprechen. »Ich bin nicht in allen Punkten deiner Meinung, und ich weiß, dass du dich nicht nach intuitiven Gefühlen richtest.«

»Wie kommst du denn darauf?«, fragte er erstaunt. »Das stimmt doch gar nicht. Die Intuition beweist uns, dass es Wissen gibt, das wir besitzen, ohne es uns angeeignet zu haben. Auch ich richte mich mitunter nach meiner inneren Stimme.«

»Aber lieber ziehst du zuerst logische Schlüsse.«

»Ja, schon. Sicher. Würdest du das nicht auch an meiner Stelle?

Richte du dich nur nach deiner Intuition, Schatz. Aber dein Gefühl über eine große politische Verschwörungstheorie kann ich nicht teilen. Und ...« Er zögerte. »Ich will nicht das alte Ekel herauskehren, aber seien wir doch mal ehrlich, Liebling. Für dich ist die englische Politik doch gewissermaßen noch ein wenig Neuland. Man muss schon sein ganzes Leben hier verbracht und die Politik verfolgt haben, um sie zu begreifen. Ich bin hier in London geboren und aufgewachsen, und trotzdem verstehe ich das meiste nicht. Das hat vor allem damit zu tun, dass ich nie die Zeit hatte, mich intensiv mit Parteipolitik zu beschäftigen. Aber eins steht fest: Diese Zerstörungstheorie der Demokratie, über die dieser Typ da schreibt, halte ich für blanken Unsinn. Nicht in unserem Land.«

»Politik ist und bleibt Politik, und das ist auf der ganzen Welt so. In einigen Ländern geht es ehrlicher zu als in anderen, doch ich zweifle nicht eine Sekunde daran, dass die Politiker hier ebenso zu Korruption neigen wie anderswo. Okay ...« George hob beide Hände, weil er offensichtlich Einwände erheben wollte. »Reden wir nicht mehr darüber. Aber lass dir gesagt sein, dass wir bei diesem Fall nicht nach einem Verrückten, sondern nach einem hoch motivierten Verschwörer suchen müssen. Und der hat für seine Morde handfeste Gründe, ob die Politik nun dabei eine Rolle spielt oder nicht. Nimm das zur Kenntnis, und wenn der Fall gelöst ist, sehen wir ja, wer Recht hat. Und wenn ich ...«

»Abgemacht. Ich bleibe dabei, dass wir es hier mit einem verrückten Serienkiller zu tun haben. Um was wettest du?«

»Hm, das überlege ich mir noch«, sagte sie nach einer Weile. »Warte, bis der Fall gelöst ist, und wenn ich gewinne, verlange ich von dir, was ich mir wünsche, und du musst es mir geben. Umgekehrt gilt das Gleiche.«

Er streckte die Hand aus. »Schlag ein. Und fang schon mal an zu sparen, Liebling, denn es wird bestimmt teuer für dich. Und was ist jetzt mit diesem leckeren Hähnchen? Ich sterbe vor Hunger.«

*

Sie trafen stillschweigend das Abkommen, beim Essen nicht mehr über den Fall zu sprechen. Gus war ganz hingerissen von dem leckeren Essen, und er lobte überschwänglich ihre ausgezeichneten Kochkünste. Anschließend setzten sie sich vor den Fernseher und schauten sich einen dieser scheußlichen Samstagabend-Filme an, über den sie richtig lästern konnten. Als Gus den Fernseher ausschaltete und sie ins Bett gingen, sagte er: »Es macht mehr Spaß, sich einen miesen Film anzuschauen als einen guten. Von diesem Mist kann man sich schön berieseln lassen, ohne seinen Grips anzustrengen.«

»Hm. Hör mal, Gus, sind wir morgen zu Hause?«

Er zögerte. »Ich nicht, Schatz. Tut mir Leid, aber ich muss mich auf dem Revier blicken lassen. Die anderen machen auch alle Überstunden, darum muss ich ebenfalls ran. Ich hatte heute Abend frei, und morgen ist Roop dran. In seiner Gemeinde ist irgendeine Veranstaltung. Er ist da ziemlich engagiert.«

»Sag bloß!«, stieß George säuerlich hervor. »Dann könnte er doch auch Frauen gegenüber mal etwas freundlicher sein, oder?«

»Eines Tages werdet ihr beide sicher Freunde«, murmelte Gus schläfrig. »Vielleicht, wenn Schweine zum Mond fliegen können.«

»Ich komme mit«, sagte sie. »Darf ich?«

Gus schüttelte den Kopf. »Es wird stinklangweilig. Wirklich. Stupide Ermittlungsarbeit. Wir müssen die Leute in dem Bürogebäude auf der Creechurch Lane verhören – wenn wir morgen überhaupt welche erwischen – und Informationen über unsere Opfer und deren Umfeld einholen. Wenn wir alle Aussagen haben und sie analysieren, werde ich froh sein, wenn du dabei bist. Aber bis dahin kannst du auch ...«

»Ich weiß. Vorhänge nähen. Okay, dann nähe ich eben Vorhänge. Komm jetzt, ich bin total erledigt.«

*

Das Nähen der Vorhänge wurde um drei Uhr nachts mit dem Klingeln des Telefons vom Programm gestrichen. Gus wachte auf, griff nach dem Hörer, knurrte hinein und hörte zu. Als George sich aufrichtete und ihn ängstlich anblinzelte, legte er auf und sagte zutiefst erstaunt: »Es ist unglaublich, aber der Scheißkerl hat schon wieder zugeschlagen! Wie, zum Teufel, macht der das? Wieder einer ... Es ist ganz unmöglich, aber er hat es getan.«

17

George war noch immer benommen, als sie im Old East eintraf, um die Leiche zu obduzieren. Auf der Fahrt nach Spitalfields und dem Fußweg an den vielen kleinen Geschäften und Boutiquen vorbei zu der Lagerhalle, in der die Leiche gefunden worden war, hatte George ein Déjà-vu-Erlebnis. Sie war schon so oft innerlich darauf vorbereitet gewesen, eine verstümmelte Leiche zu finden, wenn man sie an Tatorte gerufen hatte, dass es für sie schon fast nichts Ungewöhnliches mehr war. Doch als sie diese Leiche sah, hatte sie das Gefühl, die Situation schon einmal erlebt zu haben. Die Ähnlichkeit mit den anderen Leichen war einfach verblüffend. Das hatte jedoch nicht nur mit der durchgeschnittenen Kehle, dem zerschnittenen Bauch und den zur Schau gestellten Genitalien zu tun. Es war das Gesicht. Sie schaute sich das Gesicht an, schloss die Augen und schüttelte den Kopf.

»Alles in Ordnung?«, fragte Gus.

»Natürlich. Wenn du damit meinst, ob mir schlecht ist«, erwiderte sie. »Ich ... kenne den Mann.«

»Ach?« Gus schaute wieder auf die Leiche und neigte den Kopf dann zur Seite, um dem blendenden Licht der Taschenlampen auszuweichen, die zwei Beamte auf die Leiche richteten. »Mein Gott! Woher denn?«

»Ist das denn nicht ...?«

»Wenn Sie Lord Durleigh meinen, haben Sie Recht.« Dudley war zu ihnen gekommen und stand jetzt hinter ihnen. Als sie angekommen waren, hatte er bei den Polizisten am Eingang des Marktes gestanden, und war ihnen dann in die Lagerhalle gefolgt. »Ich habe ihn nie kennen gelernt, aber einer der Beamten kannte ihn vom Sehen. Seitdem sein Bruder umgebracht wurde, war sein Gesicht sowieso ständig in der Zeitung.« Er schaute nachdenklich auf die Leiche. »Die Frage ist, ob dieser Mord auch zu unserer Mordserie gehört und die Verwandtschaft mit einem früheren Opfer rein zufällig ist oder ...« Er ließ den Satz unvollendet.

»Wenn es Durleigh ist, verlagert sich dadurch der Schwerpunkt«, sagte Gus. »Bisher standen alle Opfer dadurch miteinander in Beziehung, weil sie Abgeordnete waren, aber wenn jetzt Verwandte abgemurkst werden, wundert man sich doch. Letztendlich werden die meisten Morde ...«

»Von engen Verwandten des Opfers begangen. Ja«, sagte George, »aber in diesem Fall kann man wohl kaum vom Regelfall ausgehen. Ich meine, der springende Punkt ist, dass dieser Mord zu einer Serie von Morden gehört. Die Verbindung ist sicher eher das Parlament als die Verwandtschaft, oder? Schließlich gibt es nicht viele enge Verwandte, die Abgeordnete sind.«

»Aber es gibt sie«, mischte Dudley sich ein, der froh war, ihr widersprechen zu können. »Es gibt einen Vater und eine Tochter bei den Lords und ein Ehepaar im Unterhaus und ...«

Gus unterbrach ihn geschickt. »Wer hat ihn gefunden? Und wann? Gibt es einen Grund, warum dieser Mord nicht verhindert werden konnte? Hier sind mehr Bullen unterwegs als Fliegen auf einem Schweinekotelett, und jetzt liegt er hier.«

Dudley verteidigte sich. »Meine Leute waren überall verteilt. Also ... Wenn sich herausstellt, dass der Mörder Flügel hatte und mit seinem Opfer hierher geflogen ist, würde mich das nicht wundern. Was die Sicherheit betrifft, ist hier nichts versäumt worden. Tagsüber, wenn es hier von Ladenbesitzern, Kunden und Spaziergängern wimmelt, ist es natürlich sehr schwierig. Aber nach Ladenschluss, wenn wir die Eingänge gut überwachen und die Hallen versiegeln konnten, um sicherzustellen, dass sie leer waren, konnte keiner unbemerkt an meinen Leuten vorbei.«

»Aber jemand hat es getan. Verdammt!«, fluchte Gus.

Dudley bekam vor Wut rote Flecke auf den Wangen. »Dessen bin ich mir sehr wohl bewusst, Chef. Und glauben Sie ja nicht, dass ich es auf die leichte Schulter nehme. Ich habe mir jeden Beamten vorgeknöpft, der hier nachts und tagsüber eingesetzt war. Dieser Ort wurde sorgfältig überwacht. Hier konnte niemand rein oder raus. Dafür hätte ich meine Hand ins Feuer gelegt.«

»Hm«, brummte Gus, der es unterließ, noch einmal auf die nackten Tatsachen hinzuweisen und sich dann umschaute. »Wer hat ihn gefunden?«

Dudleys Wangen waren noch immer gerötet. »Wir haben einen Hinweis bekommen«, murmelte er.

George hob den Kopf. Plötzlich war sie hellwach. »Was denn für einen Hinweis?«

Dudley verkniff es sich diesmal, eine ruppige Bemerkung zu machen, zog eine Plastiktüte mit einem dünnen Blatt Faxpapier aus der Tasche und gab es Gus. George stellte sich hinter ihn und spähte ihm über die Schulter.

Auf dem Blatt war eine Zeichnung des Marktes. Es war ein ordentlicher, mit dünnen Strichen gezeichneter Plan, und über einer Stelle befand sich ein dickes Kreuz. Das war alles.

»Das ist auf dem Revier angekommen«, erklärte Dudley. »Der diensthabende Beamte hat es mir gegeben, und ich hab sofort gesehen, dass es ein Plan von diesem Markt war. Ich kenne den Grundriss in- und auswendig, weil ich mich so oft damit beschäftigt habe. Natürlich hab ich mich sofort auf den Weg gemacht. Dann bin ich durch das erste offene Tor ...« Er zeigte mit dem Finger auf den Plan. »Und schnurstracks auf die Lagerhalle zu. Sie war ein Stück weit geöffnet.« Er atmete tief durch die Nase ein. »Dieser Scheißkerl. An der Tür der Lagerhalle hing ein verrostetes Vorhängeschloss. Die Tür muss seit Ewigkeiten nicht benutzt worden sein. Man kann es noch sehen. Wir haben überall nach einem Schlüssel gefragt, aber niemand hatte einen. Zwei meiner Leute haben es sich trotzdem genauer angeschaut und festgestellt, dass es seit Ewigkeiten nicht benutzt worden war, und dabei haben sie es dann bewenden lassen.« Er schaute Gus an, und in seinem Blick spiegelten sich seine Gewissenbisse, seine Wut und eine Art Angst. »Natürlich übernehme ich die volle Verantwortung dafür. Ich sage meinen Leuten immer, dass sie Eigentum nicht unnötig beschädigen sollen, und es war für sie sonnenklar, dass diese Halle seit langem nicht mehr benutzt wurde. Darum haben sie die Sache nicht weiter verfolgt.«

»Ach so!« Gus seufzte. Er ließ sich seine Verärgerung nicht anmerken, drehte sich um, starrte auf die Tür und zwängte sich durch die Lücke, um sich alles genau anzuschauen. Im Licht der Fackeln konnte er deutlich sehen, wie die Tür aufgebrochen worden war. Alte, flache Scharniere waren mit dem Türpfosten und der Außenseite der Tür verbunden. Der Mörder musste die Scharniere nur abschrauben und konnte die Tür dann nach außen öffnen. Obwohl das Vorhängeschloss, das Schnappschloss und Türschloss auf der Außenseite eingerostet waren, konnte man die recht schmale Tür auf der Seite, auf der die Scharniere waren, ein Stück nach außen ziehen. Diese Lücke war so breit, dass sich ein schlanker Mensch hindurchzwängen konnte, wenn es auch vielleicht etwas schwierig war. Anschließend musste die Tür nur wieder in die ursprüngliche Position gebracht und die Scharniere festgeschraubt werden, und von außen sah alles vollkommen unbeschädigt aus.

»Gut, dass der Mann nicht dick war«, sagte Gus, der wieder hineinging und auf die Leiche starrte. »Sonst wäre er hier niemals hereingekommen. Aber warum sollte er das getan haben? Warum sollte ein intelligenter Mensch mit gesundem Menschenverstand einwilligen, in einen Lagerraum zu gehen, indem er sich durch die falsche Seite einer Tür zwängt?«

»Er vertraute der Person, die bei ihm war«, sagte George. »Jemand muss bei ihm gewesen sein, und er nannte dieser Person einen glaubhaften Grund.«

»Der Mörder«, sagte Gus, der noch immer auf die Türangeln starrte, ein wenig zerstreut. »Auch so ein dürrer Typ.«

»Ja, ein dürres Gerippe«, bestätigte George. Als sie jetzt ihre grüne Schutzkleidung anzog und eine Haube über ihre Haare streifte, bevor sie in ihren schweren Krankenhausstiefeln in die Leichenhalle trottete, wo Danny den Toten schon auf der großen Platte für sie vorbereitet hatte, versuchte sie noch einmal, sich vor Augen zu führen, was passiert war. Der Ripper – nein, verbesserte sie sich, ich sollte ihn nicht so nennen – der Mörder hatte sein Opfer überredet, ihm freiwillig zu folgen. Er hatte ihm irgendein Märchen aufgetischt, wodurch es vollkommen logisch erschien, dass sie sich auf verbotene Weise Zugang zu einem Lagerraum verschafften. Und das machte ihm keine Angst? Das war doch verrückt! Wenn ich Abgeordneter wäre und von den schrecklichen Todesfällen meiner Kollegen wüsste, würde ich dann freiwillig an einen so abgelegenen Ort gehen? Bestimmt würde ich an das Risiko denken, wenn man mir einen solchen Vorschlag machen würde. George lief es eiskalt über den Rücken. Wer auch immer der Mörder war – er hatte ganz sicher großes Talent, seinen Opfern zu versichern, dass sie bei ihm in guten Händen seien. Und er musste diese Schau fünfmal abgezogen haben.

George zog langsam die Latexhandschuhe über, strich sie glatt und ging im Geiste noch einmal alles durch. Das erste Mordopfer: Sam Diamond. Warum war er zu diesem abgelegenen Platz an der Durward Street gegangen? War auch er von jemandem, den er kannte und dem er vertraute, dazu aufgefordert worden? Und was war mit CWG, dessen Leiche man in der Nähe des Ortes gefunden hatte, an dem sein Bruder umgebracht worden war? Auf welche Weise war er überredet worden, nach Spitalfields zu kommen? Gus würde sich unter anderem damit beschäftigen müssen, welche Verbindung es zwischen den Brüdern und diesem Teil London gab. Doch das hatte er sicher schon im Mordfall CWG getan und nichts gefunden. Sonst hätte er es ihr bestimmt gesagt.

Sie nahm ihr Skalpell und dachte an die Obduktion von Scroop, die am schlimmsten gewesen war. Wie war er zu dem Schuppen auf dem Brachland neben der Henriques Street gelockt worden? Oder hatte der Täter ihn zuerst erwürgt und anschließend dorthin gebracht?

George seufzte. Jetzt musste sie das fünfte Mordopfer obduzieren. Später konnte sie über das Warum und Weshalb nachdenken. Sie zog die große Lupe, die an der Decke befestigt war, näher heran, sodass sie die Kehle des Mannes, der auf dem Tisch lag, untersuchen konnte. War auch er zuerst erwürgt worden? Sie beugte sich über den Leichnam, während Danny, der neben ihr stand und gähnte, im Kopf ausrechnete, wie viel Geld er Ende der Woche für seine Überstunden erwarten konnte.

*

Als sie mit der Obduktion fertig war, fand sie eine kurze Nachricht vor: *Besprechung in der Einsatzzentrale Ratcliffe Street, zehn Uhr,* stand auf dem Fax. *Wir sehen uns.* Es war Gus' vertrautes Gekritzel, und George musste im Stillen lachen, obwohl sie aufgrund des fehlenden Schlafs in der vergangenen Nacht, der sich jetzt bemerkbar machte, erschöpft war. Es war heutzutage vertraulicher, ein Fax zu schicken, als das Telefon zu benutzen, wenn andere in der Nähe waren und mithören konnten. Auf diese Weise konnte sie dort aufkreuzen, ohne dass jemand wusste, dass sie dazu eingeladen worden war. Also konnte auch niemand – damit war natürlich insbesondere Roop gemeint – anmaßende Bemerkungen über ihre Anwesenheit machen. Doch Dudley war jetzt nicht mehr so von sich eingenommen, nachdem er dabei ertappt worden war, bei der Bewachung des Marktes in Spitalfields auf der ganzen Linie versagt zu haben. Einen kurzen Augenblick hatte sie Mitleid mit ihm.

Als George, die nach Badedas duftete und deren feuchtes Haar sich noch über den Ohren kräuselte, in die Einsatzzentrale kam, war niemand da. Merkwürdig! Sie schaute auf die Uhr. O je, es war erst halb neun. Sie war so erschöpft, dass sie kein richtiges Zeitgefühl mehr hatte. Als sie sich auf das Sofa in Gus' Büro setzte, um auf ihn zu warten, redete sie sich allerdings ein, gar nicht müde zu sein. Erschöpft, aber nicht müde.

Anderthalb Stunden später, als Gus die Tür hinter sich zuwarf, schreckte sie aus dem Schlaf hoch. »Hallo«, rief er zerstreut, als hätte sie die ganze Nacht dort gelegen, und ging sofort zum Telefon.

»Griffin?«, brüllte er, als am anderen Ende endlich jemand abhob. »Wo, zum Teufel, sind die Berichte? ... Was? Natürlich weiß ich, dass heute Sonntag ist, aber das ist mir scheißegal! Ich brauche sie *jetzt!* Ich habe es hier mit fünf verdammten Morden zu tun, und ohne die angeforderten Daten komm ich nicht weiter ... Was? Sagen Sie denen, dass es hier um Leben und Tod geht – wahrscheinlich müssen Sie sonst dran glauben – und holen Sie sie aus ihren stinkenden Betten, auch wenn heute Sonntag ist! Ich hab noch nie gehört, dass die in Brüssel so religiös sein sollen. Bewegen Sie sich!«

Er knallte den Hörer auf die Gabel und starrte George an. »Fünf Stunden, und wir haben noch nichts! Man könnte doch meinen, sie hätten inzwischen etwas gefunden.«

»Wer soll was gefunden haben?«, fragte sie und gähnte. »Ich hab nicht viel verstanden von dem, was du da gefaselt hast.«

»Interpol«, knurrte Gus. »Nach Aussage seiner Haushälterin ist er in Brüssel, und ich will wissen, wo und mit wem er da ist. Ich brauche eine Bestätigung.«

»Wer ist in Brüssel?«, fragte George geduldig.

»Sein Bruder, verdammt! Wer sonst? Edward CWG. Wir haben versucht, ihn zu finden, damit er seinen Bruder identifiziert. Oder soll das die Haushälterin machen? Willst du, dass wir einer Frau ihren Boss in diesem Zustand vorführen? Aber die Haushälterin sagt ...«

»Jetzt hab ich es begriffen. Er ist in Brüssel, Gus. Vor fünf Stunden war noch tiefe Nacht. Denk dran, wir haben Wochenende. Du kannst doch nicht im Ernst erwarten, dass die Leute um diese Zeit durch die Gegend rennen, um für dich Infos einzuholen.«

»Natürlich kann ich das. Verdammt! Wir haben es hier mit einem riesigen Fall zu tun. Darum brauchen wir alle Informationen, die wir bekommen können, und zwar schnell. Ich muss mit dem Bruder sprechen und überprüfen, wann er wo gewesen ist.«

»Du willst doch wohl nicht am frühen Sonntagmorgen die ganze Brüsseler Polizei antreten lassen. Warum machst du überhaupt so einen Wirbel um den Bruder? Zugegeben, die meisten Morde werden von engen Angehörigen begangen, aber vergiss nicht, wir suchen einen Serienkiller.«

»Du hast doch selbst gesagt, dass wir es hier nicht mit einem typischen Serientäter zu tun haben«, erwiderte er, und plötzlich gähnte auch er. »Gestern ...«

»Es scheint dir nicht gut bekommen zu sein, mitten in der Nacht aufzustehen. Ja, sicher hab ich das gesagt, weil ich glaube, dass ein politisches Motiv dahinter steckt. Aber es ist ja nicht von der Hand zu weisen, dass hier reihenweise gemordet wird. Auf jeden Fall halte ich es für ausgeschlossen, dass es um einen netten kleinen Privatkrieg geht.«

»Zwei Brüder sind tot! Es könnte sein.«

»Warum?«, fragte sie. »Du hast die beiden zusammen gesehen, und sie schienen sich doch recht gut zu verstehen, oder? Du redest wie ein Polizist statt wie ...«

»Natürlich! Ich *bin* Polizist. Nur wenn ich so denke wie ein Bulle, kann ich den Fall lösen, Schatz, nicht wenn ich mich in irgendwelche Hirngespinste verrenne.«

»Was willst du damit sagen? Willst du damit vielleicht andeuten ...?«

Er hob beide Hände und schaute sie beschwichtigend an. »Lass uns nicht streiten. Das bringt uns doch nicht weiter. Wir sind beide hundemüde, und darum sind wir so gereizt.«

George starrte ihn an und hielt die wütende Erwiderung zurück, die ihr auf der Zunge lag. Er hatte natürlich ganz Recht. Sie waren beide erschöpft. Der Fall wurde langsam zum Albtraum.

»Okay. Und was passiert jetzt? Um was geht es in der Besprechung?«

»Reine Routine. Ich möchte, dass wir alle Informationen, die wir haben, zusammentragen, und dazu gehören auch deine Befunde im Fall Durleigh. Ich wollte nicht auf den Bericht warten. Schlimm genug, dass ich mich mit Brüssel herumärgern muss. Komm.«

Er ging ihr voraus in die Einsatzzentrale, in der es jetzt von Beamten wimmelte. Aus der Kantine waren warme Käsebrötchen gebracht worden, und alle stürzten sich gierig darauf. Der Kaffee stand wie üblich schon bereit. Auch Gus und George langten kräftig zu, und sie fühlten sich schon viel besser, nachdem sie sich gestärkt hatten. Hunger und Schlafmangel sind eine gefährliche Mischung, dachte George. Gus hatte Recht. Wir sollten aus diesen Ermittlungen wirklich das Private heraushalten. Der Fall war einfach zu komplex und wichtig, um sich Streitereien hinzugeben.

»Okay«, begann Gus, nachdem sie sich gesetzt und gegessen hatte. »Dann wollen wir mal sehen, wie weit wir sind. Und ich hoffe, es kommt etwas dabei heraus. Denn ich muss zugeben, dass mich dieser Fall noch ganz verrückt macht. Fünf Morde in wenigen Tagen, und von Anfang an haben wir es mit dem gleichen *modus operandi* zu tun. Trotzdem hat es der Killer geschafft, noch vier weitere Morde zu begehen. Heute Morgen will ich Ergebnisse sehen, sonst gnade ihnen Gott.«

18

Die erste halbe Stunde der Besprechung war für George ziemlich langweilig. Sie wusste natürlich, dass die polizeiliche Ermittlung größtenteils aus mühseliger Kleinarbeit bestand. Jedes Opfer musste gründlich überprüft werden. Arbeitsgewohnheiten, Kollegen, Familie, Freunde, Aktivitäten, Vorlieben und Freizeitvergnügen mussten aufgelistet und alle Daten auf der Suche nach einem gemeinsamen Nenner mit denen der anderen Opfer verglichen werden. Das Ziel bestand darin, Gemeinsamkeiten zu finden, die möglicherweise zum Täter führten. Alle hatten hart gearbeitet. Es war ihnen anzusehen, dass ihnen Schlaf fehlte und sie ihre Ernährung vernachlässigten. George beobachtete Julies gelangweilten Blick, als ein Detective Sergeant eine Aufstellung der Ausschüsse herunterleierte – es waren wohl zwölf –, in denen die Opfer gesessen hatten. Noch eine, die sich langweilt, dachte George beruhigt.

Auch Gus schien alles andere als begeistert zu sein, denn er bombardierte den Sergeant mit Fragen und schüttelte dann den Kopf. »So kommen wir nicht weiter! Das haben wir alles schon zig Mal durchgekaut. Wir brauchen etwas Neues, Hinweise, die uns aus dieser Sackgasse herausführen. Fünf Tage sitzen wir jetzt an diesem Fall, und wir haben fünf Mordopfer! Was wir brauchen, ist ein Verdächtiger, und den haben wir nicht. Wir haben noch nicht einmal eine Spur. Verdammt!«

»Abgesehen von Alice Diamond«, murmelte George so laut, dass jeder es hören konnte. Gus drehte sich zu ihr um und starrte sie an.

»Hm? Alice?«

»Ja«, sagte George, die wusste, dass alle Blicke auf sie gerichtet waren. »Sie hat sich doch am Flughafen seltsam benommen, oder? Auf jeden Fall dieser Typ, der ihr gefolgt ist. Und wie sie über ihn geredet hat ...«

Gus neigte den Kopf zur Seite. »Über wen? Wann? Mit wem?«

George bemerkte gerade noch rechtzeitig, dass sie sich beinahe verplappert hätte. Sie hatte Gus natürlich nichts von ihrem Besuch in Alices Laden gesagt und die spärlichen Informationen, die sie dort gesammelt hatte, vorerst für sich behalten. Jetzt war sicher nicht der richtige Augenblick, damit herauszurücken. »Ach«, sagte sie arglos. »Hat nicht irgendjemand gesagt, sie hätte nicht besonders fassungslos gewirkt?«

Dudley mischte sich wieder ein, und diesmal war George sehr froh darüber. »Niemand war besonders fassungslos – weder sie noch sein Sohn. Der war verärgert, weil er überhaupt herkommen musste, aber das war unumgänglich, weil finanzielle Fragen geklärt werden müssen. Er liegt uns ständig in den Ohren, weil er zurück nach Australien will. Unseretwegen kann er fliegen, aber ich glaube, er wird hier noch eine Weile gebraucht, weil der Nachlass geregelt werden muss. Und die Diamond selbst hat über ihren Gatten gesprochen wie ... hm ... wie über einen Kollegen und nicht wie über einen Ehemann.«

George, die sich daran erinnerte, dass sie fast das Gleiche gedacht hatte, als sie im Laden mit Alice sprach, lächelte Dudley an. »Tatsächlich?«, fragte sie. »Was hat sie denn gesagt?«

Dudley überhörte mal wieder geflissentlich ihre Frage und schaute sich suchend im Raum um. »Urquhart, haben Sie und Chalice sie nicht beschattet?«

Mike Urquhart räusperte sich und richtete sich im Stuhl auf. »Richtig, Chef. Keine besonderen Vorkommnisse. Sie hat nur gesagt, dass sie ihren Sam vermisst, das Leben aber weitergehen würde. Wir haben sie die ganze Woche beschattet, aber sie ist nur in den Laden und wieder nach Hause gefahren. Vielleicht sollten wir ihr Telefon abhören.«

Dudley schüttelte den Kopf. »Das können wir nicht rechtfertigen. Dafür bekommen wir nie im Leben eine Genehmigung. Ich glaube auch nicht, dass es viel bringen würde. So was führt meistens zu nichts.«

»Es hat sich herausgestellt, dass der Volvo ihr eigener Wagen ist. Der Lieferwagen ...« Mike räusperte sich noch einmal und machte ein verlegenes Gesicht. »Ich habe ja schon gesagt, dass er auf den Namen eines Max Hazell zugelassen ist, der im Industriegebiet am Wembley Park seine Firma hat. Wir haben herausgefunden, dass Hazell ein alter Mann war, der ein kleines Import-Geschäft hatte. Vor drei Wochen ist er gestorben. Es gibt Probleme mit dem Nachlass, weil er kein Testament hinterlassen hat, und niemand scheint irgendwelche Angehörige zu kennen. Darum sind das Lagerhaus und das Büro verschlossen. Die Schlüssel liegen beim Anwalt. Der Lieferwagen gehörte auch zum Nachlass, aber der stand vor der Firma. Wir haben den Wagen natürlich gesucht und gefunden. Er war verschlossen und sehr schmutzig. Keine Spuren und so viele Fingerabdrücke, dass sie für eine Identifizierung vollkommen unbrauchbar sind. Vermutlich wurde der Wagen nur benutzt, weil jemand wusste, dass er zur Verfügung stand und einfach zu fahren war.«

»Steht der Lieferwagen noch da?«, fragte Gus.

»Ja, Sir.« Mike machte eine zufriedene Miene. »Wir haben ihn mit einer Kralle blockiert, sodass er nicht mehr gefahren werden kann.«

»Sie hätten ihn im Auge behalten sollen«, knurrte Gus. »Vielleicht hätte sich noch mal jemand den Wagen ausgeliehen. Jetzt weiß derjenige natürlich, dass man ihn durchschaut hat.«

Mike war es peinlich, vor versammelter Mannschaft zurechtgewiesen zu werden. Er errötete und blinzelte, ohne etwas zu erwidern. George meldete sich zu Wort, um von Mike abzulenken. »Ich bin noch immer der Meinung, dass wir Mrs. Diamonds Laden durchsuchen sollten«, murmelte sie.

Dudley warf ihr einen vernichtenden Blick zu. »Dazu haben wir keine Berechtigung. Wir würden keinen Durchsuchungsbefehl bekommen, und das aus gutem Grund. Die Frau ist keine Verdächtige, sondern die Gattin eines Mordopfers – falls Sie es vergessen haben sollten.«

George öffnete den Mund, um Dudley eine passende Antwort zu geben, hielt es dann aber für besser zu schweigen. Das hatte ja doch keinen Zweck! »Und was ist mit dem Mann, mit dem sie sich am Flughafen getroffen haben soll? Nicht der Bursche mit dem Lieferwagen, sondern der andere?«, fragte sie stattdessen.

Mike hatte sich wieder erholt. »Er hat sich ziemlich gut getarnt. Wir konnten ihn nicht identifizieren, weil er einen Mantel trug, der seinen Körper fast ganz verdeckte, und sein Hut war tief in die Stirn gezogen. Außerdem schaute er die ganze Zeit zu Boden. Das stimmt doch, Margaret, oder?«

Margaret Chalice nickte. »Ja, ich hab während der ganzen Beschattungsaktion nach ihm Ausschau gehalten, aber keine Spur von dem Mann. Allerdings wäre es auch fast unmöglich, ihn wiederzuerkennen. Wie Mike ganz richtig sagte, hat der Bursche darauf geachtet, nicht erkannt zu werden.«

»Dann kann doch mit Alice Diamond etwas nicht stimmen.« George schaffte es nicht länger, den Mund zu halten. »Von einem toten Mann wurde der Lieferwagen ausgeliehen und zurückgebracht, und ein Mann, der so gekleidet war, dass man ihn kaum erkennen konnte, hat sie vom Flughafen abgeholt. Das geht doch alles nicht mit rechten Dingen zu, oder?«

»Dessen sind wir uns sehr wohl bewusst«, sagte Gus. »Aber Roop hat ganz Recht. Im Moment können wir nicht viel mehr tun. Wir werden sie natürlich weiterhin beschatten. Mike? Margaret? Und werfen Sie auch ein Auge auf dieses Grundstück in Wembley. Für weitere Aktionen brauchen wir einen Durchsuchungsbefehl.«

Auf der anderen Seite des Raumes wurde plötzlich das Fax-Gerät aktiv. Der Polizist, der neben dem Gerät saß, drehte den Kopf, um die Blätter lesen zu können, bevor sie ganz ausgedruckt waren. »Chef!«, rief er erfreut. »Aus Brüssel!«

Gus schlängelte sich sofort an den Tischen vorbei, eilte zu dem Beamten am Fax-Gerät und las die Nachricht laut vor: »Edward Caspar-Wynette-Gondor, Beamter des Ausschusses (Landwirtschaft), siehe Foto, wurde hier in Brüssel identifiziert, als er an einer Besprechung im Büro der europäischen Kommission teilnahm, Rue de la Loi 200, 1049 Brüssel. Die detaillierten Angaben folgen.«

Gus wartete geduldig, bis das Fax-Gerät sämtliche Seiten ausgespuckt hatte, und las sie dann sofort durch.

»Er war seit ... Moment ... Freitagabend da.«

»Wir haben ihn doch auf dem Empfang im Oberhaus gesehen«, sagte George. »Es muss also sehr spät gewesen sein. Er ist mit seinem Bruder gegangen, erinnerst du dich?«

»Natürlich erinnere ich mich«, erwiderte Gus, der sich noch immer über die Faxe beugte. »Hier steht es. Er hat um halb zwölf im Hotel Prinsenhof, Rue Archimedes, eingecheckt. Er kam direkt mit einem Taxi vom Flughafen. Mein Gott, die haben ja nichts ausgelassen – hier steht sogar der Name des Taxifahrers –, und seitdem war er bei Besprechungen. Seht mal hier.« George und Dudley hatten sich neben ihn gestellt. »Er ist nach Brüssel zurückgekehrt! Er war die ganze Woche im Prinsenhof untergebracht – seit dem vergangenen Montag –, und kehrte Freitagmittag nach London zurück. Er sagte im Hotel, dass seine Schwägerin krank sei und er sie besuchen müsse, wollte das Zimmer aber behalten ...« Er las weiter, Seite für Seite; dann schüttelte er den Kopf. »Das muss man ihnen lassen, die haben ja ganz schön was herausbekommen. Ich hab schon gewettert, weil ich dachte, die kümmern sich nicht darum, und dann tischen die uns einen ganzen Roman auf.«

George blickte noch immer mit gerunzelter Stirn auf die Faxblätter, auf denen haarklein alles aufgelistet war: Abflug der Maschine am Flughafen in Brüssel, gelegentliche Zugfahrten, Ankunft im Hotel, erneute Abreise, Ankunft im Sekretariat, Rückkehr ins Hotel, Aufenthalte in Restaurants. »Warum haben die so viele Einzelheiten?«, fragte sie. »Das ist doch erstaunlich ...«

»Hm?«

»Niemand hat vorher gewusst, dass du all diese Informationen haben willst«, sagte sie. »Warum, um alles in der Welt, wissen die das alles? Warum folgt Interpol ihm auf Schritt und Tritt? Das ist doch sehr seltsam, oder?«

»Nein«, erklärte Dudley. »Der Bursche war eine Zeit lang dem Dezernat für Nordirland-Angelegenheiten zugeteilt. Das ist schon Jahre her, aber wenn sie aus diesem Amt ausscheiden, werden sie besonders beschattet, um sie zu beschützen.«

»Mensch!«, stieß Mike Urquhart ein wenig ehrfürchtig aus. »Alle? Das kostet uns ja einen Haufen Knete.«

»Wir bekämen auch ein höheres Budget, wenn es in unserem Revier Politiker geben würde, die mit Nordirland zu tun hatten«, sagte Gus. »Das hätten Sie wissen müssen, Mike, so ein ehrgeiziger Bursche wie Sie.«

»Ja ... sicher«, stammelte Mike. Das schien heute nicht sein Tag zu sein. Genau der richtige Moment, dachte George, sich zu Wort zu melden. »Soll ich meine Obduktionsergebnisse im Fall Durleigh jetzt vortragen?«

»Warum nicht. Das wäre ja erst mal geklärt. Edward CWG zählt damit nicht mehr zum Kreis der Verdächtigen.«

»Gehörte er denn überhaupt dazu?«, wunderte sich George, und Dudley schaute sie wütend an.

»Jeder ist ein potenziell Verdächtiger, bis wir sicher sind, dass er eine saubere Weste hat«, sagte er. »Und als Erstes wird immer die Familie überprüft.«

»Ganz recht«, stimmte Gus ihm hastig zu, da er schon wieder Gewitterwolken aufziehen sah. »Dann wollen wir uns mal den Obduktionsbericht anhören, Dr. Barnabas. Überraschungen?«

»Wenn du damit meinst, ob es Unterschiede zu den vier anderen gab – nein.« Sie drehte Dudley den Rücken zu und ließ den Blick durch den Raum schweifen. »Der gleiche *modus operandi*. Das Opfer wurde erwürgt und dann verstümmelt. Ich würde sagen, dass in diesem Fall zwischen den beiden Taten eine etwas kürzere Zeitspanne lag – vielleicht nur ein paar Minuten –, weil der Blutverlust der Leiche diesmal größer war. Er wollte sich wohl nicht lange dort aufhalten. Aber das Herz hatte auf jeden Fall zu schlagen aufgehört. Ich habe natürlich alle üblichen Proben genommen, erwarte jedoch keine Überraschungen. Jedenfalls müsste die Mordserie damit beendet sein, wenn dieser Mörder tatsächlich Jack the Ripper imitiert.«

In dem Raum herrschte eine Zeit lang Schweigen, da alle daran dachten, dass die Ripper-Morde niemals aufgeklärt worden waren – auf jeden Fall nicht von der Polizei. Das war ein entmutigender Gedanke, und nach einem Moment reckte Gus sich, um ihn zu verdrängen. »So«, sagte er munter. »Im Moment können wir nicht viel machen. Jeder geht seiner üblichen Arbeit nach. Aber morgen geht es richtig zur Sache. Am Sonntag kann man die meisten Leute kaum erwischen, um sie zu vernehmen, deshalb können wir heute ein wenig durchatmen. Bringen Sie Ihren Papierkram in Ordnung, stellen Sie sicher, dass jede Information erfasst ist, die wir haben – und mag sie noch so bruchstückhaft sein –, und suchen Sie weiter nach Gemeinsamkeiten zwischen den Daten, die wir schon gesammelt haben. Roop, Sie gehen nach Hause und schlafen sich mal richtig aus. Sie sehen aus wie ein alter Scheuerlappen. Nein, keine Widerrede! Und die anderen ...« Gus informierte die einzelnen Beamten darüber, was sie am nächsten Tag zu tun hatten, und Dudley ging sichtlich widerwillig heim.

George blieb noch eine Weile sitzen und hörte Gus zu. Dann nahm sie Blickkontakt zu Julie auf, die sich auf der anderen Seite des Raumes aufhielt, und wies mit dem Kopf zur Tür. Julie verstand sie sofort, erhob sich und steuerte auf die Damentoilette zu. Nach ein paar Minuten suchte George das stille Örtchen rein zufällig auch auf.

»Nicht gerade rosige Aussichten, was?«, sagte George zu Julie, die auf dem Rand eines Waschbeckens saß und auf sie wartete.

»Wie meinen Sie das?«

»Nun, hier herumzusitzen und zu warten, dass etwas passiert. Ich glaube, wir sollten wieder zusammenarbeiten.«

Julie strahlte sie an. »O ja, gerne. Es war großartig, als wir neulich zusammen in dem Geschäft waren. Wohin gehen wir diesmal?«

»Irgendeine Idee?«, fragte George. »Ich hab mir schon was überlegt, bin aber nicht sicher, dass es ganz ... Machen Sie erst mal einen Vorschlag.«

Julie dachte angestrengt nach und sagte dann unsicher: »Tja, da ist noch diese Sache mit dem Lieferwagen. Mike scheint es für reinen Zufall zu halten, dass genau dieser Lieferwagen von dem Typen benutzt wurde, der die Kisten an sich genommen hat. Aber angenommen, es war nicht so? Ich würde gerne mehr über diesen Burschen erfahren, der gestorben ist. Es könnte vielleicht schwierig sein, aber trotzdem ...«

»Julie!« George war entzückt. »Genau das habe ich auch gedacht. Was meinen Sie? Wann sind Sie heute hier fertig?«

»Ach, ich kann das schon irgendwie einrichten. Roop ist derjenige, der immer darauf achtet, wo die Leute sich aufhalten, und der ist nach Hause gegangen. Ich löse mich einfach in Luft auf. Heute Nachmittag vielleicht?«

»Gus bleibt bestimmt den ganzen Tag hier. Das ist günstig. Wissen Sie, wie man in ein verschlossenes Gebäude eindringt?«

Julie schaute sie verächtlich an. »Das will ich aber meinen. Wir sollen zwar nirgends einbrechen, aber ...«

»Aber, aber, aber. Sie reden schon so wie Roop.«

»Mein Gott, das darf doch wohl nicht wahr sein! Wir sehen uns dann später?«

»Wir treffen uns an der U-Bahn-Station in der Nähe der Firma. Ich glaube, das ist anonymer, als mit dem Wagen da aufzukreuzen. Können Sie herausfinden, wo genau es ist?«

»Ich gebe Ihnen Bescheid«, versprach Julie. »Und ...« Die Tür wurde geöffnet, eine Polizistin kam herein, und Julie wechselte problemlos das Thema. »Danke für Ihren Rat, Frau Doktor. Ich war ein wenig besorgt, aber jetzt ist alles in Ordnung. Am besten, ich spreche mit meinem Hausarzt darüber. Vielen Dank.« Sie lächelte ihre Kollegin freundlich an und schlenderte davon. Nachdem George sich noch schnell die Hände gewaschen hatte, ging auch sie zurück in die Einsatzzentrale.

Gus schaute sie erfreut an. »Hallo, Dr. Barnabas, könntest du wohl den Obduktionsbericht sofort hier und jetzt schreiben? Dann hätten wir alles vollständig im Computer. Ich weiß, Tim war dabei, und ich könnte auf seinen Bericht warten, aber es würde uns helfen, wenn wir die Ergebnisse sofort hätten.«

»Mit Vergnügen«, sagte George freundlich. Sie suchte sich einen freien Computer und setzte sich hin, um ihre Aufzeichnungen abzutippen. Jetzt hatte sie das Gefühl, richtig dazuzugehören. Heute achtete sie sogar besonders auf Rechtschreibung und Zeichensetzung, womit sie sich normalerweise nicht großartig aufhielt.

Gus verschwand in seinem Büro, um sich mit seinem Papierkram herumzuschlagen. Als George einen Blick über ihren Monitor warf, sah sie, dass Julie aufstand und von ihrem Schreibtisch wegging. Sie hängte eine alte Jacke über ihre Stuhllehne, um den Eindruck zu erwecken, sie käme gleich zurück. George hatte Gewissensbisse, weil sie Gus hinters Licht führte. Das war wirklich gemein! Im Stillen gelobte sie Besserung. Außerdem wollte sie nur Julie Bentley helfen, den Sprung zur Kripo zu schaffen. Gus sollte erfahren, wie talentiert die junge Beamtin war. Wenn sie den Fall erst gelöst hatten, würde Gus es bestimmt verstehen und ihr verzeihen. George kämpfte noch mit ihrem schlechten Gewissen, als ihr eine Polizistin, die auf dem Weg zu ihrem Schreibtisch bei ihr vorbeikam, einen Zettel gab. »Das soll ich Ihnen geben. Heimlich«, sagte die junge Frau augenzwinkernd.

*

Wembley Park Station, Linie Metropolitan oder Bakerloo. Punkt halb drei. Ich habe die genaue Adresse. Bis dahin.

19

Ein idealer Ort, um anonym zu bleiben, ging es George durch den Kopf, als sie in Wembley ausstieg. Offensichtlich war im Stadion oder in der Nähe etwas los, denn in den Zügen, die an dieser U-Bahn-Station eintrafen, waren alle Sitzplätze belegt, und in der kleinen, schäbigen Schalterhalle herrschte an diesem Sonntagnachmittag reges Treiben. Es war halb drei. George hatte im ersten Moment befürchtet, dass sie sich in diesem Trubel nicht finden würden, doch als sie oben auf der Treppe war, sah sie Julie vor einem Londoner U-Bahn-Plan stehen. Sie war so in den Plan versunken, als wollte sie ihn auswendig lernen.

Julie begrüßte George herzlich, als diese ihr auf die Schulter klopfte, und sagte laut: »Schön, dich zu sehen! Ich bin froh, dass deine Mutter dir noch rechtzeitig Bescheid gesagt hat.« George grinste. Es war rührend, wie problemlos Julie in die Rolle der verdeckten Ermittlerin schlüpfte.

»Kein Problem. Dann wollen wir mal.« Sie hakten sich unter, verließen die Station und gingen auf die andere Straßenseite, auf der das Stadion lag.

»Okay«, sagte George. »Wir haben uns heute Nachmittag getroffen, um mal so richtig was zu unternehmen. Warum sind wir hier? Ein Fußballspiel?«

Julie kicherte. »Um Himmels willen! Nein, wir wollen ins Konferenzzentrum zu einer Musikveranstaltung.«

»Mir wäre ein kleiner Einbruch lieber. Haben Sie das richtige Werkzeug dabei, damit wir da reinkommen?«

»Ich laufe doch nicht mit Werkzeug durch die Gegend. Dafür kann man verknackt werden. Wenn man Brechstangen, Diamantenschneider und derartige Geräte am frühen Morgen bei einem Typen findet, reicht das für eine Anklage, sogar wenn er gar nichts getan hat. Man muss aufpassen, was man mitnimmt.«

»Und wie sollen wir da einsteigen?«

»Ich hab einen Satz Dietriche bei mir, aber ich hoffe, wir brauchen sie nicht. Es gibt andere Möglichkeiten.«

»Kann ich sie mal sehen?«

»Jetzt nicht. Wir wollen doch keine schlafenden Hunde wecken, oder? Außerdem sehen sie wie ganz normale Schlüssel aus. Spezialanfertigung aus den Staaten. Wenn jemand auf dem Revier davon wüsste, würde ich ziemlichen Ärger kriegen. Also kein Sterbenswörtchen.«

»Versprochen. Haben Sie herausgefunden, wo genau es ist?« Sie gingen nun eine Straße hinunter, auf der Büro- und kleine Fabrikgebäude standen, von denen viele hübsche Firmenschilder trugen. Ein typisches Industriegebiet, dachte George. Nein, verbesserte sie sich sofort, das heißt ja heutzutage Gewerbepark.

»Ich habe die Adresse.« Julie griff in ihre Jacke und zog ein dünnes Blatt heraus. »Hier steht's: Lyons Way 17A. Der Weg geht von der Hauptstraße ab.«

Sie fanden den Lyons Way problemlos, doch dann ließ Georges Eifer etwas nach. Hier waren immer noch Leute unterwegs. Der größte Teil der Menge war in Richtung Konferenzzentrum gegangen, aber der Ort hier war alles andere als verlassen. George schaute sich das Gebäude an, vor dem sie standen. Es war ein kastenförmiges Ziegelsteinhaus mit blinden Fenstern. Über der Tür hing ein einfaches hölzernes Firmenschild, auf dem »17a EAST-WEST IMPORTS 17a« stand. Davor parkte ein kleiner, ziemlich lädierter grüner Lieferwagen.

»Wenn wir da jetzt einsteigen, könnten wir beobachtet werden«, flüsterte sie Julie zu, als ein Mann und eine Frau schnellen Schrittes herbeieilten. »Hier sind mehr Leute unterwegs, als ich gehofft hatte. Immerhin haben wir Sonntagnachmittag.«

Julies Blick wanderte an dem Gebäude hoch. »Hm? Ach, ich nehme an, sie parken nur hier. Man findet hier sicher keine Parkplätze, außer man benutzt den kostenpflichtigen Parkplatz am

Konferenzzentrum. Die interessieren sich bestimmt nicht für uns. Wir müssen uns nur so verhalten, als gehörten wir hierher. Machen Sie sich keine Sorgen.«

»Ich mach mir keine Sorgen um mich, sondern um Sie. Wenn ich dabei erwischt werde, etwas zu tun, was ich nicht tun soll, bekomme ich nur Ärger mit Gus. Wenn Sie jedoch ...«

»Ich weiß«, unterbrach Julie sie. »Aber ich gehe lieber dieses Risiko ein, als für den Rest meines Lebens den Computer mit Daten zu füttern. Entweder kann ich durch diese Aktion beweisen, dass ich eine richtige Kriminalbeamtin bin oder nicht. Wenn es klappt, werde ich übernommen, und wenn nicht, haue ich so schnell wie möglich ab.« Sie kicherte. »Ich könnte es ja auch als Privatdetektiv versuchen – wie im Fernsehen. Daran habe ich schon gedacht. Kommen Sie. Es ist schon spät. Die Leute hier verschwinden gleich. Das Konzert fängt um drei Uhr an, und es ist gleich drei.«

Tatsächlich verschwanden die Leute nach und nach. Die Letzten eilten zum Konferenzzentrum, und das Gebiet wurde immer ruhiger. George drehte sich zu Julie um und sah, dass sie schon den kleinen, mit Kopfstein gepflasterten Platz vor dem Gebäude überquert hatte und auf die Tür zusteuerte. George eilte hinterher.

»Puh, ein Vorhängeschloss. Das ist zu klein für meine Schlüssel«, sagte Julie. »Verdammter Mist! Wir müssen nachsehen, ob es noch eine andere Möglichkeit gibt, ins Haus zu gelangen.« Sie drehte sich um, ging bis zur Ecke des Gebäudes und verschwand. George folgte ihr.

Auf dieser Seite waren nur ein paar große Fenster, die zu hoch waren, um hindurchsehen zu können. Eine Tür gab es hier nicht. Auf der Rückseite des Gebäudes war es ebenso. Erst als sie um die dritte Ecke bogen und wieder zur Vorderseite gingen, blieb Julie stehen. Hier war eine Hintertür, aber auch die war durch ein Vorhängeschloss gesichert. Julie verzog das Gesicht. Doch neben der Tür war ein niedriges Fenster, das bis zur obersten der drei Stufen reichte, die zur Hintertür führten.

»Das ist eine Toilette«, sagte Julie. »Sehen Sie das Rohr dort oben an der Ecke des Daches mit diesem komischen Drahtknäuel darüber? Das ist typisch für Toiletten. Es hat irgendwas mit den Erdrohren zu tun. Ich wette, das Fenster ist nicht verschlossen. Die Leute vergessen immer, Toilettenfenster zu schließen. Und es ist ziemlich groß. Wir könnten durch das Fenster ins Haus gelangen.« Julie schaute nachdenklich auf Georges Hüften. »Ja, ich glaube, Sie kommen da durch.«

»Danke«, stieß George säuerlich hervor und schüttelte den Kopf. »Durch ein Fenster in ein Haus einsteigen? Das hört sich für mich nicht gerade professionell an. Ich dachte, wir könnten mit Ihren Schlüsseln ...«

»Die sind hier nicht zu gebrauchen.« Die ganze Sache machte ihr offensichtlich riesigen Spaß. Die eher ängstliche Polizistin aus dem Revier Ratcliffe Street hatte sich in eine entschlossene junge Frau verwandelt. »Kopf nach unten, damit ich auf Ihren Rücken steigen kann«, befahl Julie ihr und stieß ungeduldig gegen Georges Schultern.

George beugte sich tief nach unten, umklammerte mit den Händen die Waden und spannte die Muskeln an. Julie setzte einen Turnschuh auf ihren Rücken und zog sich mit beiden Händen an der Fensterbank hoch. Sie war schwer, stand aber nur ein oder zwei Sekunden auf Georges Rücken, denn länger dauerte es nicht, bis sie das Fenster aufgestoßen hatte.

»Sehen Sie«, sagte sie ein wenig außer Atem. »Ich hatte Recht. Ich bin drin.« Als George sich aufrichtete, waren ihre Beine schon verschwunden. Nach einem Moment tauchte ihr Gesicht wieder auf, und sie schaute auf George hinunter.

»Können Sie es schaffen, hier hochzukommen, wenn ich Sie ziehe?«

George drehte sich um. Es schien niemand in der Nähe zu sein. Dort stand nur das ebenfalls kastenförmige Nachbarhaus mit den gleichen blinden Fenstern, das einsam und verlassen zu sein schien. Auch auf der Straße vor dem Gebäude war kein Mensch zu sehen. Keine Gefahr im Anzug! »Ich versuch es mal.« George streckte den Arm aus, und Julie zog sie hoch, wobei sie ihre Muskeln so sehr anstrengte, dass es Tage dauerte, bis das unbehagliche Gefühl verschwunden war. Es gelang George, mit dem Kopf zuerst durchs Fenster zu gelangen. Julie half ihr, und George konnte ein Knie auf der Fensterbank aufstützen und in die Toilette steigen, indem sie sich mit der Hand am Rand einer Toilettenschüssel festhielt, die neben dem Fenster stand. Sie machte fast einen Purzelbaum, war aber schließlich drin und stand mit rotem Gesicht und atemlos auf dem Boden.

»Geschafft!«, freute sich Julie, die schon wieder aufgeregt kicherte. »Das macht richtig Spaß.« Julie drehte sich um, stieß die Toilettentür auf und stand auf einem langen Korridor.

»Sie scheinen einfach davon auszugehen, dass hier niemand ist«, zischte George hinter ihr. »Sie wissen doch nicht, ob hier nicht vielleicht ein Wachmann ist oder jemand in irgendeiner Ecke ein Nickerchen hält.«

»Bestimmt nicht, wenn beide Türen draußen mit einem Vorhängeschloss gesichert sind«, erwiderte Julie, die keinen Versuch unternahm, ihre Stimme zu senken. »Dieser Ort ist so leer wie mein Konto. Wonach suchen wir jetzt?«

»Ich habe nicht die leiseste Ahnung. Irgendetwas. Informationen über den Mann, dem das hier gehört – gehörte, meine ich. Irgendeine Verbindung zwischen ihm und unserem Fall. Immerhin wurden der grüne Lieferwagen und dieser seltsame kleine Mann am Flughafen beobachtet. Darüber haben wir ja schon oft gesprochen. Ich weiß nicht, wonach ich suche, aber wenn ich es sehe, weiß ich es.«

»Ich verstehe. Wie wollen wir es machen? Zusammen oder einzeln? Wenn wir getrennt suchen, geht es schneller.«

»Dann trennen wir uns. Ich übernehme diese Seite und Sie die andere, okay?«

George schaute nachdenklich den langen Korridor mit den vielen Türen hinunter. Nach einer Weile ging sie zielstrebig zum Ende des Korridors, öffnete nacheinander die Türen und blickte in die Zimmer.

Hinter der ersten Tür stand ein Schrank mit Eimern und Besen, und der Geruch feuchter Scheuerlappen schlug ihr entgegen. Sie rümpfte die Nase und schloss die Tür sofort wieder. Die zweite führte zum Aufenthaltsraum der Belegschaft. Das übliche Bild:

schäbige, alte Stühle, ein ramponierter Tisch mit Kaffeeringen, einigen älteren zerknitterten Zeitungen und schmutzigen Aschenbechern. Hier stank es nach kaltem Rauch. Wieder schloss George dankbar die Tür.

Als sie die dritte Tür öffnete, wurde es interessant. Der Geruch, der ihr aus diesem Raum entgegenströmte, erinnerte sie sofort an ihre Kindheit: Es war der Geruch neuer Kleidung. Es roch wie in dem Laden, in dem sie früher mit ihrer Mutter neue Wäsche für die Schule gekauft hatte. Sogar das Licht schien ähnlich zu sein. Da die Rollladen vor den Fenstern heruntergezogen waren und überall voll bepackte Kleiderstangen hingen, war es hier ziemlich düster.

Das also ist das Zeug, mit dem Eastwest Imports handelt, dachte George und zwängte sich durch den engen Gang zwischen den Kleiderstangen hindurch. Als sie einen Blick auf die Sachen warf, stellte sie fest, dass hier alles kreuz und quer durcheinander hing: Baumwolle und Wolle, Seidenstoffe, Krepp und Chiffon, schwere Strickwaren und feste Stoffe. Sie runzelte die Stirn. Es steckte überhaupt kein System dahinter, wie die Sachen sortiert waren. Kinkerlitzchen, die sicher für eine weibliche Kundschaft bestimmt waren, hingen zwischen schweren Herrenstrickjacken, bei denen die Knöpfe so angeordnet waren, dass sie von links nach rechts zugeknöpft werden mussten. Normalerweise mussten Lagerbestände doch sortiert werden, damit die Ware mühelos zusammengestellt werden konnte, wenn eine Bestellung kam. George war sich ganz sicher, dass hier etwas faul war. Aber was? Das war die große Frage.

Sie blieb stehen und starrte ins Leere. Vor langer Zeit, als sie noch in Buffalo zur Highschool ging und etwas Geld verdienen wollte, hatte sie samstags in einem Bekleidungsgeschäft gearbeitet. Sie erinnerte sich nur zu gut an den Tag, als sie im Lager gesessen und die neue Kleiderlieferung ausgepackt hatte. Modell 78764 PLK, Größen sechsunddreißig bis vierundvierzig, alle in fünf Farben, und all das musste sie sorgfältig überprüfen, um sicherzustellen, dass die bestellte Ware auch geliefert worden war. So wurde ein Bekleidungsgeschäft geführt. Das hatte sie damals jedenfalls gelernt.

Die Kleidungsstücke, die auf diesen Stangen hingen, gab es nicht in unterschiedlichen Farben oder Größen. Jedes Kleidungsstück hing nur einmal da. Sie ließ ihre Hand noch einmal über die Sachen gleiten, um es zu überprüfen. Ja, sie hatte Recht. Es waren alles Einzelstücke.

Sie trat zurück, um einen Überblick zu bekommen, zählte die Stangen und versuchte, die Anzahl der Kleidungsstücke zu schätzen. Fünf lange Stangen, und auf jeder hingen ... Sie zählte schnell die Kleiderbügel auf einer Stange und rechnete dann hoch. Als sie fertig war, runzelte sie die Stirn. Sehr seltsam! Dort hingen über fünfhundert verschiedene Kleidungsstücke für Männer und Frauen, und wie sie jetzt sah, dazwischen auch Kinderkleidung. Ein besonders reizendes Gingham-Kleid, das einem etwa zweijährigen Kind hätte passen müssen, fiel ihr ins Auge. George strich nachdenklich über den Stoff ... Einen Augenblick später drehte sie sich um und ging zur Tür. Es war höchste Zeit herauszufinden, was diese Firma noch zu bieten hatte.

Auf dem Korridor traf sie Julie, die schon nach ihr gesucht hatte. »Ich hab nicht viel gefunden«, sagte sie und machte ein so trauriges Gesicht wie ein Kind, das Weihnachten nichts geschenkt bekommen hatte. »Nur eine Art Werkstatt, in der Nähmaschinen stehen und stapelweise zugeschnittener Stoff liegt. Ach ja, und kistenweise Kleideretiketten.«

Georges Neugier wuchs. Offenbar hatten sie den richtigen Riecher gehabt, sich hier mal umzusehen. »Dann zeigen Sie mir mal die Werkstatt.«

Julie ging ihr voraus zum anderen Ende des Korridors und stieß eine Tür auf. George schaute sich um, dachte nach, und dann fiel bei ihr der Groschen. Auf jeden Fall hatte sie im Moment das Gefühl, die ganze Sache voll durchschaut zu haben.

»Julie«, rief sie erfreut. »So was hab ich ja noch nie gesehen! Die machen hier ihr Geld auf Kosten anderer. Ganz schön raffiniert!«

»Hm?« Julie war verblüfft. »Wie meinen Sie das?«

»Zeigen Sie mir zuerst mal die Etiketten, damit ich ganz sicher bin.«

Julie ging zu der anderen Seite des Raumes und gab ihr ein Zeichen, ihr zu folgen. »Ich kann die Kisten nicht heben. Sie sind zu schwer. Kommen Sie am besten hierher.«

George ging zu ihr und schaute auf eine ganze Reihe großer Holzkisten, die dort ordentlich nebeneinander auf dem Boden standen. Alle waren randvoll mit Rollen bedruckter Bänder und Papieretiketten gefüllt. Auf den ersten Blick sahen alle Rollen gleich aus, doch offenbar waren sie nach Kisten sortiert. Es waren die Schildchen, die an Kleidungsstücken hingen, um den Kunden darüber aufzuklären, welche Größe es war und wie man das Kleidungsstück pflegen musste. Über diesen Hinweisen prangte der Name des Herstellers.

»Sehen Sie?«, sagte George, die sich neben die Kisten hockte. »DKNY. Das heißt Donna Karan New York. Und Chanel. Und Calvin Klein. Und Gucci und Valentine und Yves St. Laurent und Christian Dior und Issey Miyake. Mein Gott, gibt es irgendeine große Marke, die hier fehlt?«

»Das müssen Sie mir erklären.« Julie machte ein mürrisches Gesicht. »Ich versteh nur Bahnhof. Was ist denn mit diesen Etiketten? Was hat das denn mit ...«

»Jede Menge«, erwiderte George. »Das ist Kriminalität im großen Stil, Julie. Das ist Industriespionage. Sie verschaffen sich Originalware von sehr teuren Designern – wahrscheinlich sogar noch, bevor sie von den Firmen, denen die Ware gehört, richtig auf den Markt gebracht wird –, und bringen sie hierher. Dann ...« Sie schaute sich wieder um. »Ja, so wird es gemacht. Dann wird jedes Kleidungsstück sorgfältig aufgetrennt, und die einzelnen Teile werden nummeriert. Vermutlich werden die Sachen sogar vorher fotografiert, damit sie eine hundertprozentige Vorlage haben. Hier muss es doch irgendwo ein Büro geben. Vielleicht erfahren wir dann mehr.« George hatte einen kleinen Stapel hellen Gingham und Jeansstoff in die Hand genommen, aus dem das kleine Kinderkleidchen gemacht war, das sie in dem anderen Raum gesehen hatte. »Dann wird das Zeug den entsprechenden Etiketten zugeordnet. Das hier ist OshKosh B'Gosh – wundervolle Kinderkleidung aus den Staaten, sehr teuer, aber ganz toll gearbeitet. Anschließend werden die Sachen vermutlich alle zu kleinen Werkstätten überall im Land geschickt, wo man sie exakt nacharbeitet. Zum Schluss werden die Etiketten angenäht, und fertig ist die Chose. Die fertigen Sachen gehen an andere Firmen in anderen Gewerbeparks, sodass die Spuren verwischt werden. Diese Kleidung wird dann mit einem riesigen Gewinn als Originalware verkauft, und der richtige Designer bekommt nichts.«

»Mann!«, rief Julie nach einer Weile. »Sind Sie sicher?«

»Nein, natürlich nicht. Aber wozu soll das sonst alles gut sein? In dem Raum, in dem ich war, stehen die Kleiderständer mit der Originalware, und da sind wirklich tolle Sachen dabei. Irgendwo müssen hier auch die Stoffe liegen. Ich wette, das ist billiges Imitat des Materials, aus dem die Originalware besteht.« Sie strich mit den Fingern über den Ginghamstoff auf dem Tisch. »Das ist minderwertiges Material, billig und voller Appretur. Vorhin hab ich ein Kleid aus richtigem Ginghamstoff in der Hand gehabt. Ein Unterschied wie Tag und Nacht, sage ich Ihnen. Kommen Sie, und schauen sich das selbst mal an. Anschließend suchen wir das Büro. Hier muss doch eins sein, verflucht!«

George zeigte Julie den Raum, in dem sie die Originalware entdeckt hatte. Als sie das Ende des letzten Kleiderständers erreicht hatte, stutzte sie. Dort war eine Tür, die sie vorhin übersehen hatte. »Wie konnte mir das passieren! Ich hätte mir den ganzen Raum ansehen müssen«, schimpfte sie.

Julie stieß die Tür auf, blieb auf der Schwelle stehen und starrte in den Raum.

»Sie hatten Recht«, sagte sie verblüfft. »Ich habe in meinem ganzen Leben noch nie so viel Stoff auf einem Haufen gesehen. Nicht mal bei John Lewis, als ich dort für meine Mutter Vorhangstoff gekauft habe.« Der Raum war riesengroß, und an allen Wänden standen Regale, die vom Boden bis zur Decke reichten. Jedes Regal war mit Stoffrollen in allen erdenklichen Farben und aus den unterschiedlichsten Materialien voll gestopft. »Ja, das Stofflager«, sagte George zufrieden. »Jetzt schauen wir mal nach, ob wir das Büro finden. Vielleicht liegt es auf der anderen Seite des Gebäudes im gleichen Hinterzimmer.«

Im Laufschritt durchquerten sie den Korridor, bis sie den entsprechenden Raum gefunden hatten. Sie öffneten die Tür und befanden sich wieder in einer Werkstatt, die mit Strickmaschinen ausgerüstet war, und auf den Tischen standen Kisten mit glänzendem bunten Garn. George griff hinein, ließ ihre Finger über das Garn gleiten und schüttelte den Kopf. »Minderwertige Qualität wie die Stoffe«, sagte sie. »Billige Kunstfasern.«

»Die Etiketten sehen anders aus«, berichtete Julie, die sich tief über eine Holzkiste gebeugt hatte. »Pringle und Kaffe Fassett und Coorgie.«

»Na klar! Das ist die Strickwarenwerkstatt.« Sie ging an Julie vorbei und stieß gegen einen großen Kleiderständer, der in der Ecke stand und mit einem riesigen, gelben, verstaubten Tuch bedeckt war. »Hier müsste die Tür sein. Ah, da ist sie ja.« George versuchte, die Tür aufzustoßen, doch leider war sie verschlossen. Sie drehte sich zu Julie um und grinste. »Die Stunde der Wahrheit, meine Liebe. Jetzt kommen Ihre Dietriche doch noch zum Einsatz.«

Erfreut zog Julie ihr *Werkzeug* aus der Tasche. Die Schlüssel sahen aus wie ganz normale Schlüssel für Autos, Sicherheitsschlösser oder Koffer. George war erstaunt.

»Die sehen zwar aus wie normale Schlüssel, aber der Schein trügt«, sagte Julie stolz. Sie nahm einen der Schlüssel in beide Hände, drehte und zog ein wenig daran, und schon öffnete sich der Schaft. Julie klappte die beiden Teile auseinander und hielt plötzlich einen typischen Dietrich in der Hand.

»Genial! Dann mal los, Julie.« George war hellauf begeistert und ging zurück zu den Tischen, um sich die Sachen genauer anzusehen. Sie überließ es Julie, mit ihren Dietrichen die Tür zu öffnen. Hoffentlich klappte es. George war gespannt, was sich hinter der Tür verbarg.

Plötzlich sprang die Tür auf, die zum Korridor führte. George hob den Kopf und starrte mit unbändigem Entsetzen auf einen Burschen in einer Wachmannuniform, der einen dicken Knüppel in der Hand hielt. Hinter seinem erhobenen Arm war das Gesicht einer alten Frau zu sehen, die mit einem kleinen Hund unterm

Arm hinter ihm stand und George neugierig anstarrte. Als er George erblickte, fing der Hund wütend an zu kläffen und versuchte, sich loszureißen. George trat einen Schritt zurück und prallte dabei gegen den mit dem gelben Tuch bedeckten Kleiderständer, dessen Räder sich ruhig drehten und der dann in der ursprünglichen Position wieder zum Stehen kam. Noch immer starrten sie die beiden Menschen dort auf dem Korridor böse an, und der kleine Köter kläffte ununterbrochen. Gott sei Dank kann er Julie nicht sehen, schoss es George durch den Kopf, doch das war eine trügerische Hoffnung, denn er würde sie sicher gleich entdecken. Dann war es mit der Karriere der ehrgeizigen Julie Bentley aus und vorbei. George hatte ein furchtbar schlechtes Gewissen.

20

Das Kläffen des Hundes war unerträglich. Der Wachmann verlor zuerst die Geduld. Er drehte sich zu der alten Frau um und fuhr sie an: »Wenn es Ihnen nichts ausmacht, Madam, kümmere ich mich jetzt darum. Am besten, Sie gehen mit Ihrem Hund wieder nach Hause. Man versteht ja sein eigenes Wort nicht.«

Die Frau machte ein beleidigtes Gesicht. »Wenn ich mit dem Hund nicht nach draußen gegangen wäre, damit er ein bisschen Bewegung hat, hätte ich nicht gesehen, wie die da hier einsteigt! Wäre ich nicht mit Cherry Pie hier gewesen, hätten Sie gar nichts davon gewusst, und jetzt wollen Sie mich rausschmeißen? Wir gehen nirgends hin, bis ich nicht mit eigenen Augen gesehen habe, wie die da verhaftet wird. Ich warte hier, bis die Bullen gekommen sind!« Um das Kläffen des Hundes zu übertönen, musste die Frau die ganze Zeit schreien. Der Lärm war kaum auszuhalten, und George presste ihre Hände gegen die Ohren. Aber im Grunde war sie froh über den Krach. Falls Julie in ihrem Versteck irgendwelche Geräusche machte, würde man es wenigstens nicht hören.

»Es besteht kein Grund, sich dermaßen aufzuregen«, sagte George ziemlich laut zu dem Wachmann. »Ich bin aufgrund polizeilicher Ermittlungen hier. Das Vorgehen ist zwar etwas ungewöhnlich, aber es sind trotzdem polizeiliche Ermittlungen.«

Die alte Frau schaute sie giftig an. »Das werden Sie der doch wohl nicht glauben«, keifte sie. »Was sollen denn das für Ermittlungen sein, wenn die Leute hier durchs Fenster einsteigen, eh? Ja, ja, ich hab genau gesehen, wie Ihr Hinterteil in der Luft hing, und das werde ich vor Gericht aussagen. Sie werden schon sehen.«

»Es wird nicht nötig sein, dass Sie vor Gericht aussagen, weil die Sache gar nicht vor Gericht kommt.« George lauschte noch immer angestrengt, ob sie hinter sich etwas hören konnte. Kam Julie zurecht? Hatte sie die Tür geöffnet und war verschwunden? Hoffentlich hatte sie es geschafft!

»Das sagen Sie!«, fing die alte Frau wieder an, doch nun riss dem Wachmann die Geduld.

»Raus jetzt«, schrie er. »Gut, dass Sie mich geholt haben, aber ich habe die Polizei gerufen, und jetzt können Sie verschwinden. Ja, das ist mein Ernst. Sie können draußen warten, falls Sie selbst noch mit der Polizei sprechen wollen. Vielleicht hat die Polizei ja auch noch Fragen an Sie, aber jetzt raus hier.« Er betrat den Raum und schlug die Tür hinter sich zu. Die alte Frau und der Hund standen draußen und kläfften beide fürchterlich.

»Na schön.« Der Wachmann war ein dicklicher, zerknitterter Mann in den Fünfzigern. Offensichtlich war er nicht ganz gesund, denn er schwitzte und war sehr nervös. »Ich habe die Polizei gerufen. Also keine faulen Tricks, bitte. Ich bin nur hergekommen, weil ich Angst hatte, Sie könnten abhauen, bevor die Polizei hier ist.«

»Hat die alte Schachtel das gesagt?« George lächelte ihn an. Ich werde meinen Charme ein wenig spielen lassen, dachte sie, um ihn um den Finger zu wickeln. »Sie hat nicht Unrecht. Hätte sie vielmehr nicht, wenn ich eine Kriminelle wäre. Bin ich aber nicht. Ich gehöre zu dem Team, das den neuen Ripper-Mörder sucht. Sie haben sicher etwas darüber gelesen oder die Nachrichten im Fernsehen gesehen.«

Er riss ängstlich die Augen auf. »Eh ...?«, stammelte er ganz aufgeregt. George schüttelte freundlich den Kopf.

»Alles in Ordnung«, beruhigte sie ihn. »Hier gibt es keine Leichen. Aber wir haben Grund zu der Annahme, dass ... Nun, das kann ich Ihnen nicht alles sagen. Sie verstehen das sicher? Sie sind ja selbst beim Sicherheitsdienst.« Sie schenkte ihm noch ein bezauberndes Lächeln. Das konnte nicht schaden.

Der Wachmann schaute sie unsicher an. »Und warum schnüffeln Sie hier herum? Sind die Morde nicht alle in der Stadt verübt worden?«

»Ganz genau.« Sie warf ihm einen anerkennenden Blick zu, als hätte er eine große Weisheit von sich gegeben. »Wir haben aber Grund zu der Annahme, dass es eine Verbindung zwischen diesem Unternehmen und einigen Leuten gibt, die in den Fall verwickelt sind.« Jetzt dachte er offenbar über diese Verwicklungen nach und machte ein ziemlich dämliches Gesicht.

»Können Sie beweisen, dass es stimmt, was Sie sagen?«

George strahlte ihn an, und als sie in ihre Tasche griff, um ihren Polizeiausweis herauszuholen, zuckte er leicht zusammen, rührte sich aber nicht vom Fleck. »Hier. Sehen Sie? Ich bin Gerichtsmedizinerin.«

Er schaute zuerst auf den Ausweis und dann auf sie. »Warum, um alles in der Welt, sollte eine Gerichtsmedizinerin durchs Fenster in fremde Gebäude einsteigen? Das ergibt doch gar keinen Sinn.«

George ließ wieder ihren Charme spielen. Gar nicht so einfach, diesen Kerl um den Finger zu wickeln. »Ja, natürlich hätte ich das dem Superintendenten oder dem Inspector überlassen sollen, aber Sie wissen ja, wie das mit den Vorgesetzten ist. Sie hören nie zu, wenn andere auch mal gute Ideen haben, und daher bin ich einfach meinem Gefühl gefolgt. Wahrscheinlich machen Sie das hier in diesem Gebäude auch manchmal so.«

»Das ist nicht mein Gebäude. Ich arbeite nebenan. Die Alte hat mich gerufen, weil sie gesehen hat, dass Sie hier einsteigen.« Er schniefte. »Das ist vielleicht eine Nervensäge! Die wohnt oben am Ende der Straße, kommt aber immer hierher, um mit ihrem fürchterlichen Köter Gassi zu gehen. Eigentlich will sie nur rumschnüffeln. Die Alte weiß, dass ich die Sicherheitsschlüssel für ein paar Gebäude hier habe, weil meine Firma die einzige ist, die rund um die Uhr bewacht wird.« Er schien ein wenig stolz darauf zu sein. »Um ehrlich zu sein, habe ich ihr zuerst nicht geglaubt. Das ist so ein neugieriges Weib, und die macht uns mehr Ärger, als uns lieb ist. Aber sie war so hartnäckig, und sie war sich so sicher, dass mir nichts übrig blieb, als nachzusehen.« Einen kurzen Augenblick sah er ein wenig beschämt aus. »Es war einfacher, zu tun was sie wollte, wenn Sie wissen, was ich meine. Und

Sie sind ja wirklich hier. Also hatte die Alte Recht! Auf jeden Fall ist die Polizei bald hier, und dann können Sie das mit denen klären.« Er hob jäh den Kopf und lauschte. »Ist das schon die Sirene?«

Es war in der Tat die Sirene des Streifenwagens. Trotz des unaufhörlichen Kläffens auf dem Korridor konnte man sie hören, und nun kehrte Georges Angst um Julie zurück.

»Sie bleiben hier«, sagte der Wachmann. »Wenn Sie abhauen, werde ich ... Okay, bleiben Sie einfach hier. Ich hole die Bullen rein ...« Er ging hinaus und schloss die Tür hinter sich.

Sofort stürzte George sich hinter den Kleiderständer. Hockte Julie noch immer dort? Nein, zu ihrer großen Erleichterung war sie verschwunden. Die Tür war verschlossen.

»Julie?«, flüsterte sie durchs Schlüsselloch. »Können Sie mich hören?«

Hinter der Tür herrschte Schweigen. George versuchte noch einmal, Kontakt zu Julie aufzunehmen und kratzte an der Tür. Kurz darauf wurde das Kratzen erwidert.

»Verstecken Sie sich, wenn es irgendwie geht«, flüsterte George, die sich wieder vors Schlüsselloch gehockt hatte. »Wenn wir Glück haben, guckt hier keiner rein.«

Plötzlich wurde die vordere Tür geöffnet, und George sprang aus ihrem Versteck. Sie wusste, dass sie knallrote Wangen hatte, doch sie konnte nichts dagegen tun. Die Streifenbeamten, die vor der Tür standen, starrten sie an. George kannte sie nicht, aber wie sollte sie auch? Sie gehörten zum Revier hier in Wembley.

»Ich wäre Ihnen sehr dankbar, wenn Sie im Revier Ratcliffe Street anrufen würden«, sagte sie so ruhig wie möglich. Sie hatte sich gegen einen Tisch gelehnt und beide Hände tief in den Jackentaschen vergraben. »Fragen Sie nach – warten Sie mal – Superintendent Hathaway oder Inspector ...« Sie verstummte und dachte: Dudley? Um Himmels willen! »Sergeant Urquhart. Sie gehören beide zum Ripper-Team. Sie werden Ihnen sagen, wer ich bin.« Sie zog eine Hand aus der Tasche und zeigte den Beamten ihren Polizeiausweis.

Der Kleinere der beiden kam auf sie zu, nahm den Ausweis,

überprüfte ihn und schaute George an. »Wollen Sie behaupten, dass Sie zur Polizei gehören?«

»Nein«, erwiderte sie. »Nur zur Sondereinheit. Ich bin Gerichtsmedizinerin am Royal Eastern Hospital. Wir ermitteln in den neuen Ripper-Mordfällen. Draußen vor dem Gebäude steht ein Lieferwagen ...« Sie wies mit dem Kopf in die ungefähre Richtung, wo er stehen musste. »Der ist in die Sache verstrickt. Es scheint eine Verbindung zwischen diesem Lieferwagen und dem Fall zu geben. Es ist schwer zu erklären. Ich kann Ihnen nur sagen, dass ich meiner Intuition gefolgt bin und die Adresse dieses Gebäudes herausgesucht habe, vor dem der Lieferwagen stand. Dann bin ich hergekommen, um mich hier umzusehen. Das verstehen Sie doch sicher?«

Der Polizist verstand es offensichtlich nicht. »Wie mir gesagt wurde, sind Sie durchs Fenster eingestiegen. Und warum?«

»Die Tür war verschlossen«, erwiderte sie schlagfertig. Die Frage war nur, ob witzige Antworten im Moment gefragt waren. »Was hätte ich denn sonst tun sollen?«

»Sie hätten sich einen ordentlichen Durchsuchungsbefehl beschaffen müssen, und dann hätten Sie das Gebäude unter die Lupe nehmen können«, sagte der Polizist. »Wenn Sie wirklich an diesem Fall arbeiten.« Er schaute sich ihren Dienstausweis und das missglückte Foto an. »Woher sollen wir denn wissen, dass Sie den nicht geklaut haben und keine Ganovin sind?«

George lächelte ihn entzückt an. »Sehr freundlich! Ein scheußliches Foto, ich weiß. So sehe ich überhaupt nicht aus, oder? Das habe ich Gus auch gesagt, als ich den Ausweis bekam – Superintendent Hathaway, meine ich –, aber er war der Meinung, ich würde so aussehen und sollte mich nicht künstlich aufregen. Und Sie glauben nun, ich hätte ihn geklaut. Das ist wirklich nicht mein Tag.«

»Hm. Jerry?« Der andere Polizist, der viel jünger und dem anderen vermutlich unterstellt war, kam zu ihnen. »Es gibt da etwas ...«

Jerry hob herrisch die Hand, worauf sein Kollege verstummte. »Passbilder sind nie sehr gut«, sagte er. »Sie könnten es sein ... andererseits auch wieder nicht sein. Und ich frage Sie noch einmal, welchen Beweis habe ich, dass Sie wirklich in diese Ermittlungen verwickelt sind?«

»Jerry«, sagte der andere Polizist jetzt ein wenig dringlicher, und diesmal drehte sein Kollege sich zu ihm um.

»Was ist?«

»Hm, sie hat ihn Gus genannt«, flüsterte er.

»Was ist los? Was hat sie?«

»Sie hat ihn Gus genannt.« Der jüngere Polizist blickte seinen Kollegen jetzt selbstbewusst an. »Woher sollte sie das wissen, wenn sie nicht zum Team gehört?«

»Gus? Was redest du denn da?«

»Superintendent Hathaway, Jerry. Das war einer der Dozenten in Hendon letzten Monat. Er hieß Gus. Und sie weiß es.«

Es herrschte einen Moment Stille; dann wandte der andere Polizist sich wieder an George. »Haben Sie hier irgendetwas angefasst?«

Sie schaute sich um und zeigte mit dem Finger auf den Tisch. »Das Zeug da hinten. Das blaue und das grüne Garn. Die Etiketten in der Kiste da. Aber sonst ... Nein, das war's.«

Der Polizist klemmte seine Mütze unter den Arm, ging durchs Zimmer und schaute sich alles an, während sein Kollege und George ihn beobachteten. Die alte Frau und ihr Hund schienen sich etwas entfernt zu haben, obwohl das Kläffen noch von Zeit zu Zeit zu hören war. George betete im Stillen, dass aus dem angrenzenden Raum keine Geräusche drangen.

Als der Polizist den schmutzigen Überzug abstreifte, fing ihr Herz wie wild zu pochen an. Sie hatte das Gefühl, kaum noch Luft zu bekommen. Ihr Herz schlug so laut, dass der Polizist es sicher auch hören musste. Doch der rappelte nur an der Tür und war scheinbar froh, dass sie verschlossen war. Dann wandte er sich wieder an George. »Okay, Lady. Sie kommen mit. Ich bringe Sie aufs Revier, und dann werden wir ein paar Telefonate führen, um zu sehen, ob es stimmt, was Sie sagen. Wenn es nicht stimmt, gnade Ihnen Gott.«

*

Gus stand vor ihr und starrte sie mit fast ausdrucksloser Miene an. George hatte die Hände tief in den Taschen vergraben und bemühte sich, Gelassenheit vorzutäuschen. Allerdings wusste sie ganz genau, dass sie ängstlich und kleinlaut wirkte. Sie konnte zwar gut Geschichten erfinden, aber die Schauspielerei war nicht ihre Stärke.

Gus seufzte und ging zu der Glaswand, die sein Büro von der Einsatzzentrale trennte, in der die Beamten eifrig bei der Arbeit waren. »Also wirklich, George, manchmal machst du mir das Leben verdammt schwer. Was hast du dir dabei gedacht, einfach herumzuschnüffeln?«

»Ich hab nicht herumgeschnüffelt, ich hab ermittelt. Oh, Gus, du hättest diesen blöden Köter mal hören sollen, den die Alte bei sich hatte. Das war wirklich ...«

»Halt den Mund, George!« Er drehte sich zu ihr um, und nun war seine Miene alles andere als ausdruckslos. Er sah ausgesprochen wütend aus. »Ich muss zugeben, dass ich deine Cleverness oft bewundere. Manchmal machen mich deine guten Ideen und deine logischen Schlüsse richtig sprachlos. Wenn das alles mitunter auch etwas weit hergeholt ist, bringt uns das doch meistens weiter. Aber du solltest wirklich aufhören, ständig im Alleingang Fälle lösen zu wollen. Schließlich ist das nicht das erste Mal, und eines Tages bringt es dich noch in Teufels Küche – und mich auch.«

Gus war sichtlich aufgebracht. »Gus, es tut mir wirklich Leid. Es war nicht richtig. Ich hab einfach gehofft, dass ich da was finden würde, was uns weiterhelfen könnte. Die Sache mit dem Lieferwagen war ja äußerst seltsam. Darum dachte ich, es könnte nicht schaden, wenn ich mich da mal umsehe.«

»Wir hätten uns schon selbst zu gegebener Zeit dort umgeschaut, sobald wir einen Durchsuchungsbefehl haben. Du kennst dich mit Durchsuchungsbefehlen aus? Das ist ein Stück Papier, das die Durchsuchung legitimiert und uns ermöglicht, eventuelle Beweisstücke vor Gericht zu verwenden. Wenn wir ohne Durchsuchungsbefehl in Wohnungen oder Gebäude eindringen, sind wir nicht besser als ein Polizeistaat. Und unser Land ist kein Polizeistaat, wenn ich dich daran erinnern darf.«

George atmete tief ein. So wütend hatte sie Gus noch nie erlebt, und es beschämte sie, dass er trotzdem versuchte, die Fassung zu wahren. »Bitte verzeih, Gus.« Jetzt hatte sie wirklich ein schlechtes Gewissen. »Ich war einfach ungeduldig und wollte mich nützlich machen. Und ich habe tatsächlich Zeug entdeckt, das uns beweist ...«

»Damit können wir ohne offiziellen Durchsuchungsbefehl nichts anfangen. Das ist doch nicht so schwer zu begreifen, oder?«

»Nein, natürlich nicht. Kann ich dir nicht trotzdem erzählen, was ich entdeckt habe? Bitte!«

Er schwieg einen Moment, warf beide Hände in die Luft, ging zurück zu seinem Schreibtisch und setzte sich. »Dann erzähl schon, in Gottes Namen!«

George berichtete ausführlich, was sie gesehen hatte, und allmählich wuchs Gus' Interesse.

»Das ist richtige Industriespionage. Sie verschaffen sich Originaldesignerwaren von teuren Herstellern, kopieren die Muster und dann ...«

»Verkaufen sie die Sachen aus minderwertigen Stoffen zu ungeheuren Preisen. Ganz genau«, sagte sie. »Und Alice Diamond gehört möglicherweise zu den Drahtziehern. Sie bringt die Designermodelle doch bestimmt aus Italien mit, oder? Und der seltsame Typ, der in Heathrow die Kisten von ihrem Gepäckwagen genommen hat, arbeitet für diesen Max Hazell. Das bedeutet, dass sie auch mit ihm zu tun hat. Mir kam die Aktion am Flughafen von Anfang an ziemlich spanisch vor. Und dass sich jemand rein zufällig gerade diesen Lieferwagen ausgeliehen haben sollte ... Darum habe ich mich da umgesehen. Mit diesem Geschäft müssen die irre viel Geld machen, Gus. Wenn wir erst mal das Büro durchsucht haben, wissen wir mehr.«

Gus schaute sie fragend an. »Welches Büro denn?«

George zuckte unmerklich zusammen. Fast hätte sie sich verplappert. »Ach, das Büro ... hm ... Ich war in allen Räumen, und in einem war noch eine Tür, die aber verschlossen war. Wahrscheinlich das Büro. Da würde ich mich gerne mal umsehen. Das würde uns sicher eine Menge Fragen beantworten.« Sie dachte an Julie. War sie noch da? Hatte sie es geschafft zu verschwinden? Und wenn nicht? Sollte sie zurück nach Wembley fahren und nachsehen? Verdammter Mist!

»Woher hast du eigentlich die Adresse von Max Hazell?«

Sie starrte ihn an und hatte das Gefühl, das Blut würde in ihren Adern gefrieren. Woher hatte sie die? Wie konnte sie das plausibel erklären, ohne Julie in die Sache hineinzuziehen? Und das kam überhaupt nicht in Frage.

»Hm«, überlegte sie, und sie wusste ganz genau, dass Gus sie mit gerunzelten Augenbrauen anstarrte. Hatte er einen Verdacht? »Ich ... der Computer ...« Sie atmete tief ein. »Du weißt ja, wie das mit Computern ist. Man drückt auf die falsche Taste, und schon hat man einen Haufen Informationen vor sich, die man gar nicht gesucht hat. Das war, als ich meinen Obduktionsbericht in den Computer eingegeben habe.« Es gefiel ihr zwar nicht, Gus Märchen aufzutischen, aber im Moment ging es nicht anders. »Ich dachte schon, mein ganzer Bericht wäre futsch, und dabei war ich fast fertig. Aus Versehen war ich in Mike Urquharts Datei gelandet, und da stand die Adresse. Da bin ich auch auf die Idee gekommen, nach Wembley zu fahren und mich da mal umzusehen. Du warst ja beschäftigt, und ich hatte nichts anderes zu tun. Dann hab ich auf eine andere Taste gedrückt, und plötzlich war meine eigene Datei wieder da. Was war ich erleichtert!«

»Hm.« Gus musterte sie und warf dann einen Blick in die Einsatzzentrale. »Ich verstehe. So war das also. Ganz schön Glück gehabt, was?«

»Nicht wahr?«, sagte sie begeistert. »Jetzt können wir uns doch beide mal da umschauen, oder? Natürlich erst, wenn du einen Durchsuchungsbefehl hast. Anschließend gehen wir beide zu Alice Diamond und sprechen noch mal mit ihr ...«

»Noch mal?«

»Du hast doch schon mit ihr gesprochen, oder?« George musste jetzt improvisieren. »Am besten, du sprichst noch mal mit ihr, und diesmal nimmst du mich mit. Was hältst du davon? Es könnte mir doch gelingen ... Du verstehst schon – von Frau zu Frau. Vielleicht sagt sie mir mehr.«

»Daran habe ich nicht den geringsten Zweifel«, sagte Gus trocken. »Wenn du sie überhaupt zu Wort kommen lässt. Ich denke darüber nach. Jetzt muss ich mit meinen Leuten sprechen. Falls überhaupt alle da sind. Ich will überprüfen, wie weit sie alle gekommen sind.« Er schaute sie mit großen Augen an und lächelte. Er weiß etwas, schoss es George durch den Kopf. Der Halunke weiß, dass ich mit Julie bei Hazell war, und jetzt will er mich bloßstellen. Und Julie natürlich auch. Diese Suppe hatte sie sich ganz allein eingebrockt.

Als sie ihm in die Einsatzzentrale folgte, drehte sich ihr der Kopf, weil sie angestrengt über eine überzeugende Geschichte nachdachte, die Julies Abwesenheit erklären konnte. Julie gehörte nicht zur Kripo. Als uniformierte Beamtin war Julies Arbeit in diesem Team ans Revier gebunden. Sie hatte keinen Spielraum, einfach wegzugehen, wie es die Kripobeamten tun konnten, um einem Hinweis nachzugehen, den sie bekommen hatten. Die Stunde der Wahrheit stand kurz bevor. Diese peinliche Situation wollte sie sich ersparen. Sie streckte die Hand aus, um Gus am Ellbogen zu packen und ihn zurückzuhalten. Sie musste ihm reinen Wein einschenken und auf seine Gutmütigkeit hoffen, Julie zu decken. Besonders optimistisch war sie allerdings nicht, denn sie wusste, dass Gus kein Pardon kannte, wenn es um den Job ging. Trotzdem musste sie es ihm sagen, und zwar sofort.

21

Gus hatte die Einsatzzentrale schon betreten, ehe sie ihn erreichen konnte, und es war zu spät, um ihn zurückzuhalten. George hatte das Gefühl, dass er ihr absichtlich ausgewichen war. Wahrscheinlich hatte er alles durchschaut. Sie war verzweifelt, denn jetzt wusste sie wirklich nicht mehr, wie sie das unvermeidliche Donnerwetter noch abwenden konnte.

»Okay!«, sagte Gus laut. »Kurze Besprechung zum aktuellen Stand der Dinge. Jeder berichtet, was er gemacht hat und wie weit er gekommen ist. Sie sind auch schon wieder da, Roo ... Rupert? Na schön, fangen wir sofort an. Jeder trägt der Reihe nach seine Ergebnisse vor.«

Dudley, der vor einem Computer saß, hob den Kopf und seufzte. »Es ist schon ziemlich spät, Chef.«

»Ja, sicher. Je eher wir fertig sind, desto besser«, sagte Gus fröhlich. Zu fröhlich. George war ganz übel. »Die Polizisten fangen an. Anschließend können sie nach Hause gehen und den Rest des Wochenendes in vollen Zügen genießen. Wir armen Kripobeamten werden noch bis Mitternacht arbeiten, hm?« Er grinste übers ganze Gesicht, blickte strahlend in die Runde und schenkte George ein freundliches Lächeln. George hätte ihn am liebsten verprügelt. Sie war sich ganz sicher, dass er sie absichtlich quälte. »Okay, Roop, fangen wir an.«

Roop rief die Polizisten und Polizistinnen nacheinander auf, und sie berichteten, was sie getan und erreicht hatten. Zunächst ging es um die mühsame Suche nach den Mietern des Bürokomplexes auf der Creechurch Lane, die gründlich verhört worden waren. Alle Leute, die in der Nähe der Tatorte wohnten oder arbeiteten, mussten vernommen und die Aussagen miteinander verglichen werden. Doch es war immer das gleiche Trauerspiel: Niemand hatte etwas gehört oder gesehen, und es gab keine nützlichen Hinweise für weitere Nachforschungen.

»Die Leute brennen nicht gerade darauf, uns zu helfen«, berichtete ein Sergeant grimmig. »Man könnte doch meinen, dass die Leute in einem solchen Fall bereitwillig mit der Polizei kooperieren würden, aber scheinbar halten sie sich alle an das Motto: Wenn du mit den Bullen sprichst, tu so, als befändest du dich im Endstadium einer geistigen Störung. Manchmal hat man bei den Vernehmungen wirklich das Gefühl, man hätte es nur mit Idioten zu tun.«

»Versuchen Sie es morgen noch einmal«, schlug Gus munter vor. »Menschen reagieren manchmal anders, wenn man sie während der Arbeitszeit verhört und sie nicht ihre kostbare Freizeit opfern müssen. Okay. Wie geht es weiter? Ach ja. Die Opfer selbst. Die Ausschüsse, in denen sie gesessen haben, ihre Familienverhältnisse und anderweitige Tätigkeiten. Wer hat das übernommen?«

»Margaret Chalice, Julie Bentley, Dave Bannen«, antwortete Rupert. »Bannen, fangen Sie mal an.«

George hatte den Eindruck, als würde Gus ihn ein wenig verärgert anschauen. Er wollte sicher, dass Julie anfing, um endlich aufzudecken, dass sie sich ohne Erlaubnis von ihrem Arbeitsplatz entfernt hatte. Außerdem hätte er George gleichzeitig bei einer Lüge ertappt. Am liebsten hätte sie sich in Luft aufgelöst. Sie krallte ihre Finger an der Kante des Tisches fest, auf dem sie saß, um das Zittern ihrer Hände zu unterdrücken. Ein handfester Krach war im Anzug ...

Constable Bannen berichtete kurz und bündig über die drei Ausschüsse, in denen er ermittelt hatte. »Alle außer Scroop haben dem Bauausschuss angehört. Vielmehr haben diesem Ausschuss offiziell alle angehört, doch der Bischof hat fast nie an den Sitzungen teilgenommen. Die anderen schon, aber offenbar war es eine ziemlich fade Angelegenheit. Sie haben versucht, unsere Bauvorschriften den europäischen Normen anzugleichen, und Sie wissen ja, wie das ist.«

»Das wissen wir«, murmelte jemand hinten im Raum. »Die würden uns doch am liebsten alle angleichen, und dann wäre es aus mit unserem geliebten alten England. Puh, dieser europäische Einheitsbrei!«

»Weiter im Text«, knurrte Dudley. »Sonst sitzen wir noch die ganze Nacht hier.« Er starrte den Störenfried grimmig an. »Und was ist mit den anderen Ausschüssen, Bannen?«

»Es geht um Medikamente, die in unseren staatlichen Krankenhäusern eingesetzt werden, und um den Import dieser Produkte.« Bannen schaute in sein Notizbuch. »Auch hier war CWG mit von der Partie, sowie der Bischof – der war doch früher Arzt, oder? – und Sam Diamond. Das war eine heikle Sache. Es kam immer wieder zum Streit, besonders zwischen CWG und Diamond. CWG wollte, dass alle Medikamente für jedermann zugelassen werden, egal wie teuer sie sind. Seiner Meinung nach sollten die Ärzte entscheiden, welcher Patient welches Medikament bekommt, und der Bischof stimmte in dieser Frage mit ihm überein. Diamond sagte, das wäre zu teuer und ...«

»Die politische Auseinandersetzung interessiert uns im Moment nicht«, unterbrach ihn Dudley. »Weiter?«

Bannen blätterte seine Notizen durch. »Da steht's. Dieser Kommission zur Reform des Oberhauses sitzen – saßen Lord Durleigh und sein Bruder vor. Deswegen gab es etwas Aufregung, weil noch ein Verwandter von ihnen mitarbeitete – der Schwager von CWG, Lord Hinckley. Der hat einen großen Besitz in Yorkshire. Seine Schwester Marietta ist die Frau von CWG – die Witwe natürlich. Und drei weitere Lords ebenso wie der Bischof von Droitwich mischen da mit.«

»Ziemlich gemütlich«, sagte Dudley. »Ich kann mir nicht vorstellen, dass sich viel ändert, wenn so viele Leute in den Ausschüssen sitzen, die nur ihre persönlichen Interessen vertreten.«

»Dem Ausschuss gehören aber auch viele Abgeordnete des Unterhauses an«, fuhr Bannen fort. »Ich kann sie alle aufzählen ...«

»Danke, jetzt nicht«, unterbrach Gus ihn schnell. »Das können wir alles morgen überprüfen. Okay, so weit also zu den Ausschüssen. Es gibt viele Überschneidungen. Wir müssen alle Abgeordneten in den einzelnen Ausschüssen überprüfen, um feststellen zu können, ob es Verbindungen zwischen ihnen und den fünf Opfern gibt.«

»Vier«, sagte Bannen. »Lord Scroop war in keinem Ausschuss aktiv. Er gehörte zwar auf dem Papier dem Bauausschuss an, da er früher Gewerkschaftler war, aber ...«

»Wie ich schon sagte – morgen.« Gus schnitt ihm einfach das Wort ab. »Wer ist jetzt dran?« Er beugte sich über die Liste, die er in der Hand hielt. »Ah! Jetzt berichten Julie und Margaret.« Er schaute sich im Raum um. »Wo ist ...«

»Hier, Sir.« Margaret Chalice erhob sich von ihrem Platz. »Ich habe mit Dave zusammengearbeitet. Sein Bericht gilt eigentlich für uns beide. Außerdem habe ich Julie bei den Recherchen in den Wahlbezirken geholfen. Wir haben sämtliche Mitarbeiter und Wahlhelfer der Abgeordneten des Unterhauses überprüft. Bei den Lords sieht die Sache anders aus, daher haben wir an ihren Wohnorten recherchiert. Wir haben ziemlich viel herausbekommen, besonders über Durleigh in Warwickshire und über Droitwich und ...«

»Julie war auch mit dieser Sache beschäftigt, nicht wahr?«, meinte Gus fröhlich. »Okay, Miss Bentley, was haben Sie uns zu berichten?« Er hob den Kopf, um sich im Raum umzusehen, und George schaute auf ihre gefalteten Hände und versuchte, das Atmen nicht zu vergessen.

»Ehrlich gesagt ziemlich viel, Chef.« Julies Stimme drang ein wenig atemlos und gehetzt aus der Menge. George hob den Kopf und starrte sie an.

Neben der Tür, auf der anderen Seite des Raumes, stand Julie mit geröteten Wangen und leicht zerzaustem Haar, sah aber ansonsten recht manierlich aus. Ihre Uniform war ordentlich zugeknöpft und ihre karierte Krawatte tadellos gebunden. Sie strahlte George an, die erleichtert lächelte. Ihr fiel ein Stein vom Herzen, und das sah man ihr sicher an. Als Gus sie anschaute, senkte sie sofort verschämt den Blick.

»Gut«, sagte Gus. »Ziemlich viel, sagten Sie?«

»Ja, Sir. Ich habe herausgefunden, dass Alice Diamond noch ein anderes Geschäft hat. Nicht nur den Laden auf der Sloane Street, sondern noch einen.«

»Tja, ich weiß nicht, ob das so interessant ist«, mischte sich Dudley ein.

»Doch, Sir, ist es!«, fuhr Julie fort. »Sie hat sich doch in dieser Hinsicht ziemlich bedeckt gehalten, oder? Das ist immerhin recht sonderbar. Es ist ihr Geschäft, aber es wird unter einem anderen Namen geführt. Und das Beste ist ...« Sie machte eine kurze Pause, um die Spannung zu erhöhen. »Es ist in Durleighton in Warwickshire.«

Ein Raunen ging durch den Raum. Das war ja interessant! »Eine enge Verbindung zwischen Sam Diamond und Lord Durleigh?«, sagte jemand. »Ist das nicht ein Durchbruch?«

»Warum?«, mischte sich jemand anderes ein. »Oder meinst du, Alice Diamond hätte die beiden aus irgendwelchen Gründen umgebracht – ihren Alten und den Lord? Was ist dann mit den drei anderen? Warum sollte sie die umgebracht haben? Das ist doch ...«

Gus hob beide Hände und forderte lautstark Ruhe. »Schon gut, Leute. Wir müssen das erst mal verdauen, und dann werden wir uns in Durleighton umschauen. Gute Arbeit, Julie. Wie haben Sie das herausbekommen?«

Julie schaute Gus selbstbewusst an, doch George wurde es schon wieder mulmig zumute, denn Julie konnte diese Informationen ja nur in dem Büro in Wembley gefunden haben. Oh, verdammt, wie wollte sie sich jetzt aus der Affäre ziehen?

»Es war so ein Gefühl, Sir«, sagte Julie strahlend. »Ich dachte, wenn eine Frau einen Laden hat, dann hat sie vielleicht noch weitere. Daher habe ich bei allen Recherchen an den entsprechenden Orten nach Bekleidungsgeschäften gesucht und überprüft, wem sie gehörten. Und in Durleighton wurde ich fündig.«

»Ein Gefühl«, sagte Gus leise. »Ach so, ein Gefühl. Gut gemacht.« Er grinste Julie mit ausdruckslosem Gesicht an und sagte dann mit einem Blick über die Schulter zu George: »Gute Arbeit, hm?«

»Sehr gut«, entgegnete George. »Großartig, aber das überrascht mich nicht. Frauen haben oft gute Ideen.«

Gus schaute sie ungerührt an. »Wahrscheinlich«, murmelte er. »Wahrscheinlich schon – manchmal.« Dann wandte er sich wieder an die anderen, um sich die letzten Berichte anzuhören. George hatte das unbestimmte Gefühl, dass er nicht mehr so aufgebracht war, und sie war heilfroh darüber. Das war verdammt knapp gewesen. Wie hatte Julie das nur geschafft? Vielleicht hatte sie einfach großes Glück gehabt. Gott sei Dank! Einen Moment lang hatten sie sich auf sehr dünnem Eis bewegt.

Als die Besprechung beendet war, sprang George sofort auf. »Ich bin gleich wieder da«, flüsterte sie Gus zu und ging auf die Toilette. Es überraschte ihn sicher nicht, dass Julie Sekunden später auch verschwand. Er schaute ihnen nach und ging dann wieder in sein Büro, um noch einige Akten durchzuarbeiten. Roop folgte ihm.

»Schicken Sie die Leute nach Hause, Roop«, sagte er. »Und tun Sie mir den Gefallen und gehen auch Sie wieder heim. Wir sind alle überarbeitet, und ich habe keine Lust, morgen so eine verschlafene Truppe hier sitzen zu haben. Ich mach auch gleich Schluss«, fügte er erschöpft hinzu.

Die Beamten verließen fast fluchtartig die Einsatzzentrale und hinterließen wie immer ein kleines Chaos. Der Boden war mit Papierschnipseln übersät, und die Stühle standen kreuz und quer.

Als George zurückkam und sich erstaunt umschaute, sah sie Gus mutterseelenallein an seinem Schreibtisch sitzen. Sie ging sofort zu ihm.

»Eines Tages wirst du noch in den Abgrund stürzen, Liebling«, sagte er in ruhigem Tonfall. »Es ist nicht so schlimm, wenn du dich selbst in Schwierigkeiten bringst, aber tu mir einen Gefallen und halte meine Leute da raus.«

»Ich weiß nicht, was du ...«, begann George, aber er schüttelte den Kopf.

»Schatz, ich bin nicht so dämlich, wie ich aussehe. Ich weiß, dass Julie heute Nachmittag nicht hier war, obwohl sie hier zu tun hatte. Man muss nicht Sherlock Holmes heißen, um zu wissen, dass sie bei dir war, als du dich da umgesehen hast und geschnappt worden bist. Du kennst mich doch, oder? Der gute, alte Gus. Ich kann in deinem Gesicht lesen wie in einem offenen Buch. Versuch also nicht, mich reinzulegen.«

George gab auf. »Entschuldige bitte, Gus. Du hast Recht. Ich sollte deine Leute nicht da hineinziehen. Aber um die Wahrheit zu sagen ...«

»Je weniger ich weiß, desto besser«, knurrte er. »Erklär mir nur, was Sache ist, und dann sprechen wir nicht mehr darüber. Sag deiner Freundin, Miss Bentley, dass sie ihre Karriere ruiniert, wenn sie sich nicht in Acht nimmt. Es ist mir schon aufgefallen, dass sie eine clevere Frau ist. Sie wird einmal eine gute Kriminalbeamtin abgeben, aber zuerst muss sie sich die Sporen verdienen. Wenn du dich einmischst, bekommt sie vollkommen falsche Vorstellungen, verstanden?«

»Verstanden.« George setzte sich. »Und was jetzt?«

»Wo ist deine Komplizin?«

»Auf der Toilette. Sicher ist sie gleich wieder da.«

»Ich schwöre dir, dass ich da eine Überwachungskamera einbauen werde«, murmelte er. »Wie ihr Weiber euch verschwört. Ah, da ist sie ja.« Er stand auf und ging zur Tür, als Julie leise pfeifend die Einsatzzentrale betrat. »Wie Sie sehen, Constable Bentley, sind Ihre Kollegen schon nach Hause gegangen. Es war ein harter Tag für sie. Es ist anstrengend, den ganzen Tag am Computer und am Telefon zu sitzen, nicht wahr?«

»Ja, Chef.« Julie strahlte ihn an. Es war nicht zu übersehen, dass sie sehr zufrieden mit sich war. Ihre Augen leuchteten richtig.

»Ich habe gesagt, die *anderen* haben den ganzen Tag am Computer gesessen. Okay, lassen wir das. Wenn Sie müde sind, gehen Sie am besten auch nach Hause. Doch eines möchte ich Ihnen noch sagen, Miss Bentley. Wenn ich vielleicht auch so aussehe, so bin ich doch nicht auf den Kopf gefallen, wie meine Großmutter immer sagte. Ich weiß, was hier gespielt wird, und es gefällt mir nicht, wenn man mich für einen Idioten hält. Haben wir uns verstanden? Diesmal lass ich das noch durchgehen, aber beim nächsten Mal kriegen Sie richtigen Ärger. Nun schwirren Sie schon ab, und morgen setzen Sie sich wieder an den Schreibtisch und arbeiten richtig. Okay?«

»Sir«, stammelte Julie, zog die Schultern ein, nahm ihre Tasche vom Schreibtisch und huschte davon.

»Jetzt können wir reden«, sagte Gus, als er wieder an seinem Schreibtisch saß. »Dann klär mich mal auf, und diesmal bitte vollständig.«

Als George mit ihrem Bericht fertig war, nickte er. »Wenn wir den Durchsuchungsbefehl haben, müssen wir das Büro besonders gründlich unter die Lupe nehmen. Hat Julie irgendetwas mitgenommen?«

George schüttelte empört den Kopf. »Natürlich nicht, Gus! Wir haben gerade auf der Toilette darüber gesprochen. Sie hat alles ganz genauso verlassen, wie sie es vorgefunden hat. Einige Infos, die besonders interessant schienen, hat sie sich aufgeschrieben. Im Computer war eine Kundenliste, und die hat sie sich genau angesehen. Dabei ist sie auf den Namen *Sloane's* in Durleighton gestoßen. Sehr seltsam, nicht wahr? Das findet Julie auch. Sie glaubt, dass Alice Diamond ihren Namen aus irgendwelchen Gründen nicht für diesen Laden benutzen kann und ihn darum nach dem Ort benannt hat, wo sich dieses Geschäft befindet ...«

»Sag mal, benutzen die Frauen die Toilette eigentlich nur, um zu quatschen?«, knurrte Gus.

»Nicht nur«, erwiderte George. »Ehrlich gesagt reden wir auf dem Klo fast genauso oft über Männer wie ihr über uns. Dafür sind die stillen Örtchen doch da, oder? ... Gus, ich möchte mich noch mal bei dir entschuldigen. Diese Aktion war nicht okay. Trotzdem haben wir ziemlich viel rausbekommen, nicht?«

»Sicher, aber das hätten wir natürlich auch erfahren, wenn wir den Schuppen da auf den Kopf gestellt hätten – und zwar mit Durchsuchungsbefehl.«

»Und wann hättest du den bekommen? Wann hättet ihr euch denn da umgesehen? Das hätte bestimmt noch eine Weile gedauert, oder? Alle haben doch gedacht, der Lieferwagen wäre rein zufällig benutzt worden, und dieser Max Hazell hätte nichts damit zu tun.«

»Er kann ja auch nicht viel damit zu tun haben, weil er tot ist. Ist doch logisch.«

»Ich an deiner Stelle wäre mir da gar nicht so sicher«, erwiderte sie. »Da sind unglaubliche Transaktionen im Gange. Es geht um Riesensummen. Vielleicht haben die noch mehr Dreck am Stecken. Wenn diese Typen erst mal im Schmuggelgeschäft sitzen, weiten die ihre Operationen doch meist noch aus. Wer weiß, was die noch alles ins Land schmuggeln.«

»Jetzt geht deine Phantasie aber mit dir durch, George. Und du hättest das doch bestimmt schon aufgedeckt. Schluss jetzt mit den Spekulationen. Wir müssen uns überlegen, wie es morgen weitergeht.«

George spitzte die Ohren und sah Gus, der ein wenig spöttisch den Mund verzog, erwartungsvoll an.

»Es ist wohl sicherer für mich, dich mitzunehmen, sonst machst du nur wieder Blödsinn. Wir fahren nach Durleighton und schauen uns den Ort mal genauer an. Die Arbeit hier in London überlasse ich Dudley. Das ist alles reine Routine, und das kann er sehr gut.«

»Also wirklich, Gus, das mit dem Blödsinn hättest du dir sparen können. Mein Gott, ich dachte eigentlich, ich würde euch helfen. Hab ich wirklich gedacht.«

Gus lenkte ein. »Natürlich hilfst du uns. Sehr sogar. Manchmal sind deine Methoden nur etwas eigenwillig, wenn du mir diesen Ausdruck verzeihst. Okay, wir fahren natürlich nicht nur zusammen nach Durleighton, damit du hier keinen Blödsinn machst, sondern weil ich gerne mit dir zusammenarbeite. Ich schätze deine Denkanstöße und deine Intuition sehr. Zufrieden?«

George lächelte ihn besänftigt an. »Klar. Ich werde versuchen, mich wie ein richtiger Polizist zu benehmen. Versprochen.«

»Möge Gott das verhüten! Mit einem Polizisten möchte ich wirklich nicht das Wochenende auf dem Lande verbringen. Wir fahren nämlich schon heute Abend und übernachten dort. Morgen früh können wir dann sofort loslegen. Am besten, du fährst schnell nach Hause und packst ein paar Sachen ein. Wenn du wieder hier bist, bin ich fertig. Bis gleich.«

22

Durleighton war eine hübsche Kleinstadt, die zu einem romantischen Wochenendbesuch einlud. Unter anderen Umständen hätten Gus und George sicher das getan, was Touristen in hübschen Kleinstädten tun. Sie wären durch Antiquitätenläden und Antiquariate geschlendert, von denen es hier eine erstaunliche Anzahl gab, und hätten morgens Kaffee und nachmittags Tee in esoterisch angehauchten Teestuben getrunken, die von ernsten Frauen mittleren Alters geführt wurden. Nach den Anschlagtafeln in den Teestuben zu urteilen – in denen natürlich selbstgebackener Kuchen und Früchtebrot angeboten wurden –, schien hier eine Vorliebe für vegetarische Lebensweise und alternative Therapien zu bestehen, und offensichtlich lag allen das Wohl des Tieres am Herzen. All das hätten Gus und George erlebt und erfahren, wenn sie sich wie Touristen benommen hätten, doch in Anbetracht der Lage hatten sie für derartige Vergnügungen keine Zeit.

Sie nahmen sich mitten in der Stadt ein Zimmer in einem Hotel-Restaurant, das seine lange Tradition und sein reizendes Fachwerkhaus lobte. Leider waren das Bett und Badezimmer in dem gemieteten Zimmer nicht gerade lobenswert. George war jedoch so glücklich, bei diesen Ermittlungen Gus' Partnerin zu sein, dass kein Klagelaut über ihre Lippen drang, worüber Gus sich maßlos wunderte.

»Normalerweise beklagst du dich doch immer über deine Rückenschmerzen, wenn du in so einem miesen Bett geschlafen hast. Warum bist du denn heute Morgen so ruhig?«, fragte er sie beim Frühstück.

»Weil ich andere Dinge im Kopf habe.« Selbst das weiche

Toastbrot, das man ihnen serviert hatte, entlockte ihr keine Kritik. »Wir sind ja nicht zum Vergnügen hier. Hast du schon einen Plan, wie wir vorgehen?«

Er fing an zu lachen. »Ist das meine George?«, fragte er und verdrehte die Augen. »Sie stellt ihre Bequemlichkeit ganz hintenan? Wer hätte das für möglich gehalten! Okay. Als Erstes suchen wir uns ein anderes Hotel. Wenn du auch keine Lust hast, dich zu beklagen – ich schon. Und dann ...«

»Ach, Gus, das Zimmer reicht doch voll und ganz. Du kannst ja fragen, ob sie ein anderes Zimmer mit einem besseren Bett haben, wenn es sein muss, aber wir wollen doch keine Zeit verplempern. Zeit ist Geld, oder?«

»Okay, okay, dann leide ich eben. Du willst wissen, wie wir vorgehen? Zuerst will ich mit den Kollegen hier auf der Wache sprechen. Vielleicht kann ich irgendetwas von ihnen erfahren. Man weiß ja nie. Dann ...«

»Da kann ich sicher nicht mit, oder?« Sie schob ihren Teller zur Seite und stützte die Ellbogen auf dem Tisch auf. »Hör mal zu. Wir wär's, wenn ich mir in der Zeit schon mal diesen Laden ansehe? Es ist bestimmt kein Problem, dieses Geschäft zu finden. Wir wissen ja, wie es heißt. *Sloane's,* nicht wahr? Es ist doch ganz sinnvoll, wenn das eine Frau übernimmt. Vielleicht kriege ich was raus, was bei einem Polizeiverhör nicht ans Licht käme.«

Gus dachte einen Moment darüber nach, trank seinen Kaffee und schaute sie über den Rand der Tasse an. Dann stellte er die Tasse auf den Tisch und nickte. »Warum nicht? Du sollst ja nicht umsonst mitgekommen sein. Aber bitte keine unüberlegten Aktionen. Du sagst niemandem, warum wir hier sind, und kein Sterbenswörtchen über den Fall.«

»Das würde ich nie tun!« George war empört. »Du weißt doch, wie diskret ich bin.«

»Diskret?« Gus lachte. »Du bist so diskret wie ein Pickel auf einer Glatze. Eine verdammt gute Lügnerin, aber diskret? Niemals. Und erfinde bitte nicht wieder so fantastische Geschichten, okay? Manchmal ist das zwar ganz hilfreich, aber es könnte auch gefährlich werden. Die anderen sind oft nicht so blöd, wie man glaubt.«

»Weißt du noch, als ich mich bei den Recherchen in den Wettbüros in Shadwell als Spielhöllenexpertin ausgegeben habe? Damit hab ich dir damals doch ganz schön aus der Patsche geholfen, oder?«

»Ja, sicher. Das war ziemlich clever.«

»Wir Amerikaner sind einfach unschlagbar. Du kannst mir voll und ganz vertrauen. Ich mach mich dann auf den Weg. Und wo treffen wir uns?«

Gus drehte sich um und schaute durch das Fenster des Speisesaals auf den Marktplatz. Auf dem Kopfsteinpflaster parkten schon die ersten Wagen. Durleighton erwachte allmählich aus seinem Schlummer. Die Sonne schien; es versprach ein schöner Herbsttag zu werden. Ein friedliches Städtchen, dachte Gus seufzend. Er beobachtete ein paar Leute, die sich begrüßten, einen Moment miteinander plauderten und dann davoneilten. George spürte seine Wehmut, die man bei Großstadtmenschen so oft beobachtet, wenn sie dem Reiz einer Kleinstadt gegenüberstehen. Gus hätte sein geliebtes London für nichts auf der Welt verlassen, aber diesem friedlichen Ort stand er nicht gleichgültig gegenüber.

Nach einer Weile schüttelte er den Kopf. »Ich glaube nicht, dass wir uns verabreden müssen. Dieses Städtchen ist so klein, dass wir uns kaum verfehlen können. Wenn ich fertig bin, halte ich nach dir Ausschau. Viel Glück, und sei vorsichtig, Liebling. Denk dran, es geht um fünf Morde. Das Ganze ist nicht ungefährlich. Wir spielen hier nicht Räuber und Gendarm.«

George gab ihm schnell einen Kuss. »Schön, dass du dich so um mich sorgst. Ich pass schon auf, denn ich kenne ja die Gefahr. Immerhin habe ich die Leichen obduziert. Wir haben es mit einem eiskalten Killer zu tun. Aber mir wird schon nichts passieren. Es ist hell draußen, und dieser Ort ist so verschlafen, dass ihn nur eine Atomexplosion wecken könnte. Bis später, Schatz.«

An der Tür drehte sie sich noch einmal um. Er hob die Hand und tippte mit Daumen und Zeigefinger gegen die Stirn, und sie ging lachend und glücklich davon. Mein geliebter Gus, dachte sie, als sie auf die Straße trat und sich umsah. Manchmal hatte er es wirklich nicht leicht mit ihr. Zielstrebig überquerte sie den Platz und ging auf die kleine Straße zu, in der offensichtlich einige Geschäfte waren. Auf zu *Sloane's!*

*

George nahm sich Zeit für einen gemütlichen Schaufensterbummel und sah sich in einigen Geschäften ein wenig um. Es war auf der Straße und in den Läden noch sehr ruhig, denn die Saison ging ihrem Ende entgegen. Doch hier in Durleighton herrschte an einem Montagmorgen um neun Uhr wahrscheinlich nie gerade Hochbetrieb.

In einem kleinen Lebensmittelgeschäft kaufte sie für Gus ein Glas scharfen Senf für zu Hause. Erstens wollte sie Gus eine Freude machen, und ein kleines Gespräch mit der Verkäuferin konnte sicher auch nicht schaden. »Sehr ruhig heute Morgen, nicht wahr?«, sagte sie zu der Frau an der Kasse.

»Ruhig? Na ja, hier ist nie gerade der Bär los. Ziemlich öde Gegend«, murmelte die Verkäuferin, die – wie George jetzt sah – noch sehr jung war.

»Und der Laden läuft trotzdem?« George schaute sich die Regale an, auf denen Spargelgläser, Olivenöl in hübschen Flaschen, Gewürze, Marmelade und natürlich Senf standen.

Die junge Frau zuckte mit den Schultern. »Es ist ja nicht immer so ruhig. Die meisten fahren zwar zum Supermarkt nach Baston Hill, aber bestimmte Leute kommen eben zu uns. Das sind die Wochenendurlauber, die Reichen und natürlich die Touristen. Meine Freunde lassen sich hier nicht blicken.«

Wahrscheinlich war es nicht gerade ein Vergnügen, sich nur mit Touristen und Reichen herumzuschlagen. George bezahlte den Senf, packte ihn in ihre Handtasche, wo er zwischen Make-up, Portemonnaie und Müll verschwand, und wechselte dann ganz beiläufig das Thema. »Ach, sagen Sie mal, gibt es hier in Durleighton eigentlich ein gutes Modegeschäft?«

»Mode?« Die junge Frau lachte. »Wenn Sie zu viel Geld haben, finden Sie hier bestimmt etwas. Mir sind die Klamotten in diesem Nest zu teuer. Ich fahre immer nach Birmingham oder nach Warwick. Meine Freundin Dawn hat ein Auto, und manchmal nimmt sie mich mit zum Shopping. Die arbeitet übrigens in so einem Modegeschäft.«

George spitzte die Ohren. Das hörte sich ja höchst interessant an! »Sagen Sie bloß! Was ist das denn für ein Geschäft?«

»Ach, so ein teurer Schuppen. *Sloane's.* Liegt am Ende der Market Street, kurz vor der Kirche. Für mich ist das nichts. Die verkaufen da Tweed- und Seidenzeug. Nicht mein Stil. Im Fenster hängt so ein schwarzes Seidenkleid. Ein ganz schlichter Fetzen, und der kostet sage und schreibe sechshundert Pfund. Das muss man sich mal vorstellen. Meine Freundin darf die Sachen noch nicht mal anprobieren, dann rastet die Alte gleich aus. Mit den Kunden hat Dawn auch kaum was zu tun. Die kocht nur Kaffee, räumt die Sachen hin und her und muss den ganzen Tag lächeln. Alles andere macht die Chefin.«

Die Investition für den Senf hatte sich gelohnt, freute sich George. Vielleicht konnte sie noch mehr erfahren. »Was hat Dawn denn für eine Chefin? Ist sie nett?«

»Nett? Na ja, ich weiß nicht«, erwiderte die Verkäuferin. »Ist wohl schon okay. Hängt immer an der Strippe und telefoniert mit London, sagt Dawn, und hält sich für wer weiß wen. Dabei arbeitet diese Mrs. Morris da auch nur wie Dawn. Es gibt wirklich keinen Grund, so ein Getue zu machen. Immerhin gehört ihr der Schuppen ja nicht.«

»Ach? Wem denn?«

Als die Verkäuferin, die sich bequem auf die Theke gestützt hatte, den Kopf hob, lächelte George sie freundlich an. Hatte sie jetzt doch zu viele Fragen gestellt?

»Irgend so einer reichen Tussi aus London. Manchmal kommt die auch nach Durleighton. Die hat wohl noch einen Laden in London und scheinbar woanders auch.«

Die Ladentür wurde geöffnet, und eine Frau in einem Regenmantel und mit Kopftuch betrat den Laden. »Guten Morgen, Hayley«, trällerte sie. »Schönes Wochenende gehabt?«

»Sehr schön. Danke, Mrs. Charteris«, erwiderte Hayley und richtete sich auf. »Ich habe Ihre Marmelade schon bereitgestellt. Mr. Edmunds hat mir gesagt, dass Sie kommen.« Hayley ging mit gebeugten Schultern nach hinten. George lächelte die Kundin zögernd an. »So, ich gehe dann mal«, rief sie in den Laden. »Auf Wiedersehen. Tschüs, Hayley.«

Die junge Frau winkte ihr von der Theke aus nach, und die Kundin lächelte George neugierig an. »Zu Besuch hier? Wie schön. Ich hoffe, es gefällt Ihnen in Durleighton. Es ist wirklich ein reizender Ort.«

»Ja, ein wunderschönes Städtchen«, sagte George und verschwand. Sie hatte sich lange genug in diesem Geschäft aufgehalten und von Hayley alles erfahren, was sie wissen wollte. Langsam steuerte sie auf das Ende der Straße zu, wo *Sloane's* liegen musste. Da ihre Ungeduld stetig wuchs, wurde ihr Schritt immer schneller. Wenige Minuten später hatte sie das Ende der Straße erreicht.

Auf der Straße herrschte mittlerweile schon reger Verkehr. Sie musste einen Moment warten, bis sie die Straße überqueren konnte. Endlich stand sie vor dem hübschen Gebäude. Eine kleine Treppe führte zur Eingangstür. Die Schaufenster waren ziemlich hoch und spärlich dekoriert. In einem sah sie das schwarze Kleid, über das Hayley so abfällig gesprochen hatte. Es war jedoch sehr hübsch und exzellent gearbeitet. Vor dem weißen Hintergrund kam es besonders gut zur Geltung. Trotzdem ein stolzer Preis! Auf der anderen Seite des Schaufensters konnte man eine weiße Seidenjacke vor einem schwarzen Hintergrund bewundern. Diese verführerische Dekoration gefiel George so gut, dass sie am liebsten in dieser Boutique Shopping gemacht hätte. Das Firmenschild *Sloane's* über der Tür belehrte sie sofort eines Besseren. Sie musste hier recherchieren.

Ungeduldig lief sie die Stufen hinauf. Die Inneneinrichtung überraschte sie keineswegs. In dem großen Verkaufsraum hing ein schwerer Kronleuchter an der Decke, und versteckte Scheinwerfer spendeten indirektes Licht. Die Wände waren in einem zarten Cremeton gestrichen. Gemütliche Sitzecken, mit Wildleder gepolsterte Chromstühle und kleine Tischchen aus Rosenholz und Chrom mit Hochglanzmagazinen, silbernen Aschenbechern und frischen Blumen in hübschen Vasen luden zum Verweilen ein. Rings an den Wänden hingen Spiegel, die in unterschiedlichen Winkeln angeordnet waren, und ein paar kopflose Schaufensterpuppen waren mit Modellen bekleidet. Am Ende des Verkaufsraumes sah George einen Vorhang aus cremefarbenen und silbernen Perlen, und dahinter konnte sie voll bepackte Kleiderständer erkennen. Es roch nach Hyazinthen und Kaffee, und der Laden strahlte eine unglaubliche Ruhe aus. George war restlos begeistert, aber sie war ja nicht zum Vergnügen hier.

Die Jugendliche, die ihren Kopf durch den Perlenvorhang steckte, war ganz sicher Dawn. Sie wirkt genauso gelangweilt wie ihre Freundin im Lebensmittelgeschäft, dachte George, sah jedoch gepflegter aus. Im Gegensatz zu Hayley war Dawn dezent geschminkt, und in ihrem blonden Haar steckte ein hübsches Samtband.

»Guten Morgen«, sagte sie übertrieben freundlich. »KannichIhnenhelfen?« Das war scheinbar für sie nur noch ein Wort, da sie es so oft wiederholte, jedoch schwang nicht das geringste Interesse mit, die neue Kundin zu bedienen. George ließ sich nicht einschüchtern.

»Guten Morgen«, erwiderte sie lächelnd. »Darf ich mich mal ein wenig umschauen?«

»O ja, natürlich.« Dawn stand jetzt vor dem Perlenvorhang, und George sah, dass sie eine Nachbildung des schwarzen Kleides aus dem Fenster trug. Das Kleid stand ihr ausgezeichnet, sah aber bei ihr trotzdem anders aus als im Fenster. George holte tief Luft. Hoffentlich war diese junge Frau auch so gesprächig wir ihre Freundin.

»Wie hübsch«, sagte sie und verfiel wieder in ihren gedehnten amerikanischen Akzent, was sich bei solchen Gelegenheiten immer als sehr hilfreich erwies. »Wenn das nicht das reizende Kleid aus dem Fenster ist! Das ist doch das gleiche, oder?«

Dawn kicherte, senkte den Kopf und schaute an ihrem Körper herunter. »Das wäre schön. Nein, Mrs. Morris hat es für mich nachgearbeitet. Natürlich nur, damit ich es hier tragen kann. Woanders würde ich es niemals anziehen.«

»Aber es steht Ihnen ausgezeichnet!« George war tatsächlich von dem Kleid ganz angetan. Wenn es auch nur eine Kopie und nicht so hochwertig wie das Kleid aus dem Fenster war, stand es Dawn wirklich gut.

»Na ja.« Dawn lächelte George verhalten an. »Das ist wirklich nicht so ganz mein Stil. Hier fürs Geschäft ist es schon okay ... Mrs. Morris ist in einer Minute wieder da. Wenn Sie vielleicht auf sie warten möchten? Darf ich Ihnen eine Tasse Kaffee oder Tee anbieten?«

»Oh, wie nett von Ihnen!« George setzte sich auf einen Wildlederstuhl, der nicht ganz so bequem war, wie er aussah. »Gegen eine Tasse Kaffee hätte ich nichts einzuwenden. Ich hab's nicht eilig. Warum also nicht?«

23

Als die Ladentür geöffnet wurde und Mrs. Morris hereinkam, hatte George eine Menge über *Sloane's* erfahren. Es war nicht schwierig gewesen, mit Dawn ins Gespräch zu kommen. Wahrscheinlich verbrachte sie viel Zeit allein im Laden und war daher über jede Abwechslung froh. Nach kurzer Zeit redete sie wie ein Wasserfall.

George konnte Dawns arglosen Klagen sofort entnehmen, dass hier in diesem Geschäft sehr wenig Geld den Besitzer wechselte. An Wochentagen war es fast immer ganz ruhig. George war die einzige Kundin, die je so früh an einem Montagmorgen ins Geschäft gekommen war. Aber es war nicht etwa so, dass sie gar keine Kundschaft hatten. An Wochenenden herrschte manchmal reger Betrieb. Dann kamen die reichen Leute, die in den Villen am Stadtrand wohnten, Wochenendbesucher und Touristen. *Sloane's* war bekannt für teure Designerkleidung.

»Wir haben hier alle guten Marken, die man sich nur vorstellen kann«, sagte Dawn ein wenig stolz, wenn das auch ganz und gar nicht ihr Stil war. »Obwohl ich sagen muss, dass ich persönlich nach dem Aussehen eines Kleides gehe und nicht nach der Marke. Offenbar gibt es viele Leute, die großen Wert darauf legen ...« Sie verstummte und schaute George ängstlich an. »Hoffentlich bin ich jetzt nicht ins Fettnäpfchen getreten. Vielleicht legen Sie ja auch ...«

»Nein, nein, keine Sorge«, beruhigte George sie. »Ich bin ganz Ihrer Meinung. Die Marken interessieren mich nicht. Aber ich mag schöne Kleidung, und man sieht, dass es hier wirklich schöne Sachen gibt.«

»Vermutlich. Ich steh aber mehr auf fetzige Klamotten.« Dawn errötete leicht. »O je, Sie verraten Mrs. Morris doch nicht, dass ich das gesagt habe? Sie wäre schrecklich verärgert, wenn sie das erfahren würde.«

»Nein, ich schweige wie ein Grab. Versprochen. Aber sagen Sie mal, haben Sie denn so große Angst vor ihr?« Diese Frage war vielleicht etwas gewagt, doch wer nicht wagt, der nicht gewinnt, sagte George sich zuversichtlich.

Sie hatte Glück. Dawn nahm keinen Anstoß an dieser persönlichen Frage. »Nein, sie macht mir keine Angst. Ich komme nur nicht damit klar, wie die mit mir umspringt. Sie hält sich für den allmächtigen Gott, das ist ihr Problem, aber sie ist hier nur die Geschäftsführerin. Da kann sie noch so viele tolle Freunde haben. Mrs. Dee ist die Besitzerin, und ich habe ihre Telefonnummer in London. Wenn ich ihr etwas über Mrs. Morris zu sagen habe, tu ich es. Das weiß Mrs. Morris natürlich nicht.« Dawn fing an zu kichern, doch das hörte sich nicht sehr fröhlich an.

»Mrs. Dee?«, fragte George in möglichst beiläufigem Tonfall. »Was heißt das denn richtig?«

»Wie meinen Sie das?« Dawn war verdutzt.

»Dee. Wofür steht das? Dawkins? Donald? ...«

Dawns Gesicht erhellte sich. »Ach so, jetzt verstehe ich, was Sie meinen. »Nein, das ist keine Abkürzung. Sie heißt so. Dee. Arabella Dee Ltd. So heißt die Gesellschaft. Das habe ich in den Unterlagen gesehen.« Dawn kicherte schon wieder. »Ich soll da zwar nicht herumschnüffeln, tu's aber trotzdem. Oh.« Sie schüttelte den Kopf. »Ich rede wirklich zu viel, nicht? Meine Mutter sagt immer, ich würde mir mit meinem lockeren Mundwerk eines Tages noch große Probleme einhandeln. Sie sagen Mrs. Morris doch nicht, dass ich so viel gequatscht habe?«

»Seien Sie unbesorgt.« George strahlte sie an. »Ich rede auch gerne. Es macht doch Spaß, sich nett zu unterhalten.«

»Ja, stimmt.« Dawn lehnte sich gemütlich gegen einen Spiegel. So ein nettes Plauderstündchen am frühen Morgen schien ihr sichtlich zu gefallen. George war entzückt. Heute Morgen hatte sie wirklich mehr Glück als Verstand.

»Wie ist denn Ihre Chefin sonst so? Mrs. Morris meine ich?« Dawn war doch bestimmt bereit, noch ein wenig aus dem Nähkästchen zu plaudern.

Dawn schien nur auf eine Gelegenheit gewartet zu haben, sich Luft zu machen. »Die ist total eingebildet. Mrs. Morris hält sich für eine ausgesprochen kultivierte Dame. Kultiviert!« Dawn stieß dieses Wort richtig verächtlich aus. »Wenn man hier in diesem Kaff lebt, stehen die Chancen eins zu tausend, dass man sich in einen kultivierten Menschen verwandeln könnte. Sobald ich ein bisschen was gespart habe, bin ich hier weg. Ich will in London leben. Da gibt es bestimmt kultivierte Menschen, oder?«

»Ja gewiss.« George rührte diese Sehnsucht einer jugendlichen Kleinstädterin nach der Großstadt. »Aber Sie sind doch großartig, so wie Sie sind, Dawn. Leute, die eine Schau abziehen, weil sie anders sein wollen, als sie sind ...«

»Ganz genau! Ist das nicht furchtbar? Ständig ist die mit ihren berühmten Freunden dran, Lord Durleigh hier und Lord Durleigh da. Wie die sich aufgeführt hat, als der umgebracht worden ist, da hätte man meinen können, die hätten ein Verhältnis gehabt oder so. Und ich weiß, dass sie sich gar nicht so nahe standen. Einmal stand er nämlich draußen vor dem Geschäft, und ich hab gesagt: ›Oh, da ist Lord Durleigh.‹ Die ist sofort raus aus dem Laden und hat auf den eingeredet, aber der schien sich zu Tode zu langweilen. Es gefällt ihr einfach, reichen, berühmten Leuten in den Hintern zu kriechen. Oh, Entschuldigung.«

»Kein Problem.« Dawns Sprachgebrauch interessierte George jetzt am wenigsten. Ihr Puls hatte sich beschleunigt. Mit dieser Verkäuferin war sie auf eine wahre Goldmine gestoßen. »Das war eine schreckliche Sache mit Lord Durleigh, nicht wahr?«

»Ganz schrecklich. Wenn man sich vorstellt, dass in London ein Verrückter herumrennt. Meine Mutter ist natürlich total aus dem Häuschen. Immer, wenn ich sage, dass ich nach London gehen will, dreht sie durch, und mit diesen ganzen Morden wird es auch nicht besser. Doch ich sage ihr immer, das ist nur ein Verrückter. Man wird ihn fassen, und dann bin ich da genauso in Sicherheit wie woanders. Schließlich kann einem in kleinen Städten auch was passieren. Denken Sie nur an Hungerford.«

Ihr Respekt vor der Polizei und ihrer Fähigkeit, Mörder zu fassen, war ebenso rührend wie ihre Sehnsucht nach der Großstadt, dachte George. Scheinbar war das Ringen der Polizei um öffentliche Anerkennung doch nicht ganz hoffnungslos. George lächelte Dawn freundlich an. »Ich bin sicher, dass sie ihn auch fassen werden. Wohnen hier noch mehr Leute von Rang und Namen.«

»Ach, dieser Mr. Caspar-Wynette-Gondor«, sagte Dawn. »Das ist Lord Durleighs Bruder, und mit dem macht die auch immer so ein Getue.« Sie verstummte und neigte ihren Kopf zur Seite. »Der wird doch jetzt sicher Lord Durleigh, oder?«

»Meinen Sie?«

»Wahrscheinlich. Der andere Bruder ist doch auch umgebracht worden, nicht? Also wird Edward jetzt der Lord. Dann wird die Alte sich so richtig ins Zeug legen. Aber zu seinem Freund ist sie besonders freundlich.«

»Ach? Welcher Freund denn?«

»Der Typ, der auf dem Besitz arbeitet. Der Verwalter, Mr. Powell. Jasper heißt der. Ehrlich gesagt glaube ich, sie hat was mit dem. Die sind ganz dicke. Essen im *Bald Monk* zusammen und so.«

Das *Bald Monk* war das Hotel-Restaurant, in dem George und Gus übernachtet hatten. Der Gedanke, dort häufiger zu essen, war nicht gerade verlockend. George verzog ein wenig das Gesicht, sagte jedoch nichts dazu.

»Ich hab sie dort manchmal abends gesehen, aber auch schon mittags. Die stecken immer die Köpfe zusammen und reden pausenlos. Wahrscheinlich weiß sie deshalb so gut Bescheid, was in Durleigh Abbey vor sich geht. Auf jeden Fall ...«

Und dann ging die Eingangstür auf. Die Frau, die den Laden betrat, war fast so groß wie George. Sie war jedoch kräftiger und hatte eine eindrucksvolle Oberweite und ausgesprochen hübsche Beine. Das war ihr sicher bewusst, denn sie trug Schuhe mit sehr hohen Absätzen, und der Rock ihres karminroten Kostüms war ziemlich kurz. Der Mann, der hinter ihr den Laden betrat, war noch größer als sie. Er trug einen Stapel Pappkartons, und als die Frau stehen blieb, hielt auch er inne.

»Oh, guten Morgen«, sagte die Frau. »Ich habe nicht erwartet ... Hat man sich um Sie gekümmert?«

»O ja«, erwiderte George mit einem strahlenden Lächeln. »Ich habe schon viel Kaffee getrunken. Außerdem habe ich in den Zeitschriften geblättert und mir Ihr reizendes Geschäft angesehen. Die junge Dame bot mir an, auf Sie zu warten, weil Sie sich am besten auskennen, und das habe ich getan.«

Die Frau ließ erleichtert die Schultern sinken und schenkte George ein routiniertes Lächeln. »Es tut mir sehr Leid, dass Sie warten mussten. Wenn ich gewusst hätte ... Es ist meine Schuld«, sagte sie gönnerhaft. »Das Mädchen kann nichts dafür. Sie konnte mich ja nicht benachrichtigen, weil sie nicht wusste, wo ich war. Das war sehr unüberlegt.« Sie warf ihrem Begleiter schnell einen Blick zu. »Schatz, würde es dir etwas ausmachen, die Sachen nach hinten zu tragen?« Dann wandte sie sich wieder an George. »Was darf ich Ihnen zeigen?«

George musterte den Mann verstohlen. Er hatte etwas Jungenhaftes an sich, musste aber so um die vierzig sein und sah ausgesprochen gut aus. Seine grünen Augen lagen weit auseinander, und sein markantes Kinn war durch eine tiefe Furche geteilt. Glücklicherweise hatte er Fältchen unter den Augen und eine leicht gekrümmte Nase, wodurch er nicht ganz so perfekt, dafür aber umso charmanter aussah. George, die sich mit schönen Männern auskannte, konnte die Frau, die neben ihm stand, gut verstehen. Ein Mann wie Jasper Powell kam sicher bei vielen Frauen gut an. Das musste Jasper Powell sein, denn Dawn war errötet, als er den Laden betreten hatte. Es ist nie angenehm, wenn man vom Teufel spricht und der dann plötzlich vor einem steht, dachte George belustigt.

»Mit Vergnügen«, sagte er mit einer tiefen, rauen Stimme und lächelte George an. »Guten Morgen.«

»Guten Morgen. Sie sind ja ziemlich schwer beladen.«

»Oh, das schaffe ich schon.« Er zwinkerte der Frau neben sich zu. »Daffy sorgt dafür, dass ich in Übung bleibe. Ins Lager?«

»Ja, bitte ... Nun, meine Liebe, was kann ich Ihnen zeigen? Hätten Sie gern noch einen Kaffee getrunken, während ich die Sachen heraussuche?«

»Oh, nein danke.« George, die Angst hatte, eine Koffeinvergiftung zu bekommen, wenn sie noch mehr Kaffee trinken würde, schüttelte den Kopf und stand auf. »Dawn war schon sehr großzügig.«

»Ach, sie hat sich schon vorgestellt?« Der kühle Tonfall verriet, dass Mrs. Morris nicht begeistert davon war. George hätte fluchen können. Das war ihr einfach so herausgerutscht.

»Ich habe sie nach ihrem Namen gefragt«, erklärte sie. »Das tue ich immer. Ich heiße George Barnabas. Hallo!« Sie reichte der Frau die Hand. »Und Sie sind ...?«

»Daphne Morris«, erwiderte sie nach kurzem Zögern. »Angenehm.« Ihre Stimme war wieder freundlicher, und George beruhigte sich. »Suchen Sie etwas Bestimmtes?«

»Um die Wahrheit zu sagen, weiß ich es gar nicht so genau. Auf jeden Fall ein Kleid. Ein schickes Kleid, das ich auch gelegentlich tagsüber tragen kann.«

»Oh, meine Liebe, ja. Es ist so schwierig für Geschäftsfrauen, nicht wahr? Den ganzen Tag müssen sie an Besprechungen teilnehmen, und anschließend werden sie sofort auf einer Party erwartet.«

Sie wirft ihre Angel aus, dachte George, weil sie wissen will, was ich mache. »Wie Recht Sie haben. Wahrscheinlich haben alle berufstätigen Frauen dieses Problem. Was schlagen Sie vor?«

Mrs. Morris durchquerte den Laden und steuerte auf den Perlenvorhang zu. »Ich schaue mal, was ich in Ihrer Größe da habe. Achtunddreißig?«

»Ja, ich glaube schon«, sagte George, obwohl sie genau wusste, dass bei engen Kleidern eher vierzig angesagt war, aber das wollte sie nicht zugeben. »Es hängt vom Schnitt ab.«

»Das ist immer so.« Daphne Morris ging gerade durch den Perlenvorhang, als Jasper Powell wieder auftauchte. »Wir sehen uns dann nachher, Jas?«, sagte sie schnell. »Wie üblich?«

»Natürlich.« Er lächelte sie an und wollte sie auf die Wange küssen, doch sie schüttelte leicht den Kopf.

George setzte sich wieder auf den gepolsterten Stuhl und schenkte dem attraktiven Mann ein strahlendes Lächeln. »Was für ein schöner Tag«, sagte sie. »Eine Freude, auf dem Lande zu sein.«

»Das Wetter war schon besser«, erwiderte er trocken, denn der Himmel hatte sich tatsächlich wieder zugezogen. »Wenigstens regnet es nicht.«

George, die das Wetter nur angesprochen hatte, um ein unverbindliches Gespräch zu beginnen, schaute aus dem Fenster. »Tatsächlich. Wenn es regnet, ist alles schwieriger, vor allem, wenn man Waren ausliefert. Alles wird nass. Das ist bestimmt nicht leicht für Sie.«

Er fing an zu lachen. »Ich bin eigentlich kein Lieferant, auch wenn es so aussehen mag.«

George täuschte Verlegenheit vor. »Oh, ich wollte Ihnen nicht zu nahe treten. Ich dachte nur, weil Sie die Kartons hereingebracht haben ...«

»Ein reiner Freundschaftsdienst. Ich habe Mrs. Morris geholfen, die Sachen vom Bahnhof abzuholen.«

»Dann haben Sie sicher einen interessanteren Job.«

Er schaute George nachdenklich an und lächelte verhalten. »In der Tat. Wie Sie vermutlich auch.«

Daphne Morris kam mit einer Reihe von Kleidern über dem Arm wieder hinter dem Perlenvorhang hervor. Ihre Augen funkelten ein wenig, als ihr Blick von Jasper zu George wanderte. »Oh, ich dachte, du wärst schon gegangen.«

»Ich bin schon weg.« Vor der Tür blieb Jasper Powell noch einmal stehen. »Bis nachher, Daffy. Pass auf dich auf.« Dann ging er endgültig, und Daphne Morris starrte ihm mit ausdrucksloser Miene hinterher.

»Ein netter Mensch. Gut, wenn man Freunde hat, die einem helfen, nicht wahr, vor allem, wenn man ein Geschäft hat?«, sagte George.

»Hm.« Daphne wirkte ein wenig zerstreut, als sie den Kopf hob und George anschaute. »Er hat nur die Kartons für mich vom Bahnhof abgeholt.«

George war ein wenig überrascht, dass Daphne sie plötzlich so aufmerksam betrachtete. »Es ist eine große Hilfe, wenn man Freunde hat, die mal einspringen. Darum ist es auch so schön, auf dem Land zu wohnen, nicht wahr? In der Großstadt denkt jeder nur an sich.«

»Ja.« Daphne schien ihrer Meinung zu sein. »Wie Recht Sie haben. Wir helfen uns hier immer gegenseitig. So, schauen Sie mal. Wie gefällt Ihnen das?«

Es war ein schmal geschnittenes, dunkelblaues Kleid. George begutachtete das gute Stück und dachte an das letzte Kleid, das sie sich gekauft hatte. Dafür hatte sie fast ein Vermögen ausgegeben, und das war noch gar nicht so lange her. Dieses hier kostete vierhundertfünfzig Pfund. Das war ein stolzer Preis – auch für eine Gerichtsmedizinerin.

Die nächste halbe Stunde verging wie im Fluge. Es machte richtig Spaß, die schicken Kleider anzuprobieren. George vergaß darüber fast, warum sie gekommen war. Heute schien ihr Glückstag zu sein, denn Daphne Morris entspannte sich zusehends und plapperte munter drauflos.

Allerdings hörte George kaum etwas Neues. Einige Dinge, die Dawn ihr schon erzählt hatte, wurden zwar bestätigt, aber im Großen und Ganzen hatte George das Gefühl, nichts Wesentliches mehr zu erfahren.

Mrs. Daphne Morris war in der Tat fürchterlich versnobt und prahlte immer wieder mit ihren hoch gestellten Kunden und Freunden. Man konnte fast den Eindruck gewinnen, als hätten die weiblichen Gäste von Lord Durleigh nichts Eiligeres zu tun, als zu *Sloane's* zu rasen, um sich mit neuer Garderobe zu bestücken. Offenbar kleideten sich alle Leute aus der Gegend, die etwas auf sich hielten, bei ihr ein. Daphne Morris selbst war selbstverständlich überall höchst willkommen, und sie verkehrte in den besten Häusern am Platze.

George fuhr ihre Antenne aus, als sie von einem entzückenden Kleid ins andere schlüpfte und sich in verschiedenen Posen im Spiegel betrachtete. Viele Kleider standen ihr wirklich ausgesprochen gut. Ein Jammer, dass sie alle so teuer waren! Natürlich verlor sie den Zweck ihres Besuchs nicht aus den Augen und stellte so ungezwungen wie möglich arglose Fragen.

Gehörte auch Jasper Powell zu den Persönlichkeiten des Ortes? Ja, er war wie auch Daphne ein enger Freund von Mr. Edward Caspar-Wynette-Gondor und wohnte unmittelbar neben CWG, seitdem er sein Verwalter war. Als die beiden sich kennen gelernt hatten, war Jasper einer der besten Londoner Küchenchefs gewesen. Er konnte noch immer phantastisch kochen, was er immer bewies, wenn er Mrs. Lyons, die sich um die beiden kümmerte, überreden konnte, ihm ihre Küche zu überlassen.

»Sie kann sich so viele Dinge herausnehmen, die sich eine normale Hausangestellte niemals erlaubten könnte«, erzählte Daphne, die George gerade in einem reizenden Kleid aus dunkelbraunem Wildleder mit Pelzbesatz begutachtete. Auf dem Preisschild erblickte George eine vierstellige Zahl, doch zu ihrer großen Erleichterung stand ihr das Kleid überhaupt nicht. »Sie hat schon bei den Durleighs gearbeitet, als Edward noch ein Säugling war, und Sie wissen ja, wie das mit so einem alten Faktotum ist.« Daraufhin fing sie laut zu lachen an. George stutzte. Faktotum? War dieser Ausdruck nicht ein wenig antiquiert? Diese Mrs. Morris schien überhaupt ziemlich versponnen zu sein.

»Aber sie liebt Jasper ebenso sehr wie Edward – fast, denn Edward war schon von jeher ihr Liebling. Sie hat ihn immer seinen Brüdern vorgezogen. Auf jeden Fall darf Jasper manchmal für uns kochen, und dann laden wir zu köstlichen Dinnerpartys ein.« Sie lachte schon wieder fröhlich. Es gefiel ihr sichtlich, vor ihrer Kundin mit ihrem extravaganten Lebensstil zu prahlen.

Schließlich beschlich George das unbestimmte Gefühl, dass es an der Zeit war zu gehen. Daphne Morris waren bestimmt keine Informationen mehr zu entlocken. George hatte sich zwar bemüht, das Thema auf den eigentlichen Besitzer des Geschäftes zu lenken, doch Daphne war immer wieder ausgewichen. Im Falle eines Falles konnten sie auf Dawn zurückgreifen, denn sie hatte ja die Telefonnummer der Besitzerin, die nicht Alice Diamond, sondern Arabella Dee hieß. Sollte Alice Diamonds Identität durch diese Namensbildung verschleiert werden? Darum würde Gus sich persönlich kümmern müssen.

Es blieb George fast nichts anderes übrig, als etwas zu kaufen, nachdem sie sich so lange hier aufgehalten hatte. Sie entschied sich für ein ziemlich hübsches Kleid aus plissierter Seide in einem dunklen Gelbton, das ihr sehr gut stand und *nur* dreihundert Pfund kostete. Das war im Vergleich mit allen anderen Sachen, die sie anprobiert hatte, ausgesprochen preiswert. Es musste jedoch noch geändert werden, da es in der Taille und Hüfte etwas zu weit war, was George unglaublich tröstete, da sie doch Größe vierzig nehmen musste, um ihren üppigen Busen unterzubringen. Sie besprachen alles genau und verabredeten, dass das fertige Kleid zu ihr nach London geschickt wurde.

Es war fast elf Uhr, als George das Geschäft schließlich verließ. Der Himmel war noch immer bewölkt, und weil es ziemlich kühl war, zog sie ihren Jackenkragen hoch. Sie wollte zurück zum Marktplatz gehen, um nach Gus Ausschau zu halten, und sie näherte sich dem Bordstein, um die Straße zu überqueren.

Die Autos, die hier mit dem Heck zum Bürgersteig parkten, standen so dicht nebeneinander, dass es kaum möglich war, sich an ihnen vorbeizudrängen, um die Straße zu überqueren. Daher ging sie noch ein Stück weiter, bis sie eine Lücke entdeckte, die groß genug zu sein schien, um zur Straße zu gelangen.

Da ihr der kalte Wind ins Gesicht wehte, hielt sie den Kopf gesenkt, als sie sich an den parkenden Wagen vorbeischlängelte. Sie steuerte auf die Lücke zu, die sie im Auge hatte, und wollte gerade an einem Geländewagen vorbei, als der Fahrer, den sie nicht bemerkt hatte, den Motor startete.

Dann ging alles ganz schnell. Der Fahrer legte den Gang ein, und der Wagen machte einen Satz – rückwärts. George, deren Adrenalinspiegel in die Höhe schnellte, wollte ausweichen, doch es war zu spät. Die Heckstoßstange war gegen ihr Bein geprallt, und sie spürte, dass warmes Blut aus der Wunde floss. Sie hämmerte mit beiden Fäusten wild gegen das Heck des Fahrzeugs, das sie gegen die Wand eines Süßwarenladens presste. Jetzt konnte sie sich nicht mehr bewegen, und sie bekam kaum noch Luft. Sie stand unter Schock. In ihrem ganzen Leben hatte sie noch nie so große Angst gehabt.

24

Als Jasper Powell ihr Schreien hörte, fuhr er sofort ein Stück vor, um George aus ihrer Falle zu befreien. Dann stellte er den Motor ab, sprang aus dem Wagen und eilte zu ihr. George hatte es die Stimme verschlagen. Sie lehnte sich gegen das Schaufenster des Süßwarengeschäfts und rang nach Atem.

»O Gott, es tut mir so Leid. Ich hab Sie nicht gesehen. Ich weiß gar nicht, wie ... Kommen Sie, ich stütze Sie, damit Sie sich irgendwo hinsetzen können. Wir rufen sofort einen Krankenwagen ...«

»Nein ...«, stammelte George. »Nein, das ist nicht nötig. Ich bin okay.« Sie wusste, dass sie sich keine größere Verletzung zugezogen hatte. Der Schock saß ihr zwar noch in den Gliedern, aber es war nichts gebrochen. Das Schienbein war nur aufgeschürft und die Strumpfhose zerrissen, und daher sah die Wunde schlimmer aus, als sie wahrscheinlich war. George atmete ein paar Mal tief durch, um sich zu beruhigen. Sie war zwar noch immer schrecklich aufgeregt, aber die Ärztin in ihr gewann schnell die Oberhand. Kein Grund zur Panik! Sie hatte eine Schürfwunde am Bein, und sonst nichts. Gott sei Dank! Allmählich schlug ihr Puls wieder ruhiger, sie bekam wieder Luft und konnte sich aufrichten, obwohl es hilfreich war, dass er einen Arm um sie gelegt hatte.

»Alles in Ordnung«, sagte sie. »Ich hätte wohl zuerst nachsehen müssen, ob jemand im Auto saß.« Sie schaute auf den Wagen und schüttelte den Kopf. »Aber ich hätte Sie ja gar nicht sehen können, oder?« Es war ein hoher Range Rover, dessen Heckscheibe zum Teil durch die Heizdrähte verdunkelt war. Er seufzte.

»Ich sollte den Wagen wahrscheinlich nicht dort abstellen, aber ich brauche ihn für die Hunde, und normalerweise schaue ich sehr genau in die Seitenspiegel. Heute hab ich einfach nicht daran gedacht. Es tut mir schrecklich Leid. Wir müssen die Wunde verbinden. Es sieht schlimm aus.«

»Halb so wild.« George fühlte sich schon besser, war jetzt aber ein wenig verlegen. Es war dumm von ihr, hinter einem parkenden Wagen vorbeizugehen, ohne sich davon zu überzeugen, ob er gerade losfuhr. Sie wollte nur weg von hier, um sich in Ruhe um ihre Verletzung kümmern zu können. »Ich bin Ärztin und kann mein Bein selbst verbinden. Nicht nötig, einen Krankenwagen zu rufen.«

»Ärztin? Das beruhigt mich aber. Sind Sie ganz sicher ...«

»Ganz sicher. Am besten, ich gehe sofort zurück zum Hotel und dann ...«

»Kommt überhaupt nicht in Frage! Kommen Sie. Ich nehme Sie mit, damit Sie Ihre Wunde richtig versorgen können. Das bin ich Ihnen schuldig.« Und schon führte er sie vorsichtig, aber entschlossen zur Beifahrertür.

Sie hatte nicht die Kraft zu widersprechen. Im Grunde schien es ihr auch nicht so wichtig zu sein. Sie musste schnellstens ins Hotel, und eine große Diskussion brachte sie jetzt auch nicht weiter. »Okay. Es wäre nett, wenn Sie mich mitnehmen. Wir übernachten im *Bald Monk*.«

»Es ist besser, wenn ich Sie mit zu mir nehme.« Er half ihr auf den hohen Beifahrersitz und schnallte sie an, als wäre sie ein Kind. »Unsere Mrs. Lyons macht mir die Hölle heiß, wenn sie erfährt, was passiert ist. Und das wäre wirklich furchtbar.« Er lächelte sie an und ging schnell um den Wagen herum zur Fahrerseite.

Absurd, dachte George. Wie aus einem schnulzigen Liebesroman. Ein hübscher junger Mann überfährt beinahe die Heldin, besteht darauf, sie mit nach Hause zu nehmen, und was passiert dann? Jetzt ging ihre Fantasie aber mit ihr durch! Der Schock war wohl doch größer, als sie gedacht hatte.

Er schaute mehrmals in die Seitenspiegel, sah ihren Blick, lachte, ließ die Kupplung kommen und fuhr dann langsam auf die Straße. Es war ein seltsames Gefühl, in einem so hohen Geländewagen zu sitzen, denn sie hatte sich an Gus' tief liegenden Wagen gewöhnt. Doch sie gewöhnte sich schnell daran und schaute ein wenig verträumt durchs Fenster auf die engen, mittlerweile belebten Straßen der Stadt. Es überraschte sie, dass sie so müde war, dann aber fiel ihr ein, dass Verletzungen zur Produktion von Endorphinen führten, dem natürlichen Opiat, das Schmerzen linderte. Sie lachte leise.

»Was ist denn so lustig?«

»Dass ich hier sitze und so müde bin und überlege, welchen Grund das hat«, erwiderte sie. »Endorphine.«

»Ah, die körpereigene Chemie, die im Gehirn produziert wird, wenn man sich verletzt oder isst oder Sport treibt, und die einen euphorisch und schläfrig macht?«

»Woher wissen Sie das?«

»Oh, ich weiß eine Menge über solche Dinge. Das hat mich immer schon interessiert. Anatomie und Physiologie«, fügte er hinzu, als er ihren verblüfften Blick bemerkte. »Ich habe sehr viele Bücher darüber. Mein Interesse wurde geweckt, als ich Küchenchef war und lernen musste, wie man verschiedene Sorten Fleisch, Fisch und Geflügel behandelt. Ich war verblüfft, dass so viele Tiere das gleiche Innenleben haben – Herz, Leber und so weiter –, und daher habe ich Vergleiche mit dem Menschen angestellt. Das war sehr aufschlussreich.«

»Ja«, sagte sie und unterdrückte ein Gähnen. »Das ist mitunter sehr interessant.«

»Ah«, rief er plötzlich. »Ich hätte früher daran denken sollen. Warten Sie, ich bin in zwei Sekunden wieder da.« Er fuhr den Wagen auf den Bordstein, stieg aus und rannte in eine Drogerie. Wahrscheinlich kauft er Pflaster oder Verbandszeug, dachte sie. Ich hätte darauf bestehen müssen, dass er mich zum Hotel fährt. Es war wirklich dumm gelaufen.

Als er zurückkam und ihr eine Tüte in die Hand drückte, ehe er den Motor anließ und sich in den Verkehr einfädelte, stellte sie fest, dass er überhaupt kein Verbandszeug gekauft hatte. In der

Tüte war eine schwarze Strumpfhose. Sie drehte das Päckchen in ihrer Hand hin und her und lachte. »Ziemlich groß.«

»Nicht jeder hat so schöne lange Beine wie Sie. Das ist mir sofort aufgefallen, als wir bei *Sloane's* waren. Ich dachte, besser zu groß als zu klein.«

»Da haben Sie Recht. Das ist auch meine Größe. Danke für Ihre Mühe. Was bin ich ...«

»Wenn Sie es wagen, mich nach dem Preis zu fragen und mir das Geld zu geben, könnte ich wirklich sehr unangenehm werden. Ich habe sie zerrissen, also bezahle ich sie auch.«

Dem hatte sie nichts entgegenzusetzen, daher schwieg sie und schaute wieder aus dem Fenster. Sie hatten die Stadt verlassen und fuhren über eine schmale Landstraße, die wenige Minuten später nach einer Kurve noch schmaler wurde. George hielt den Atem an.

»O nein!«, rief sie. »Das ist wohl ein Scherz!«

Er lachte erfreut. »Könnte man meinen, nicht wahr? Ich bin auch immer wieder sprachlos, und dabei wohnen wir schon eine Weile hier.« George bekam vor Verlegenheit ganz rote Wangen.

»Oh, mein Gott! Ist das Ihr Haus? Verzeihung. Das ist mir so herausgerutscht, aber es sieht aus wie ...«

»Wie eine Pralinenschachtel, ja.« So sah es tatsächlich aus. Es war ein langes, flaches Gebäude, das mit einem schönen Reetdach gedeckt und weiß getüncht war. George fielen sofort die tiefen Fenster mit den Rautenscheiben und die ordentlich geschnittene Hecke des Vorgartens auf, in dem trotz der späten Jahreszeit Herbstastern, Rosen, Chrysanthemen und leuchtende Beerensträucher blühten. Aus einem Schornstein stieg sogar eine Rauchfahne gen Himmel, und in der Luft lag der Geruch von verbranntem Holz. Jetzt hätte nur noch eine hübsche Frau in einem Reifrock mit einer Haube auf dem Kopf und einem Sonnenschirm in der Hand gefehlt.

»Ein schönes Plätzchen zum Leben«, sagte sie.

»Ich lebe nur in der Hälfte des Hauses.« Er ging um den Wagen herum und öffnete die Tür, um ihr beim Aussteigen behilflich zu sein. Sie stieg vorsichtig aus, denn ihr Bein war ziemlich steif und schmerzte. »Ich werde es Ihnen zeigen. Kommen Sie. Halten Sie sich an mir fest.«

Sie humpelte an seinem Arm den Weg hinunter und stellte ein wenig belustigt fest, dass der Weg natürlich mit Ziegelsteinen gepflastert war, zwischen denen Thymian und hübsche Pflanzen wuchsen, deren Duft ihr in die Nase stieg. Als sie behutsam einen Schritt vor den anderen setzte, schaute sie auf die schwarze Haustür mit den schweren Messingbeschlägen. Sie hatten die Tür kaum erreicht, da wurde sie geöffnet.

Vor ihnen stand eine kleine, gepflegte Frau mit auffallend schwarzem, gewelltem Haar, das ihr schmales Gesicht umrahmte. Sie hatte mit Make-up nicht gespart und großzügig hellblauen Lidschatten, knallroten Lippenstift und Rouge aufgetragen, doch es war nicht zu übersehen, dass sie eine alte Frau war. Ziemlich alt, dachte George. Siebzig Jahre oder älter.

»Ich habe den Wagen gesehen«, sagte sie, als sie vors Haus trat und Georges Arm ergriff. »Was in aller Welt ist passiert, Mr. Jasper? Was ist diesem armen Kind zugestoßen?«

»Ich habe sie überfahren, Pushkin«, erklärte Jasper. »Rückwärts. Sie braucht eine Schüssel warmes Wasser, ein Antiseptikum und Verbandszeug. Und versuchen Sie nicht, ihr beim Verbinden zu helfen. Sie ist nämlich Ärztin.«

»Dann wird sie so vernünftig sein, einer guten Krankenschwester das zu überlassen, was sie am besten kann.« Die alte Frau grinste George freundlich an und entblößte ihre makellosen, weißen Zähne, die wie ihr ganzes Äußeres recht künstlich wirkten. »Hab ich nicht Recht, Frau Doktor?«

George, der es im Moment nur darum ging, ihre schmerzende Wunde zu versorgen, nickte lächelnd. »Ja, sicher«, sagte sie, denn sie wusste, dass es keinen Zweck hatte, lange zu diskutieren. Die alte Frau schien ihren eigenen Kopf zu haben.

»Sehen Sie? Hab ich doch gleich gesagt! Holen Sie mir schnell meinen Verbandskasten, und dann verschwinden Sie. Wir schaffen das schon.«

Sie führte George in eine saubere Küche, die überraschend modern eingerichtet war und mit den glänzenden Arbeitsflächen und

Schranktüren fast ein wenig steril wirkte. Als George sich erstaunt umschaute, fing die alte Frau an zu lachen.

»Man kann zwar von gestern sein, mein Junge, hab ich zu ihm gesagt, aber nicht meine Küche. Ich will die modernste Küche haben, die es gibt. Es ist mir egal, wenn es hier aussieht wie in einem Operationssaal. Irgendwann geht's nicht mehr. Und da hab ich diese Küche bekommen. Es hat ein halbes Vermögen gekostet, das ganze alte Zeug herauszureißen, aber die neue Einbauküche war natürlich noch teurer.« Ein selbstzufriedenes Lachen drang aus ihrer Kehle. Ehe George sich versah, saß sie auf einem Hocker.

»Dann wollen wir mal. Ich brauche eine schöne Schüssel und etwas ... Ah, da ist es ja ...« Sie ging geschwind durch die Küche, holte eine Glasschüssel, füllte sie mit warmem Wasser und goss ein paar Tropfen aus einer Flasche hinein, die sie aus dem Verbandskasten nahm, den Jasper ihr gerade brachte.

»Sie verschwinden jetzt, Mr. Jasper. Wenn wir fertig sind, kommen wir«, sagte die alte Frau. Jasper lächelte George kurz an und verschwand gehorsam, ohne zu widersprechen. George fühlte sich fast in eine andere Zeit versetzt.

»Ist Jasper nicht sein Vorname?«, fragte sie.

»Ja, das stimmt«, erwiderte die alte Frau. »Er heißt Jasper Powell. Jetzt müssen Sie diese zerrissene Strumpfhose ausziehen, okay? Ah, Sie haben sich schon eine neue besorgt. Das ist gut.«

George stand vorsichtig auf, hob ihren Rock hoch, um sich die Strumpfhose über den Po zu streifen, und setzte sich dann wieder hin. »Ist es nicht etwas ungewöhnlich, jemanden mit dem Vornamen und trotzdem mit Mister anzusprechen? Es hört sich so ...«

»Ja, schon, aber mir gefällt das besser. Er hat gesagt, ich soll ihn einfach Jasper nennen, aber da ich Edward auch mit Mister anspreche, kann ich ihn ja nicht anders behandeln. Immerhin habe ich alle seine Windeln gewechselt.«

»Hm?« George starrte sie verblüfft an. Im Moment war sie etwas abgelenkt, denn die Haushälterin half ihr, die Strumpfhose über die Füße zu ziehen, und das tat ziemlich weh.

Die alte Frau lachte. »Ich war früher sein Kindermädchen. Von beiden.«

»Jasper und ...«

»Nein. Edward und Richard, Lord und Lady Durleighs Jungen. Mögen sie in Frieden ruhen. Lord und Lady Durleigh, meine ich. Sie sind schon lange tot. Nur ich und die Jungen sind noch geblieben. Und jetzt ...« Sie schüttelte den Kopf, drückte einen Baumwolllappen in der Schüssel aus und reinigte behutsam die Wunde. »Richard ist tot. Und David.«

»Richard«, wiederholte George leise. Sie konnte ihr Glück kaum fassen. Schon heute Morgen, als sie bei *Sloane's* gewesen war, hatte sie geglaubt, auf eine Goldmine gestoßen zu sein. Was sollte sie jetzt sagen? Wahrscheinlich war es am besten, ehrlich zu sein. »Ich weiß«, sagte sie, und als die alte Frau sie etwas verwundert ansah, fügte sie hinzu: »Die Zeitungen waren voll davon.«

»Ach ja – sicher. Das habe ich ganz vergessen. Ich lese keine Zeitungen und sehe auch nicht fern. Nein, das tu ich nicht. Ich mag alte Filme, ja, das gefällt mir. Jetzt habe ich meinen Videorekorder, den Mr. Edward mir geschenkt hat, und viele alte Filme. Die schaue ich mir an, und das ist sehr schön.« Das Thema Edward schien für sie erledigt zu sein. Das hätte George maßlos enttäuscht, denn sie wollte natürlich mehr über ihn und die beiden ermordeten Brüder erfahren, aber sie musste vorsichtig sein. Immerhin hatte sie Gus versprochen, ihre Ermittlungen hier in Durleighton geheim zu halten. Doch sie musste die Gunst der Stunde nutzen. Es wäre der reinste Wahnsinn, so eine Gelegenheit, die ihr hier in den Schoß fiel, ungenutzt zu lassen.

»Es muss ein furchtbarer Verlust für Sie sein, wo Sie schon so lange in der Familie sind ... Ich meine, dass gleich zwei ...« Dem fügte sie nichts hinzu.

Die alte Dame verharrte einen Moment reglos, senkte den Kopf und grübelte. »Ja, das ist nicht einfach«, sagte sie dann. »Aber das war es eigentlich nie. Schon von Anfang an gab es mit diesen beiden Probleme. Lady Durleigh hat immer gesagt, wir hätten sie Pharez und Zarah nennen sollen, aber die hatte es immer mit der

Bibel. Und jetzt auch David.« Sie schüttelte den Kopf. »Geschehen ist geschehen. Mit Tränen kann man auch nichts ändern. Sie machen ja auch kein Theater, weil Sie sich das Bein verletzt haben, nicht? So, jetzt säubere ich die Wunde, und dann sehen wir weiter.«

»Danke«, sagte George und ließ es dabei bewenden, denn die alte Frau hatte ihre Lippen zusammengepresst und offenbar nicht die Absicht, noch ein Wort über die Durleighs zu verlieren.

»Ich heiße übrigens George Barnabas«, sagte sie nach einer Weile, und die alte Frau schaute zu ihr hoch und nickte.

»Dr. Barnabas. Ein schöner Name. Ich heiße Edna Lyons.«

»Aber Jas ... Er hat Sie vorhin Pushkin genannt.«

»Ja, er nennt mich genauso wie Mr. Edward. Als sie klein waren, konnten sie Nanny Lyons nicht aussprechen. Ihre Mutter wollte, dass sie mich so nennen. Irgendwie sind sie auf Pushkin gekommen, und dabei ist es bis heute geblieben. So, jetzt sieht das schon besser aus. Ich trage noch ein bisschen Jod auf die Wunde auf, damit sie sich nicht entzündet, und dann sind wir fertig.«

George verzog ein wenig das Gesicht, weil ihre Wunde nun ein wenig brannte, und sah zu, wie Mrs. Lyons ihr Bein verband und sich dann aufrichtete.

»Geschafft. Sie können Ihre neue Strumpfhose anziehen, und jetzt kochen wir uns eine schöne Tasse Tee, um die Heilung voranzubringen.« Sie rief Jasper, drückte ihm den Verbandskasten in die Hand, und als er kurze Zeit später wieder auftauchte, schaute er George erwartungsvoll an.

»Besser?« Er begutachtete Georges Bein und nickte. »Man kann den Verband unter der schwarzen Strumpfhose kaum sehen. Ich hoffe, sie passt.«

»Das geht Sie nichts an«, schimpfte Mrs. Lyons, und dann fingen beide an zu lachen. »Gehen Sie ins Wohnzimmer. In zwei Minuten bringe ich den Tee.«

Die nächste halbe Stunde verging wie im Fluge. Nachdem George schon die historische Fassade des Hauses bewundert hatte, überraschte sie der Salon kaum noch. Jasper machte es offensichtlich große Freude, ihr einen kleinen Vortrag über das Anwesen zu halten.

»Hier standen einst vier kleine Bauernhäuser, in denen die Landarbeiter wohnten. Als die Arbeiter durch Maschinen ersetzt wurden, brauchte man die Männer und ihre Familien nicht mehr, und Lord Durleigh wollte die Häuser verkaufen. Aber mein Freund Edward, Durleighs Bruder, der in der Abtei wohnte und ein eigenes Haus haben wollte, baute die Gebäude für sich um. Jetzt sind es zwei Häuser. Haben Sie gesehen, dass weiter oben eine zweite Haustür war? Das ist das kleinere Haus. Meins.«

»Ihres?«

»Wenn ich hier wohne.« Jasper schmunzelte. »Es gehört nicht mir, sondern Edward, aber er wollte, dass ich es miete. Ich zeige es Ihnen nachher. Sie werden sehen, es ist etwas kleiner. Dieses hier hat in der ersten Etage ein großes Schlafzimmer mit einem eigenen Bad – äußerst stilvoll, meine Liebe!« Er warf ihr einen spöttischen Blick zu. »Zu den beiden anderen Schlafzimmern gehört auch ein Bad. Und dies sind die Gästezimmer. In dem großen Salon sitzen wir ja gerade, und in der Küche sind Sie verarztet worden. Dann gibt es noch ein kleines Zimmer ...«

Der Raum, in dem sie saßen, war sehr groß und seltsam verspielt. Über zwei Stufen gelangte man zu höher oder tiefer liegenden Flächen, und in einem Kamin knisterten fröhlich ein paar Holzscheite. Die schweren, bequemen Polstersessel, die gerafften Spitzenvorhänge und die vielen glänzend polierten Holzmöbel passten genau zum altertümlichen Stil des ganzen Hauses.

»Und Ihr Haus sieht genauso aus?«, fragte George, während sie sich umschaute. »Sehr ...«

»Nein, das ist überhaupt nicht mein Stil. Ich finde das alles ziemlich übertrieben, aber was will man machen. Über Geschmack lässt sich nicht streiten. Mein Haus ist viel moderner eingerichtet, und Edward gefällt das überhaupt nicht. Er weigert sich, das Haus zu betreten. Aber Pushkin ist das egal. Sie macht bei mir genauso gerne sauber wie hier bei Edward.«

»Warum sind Sie dann mit mir hierhin und nicht in Ihr eigenes Haus gegangen?«, fragte sie.

Er schaute sie erstaunt an.

»Ich wollte, dass Pushkin sich um Sie kümmert, und ich wusste, dass sie hier ist. Edward kommt gerne zum Mittagessen nach Hause, darum hat sie morgens immer viel zu tun. Er müsste gleich hier sein.« Er schaute auf die Uhr. »Es ist schon fast zwölf.«

George richtete sich jäh auf. Durch den heißen Tee und das angenehme Gespräch hatte sie alles andere vergessen. »O Gott«, rief sie. »Gus sucht mich bestimmt schon überall.«

»Gus?«, fragte er interessiert, und fast hätte sie ihm die Wahrheit gesagt, aber das durfte sie auf keinen Fall. Sie musste Zurückhaltung üben, das hatte Gus ihr eingeschärft.

»Ein Freund von mir. Wir übernachten im *Bald Monk,* und wir wollten uns in der Stadtmitte treffen, wenn ich meine Einkäufe erledigt habe. Ich muss wirklich gehen.«

»Ach, warten Sie doch noch auf Edward«, bat Jasper. »Er würde Sie sicher gerne kennen lernen. Sie bringen ein bisschen frischen Wind an einen Ort wie Durleighton. Man trifft hier kaum interessante Menschen. All diese Provinzler ... Manchmal könnte man meinen, im Jahre 1955 sei die Zeit stehen geblieben, so spießig sind die Leute hier.«

Erst in diesem Augenblick wurde ihr der Ernst der Lage bewusst. Sie hatte Edward Caspar-Wynette-Gondor mit seinem Bruder auf dem Empfang im Oberhaus kennen gelernt. Mit Edward hatten sie zwar nur kurz gesprochen, aber trotzdem. Wenn er jetzt zur Tür hereinkäme und sich an sie erinnerte, müsste sie zugeben, dass sie tatsächlich mit einem Superintendenten der Polizei auf dem Empfang gewesen war und dass sie den Mörder seiner Brüder Richard und David suchten. Wie konnte sie das alles erklären, ohne zugeben zu müssen, dass sie den ganzen Morgen ein falsches Spiel gespielt hatte? Wenn Edward sie zu Gesicht bekäme, würde er sofort dahinter kommen, dass Gus in der Stadt herumschnüffelte, und das konnte ... George mochte gar nicht daran denken.

Sie stand auf und sagte hastig: »Ich kann wirklich nicht warten. Ich wäre Ihnen sehr dankbar, wenn Sie mich sofort zurück in die

Stadt fahren könnten. Ich weiß, dass G ... ihn meine Verspätung sehr beunruhigen wird. Wären Sie wohl so freundlich?«

»Natürlich. Gern. Ich will nur rasch noch ein Wort mit Pushkin wechseln.« Er stand auf, um in die Küche zu gehen, hob dann den Kopf und lauschte. »Wer hätte das gedacht! Da kommt er ja schon. Dieses Geräusch, das der alte Klapperkasten macht, ist unverkennbar. Ich sag ihm nur schnell hallo, und dann fahre ich Sie sofort in die Stadt.«

25

George tat das, was jede andere Frau in dieser Notlage auch getan hätte. Sie fragte nach dem Badezimmer und schloss sich darin ein.

Jetzt saß sie gewaltig in der Klemme, aber diesmal war es nicht ganz allein ihre Schuld. Sie konnte ja nichts dafür, dass dieser große Wagen sie erfasst hatte, beschwichtigte sie sich, als sie auf dem Toilettendeckel saß und über ihre Situation nachdachte. Nein, sie traf keine Schuld an diesem Dilemma. Auch Gus konnte ihr keine Vorwürfe machen.

Diese Gedanken brachten sie jedoch nicht weiter. Eins stand fest: Edward CWG durfte sie auf keinen Fall wiedererkennen. Er hatte sie nie in Begleitung eines Superintendenten gesehen. Aber wie sollte sie das anstellen? George wusste, dass sie aufgrund ihrer hochgesteckten Haare, ihrer großen Brille und Größe immer stark auffiel ...

Es musste irgendwie gehen. Sie starrte in den Spiegel über dem Waschbecken und löste schnell ihr Haar. Auf der kleinen Ablage unter dem Spiegel lag ein Kamm, und im Stillen dankte sie Edward – oder sollte sie Nanny Pushkin für diese Fürsorge der Gäste danken? Sie nahm den Kamm, zerzauste sich damit das Haar und frisierte es so, dass ihr möglichst viele Strähnen ins Gesicht fielen, damit sie nicht so gut zu erkennen war. Anschließend nahm sie die Brille ab und blickte auf ihr verschwommenes Spiegelbild. Hätte sie doch nur ihre Kontaktlinsen mitgenommen! In ihren Augen gab es an ihrer Identität natürlich nicht den geringsten Zweifel, doch sie hoffte, dass sie einen Mann, der sie nur einmal gesehen hatte, hereinlegen konnte. Sie atmete tief ein, klemmte die

Schuhe so unter ihren Arm, dass man sie kaum sehen konnte, ließ die Schultern sinken, senkte den Kopf, um kleiner zu wirken, und schloss die Tür auf.

Die beiden Männer standen mit dem Rücken zum Kamin mitten auf dem Kaminvorleger im Wohnzimmer und unterhielten sich leise, aber angeregt. Als George am anderen Ende des Wohnzimmers auftauchte, von wo ein paar Stufen zur Toilette führten, blickten sie auf. Die Bewölkung hatte sich aufgelöst, und da das schwache Sonnenlicht auf den Boden vor den Fenstern fiel, ging sie in diese Richtung, damit sie das Licht im Rücken hatte. Das war sicher von Vorteil.

Ob es nun an ihren Haaren, der Sonne, der fehlenden Brille oder den fehlenden Schuhen lag, würde sie nie erfahren, doch es funktionierte. Edward kam sofort auf sie zu, streckte, nachdem Jasper sie vorgestellt hatte, die Hand aus und schaute sie höflich an, ohne jedoch die geringste Regung zu zeigen, sie wiederzuerkennen.

»Es war ebenso meine Schuld«, sagte sie, wobei sie versuchte, gutes Englisch zu sprechen. Sie erinnerte sich gerade noch rechtzeitig daran, dass er bei ihrem Treffen ihren amerikanischen Akzent bemerkt haben könnte. »Guten Tag.«

»Ich bin froh, dass Mrs. Lyons Ihnen helfen konnte.« Edward war noch immer sehr höflich, wirkte jedoch ein wenig zerstreut. Wahrscheinlich wollte der viel beschäftigte Mann jetzt zu Mittag essen und sich nicht mit einer verirrten Besucherin herumschlagen. Ich habe es geschafft, freute sie sich im Stillen und strahlte Edward an.

»Mrs. Lyons war reizend, aber jetzt muss ich wirklich gehen. Vielen Dank für Ihre Hilfe, Mrs. Lyons«, fügte sie hinzu, denn die Haushälterin deckte gerade den kleinen Tisch am Kamin fürs Essen. »Ich bin Ihnen sehr dankbar.«

»Gern geschehen«, brummte sie. »Wollen Sie denn nicht zum Essen bleiben?«

»Oh, nein, vielen Dank. Nein, ich kann wirklich nicht«, fügte sie hastig hinzu, als Jasper den Mund öffnete, um die Einladung möglicherweise zu wiederholen. »Ich muss zurück in die Stadt. Schönen Tag noch!« Und schon steuerte sie auf die Tür zu.

»Ich bin gleich wieder da, Eddie«, sagte Jasper und lief ihr hinterher, aber sie war schon durch die Tür und halb den kleinen Weg hinuntergegangen, ehe er sie erreichte. »Drücken Ihre Schuhe?«, fragte Jasper besorgt. George schaute lachend auf ihre Füße, obwohl ihr gar nicht zum Lachen zumute war. Hoffentlich hörte es sich nicht zu künstlich an.

»Ach, wie dumm von mir! Ich habe sie ausgezogen, weil meine Füße weh taten. Die Schuhe sind neu, wissen Sie. Nicht zu glauben, jetzt habe ich doch glatt vergessen, sie wieder anzuziehen! Ach, das kann ich ja im Wagen machen.« Sie lief weiter durch das offene Tor auf den Wagen zu und spürte durch die Nylonstrumpfhose die kalte Erde.

Auch jetzt war er ihr beim Einsteigen behilflich, und dann nahm er ihr mit einer galanten Verbeugung die Schuhe aus der Hand und zog sie ihr an. »Armes Aschenputtel! Hoffentlich haben Sie die Schuhe bald eingelaufen.«

»Bestimmt. Wenn Sie mich jetzt bitte zum *Bald Monk* fahren könnten?«

»Mit Vergnügen.« Er fuhr schnell, fast rücksichtslos, und jagte das Auto über die engen Landstraßen und durch die Stadt, als gäbe es gar keinen Gegenverkehr. Zwei- oder dreimal musste er rasch ausweichen. George hielt verbissen durch und war sehr erleichtert, als sie schließlich vor der Eingangstür des *Bald Monk* standen.

In der Stadt herrschte jetzt reges Treiben. Einige Leute bummelten in ihrer Mittagspause über den Platz, aber von Gus war weit und breit nichts zu sehen, worüber George sehr froh war. Sie hatte wirklich keine Lust, ihm zu erklären, was passiert war, solange Jasper sich noch in der Nähe befand. Gus konnte ziemlich ungehalten reagieren, wenn jemand, den er gern mochte, verletzt worden war.

Jasper wollte aussteigen, um ihr aus dem Wagen zu helfen, doch sie war schneller als er. Sie hatte ihren Sicherheitsgurt schon gelöst, ehe der Wagen neben dem Bordstein zum Stehen kam, und die Tür geöffnet, noch ehe Jasper den Motor abgestellt hatte. Sie stand auf dem Bürgersteig und lächelte ihn an, als er die Tür öffnen und aussteigen wollte.

»Danke, das ist nicht nötig«, sagte sie schnell. »Es geht mir wieder besser. Danke für Ihre Hilfe.« Sie ging sofort los, warf einen raschen Blick über die Schulter, blieb jedoch nicht stehen und fügte hinzu: »Sagen Sie Mrs. Lyons nochmals vielen Dank von mir.« Dann eilte sie ins Hotel.

*

George steuerte sofort auf die Treppe zu und rannte die Stufen hinauf. Erst als sie den ersten Treppenabsatz mit dem großen Fenster erreicht hatte, blieb sie stehen, um auf den Platz zu schauen. Sie spähte um die Ecke des Fensterrahmens, hielt sich gut versteckt und beobachtete Jasper. Zu ihrer großen Erleichterung war er nicht ausgestiegen, sondern hatte den Motor wieder angelassen und fädelte sich in den Verkehr ein. Sie seufzte erleichtert und stieg die restlichen Stufen zu ihrem Zimmer hinauf.

Gus saß auf dem Bett, das mit Zeitungen übersät war. Als sie das Zimmer betrat, sprang er mit bedrohlicher Miene auf. »George! Wo, zum Teufel, hast du gesteckt? Ich bin dreimal durch die ganze Stadt gelaufen, um dich zu suchen ...«

»Beruhige dich, Gus. Ich erkläre dir alles.« Sie sank aufs Bett, zog die Füße hoch und schob die Zeitungen zur Seite. Er sah den Verband sofort und stürzte sich auf sie.

»Was ist passiert? Lass mich sehen.« Er hob ihren Fuß hoch und ließ die Finger über den Verband gleiten. »George, was hast du wieder angestellt? Ist es schlimm?«

»Nein, kein Grund zur Panik. Wirklich nicht, Gus. Ich habe heute sozusagen einen Volltreffer gelandet. Genau ins Schwarze. Hör zu.«

Er hörte ihr wie immer schweigend und sehr aufmerksam zu. Es machte wirklich Spaß, Gus etwas zu erzählen, denn er unterbrach sie nicht und stellte keine dummen Fragen. Als sie alles berichtet hatte, schwenkte sie die rechte Hand siegessicher durch die Luft. »So! Was sagst du dazu?«

Er schwieg einen Moment und schüttelte dann den Kopf. »Tut mir Leid, Schatz, aber vieles davon weiß ich schon.«

»Was?«

»Ich hab doch mit der Polizei hier gesprochen. Diese Geschäftsführerin von *Sloane's,* über die weiß ich jetzt genau Bescheid – du erfährst gleich, warum –, aber mit der ist nicht viel los. Eine dumme Frau, die nur tut, was die Chefin ihr sagt. Sie weiß nicht, in welche krummen Geschäfte ihre Chefin verwickelt ist, aber sie weiß, dass sie große Schwierigkeiten bekommt, wenn sie zu viel übers Geschäft plaudert.«

»Und wer ist ihre Chefin?«

»Die Kollegen nehmen an, dass es mehrere Leute sind. Aber diese Morris hat nur mit Alice Diamond zu tun. Die Gesellschaft heißt ...«

»Arabella Dee.«

»Ach, das hast du auch herausgefunden? Ja, und ihr und dein netter neuer Freund Jasper Powell ...«

»Dann hatte ich also Recht!«, jubelte sie. »Ich wusste, dass sie sich so nahe stehen. Und was ist mit Edward? Hat er auch etwas damit zu tun?«

Gus schüttelte den Kopf. »Nach dem, was mein Kollege mir hier gesagt hat, nicht. Er ist schwul, aber das wissen wir ja bereits.«

Sie neigte den Kopf zur Seite und schaute Gus an. »Na klar! Durnell hat es erwähnt, nicht wahr? Das hatte ich ganz vergessen.«

»Ist doch nicht weiter tragisch, oder? Es ist kein Verbrechen und in unserem Fall nicht besonders wichtig. Oder was meinst du? Kann es irgendetwas mit Homosexualität zu tun haben, wenn der Täter den Opfern die Genitalien abschneidet und sie ihnen auf die Schulter legt?«

George dachte angestrengt nach. »Ich glaube nicht. Allerdings habe ich die Morde noch nie unter diesem Aspekt betrachtet. Seltsamerweise habe ich diese Mordfälle nie wirklich mit Sexualität in Verbindung gebracht, also nicht mit Verbrechen, bei denen es Spuren sexuellen Missbrauchs gibt. Ich habe die Leichen natürlich so sorgfältig wie immer obduziert und nach Spuren von Sperma und Blut gesucht, das nicht vom Täter stammte, und du weißt ja, dass ich nichts gefunden habe. Das habe ich dir ja schon gesagt, Gus. Meiner Meinung nach steckt hinter diesen Morden ein handfestes Motiv.«

»Und warum schneidet der Täter den Opfern dann die Kehlen durch und verstümmelt die Leichen?«, warf Gus ein.

»Das ist natürlich die große Frage. Ich meine aber trotzdem, dass hier kein verrückter Axtmörder am Werk war, der zufällig einen Hass auf Abgeordnete hatte. Ich bin sicher, dass er die Morde aus einem ganz bestimmten Grund beging. Die Morde waren alle haargenau geplant. Der Täter hat den Ripper nachgeahmt und jeden Mord genauestens durchdacht. Hier hat sich keiner wie bei eurem Sutcliffe-Mörder oder dem Boston-Würger rein zufällig auf ein Opfer gestürzt.«

»Im Voraus geplant«, sagte er langsam und runzelte die Stirn. »Das hört sich ganz interessant an.«

»Was?«

»Sag ich dir gleich. Warte. Ich erzähl dir zuerst mal zu Ende, was ich auf der Wache erfahren habe. Edward scheint mit diesem *Sloane's* und der Arabella-Dee-Sache nichts zu tun zu haben, außer dass er Powells Liebhaber ist. Das hat die Polizei mir gesagt. Darüber zerreißen sich die Leute hier offenbar das Maul. Natürlich kommt es vor, dass eine Hälfte eines Liebespaars nicht weiß, was die andere tut. Du hast eben den Sutcliffe-Fall erwähnt – sie wusste auch nicht, was ihr Ehemann tat. Und Edward ...«

»He, warte mal, Gus. Jasper ist Edwards Liebhaber? Was ist dann mit ihm und dieser Daffy, Mrs. Morris? Sie wirkten wie ein Liebespaar.«

»Ach?« Er hob die Augenbrauen. »Wo steht denn, dass ein Mann nicht auf zwei Hochzeiten gleichzeitig tanzen kann?«

George war aufgebracht. »Mein Gott, Gus, das weiß ich auch! Dieser Jasper hat auf mich aber nicht im Entferntesten den Eindruck gemacht. Frauen haben ein Auge dafür. Das kannst du mir glauben.«

»Vielleicht ist er nur ein guter Schauspieler. Aber lass dir eins gesagt sein, Schatz. Wenn ich gewusst hätte, dass du diesem Kerl heute Morgen in die Finger gerätst, wäre ich wirklich durchgedreht. Ich bin sicher, dieser Jasper Powell ist ein ganz gefährlicher Bursche.«

»Warum?«

»Wegen dieser Arabella-Dee-Sache. Die Polizei hat verdeckt ermittelt, weil es im ganzen Land eine Serie von Einbrüchen und Bränden in Bekleidungsgeschäften gab, und bei den Ermittlungen hat sich herausgestellt, die Neuware stammte fast immer von einem Großhändler namens ...«

»Arabella Dee? So vertreiben die also ihre Klamotten auf dem Markt! Das ist ja ein starkes Stück, was? Sie legen Feuer oder rauben die Läden aus? Ich frage mich, warum die ihre Markensachen nicht auf normalem Weg verkaufen? Durch Vertreter oder so?«

»Die Ermittler glauben, dass sie sich auch der Erpressung bedienen. Diese Geschäftsinhaber sind nicht alle auf den Kopf gefallen. Sie wissen, dass die Sachen, die sie von Arabella Dee kaufen, Reproduktionen sind. Trotzdem werden sie *überredet,* die Sachen zu Höchstpreisen zu verkaufen. Der Superintendent glaubt, dass die Leute erpresst und außerdem Schutzgelder verlangt werden. Er war hocherfreut, dass wir das Lager mit der vermeintlichen Designerkleidung gefunden haben. Dadurch haben sie mehr Beweise in der Hand. Jetzt müssen wir Madam Alice noch mal vorsichtig auf den Zahn fühlen. Könnte sie ihren Sam um die Ecke gebracht haben, weil er durchschaut hat, was sie im Schilde führt, und er daher ein Risiko war?«

George öffnete den Mund, um etwas zu sagen, besann sich aber sofort eines Besseren. Gus musste ja nichts von ihrem unerlaubten Besuch bei Alice erfahren, und daher konnte sie ihm auch nicht sagen, dass er Recht hatte und Alice und Sam möglicherweise Streit wegen ihrer Aktivitäten hatten.

»Das könnte ein Grund sein, Sam umzubringen«, sagte sie jetzt vorsichtig. »Ein sehr guter Grund. Aber warum mussten die anderen vier sterben?«

Gus zuckte mit den Schultern. »Edgar Allen Poe?«

»Wie meinst du das? Ah, ich verstehe. Wenn man etwas zu verbergen hat, versteckt man es in einem großen Haufen gleichartiger Dinge.«

»Du hast es erfasst. Nur dass es hier um Morde geht und nicht um entwendete Briefe.«

»Könnte sein. Aber ist das wahrscheinlich? Für mich klingt das eher unlogisch. Und wenn – wie du zu glauben scheinst – Jasper Powell mit ihr unter einer Decke steckt, warum sollte er dann das Risiko eingehen und so viele Menschen umbringen? Einen vielleicht, aber fünf? Und auf so seltsame Weise?«

»Wir müssen darüber nachdenken. Denn wir haben noch mehr über ihn, als du dir vorstellen kannst.«

»Was denn?«

»Hast du heute Morgen den *Courier* gelesen?«

Sie blickte ihn empört an. »Mensch, Gus, ich lese doch nicht so ein Revolverblatt. Dass *du* so etwas liest!«

»Du wirst diesen Bericht jetzt lesen«, sagte er ein wenig grimmig, wühlte in dem Haufen auf dem Bett herum und drückte ihr die Zeitung in die Hand.

George beugte sich über das Blatt, las die Schlagzeile auf der ersten Seite und runzelte die Stirn. »Mein Gott!«

»Unser Gott, Liebling. Jetzt lies den Bericht.«

Die Schlagzeile lautete: WIR NAGELN DEN MANN FEST, DEN DIE POLIZEI VERGEBENS SUCHT! Und dann folgte in einer etwas kleineren Schrift: WENN DIE POLIZEI VOR EINEM RÄTSEL STEHT, HILFT DER *COURIER* IHR AUF DIE SPRÜNGE! George schaute sich das Foto unter der Titelzeile an und warf Gus dann einen fragenden Blick zu.

»Was ist denn das?«

»Ich hab dir doch gesagt, du sollst den Artikel lesen. Seite zwei, drei und vier. Die haben das richtig ausgeschlachtet.«

Sie blätterte um und las den Bericht durch.

*

Die Metropolitan Police sucht unter der Leitung einer Schlafmütze von Superintendent, eines gewissen Gus Hathaway, nun schon seit einer Woche den teuflischen Mörder, der durch die Flure der Macht stolzierte und blutüberströmte Leichen hinter sich zurückließ. Fünf unserer großen, guten Männer, darunter ein Bischof, sind in ihrem eigenen Blut gestorben, und was hat die Polizei getan? *Nichts!* Unser unerschrockener Reporter jedoch ist dem Täter auf der Spur. Er hat Verdächtige verfolgt, Menschen observiert, die von der Polizei observiert wurden, und ist mitten durch die uniformierten Horden gehuscht, um Licht in das Dunkel zu bringen. Und hier sind die Neuigkeiten!

Zuerst haben wir die Polizei gebeten, das Foto auf der Titelseite zu studieren. Wie Sie sehen, haben wir das Gesicht des Mannes weiß gelassen, weil er der Hauptverdächtige ist und wir hier beim *Courier* nichts tun wollen, was den Gang der Gerechtigkeit entstellen könnte.

Die Polizei hat ihn verfolgt, als er die Angehörige eines der Opfer in Heathrow getroffen hat, *und trotzdem hat sie es nicht geschafft, ihn zu verhaften.*

Wir haben ihn jedoch gefilmt und das Beweisstück an die Polizei weitergeleitet.

Jetzt ist die Polizei am Zuge. *Wird sie diesen Mann verhaften,* der – wie wir herausgefunden haben – mit der Unterwelt in diesem Land wie auch in anderen Ländern Geschäfte macht?

Und das ist nicht die einzige Frage, die wir dieser Schlafmütze von Superintendent stellen.

Wir wollen wissen, wie es kommt, dass wir ZEUGEN an zwei der Tatorte entdeckten, DIE TATSÄCHLICH VERDÄCHTIGE DINGE BEOBACHTET HABEN. Wie kommt es, dass wir die Informationen haben und der träge Superintendent versagt?

Wir haben ihm die Informationen jedoch zukommen lassen, weil wir hier beim *Courier* – wir wiederholen es gern – gesetzestreue Bürger sind. Wir wollen, dass der teuflische Täter gefasst wird und der grausame Mörder der Führer unseres Landes *vor Gericht gestellt wird.*

Wenn es so weit ist – das hängt allerdings vom dummen Superintendent ab –, werden wir für die höchste Strafe kämpfen.

ZURÜCK ZUR TODESSTRAFE, sagt der *Courier* ...

*

George hob den Kopf und schaute Gus mit ausdruckslosem Blick an. »Mein Gott, Gus. Was haben die denn an sich gebracht, das wir nicht haben?«

»Das Foto. Ich garantiere dir, das ist viel wert«, brummte er wütend. »Wir haben nur die Augenzeugenberichte von unseren Leuten, die Alice Diamond am Flughafen gefolgt sind. Offensichtlich war dort eine ihrer eifrigen Küchenschaben mit einem Fotoapparat und hat diese Aufnahme von dem Mann gemacht, mit dem Alice sich getroffen hat. Ich habe das mit Rupert überprüft, und der sagt, dass der Abzug heute Morgen bei uns ankam – allerdings nachdem die Zeitung schon gedruckt war.«

»Und was ist mit diesem Zeug ...« Sie klopfte auf die Zeitung. »Über ihre Zeugen, die sie gefunden haben?«

»Rupert schwört, dass es nicht möglich ist. Er hat es überprüft wie ein ... verdammt, ich weiß doch, wie gründlich der Mann ist. Das schätze ich besonders an ihm. Ich kann mir höchstens vorstellen, dass diese dämliche Zeitung mit einem Scheckheft zu jemandem gegangen ist und damit seiner Erinnerung etwas auf die Sprünge geholfen hat. Jemand, der sich für ein paar Piepen gern dazu hinreißen lässt, ein Märchen zu erzählen. Mir wird ganz übel.«

»Die sind hinter dir persönlich her, diese Hundesöhne. Verdammt, wie ich die britische Presse hasse.«

Gus schüttelte erschöpft den Kopf. »Das sind nur die Boulevardblätter. Es gibt auch *einige* gute. Das ist der Preis für die Pressefreiheit. Diese Idioten! Mir ist es egal, wenn sie die Pressefreiheit missbrauchen. Sie können sich so viel blödes Zeug zusammenreimen, wie sie wollen. Mich interessiert nur, das Zeug zu bekommen, das sie haben, und mit der Person zu sprechen, von der sie es haben. Ich will mir natürlich auch das Foto ansehen. Nach dem, was Rupert gesagt hat, habe ich den starken Verdacht, dass es dein Jasper Powell ist.«

»Das ist nicht *mein* Jasper Powell«, protestierte sie.

»Schon gut. Auf jeden Fall habe ich den Verdacht, dass er gefährlich ist. Und darum heißt es jetzt sofort zurück in die Stadt. Ich wäre schon vor Stunden abgehauen, wenn du nicht ... na, egal. Ist dein Bein okay?«

»Kein Problem«, beruhigte sie ihn. »Ja, hauen wir hier ab. Wir können im Wagen noch darüber sprechen.«

Es dauerte keine halbe Stunde, bis George ihre Sachen gepackt hatte und mit Gus an der Rezeption stand, um die Rechnung zu begleichen. Er hatte ein paar Sandwiches für unterwegs besorgt, »weil ich nicht will, dass du auf halber Strecke vor Hunger aus den Latschen kippst«, sagte er. »Ich sterbe auch vor Hunger. Das Frühstück war scheußlich. Die Sandwiches können gar nicht so schlimm sein.«

Aber sie waren trocken und mit einer ekelig schmeckenden Margarine und Schinken belegt, der so feucht war, dass sie das Zeug nur aus dem Wagen werfen konnten, um die Vögel damit zu füttern. Dann richteten sie sich auf die lange Heimfahrt ein, versuchten sich in Geduld zu üben und quälten sich durch den starken Verkehr. Keiner von ihnen sprach viel. Beide hingen ihren eigenen Gedanken nach.

26

Ja, das ist er«, sagte George und legte das Foto wieder auf den Schreibtisch. »Trotz des Huts und des Schattens. Es ist unverkennbar Jasper Powell.«

»Und Alice Diamond ist bei ihm«, sagte Dudley. Es war eher eine Feststellung als eine Frage.

»Ja«, bestätigte George, und als sie Gus' Blick spürte, errötete sie.

»Woher weißt du das?«, fragte er schneidend. »Du bist doch ...«

Sie zögerte, war dann jedoch der Meinung, dass es keinen Zweck hatte zu lügen. »Leider ja. Ich bin in den Laden auf der Sloane Street gegangen. Nur um ein bisschen herumzuschnüffeln.«

»Ja«, knurrte er. »Ich verstehe. Jetzt verstehe ich.« George entging Rupert Dudleys schadenfrohe Miene nicht. Sie hätte sich am liebsten auf die Zunge gebissen. Wie konnte sie nur so dumm sein? Gus warf ihr einen vernichtenden Blick zu und schaute dann wieder auf das Foto.

»Im Hintergrund sieht man den grünen Lieferwagen und das Heck des Wagens, mit dem Alice Diamond weggefahren ist«, mischte Mike Urquhart sich schnell ein, um die schlechte Stimmung zu vertreiben. »Stimmt, das ist der Typ, mit dem sie sich getroffen hat. Kein Zweifel.«

»So«, sagte Gus. »Dann haben wir jetzt zumindest eine der Schlüsselpersonen identifiziert. Immerhin ein Anfang. Jetzt müssen wir mit Mrs. Diamond sprechen. Ja, und zwar ganz dringend.« Er sah Georges flehenden Blick und presste die Lippen zusammen. »Rupert, ich möchte, dass Sie das übernehmen. Nehmen Sie Mike Urquhart und Tim Brewer mit, der sie zusammen mit

Powell sah und das Manöver mit der mysteriösen Gepäckübernahme beobachtet hat. Er soll im Hintergrund bleiben und nur ins Verhör eingeschaltet werden, um ihr zu sagen, dass er sie mit Powell sah, falls sie sich quer stellt, verstanden? Und seien Sie vorsichtig. Ich lege keinen Wert darauf, von diesen Typen aus dem Unterhaus unter Druck gesetzt zu werden – und das werden diese Leute tun, wenn sie können. Immerhin gehört die Diamond ja irgendwie dazu. Ich fahre zur Creechurch Lane und zum Markt in Spitalfields und überprüfe den anderen Kram, den der *Courier* aufgedeckt hat. Los jetzt.«

Sie gingen, und George saß in Gus' Büro und schaute den Männern nach, die in der Einsatzzentrale verschwanden. »Ich weiß, ich habe es nicht verdient, dass du mich zur Creechurch Lane mitnimmst, aber ...«, jammerte sie.

»Hast du denn im Old East nichts zu tun?« Gus beugte sich über einige Unterlagen auf dem Schreibtisch. »Wird es nicht Zeit, dass du dich da mal wieder blicken lässt?«

»Du weißt genau, dass meine Abwesenheit dort abgesegnet ist. Alan und Jerry sind durchaus in der Lage, die Stellung zu halten. Sie rufen mich an, falls es Probleme geben sollte. Gus, ich weiß, dass du sauer auf mich bist, weil ich in Alice Diamonds Laden gegangen bin, aber ich dachte, es würde uns weiterhelfen. Und was die Sache mit Jasper Powell angeht, habe ich es ja nicht darauf angelegt, dass er mich fast über den Haufen fährt. Sei fair. Du hast zugestimmt, dass ich zu *Sloane's* gehe und mich da umschaue. Dort habe ich Jasper Powell getroffen, aber ich habe ihn nicht gesucht.«

Gus hob den Kopf und seufzte. »Liebling, ich bin froh, dass du mir hilfst. Deine Unterstützung ist großartig, glaub mir. Du hast immer gute Ideen. Du kommst schneller von Punkt A nach Punkt B als alle meine Leute, die stets einen Schritt nach dem anderen machen müssen, weil die Polizeiarbeit es so verlangt. Es ist sehr hilfreich, dass du uns gewissermaßen den Weg weist. Allerdings komme ich nicht damit klar, dass du ständig auf eigene Faust recherchierst und mir nichts davon sagst. Dadurch kannst du große Schwierigkeiten kriegen, und dann kann ich dir auch nicht helfen. Und wenn du die Diamond misstrauisch gemacht hast? Wenn Jasper Powell auch im Laden war? Wenn er versucht hat, etwas zu tun, um dich zum Schweigen zu bringen, weil du ihm zufällig über den Weg gelaufen bist? Was dann?«

»Und wenn der Himmel einstürzt? Schatz, man kann doch wirklich nicht immer so übervorsichtig sein. Dann bekommen wir nie unsere Antworten und ...«

»Wenn es um dich geht, bin ich so übervorsichtig. Glaub mir, Schatz.«

Sie schluckte, denn sie war gerührt, und strahlte ihn an. »Danke, Gus. Ich verspreche dir, dass ich es nicht wieder tue. Oder wenn, wird es nicht meine Schuld sein – wie Jasper, der plötzlich aufgetaucht ist ...«

Er starrte sie eine Weile an und fing dann an zu lachen. Aus seiner Kehle drang ein lautes, rollendes Geräusch, und George blinzelte ihn an. Als er sich beruhigt hatte, schüttelte er den Kopf und stieß prustend hervor: »Oh, George, du bist wirklich die Allerletzte. Sogar deine Versprechen sind immer voller Löcher und an tausend Bedingungen geknüpft. Nein, schau mich nicht so an. Wenn man es mit dir zu tun hat, ist es so, als hätte man einen Aal in der Hand. Okay, ich tue mein Bestes, um für deine Sicherheit zu sorgen, und du tust dein Bestes, um mir zu helfen. Abgemacht?«

George war erleichtert. »Abgemacht. Danke, Gus.« Sie ging zum Schreibtisch und gab ihm einen Kuss auf den Kopf. »Gehen wir jetzt und suchen diese so genannten Zeugen?«

»Wenn ich fertig bin. Ich muss hier zuerst noch ein paar Sachen erledigen.« Er beugte sich wieder über den Schreibtisch. »Du kannst das ja hier in der Zwischenzeit lesen, wenn du willst.« Er drückte ihr einen Stapel Unterlagen in die Hand. »Interessantes Zeug. Es erklärt eine Menge.«

Tatsächlich. Es war der Bericht über die Ergebnisse der offiziellen Durchsuchung des Lagers am Wembley Park. Außerdem hatte er ihr den Bericht über ein Gespräch mit einem verwirrten Taxifahrer aus Ilford gegeben, dem einzigen noch lebenden Verwandten von Max Hazell. Aus dem Bericht ging hervor, dass der Mann nichts über das Geschäft oder die Verbindungen seines Cousins Max Hazell wusste. Er hatte jahrelang nichts von ihm gehört, und zwar seitdem sein Vater, der Onkel von Hazells Frau, vor langer Zeit gestorben war. Als er nach Hazells Tod und den Überprüfungen der Anwälte hörte, dass er der einzige Erbe war, hatte er sich darauf gefreut, »ein paar Pfund zu erben. Ich hatte mir schon immer gewünscht, mir ein paar eigene Taxen zu kaufen und ein richtiges Unternehmen zu gründen. Aber ich will Ihnen mal was sagen. Ich begnüge mich mit dem Taxi, das ich habe, und jage damit durch London. Mir steht nicht der Sinn danach, in irgendwelche obskuren Geschäfte verwickelt zu werden.« Das hatte er sehr deutlich zum Ausdruck gebracht. »Sie brauchen mir nichts zu erzählen. Damit will ich nichts zu tun haben.«

Die Sache hatte auch etwas Gutes, denn die mühsame Arbeit der Polizei, weitere Mitglieder der Hazell-Familie zu überprüfen und zu befragen, entfiel.

Auf der nächsten Seite ging es um die Art und Weise, wie das Hazell-Unternehmen geleitet wurde – und das war wirklich höchst aufschlussreich. Julie hatte bei ihrer Suche im Computer einen Laden gefunden, der Waren führte, die vom Lager vertrieben wurden. In Übereinstimmung mit der Arbeit der Computerexperten der Polizei, die Stunden mit den Disketten verbracht hatten, gab es tatsächlich mehrere hundert dieser Läden. Eine große Anzahl von ihnen hatte Namen, die eine Verbindung zum Geschäft auf der Sloane Street aufwiesen. Einige hießen Chelsea Style oder Chelsea Fashion. Andere spielten mit den Initialen von Alice Diamond – Audrey Day wurde für drei Geschäfte verwendet wie auch Angelina Derry –, und alle verkauften angebliche Designer-Kleidung zum vollen Preis, obwohl aus den Berichten und den Bilanzen hervorging, dass die eigentlichen Kosten, diese Sachen zu reproduzieren, gering waren.

Als George mit dem Finger über die Zahlenreihen glitt, fiel ihr auf, dass die Beträge, die Alice Diamond für ihre Reisen nach Italien, Frankreich, Skandinavien und den USA ausgab, um offensichtlich die Grundausstattung für die Reproduktionen zu kaufen, zu den höchsten Ausgaben der Gesellschaft zählten. Sie übernachtete stets in teuren Hotels und reiste erster Klasse. Alle anderen Kosten waren nicht der Rede wert. Wie es aussah, hatte sie sogar –

und jetzt riss George die Augen auf – nur gelegentlich tatsächlich Sachen aus den Kollektionen gekauft, die sie sich angeschaut hatte. Von einigen existierten lediglich Fotos und Stoffmuster, aber größtenteils hatte sie die Kleidung offenbar gestohlen. Hinter den Modellnummern waren ordentliche Klammern, in denen (geschenkt) oder manchmal (Muster) stand. Das würde auch erklären, wie und warum sie jemanden benutzte, um einige Gepäckstücke von ihrem Gepäckwagen in Heathrow *stehlen zu lassen.* Sie wollte das Zeug so schnell wie möglich loswerden, damit es in Hazells Unternehmen kam. Es war sehr wichtig, die Herkunft der Kleidung zu verbergen, die dort reproduziert wurde, und das hatte sie sehr erfolgreich betrieben. George bewunderte sie beinahe.

Sie konnte sich jetzt alles ganz genau vorstellen. Alice sammelte ihre Kleidung, die sie mitunter stahl, indem sie die Modelle in dem Tumult, der mitunter herrschte, wenn eine Kollektion Käufern aus Übersee vorgeführt wurde, von den Kleiderständern entwendete. George hatte im Fernsehen gesehen, wie Mode in Paris, Mailand und New York vorgeführt wurde. Mrs. Diamond schmuggelte die Ware an einem gleichgültigen Zollbeamten vorbei, der so an ihre regelmäßigen Flüge gewöhnt war, dass er sie meist durchwinkte. Wenn es nicht anders ging, begnügte sie sich gelegentlich mit Fotos und Stoffproben. Auf diese Weise hatte sie sich mit Hilfe von Jasper Powell und vielleicht einigen anderen noch nicht identifizierten Personen ein Vermögen geschaffen.

Was hatte Sam Diamond davon gewusst? George legte sich die Blätter auf den Schoß und schaute mit ausdruckslosem Blick aus dem Fenster in das Dämmerlicht des Nachmittags. Oder war er über die Aktivitäten seiner Frau nicht im Bilde? Alice hatte von ihrem toten Ehemann als Partner gesprochen, doch das konnte auch ein Euphemismus für Ehemann sein. Das musste ja nicht unbedingt Geschäftspartner heißen. Wenn er es gewusst hätte, wäre es für ihn ein großes Risiko gewesen, weiterhin als Abgeordneter tätig zu sein. Er musste sich darüber klar gewesen sein, wie schwierig es war, solche Dinge zu verbergen, denn heutzutage galten für das Verhalten von Personen im öffentlichen Leben und besonders für Abgeordnete des Parlaments strenge Maßstäbe.

George hatte im Geiste eine Szene vor Augen. Sam, der zufällig entdeckt, was seine Frau treibt, und den dieser riesige Schwindel entsetzt. Sam droht, sie zu verlassen oder andere drastische Maßnahmen zu ergreifen, falls sie nicht unverzüglich damit aufhört. Alice und Jasper, die dem Verlust ihres erfolgreichen Geschäftes ins Auge sehen, das ihnen beiden ein Vermögen beschert, verschwören sich, um ihn zu ermorden. Sie beschließen, ihre Tat zu vertuschen, indem sie noch vier andere Menschen töten ...

Das war wohl etwas weit hergeholt, oder? Vier Menschen töten, um einen Mord zu vertuschen?

Gus hatte den Kopf gehoben und lächelte sie an. »Ich kann in deinem Gesicht lesen wie in einem Buch, Liebling. Du glaubst also, dass Sam Diamond alles herausgefunden hat und darum ermordet wurde, aber du verstehst nicht, warum die anderen vier sterben mussten, stimmt's?«

»Nicht besonders schwierig, meine Gedanken zu erraten. Immerhin haben wir vorhin darüber gesprochen.«

»Ich weiß trotzdem, was du gerade gedacht hast. Und das ist schon clever.«

»Wenn ich Zeit habe, denke ich darüber nach. Hör mal, Gus, es muss noch andere Gründe geben. Wir haben zwar im Umfeld eines Opfers einen ziemlichen Schwindel aufgedeckt, aber was haben die anderen Morde damit zu tun? Nichts, oder?«

»Einer von Alices Vertrauten, Powell, lebt mit dem Bruder von zwei anderen Opfern zusammen oder steht ihm sehr nahe. Einer der fünf, Lord Scroop, sah für dich wie ein Versuchskaninchen aus. Also könnte er nur aus diesem und keinem anderen Grund umgebracht worden sein. Bleibt nur noch ein Opfer, der Bischof, der bisher zu den anderen in keinerlei Beziehung steht. Darum halte ich es für sinnvoll, uns zunächst auf den Bischof zu konzentrieren und dann noch einmal den CWG-Clan unter die Lupe zu nehmen. Die Tatsache, dass der schwule Jasper Powell so eng mit einem Junggesellen Ende vierzig zusammenlebt, der niemals irgendeine Geschichte mit einer Frau hatte – ja, das haben wir überprüft –, macht mich verdammt nachdenklich. Vielleicht sind es Verbrechen im Schwulenmilieu? Ich weiß, dass es deiner Meinung nach keine Sexualmorde waren, doch wenn ich an Leichen denke, denen die Genitalien abgeschnitten wurden und dass wir ein verdächtiges Paar haben, das sich intensiv mit männlichen Geschlechtsteilen beschäftigt, wenn man so sagen kann ...«

»Das ist doch ein Klischee«, begehrte George auf.

»Vielleicht. Das ändert jedoch nichts an der Tatsache, dass es möglich ist. Wir werden die sexuellen Vorlieben überprüfen, vor allem die des Bischofs.«

»Was habt ihr denn bisher über den Bischof?«, fragte sie. »Zeig mir mal den Bericht.«

Der hatte nicht viel zu bieten. Der Bischof war in der Tat ungebunden, doch das war nach dem Bericht Teil seiner generell asketischen Lebensweise. Er war als junger Arzt einst verheiratet gewesen, aber seine Frau hatte sich ins Ausland abgesetzt und sich schließlich scheiden lassen. Offenbar hatte er sich nicht bemüht, eine neue Partnerin zu finden. Ferner schien er genauso zu sein, wie ein Bischof zu sein hatte. Nachdem er in die Kirche eingetreten war, widmete er sich ausschließlich seiner Kirchenarbeit und gab seine Arztkarriere gänzlich auf. Das interessierte George. War er ein guter Arzt gewesen?, fragte sie sich. Sie blätterte die Seiten noch einmal zurück und suchte nach Informationen.

Schließlich fand sie etwas und las es aufmerksam durch. Er hatte im St. Cecelia's Hospital studiert, einem Londoner Ausbildungskrankenhaus, das vor langer Zeit mit dem South London Hospital zusammengelegt worden war. Diese Einrichtung war nicht so sorgfältig mit den alten Unterlagen umgegangen, die sie übernommen hatte. Eine knappe Notiz, die sie als Mike Urquharts Handschrift erkannte, besagte: »Sämtliche Informationen über die Studenten sind verloren gegangen. Es stehen keine anderen brauchbaren Quellen zur Verfügung.«

Mike hatte die Spur später wieder aufgenommen. Wahrscheinlich, dachte George, durch das medizinische Branchenverzeichnis. Der ausgebildete junge Mediziner hatte sich als praktischer Arzt niedergelassen und zuerst in einem kleinen walisischen Dorf und später in einer Arbeiterstadt in Lancashire gearbeitet. In den frühen Fünfzigern hatte er eine Gemeinschaftspraxis in einer

Kleinstadt in den West Midlands. George hielt den Atem an und schaute verblüfft auf den Namen.

»Gus!«, rief sie.

»Hm?«

»Stell dir vor, ich habe die Verbindung zwischen dem Bischof und den anderen Opfern gefunden.«

»Was?«

»Erinnerst du dich an unsere Fahrt nach Durleighton? Wir sind über die Landstraße gefahren, nachdem wir die Autobahn verlassen hatten, weil auf der anderen Straße Baustellen waren?«

Er hob den Kopf und schaute sie an. Ihr dringlicher Tonfall überraschte ihn. »Ja?«

»Erinnerst du dich an den Ort, durch den wir gefahren sind, in dem es einen Pub namens *Frog and Nightgown* gab. Du hast gesagt, es sei schade, dass diese dummen Namen außerhalb der Städte so gedeihen, und was schlimm daran sei, einen Pub *Red Lion* zu nennen?«

»Komm zur Sache, Schatz. Wir müssen noch zur Creechurch Lane und nach Spitalfields, und ich will da sein, bevor alle Feierabend haben und nach Hause gehen.«

»Wie hieß der Ort?«

»Verdammt, ich weiß es nicht mehr. Ah, jetzt fällt es mir wieder ein. Ardenford. Ich hab doch noch zu dir gesagt ...«

»Ich wusste, dass ich Recht hatte«, rief sie und warf die Unterlagen auf den Schreibtisch. »Hast du das gesehen?«

Gus zog die Papiere zu sich heran und las noch einmal alles durch. »Du hast Recht. Der Bischof war dort vor mehr als vierzig Jahren als Arzt tätig«, sagte er nach einer Weile.

»Und das war nur fünfzehn Autominuten von Durleighton entfernt.«

»Ja. Dann gibt es also eine Verbindung zwischen dem Bischof und dem CWG-Clan. Und eine Verbindung zwischen Sam Diamond und CWG durch den kriminellen Geschäftspartner seiner Frau.«

George sank fast ehrfürchtig auf den Stuhl. »Gus, glaubst du, wir haben die Lösung?«

»Ich weiß nicht. Die Frage ist, *warum?* Warum sollte ein angesehener Bischof und ehemaliger Arzt etwas mit einem Schwindelunternehmen zu tun haben? Und ...«

»Das ist nicht weiter wichtig.« George war in ihrem Element. »Das Wichtigste ist, dass es eine Verbindung *gibt.* Wir haben doch die ganze Zeit danach gesucht, was alle Opfer gemeinsam haben. Und das ist es.«

»Ist es nicht«, widersprach er. »Diese Verbindungen sind sehr vage, George, und auf keinen Fall haben wir damit alles gelöst. Alles hängt größtenteils von einer Person ab – Jasper Powell. Und selbst er steht nicht zu allen Opfern in Beziehung. Der Bischof bleibt irgendwie außen vor. Schauen wir uns das doch mal an.« Er nahm ein Blatt Papier und machte schnell eine Skizze.

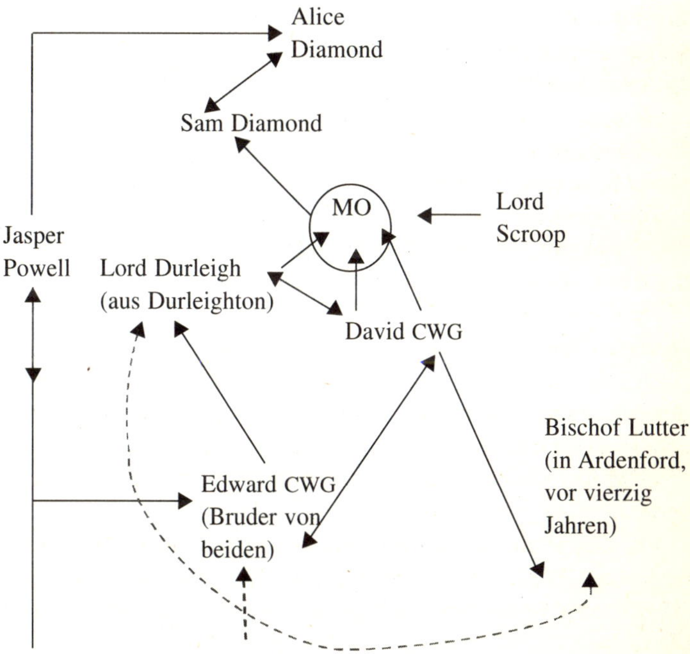

»Siehst du, was ich meine? Das ist etwas verwirrend, erklärt aber gut die Lage. Ich habe direkte Verbindungen mit einem Strich gekennzeichnet und lose Verbindungen mit einer gestrichelten Linie. Jasper ist durch Alice mit Sam Diamond verbunden und mit Lord Durleigh und David CWG durch ihren Bruder, aber weiter geht es nicht. Außerdem sind Lord Durleigh und Edward durch eine frühere Nachbarschaft mit Bischof Lutter verbunden, aber das ist schon viele Jahre her, und daher muss diese Linie als sehr schwach angesehen werden. Hierbei haben wir David CWG wie auch Lord Scroop nicht berücksichtigt, der mit niemandem eine Verbindung aufweist, außer dass er durch die gleiche Mordmethode umgebracht wurde. Wir stimmen darin überein, dass er dem Mörder möglicherweise nur als Versuchskaninchen gedient hat, um seine Fertigkeiten auszubilden.

George seufzte. »Das ist ein ziemlich löcheriges Geflecht. Wir müssen engere Verbindungen zwischen ihnen finden. Oh, verdammt, Gus. Ich dachte wirklich, ich hätte eine Spur.«

»Das kann ja sein, aber das ist keineswegs klar. Komm, wir müssen gehen. Ich muss so schnell wie möglich zur Creechurch Lane. Bist du bereit?«

»Ich war schon die ganze Zeit bereit«, protestierte sie. »Du hast doch noch die ganze Zeit hier herumgelungert.«

»Komm jetzt«, sagte er. »Und nimm Miss Bentley mit, okay? Ich brauche jemanden, der alles mitschreibt, und das kann sie ja auch machen. Wie wir wissen, ist sie ganz versessen darauf, nicht?« Er grinste sie an, und George umarmte ihn schnell.

»Lass mich los, George! Das ganze Revier wird sich das Maul zerreißen.«

»Tun die Kollegen doch auch so schon, oder? Okay, ich hol deine neue Assistentin. Wir sehen uns dann auf dem Parkplatz.«

27

Sie erreichten das Bürogebäude auf der Creechurch Lane erstaunlich schnell. Da nicht viel Verkehr herrschte, kamen sie gut durch. Gus musste noch nicht einmal das Blaulicht und die Sirene einschalten. Julie, die auf dem Rücksitz saß, war schrecklich aufgeregt, weil sie Superintendent Hathaway begleiten durfte. George spürte die Aufregung der jungen Beamtin deutlich, und als sie ausstiegen, lächelte sie Julie freundlich an.

»Das ist Ihre Chance«, flüsterte sie. »Legen Sie sich richtig ins Zeug. Wer weiß, was die Zukunft noch bringen mag.«

»Ich habe euch nicht mitgenommen, damit ihr hier ein Plauderstündchen macht. Kommt her und haltet den Mund. Das Reden übernehme ich – auf jeden Fall zu Anfang«, brummte Gus und zwinkerte George zu, um sie zu beschwichtigen.

Der Pförtner, der in der Nacht, als man die Leiche des Bischofs im Keller fand, so schlecht ausgesehen hatte, war jetzt ein ganz neuer Mensch. Seine überhebliche, plumpe Art verriet George sofort, was los war. Seit man die Leiche gefunden hatte, stand er im Mittelpunkt des Interesses, denn er wusste über alles, was mit dem Mord zu tun hatte, bestens Bescheid. Als George zu ihm ging, strahlte er übers ganze Gesicht.

»So, so!«, sagte er ziemlich laut, dass die Leute, die sich in der Eingangshalle aufhielten, es hören konnten. »Die Polizei schon wieder. Was kann ich heute für Sie tun, Inspector?«

»Superintendent, bitte. Wir sind hier, weil wir mit Ihnen sprechen wollen. Vielleicht können Sie unsere Fragen heute beantworten.« Gus, der ein viel zu alter Hase in seinem Job war, um sich von einem Pförtner etwas vormachen zu lassen, sprach nicht sehr laut, betonte jedoch jede Silbe. Einige der Umstehenden drehten sich um und schauten ihn an. »Anstatt das alles einem billigen Käseblatt zu erzählen. Wie viel haben die Ihnen denn gezahlt? Das war doch sicher ein hübsches Sümmchen, oder?«

Der Pförtner blinzelte, wurde dunkelrot, öffnete den Mund und schloss ihn dann wieder.

»Wie ich sehe, haben Sie sich selbst aus dem Nachtdienst versetzt«, fuhr Gus fort. »Vermutlich noch mit einer Gehaltserhöhung. Sie haben sich diesen Mord ganz schön zunutze gemacht, nicht wahr?«

»Was reden Sie denn da!«, sagte der Mann ein wenig aufbrausend.

Gus lächelte ihn mit strahlend weißen Zähnen an. »Das haben Sie doch gehört. So, Sie sind also ...« Er schaute in sein Notizbuch, das er aus der Tasche gezogen hatte. »Peter Maxwell, richtig?«

»Ja, stimmt.«

»Sie hatten in der Mordnacht mit Darren Cooper Dienst. Wo ist er jetzt?«

»Der ist noch auf Nachtschicht.«

»Das ist ja nicht gerade fair«, sagte Gus, dessen Tonfall noch immer verdächtig freundlich war. Die Leute in der Eingangshalle, die diese Szene offenbar fesselte, blieben stehen und verfolgten schweigend den Wortwechsel. »Wenn man bedenkt, dass er die Leiche gefunden hat. Aber ich nehme an, Sie reden mehr.«

»Ich habe alle Fragen beantwortet, die mir gestellt wurden.« Maxwell gewann allmählich die Fassung wieder. »Ist ja nicht meine Schuld, wenn diese Journalisten mir bessere Fragen stellen als Ihre Leute.«

Gus beugte sich so weit über den großen Tisch, dass seine Nasenspitze fast die des Pförtners berührte. »Bei jedem Verbrechen ist es die Pflicht und Schuldigkeit eines verantwortungsbewussten Bürgers, der Polizei alles zu sagen, was er weiß und was der Polizei bei ihren Ermittlungen helfen könnte, ob dem Bürger nun Fragen gestellt werden oder nicht. Und Sie verhalten sich offensichtlich nicht wie ein verantwortungsbewusster Bürger, oder? Sie halten Informationen zurück und verkaufen diese dann an den *Courier.* Wie viel Geld haben Sie bekommen? Und wie viel davon werden Sie dem Wohltätigkeitsfonds der Polizei stiften? Oder muss ich ein Verfahren gegen Sie einleiten, damit Sie für Ihr schändliches Verhalten bestraft werden?«

Maxwell blinzelte und sagte nichts mehr. Er stand nur da und starrte Gus mit offenem Mund an. Gus nickte zufrieden.

»So. Jetzt können wir reden – von Mann zu Mann. Julie, schreiben Sie bitte mit.« Julie stellte sich mit dem Notizblock in der Hand sofort zu ihnen. »Was haben Sie den Journalisten erzählt?«

Maxwell drehte sich zu den Leuten in der Eingangshalle um und beugte sich dann vor. »Es wäre wohl besser, wenn wir im Büro reden«, bat er.

Gus schaute ihn nachdenklich an. »Wenn Sie versprechen, dass Sie schnell alles ausspucken, denke ich darüber nach«, brummte er schließlich.

»Ja, Sir«, sagte Maxwell eifrig. Er schwitzte jetzt, und George hatte fast Mitleid mit ihm. »Hier entlang, Sir. Hier entlang.« Er holte unter dem Tisch eine Pappe mit der Aufschrift VORÜBERGEHEND NICHT BESETZT hervor und stellte sie auf den Tisch. »Wenn Sie mir bitte folgen würden, Sir.«

Das so genannte Büro war nicht mehr als ein Kabuff für das Reinigungspersonal, aber hier standen zwei Stühle, sodass Gus sich setzen konnte. Er bot auch George einen Stuhl an; für Julie Bentley und Peter Maxwell standen in dem beengten Raum nur noch Stehplätze zur Verfügung.

»Okay, dann spucken Sie mal aus.«

»Was denn?«

»Was Sie dem *Courier* gesagt haben, verdammt!«, brüllte Gus. Maxwell zuckte zusammen und straffte dann die Schultern.

»Also gut, Sir. Die beiden haben einfach mit mir geplaudert. Warten Sie ... Das war vorgestern. Die sind so gegen sechs, sieben Uhr gekommen. Ich war gerade in die Verwaltung gegangen, damit ich in die Tagesschicht komme, weil ich nach dieser Sache ganz schrecklich unter posttraumatischem Stress gelitten habe.

Die sind gekommen und wollten sehen, wer Nachtschicht hatte, und die waren froh, als sie sahen, dass ich es war.« Er hob stolz die Brust, dann sah er Gus' höhnischen Blick und fuhr fort: »Die haben mich gefragt, was passiert war, und ich hab es denen dann erzählt.«

»Was haben Sie denen gesagt, was Sie uns nicht gesagt haben?« Gus schlug jetzt einen drohenden Tonfall an, und der Pförtner schluckte.

»Ich habe gesagt, dass noch ein paar andere Leute in der Nähe waren, aber ich hielt das nicht für so wichtig.«

»Was waren das für welche?«

»Maggie, die Leiterin der Kantine. Die arbeitet schon über dreißig Jahre hier. Sie ist als Letzte gegangen. Es war schon ziemlich spät. Sie hatte noch was in der Küche zu tun, hat sie gesagt. Letzte Woche hatten die da eine Überschwemmung und ...«

»Das interessiert mich nicht. Nur ihren vollen Namen und ihre Adresse, wenn Sie das wissen. Und wo genau sie arbeitet. Sagen Sie das meiner Kollegin hier.«

Julie schrieb eifrig alles auf. »Die Küche ist im sechsten Stock?«, fragte sie. »Auf welcher Seite des Gebäudes?« George beobachtete Maxwell, der die Fragen beantwortete und seinen Blick wieder Gus zuwandte.

»Und wer war sonst noch da?«

»Hä?«

»Sie sprachen von zwei Leuten. Wer noch, verdammt? Und hören Sie auf, dieses Spiel mit mir zu treiben. Ich weiß ganz genau, dass der *Courier* Ihnen das versprochene Geld nicht geben will, wenn Sie mit anderen darüber sprechen. Jetzt hören Sie mir mal gut zu, mein Freund. Wenn Sie mir irgendetwas verschweigen, wird Sie das teuer zu stehen kommen. Da sind die paar Kröten, mit denen die Zeitung rüberkommen will, gar nichts dagegen. Wer noch?«

»Ich weiß nicht, wer es war«, erwiderte Maxwell schmollend, der sich jetzt offenbar geschlagen gab. »Irgend so ein Kerl im Overall. Ziemlich dreckig. Der hatte so einen alten Werkzeugkasten bei sich. Sie wissen schon, diese Dinger mit den Griffen, und wenn man die auf den Boden stellt und aufmacht, ist die Kiste auf einmal ganz flach und hat Schlitze, in die man das Werkzeug stecken kann.«

»Wann? Wo? Wie?«, drängte Gus.

»So ungefähr ... Weiß nicht genau. Es war, nachdem Maggie gegangen war und bevor Darren kam. Wir ... hm, wir haben uns immer abgewechselt, damit einer später kommen konnte.«

»Ach du meine Güte! Sie haben also dieses kleine Betrugsspiel gespielt? Der eine hat für den anderen gestempelt, und Sie wurden dann für Stunden bezahlt, die Sie gar nicht gearbeitet haben? Klasse, Maxwell, ganz toll! Damit bestehlen Sie Ihren Arbeitgeber. Wissen Sie das nicht? Wenn ich das Ihrem Chef erzähle, würde der ...«

Maxwell schwitzte jetzt noch stärker. »Ja, sicher, deshalb hab ich das Ihren Leuten nicht gesagt. Ich hätt's dem *Courier* auch nicht gesagt, aber ein Riese ist ein Riese.«

»Ein Riese?«, fragte George neugierig.

»Fünfhundert Pfund«, erklärte Gus.

»Ich verstehe. Von mir gibt's keinen Riesen. Nicht mal einen lausigen Penny bekommen Sie. Sie werden allerdings große Schwierigkeiten kriegen, wenn Sie ...«

»Es war gegen halb acht«, sagte Maxwell schnell. »Ich kam gerade vom Lokus und wollte nachsehen, ob jemand eine Nachricht auf dem Anrufbeantworter hinterlassen hatte, und da kam dieser Typ aus dem Lift.«

»Weiter, weiter!« Gus wurde langsam ungeduldig.

»Nun, ich hab zwar gesagt, er kam aus dem Lift«, fuhr er fort, als hätte Gus nichts gesagt. »Aber ehrlich gesagt bin ich mir nicht sicher. Die Aufzugtür war nämlich zu, und er wollte gerade gehen. Kann auch sein, dass er nicht aus dem Aufzug gekommen ist. Er kann von sonst wo gekommen sein.«

»Und?«

»Ich sag zu ihm: ›Was tun Sie denn hier?‹, und er sieht mich an und wackelt irgendwie mit dem Kopf und sagt: ›Tja, was glauben Sie wohl?‹ Und ich sage: ›Gehören Sie zu den Leuten, die in Maggies Küche gearbeitet haben?‹ Sagt der: ›Was denn sonst?‹ Sag ich: ›In Ordnung, aber Sie hätten schon längst weg sein müssen. Maggie ist doch auch schon weg.‹ Sagt der: ›Ja, schon, aber ich hatte noch was zu tun.‹ Dann fing er ganz leise an zu lachen, und da hab ich auch gelacht, so wie Sie, und dann ist er weg. Ich kann mir nicht vorstellen, dass er diese schreckliche Sache da im Keller getan hat – auf keinen Fall. Der hatte eine so nette Stimme, überhaupt nicht wie jemand, der Leute aufschlitzt – die Kehle und so.«

Als er sich an alles erinnerte, wurde er wieder leichenblass und schüttelte den Kopf. »Wenn ich geglaubt hätte, das wäre so ein Vogel, hätte ich Ihnen das gesagt, auch wenn ich Angst gehabt hätte, Darren und ich würden Scherereien mit der Verwaltung kriegen. Für mich war aber ganz klar, dass man sich über den keine Sorgen machen musste. Dieser dreckige Overall und diese abgegriffene Werkzeugkiste, nein, natürlich war der okay. Stimmt schon, was der gesagt hat. Der war Handwerker. Der kann nichts anderes gewesen sein.«

»Wie hat er denn ausgesehen?«, fragte Gus in spöttischem Tonfall. »Außer dass er dem Erzengel Gabriel ziemlich ähnlich sah.«

»Hä?«

»Schon gut. Wie hat er ausgesehen?«

»Tja, irgendwie ganz normal halt. Er hatte ’nen dunkelblauen Overall über seinen Klamotten und ...«

»Woher wollen Sie das denn wissen?« George konnte sich nicht mehr zurückhalten, und Gus schaute erst sie und dann Maxwell grimmig an.

»Und?« Die Antworten kamen ziemlich schleppend, und auch George spürte, dass Zorn in ihr aufstieg.

»Woher wollen Sie denn wissen, dass er den Overall über den Klamotten trug?«, fuhr sie ihn an. »Er kann ihn ja auch über seiner Unterwäsche getragen haben. Einige Arbeiter machen das so. Wahrscheinlich sogar die meisten, wenn ich von denen ausgehe, die nach Arbeitsunfällen auf meinem Obduktionstisch gelandet sind.«

Er riss die Augen auf. »Ah, ja. Er sah so ein bisschen eingezwängt aus, wenn Sie wissen, was ich meine. Das sieht man doch. Außerdem trug er Gummischuhe über seinen Tretern und ...«

Gus hob jäh den Kopf. »Gummischuhe?«

»Diese Überschuhe, die man bei Schnee oder Regen oder schlechtem Wetter trägt«, erklärte Maxwell hilfsbereit.

»Es hat aber weder geschneit noch geregnet«, murmelte George. »Vielleicht wollte er nur dafür sorgen, dass seine Schuhe sauber bleiben und er irgendwelche Spritzer sofort wieder entfernen konnte. Dreckig, haben Sie gesagt?«

Maxwell wurde grau im Gesicht und schwankte leicht. George sprang auf und packte ihn an den Schultern. Auch Julie stützte ihn, und dann setzten sie ihn auf den Stuhl, den George gerade freigemacht hatte.

Als George die Hand auf seinen Nacken legte und seinen Kopf auf seine Knie drückte, erholte er sich schnell. Kurze Zeit später richtete er sich erschöpft wieder auf und flüsterte: »Mein Gott, kann er es doch gewesen sein?«

»Möglich«, sagte Gus. »Der Overall hatte Flecke? War das Öl oder was?«

Maxwell schaute ihn jämmerlich an. »Darüber hab ich gar nicht nachgedacht. Ich dachte nur – dreckig. Wie Handwerker so aussehen. Das war kein alter Overall, jetzt wo ich darüber nachdenke. Der war dreckig, aber nicht alt.«

Gus schaute George an und hob die Augenbrauen. Julie Bentley meldete sich zu Wort: »Könnten wir nicht überprüfen, wann und wo Overalls verkauft wurden, Sir?«

Gus nickte. »Gute Idee, Constable Bentley. Okay. Kümmern Sie sich darum, sobald wir hier fertig sind. Jetzt sind Sie wieder dran, Maxwell.« Gus hockte sich vor Maxwells Stuhl. »Denken Sie mal nach. Was hatte der Mann für ein Gesicht?«

Maxwell war noch immer ganz bleich. »Weiß ich nicht«, stammelte er. »Das konnte ich nicht richtig sehen. Der hielt immer den Kopf nach unten und hatte diese Mütze auf.«

»Mütze?«, fragten Julie und George gleichzeitig.

»Ja, genau.« Peter Maxwell war jetzt begierig zu helfen und redete einfach drauflos. »Diese alten Schirmmützen, nur dass der Schirm unter der Mütze versteckt war. Herrje, das ist schwer zu erklären.«

»Müssen Sie auch nicht.« Julies Stimme klang richtig heiter. »Das sind diese Mützen, die die Leute auf dem Land passend zu ihrer Kleidung tragen.«

»Genau.« Maxwell machte ein zufriedenes Gesicht. »Stimmt genau. Dunkelgrün, glaube ich, oder auch braun. Könnte auch schwarz gewesen sein, auf jeden Fall dunkel.«

»Und sein Gesicht?«, fragte Gus noch einmal ein wenig verzweifelt. »Ich will Ihnen ja nichts in den Mund legen, aber wenn er seinen Kopf immer ...«

»Er hat stets nach unten geschaut«, sagte Maxwell sofort. »Irgendwie schaute der immer nach unten und redete mit dem Boden. Seine Augen hab ich gar nicht gesehen. Wirkte irgendwie schüchtern, der Kerl. Er wusste ja, dass er schon längst hätte weg sein sollen, und darum war er wohl was nervös. Ich bin aber nicht so. Solange sich die Leute anständig benehmen, werden sie von mir auch anständig behandelt. Da hab ich gedacht, lass den mal gehen. Sein Gesicht hab ich nicht richtig gesehen. Von sehen kann keine Rede sein.«

»Und Sie konnten nicht herauskriegen, woher der Bursche kam?«, fragte Gus seufzend. Er stand auf und klopfte sich den Staub von den Knien. »Wie lange waren Sie denn auf der Toilette?«

»Hä?«

»Fangen Sie nicht schon wieder an!«

»Nein, nein, Sir. Ich bin sehr ... Ich hatte die Zeitung mitgenommen, und Sie wissen ja, wie das ist.«

Gus atmete tief durch die Nase ein. »Zehn Minuten? Fünfzehn? Noch länger?«

»Auf keinen Fall, Sir!« Maxwell war empört. »Höchstens fünf oder sechs Minuten.«

»Lang genug«, meinte George. »Und als wir uns die Leiche angeschaut haben, dachten wir beide, dass er gestört wurde. Wenn er im Keller und Mr. Maxwell hier auf der Toilette war, wodurch wurde er dann gestört?«

Es herrschte einen Moment Schweigen, und Maxwell schaute von einem zum anderen. Dann räusperte Julie sich. »Hm, Sir. Ich hätte da eine Idee.«

»Und die wäre?«

Sein schroffer Tonfall schien sie ein wenig einzuschüchtern, doch sie fasste sich ein Herz und sagte: »Nun, Sir, der Kessel.«

»Was soll damit sein?«

»Ist das so ein Ding, das sich selbst ein- und ausschaltet?«

»Das ist ein ganz alter Kasten«, erklärte Maxwell, der sich jetzt bemühte, einen guten Eindruck zu machen. »An dem Bau hier wird ständig was gemacht, aber die geben das Geld nur für Marmor und so 'n Zeugs aus, und unsere Heizungsanlage ist das Billigste vom Billigen. Die haben eine alte eingebaut. Aus zweiter Hand, aber die reicht und läuft ganz von allein. Da muss nichts dran gemacht werden. Jede halbe Stunde fängt das Ding an zu dröhnen, wenn die Anlage durchgeblasen und der überschüssige Dampf abgelassen wird.«

»Und wann passiert das immer?«, fragte Gus ungehalten. »Zu welchen Zeiten?«

»Hm? Ungefähr um zehn nach und um zwanzig vor. Ich muss mich nicht darum kümmern, auch wenn das Ding schon so alt ist. Wenn es kalt wird, müssen wir hin und wieder die Temperatur einstellen, weil der alte Kasten keinen Thermostat hat. Das ist alles. Ich sag immer, die alten Dinger sind noch immer die besten ...«

»Gut gemacht, Julie«, sagte Gus. »Der Kessel fing an zu rumoren, und unser Bursche kriegte es mit der Angst zu tun. Er dachte, da würde irgendjemand etwas an der Anlage einstellen, und er hat seine sieben Sachen genommen und ist abgehauen. Dann ist er unserem Pförtner hier in die Arme gelaufen. Wann sind Sie vom Lokus zurück?« Gus hatte sich zu Maxwell umgedreht.

»Oh, Sir, ich weiß nicht genau. Darren sollte um neun Uhr kommen, und ich hatte meine erste Runde gedreht, tja ...« Er wurde wieder ganz blass. »Vielleicht zwanzig vor neun. Ungefähr ...«

»Verdammt, würde sich so ein Typ denn von einem Kessel Angst einjagen lassen?«, überlegte Gus laut. »Dieser Mann ist ein eiskalter Killer, und schon das Zischen eines Kessels, der Dampf ablässt, soll ihm solche Angst einjagen, dass er Hals über Kopf abhaut? Er hat einen Zeugen getroffen.«

»Könnte sein«, pflichtete George ihm bei. »So sorgfältig ein Killer seine Tat auch plant, so kann er doch durch dumme Zufälle geschnappt werden. Die Fachliteratur ist voll von Beispielen ...«

»Bitte nicht jetzt, Schatz. Wir müssen noch nach Spitalfields und herausfinden, ob jemand einen Handwerker in einem schmutzigen Overall und mit einem alten Werkzeugkasten gesehen hat. Und mit Gummischuhen natürlich. Los jetzt.«

Gus blieb an der Tür des Kabuffs noch einmal stehen und warf Maxwell einen finsteren Blick zu. »Kein Wort über unser Gespräch, verstanden? Wenn ich rauskriege, dass Sie dem *Courier* sagen, dass Sie ausgepackt haben, schlag ich Ihnen den Schädel ein, kapiert? Glauben Sie mir! Ich mach das übrigens gar nicht schlecht.«

28

Es war zu spät geworden, um noch nach Spitalfields zu fahren. Als sie wieder auf der Creechurch Lane standen, war es schon nach acht. Gus schielte zum dunklen Himmel und fluchte leise. »Selbst wenn wir jetzt noch hinfahren würden, müssten wir morgen noch mal hin, damit wir alle Leute zu fassen kriegen. Wir stehen morgen früh auf, darum heißt es jetzt ab nach Hause. Julie, Sie können auch heimfahren. Und klemmen Sie sich morgen früh sofort hinter die Geschichte mit dem Overall.«

»Ich hab in dieser Sache schon telefoniert, Chef.« Julie sagte es ganz sachlich, aber es klang durch, dass sie ein wenig stolz war. »Als Sie das Verhör mit Peter Maxwell zu Ende geführt haben. Jemand hat schon begonnen, sämtliche in Frage kommenden Läden zu überprüfen. Wir fangen hier im East End an und gucken, wie weit wir kommen.«

»Ich glaube ja nicht, dass viel dabei herauskommt«, sagte Gus grimmig. »Natürlich müssen wir es versuchen. So ein Overall ist nicht gerade ein besonders auffälliges Kleidungsstück. Da fällt mir ein, dass man es ja auch per Post bestellt haben könnte.«

»Ja, Chef. Hab ich auch schon dran gedacht. Ich habe Jenny gebeten – sie sitzt im Büro gleich neben mir –, die Firmen ausfindig zu machen, die sich darauf spezialisiert haben. Morgen sind wir bestimmt schon weiter.«

»Gut gemacht. Gehen Sie jetzt nach Hause.«

Julie nickte froh, schaute George an, zwinkerte ihr zu und ging zum Wagen.

Gus rief sie zurück. »Von nun an, Constable Bentley, müssen Sie sich auf mich verlassen, wenn es um Ihre Beförderung geht.

Dr. Barnabas kann nichts mehr für Sie tun. Das wollte ich nur mal erwähnt haben. Am besten, Sie nehmen die U-Bahn zurück, okay?«

»Ja, Chef ... danke, Chef«, stammelte Julie, die offenbar gekränkt war. Sie drehte sich um und eilte so schnell sie konnte mit gesenktem Kopf die Straße hinunter.

»Das war gemein! Es war meine Schuld und nicht Julies. Dass du sie jetzt alleine nach Hause fahren lässt ... Du hättest sie im Wagen mitnehmen können.«

»Das tut ihr ganz gut. Dann kann sie über ihre Fehler nachdenken. Komm jetzt. Wir gehen was essen. Und kein Wort mehr über Julie. Das ist meine Sache und nicht deine, vergiss das nicht.«

Wenn George auch nur eine Sache im Umgang mit Gus gelernt hatte, so wusste sie ganz genau, wann es keinen Zweck mehr hatte, Zeit und Energie zu verschwenden, um mit ihm zu diskutieren. Das war jetzt der Fall, und darum hielt sie den Mund. Trotzdem freute sie sich für Julie. Gus würde die ehrgeizige Julie von nun an fördern, ohne sich jedoch auf der Nase herumtanzen zu lassen.

Sie gingen in Gus' Fischrestaurant in Aldgate. Es war angenehm, dem kühlen Abend und dem leichten Nieselregen zu entkommen, der den Bürgersteig in eine Rutschbahn verwandelte. In dem hell erleuchteten Lokal roch es nach gutem Essen, und die meisten Tische waren belegt. Die Kellnerinnen eilten wie Bienen in einem Lavendelbeet emsig durch die Gänge. Gus schaute sich zufrieden um.

»Das ist zweifellos mein bestes Lokal. Es war das erste, das mein Vater eröffnet hat, und er hat immer gesagt, dass es sicher am meisten Geld abwerfen wird. Und er hatte Recht. So ein toller Schuppen muss ja gut sein. Wo ist denn Kitty?«

Die Geschäftsführerin, eine mollige, lebhafte Person, die das Restaurant für Gus führte, seitdem sein Vater gestorben war, kam hinter der Theke hervor, wo sie das Geld entgegennahm und mit Argusaugen über die Kellnerinnen wachte. »Ich dachte schon, Sie hätten Ihre heimliche Liebe zu Hamburgern entdeckt. Sie waren ja schon seit Wochen nicht mehr hier.«

»Machen Sie mir ruhig die Hölle heiß«, sagte Gus und gab ihr einen Klaps auf den Po. Kitty schaute George an und schlug die Augen nieder.

»Er lässt sich keine Gelegenheit entgehen, Dr. Barnabas«, sagte sie freundlich. »Eines Tages werde ich ihn wegen sexueller Belästigung drankriegen. Kommen Sie. Ich habe einen schönen Ecktisch für Sie.«

»Sie hat ihre Augen überall«, sagte Gus anerkennend. »Selbst wenn sie hinterm Tresen steht, sieht sie, was in der hintersten Ecke los ist. Apropos sexuelle Belästigung. Was kann ich denn dafür, wenn Sie so einen schönen ...«

»Jetzt reicht's aber!«, protestierte Kitty und führte sie zu dem Ecktisch. George folgte Gus lachend, streckte die Hand aus und schlug ihm kräftig auf den Hintern.

»Du hast auch einen schönen Arsch«, flüsterte sie.

»Schatz, seit wann drückst du dich denn so ordinär aus?«

»Ach, und was wolltest du gerade sagen?«

»Okay, okay, Schwamm drüber. Und was darf es sein? Heilbutt ...«

»Was denn sonst?« Sie zog ihre Jacke aus und machte es sich auf dem Stuhl bequem. »Als Vorspeise nehme ich Aal in Aspik, Kitty, und ein Glas Chablis.«

»Wenn ich daran denke, dass ich ihr erst mal beibringen musste, was gutes Essen ist, wird einem ganz heiß, Kitty, wenn sie Aal in Aspik bestellt, nicht? Für mich das Gleiche bitte. Und Schwarzbrot und Butter natürlich.«

»Das würde ich doch nie vergessen!«, erwiderte Kitty mit gespielter Empörung und eilte davon.

George lehnte sich im Stuhl zurück und grinste Gus an. »Es macht Spaß, dir bei der Arbeit zuzuschauen. Wie du mit diesem Maxwell umgesprungen bist, war ...« Sie schüttelte den Kopf und suchte nach dem richtigen Wort.

»Ach, Maxwell!« Gus winkte ab. »Das ist vielleicht ein Vogel. Ein eingebildetes Großmaul, aber wenn man ihn erst mal festgenagelt hat, ist der so klein mit Hut. Kein Problem. Ich kann nur hoffen, dass unser Freund auch so leicht zu knacken ist, wenn wir ihn erst haben. Tja, das wird wohl kaum der Fall sein.«

»Hast du irgendeine Idee, was das für ein Knabe ist?«, fragte sie. »Ich meine, kannst du ihn dir irgendwie bildlich vorstellen?«

»Du bist die Ärztin, Schatz. Du klärst mich auf.«

George schüttelte den Kopf. »Ich hab dir doch schon oft gesagt, dass ich Gerichtsmedizinerin bin, keine Psychiaterin. Versuchen kann ich es ja trotzdem.« Sie beugte sich vor und stützte die Ellbogen auf den Tisch. »Meiner Meinung nach lässt dieser Mann sich ganz von seinem Verstand leiten. Er plant alles haargenau, ist sehr traditionell eingestellt und hat ein Faible für die Geschichte. Das ist der Jack the Ripper in ihm. Wenn er etwas macht, hängt er sich voll rein. Sonst hätte er die Finger von den beiden letzten Morden gelassen, denn er muss ja gemerkt haben, dass er genau beobachtet wird. Wenn er seine Pläne erst einmal gefasst hat, rückt er nicht mehr davon ab. Dieser Mann ist durch und durch Kopfmensch. Anders kann es nicht sein, immerhin hat er sich vorgenommen, fünf Morde zu begehen. Darum habe ich auch gesagt, dass er ein richtiges Motiv haben muss. Dieses ganze Drum und Dran bei seinen Morden, das uns glauben machen soll, es würde sich um einen Serienmörder handeln – aber das glaube ich einfach nicht.«

»Warum nicht? Er hat es auf die gleiche Art von Opfern abgesehen. Es sind alles Abgeordnete. Er benutzt die gleiche Mordmethode und fügt immer seine seltsame persönliche Note hinzu – falls man die Kastration einer Leiche so bezeichnen kann. Und um allem die Krone aufzusetzen, gibt er sich die Mühe, Jack the Ripper nachzuäffen. Du siehst das als Faible für die Geschichte und als traditionelle Gesinnung an. Ich sehe das anders.« Plötzlich schüttelte Gus ungehalten den Kopf. »Das macht mir besonders zu schaffen. Dieser Scheißkerl hat praktisch angekündigt, wo er seine Verbrechen verübt, und wir konnten ihm trotzdem nicht das Handwerk legen. Das geht mir einfach nicht in den Kopf. Warum, zum Teufel, hat er die nächsten Morde angekündigt? Um uns zu entkommen und uns als Idioten hinzustellen? Um uns zu beweisen, dass er uns wie Jack the Ripper an der Nase herumführen kann? So soll es der Ripper ja gemacht haben. Der hat angeblich einen Brief geschrieben und geprotzt. Wir haben von diesem Scheißkerl noch keinen Brief bekommen.« Gus grübelte einen

Moment und seufzte dann. »Na, wenn wir ihn geschnappt haben, werden wir es letztendlich herausbekommen. Und wir werden ihn schnappen.«

George schaute verlegen zur Seite. »Ich wünschte, ich könnte mir so sicher sein.«

Gus war ehrlich überrascht. »Du bist doch sonst nicht so pessimistisch.«

»Ja, schon, aber dieser Typ ist intelligent. Ich habe es ja schon mehrmals gesagt, dass der Kerl meiner Meinung nach aus einem bestimmten Grund mordet.«

»Richtig, das hast du schon mehrere Male gesagt, und ich bin nicht darauf eingegangen. Allerdings hast du schon oft Recht gehabt, daher sollte ich das wohl tun. Du glaubst also noch immer an ein politisches Motiv?«

»Gewissermaßen. Ich glaube aber nicht, dass es um Parteipolitik geht. Wenn man sich die Abgeordneten und die Lords ansieht, die getötet wurden, lässt sich keine Systematik erkennen, die auf parteipolitische Querelen schließen ließe. Wir haben einen Konservativen, einen Labour-Abgeordneten, einen Lord, der seinen Titel geerbt hat, einen Bischof und einen Gewerkschaftler, der kein Blatt vor den Mund genommen hat. Diese Abgeordneten hatten ziemlich unterschiedliche Einstellungen, nicht wahr? Obwohl ich glaube, dass die Waage durch David CWG und Jack Scroop ein wenig nach links ausschlägt. Könnte auch sein, dass ich Unrecht habe und es keine politisch motivierten Morde waren, doch dieser Gedanke geht mir einfach nicht aus dem Kopf.«

»Wenn es kein politisches Motiv gibt, was dann? Eine kriminelle Verschwörung? Wir haben ja schon eine aufgedeckt – oder sind dabei, um genau zu sein. Doch zu diesem Schwindelunternehmen hatte nur Sam Diamond eine Beziehung und möglicherweise durch weitläufigere Verbindungen Lord Durleigh und David CWG. Das ist jedoch ziemlich schwach. Und die Tatsache, dass ein Mann mit der Frau eines Opfers unter einer Decke steckt, mit dem Bruder zweier Opfer befreundet ist und die beiden Brüder kannte, stellt zwar eine Beziehung dar, aber ...«

»Aber das reißt dich nicht gerade vom Hocker, ich weiß. Mich auch nicht.« Als die Vorspeise gebracht wurde, hob George den Kopf. »Ich komme immer wieder auf die Politik zurück ... Danke, Kitty. Das sieht ja toll aus. Sie haben sogar etwas Jalapeño-Sauce mitgebracht. Fabelhaft!«

»Essig, Schatz, mehr braucht man nicht zu Aal in Aspik. Alles andere ist eine Sünde.«

»Ich mag meine Pfeffersauce. Halt den Mund und iss.«

Die nächste halbe Stunde verlief in sehr angenehmer Atmosphäre. Sie redeten über belanglose Themen, während sie ihre mit leckerem Fisch und Pommes beladenen Teller leerten. Gus lobte die gute Küche, worüber Kitty sich sehr freute, denn immerhin war er der Chef.

Als sie satt und entspannt ihren Kaffee tranken, sprachen sie wieder über den Fall, waren jetzt aber nicht mehr richtig bei der Sache. George war sicher, dass es eine Beziehung zwischen den Opfern gab, doch darüber zerbrach sie sich noch immer vergebens den Kopf. Sie war sich ebenfalls sicher, dass es ein triftiges und einleuchtendes Motiv für die Morde gab. Allerdings wusste sie nicht, warum sie sich so sicher war.

»Vielleicht«, sagte sie ein wenig schläfrig zu Gus, als sie nach Hause fuhren, »hat jemand etwas zu mir gesagt, was sich in meinem Kopf festgesetzt hat, mir aber nicht mehr einfällt. Ich weiß genau, dass es die Lösung ist. Könnte es so sein?«

»Woher soll ich das wissen?«, sagte er, als er den Wagen in die Einfahrt fuhr. »Sag mir Bescheid, wenn es dir wieder einfällt. Tu mir aber einen Gefallen, Liebling, und gönne mir nach diesem leckeren Essen erst mal eine Nacht Ruhe. Endlich bin ich den ekeligen Geschmack von diesem Hotelfraß los.« Gus schüttelte sich angewidert. »*Der kahle Mönch!* Wohl eher *der hungernde Mönch!* Komm, gehen wir schlafen.«

*

Am nächsten Morgen war zu spüren, dass ihnen die Ruhe einer friedlichen Nacht gut getan hatte. Sie standen auf, duschten, frühstückten und waren schon vor neun auf dem Weg nach Spitalfields.

Es fiel nicht ein schnippisches Wort, und das war für George und Gus, die beide Morgenmuffel waren, eine starke Leistung. Gus pfiff zufrieden vor sich hin, als er seinen alten Wagen durch den starken morgendlichen Verkehr lenkte, und motzte, sobald sich eine Gelegenheit ergab, über andere Fahrer. Er liebte nichts mehr, als eine Fahrt, die durch die empörten Proteste hupender Fahrer die richtige Würze erhielt.

Der Markt war schon recht belebt, als sie dort ankamen. Sie fanden nicht weit entfernt einen Parkplatz, was Gus ein wenig ärgerte. Es gefiel ihm viel besser, im Halteverbot zu parken und sich dann mit dem Verkehrspolizisten zu streiten, der ihm einen Strafzettel verpassen wollte. Die Polizei durfte seiner Meinung nach nämlich parken, wo sie wollte. Heute Morgen war er allerdings in so guter Stimmung, dass er sogar die Münzen in den Parkautomaten warf, ohne großartig zu knurren.

»Am besten, wir bleiben zusammen«, sagte er. »Wenn es nicht zu schwer für dich ist, denn ich übernehme die Befragungen.«

»Schon okay.« Sie grinste ihn an. »Ich übernehme dafür das Denken.«

»Das könnte dir so passen! Wir fangen möglichst nahe an der Lagerhalle an, und das nicht etwa, weil ich davon ausgehe, dass Roop viel übersehen hat, sondern weil wir jetzt wissen, wonach wir suchen, nämlich nach einem Mann im Overall ...«

»Der fleckig ist und etwas eng. Außerdem hat er eine Mütze und Galoschen getragen. Dann auf in den Kampf, alter Junge!«

Gus lachte und bahnte sich mit George auf den Fersen seinen Weg durch die Menge der geschäftigen Menschen, die sich auf den Tag vorbereiteten, und die Kunden, die auf dem Weg in ihre Büros und Werkstätten bereits Besorgungen machten.

Die erste Stunde ging schnell vorbei, und auch ihre gute Laune verflüchtigte sich zusehends. Sie fanden lediglich heraus, dass Rupert Dudley in der Tat gute Arbeit geleistet hatte. Unter den hier niedergelassenen Geschäftsleuten und ihren Stammkunden war niemand, der nicht intensiv verhört worden war, und niemand hatte mehr gesehen, als er Roops Leuten schon gesagt hatte.

In der zweiten Stunde erweiterten sie den Umkreis und sprachen mit Leuten, die keinen direkten Blickkontakt zu der Tür hatten, hinter der die Leiche von Lord Durleigh gefunden worden war. Gus musste zugeben, dass das ein sinnloses Unterfangen war, denn er brauchte einen Tatverdächtigen, der an der Tür oder in unmittelbarer Nähe gesehen worden war, weil er sonst keinen richtigen Beweis in Händen hatte, selbst wenn dieser Jemand genauso aussehen würde wie der Mann auf der Creechurch Lane, den Maxwell beschrieben hatte. »Das wäre ein hauchdünner Indizienbeweis«, brummte Gus. »Vermutlich immer noch besser als nichts. Machen wir also weiter.«

Doch sie erreichten nichts, und um halb eins war ihre morgendliche Fröhlichkeit fast ganz verschwunden. Sie waren beide nicht nur bitter enttäuscht, sondern auch müde, schmuddelig und durstig. Sie schauten sich an und wussten, ohne ein Wort zu sagen, dass es Zeit war aufzugeben. Kein Zeuge hatte irgendetwas Verdächtiges hier auf dem Markt beobachtet, was immer der *Courier* auch behauptete.

»Kannst du dem *Courier* nicht einfach einen richterlichen Beschluss auf den Tisch knallen?«, fragte George. »Damit sie ausspucken, was sie angeblich haben?«

»Ja, sicher«, erwiderte Gus wütend. »Damit die dann lautstark damit prahlen, dass die blöden Bullen ohne ihre Hilfe nicht weiterkommen? Wir brauchen Beweise, so wie Maxwells Aussage von gestern Abend. Aber wo sollen wir hier in Spitalfields ansetzen, wenn wir nichts in der Hand haben? Nein, Liebling, da werden wir kein Glück haben. Hör zu, ich bin so ausgetrocknet wie das Herz des Polizeipräsidenten. Ich will einen Kaffee. Meinst du, so was gibt's hier irgendwo?«

Sie nickte. »Ich habe vorhin eine kleine Imbissstube gesehen. Wahrscheinlich würde ich sie wiederfinden.« Schon stürzte sie sich mit Gus auf den Fersen wieder ins Getümmel.

Die Kantine war eher für die Standbesitzer als für die Kunden bestimmt, und viele von ihnen saßen an kleinen Tischen, die mit zerrissenen Wachstüchern bedeckt waren, und aßen zu Mittag. Der Geruch nach aufgebackenen Käsebrötchen und starkem englischen Tee erfüllte die Luft. George, die lieber hellen Tee ohne

Milch trank, seufzte. Dann musste sie eben Kaffee trinken – doch jeder wusste, wie grässlich englischer Kaffee schmecken konnte.

Georges Bedenken waren berechtigt. Sie begutachtete argwöhnisch den Becher mit dem trüben Pulverkaffee, den der Mann hinter dem Tresen ihr hinknallte; dann folgte sie Gus an einen Tisch am Eingang, um ihn zu trinken.

»Das ist ja vielleicht eine Brühe«, schimpfte er, als er in das dunkelbraune Gebräu in seinem Becher starrte. »Aber ich bin so durstig, dass ich alles trinken würde.« Und mit Todesverachtung schüttete er sich das Zeug in den Rachen.

George, deren Stimmung auf dem Nullpunkt war, schaute sich um. Die meisten Leute an den Tischen hatten die Köpfe zusammengesteckt und unterhielten sich ruhig oder lasen Zeitung. Eine ziemlich gebeugte, massige Gestalt, der scheinbar jedes Gefühl für ihren Körper und dessen Umfang fehlte, quälte sich murmelnd an den Tischen vorbei. Die meisten Leute ignorierten sie entweder oder fuchtelten mit der Hand durch die Luft, um sie zu vertreiben. Ein oder zwei griffen in ihre Taschen und gaben ihr etwas. Ein Bettler, dachte George, einer von Londons Obdachlosen, und sie spürte die übliche Traurigkeit, die solche Anblicke immer bei ihr auslösten. Gus, der ihrem Blick folgte, schüttelte den Kopf.

»Du musst ja nicht gleich dein ganzes Geld abgeben, das du bei dir hast. Ein oder zwei Schillinge reichen.«

»Ich gebe, was ich für richtig halte.« Schon hatte sie ihr Portemonnaie aus der Tasche gezogen und zog einen Fünf-Pfund-Schein heraus. Eigentlich hatte sie dem Bettler – ob dieses Bündel ein Mann oder eine Frau war, hatte sie noch nicht feststellen können – ein Pfund geben wollen, aber Gus' Bemerkung spornte sie zu besonderer Großzügigkeit an. Er fing an zu lachen.

»Ach, George. Es ist so einfach, dich auf die Palme zu bringen. Lass mal stecken, ich mach das schon.« Auch Gus zückte jetzt sein Portemonnaie.

Als der Bettler sich näherte, konnten sie erkennen, dass es eine Frau war, die eine Dunstwolke aus kaltem Rauch, Bier und Körpergeruch vor sich her schob. Sie machte ein grimmiges Gesicht und war etwa Ende fünfzig, obwohl George genau wusste, dass diese Alkoholiker aufgrund ihres Lebens auf der Straße manchmal gut zwanzig Jahre älter aussahen. Die Nase war mit Mitessern übersät, und ihre Augen waren gerötet und wässerig.

»Ein paar Schillinge ... Oh, danke!«, sagte sie verblüfft, weil Gus und George sich beide anschickten, ihr etwas zu geben. Ihr Gesicht hellte sich auf, als sie den Fünf-Pfund-Schein in Georges Hand sah, doch als sie ihre unglaublich schmutzigen Finger ausstreckte, zog George den Schein zurück. »Was wollen Sie denn? Ich tu nichts Unrechtes. Ich hab schon so genug Probleme am Hals.«

»Schon gut«, beschwichtigte George sie freundlich. »Ich will Sie ja nichts fragen. Nehmen Sie nur.«

Die alte Frau wackelte mit dem Kopf. »Oh, Sie sind Yankee«, sagte sie, als würde das alles erklären, und dann griff sie so schnell nach dem Schein, dass man kaum sehen konnte, wie er unter den vielen Klamotten verschwand, die sie auf dem Leib trug.

Sofort streckte sie die Hand nach der Münze aus, die Gus ihr anbot. Er grinste sie hinterhältig an. »Ich bin nicht so gutmütig. Ich stelle Fragen für mein Geld. Kommen Sie oft hierher?«

Die Bettlerin fing an zu gackern. »Ja. Ich liebe Tanzlokale.« Sie drehte ungeschickt eine Pirouette und warf ihre Beine mit den ausgelatschten Schuhen in die Luft. George und Gus lachten, und die alte Frau lachte mit und entblößte verblüffend weiße Zähne.

»Sie kriegen doch sicher viel mit?« Gus fühlte der Alten erst mal vorsichtig auf den Zahn.

»Ich sehe, was ich sehen will. Das andere *überseh* ich einfach.« Sie streckte wieder den Arm aus und schaute auf die Münze in Gus' Hand. Ihre Augen funkelten ein wenig, und George hatte den Eindruck, dass sie leicht beunruhigt war.

»Auch von dem Mord hier gehört?« Gus hielt seine Hand mit der verlockenden Spende noch immer so, dass die Bettlerin die Münze nicht ergreifen konnte.

»Klar. Bin doch nicht blöd.«

»Irgendeine Idee, wie das passiert sein kann?«

»Wie soll ich das denn verstehen?«

»Die Tür war immerhin verschlossen. Nichts davon gehört? Er ist durch die ...«

»Durch die Angeln. Stimmt.« Jetzt streckte sie aggressiv den Arm aus. »Hören Sie mal, krieg ich jetzt die Kohle oder nicht? Wenn nicht, hau ich ab. Ich muss mich um meine eigenen Angelegenheiten kümmern.«

Gus schaute sie streng an und sagte plötzlich: »Wollen Sie nicht etwas essen? Ist schon in Ordnung. Das Geld können Sie auch haben. Wie wär's denn mit einem Teller Suppe?« Der Mann hinter der Theke hatte den Deckel von einem großen Topf abgenommen, und plötzlich schwebte der Geruch von Zwiebeln, Karotten, Lamm und Gerste durch die Stube. Die alte Frau, die bestimmt sehr hungrig war, hob den Kopf, atmete tief ein und schaute Gus unverwandt an.

»Warum sollte ich?«

»Um mir ein paar Informationen zu geben. Suppe und noch mal so ein kleines Scheinchen«, sagte Gus beiläufig und lehnte sich zurück, als wäre ihm das im Grunde völlig egal. »Sie sehen doch sicher, was hier so vor sich geht, und mich würde es interessieren. Aber das müssen Sie selbst wissen.«

Einen Moment herrschte Stille, dann seufzte die Alte und räusperte sich laut und vernehmlich. »Na ja, warum nicht«, murmelte sie. »Das andere habe ich auch schon hinter mich gebracht. Ich meine diese Scheißtypen, die glauben, mit mir könnte man so was machen. Hundert haben die gesagt, und dann hab ich gerad mal fünfundzwanzig gekriegt. Warum also nicht. Aber hören Sie, ich will richtig was zu essen.«

»Kriegen Sie«, versprach Gus und rutschte die Bank hoch, um der stinkenden Alten Platz zu machen.

29

George holte einen Teller Suppe, ein Brötchen, Butter und ein Stück Käse, und dann beobachteten sie, wie die Alte das ganze Zeug verschlang, als hätte sie tagelang nichts gegessen. Sie musste halb verhungert gewesen sein, und George war ein wenig besorgt, als die Alte fertig war und anfing zu keuchen. Hatte sie zu viel und zu schnell gegessen? Das konnte für einen halb verhungerten Menschen fast genauso schädlich sein, wie gar nichts zu essen.

Sie erholte sich jedoch schnell, wischte sich mit dem Handrücken über den Mund, grinste wieder und zeigte ihre weißen Zähne. Erstaunlich gut gepflegte Zähne, dachte George. Warum war sie hier gelandet? Doch sie hatte keine Zeit, diesen Gedanken weiter zu verfolgen, denn Gus beugte sich vor, sah in das schmutzige Gesicht und sprach die Alte an. »Wie heißen Sie denn, gute Frau?«, fragte er leichthin.

Die Alte schielte auf Gus' Hand, aus der ein Fünf-Pfund-Schein guckte. »Sally, wenn's wichtig ist«, erwiderte sie und riss Gus den Schein aus der Hand, der ebenfalls unter ihren stinkenden Klamotten verschwand. »Sally Whittaker. Ich war früher mal Tänzerin. Ja, war ich mal. Tänzerin. Als ich jung war.« Sie verstummte, zog laut die Nase hoch und schaute George an. »Das war ja was für 'n hohlen Zahn. Wie wär's mit 'nem kleinen Nachtisch?«

»Ich glaube, die haben hier Apfelkuchen. Ist das okay?«, fragte Gus.

»Besser als nichts«, knurrte Sally, und George stiefelte sofort los, um den Kuchen und einen Becher Tee zu besorgen.

Wieder mussten sie warten, bis Sally den Kuchen verdrückt

hatte. Nach dem Essen lehnte sie sich zurück und griff erfreut nach dem dampfenden Becher Tee, der vor ihr stand.

»So«, sagte sie, »das war nicht schlecht. Mein Glückstag, was? Hatte in letzter Zeit schon einige. Vielleicht stehen meine Sterne günstig. Ich bin Fisch. Und Sie?«

»Ich bin ein neugieriger Bursche, der wissen will, was Sie mit dem *Courier* hatten«, sagte Gus. Er setzt alles auf eine Karte, dachte George. Vielleicht vergeudeten sie nur ihre Zeit mit Sally Whittaker, obwohl das Geld sicher nicht verschwendet war, denn die arme Alte konnte jeden Penny bestimmt gut gebrauchen. Wenn sie überhaupt etwas erfahren wollten, mussten sie sofort auf den Punkt kommen. George hielt den Atem an und wartete auf Sallys Antwort.

Nicht nur Sally hatte heute ihren Glückstag, denn die Alte drehte sich zu Gus um, musterte ihn nachdenklich und fing an zu kichern. »Sie sind ein cleveres Bürschchen. Woher wissen Sie denn, dass ich mit denen geredet hab?«

»Ich wusste es nicht, aber danke, dass Sie es mir gesagt haben.«

»Reine Vermutung? Noch so einer. Hier wird wohl getrommelt, was? Jemand hat Ihnen einen Wink gegeben, dass ich mit denen geplaudert hab.«

»Ich habe doch keine Tomaten auf den Augen.« Gus lächelte sie an. »Hören Sie, Sie sind die Erste, mit der ich sprechen würde, um zu erfahren, was hier vor sich geht. Man sieht ja auf den ersten Blick, dass Sie hier zu Hause sind. Da hab ich mal geraten.«

»Wer sind Sie denn?«

Er zögerte. »Detektiv«, sagte er schließlich. »Ich wurde gebeten, an diesem Fall mitzuarbeiten.«

Sie schaute ihn mit glänzenden Augen an. »Ein Privatdetektiv – wie in den Filmen? Ich hab auch mal in einem Film mitgespielt. 1967 war das. Ich stand mit anderen vor einem Gerichtssaal. Dieser Jason hat da mitgespielt. Kennen Sie den? Der ist voller Falten und trägt so komische Klamotten. Wissen Sie, wen ich meine?«

»Ja«, log Gus. »Natürlich. Wirklich klasse.«

»Und Sie sind genauso?«

»Ich sehe nicht so gut aus und trage keine komischen Klamotten.«

Die Alte lachte. »Kann man wohl sagen. Okay, ich sag Ihnen, was ich den Typen vom *Courier* erzählt habe. Es waren zwei. Die haben mir hundert Pfund versprochen, wenn ich denen alles sage, was ich gesehen hab. Und als ich alles gesagt hatte, meinten die glatt, das wäre nur fünfundzwanzig wert. Ich sollte das Geld nehmen, oder ich kriegte gar nichts. Scheißkerle!« Sie funkelte George giftig an, als wäre sie einer der Journalisten, der sie betrogen hatte, doch George nahm es der Alten nicht übel.

»Gemein«, pflichtete George der Alten bei, »aber es gibt auch Leute, denen man trauen kann.«

»Man kann keinem trauen«, schimpfte Sally. »Was zahlen Sie mir denn? Hundert, wie die mir versprochen haben?«

»Ganz bestimmt nicht. Ich kann nur versprechen, was ich auch halten kann. Sie bekommen noch einen Zehner zusätzlich. Das ist doch korrekt.«

»Ein ehrlicher Kerl.« Sally schien beeindruckt zu sein und zwinkerte Gus beunruhigt zu. »Was wollen Sie denn wissen? Schießen Sie los.«

»Erst mal interessiert mich, was Sie denen erzählt haben, dann sehen wir weiter.«

»Okay.« Der Kleiderhaufen rutschte auf der Bank hin und her, als Sally es sich bequem machte. Sie stank jetzt richtig, aber das war nicht so wichtig. George war ziemlich aufgeregt. Vielleicht hatten sie diesen Vormittag letztendlich gar nicht verplempert.

»Ich lag da unten auf meinem üblichen Platz – da hinten.« Sie zeigte vage in die Richtung. »Da am Eingang, wo die schweren Sachen reingebracht werden. Da ist ein verstecktes Plätzchen neben dem Kesselhaus. Warm, sehr warm. Das ist mein spezieller Platz, und ich lass nicht zu, dass mir jemand diesen Platz wegnimmt. Aber glauben Sie ja nicht, die würden das nicht versuchen.«

Sie schien nachzudenken, und Gus sagte schnell: »Sie waren also dort. Wann?«

»In der Nacht vor dem Mord.«

Gus runzelte die Stirn. »In der Nacht *vor* dem Mord? Sind Sie sicher? Was war das denn für ein Tag?«

»Fragen Sie mich nicht nach Wochentagen, Schätzchen. Die kann ich nicht auseinanderhalten. Für mich ist ein Tag wie der andere. Es war aber die Nacht, bevor diese Leiche gefunden wurde, das weiß ich genau. Wollen Sie nun wissen, was ich gesehen habe?«

»Ja, sicher. Ich unterbreche Sie auch nicht mehr.«

»Okay«, fuhr Sally mit wichtiger Miene fort. »Jetzt bin ich dran. Ich lag da auf meinem Platz, und es war spät. Fragen Sie mich nicht nach der Zeit, denn ich trage keine Uhr, klar? Es war auf jeden Fall ziemlich spät. Plötzlich sah ich also, dass da zwei Kerle vor der Tür standen. Ich hatte weder was gesehen noch gehört, aber ich war ja auch ganz schön eingemummelt. Dann hab ich meine Ohren vorsichtig ein bisschen freigemacht, damit ich was hören konnte. Natürlich ganz leise, sodass die mich nicht bemerkt haben. Ich will ja nicht, dass jemand mich belästigt, und darum hab ich mich einfach ruhig verhalten. Wahrscheinlich sah ich aus wie ein Haufen Müll.«

Sie verstummte und warf George einen Blick zu, und einen kurzen Moment spiegelte sich in ihren geröteten Augen völlige Hoffnungslosigkeit. »Das bin ich wohl auch.«

Georges Kehle war wie zugeschnürt, und sie streckte den Arm aus und strich über die Hand der alten Frau. Sally senkte den Blick und zog ihre Hand fast ein wenig mürrisch weg.

»Nun, ich hab also aufgepasst, dass ich mich nicht bewegt habe, und sie haben mich nicht bemerkt. Das ist ja auch ein schönes Plätzchen. Doch ich konnte sie sehen, weil sie im Licht einer Laterne standen. Der eine sagte was, und der andere murmelte auch was, und dann öffneten sie die Tür, und der Summer – der Alarm – ging an und sofort wieder aus. Ich dachte, ach, der kennt sich hier sicher aus, wenn er mit dem Alarm Bescheid weiß. Zuerst hab ich mich wieder hingelegt, denn es war in der Nacht ziemlich schattig. Vielleicht ist es drinnen wärmer, dachte ich dann. Darum bin ich ihnen nach. Sie hatten die Tür natürlich zugemacht, aber nicht verschlossen. Also bin ich leise aufgestanden und bin ihnen nach.«

George hing an ihren Lippen und hielt vor Aufregung den Atem an. Sally Whittaker wusste wohl um ihre Wirkung und fand Gefallen daran. Sie hob ein wenig die Stimme und fuchtelte mit den Händen durch die Luft, um die ganze Sache noch spannender zu machen.

»Ich bin denen ganz leise nach und hab immer schön Abstand gehalten. Natürlich hab ich die Ohren gespitzt, aber die haben nur geflüstert. Trotzdem hab ich was gehört. Der eine wollte 'ne Kippe haben. Das war der Itaker.«

»Der was?«, fragte Gus, und Sally dreht sich zu ihm um.

»Haben Sie Watte in den Ohren? Der Itaker. Der hatte 'nen Akzent. Ich konnte zwar nicht viel hören, aber genug. Ich bin früher mal mit einem Italiener ausgegangen, als ich Tänzerin war. Der war Musiker und kam aus Rom. Der sah vielleicht gut aus.«

»Sind Sie sicher, dass der Mann ...«

»Hab ich doch gesagt. Der fragte noch mal nach der Kippe. Auf jeden Fall haben die dann nicht mehr gesprochen, und der andere Typ – nicht der Itaker, der andere – ging zu der Tür vom Lagerraum und fummelte da herum. War nicht viel zu sehen, weil der 'ne Taschenlampe hatte. Auf jeden Fall fummelte er da rum, und irgendwie haben die sich da reingezwängt. Ich konnte leider nicht viel sehen, weil ich ein ganzes Stück zurück war – außer Sicht natürlich. Dann haben die die Tür irgendwie zugemacht, und das war's. Ich ging die andere Seite runter und fand da eine superweiche Couch in einem der Antiquitätenläden, und da hab ich die Nacht verbracht. Es war herrlich. Ich bin rechtzeitig aufgewacht, um mich aus dem Staub zu machen, und bin aufs Klo. Als die Ersten mich da gesehen haben, dachten die, ich wäre denen gefolgt, aber ich hab kein Sterbenswörtchen gesagt. Das hab ich den Typen vom *Courier* erzählt. Wenn das keine hundert Piepen wert ist, dann weiß ich auch nicht.«

»Würden Sie einen dieser Kerle wiedererkennen?«, fragte Gus.

Sally schüttelte den Kopf. »Hören Sie mir denn nicht zu? Es war dunkel. Die hatten zwar eine Taschenlampe, aber die haben sich ja nicht selbst angestrahlt. Ich hab wohl gesehen, dass der eine so einen Hut aufhatte – so ein flaches Ding. Aber das war alles.«

»Und Sie sind sicher, dass es die Nacht *vor* dem Mord war?«

»Na klar! Denn in der nächsten Nacht, als ich wieder draußen unter freiem Himmel geschlafen hab, wurde ich von dem Lärm wach, als die Polizei kam. Die hat dann die Tür da aufgebrochen und den Alarm ausgelöst. Dann kamen die ganzen Streifenwagen und Krankenwagen und was weiß ich noch alles.«

Gus überlegte. »So, so«, murmelte er. »So ist Durleigh also dahingekommen. Der Mörder hat ihn hierher gebracht. Italiener? Vielleicht aus Mailand? Da fährt doch Alice Diamond immer hin. Und der zweite Mann wusste, wie man die Tür öffnet. Könnte es sein, dass wir den Grund für diese Morde schon gefunden haben? Betrug in der Modebranche? Fünf Morde? Das ist doch unglaublich!«

»Wieso fünf?«, fragte Sally Whittaker streitsüchtig. »Ich hab Ihnen gesagt, was ich von *einem* Mord mitgekriegt hab. Von fünf weiß ich nichts, und behaupten Sie nicht das Gegenteil.« Sie sah beunruhigt aus. »Ich hätte Ihnen nichts erzählen sollen. Ich muss verrückt geworden sein. Ich hau jetzt ab.« Sie rutschte ans Ende der Bank und stand auf.

Gus hielt sie fest. »Sally, warten Sie. Ich wollte Sie noch fragen ...«

Doch sie verschwand und drängte sich mit erstaunlicher Geschwindigkeit durch die volle Imbissstube. Gus stand auf, um ihr nachzugehen, setzte sich dann jedoch wieder. »Ich werde sie schon finden, wenn ich sie brauche. Sie wird sich nicht weit entfernen, auch wenn ich ihr einen Schrecken eingejagt habe. George, hilf mir mal auf die Sprünge. Wie lange war Durleigh schon tot, als wir ihn gefunden haben?«

George schloss die Augen und versuchte, sich den Obduktionsbericht von Lord Durleigh ins Gedächtnis zu rufen. Zu ihrer großen Erleichterung ließ sie ihr fabelhaftes Gedächtnis mal wieder nicht im Stich, und sie sah ihre Aufzeichnungen im Geiste vor sich.

»Zwölf bis fünfzehn Stunden. Näher konnte ich es nicht bestimmen. Wie ich in dem Bericht geschrieben habe, hängt das allerdings von der Temperatur und der Geschwindigkeit ab, mit der die Hitze aus einem geschlossenen Raum ausstrahlen kann. Wir haben die Leiche in einem warmen, trockenen Lagerraum gefunden. Möglicherweise hat sie auch länger da gelegen ...«

»Auch vierundzwanzig Stunden?«, fragte Gus.

»Möglich wäre es schon.«

»Dann haben wir also eine Zeugin, wenn wir sie je vor Gericht bringen können. Falls wir unseren Spezi überhaupt finden und anklagen können. Ist das alles ein blöder Mist. Komm, wir schauen uns dahinten mal um.«

Sie fanden die Tür, von der Sally gesprochen hatte, ohne Probleme. Es waren eigentlich zwei Doppeltüren, durch die man sperrige Güter in die Lagerhalle bringen konnte, und genau dahinter hing in knapp zwei Meter Höhe ein schwerer, schwarz gestrichener Kasten an der Wand. Gus schaute sich das Ding genau an, öffnete es und entdeckte einen Schaltkasten.

»Der Mörder wusste, wie der Alarm ausgelöst wird und wie man ihn abstellt. Rupert hat jetzt wieder eine Menge Arbeit. Er muss jeden hier überprüfen, um zu ermitteln, wer den Code kennt, wann er geändert wurde und so weiter. Ich werde ihn darauf ansetzen.«

Er zog sein Handy aus der Tasche und tippte die Nummer des Reviers ein, während George hinausging, um sich draußen umzuschauen und Sallys Schlafplatz zu suchen.

Die Angaben der alten Frau waren richtig. Der Platz lag in einer Ecke zwischen der großen Mauer und dem Kesselhaus und war etwa einsdreißig breit und drei Meter lang. Mit einem schmutzigen Brett hatte sie die offene Seite abgedichtet. Als George es wegnahm, konnte sie sofort sehen, wie klug Sally sich eingerichtet hatte. Auf dem Boden lagen Pappkartons und mehrere Lagen Zeitungspapier übereinander. Darüber hatte Sally einen schweren alten Teppich gelegt, der kaum zu sehen war, da ihn mit altem Zeitungspapier voll gestopfte schwarze Plastiktüten verdeckten. Diese Plastiktüten hatten den zusätzlichen Vorteil, dass sie Regen und Katzen und andere unerwünschte Gäste fern hielten. Sallys Schlafstelle war bestimmt so gemütlich und warm, wie ein Bett im Freien in Londons ungastlichem Klima nur sein konnte. Wieder schnürte es George die Kehle zu, als sie an den Kampf dachte, den Sally in dieser ihr feindlich gesinnten Welt ständig führen musste.

Gus, der ihr gefolgt war, schaute sich den Platz ebenfalls an und drehte sich dann um.

»Die Alte konnte sie von hier aus gut hören«, meinte er. »Es sind nur fünf Meter, außerdem standen sie genau vor der Tür. Dadurch wurden die Geräusche etwas aufgefangen. Sie konnte die beiden Männer also gut hören, aber sie haben die Alte nicht bemerkt. Damit haben wir schon etwas Brauchbares in der Hand. Die Alte hat zwei Männer gesehen, die hier in der Nacht vor dem Mord eingedrungen sind. Einer soll Italiener gewesen sein – na ja, ich weiß nicht recht. Sie hat ja gesagt, dass sie geflüstert haben, und Akzente sind nicht so einfach zu erkennen. Allerdings hat die Alte keinen der beiden wieder zurückkommen sehen, deshalb wissen wir nicht, wann sie wieder herausgekommen sind, oder ob es nur einer war, wie wir vermuten ... verdammter Mist! Da glaubt man schon, ein Stück weiter zu sein, und dann fällt alles wieder in sich zusammen.«

»Ein Stück weiter sind wir schon, Gus. Uns hat doch am meisten Kopfzerbrechen bereitet, wie die Leiche hier hereingekommen ist. Das wissen wir jetzt. Das Opfer wurde hierher gelockt und ist dann aus freien Stücken durch die schmale Türöffnung in den Lagerraum gegangen. Und dort wurde es umgebracht. Es ist also nicht in einem verschlossenen Raum jemand wie von Geisterhand ermordet worden. Die Tür wurde aufgebrochen, und dann sind sie reingegangen.«

»Nein, so war es nicht. Die Tür wurde nicht aufgebrochen. Sie haben sie mit einem Schlüssel geöffnet, und vermutlich ist der Killer auf diese Weise auch wieder raus. Sonst hätten wir Spuren eines Einbruchs gefunden. Darum sah alles aus wie Zauberei. Hätte dieser Scheißkerl uns nicht das Fax geschickt, um uns zu zeigen, wo er sein viertes Opfer umgebracht hat, wären wir doch erst dahinter gekommen, wenn die Leiche angefangen hätte zu stinken. Mein Gott, wie ich diesen Kerl hasse. Arrogantes Arschloch!«

»Das kann man wohl sagen«, murmelte George. »So, Schatz, was nun?«

»Zurück aufs Revier. Ich muss unseren Computer mit den Infos füttern und nach Parallelen suchen. Außerdem müssen sämtliche Alibis überprüft werden. Ich will genau wissen, wer wann wo war.«

»Wessen Alibis?« George versuchte, mit Gus Schritt zu halten, als er um das Gebäude herum zum Wagen ging.

»Hm?«

»Wessen Alibis willst du überprüfen? Welche Verdächtigen hast du denn?«

»Wenn ich das nur wüsste«, brauste er auf. »Jeden und keinen. Vielleicht kommen wir weiter, wenn wir Alice Diamond mal richtig in die Mangel nehmen. Roop hat sie ja verhört, aber jetzt ist Schluss mit der sanften Tour. Diese Sache müssen wir sofort in Angriff nehmen. Das kann nicht mehr auf die lange Bank geschoben werden. Ich glaube, ich sollte auch die Alibis einiger Politiker überprüfen. In den Fraktionsbüros dürfte wohl bekannt sein, wo die Parteigenossen sich aufhalten. Das ist ja ihr Job. Meines Wissens könnte einer mit der Sache zu tun haben. Von diesem Marcus Sowieso war ich nicht gerade angetan, und er ist ein enger Freund eines Opfers. Dadurch gehört er automatisch zum Kreis der Verdächtigen. Die Zeit muss sein. Und ...«

»Mensch, Gus, was ist nur los mit dir?«, fragte George, als sie zum Wagen kamen. »Da ist ja gar keine klare Linie mehr zu erkennen. Du verzettelst dich vollkommen.«

»Hörst du mir nicht zu?«, fuhr er sie an. »Was anderes können wir nicht tun. Mir wäre auch lieber, wenn ich eine heiße Spur hätte, die ich verfolgen könnte. Hab ich aber nicht, verdammt! Und wenn wir keinen Tatverdächtigen an der Angel haben, müssen wir eben ein großes Netz auswerfen und alles an Land ziehen, was wir kriegen können. Und in diesem Fall geht es nicht anders.«

Er ließ die Kupplung kommen, fädelte sich in den Verkehr ein und raste in Richtung Ratcliffe Street. George hielt sich am Sicherheitsgurt fest und schwieg. Wahrscheinlich war das im Moment das Beste. Gus war ziemlich aufgebracht. Dieser Fall war für ihn jetzt nicht mehr ein Fall von vielen, sondern hatte sich zu einer persönlichen Fehde zwischen ihm und dem Mörder entwickelt. Er musste den Killer um jeden Preis erwischen. George erschauerte leicht, als sie sah, dass Gus die Zähne zusammenbiss und seine Mundwinkel zuckten.

Sie dachte angestrengt nach. Nur nicht den Kopf verlieren, sagte sie sich. Sie war sich ganz sicher, dass sie im Laufe der Ermittlungen irgendetwas gehört oder gesehen hatte, das sie schneller zum Mörder führen würde, als blind im Trüben zu fischen, so wie Gus es jetzt praktizierte. Irgendwie würde sie schon herausfinden, was ihr entfallen oder entgangen war.

30

George wusste, dass Gus sie nicht absichtlich in den Hintergrund drängte, aber trotzdem sah es so aus. Er rannte die Stufen zum Revier hinauf, nahm kaum zur Kenntnis, ob sie ihm folgte oder nicht, und fegte wie ein Wirbelsturm in die Einsatzzentrale. Die Beamten an den Computern blickten verdutzt auf, und Mike Urquhart, der am Fax-Gerät stand und ein Fax las, das gerade hereinkam, schaute Gus mit großen Augen an. In diesem Moment sah Mike unglaublich jung aus.

»Was ist passiert, Chef?«, fragte er erwartungsvoll.

»Nichts, gar nichts«, brüllte Gus. »Außer dass ich eine Augenzeugin gefunden habe, die mir gesagt hat, dass Opfer Nummer fünf aus freien Stücken zum Markt in Spitalfields und in den Lagerraum gegangen ist.«

»Das ist ja toll, Chef«, freute sich Mike, dessen Gesicht sich aufhellte, doch Gus zeigte ihm wütend die Zähne.

»Keine Spur! Das ist eine Säuferin, die uns im Zeugenstand genauso viel nutzt wie der Haufen Lumpen, den sie anhat. Wir können ihre Aussage nur als Hinweis benutzen. Sie sagt, dass einer der beiden Männer Italiener war ...«

Gus erklärte schnell und einigermaßen zusammenhängend, was er erfahren hatte, und trieb die Polizisten zur Eile an. Mike musste ins Unterhaus fahren und noch einmal im Fraktionsbüro mit Mary Bodling sprechen. Ein Beamter sollte Rupert Dudley auftreiben, damit dieser sich den Fraktionsvorsitzenden der Opposition vornahm. Tim Brewer, der im Moment abwesend war, sollte ihm Alice Diamond zum Verhör aufs Revier bringen, befahl er grimmig.

»Er soll Julie Bentley mitnehmen und vorsichtig sein. Es ist das erste Mal, dass wir uns die mal richtig vorknöpfen, und sie ist bestimmt raffiniert. Das kann ich euch versichern. Diese Frau tanzt uns auf der Nase herum, und bisher haben wir sie gewähren lassen. Aber jetzt reicht's! Außerdem will ich mit Jasper Powell sprechen, allerdings erst, nachdem wir die Diamond richtig ausgequetscht haben. Wir werden dieses Schwindelunternehmen vollkommen auf den Kopf stellen. Los, an die Arbeit.« Gus rannte in sein Büro, griff nach dem Telefon und ließ George einfach draußen stehen.

»Wütend, was?«, sagte Mike. Es war zwar nicht zu übersehen, dass mit dem Chef im Moment nicht gut Kirschen essen war, aber George, die ziemlich betrübt aussah, tat ihm Leid.

»Der ist auf hundertachtzig. Dieser Fall geht ihm an die Nieren. Ich hoffe nur, es bringt was, noch mal mit Mary Bodling zu sprechen. Hab gehört, die hat Haare auf den Zähnen.«

»Kann man wohl sagen«, erwiderte Mike gelassen. »Aber das macht mir keine Angst. Ich kann auch gut austeilen. Wer kommt mit?« Er schaute sich suchend im Raum um. »Gil, was hältst du davon? Bist du bereit für ein Verhör in den hohen Kreisen unserer Politiker?«

DC Gil Morley grinste und kam bereitwillig hinter seinem Schreibtisch hervor. »Mir ist alles recht, wenn es nur nicht dieser verdammte Papierkram ist.«

*

Colin Twiley trieb sich mit mürrischer Miene vor der verschlossenen Bürotür herum und blinzelte Mike Urquhart an. Es war ihm schmerzlich bewusst, dass die Leute, die den Flur entlanggingen, ihn neugierig anstarrten. Der Fraktionsvorsitzende der Opposition zeigte sich, wie jeder wusste, gewöhnlich nicht in der Nähe dieser Tür. Colin war sicher, dass er gedämpftes Gelächter hörte, als die Leute weitergingen. Er war ein richtig armer Teufel. »Ich verstehe wirklich nicht, warum Sie noch einmal mit uns sprechen müssen. Und dass Sie unbedingt mit mir und Mary Bodling gleichzeitig reden wollen ...«

Mike schaute ihn verständnisvoll an. »Ich weiß, dass sie etwas schwierig sein kann.«

Twiley reckte sich, um Stärke und Entschlossenheit zu demonstrieren, was allerdings nicht ganz gelang. »Ich habe keine Angst vor Mary Bodling!«, erklärte er, doch sein Unbehagen war ihm anzumerken. »Es ist nur so, dass wir entgegengesetzten Parteien angehören und normalerweise ...«

»Hier geht es um eine polizeiliche Ermittlung und nicht um Parteipolitik, Sir«, sagte Mike mit strenger Miene. Gil Morley, der neben ihm stand, nickte. »Ich dachte eigentlich, Sie seien bestrebt, sogar begierig darauf, uns bei den Ermittlungen zu helfen. Immerhin sind fünf Abgeordnete des Parlaments ermordet worden.« Er betonte jedes Wort, sodass es sich noch schrecklicher anhörte. »Macht das die Leute hier nicht ein wenig nervös?«

»Hm.« Colin Twiley, den die ganze Sache äußerst beunruhigte, seufzte. »Natürlich sind wir bekümmert, wenn ehrenwerte Freunde ... Obwohl im Grunde nur zwei der Opfer zu uns gehörten, denn die drei anderen waren Abgeordnete des Oberhauses.«

»Das ist dann wohl nicht so tragisch, was?«, fragte Gil über Mikes Schulter.

»O nein, nein, das wollte ich nicht damit sagen. Es ist nur ...« Scheinbar fühlte er sich jetzt noch elender.

Mike vergeudete keine Zeit mehr, klopfte laut an die Tür und schob Colin vor sich her in den Raum. »Wir wollen mit Mrs. Bodling sprechen«, sagte er zu dem jungen Mann, der im Vorzimmer saß. »Sie erinnern sich sicher an mich. Ich bin Sergeant Urquhart vom Revier Ratcliffe Street. Mein Kollege Detective Chief Morley.« Er und Gil zeigten kurz ihre Dienstmarken. »Mr. Twiley kennen Sie natürlich.«

Der junge Mann schaute Twiley, der sein Bestes gab, um einen entspannten, unbesorgten Eindruck zu machen, ein wenig verächtlich an und wandte sich dann an Mike. »Sie haben nicht gesagt, dass Sie jemanden mitbringen, als Sie Ihren Termin mit Mrs. Bodling vereinbart haben«, sagte er so vorwurfsvoll, als hätte Mike eine Revolte angezettelt.

»Nein, hab ich wohl nicht«, erwiderte Mike fröhlich. »So ist das Leben. Wir haben unsere Meinung geändert. Eigentlich wollten wir getrennt mit den Parteien sprechen, aber schließlich haben wir uns doch entschlossen, dass DC Morley und ich die Verhöre zusammen übernehmen.«

»Verhöre?«, krächzte Colin Twiley. »Wie meinen Sie das?«

»Ach, wir wollen Ihnen nur ein paar Fragen stellen«, erklärte Gil. »Ist Mrs. Bodling da?« Er wies mit dem Kopf auf das Büro der Vorsitzenden, öffnete die Tür, ohne eine Antwort abzuwarten, und hielt sie seinem Kollegen und Twiley auf. Der junge Mann sprang empört auf, aber es war zu spät. Urquhart und Twiley, der sich überhaupt nicht wohl in seiner Haut fühlte, folgten Gil Morley schon ins Büro.

Mary Bodling hatte sich über ihren Schreibtisch gebeugt. Als sie Twiley sah, wurde sie purpurrot. »Was machen Sie denn hier?«, fuhr sie ihn an. Twiley schüttelte den Kopf und schaute die Beamten hilflos an.

Urquhart und Morley zückten mit geübtem Griff ihre Dienstmarken und übersahen geflissentlich den wütenden Blick von Mrs. Bodling. »Ich muss mit Ihnen überprüfen, wann Ihre Abgeordneten sich wo aufgehalten haben«, erklärte Mike. »Mr. Diamond und Mr. Caspar-Wynette-Gondor.«

»Schon wieder?«, schrie Mary Bodling. »Wir haben bereits genug Zeit damit vergeudet. Wenn Sie Ihre Notizen verschlampen, junger Mann, erwarten Sie nicht von mir ...«

»Das hat mit verschlampten Notizen nichts zu tun, Mrs. Bodling.« Mike schnitt ihr einfach das Wort ab, und Colin Twiley schaute ihn verblüfft an. »Wir brauchen Ihre Bestätigung. Je klarer die Aussagen sind, die uns vorliegen, desto besser können wir damit arbeiten. Fangen wir mit Ihnen an, Mrs. Bodling. Ich möchte wissen, wo Sie zur fraglichen Zeit waren.« Er warf Gil, der schon einen Kugelschreiber in der Hand hielt, um alles zu notieren, einen raschen Blick zu.

Mrs. Bodling schoss die Röte ins Gesicht. »Was ... Sie fragen mich ... Sie sitzen da und ...« Ihr fehlten die Worte, und Colin Twiley, den Mike gegen seinen Willen aus seinem Büro hierher geschleppt hatte, lächelte zum ersten Mal.

Mike runzelte die Stirn. »Ich muss Ihnen diese Frage stellen, ob es Ihnen gefällt oder nicht, Mrs. Bodling. Wir ermitteln hier nicht nur in einem, sondern in fünf Mordfällen, und da ist jede Kleinigkeit von Bedeutung. Es macht Ihnen doch sicher nichts aus, mir zu sagen ...«

»Ich gehöre doch nicht zu den Verdächtigen, verdammt!«, keifte Mary. »Und wagen Sie ja nicht, anzudeuten ...«

»Wir deuten hier gar nichts an, gnädige Frau«, entgegnete Mike vollkommen ungerührt. »Wir stellen lediglich im Zuge unserer Ermittlungen Fragen. Wenn Sie also Ihr Gedächtnis etwas auffrischen würden ... Vielleicht werfen Sie mal einen Blick in Ihren Terminkalender? ... Mr. Twiley wird mir die gleichen Auskünfte geben, und dann machen wir mit Ihnen weiter.«

Colin sagte bereitwillig, fast eifrig aus, und Morley schrieb schnell mit. Da Colin zu allen entsprechenden Zeiten, die Mike abfragte, im Haus zu tun hatte, konnte er sämtliche Fragen mühelos beantworten. »Sie hatten doch auch immer hier zu tun, nicht wahr, Mrs. Bodling?«, fügte er hinzu. »Ich erinnere mich, weil ...«

»Ich bin sehr wohl in der Lage, die Fragen selbst zu beantworten«, rief Mary, die jetzt ihren Terminkalender aufschlug. Sie machte die gleichen Aussagen wie Colin Twiley und ließ Gil, der alles notierte, nicht aus den Augen. Einzelne Worte sprach sie ganz langsam aus, um ihm die Sache zu erleichtern.

Mike war die ganze Zeit die Freundlichkeit in Person. Als Mary Bodling alles zu Protokoll gegeben hatte, schaute er sie arglos an. »Das war doch gar nicht so schwierig, oder?«, sagte er, und wieder funkelte sie ihn wütend an. Er lächelte nur und wandte sich Twiley zu.

Jetzt lief die Befragung wie geschmiert. Die beiden bestätigten ihre früheren Aussagen über ihre jeweiligen Abgeordneten, und Mike nickte zufrieden. Als das offizielle Verhör beendet war, machte er es sich bequem, um ungezwungen mit den beiden zu plaudern.

»Die Abgeordneten müssen ja fix und fertig sein«, sagte er mitfühlend. »Wenn sie sehen, dass ihre Kollegen so grausam ermordet werden, und keiner weiß, warum. Jeder könnte doch glauben, er sei als Nächster dran.«

»Ich kann nur für meine Leute sprechen«, erklärte Mary großspurig. »Und die sind so sehr mit wichtigen Staatsangelegenheiten beschäftigt, dass ihnen keine Zeit bleibt, sich großartig um ihr persönliches Wohlergehen zu kümmern.«

»Schön dumm!«, murmelte Colin Twiley. Es hatte ihn ermutigt, dass Mike Mrs. Bodling so hart angefasst hatte, und darum hatte er sich ganz dicht neben Mike gesetzt, als suchte er Schutz unter einem sicheren Felsen. Gils Anwesenheit, der hinter ihm saß, schien ihm zusätzlich Kraft zu geben.

Mary schniefte. »Sie wollen das wohl nicht verstehen«, sagte sie. »Die Leute, mit denen Sie es zu tun haben, zittern sicher am ganzen Leib. Wahrscheinlich bilden sie Fahrgemeinschaften, um in Sicherheit zu sein.«

»Tun sie nicht!«, schimpfte Twiley. »Sie reisen wie alle anderen auch – mit öffentlichen Verkehrsmitteln, und das tun Ihre Leute nicht. Sogar Ihr Verkehrsminister braucht einen Chauffeur, denn der muss sich ja wirklich vor dem Ripper fürchten.«

Mike wurde die Sache jetzt zu dumm. Er fühlte sich fast in seine Schulzeit zurückversetzt. »Ich muss wissen«, sagte er laut, »ob Sie ein politisches Motiv für möglich halten. Wir als Außenstehende wissen nur, was Presse und Fernsehen berichten, und wir haben den Eindruck gewonnen, dass hier einer dem anderen an den Kragen will. Gibt es irgendwelche Streitfragen, von denen die Öffentlichkeit nichts weiß und die mit diesen Mordfällen in Zusammenhang stehen könnten?«

Mary warf ihm einen höhnischen Blick zu. »Kommen Sie, Sergeant! Denken Sie doch mal nach! Hier im Parlament sitzen über sechshundert Abgeordnete. Die meisten sind äußerst ehrgeizig oder von starken Überzeugungen beflügelt oder beides. Die Abgeordneten tragen nicht nur große Verantwortung für das Wohl des Staates – wie ich schon sagte –, sondern müssen sich auch mit der Tatsache auseinandersetzen, alle fünf Jahre wiedergewählt zu werden. Natürlich gibt es bei uns Streitfragen, über die die Öffentlichkeit nichts weiß. Und ich will Ihnen mal was sagen: Die

Öffentlichkeit wird es auch nie erfahren. Wenn ich allerdings wüsste, warum unsere Abgeordneten umgebracht wurden, würde ich es Ihnen anvertrauen. Wie ich Ihnen bereits erklärt habe, glaube ich, dass seine ... hm ... Probleme mehr mit seiner Frau als mit anderen Dingen zu tun haben. Gehen Sie dem nach und lassen Sie uns in Ruhe.«

»Liebe Mrs. Bodling«, sagte Twiley und warf ihr einen Blick zu, in dem sich Abscheu, Verblüffung und Respekt spiegelten. »Ich muss Ihnen da wohl zustimmen, selbst wenn es nicht sehr angenehm ist. Auch der Tod von David CWG hat wahrscheinlich mehr mit persönlichen als mit parteipolitischen Dingen zu tun. Das ist wohl in den meisten Mordfällen so. Wir würden hier ja sterben wie die Fliegen, würden wir uns aus politischen Gründen umbringen.«

Damit musste Mike sich schließlich zufrieden geben. Als er und Morley dem Chef später Bericht erstatteten, sagte er: »Ich habe getan, was ich konnte, um mehr aus ihnen herauszukriegen, aber sie waren unnachgiebig. Sie sind sicher, dass diese Morde nichts mit Politik zu tun haben. Nach den Worten dieser grässlichen Bodling ist es reiner Zufall, dass alle Mordopfer Mitglieder des Parlaments waren. Sie glaubt, dass persönliche Gründe dahinter stecken, aber was soll sie auch sonst sagen?«

*

Als George allein in der Einsatzzentrale des Polizeireviers Ratcliffe Street saß, wurde sie unruhig. Gus hatte sich in sein Büro verkrochen, um noch verschiedene Telefonate zu führen, denn er hatte noch andere Probleme am Hals als nur diesen Fall. Nach einer Weile seufzte George, reckte sich und sagte sich, dass sie mal ins Old East hereinschauen müsse, um zu sehen, was da los war. Auch sie hatte noch andere Verpflichtungen als nur diesen Fall, und die hatte sie schmählich vernachlässigt. Sie guckte kurz in Gus' Büro, um ihm Bescheid zu sagen, doch er hob kaum den Kopf. Er war schwer beschäftigt, aber später hatten sie sicher noch Gelegenheit, über den Fall zu sprechen.

George beschloss, zu Fuß zum Old East zu gehen. Sie zog ihren Kragen hoch und steckte die Hände tief in die Taschen, denn es war zwar sehr schön, aber kalt. Als sie durch die engen Seitenstraßen lief, wehte ihr der kalte Wind ins Gesicht, und ihre Augen fingen an zu tränen. Der Fall ließ sie auch jetzt nicht los. Sie hatte jedoch das Gefühl, dass es das Beste war, ein wenig Abstand zu gewinnen und die gesamten Informationen sacken zu lassen, damit der Kopf wieder frei wurde. Ja, um diesen Serienkiller zu schnappen, brauchte man einen klaren Kopf, und darum beschloss George, erst einmal nicht an den Fall zu denken. Das hatte sie früher schon mal ausprobiert, und normalerweise funktionierte es, sagte sie sich zuversichtlich, als sie die Rückseite des Old East erreichte, wo ihre Abteilung lag. Sicher würde es auch diesmal klappen.

Jerry und Alan waren sichtlich erfreut, sie zu sehen, bombardierten sie mit Fragen über den Fall und füllten sie mit Kaffee ab. Den Kaffee nahm sie dankbar an, weigerte sich aber entschieden, über den Fall zu sprechen.

»Seit Tagen bestimmt dieser Mordfall mein ganzes Leben. Es vergeht keine Sekunde, da ich nicht daran denke«, sagte sie. »Zumindest habe ich das Gefühl. Also kein Wort darüber. Der Fall steht mir bis hier!«

»Oh, das ist gemein«, bettelte Jerry. »Wir verschlingen die Zeitungen, verfolgen gespannt die Nachrichten und sind froh, dass unsere Chefin an der Quelle sitzt, und dann müssen wir feststellen, dass die Quelle versiegt ist ...«

»Ich muss auch mal ein paar Minuten abschalten, also jammern Sie nicht. Klären Sie mich mal auf, was hier los ist.«

Jerry wollte sich zwar noch nicht geschlagen geben, doch Alan berichtete George bereitwillig über die Vorgänge in der Pathologie. Er zeigte ihr verschiedene Untersuchungsbefunde und Kostenaufstellungen, und anschließend sprachen sie über andere Verpflichtungen der Abteilung.

»Das haben Sie sehr gut gemacht. Zu gut. Ellen Archer wird der Behörde am Ende noch mitteilen, dass ich hier vollkommen überflüssig bin.«

»Auf gar keinen Fall«, entgegnete Alan. »Sie macht ihren Job zwar verdammt gut, aber erstens hat sie keinen blassen Schimmer, was in unserer Abteilung wirklich vor sich geht, und zweitens würde die Klinik sich niemals von einer so bewährten Fachärztin trennen. Sie brauchen keine Angst zu haben.«

George, die derartige Zweifel überhaupt nicht hegte, sondern Alan nur loben wollte, grinste. »Vielen Dank! Und was gibt es sonst? Was ist hier los?« George tratschte genauso gerne wie andere, und sie hatte es in der letzten Woche ein wenig vermisst, nicht über die neuesten Gerüchte im Bilde zu sein.

»Nichts, rein gar nichts«, jammerte Jerry. »Immer mehr Kürzungen. Die Büroklammern werden schon abgezählt. Wenn das so weitergeht, nagen wir bald am Hungertuch.« Er schüttelte den Kopf. »Es ist eine ziemliche Belastung«, fügte er hinzu und schaute sie traurig an. »Ich komme mir vor wie ein überladenes Kamel.«

»Es bricht mir das Herz«, sagte George lachend. »Apropos Kamel ...«

»Nein«, rief Jerry. »Das war ein ganz schlechtes Beispiel! Es ist aber einfach schrecklich, wenn man sich ständig mit den verdammten Finanzen herumplagen muss.«

»O je, lassen wir dieses unerquickliche Thema. Das ist ja nichts Neues. Gibt es denn keine Neuigkeiten über irgendwelche Leute, über die wir tratschen können?«

Jerry schüttelte betrübt den Kopf. »Nur dass Neville Carr aus der Onkologie unser ganzes Haus in eine Nichtraucherzone verwandeln will. Um der Gesundheit willen, sagt er. Dieser blöde Hund will uns einfach jede Freude nehmen. Ich hatte auch schon mit dem Gedanken gespielt, mit dem Rauchen aufzuhören, aber seitdem diese verdammten Gesundheitsfanatiker ihre Kampagne gestartet haben, fühle ich mich gezwungen, meine Ration zu verdoppeln.«

»Sie wollen das Rauchen aufgeben?« George klopfte ihm auf die Schulter. »Das ist gut, alter Junge! Fünf Dollar, wenn Sie es schaffen, drei Monate durchzuhalten.«

»Fünf Dollar? Wie viele Zigarren kann man sich dafür kaufen? Ach, ich will es gar nicht wissen.«

»Sie haben schon gewonnen, Dr. Barnabas«, mischte Alan sich ein. »Der hört nie auf, und außerdem gibt es hier wirklich nichts Neues. Darum waren wir auch so froh, Sie mal zu sehen. Wir dachten, Sie hätten superinteressante Neuigkeiten für uns.« Er schaute sie von der Seite an und griff dann demonstrativ nach einem Stapel Akten, um weiterzuarbeiten.

George fing an zu lachen. »Sie sind genauso schlimm wie Jerry.«

»Niemand ist so schlimm wie ich«, protestierte Jerry stolz, »und das kann ich beweisen. Liebe Dr. Barnabas, geliebtes Geschöpf, sagen Sie uns, was in den Verliesen des Polizeireviers vor sich geht. Wir sollen zwar nicht fragen, aber ich kann nicht anders. Ich *muss* es wissen. Erzählen Sie uns von Ihrem Bettgeflüster mit dem sexy Superintendenten.«

»Vorsicht!«, schimpfte sie und wurde ein wenig verlegen.

»Entschuldigung! Jetzt sehen Sie, wozu Sie uns treiben, wenn Sie nichts sagen. Wie weit ist die Polizei mit ihren Ermittlungen? Gibt es Aussichten, den Scheißkerl bald zu schnappen?«

George gab nach. Jerry ließ ja doch keine Ruhe. »Vielleicht.« Sie erzählte den beiden Kollegen von dem Gespräch, das sie heute Morgen mit Sally geführt hatten. Die beiden mussten hoch und heilig versprechen, mit niemandem darüber zu reden, weil die ganze Sache streng geheim war. Alan und Jerry beteuerten, Stillschweigen zu wahren, und lauschten gespannt Georges Worten.

»Italiener, eh?« Jerry ahmte einen italienischen Tenor nach und sang einige Zeilen aus einer TV-Eiswerbung. »Nur ein Cor-net-to, nur ein Cor-net-to, und ich töte sie.« Er hörte auf zu singen und gab jetzt eine Kostprobe seines italienischen Kauderwelsches zum Besten. »Amiga, gib mir Messa und ich schneide deine Pizza in Stücka ...«

»Jetzt reicht's aber!«, unterbrach ihn Alan. »Du hörst dich so italienisch an wie ein walisischer Bergmann mit einem schrecklichen Kater. Dr. Barnabas, was ist los? Alles in Ordnung?«

George hatte sich kerzengerade hingesetzt und starrte Jerry mit großen Augen und aufgerissenem Mund an. Sie sah so verblüfft aus, als hätte jemand sie gebissen.

»Jerry«, rief sie. »Jerry, noch mal! Weiter! Erzählen Sie mir von Neville Carrs neuer Kampagne, und zwar in diesem italienischen Kauderwelsch.«

Jerry ließ den Blick unsicher von ihr zu Alan schweifen und schüttelte den Kopf. »Sie ist übergeschnappt. Die Arme. Es musste ja so kommen, aber trotzdem ist es traurig, wenn es passiert.«

»Jerry, ich bitte Sie!«, drängte George. »Sagen Sie mir in diesem italienischen Kauderwelsch, was Dr. Carr übers Rauchen sagt.«

»Oh, Gott«, stöhnte Jerry. »Gut, ich probier's. Hm ...« Er war verlegen, weil einige Kollegen sich um ihn versammelt hatten. Das merkwürdige Gespräch hatte sie herbeigelockt, und sie starrten Jerry an. George beugte sich vor, stieß ihm in die Rippen und befahl ihm anzufangen. Er öffnete den Mund und versuchte es.

Es dauerte einen Moment, bis ihm etwas einfiel, doch als er loslegte, amüsierten sich alle köstlich, obwohl Alan das als *blödes Klischee* abtat.

»Ich Dottore Carr, capito, und ich wissen ein Menge über Raucha und Lunga.« Er schlug sich auf die Brust. »Zigaretta nix guta für Lunga ...«

»Ich weiß«, rief George und sprang auf. »Ich weiß. Jerry, Sie sind ein Engel.« Sie umarmte ihn und küsste ihn auf die Wangen. Er starrte sie an, als sie sein Gesicht in beide Hände nahm, und stammelte: »Äh ...?«

»Ich muss gehen«, jubelte George. »Ich kann auf keinen Fall hier bleiben. Hört zu, ihr habt großartige Arbeit geleistet. Ich bin in den nächsten fünf Tagen nicht da. Das sind dann insgesamt zwei Wochen, und allmählich glaube ich, dass wir den Fall dann gelöst haben könnten. Tschüs!« Schon war sie weg, zog sich im Gehen den Mantel über, und die Kollegen schauten ihr entgeistert hinterher.

*

»Gus, ich muss dir das erklären!« Sie saß im Mantel an seinem Schreibtisch und hielt den Hörer in der Hand. »Ich weiß vielleicht, wer der Italiener war ... Ich meine, vielleicht weiß ich, was es war ... Nein, ich weiß, dass ich dir das nicht am Telefon erklären kann, aber ... Was? ... Okay. Wann? ... Ja, sicher kann ich warten, wenn es sein muss ... Ja, okay, Gus!« Sie warf den Hörer auf die Gabel und starrte wütend aufs Telefon.

Das war eine große Enttäuschung. Sie war sicher, dass sie herausgefunden hatte, was Sally gehört hatte, aber was es bedeutete, stand auf einem anderen Blatt. Natürlich gab es Möglichkeiten, das zu überprüfen, aber wenn Gus nicht wollte, dass sie am Telefon darüber sprach, musste sie damit warten. Natürlich hatte er Recht. In der Ratcliffe Street wusste man nur zu genau, wie gut Gespräche über Handy abgefangen werden konnten, doch sie hatte Gus nur so erreichen können. Der Gedanke, bis heute Abend warten zu müssen, war ihr unerträglich. Sie musste selbst über ihre Ungeduld schmunzeln.

»Ich muss ja nicht auf ihn warten«, sagte sie laut, als sie ins Großraumbüro schaute. Dort hielten sich im Moment nur noch wenige Beamte auf. Einige waren außer Haus, um noch einmal die Abgeordneten des Unterhauses zu verhören; andere waren mit der Suche nach den Overall-Lieferanten oder anderen Dingen beschäftigt. Auf jeden Fall war niemand da, den sie gut genug kannte, um ihn bitten zu können, sie zu begleiten. Wenn doch nur Julie da gewesen wäre! Sie hätten den anderen schon gezeigt, wie man den Fall löst. George war ganz sicher, auf dem richtigen Weg zu sein, und es war eine wahre Qual, dass sie nicht einfach losrennen konnte, um diesem Weg zu folgen.

Natürlich ging das nicht. Sie wusste, dass sie sich in Geduld üben musste, so schwer es ihr auch fiel. Gus würde sich schrecklich aufregen, wenn sie wieder im Alleingang ermittelte. Doch sie wusste auch, dass sie diese Ermittlung, die sie im Kopf hatte, erheblich weiterbringen und ihn das sicher beschwichtigen würde. Roop wäre es mit Sicherheit gar nicht recht, wenn sie diesen Fall schneller als er und Gus lösen würde.

Dieser Gedanke war ausschlaggebend. Sie *würde* es tun. Im

nächsten Augenblick eilte sie schon die Treppe hinunter und lief durch den Hintereingang des Reviers auf den Parkplatz. Zwei Polizisten grüßten sie, als sie an ihnen vorbeirannte, aber sie war so außer Atem, dass sie ihren freundlichen Gruß nicht erwiderte. Die Beamten schauten ihr verwundert nach.

Eigentlich musste sie noch tanken, aber der Sprit würde für die Strecke schon reichen. Sie legte die Straßenkarte auf den Beifahrersitz, fädelte sich in den Verkehr ein und schlug die nordwestliche Richtung ein.

Es herrschte fürchterliches Chaos auf den Straßen, und sie kroch durch die City Richtung King's Cross und dann auf die Marylebone Road. Sie wechselte fieberhaft die Spur, bis sie schließlich feststellte, dass sie das auch nicht weiterbrachte, sondern die anderen Fahrer nur wütend machte. Also versuchte sie, sich in Geduld zu üben. Auf dem Westway war es auch nicht viel besser, aber sie kam wenigstens etwas schneller voran. Fast eine Stunde, nachdem sie das Revier verlassen hatte, fuhr sie von der A40 ab und über die Greenford Road nach Harrow.

Leider wusste sie nicht genau, wohin sie fahren musste, aber der Ort konnte so groß nicht sein. Man würde ihr dort bestimmt weiterhelfen können.

George schielte auf die Tanknadel, fluchte leise und fuhr zur nächsten Tankstelle. Hier herrschte reger Betrieb, denn es war fast sechs Uhr, und der Berufsverkehr hatte eingesetzt. An der Kasse musste sie Schlange stehen. Sie nutzte die Zeit, um sich noch einmal auf der Straßenkarte zu orientieren, die sie vorsorglich mitgenommen hatte.

Als sie sah, wie groß Harrow tatsächlich war, verlor sie den Mut. In ihrem Reiseführer wurde der Ort auf mehreren Seiten beschrieben, aber sie konnte keinen Hinweis auf eine kleine Privatklinik finden, und daran erinnerte sie sich vage. Es war eine Privatklinik und keines der großen Krankenhäuser, die auf der Karte eingezeichnet waren.

Als sie der Frau hinter der Kasse schließlich ihre Karte reichte, um zu bezahlen, fragte sie nach einer Privatklinik in der Gegend, doch die Kassiererin sah gar nicht hoch und schüttelte nur den

Kopf. »Keine Ahnung«, murmelte sie. »Unterschreiben Sie bitte hier.«

George folgte jetzt den Hinweisschildern und fand endlich die Abzweigung, auf die sie gewartet hatte. Nach Harrow ging es geradeaus weiter, und Harrow-on-the-Hill lag linker Hand. Sie biss sich auf die Lippe, warf im Geiste eine Münze und bog links ab.

Jemand dort oben mag mich, dachte sie, als sie abbog. Irgendwo ist ein Engel, der über mich wacht. Denn zu ihrer Rechten, direkt neben einer Schule, war ein hübsches Hinweisschild an der Wand, auf dem in großen Buchstaben *Klinik* stand. Sie setzte den Blinker und bog trotz des entgegenkommenden Verkehrs ab.

Sie hatte wirklich Glück. Die ausgesprochen charmante Dame in der mit Blumen geschmückten Eingangshalle (Oh, dachte George, der reine Luxus einer Privatklinik!) war sehr zuvorkommend. Eine Privatklinik? Was für eine? Die Dame wusste, dass es drei psychiatrische Privatkliniken gab. Eine war oben auf dem Hügel und eine andere ein Stück weiter.

George hätte sie am liebsten umarmt. »Eine davon wird es schon sein. Selbst wenn das nicht der Fall sein sollte, wird man mir dort sicher weiterhelfen können, nicht wahr?«

George machte sich wieder auf den Weg und sprudelte jetzt vor Begeisterung. Endlich kam die Sache ins Rollen.

Leider hatte sie im ersten Krankenhaus kein Glück. Nein, diese Patientin, die sie suchte, wurde hier nicht behandelt, und eine andere Privatklinik kannten sie nicht. Oder doch? Kannte sie das St. Columba's Hospital? Warum fragte sie dort nicht nach?

George rannte los und schnappte vor der Tür erst mal nach Luft. Es war mittlerweile dunkel, und man konnte die Umgebung nur noch schwach erkennen, allerdings sah man die Umrisse einiger großer Gebäude und vieler Bäume. Bei gutem Wetter war es hier sicher schön, dachte sie. Doch dann konzentrierte sie sich sofort wieder auf die nächste Adresse, die ungefähr eine Meile entfernt auf der anderen Seite des Hügels lag.

Tatsächlich, da war eine Privatklinik für psychisch Kranke, aber natürlich wollte man ihr dort keine Namen der Patienten nennen. Das könne man auf keinen Fall tun, sagte die Dame an der

Rezeption vorwurfsvoll. »So ein Vertrauensbruch würde Ihnen doch sicher auch nicht gefallen, wenn *Ihre* Verwandten hier in Behandlung wären, oder?«

George verlor jetzt ihre anfängliche Begeisterung und war gereizt. Außerdem fühlte sie sich herablassend behandelt, was ihr vollkommen gegen den Strich ging. Deshalb knurrte sie die Frau an der Rezeption beinahe an: »Hier geht es nicht um Vertrauensbruch. Ich versuche nur, eine Patientin zu finden, die in einer Privatklinik in Harrow wegen ihrer Suchtprobleme behandelt wird, verstehen Sie? Ich will sie nämlich besuchen.«

»Tut mir Leid. Wenn Sie noch nicht einmal wissen, ob sie bei uns in Behandlung ist, kann ich Ihnen leider nicht helfen«, erwiderte die Dame in einem Tonfall, der keinen Widerspruch duldete. »Das ist unmöglich. Wenn Sie mich jetzt bitte entschuldigen würden?«

George hätte vor Wut am liebsten geheult. Irgendetwas am Verhalten dieser Frau sagte George, dass sie hier genau richtig war. Sie überlegte kurz, ob sie die Frau mit ein paar Pfund bestechen könnte, doch das war nicht der richtige Weg und würde sicher sowieso nicht funktionieren. Man schien hier ernsthaft um das Wohlergehen der Patienten besorgt zu sein.

Mensch, bin ich blöd, dachte sie plötzlich. Ich habe einen Trumpf in der Hand und spiele ihn nicht aus.

Sie griff in die Tasche und zog ihr Portemonnaie heraus. Zu ihrer großen Erleichterung steckte in einem Seitenfach eine Visitenkarte.

Sie reichte der Dame die Karte. »Würden Sie bitte den diensthabenden Arzt um ein kurzes Gespräch bitten?«, bat sie ein wenig überheblich. »Ein Gespräch unter Ärzten, verstehen Sie? Ich bin Dr. Barnabas aus dem Old ... aus dem Royal Eastern Hospital. Ich muss dringend mit dem Arzt sprechen. Es ist äußerst wichtig.«

Die Dame schaute auf die Karte, wandte sich dann wieder George zu und schniefte. »Gut«, sagte sie. »Ich werde sehen, was ich tun kann.« Sie stiefelte davon, stieg eine Treppe auf der anderen Seite der ziemlich düsteren Eingangshalle hinauf und hielt Georges Visitenkarte mit zwei Fingern fest, als wäre sie schmutzig.

Ein paar Minuten später tauchte sie wieder auf, schaute George böse an und kehrte schweigend an die Rezeption zurück. George öffnete den Mund, doch ehe sie etwas gesagt hatte, sprach sie jemand, der oben auf der Treppe stand, in kühlem, selbstsicherem Ton an.

»Dr. Barnabas? Sie möchten mich sprechen?« Die Dame hatte ein ziemlich kantiges Gesicht, das von schönem, dunklem Haar umrahmt und hübsch geschminkt war. »Ich bin Dr. Susan Napper. Was kann ich für Sie tun? Sie interessieren sich für eine unserer Patientinnen?«

31

George saß in einem tiefen Sessel und blickte über einen großen polierten Schreibtisch, vor dem Dr. Napper auf einem wuchtigen Schreibtischstuhl saß. Der Raum war in ein zartes Licht gehüllt; hier und da standen Vasen mit frischen Blumen, und an den Wänden hingen – wie es aussah – echte Gemälde. Es roch nach Geld, und George spürte, dass Wut in ihr aufstieg. Aufgrund ihrer jahrelangen Arbeit in einem staatlichen Krankenhaus mit sehr begrenzten finanziellen Mitteln empfand sie für den Wohlstand der Privatkliniken eine gewisse Verachtung.

Die Ärztin schaute sie einen Moment ungerührt an, versuchte es dann aber doch mit einem zaghaften Lächeln. Vielleicht sollte dieses maskenhafte Grinsen am Ende sogar Freundlichkeit bedeuten. »Was kann ich für Sie tun?« Sie schaute sich noch einmal Georges Visitenkarte an, die vor ihr auf dem Schreibtisch lag. »Sie sind also Pathologin und möchten mit mir über medizinische Fragen sprechen, aber ich bin Psychiaterin. Ich weiß nicht ...« Sie ließ die Frage unvollendet.

George atmete tief ein und beschloss, sofort zum Thema zu kommen. »Ich bin Gerichtsmedizinerin und außerdem Pathologin im Royal Eastern Hospital«, sagte sie. »Ich arbeite an dem sogenannten neuen Ripper-Fall mit. Sie haben sicher davon gelesen oder gehört.«

Das verhaltene Lächeln verschwand, und Susan Napper schaute George nachdenklich an. »Ich brauche die Berichte nicht zu lesen«, sagte sie nach einer Weile, »weil ich eine indirekte Beziehung dazu habe, wenn man so sagen kann.«

George riss die Augen auf. »Wie bitte?«

Susan Napper seufzte leise, rieb sich mit beiden Händen über die Wangen und sah jetzt fast ein wenig verletzbar aus. »Ich kenne die Opfer ... vor allem eins der Opfer kannte ich sehr gut. Seine Frau und ich sind seit Jahren befreundet. Wir sind zusammen zur Schule gegangen. Und die anderen, nun, mein Mann ist Parlamentsabgeordneter, und daher ...«

»Ach!«, stieß George verblüfft hervor. »Sie sind Susan Napper. Die Frau von Marcus Napper?«

»Ja, in der Tat!« Susan Napper lächelte sie nun freundlich an.

»Es tut mir Leid. Als ich Ihren Namen hörte, habe ich ihn nicht damit in Verbindung gebracht. Natürlich habe ich schon von Ihnen gehört, aber ich wusste nicht, dass Sie Ärztin sind.«

»Mein Mann versucht es geheim zu halten. Er ist zutiefst beschämt über das, was ich mache.«

»*Beschämt?* Weil Sie Ärztin sind?« Georges anfängliche Wut wich nun Solidaritätsgefühl. »Warum denn das?«

»Nicht weil ich Ärztin bin, sondern weil ich hier arbeite. In einer Privatklinik«, erklärte sie und ließ dabei ihre Hand durch die Luft kreisen. »Er gehört zur Labour Party und ich nicht. Doch wir schaffen es, zufrieden miteinander zu leben.«

»Ich verstehe.« George schaute sie interessiert an, weil sie es doch nicht so ganz verstand. Konnten zwei Menschen, deren Meinungen so grundverschieden waren, wirklich in Frieden miteinander leben? Aber das war jetzt nicht so wichtig. Sie wollte über den Fall sprechen und keine Eheprobleme erörtern.

»Ich habe gehört ... Mir wurde gesagt, dass die Frau von David CWG ... Entschuldigung, von David Caspar-Wynette-Gondor ...«

»Sie brauchen sich nicht zu entschuldigen. Wir benutzen alle diese Abkürzung. Es ist schrecklich, so einen Namen zu haben. Er hat ihn gehasst, aber er hatte wohl keine Möglichkeit, ihn zu ändern. Irgendwie hat es ihn auch amüsiert, dass so ein alter Zinnkessel wie er so einen aristokratischen Griff hatte, wie er es ausdrückte. Wir haben uns eigentlich ganz gut verstanden. Er hat mich mit meinem Job geneckt, und ich habe ihm mit seiner Politik die Hölle heiß gemacht ... Der arme alte David«, fügte sie melancholisch hinzu.

»Nun ja ...« George war ein wenig verlegen, fuhr aber fort. »Uns wurde gesagt, dass seine Frau Sie in der Nacht angerufen hat, als sie ihn erwartete und er nicht kam.«

Susan Napper strich sich wieder mit beiden Händen übers Gesicht. »Ja, ich fürchte ... ich ... ich hielt es nicht für wichtig. Es war schon spät. Ich dachte, alles wäre in Ordnung, und ich war ein wenig schroff zu ihr. Ehrlich gesagt hat sie einfach aufgelegt. Sie hat aber gesagt, sie hätte nichts getrunken, und so dumm wie ich war, habe ich ihr geglaubt. Ich meinte es gut mit ihr, aber sie hat einfach aufgelegt, und das ist natürlich immer blöd. Und ich habe nicht zurückgerufen. Ich hätte es tun sollen, aber es war schon sehr spät, und Marcus war müde und verärgert, darum habe ich's nicht getan. Als man David dann gefunden hat ...« Sie holte tief Luft und schien ihre Selbstbeherrschung zurückzugewinnen. »Es überraschte mich nicht, dass sie wieder ernsthaft krank wurde. Sie trank wieder, obwohl sie ziemlich trocken gewesen war, und drehte sozusagen am Rad. Es war schlimm. Ich weiß nicht, inwiefern Sie sich mit Suchtkranken auskennen ...«

George schaute sie grimmig an. »Wir Pathologen sind nicht von einem anderen Stern. Unsere Arbeit ist nicht nur auf das Labor beschränkt.«

»Natürlich. Verzeihung. Die psychischen und körperlichen Probleme können gelegentlich dazu führen, dass die Patienten einem Impuls folgen und einfach davonlaufen, und das ist in ihrem Fall passiert. Ich habe sie als Patientin hier aufgenommen, obwohl ich das in der Vergangenheit immer abgelehnt habe. Im Grunde halte ich es nicht für vernünftig, als Ärztin eine Freundin zu behandeln. Wie ich schon sagte, kennen wir uns aus der Schulzeit. Die Familie legte großen Wert darauf, dass ich sie aufnehme, und darum habe ich eingewilligt. Hier gibt es jedoch keine geschlossene Abteilung, und als sie hysterisch wurde, ist sie ausgebüchst.«

»Ich weiß. Alle waren sehr in Sorge. Sie soll nur ein Nachthemd getragen haben und barfuß gewesen sein.«

»Ja. Die Polizei hat sie natürlich gefunden. Im Eingang eines Einkaufszentrums.« Susan Napper lachte kurz und freudlos auf. »Sie hatte sich die ganze Nacht da herumgetrieben, aber niemand achtete auf sie, weil man sie für eine Obdachlose hielt. Auf jeden Fall war sie am nächsten Morgen wieder hier, und ich tat mein Bestes, um ihr zu helfen. Das war nicht einfach, weil sie schrecklich böse auf mich war. Ihre Wut hatte natürlich mit Davids Tod zu tun, der im Mittelpunkt ihres Lebens gestanden hatte, aber ich war jetzt die Zielscheibe. Eine Kollegin von mir hat sie behandelt, aber trotzdem ...«

Sie seufzte und rieb sich wieder übers Gesicht, was scheinbar eine Angewohnheit war. »Es war schwer, und es tat mir nicht Leid, als sie beschlossen haben, dass sie unsere Klinik wieder verlassen soll.«

»Wie bitte? Wer denn?«

»Ihre Familie hielt es für besser. Die Angehörigen hatten sie zuerst zu mir gebracht, weil ich sie kannte, aber dann verschlechterte sich ihr Zustand, und sie zog sich ganz zurück. Ich muss zugeben, dass unsere Behandlung nicht sehr erfolgreich verlaufen war. Sie wollte sich einmal sogar das Leben nehmen und schnitt mit einem Messer an ihrem Handgelenk herum, aber dieser Selbstmordversuch misslang. Zuerst sollte sie dennoch hier bleiben, aber dann hielten die Angehörigen es für besser, sie in ihrer Nähe zu haben. Ich habe gar nicht groß diskutiert, denn eigentlich war ich erleichtert.«

George musterte Mrs. Napper verstohlen. Es war ihr anzusehen, dass sie sich Sorgen um ihre Freundin machte, aber trotzdem versuchte, sich wie eine Ärztin zu verhalten.

»Sie Arme! Eine wirklich dumme Lage. Manchmal hat man es als Ärztin nicht leicht. Als meine Mutter Alzheimer bekam ... Ich weiß, wie das ist. Es tut mir Leid.«

Susan warf ihr einen dankbaren Blick zu.

Einen kurzen Moment herrschte Stille, dann sagte George ein wenig verlegen: »Ich möchte Ihnen nicht auf die Nerven gehen, aber ich muss wirklich wissen, wo sie ist. Ich muss wissen, wo sie zu bestimmten Zeiten war. Das alles hat mit unseren Ermittlungen zu tun.«

Susan Napper schaute George eine ganze Weile nachdenklich an und entgegnete schließlich: »Ich kann Ihnen versichern, dass es äußerst unwahrscheinlich ist, dass sie brauchbare Aussagen machen kann. Als sie uns verließ, lebte sie in ihrer eigenen Welt. Ich glaube, sie wusste noch nicht einmal, dass man sie von hier wegbrachte. Sie war ganz apathisch. Daher halte ich es nicht für sinnvoll, Vertrauensbruch zu begehen.«

»Ich muss Ihnen gestehen, dass ich mir auch große Sorgen um ihre Sicherheit mache.«

»Sicherheit?«, fragte Susan Napper nach einer Weile. »Warum ist die Polizei nicht hier, wenn ihre Sicherheit in Frage gestellt wird? Warum nur Sie? Sie haben als Gerichtsmedizinerin mit diesem Fall zu tun, und ich verstehe Ihr Interesse, aber ich wusste nicht, dass Pathologen mit anderen Dingen als mit Obduktionen, Gewebeuntersuchungen und ähnlichen Aufgaben zu tun haben.«

George holte tief Luft. Diese blöden Ärzte, dachte sie, fing dann aber seltsamerweise zu lächeln an.

»Ach, verdammt!«, rief sie plötzlich. »Natürlich fällt das nicht in meinen Aufgabenbereich, aber der Fall interessiert mich brennend. Ich habe mir extra im Krankenhaus zwei Wochen frei genommen, und außerdem ist ... hm ... Gus, der Superintendent, der die Ermittlungen leitet, ein enger Freund von mir.«

»Ihr Lebenspartner?«, fragte Susan.

»Ja«, gab George nach einem kurzen Moment des Zögerns zu. »Wir arbeiten manchmal zusammen. In der Vergangenheit haben wir schon einige Mordfälle gemeinsam gelöst.«

»Hm.« Mrs. Napper seufzte. »Ich nehme an, dass Sie es gut mit ihr meinen. Sagen Sie mir genau, warum Sie Marietta suchen, dann kann ich Ihnen vielleicht weiterhelfen.«

George erzählte ihr die ganze Geschichte. Wie es aussah, hatte sie keine andere Wahl. »Gus und ich haben eine Zeugin gefunden. Eine obdachlose Trinkerin hat zwei Männer gesehen, die in eine Lagerhalle auf dem Markt in Spitalfields gegangen sind, wo wir die Leiche von Lord Durleigh gefunden haben. Marietta ist ... oder vielmehr, war ... die Ehefrau seines Bruders, der auch zu den Mordopfern gehört. Diese Zeugin hat ausgesagt, dass die beiden Männer flüsterten und einer Italiener war und ...«

»Italiener? Aber was hat das denn mit der ganzen Sache zu tun?«

»Lassen Sie mich erst mal ausreden. Die Trinkerin, die trotz ihrer Situation ziemlich helle war, kam zu dem Schluss, dass einer der Männer Italiener war und von dem anderen eine Zigarette haben wollte. Ich habe immer wieder darüber nachgedacht, was Sally, die Trinkerin, wohl gehört haben mag: *Ich will Marietta. Wo ist Marietta?* Verstehen Sie?«

Susan starrte sie an und wiederholte dann leise die Worte: »Ich will Marietta. Wo ist Marietta?« Plötzlich erhellte sich ihr Gesicht. »Verdammt«, rief sie. »Marietta, *sigaretta.* Das ist ja verrückt.«

»Ja«, sagte George. »Aber es hört sich logisch an, nicht wahr? Es könnte doch sein, dass eine alte Frau, die schon seit Ewigkeiten Alkoholmissbrauch betreibt und möglicherweise auch nicht mehr gut hört, der Meinung ist, dass ein Italiener nach einer Zigarette gefragt hat?«

»Haben Sie denn eine Idee, wer der andere Mann gewesen sein könnte?«

George zuckte hilflos die Achseln. »Ich bin mir nicht sicher.«

»Sagen Sie schon!« Susan grinste sie plötzlich freundlich an und sah viel sympathischer aus.

»Das ist eine verdammt heikle Sache. Okay. Aber um Gottes willen kein Wort darüber. Wenn irgendjemand ... Jetzt rede ich wieder zu viel.«

»Es bleibt Ihnen wohl nichts anderes übrig, sonst erfahren Sie von mir nicht, wo sich Marietta aufhält. Und ich gehöre doch wohl kaum zum Kreis der Verdächtigen, oder? Marcus vielleicht? Ach, das ist ja Unsinn. Er ist wohl eher ein mögliches Opfer als ein Verdächtiger. Das denken auf jeden Fall alle.« Sie fing an zu kichern. »Wenn Sie hören würden, was so geredet wird! Die haben alle mächtigen Bammel und glauben, dass jeder, der ihnen entgegenkommt, im nächsten Moment ein Messer zückt und ihnen die Kehle durchschneidet.«

»Kann man verstehen. Aber Sie sind wohl nicht in Gefahr.« George war noch immer unbehaglich zumute, doch sie musste Marietta um jeden Preis finden, und zwar so schnell wie möglich.

Sie war fest davon überzeugt, dass diese Frau in großer Gefahr schwebte und das nächste Opfer sein könnte. Marietta passte zwar nicht ins Schema, aber zwischen ihr und dem Mörder bestand möglicherweise eine direkte Beziehung. Er hatte ihren Namen als Köder für eines seiner Opfer benutzt, ihren Schwager, und sie war die Ehefrau eines anderen Mordopfers. George war mittlerweile fest davon überzeugt, dass Marietta indirekt eine Schlüsselrolle in der ganzen Affäre zukam. Daher musste der Mörder versuchen, sie um seiner eigenen Sicherheit willen loszuwerden. Ich muss sie finden, dachte sie – unbedingt.

Sie atmete tief ein und seufzte. »Wir haben bei unseren Ermittlungen eine kriminelle Verschwörung aufgedeckt. Ein Schwindelunternehmen, mit dem jemand versucht, im Modebereich das große Geld zu machen. Wir kennen noch nicht alle Personen, die in die Sache verwickelt sind. Einige der Drahtzieher sind uns jedoch bekannt, und ich glaube, dass diese Leute hinter Marietta her sind, die möglicherweise etwas weiß, ohne sich dessen bewusst zu sein. Wenn Sie verstehen, was ich meine.«

»Ich verstehe«, sagte Susan. »Sagen Sie mir, wer diese Leute sind?«

»Das möchte ich nicht. Wenn ich Unrecht habe, könnte ... Nun, Sie können sich das sicher vorstellen. Sollten Sie versehentlich darüber sprechen, könnte das eine riesige Hexenjagd auslösen. Außerdem könnten auch Sie in Gefahr geraten, wenn der Mörder irgendwie erfahren würde, dass Sie etwas wissen.«

»Ach, sagen Sie schon! Das ist doch Quatsch. Wenn Sie es so sehen, sind Sie doch selbst in Gefahr.«

»Ja«, gab George zu, die sich der Gefahr sehr wohl bewusst war. »Wahrscheinlich haben Sie Recht. Ich weiß, dass ich ein großes Risiko eingehe. Auch die Polizei muss dieses Risiko eingehen, nicht wahr? Es ist aber nicht nötig, Unbeteiligte in Gefahr zu bringen. Sagen Sie mir, wo sie ist, und ich schwöre Ihnen, dass ich Ihnen alles erzähle, sobald es mir möglich ist. Mehr kann ich Ihnen im Moment nicht sagen.«

Susan sah erschöpft aus. Auch sie stand der ganzen Sache natürlich nicht gleichgültig gegenüber. »Wirklich eine dumme Situation. Okay, ich werde es Ihnen sagen. Ihre Angehörigen haben mich angerufen ...«

»Ich muss es genau wissen. Ihre Angehörigen oder die ihres Mannes.«

»Ihre Angehörigen? Wo denken Sie hin!«, erwiderte Susan schroff. »Marietta hat schon seit Jahren nicht mehr mit ihrem Bruder gesprochen, obwohl er, seine Frau und seine Kinder ihre einzigen Verwandten sind. Sie hasst ihn, weil er nicht nur den Titel, sondern jeden Penny, den ihr Vater hinterlassen hat, und den Besitz geerbt hat. Der alte Mann war der Meinung, dass man einen großen Besitz nicht teilen soll, darum hat sie nichts geerbt. Sie hat nur ihre Ausbildung und eine Art Hochzeitsgeschenk bekommen. Ihr Bruder ist so geizig, dass er ihnen noch nicht mal geholfen hat, als sie wirklich in finanziellen Schwierigkeiten steckten. Er ist der Meinung, es sei ihre eigene Schuld, so einen *Bolschewisten* zu heiraten ... Puh! David hätte sowieso nichts von dem angenommen. Wenn er gewusst hätte, dass sie ihren Bruder um Hilfe bittet ... Ach, das ist alles lange her. Nein, Mariettas Bruder hat nicht angerufen. Es war ihr Schwager.«

George presste die Hände, die auf ihrem Schoß lagen, fest zusammen, um ihre Nervosität zu unterdrücken. »Ihr Schwager ...«, murmelte sie.

»Genau genommen sein Sekretär. So hat er sich jedenfalls vorgestellt, obwohl ich vermute, dass es eher sein persönlicher Assistent war. Er sagte, dass Lord Durleigh – den werden wir wohl jetzt so nennen müssen, denn er ist der einzige der Brüder, der noch lebt – wie üblich in Brüssel sei und er sich deshalb um alles kümmert. Nach seinen Worten wollte Lord Durleigh, dass seine Schwägerin zu Hause gepflegt wird. Für die notwendige Betreuung sei gesorgt, da eine Pflegeschwester im Hause sei. Das ist das ehemalige Kindermädchen. Ich kenne Nanny natürlich. Wir haben uns vor Jahren immer im Familienurlaub getroffen. Auf jeden Fall wollte Edward, dass Marietta nach Hause kommt, und ich konnte sie ja nicht gegen ihren Willen hier behalten. Sie war ja in unsere Klinik nicht zwangseingewiesen worden, deshalb waren mir die Hände gebunden.«

»Wollte sie denn gehen?«

»Ich habe doch schon gesagt, dass sie ganz apathisch war. Dieser Sekretär ist hierher gekommen und hat persönlich mit Marietta gesprochen. Ich war bei dem Gespräch dabei. Sie willigte nach einer Weile ein, obwohl ich der Meinung war, dass er sie ziemlich bedrängt hat. Trotzdem hatte ich nicht das Recht, ihn aufzuhalten, und er hat sie mitgenommen. Anschließend habe ich nichts mehr von ihr gesehen oder gehört. Ich habe mehrmals dort angerufen, aber der Anrufbeantworter war immer eingeschaltet, und es hat nie jemand zurückgerufen. So, jetzt wissen Sie es. Sprechen Sie mit Edward, wenn Sie erfahren wollen, was seitdem passiert ist.«

»Aber sie ist nicht von Edward abgeholt worden«, sagte George, die sich bemühte, ihre Erregung zu verbergen. Ihr schneller Pulsschlag klopfte in ihren Ohren. »Kennen Sie zufällig den Namen des Sekretärs?«

»Ja, sicher«, erwiderte Susan. »Jasper Powell. So einen Namen vergisst man nicht so schnell. Etwas aus der Mode geraten, nicht wahr? Ein netter Kerl, und er war sehr besorgt um Marietta. Kennen Sie den Mann?«

32

Auf der Rückfahrt nach London fuhr George langsamer. Es war nun schon nach acht, und der Berufsverkehr hatte sich gelegt. Wenn sie vor roten Ampeln stand, konnte sie die Leute in den Vorstädten in ihren Wohnzimmern an den Esstischen oder vor den bläulich schimmernden Fernsehschirmen beobachten. Sie ertappte sich bei dem Gedanken, dass es doch sehr angenehm wäre, zu so einer Familie zu gehören und sich nur um den Appetit der Kinder, die Laune des Ehemannes und das Haushaltsgeld kümmern zu müssen. Vielleicht würde sie auch eines Tages so leben, doch jetzt galt es, fünf Mordfälle zu lösen, und es war höchste Zeit, endlich den Mörder zu schnappen.

Sie beschloss, Gus alles zu erzählen, was sie herausgefunden hatte, und dann sofort nach Durleighton mit ihm zu fahren. Die sicherste Methode war vermutlich, Kontakt zu Edna Lyons aufzunehmen und auf diese Weise ins Haus zu gelangen. Die Haushälterin war ziemlich geschwätzig, und wenn sie sich um Marietta kümmerte, würde sie das sicher ausplaudern, selbst wenn man ihr befohlen hatte zu schweigen. George erinnerte sich an ihr Gespräch mit der alten Dame und verzog nachdenklich den Mund. Wenn ich besonnen vorgehe, werde ich sicher alles, was ich wissen muss, von ihr erfahren, dachte sie. Im Stillen hoffte sie, dass die Lyons sie nicht wieder mit Bibelzitaten bombardierte, da sie selbst nicht sehr bibelfest war. Sie versuchte sich an das Zitat zu erinnern, das Edna Lyons benutzt hatte. Ihr Gedächtnis ließ sie leider ihm Stich, und ihr fielen weder das Zitat noch der Zusammenhang ein. Wahrscheinlich war es auch nicht wichtig. Viel wichtiger war, wie sie Gus erklären sollte, warum sie Marietta allein gesucht hatte, obwohl sie versprochen hatte, nichts mehr auf eigene Faust zu unternehmen, sofern sie es nicht vorher mit ihm abgesprochen hatte. Aber es hatte ja keine Möglichkeit für ein Gespräch gegeben, beschwichtigte sie sich, als sie die Vororte hinter sich ließ und auf die A40 fuhr. Er war nicht da gewesen, und über Handy sollten keine wichtigen Infos weitergegeben werden, weil diese Gespräche immer wieder abgefangen wurden.

Ja, sie hatte keine andere Wahl gehabt, redete sie sich ein, als sie durch die Dunkelheit in Richtung Stadt raste. Immerhin hätte sie auch sofort, nachdem sie Harrow verlassen hatte, auf der A40 Richtung Durleighton fahren können. Doch sie fuhr zuerst nach Hause, um Gus alles erklären zu können. Es gab also keinen Grund für Gus, ungehalten zu reagieren. Ihre Ungeduld, ihm ihre neuesten Erkenntnisse im Ripper-Fall zu präsentieren, war so groß, dass sie die Höchstgeschwindigkeit überschritt.

Als sie den Schlüssel in die Haustür steckte, fielen ihre ganzen schönen Pläne sofort zusammen wie ein Kartenhaus. Gus war nicht zu Hause. Im Haus war alles dunkel und ruhig, und nur im Flur brannte über dem Telefontischchen eine Lampe, deren Lichtschein auf das Blatt Papier fiel, das am Anrufbeantworter lehnte.

Liebe B., las sie. *Es ist ziemlich schlecht gelaufen. Ich habe den ganzen Tag versucht, dich anzurufen, aber du hattest dein Handy ausgeschaltet, oder die Batterie war leer.*

Sie griff in ihre Tasche und stellte fest, dass sie ohne Handy weggefahren war, und bekam sofort Gewissensbisse. Auch das noch! Sie las weiter.

Ich muss sofort nach Belfast fahren, Schatz. Du brauchst dir keine Sorgen zu machen. Es sind Gott sei Dank keine Krawalle ausgebrochen. Es geht um eine Art Gipfelkonferenz, auf der Sicherheitsfragen erörtert werden sollen. Der Polizeipräsident ist verhindert, weil der alte Knabe seiner Frau versprochen hat, heute mit ihr auszugehen. Sie feiern heute ihre Rubinhochzeit – immerhin ein schlagendes Argument, oder? Weil ich sein Liebling bin – grins, grins – muss ich für ihn dorthin. Roop kümmert sich um den Ripper-Fall. Er weiß, was er zu tun hat, und wenn du etwas

Neues hast, besprich es bitte mit ihm. Er mag mürrisch sein, aber er ist sehr zuverlässig. Pass auf dich auf, Liebling. Ich werde deine schönen warmen Rundungen heute Nacht vermissen. Morgen früh rufe ich dich auf jeden Fall an. Ich liebe dich. Vergiss nicht, etwas Gutes zu Abend zu essen. Vielleicht kannst du bei Kitty wieder Aal essen? Wenn wir Glück haben und der Wind günstig steht, sehen wir uns am Donnerstagabend wieder.
PS.: Habe ich dir schon gesagt, dass ich dich liebe? Ich liebe dich!

Sie warf das Blatt auf den Tisch und funkelte es böse an. So ein Mist! Was nun? Er hatte keine Nummer hinterlassen, und sie konnte schwerlich Scotland Yard anrufen, um ihn aufzutreiben. Die würden mit ihrem Fimmel für Geheimhaltung einen Anfall bekommen, weil Gus sie überhaupt vom Treffen in Belfast informiert hatte. Gus hatte ihr das oft genug erklärt. Was also konnte sie tun?

Roop anrufen? Das wäre wohl das Vernünftigste gewesen. Gus hatte ausdrücklich betont, dass sie mit Dudley zusammenarbeiten sollte, aber sie konnte dieses Ekel einfach nicht ausstehen. Wenn doch nur ein anderer die Ermittlungen geleitet hätte! Unglücklicherweise aber leitete dieser ruppige Rupert Dudley die Ermittlungen, und George wusste ganz genau, was passieren würde. Er würde ihr die Sache einfach aus der Hand nehmen, sich selbst darum kümmern und sie nach Hause schicken.

Verflixt und zugenäht! Sie allein hatte diese Fortschritte im Ripper-Fall erzielt. Gus würde das sicher verstehen und mit ihr zusammen nach Durleighton fahren, um der Sache auf den Grund zu gehen. Eine Zusammenarbeit mit Dudley war ihr nicht möglich. Dann musste sie eben allein fahren.

»Und wenn dir das nicht gefällt, Gus, kann ich auch nichts daran ändern«, sagte sie laut. Einer plötzlichen Eingebung folgend nahm sie ihr Handy vom Schreibtisch, das unter einem Stapel Papier lag, und wählte ihre eigene Nummer. Als das Telefon klingelte und der Anrufbeantworter ansprang, hinterließ sie Gus eine Nachricht.

»Du wirst sicher fuchsteufelswild, wenn du diese Nachricht hörst, Liebling. Aber was will man machen. So ist das Leben. Ich habe herausgefunden, wer der Italiener ist. Allerdings ist er gar kein Italiener, sondern jemand, den wir gut kennen. Ich fahre Richtung Norden, vielmehr Nordwesten, um noch mehr herauszubekommen. Am Telefon will ich nicht mehr dazu sagen. Ich nehme an, dass ich Donnerstagabend wieder zu Hause bin. Und weißt du was? Wahrscheinlich habe ich den Fall dann gelöst. Das freut dich doch sicher? Tschüs. Ich liebe dich auch.« Sie drückte auf die Taste des Anrufbeantworters, um die Ansage zu beenden. Wie eine rebellische Jugendliche, ging es ihr durch den Kopf. Das war natürlich Unsinn. Es ging lediglich darum, die Ermittlungen voranzutreiben, oder?

Es dauerte nur eine halbe Stunde, bis sie wieder unterwegs war. Sie hatte in weiser Voraussicht ein paar Kleidungsstücke, eine Zahnbürste und ein bisschen Make-up eingepackt, warf die Tasche mit einer Handbewegung, die sie Gus abgeguckt hatte, in den Kofferraum und brach auf nach Durleighton.

Es war schon sehr spät. Noch bevor sie die Londoner Vororte hinter sich ließ, wurde ihr klar, dass sie ihre Ermittlungen heute Abend nicht mehr weiterführen konnte. Es würde nur Bestürzung hervorrufen, zu dieser späten Stunde vor dem Landhaus außerhalb der Stadt aufzukreuzen. Sie musste die Nacht wohl oder übel in dem furchtbaren *Bald Monk* verbringen und die Sache auf morgen früh vertagen. Das war zwar ärgerlich, aber unumgänglich. Als sie sich damit abgefunden hatte, genoss sie die Fahrt nach Durleighton sogar ein wenig. Sie hielt sich an die Geschwindigkeitsbegrenzung und fuhr einmal ab, um in einer Autobahnraststätte eine Kleinigkeit zu essen. Schlimmer als der Fraß im *Bald Monk* konnte kaum etwas schmecken. Sicherheitshalber rief sie in dem Hotel an, um ein Zimmer zu reservieren, denn sie hatte wirklich keine Lust, mitten in der Nacht weggeschickt zu werden, weil alle Zimmer belegt waren.

Zum Glück nahm die Frau am Empfang die Reservierung ohne Probleme entgegen, und kurz vor Mitternacht erreichte George ihr Ziel. Die Frau, mit der sie telefoniert hatte, war noch im Dienst, was die Sache vereinfachte, und eine halbe Stunde später lag George im Bett.

Leider konnte sie auf der unbequemen Matratze nicht gut schlafen und wachte daher früh auf. Es regnete zwar nicht, aber es war ein kalter, düsterer Tag, und sie war nicht in besonders guter Stimmung. Sie zog sich etwas Warmes über und wartete ungeduldig, dass die Zeit verging, denn sie konnte ja wohl schlecht vor neun Uhr dort aufkreuzen. Halb zehn schien ihr für einen Besuch so eben angemessen zu sein.

Den Weg zum Anwesen kannte sie noch von ihrer Fahrt mit Jasper Powell, der sie beinahe über den Haufen gefahren und darum mit nach Hause genommen hatte. Unterwegs überlegte sie die ganze Zeit, was sie sagen würde. Dabei wusste sie ganz genau, dass man sich die Worte noch so gut zurechtlegen konnte, aber es irgendwie nie klappte, den gefassten Plan zu realisieren. Trotzdem war es hilfreich, sich auf die Situation einzustellen. Außerdem war sie heute sehr träge; ihr Elan von gestern Nachmittag hatte sich fast gänzlich verflüchtigt. Sie fühlte sich nicht wohl in ihrer Haut, und das trübe Wetter machte ihr zu schaffen.

Das Doppelhaus sah heute nicht ganz so verwunschen aus wie beim letzten Mal. Zu ihrer Erleichterung stieg wenigstens eine dünne Rauchfahne aus dem Schornstein. Das bewies, dass jemand im Haus war. Sie parkte den Wagen vor dem Grundstück und stieß das Tor auf.

Der Weg war mit Reif überzogen, und unmittelbar vor der Tür rutschte sie aus. Sie keuchte vor Schreck, suchte Halt an den Stufen und richtete sich wieder auf. Im gleichen Augenblick wurde die Tür geöffnet. Sie hatte noch nicht einmal geklingelt und keine Zeit gehabt, sich wieder zu fassen. Sicher hatte man sie vom Haus aus gesehen.

Die alte Frau spähte mit ängstlicher Miene durch den Türspalt. »Was wollen Sie?«, fragte sie streitsüchtig, obwohl ihre Stimme etwas unsicher war.

»Oh, Mrs. Lyons, guten Morgen!«, begrüßte George die alte Dame freundlich, jedoch nicht zu überschwänglich, um keinen Verdacht zu erregen. »Wie geht es Ihnen?«

Mrs. Lyons öffnete die Tür ein Stück weiter und starrte George ins Gesicht. »Ach, Sie sind es. Die Frau, die unser Jasper fast über den Haufen gefahren hat.«

George war erleichtert und strahlte die Haushälterin an. »Ganz genau. Schön, dass Sie sich an mich erinnern.«

»Leute, die so aussehen wie Sie, vergisst man nicht so schnell«, erwiderte Mrs. Lyons ein wenig ungnädig. »Haben Sie sich wieder erholt?«

»Ja, ich brauche nur noch ein kleines Pflaster.« George hob ihr Bein, um es ihr zu zeigen.

»Dann ist ja alles in Ordnung.« Mrs. Lyons machte keinerlei Anstalten, sie ins Haus zu bitten oder die Tür ganz zu öffnen.

»Hm.« George musste Mrs. Lyons irgendwie überrumpeln. »Darf ich reinkommen?« Ohne eine Antwort abzuwarten, streckte sie die Hand aus und schob die Tür wie selbstverständlich sachte auf. Mrs. Lyons trat sichtlich verwirrt zur Seite, und George huschte sofort ins Haus, strahlte das ehemalige Kindermädchen an und zog ihren Mantel aus.

»Was für ein schönes Feuer! Darf ich mir die Hände wärmen? Es ist ziemlich kalt heute Morgen.«

Sie reichte Mrs. Lyons ihren Mantel, als wäre ihr Besuch die normalste Sache der Welt, und ging lächelnd zum Kamin. »Es freut mich, Sie wiederzusehen. Sie waren neulich sehr hilfsbereit. Ich bin Ihnen wirklich sehr dankbar.«

»Das habe ich gern getan«, erwiderte Mrs. Lyons griesgrämig, warf Georges Mantel auf einen Stuhl neben der Haustür und folgte ihr in den Salon. »Es ist niemand da außer ... Jasper und Mr. Edward sind nicht hier, und außerdem weiß ich nicht, wann sie zurückkommen. Es hat also keinen Zweck, auf sie zu warten.«

»Ach, kein Problem«, trällerte George und richtete sich wieder auf. Was sollte sie jetzt sagen? Alles, was sie sich zurechtgelegt hatte, war wie weggeblasen. Sie musste improvisieren und sich diesmal auf ihr Talent verlassen, gute Geschichten zu erfinden. »Deshalb bin ich nicht gekommen«, sagte sie. »Ich möchte Marietta besuchen. Die Arme soll krank sein, habe ich gehört, und da hielt ich es für meine Pflicht, sie wenigstens zu besuchen. Eigentlich wollte ich ihr Blumen mitbringen, aber ehrlich gesagt waren die Blumen, die ich in der Stadt gesehen habe, schon halb verwelkt. Tja, was will man machen?« Sie lachte fröhlich. »Marietta wird sicher nicht böse sein. Wenn man krank ist, freut man sich über Besuch und nicht über Blumen, oder?«

»Ich hab Sie für eine Fremde gehalten, als Jasper Sie mitgebracht hat.« Mrs. Lyons schaute George argwöhnisch und doch ein wenig erleichtert an. »Sie haben nicht gesagt, dass Sie eine Bekannte sind und Marietta kennen.«

»Ach? Ich dachte, ich hätte es erwähnt«, entgegnete George unbefangen. »Sind Sie sicher, dass ich nicht erzählt habe, wie ich Marietta vor vielen Jahren kennen lernte? Durch Susan. Marietta, Susan und meine Schwester sind zur selben Schule gegangen.« Frag mich jetzt bloß nicht, welche Schule das war, betete sie im Stillen, sonst sitz ich ganz schön in der Patsche.

Doch Mrs. Lyons fragte nicht. Sie lächelte George ziemlich unfreundlich an, entblößte dabei eine Zahnlücke, nickte, und allmählich gewann ihre Erleichterung die Oberhand. »Das ist ja toll! Und ich weiß gar nichts davon. Wie heißt denn Ihre Schwester? Und warum ist sie in England zur Schule gegangen und Sie in Amerika?«

Jetzt musste sie ihre Phantasie anstrengen, und das machte ihr im Grunde richtig Spaß, wenn es auch ziemlich riskant war. »Sie ist meine Halbschwester. Meine Mutter hat zweimal geheiratet. Nachdem mein Vater meine Mutter verlassen hatte – Sie wissen ja, wie das ist, wenn man sich heutzutage scheiden lässt –, ging er nach England und heiratete eine Engländerin. Ihre Tochter, Dorothy, ging mit Susan und Marietta zur Schule.« Dorothy?, dachte sie. Welcher Teufel hat mich denn da geritten, mir so einen blöden Namen auszudenken? Gut, dass ich keine Schwester habe, die so heißt. »Ja, die gute Dottie und Marietta waren eng befreundet.«

Die Haushälterin war sichtlich verwundert. »Eigentlich kenne ich alle Mädchen, mit denen sie befreundet war. Als die Jungen noch klein waren, sind sie nämlich immer alle zu den Partys gekommen. Mein Gedächtnis ist wohl auch nicht mehr das, was es mal war.«

»Dottie lebt ja auch schon lange nicht mehr in England«, beruhigte George sie. »Sie ist nach Südafrika gegangen und hat dort einen Anwalt geheiratet. Wahrscheinlich ist es Ihnen deshalb entfallen. Wie geht es Marietta denn?«

Nanny Lyons nahm die Frage diesmal ganz gelassen. »Der Armen geht es überhaupt nicht gut.« Sie schüttelte seufzend den Kopf. »Ich tue alles, was ich kann, um sie zum Sprechen zu bringen, aber sie liegt bloß da. Ich musste ihr andere Medikamente geben, und jetzt schläft sie immer tief und fest. Er hat gesagt, dass sie sich erholen würde, wenn sie viel schläft. Sie braucht viel Ruhe, und ich achte darauf, dass sie die bekommt, aber es ist sehr schwer.«

In ihren Augen spiegelte sich tiefe Traurigkeit. »Ich kann sie nicht dazu bewegen, etwas zu schlucken. Darum gebe ich ihr die Medikamente rektal, wie man es früher bei kranken Babys gemacht hat, als ich Schwesternschülerin war.« Sie nickte weise. »Wenn sie nicht schlucken und ihre Nahrung nicht über die Schleimhaut des Magens aufnehmen können, kann man sie über den Darm verabreichen, wo sie dann über die Schleimhäute aufgenommen wird.« Sie sagte es so, als würde sie eine auswendig gelernte Lektion aufsagen, und scheinbar war sie sehr zufrieden mit sich. »Auf diese Weise kann ich ihr nicht viel einflößen, aber sie bekommt ihre Flüssigkeit und ihre Medikamente, und das ist am wichtigsten. Ich werde sie bald aufpäppeln, wenn es ihr besser geht, und dann kann ich wieder für sie kochen. Die Arme.«

»Kann ich sie sehen?« George war in furchtbarer Sorge und bemüht, es sich nicht anmerken zu lassen. Es war wichtig, Gelassenheit zu demonstrieren. »Ich bin ja selbst Ärztin, und ich würde gerne mal nach ihr sehen.«

Nanny Lyons schien der Gedanke zu gefallen. »Ach, das habe ich ganz vergessen. Sie haben ja gesagt, dass Sie Ärztin sind. Wie konnte ich das nur vergessen! Natürlich. Kommen Sie. Ich bin sicher, er hat nichts dagegen, wenn er Sie hier sieht, obwohl sie ausdrücklich gesagt haben, dass sie nicht gestört werden darf, weil sie viel Ruhe braucht. Bei einer Ärztin ist das natürlich etwas anderes. Er hält nicht viel von den Ärzten hier in Durleighton, aber eine Ärztin aus London ... Jasper hat erst gestern noch gesagt, dass er einen Arzt aus London holen will, und jetzt sind Sie da. Hat er Sie geschickt?«

»Hm, ich weiß nicht mehr genau, wie das verabredet war ...«, stammelte sie und folgte Nanny über die flache Holztreppe nach unten. Sie gelangten an drei Türen, und die alte Frau drehte sich um und schaute George an, nachdem sie vor einer Tür stehen blieb.

»Ich weiß, wie das ist«, sagte sie nachsichtig. »Wenn sich die ganze Familie nur um das arme Kind sorgt, ist das kein Wunder. So, da wären wir. Ich ziehe erst mal die Vorhänge auf.«

In dem Zimmer war es ziemlich düster, und es roch nach Desinfektionsmitteln. Dettol, dachte George und fühlte sich einen Moment in ihre Kindheit zurückversetzt, als kleine Verletzungen mit diesem scharfen Zeug behandelt wurden. Der typische Krankenhausgeruch. Mrs. Lyons kam vom Fenster zurück und stellte sich ans Bett. Wahrscheinlich ließ sie so ihre Vergangenheit wiederaufleben. Sie hatte eine Patientin und versuchte, sie so zu behandeln, wie sie es einst gelernt hatte, und das bedeutete für sie: Dettol und dunkle Zimmer.

Als George die Patientin sah, lief es ihr kalt über den Rücken, doch sie bemühte sich, möglichst die Ruhe zu bewahren. Die Frau lag auf dem Rücken, und Kopf und Schultern waren mit Kissen abgestützt. Ihre Hände ruhten reglos auf dem Federbett, und der Kopf lag genau in der Mitte des Kissens. Ihre Hände und ihr Gesicht waren entsetzlich abgemagert. Diese Frau, dachte George, als sie ans Bett trat, steht kurz vor dem Verhungern.

»Wie lange ist sie schon in diesem Zustand?«, fragte sie sofort, als sie sich übers Bett beugte und Marietta aufmerksam musterte. Auf den Wangen waren hektische rote Flecke, und die Augen waren einen Spalt geöffnet, sodass man einen weißen Rand sehen konnte. Mit dem Zeigefinger schob George vorsichtig ein Augenlid hoch. Das Auge bewegte sich nicht, sondern starrte ausdruckslos in die Ferne. Die Frau war in tiefe Bewusstlosigkeit gesunken.

Nanny Lyons versuchte sich zu erinnern. »Wie lange sie schon schläft? Oh, da muss ich überlegen. Warten Sie mal ... Drei Tage, glaube ich. Zuerst habe ich mir große Sorgen gemacht, weil sie so viel geschlafen hat, aber er hat gesagt, es wäre alles in Ordnung und bei diesem Medikament ganz normal.«

»Wer hat das gesagt?«, fragte George in schneidendem Ton, doch Nanny Lyons schien sich nicht daran zu stören. Ihr gefiel es sichtlich, mit einer Ärztin zu fachsimpeln.

»Mr. Jasper«, erwiderte sie. »Er hat mir die Tabletten gezeigt, die der Arzt ihr im Krankenhaus gegeben hat, und ich habe mir das Etikett genau angesehen. Es scheint das Richtige zu sein.« Sie griff in ihre Schürzentasche und fischte die Glasflasche heraus. »Da sind sie. Schauen Sie selbst, Frau Doktor.«

George nahm die Flasche, öffnete sie und schüttete den Inhalt in ihre Hand. Es waren große Gelatinekapseln, die auf einer Seite braun und auf einer grün waren. Sie runzelte die Stirn und überlegte, was das für ein Medikament war. Irgendwie kamen ihr die Kapseln bekannt vor. Auf dem Etikett stand nur: *Kapseln. Alle drei Stunden drei Stück.* Den letzten Satz konnte man gut lesen, obwohl das Etikett ansonsten alt und abgegriffen war. George stutzte.

»Ich hab zu ihm gesagt, mir käme die Dosis ziemlich hoch vor. Nach meiner Erfahrung gibt man vielleicht alle vier Stunden zwei Tabletten, doch er meinte, die Zeiten änderten sich und die Therapien auch.«

»Das Etikett scheint nicht neu zu sein«, murmelte George. »Es trägt kein Datum, und der Name des Medikaments steht nicht drauf. Das ist heutzutage sonst immer der Fall. Früher wurden die Medikamente so ...«

Noch einmal schaute sie auf die Kapseln und hielt dann den Atem an. Tuinal, schoss es ihr durch den Kopf. Ein starkes Barbiturat. Sie hatte einmal einen Selbstmord auf dem Obduktionstisch liegen gehabt; das Opfer hatte eine hohe Überdosis ähnlicher Kapseln genommen, die es viele Jahre in seinem Medizinschrank aufbewahrt hatte. Da hatte sie die Kapseln zum letzten Mal gesehen. »Kein Wunder, dass das Etikett so alt aussieht«, sagte sie laut. »Dieses Medikament wird seit Jahren nicht mehr benutzt, weil Barbiturate heute als zu gefährlich gelten. Das ist das letzte

Medikament, das man einsetzen würde, um einen Patienten mit starken Depressionen zu behandeln.«

»Wie bitte, Frau Doktor?« Mrs. Lyons hatte nichts verstanden, weil George sehr leise gesprochen hatte. »Was haben Sie gesagt?«

»Ach, nicht so wichtig.« Sie warf die Kapseln wieder in die Flasche, drehte sich zu Marietta um und fühlte ihren Puls. Er war schwach, schnell und unregelmäßig. Das sah überhaupt nicht gut aus. Diese Frau musste sofort in ein Krankenhaus. »Mrs. Lyons«, sagte sie vorsichtig. »Ich mache mir große Sorgen um Marietta. Ich glaube, sie muss in ein Krankenhaus.«

Das faltige Gesicht der alten Frau wurde noch runzeliger, als sie George verständnislos anstarrte. »Ins Krankenhaus? Dort bekommt sie doch auch keine bessere Pflege als hier. Welche Schwester weiß denn heute noch, dass man die Medizin rektal verabreichen kann, indem man die Kapseln öffnet und den Inhalt in einer Traubenzuckerlösung auflöst? So schlau sind die nicht. Die wissen das nicht, auch wenn es in der Medizin so große Fortschritte gibt. Darum hat Mr. Jasper sie ja hierher gebracht. Sie war doch im Krankenhaus, und dort wurde sie so schlecht behandelt, dass es mit ihr immer mehr bergab ging. Sieht sie nicht hübsch aus? Keine wunden Stellen, nichts. Die meisten Patienten in diesem Zustand haben sich wund gelegen. Ich hab gehört, dass der Rücken gar nicht mehr richtig versorgt wird. Aber ich reibe ihr immer den Rücken ein, und ihre Fersen und Ellbogen hab ich auf Ringe gelegt, damit sie dort keine Druckstellen bekommt und ...«

»Es geht nicht um eine bessere Pflege«, erklärte George ihr freundlich. »Sie machen das ganz ausgezeichnet. Ich mache mir große Sorgen um ihre medizinische Versorgung. Bitte, wir müssen sie in ein Krankenhaus bringen.« Im richtigen Augenblick hatte sie eine rettende Idee. »Mrs. Lyons, Sie können als ihre persönliche Pflegerin mitkommen, wenn Sie möchten. Das ist sicher kein Problem.« Sie hätte ihr jetzt alles versprochen, um Marietta hier aus dem Haus und in ein Krankenhaus bringen zu können. »Würde Ihnen das gefallen?«

Nanny Lyons schaute sie einen Moment unsicher an und nickte schließlich. »Ja, wenn Sie meinen, dass es geht, Frau Doktor.«

»Aber natürlich«, beteuerte George zuversichtlich. »Ich kenne mich in diesen Dingen aus, und ich halte es wirklich für gut. Ärztliche Anordnung, okay?«

»Okay«, erwiderte Nanny. »Dann ist es wohl in Ordnung.«

33

Es war für George kein allzu großes Problem, Marietta zum Wagen zu tragen. Sie war ein echtes Fliegengewicht. Wenn sie noch vierzig Kilo wiegt, ist das viel, dachte sie und setzte sie vorsichtig auf den Rücksitz neben Nanny Lyons, die dort schon mit ängstlicher Miene wartete.

»Sie ist warm eingewickelt, und ich habe die Heizung angemacht, aber Sie müssen darauf achten, dass die Decke nicht herunterrutscht und ihr Kopf nicht nach hinten kippt, damit die Atemwege frei bleiben.«

Nanny Lyons nickte ernst und stützte mit der Hand Mariettas Kopf. Sie war im Moment so sehr um Mariettas Wohlergehen besorgt, dass sie an nichts anderes mehr dachte, worüber George sehr froh war. Sie eilte zurück zum Haus, holte ihre Tasche, schloss die Tür ab und rannte wieder zum Wagen. Mit Sicherheit hatte Mrs. Lyons Order erhalten, niemandem etwas davon zu sagen, dass Marietta im Hause war, geschweige denn, jemanden ins Haus zu lassen, um sie zu sehen. George hatte das sofort gespürt, als sie gekommen war. Wahrscheinlich würde sie sich bald wieder an ihre Anweisungen erinnern und unruhig werden. Im Moment hatte George jedoch mit Marietta Probleme genug.

Sie fuhr vorsichtig in die Stadt und beobachtete die kranke Frau immer wieder im Rückspiegel. Nanny Lyons, die einen alten Schwesternkittel und eine Haube angezogen hatte, saß aufrecht neben Marietta und achtete darauf, dass die bewusstlose Frau nicht das Gleichgewicht verlor, wenn der Wagen um die Ecke bog. Es war für niemanden eine angenehme Fahrt.

Das einzige Krankenhaus in Durleighton war gut ausgeschildert. Schon kurze Zeit später parkte George auf dem Kiesweg und rannte die Treppe zum Haupteingang hinauf. In der Pförtnerloge saß wie üblich ein griesgrämiger Mann, der den Kopf schüttelte, als George nach der Notaufnahme fragte.

»Haben wir hier nicht. Sie müssen rüber nach Ardenford. Wir sind nur ...«

»Herrgott noch mal!«, rief George. Die Anspannung der letzten vierundzwanzig Stunden machte sich bemerkbar. »Machen Sie keinen Quatsch! Diese Frau wird sterben. *Sterben!* Ich bin Ärztin, und ich sage Ihnen, dass diese Patientin sofort zuverlässige medizinische Hilfe braucht. Unverzüglich! Holen Sie einen Arzt, und zwar schnell.«

Der Pförtner riss entsetzt die Augen auf, denn George hatte gebrüllt wie eine Verrückte. Jedenfalls ging der Mann in seine Loge und griff nach dem Telefon. George hörte, dass er etwas murmelte, dann drehte sie sich um und blickte auf die Einfahrt, wo der Wagen stand. Mrs. Lyons hielt Marietta noch immer fest. George brannte vor Ungeduld, doch als sie sich wieder umdrehte, sah sie, dass ein Mann in einem grauen Anzug auf der anderen Seite der Eingangshalle die Treppe hinunterstieg.

»Sie haben nach der Notaufnahme gefragt?«, sagte er ausgesprochen höflich. »Leider haben wir in unserem Krankenhaus keine. Tut mir wirklich Leid.«

»Sie werden hier ja wohl Ärzte haben?«, schrie George. Diese Leute schienen nur diese Sprache zu verstehen. »Betten haben Sie doch wohl? Ich brauche nur ein sicheres Krankenhausbett für eine Frau, deren Leben in großer Gefahr ist. Sie braucht keine komplizierte Versorgung, sondern ...«

Georges laute Stimme lockte immer mehr Menschen an. Einige standen oben auf der Treppe, andere spähten durch halb geöffnete Türen. Eine Tür jedoch wurde weit aufgerissen, und eine große Frau in weißem Kittel kam auf sie zu. Sie sah erstaunlich unordentlich aus. Ihre Strümpfe rollten sich um ihre Fußknöchel und waren an den Knien stark ausgebeult. Ihr Rock wurde von einer großen Sicherheitsnadel gehalten, und ihr dünnes Haar war zu einem misslungenen Knoten in ihrem Genick zusammengesteckt.

Sie hatte jedoch klare, intelligente Augen und sah freundlich aus. George wandte sich sofort an sie.

»Sind Sie Ärztin?«, fragte sie.

»Neurologin«, erwiderte die Frau. »Das heißt, ich leite eine kleine Geriatrie-Station für Langzeitpatienten mit schweren neurologischen Schäden. Warum machen Sie so einen Lärm? Was können wir für Sie tun?«

»Ein Leben retten!« George setzte sofort zu wilden Erklärungen an. Sie belehrte die Dame über ihren Status als Ärztin und Gerichtsmedizinerin und ihre Beziehung zur Polizei und betonte, dass Marietta unwissentlich in den Fall des neuen Ripper-Mörders verwickelt sei. Zum Schluss sagte sie: »Ich glaube, ihr Leben ist in ernster Gefahr. Wahrscheinlich weiß sie etwas, das den Mörder belastet. Sie braucht nur ein Bett, in dem sie sicher ist, und die Fürsorge eines guten Arztes. Sie wurde mit Barbituraten voll gepumpt, und zwar vom Mörder selbst. Ich weiß jetzt, wer es ist, aber noch lebt sie, und ich glaube, dass wir sie wieder ins Leben zurückholen können. Bitte, wollen Sie ...«

»Selbstverständlich!« Die Ärztin wandte sich an den Mann im Anzug, der noch immer auf der Treppe stand. »Charles, ich habe ein freies Zimmer auf der Station Hainault bekommen. Geben Sie es mir jetzt.«

Der Mann sah verwirrt aus. »Aber Dr. Kelley, wie denn? Wessen Fall ist das? Wie ist ihre Adresse? Hat ihr Hausarzt sie eingeliefert? Ist sie überwiesen worden? Oder ist sie Privatpatientin? Wer kommt für die Kosten auf? Sie wissen, dass es bis zum nächsten April unmöglich ist, weil wir unser Budget ausgeschöpft haben ...«

»Mensch, Charles, spielen Sie mit Ihrem Computer«, schimpfte Dr. Kelley laut. Wahrscheinlich konnte man sie noch auf der anderen Straßenseite hören. »Ich übernehme das. Wir werden uns später darum kümmern, wer für die Kosten aufkommt.«

»Privatpatientin«, erklärte George schnell. »Ich kümmere mich darum. Sie lebt normalerweise in London.«

Der Mann namens Charles wurde jetzt etwas freundlicher. »Wenn jemand für die Kosten aufkommt ... Davidson, holen Sie ein Bett. Wir haben eine neue Patientin für die Station Hainault.«

George seufzte erleichtert und holte die Patientin aus dem Wagen. Endlich war Marietta in Sicherheit!

*

Dr. Kelley erwies sich als hervorragende Kollegin. Mit wahrer Begeisterung kümmerte sie sich persönlich um Mariettas Pflege und Behandlung. Sie hatte überhaupt nichts dagegen, dass sich Nanny Lyons unter der Leitung der Stationsschwester als Privatschwester betätigte.

»Sie hat immer zu wenig Personal«, sagte sie glücklich. »Darum wird sie froh sein, wenn sie ein Paar helfende Hände unterstützen. Das ist mal etwas anderes.« Sie trieb die Schwester an, damit die Infusion für Marietta vorbereitet wurde, denn der Patientin musste jetzt so viel Flüssigkeit wie möglich zugeführt werden, damit die Überdosis Barbiturat abgebaut werden konnte.

Als Marietta mit der Infusion und einem Katheder versehen worden war, um die Nieren zu entlasten, fühlte George sich schon viel besser. Es bestand jetzt nur noch die Gefahr, dass sie eine Lungenentzündung bekam, aber da sich Dr. Kelley und Nanny Lyons intensiv um Marietta kümmerten, konnten sie das sicher verhindern. Außerdem war Marietta nicht in ein so tiefes Koma gefallen, wie George zuerst befürchtet hatte. Eigentlich bestand kein Grund, warum sie nicht wieder ganz gesund werden sollte.

»Glücklicherweise wurde ihr die Überdosis über einen längeren Zeitraum und nicht auf einmal verabreicht«, sagte Dr. Kelley. »Das verkraftet der Körper besser, nicht wahr?«

George, die im Moment über die Wirkung einer Überdosis Barbiturat nicht genau im Bilde war, stimmte der Kollegin sofort zu. Dr. Kelley machte einen äußerst versierten Eindruck.

Nanny Lyons war in ihrem Element. Sie warf den anderen Schwestern vernichtende Blicke zu und sagte: »Gut, dass ich hier bin und mich um die arme junge Frau kümmern kann.«

»Da haben Sie ganz Recht.« George stand am Fußende des Bettes und beobachtete Mariettas Atmung. Ob ihr Zustand sich schon gebessert hatte, war schwer zu sagen. Nanny Lyons folgte ängstlich ihrem Blick.

»Sie bekommt ihre Medikamente doch weiter?«

»Hm, nein.« George hielt es für besser, jetzt ehrlich zu sein. »Es hat sich herausgestellt, dass es nicht das richtige Medikament war.«

Nanny seufzte. »Puh, bin ich erleichtert. Langsam habe ich mir wirklich Sorgen gemacht. Mr. Jasper hat zwar gesagt, dass ihr das Zeug verschrieben worden wäre, aber mit dem Arzt habe ich nie gesprochen. Es wurde ja auch überhaupt nicht besser.« Sie schluckte und fuhr in vertraulichem Tonfall fort: »Ehrlich gesagt, Frau Doktor, sind meine Augen auch nicht mehr das, was sie mal waren. Früher war ich für meine guten Ohren und Augen und meinen scharfen Verstand bekannt ...«

»Ja, sicher«, sagte George mitfühlend. Obwohl sie wusste, dass sie Rupert Dudley über die neuesten Entwicklungen schnellstens Bericht erstatten musste, setzte sie sich auf einen Stuhl neben Mrs. Lyons, weil sie die alte Dame noch nicht allein lassen wollte. Sie beobachteten beide, wie sich Mariettas Brust mit der flachen Atmung hob und senkte.

»Erzählen Sie mir doch, wie das früher war, Mrs. Lyons. Es würde mich interessieren. Ich habe Ende der Siebziger, Anfang der Achtziger Medizin studiert, und daher bin ich ...« Es war äußerst wichtig, die Haushälterin bei Laune zu halten, und die meisten alten Leute sprechen gerne über alte Zeiten.

Nanny Lyons fing an zu kichern. »Schön, dass Sie das zugeben. Das tun nicht viele. Was interessiert Sie denn?« Sie hob stolz den Kopf. »Mein Erinnerungsvermögen funktioniert noch ausgezeichnet, auch wenn alles andere schon ein bisschen eingerostet ist.«

George lächelte. »Erzählen Sie mir von Ihrer Arbeit und was Sie am liebsten gemacht haben.«

»Da brauch ich nicht lange nachzudenken!«, sagte die alte Frau sofort und streichelte Mariettas Hand. »Am liebsten war ich Hebamme. Ich hatte immer gehofft, ihr Baby einmal so wie ihren

Mann zur Welt zu bringen, aber es war nichts zu machen. Die Arme hatte immer wieder Fehlgeburten. Es brach mir fast das Herz. Darum fing sie auch an ... Na ja, Sie sehen es ja.«

»Sie haben ihren Ehemann zur Welt gebracht? David?« George wollte es genauer wissen.

»Ja! Lord und Lady Durleigh wollten niemand anders haben. Ich war damals schon fünf Jahre bei ihnen, und ich war sehr beunruhigt. Wenn man immer als Hebamme arbeitet, ist das kein Problem, aber ich hatte ja aufgehört. Ich war bei den Zwillingen dabei.«

»Ich verstehe nicht ganz«, hakte George vorsichtig nach. Es erschien ihr sehr wichtig, was Mrs. Lyons jetzt erzählte, obwohl sie nicht genau wusste, warum. Außerdem hatte sie das Gefühl, schon davon gehört zu haben, aber sie erinnerte sich nicht mehr daran. Schon seit Tagen quälte sie das unbestimmte Gefühl, dass ihr etwas Wichtiges entfallen war. Sie schaute die alte Dame an, die sich über Mariettas Bett beugte, und konzentrierte sich auf ihre Worte.

Mrs. Lyons seufzte ungeduldig. »Lord und Lady Durleigh haben mich angestellt, als sie mit den Zwillingen im siebten Monat schwanger war. Man nahm an, dass es Zwillinge waren, weil sie so dick war. Damals gab es noch nicht diese seltsamen Geräte, mit denen man sich die Babys im Mutterleib ansehen konnte.«

»Ultraschall«, murmelte George.

»Genau. Das gab es damals noch nicht. Man konnte sich nur auf seine Erfahrung verlassen, das war alles. Lady Durleigh wollte die beste Hebamme haben, die sie bekommen konnte. Sie hat in dem Krankenhaus nachgefragt, in dem ich gearbeitet habe, und dort hat man mich empfohlen.« Sie hob stolz die Brust. »Und so kam es, dass ich nach Durleigh Abbey ging. Das war schon seltsam damals. Obwohl ich selbst ein Dienstmädchen hatte, gab es für die Hausangestellten viel Arbeit. Die Gäste bewirten, Jagdessen und Jagdbälle und das alles. Als sie in der neununddreißigsten Woche war, wurde sie krank. Ich habe sie untersucht. Der Gebärmutterhals war weich, und ein Kopf hatte sich schon gesenkt. Ich dachte, dass die Wehen jeden Moment einsetzen würden, aber das passierte nicht, und ich hatte Angst um die Babys. Daher habe ich jede halbe Stunde den Herzschlag der Babys kontrolliert. Auch dafür hatten wir nicht die heutigen Geräte, sondern nur unsere Ohren und unsere Erfahrung. Und ich hatte eine Menge Erfahrung. Das war auch der Grund, warum das Krankenhaus mich zu den Durleighs geschickt hat. Auf jeden Fall bekam ich es richtig mit der Angst zu tun. Der Herzschlag wurde schnell und unregelmäßig, und ich hatte das Gefühl, dass etwas nicht stimmte. Als die Fruchtblase brach, konnte ich sehen, dass im Fruchtwasser etwas Mekonium war, und da wusste ich, dass ich handeln musste. Ich gebe zu, dass ich gerne selbst entbunden hätte, aber ich bin ja nicht dumm, und das war ich auch damals nicht. Darum habe ich nach dem Arzt geschickt, und dann herrschte richtig Panik. Er war froh, dass ich ihn geholt hatte, denn er musste sofort einen Kaiserschnitt machen. Es war noch nicht einmal Zeit, sie in ein Krankenhaus zu bringen. Also hat er es dort in der Abtei gemacht.«

George hörte ihr gebannt zu, ohne sie zu unterbrechen.

»Wir haben schnell eine kleine Kammer hergerichtet, und dann ging es los. Wir durften keine Zeit mehr verlieren. Der Arzt hat die Narkose eingeleitet, doch dann musste ich das übernehmen. Ich musste höllisch aufpassen, denn ich durfte ihr nicht zu viel von dem Zeug geben, weil wir nur Äther hatten, und das ist nicht gut für die Babys. Das waren vielleicht Brocken! Richard, der als Erster kam, wog fast fünf Pfund, und Edward wog nur hundert Gramm weniger. Ich weiß noch, dass wir sie auf der Küchenwaage gewogen haben. Mann, waren das süße Babys! Und sie hat beide gestillt. Das war schon eine erstaunliche Frau. Ich habe sie gepflegt, bis ihre Wunde verheilt und sie wieder auf den Beinen war. Doch dann bekam einer der Kleinen – Richard, das war der Größere – einen Darmkatarrh und Krupp. Also bin ich geblieben und habe ihn gepflegt. So einen schlimmen Krupp hatte ich noch nie gesehen, und so kam es, dass ich nie ins Krankenhaus zurückgegangen bin. Tja, ich bin dann ganz bei den Durleighs geblieben, und als sie mit David wieder schwanger war, wollte sie das Kind unbedingt auf natürliche Weise gebären, auch wenn das ein großes Risiko war. Sie hat aber darauf bestanden. Keinen Kaiserschnitt, hat sie gesagt. Ja, ja, das war schon eine erstaunliche Frau. Diesmal ging alles gut. David war ein kleines, aber lebhaftes Baby. Jetzt liegt die Arme da und kann nie mehr ein Kind mit ihm haben.«

Als ihr die Tränen in die Augen traten, beschlug ihre Brille. »Ich wollte so gerne ihr Kind zur Welt bringen«, fuhr sie fort, während sie die Gläser putzte.

Dann schwieg sie einen Moment. Sie schien erschöpft zu sein. George ließ ihren Blick von ihr zu Marietta wandern und überlegte angestrengt, was ihr entfallen war, aber es fiel ihr beim besten Willen nicht ein. Diese Frau hatte ihr irgendetwas erzählt. Es war schon spät. Sie musste sich konzentrieren.

»Es hat nicht sollen sein. Leider! Na ja, Lady Durleigh ist ja auch noch da.«

»Wie bitte?«

»Barbara. Lady Durleigh. Sie hat weder mit der Abtei noch mit dem Besitz viel zu tun. Ganz anders als unser Edward. Sie ist ein wenig schüchtern, doch es wird ihr sicher gefallen, dass ich mich um sie kümmere. Wir haben zwar nie darüber gesprochen, aber ich gehöre ja fast zur Familie. Wenn es so weit ist, wird sie bestimmt zustimmen. Die Arme. Erst so kurz verheiratet und schon Witwe. Das Leben ist manchmal hart. Zumindest wird sie etwas haben, das sie an meinen lieben Mr. Richard erinnert. Oh, das war ein süßes Baby, und sie wird sicher auch so einen süßen Jungen bekommen. Auch so neumodischer Kram. Da komme ich nicht mehr mit. Dass man schon vor der Geburt das Geschlecht des Kindes kennt! Da ist doch die ganze Aufregung futsch, nicht wahr?«

»Ich habe gar nicht an sie gedacht«, sagte George. »Keiner scheint sie erwähnt zu haben. Sie ist zwar Richards Witwe ...«

»Stimmt. Sie war nicht da, als es passiert ist. Ich meine, als meine geliebten Jungen gestorben sind. Zum Glück war sie gerade zu Besuch bei ihrer Mutter in Neuseeland. Solange sie noch konnte, nehme ich an. Sie hat es niemandem anvertraut, obwohl Richard – Friede seiner Seele – es wohl gewusst hat. Sie ist auf jeden Fall noch da, und sie hat es mir erzählt, aber ich darf es noch niemandem sagen.« Jetzt schaute sie George verwirrt an. »Ach du liebe Zeit, und jetzt erzähle ich es einer Fremden! Sie werden doch nichts verraten, nicht wahr? Bisher wissen es nämlich nur ich und ihre Mutter in Neuseeland und ...«

»Sie können sich auf mich verlassen«, beteuerte George, die ihre Finger hinterm Rücken kreuzte. »Ich bin Ärztin.«

»Stimmt. Sie haben den Eid des Hippokrates geschworen, dann ist alles in Ordnung. Ich habe als Krankenschwester auch meine Vorschriften, und natürlich dürfen wir nichts ausplaudern. Sie hat mir wohl nur gesagt, dass sie schwanger ist, um mich aufzuheitern. Und ich freue mich sehr.«

»Das glaube ich Ihnen.« George schaute auf die Uhr über dem Bett und seufzte. »Jetzt muss ich aber gehen.«

»Ach, sagen Sie bloß? Schade. Es ist schön, mal mit jemandem zu reden. Mr. Edward hat nie Zeit, und mit Mr. Jasper fühlte ich mich nie ganz ... Ich weiß nicht. Ach, ist auch egal.«

»Sagen Sie es ruhig«, ermunterte George sie neugierig.

»Ich fühle mich nie ganz wohl in seiner Nähe«, gestand die alte Dame nach einer Weile. »Das ist wirklich ein ulkiger Typ.« Sie zuckte mit den Schultern. »Genau kann ich das gar nicht erklären. Ich habe immer das Gefühl, dass er ein bisschen wie Agag ist, der zu Samuel geht und dort eine Schau abzieht.«

»Agag?« Jetzt war George wirklich verwirrt.

Nanny Lyons seufzte. »Heute kennt keiner mehr die Bibel«, beklagte sie sich. »Ich bin damit groß geworden. Jedes Wort glaube ich auch nicht, aber einiges hilft mir, Dinge zu verstehen.«

»Agag?« George ließ nicht locker. Das musste sie genauer wissen. Nanny Lyons seufzte ein wenig ungehalten.

»Erstes Buch Samuel, Kapitel fünfzehn, Vers zweiunddreißig. Die Ausgabe von König James.«

»Ich verstehe.« Jetzt kehrte Georges Erinnerung langsam zurück. »Haben Sie nicht auch aus der Bibel zitiert, als wir uns zum ersten Mal gesehen haben? Ich glaube, es hatte mit den Zwillingen und ihren Namen zu tun.«

»Hm? Ach ja!« Nanny Lyons lachte. »Erstes Buch Moses, Kapitel achtunddreißig, Verse siebenundzwanzig bis dreißig. Es war

Lady Durleigh – Friede ihrer Seele –, die gesagt hat, wir hätten sie Pharez und Zarah nennen sollen, und nicht ich. Sie hatte wohl ganz Recht, aber es war ja nicht so wichtig. Brüder sind Brüder. Sie passen immer aufeinander auf.«

Im ersten Moment hätte George gerne eine andere Stelle aus der Genesis zitiert, doch sie hielt es für besser, es nicht zu tun. Ganz abgesehen davon, dass sie den Text nicht wortwörtlich kannte, wollte sie die alte Dame nicht beunruhigen.

»So, jetzt muss ich wirklich gehen. Ich komme Sie bald besuchen. Marietta ist in guten Händen und wird sich bestimmt schnell erholen. Sie bleiben doch hier? Und Sie sprechen mit niemandem darüber?«

»Nein, nein«, erwiderte Nanny Lyons eifrig und streichelte wieder Mariettas schlaffe Hand. »Sie ist doch meine Patientin. Natürlich bleibe ich hier.«

»Auch nicht, wenn ... hm ... na ja, okay ...«, stammelte George, und die alte Frau hob den Kopf.

»Hm«, murmelte sie. Dann nickte sie und wandte sich wieder ihrer Patientin zu.

Damit musste George sich zufrieden geben.

34

Als George im *Bald Monk* eintraf, setzte sie sich sofort ans Telefon. Da Gus nicht erreichbar war, musste sie Rupert Dudley umgehend berichten, was passiert war und was Jasper vorhatte. Die Lage war sehr ernst, darum musste schnell gehandelt werden. Es war ein Jammer, dass Gus nicht da war. Ach, Gus, seufzte sie innerlich, wo bist du, wenn ich dich brauche?

Zuerst rief sie ihre eigene Nummer an, um den Anrufbeantworter abzuhören. Wie immer verwechselte sie den Fernabfragecode, aber schließlich funktionierte es. Sie hörte sich ungeduldig ihre eigene Nachricht für Gus an, hielt erwartungsvoll die Luft an und atmete dann verärgert aus. Er hätte ihr doch eine Nachricht hinterlassen müssen! Warum hatte er ihren Anrufbeantworter nicht abgehört? Er kannte doch auch den Fernabfragecode. Er hätte ihr wenigstens auf Band sprechen können, wo sie ihn erreichen konnte. So ein Mist!

Sie knallte den Hörer wütend auf die Gabel, zog die Unterlippe zwischen die Zähne und rief schließlich in der Einsatzzentrale des Reviers Ratcliffe Street an, obwohl ihr überhaupt nicht der Sinn danach stand. Man sagte ihr, dass Roop nicht im Hause sei. Ob jemand anders ihr helfen könne? Sie hätte am liebsten gejubelt und ärgerte sich dann über sich selbst, weil sie so kindisch war.

»Ja. Ist Mike Urquhart da?«

»Nein, tut mir Leid, er ist auch außer Haus.«

»Oh, verdammt«, schimpfte sie, folgte dann ihrer inneren Stimme und fragte nach Julie Bentley.

Diesmal hatte sie Glück und war ungeheuer froh, als sie Julies Stimme hörte. »Hallo, Dr. Barnabas, wie ist die Lage?«

»Unglaublich, Julie. Das können Sie sich nicht vorstellen. Ich muss sofort mit Roop sprechen. Gus ist nicht da, und ich muss mit jemandem sprechen. Ich habe Marietta gefunden und ...«

»Marietta?« Julie war verwirrt. »Hat man sie denn gesucht?«

»Ich kann Ihnen das jetzt nicht alles erklären. Sagen Sie Roop nur, dass Marietta hier ist und ich in Durleighton bin und ...« Sie verstummte, als sie ein leises Klicken im Hörer vernahm. Wahrscheinlich war sie nur mit dem Hörer gegen ihre Brille gekommen, aber trotzdem war sie jetzt vorsichtig. »Hören Sie, Julie, es ist wohl besser, wenn ich am Telefon nicht so viel sage. Ich bin im Hotel und spreche von einem Nebenanschluss, und man weiß ja nie. Ich weiß jetzt, wer der Mörder ist. Er hat versucht, Marietta umzubringen, aber ich habe sie in Sicherheit gebracht. Ich weiß, was Sally meinte, als sie von einem Italiener sprach. Sagen Sie das Roop, okay? Versuchen Sie herauszubekommen, wo er ist, und geben Sie die Nachricht weiter. Es ist wirklich sehr wichtig.«

»Das ist unfair!«, jammerte Julie. »Ich versuche zu verstehen, was los ist, und Sie ...«

»Julie, bitte, vergeuden Sie keine Zeit. Versuchen Sie ihn zu finden. Ich gebe Ihnen meine Nummer hier, und Sie bitten ihn, mich so schnell wie möglich zurückzurufen, okay? Sobald es geht, rufe ich Sie an und erkläre Ihnen alles. Versprochen. Ich kann jetzt nur sagen, dass unsere erste gemeinsame Ermittlung mit der Sache zu tun hat. Sie erinnern sich doch daran, oder? Und unsere zweite gemeinsame Sache auch. Mehr kann ich im Moment nicht sagen.«

Julie konnte den Mund nicht halten. »Alice?«, flüsterte sie.

»Ich habe Ihnen doch gerade gesagt, dass ich von einem Nebenanschluss eines Hotels telefoniere. Wir sollten vorsichtig sein. Versuchen Sie, Roop aufzutreiben, und rufen mich dann zurück. Aber seien Sie vorsichtig. Okay?« Dann legte sie auf.

Sie konnte jetzt nichts anderes tun als abzuwarten, und das war nicht leicht für sie. Innerlich bereitete sie sich schon auf eine harte Auseinandersetzung mit Roop vor. Auf keinen Fall würde sie sich davon abhalten lassen, weiter an dem Fall zu arbeiten, und zwar an vorderster Front, bis sie Jasper geschnappt hatten. Sie wollte dabei sein, wenn er verhaftet wurde, und am liebsten mit ihm sprechen, um zu erfahren, weshalb er die Morde begangen hatte.

Es stand fest, dass er mit dem Schwindelunternehmen viel Geld gemacht hatte. Außerdem war er sicher der Meinung, dass es sich lohnte, Morde zu begehen, um den Betrug zu decken, nachdem Sam Diamond dahinter gekommen war. Wahrscheinlich war dies das auslösende Moment für die Mordserie. Aber warum mussten die anderen sterben? Und warum hatte sich der Mörder dieser perversen Methode bedient?

George schaute mit ausdruckslosem Blick aufs Telefon und dachte weiter über den Fall nach. Plötzlich passte alles wunderbar zusammen. Die anderen mussten sterben, weil Jasper Alices offizieller Geschäftspartner war. Alices Geschäft war dem Anschein nach ein seriöses Unternehmen. Es wurde offiziell geführt, und sie hatte Sams Status als Abgeordneter benutzt, um öffentliche Akzeptanz zu erreichen. Sicher hatte Alice Jasper auf irgendeinem Parteifest kennen gelernt, wodurch auch die Verbindung zum CWG-Clan entstanden war. War Edward schwul? Allein die Behauptung von Lord Durnell beim Empfang der Landsportvereinigung im Oberhaus war ein schwacher Beweis. Er tratschte ungemein gern und gehörte zu den Leuten, die alles dramatisch aufbauschten. Die Tatsache, dass Edward Junggeselle und mit Junggesellen befreundet war, bewies noch lange nicht, dass er schwul war. Und sein besonders enger Freund war ein echter Schürzenjäger, obwohl auch das nichts bewies. Vielleicht hielt Jasper es mit Männern und Frauen, je nachdem, was für ihn am vorteilhaftesten war. Möglicherweise war Edward wirklich homosexuell und hatte genau aus diesem Grund ein Verhältnis zu Jasper. Dieser ließ sich keine Gelegenheit entgehen, zu Geld und Ansehen zu kommen. George erinnerte sich daran, wie er sich der Geschäftsführerin bei *Sloane's* gegenüber verhalten hatte. Wahrscheinlich stand er mit Alice genauso gut. Hatte Alice Jasper angeheuert oder umgekehrt? War Jasper kriminell und hatte Alices Geschäft als nützliche Fassade für seine eigenen Ideen benutzt? Hatte er sie ausgenommen wie eine Weihnachtsgans? Vielleicht. Oder Edward, der einst sein Liebhaber gewesen war, hatte es herausbekommen und die Informationen an seine Brüder weitergegeben, und das hatte Jasper gereicht, sie auch auf seine Liste der nächsten Opfer zu setzen. Und die anderen ...

George zog nachdenklich die Unterlippe zwischen die Zähne. Das war alles nicht ganz schlüssig. Sie war sich sicher gewesen, dass eines der Mordopfer ein Versuchskaninchen gewesen war. Der Mörder hatte beschlossen, Lord Scroop nur deshalb aus dem Weg zu räumen, um seine Mord-Methode zu testen. Nein, eigentlich hatte das weder Hand noch Fuß. Welcher Mensch würde so ein Risiko eingehen, nur um sich im Morden zu üben? Das war Unsinn!

»Ergibt das alles überhaupt einen Sinn?«, fragte sie sich laut. Warum ahmt ein Mörder die Verbrechen von Jack the Ripper nach, wenn er einfach jemanden loswerden will?

Damit die Verbrechen wie Serienmorde aussahen?, überlegte sie und starrte auf das stumme Telefon auf dem Nachttisch. Irgendwie ergab das schon einen Sinn. Wenn die Polizei von einem Serienkiller ausgeht, verfolgt sie zunächst diese Spur, vernachlässigt andere Möglichkeiten und überprüft nicht in erster Linie das Umfeld der Opfer.

In ihrem Kopf kreisten immer wieder die gleichen Gedanken, während sie ängstlich auf Roops Anruf wartete. Dann schärfte sich ihr Blick, und sie starrte wie eine Jugendliche, die Liebeskummer hatte, auf das Telefon, als könnte sie es so zum Klingeln bringen.

Es war ein altmodischer Apparat, der auf einem Buch stand, das einen dunkelblauen Leineneinband hatte. Sie zog es unter dem Telefon hervor, um sich zu beschäftigen. Schon wollte sie es wieder auf den Nachttisch legen, denn es war nur eine Bibel, die in jedem Hotelzimmer lag, doch dann hielt sie inne. Was hatte Nanny Lyons gesagt?

Sie schloss die Augen und versuchte, sich das Gespräch mit der alten Dame ins Gedächtnis zu rufen. Mrs. Lyons hatte zweimal aus der Bibel zitiert. Einmal ging es um Agag, der zu Samuel geht, aber das war nicht so schrecklich wichtig. Das andere war wichtiger gewesen. Die Genesis. Wieder dachte sie angestrengt nach. Was hatte die Haushälterin gesagt? Plötzlich fiel es ihr ein: Genesis. Kapitel achtunddreißig, Vers siebenundzwanzig bis dreißig.

Aufgeregt schlug sie die Bibel auf und blätterte die Seiten durch. Schließlich erinnerte sie sich daran, dass die Genesis das erste Buch des Alten Testaments war, und suchte das achtunddreißigste Kapitel: *Es begab sich um dieselbe Zeit, dass Juda hinabzog von seinen Brüdern ...*

»Nein«, sagte sie laut. »Vers siebenundzwanzig bis dreißig.«

> Und da sie gebären sollte, wurden Zwillinge in ihrem Leibe gefunden.
> Und als sie jetzt gebar, tat sich eine Hand heraus. Da nahm die Wehmutter einen roten Faden und band ihn darum und sprach: Der wird zuerst herauskommen.
> Da aber der seine Hand wieder hineinzog, kam sein Bruder heraus; und sie sprach: Warum hast du um deinetwillen solchen Riss gerissen? Und man hieß ihn Perez.
> Danach kam sein Bruder heraus, der den roten Faden um seine Hand hatte, und man hieß ihn Serah.

Langsam legte sie das Buch wieder auf den Tisch, starrte auf die Wand und dachte nach. Die Sprache und die Schreibung der Namen waren in dieser Bibelausgabe anders – wahrscheinlich war Nanny Lyons an die Übersetzung von König James gewöhnt –, aber es war eindeutig das richtige Zitat. All ihre Gedanken über den Fall kamen ihr jetzt kindisch vor. Wenn die Mutter der Zwillinge auf die Idee gekommen war, es würde passen, ihre Jungen nach den Zwillingen in dieser Geschichte zu benennen, konnte das nur eins bedeuten, nämlich dass die Hand des einen zuerst erschien und dann ...

»Nein!«, rief sie. »Natürlich nicht. Sie hat doch gesagt, was passiert ist.« Sie hatte die Worte der alten Dame noch im Ohr.

»... der Gebärmutterhals war weich, und ein Kopf hatte sich schon gesenkt ... Aber die Wehen setzten nicht richtig ein ... Der Herzschlag der Babys war schnell und unregelmäßig ... Ich habe den Arzt holen lassen ... Es blieb noch nicht einmal mehr Zeit, sie in ein Krankenhaus zu bringen. Darum hat er es dort in der Abtei gemacht.« Einen Kaiserschnitt.

Die Mutter von Edward und Richard wurde mit Kaiserschnitt entbunden, nachdem der Kopf des ersten Babys sich schon ins Becken gesenkt hatte. Das bedeutete, dass das Baby, von dem sie zuerst entbunden wurde, Richard und nicht Edward war, der als erster im Geburtskanal gelegen hatte. Ihn zu holen, wäre schwieriger gewesen, weil sein Kopf so weit unten lag, und darum wurde er als zweiter geboren. Das Kind, das als Erbe geboren wurde, wäre bei einer normalen Geburt folglich als zweites Kind auf die Welt gekommen.

»Durch den Kaiserschnitt war Richard der Ältere«, flüsterte sie. »Edward hätte es sein müssen, aber Richard war es.«

Richard hatte die Abtei, den Titel und das Geld geerbt, weil ...? Jemand hatte doch darüber gesprochen. Der alte Lord Durleigh vertrat die strenge Ansicht, dass der große Besitz nicht geteilt werden sollte. Oder hatte Mariettas Vater das gesagt? Egal, das machte keinen Unterschied. Der Junge, der normalerweise der Erbe gewesen wäre, wurde von seinem Bruder verdrängt.

Dadurch änderte sich alles. Das war ein Motiv für alle Morde – außer einem, berichtigte sie sich. Aber vielleicht war auch der zu verstehen, wenn man erst begriffen hatte, warum die anderen sterben mussten. David und Richard, weil David die Sache mit der Zwillingsgeburt gewusst hatte. Sicher hatte es ihm jemand erzählt. Außerdem arbeitete er an einer Gesetzesvorlage, die eine Änderung der Erbfolge anstrebte. Wäre dieses Gesetz durchgekommen, hätte Edward seinen begehrten Platz noch verlieren können, selbst wenn er seinen Bruder Richard tötet, um ihn einzunehmen. Sam Diamond musste sicher aus dem Grund sterben, den sie sich vorhin überlegt hatte. Er hatte herausbekommen, wie viel Geld auf illegale Weise gemacht wurde, und er wollte dem einen Riegel vorschieben. Und der Bischof? Langsam hatte sie das Gefühl, ihr Kopf würde platzen, und sie griff nach dem Hörer, um Julie anzurufen. Sofort fiel ihr wieder ein, dass sie einen Nebenanschluss hatte, und legte wieder auf.

Hatten in der Nähe des kleinen Platzes nicht Telefonzellen gestanden? George rannte ans Fenster und spähte hinaus. Genau, dort standen einsam und verlassen zwei Telefonzellen auf der anderen Straßenseite. Sie griff nach ihrem Mantel und ihrem Portemonnaie und rannte los. Unten an der Treppe schaute die Dame an der Rezeption sie verblüfft an, und dann rief jemand etwas hinter ihr her. George winkte ab und rannte weiter.

Gott sei Dank war die Telefonzelle frei! Es stank dort nach kaltem Zigarettenrauch, Schweiß und Urin, aber sie war viel zu aufgeregt, um großartig darauf zu achten. Zum Glück hatte sie ein Münztelefon erwischt. Sie zitterte leicht, als sie die Münzen in den Schlitz warf und die Nummer der Einsatzzentrale wählte.

Besetzt! Sie fluchte leise und versuchte sich an eine andere Nummer der Einsatzzentrale zu erinnern. Endlich fiel ihr eine ein, und sie wählte sofort. Diesmal hatte sie einen Constable am Apparat, den sie nicht kannte.

»Ich muss mit Constable Bentley sprechen«, rief sie in den Hörer. »Es ist dringend.«

»Sie telefoniert gerade«, sagte der junge Mann, den Georges lauter Tonfall vollkommen ungerührt ließ. »Wenn Sie mir Ihre Nummer geben, kann sie Sie zurückrufen.«

»Nein! Es ist dringend! Verdammt dringend. Wahrscheinlich versucht sie gerade, mich anzurufen. Unterbrechen Sie sie und sagen Sie ihr, dass George Barnabas mit ihr sprechen möchte.«

Der junge Mann wollte diskutieren, doch George brüllte ihn an, und er gehorchte. George hatte das Gefühl, es wären Stunden vergangen, bis Julies Stimme endlich an ihr Ohr drang. »Dr. Barnabas, was ist denn los? Davies hat gesagt, Sie hätten ihn beschimpft.«

»Wahrscheinlich. Hören Sie, Julie, haben Sie Roop aufgetrieben?«

»Ich habe gerade versucht, Sie anzurufen, aber Sie waren nicht da«, beklagte sich Julie.

»Ich bin in einer Telefonzelle. Das ist sicherer. Hören Sie jetzt genau zu. Ich lag mit meinem Mörder falsch. Es war nicht Jasper. Er hängt natürlich mit drin, aber er tut nur das, was man ihm sagt.

Der Mörder ist ein anderer. Ich bin ziemlich sicher, aber ich benötige noch weitere Informationen, und ich brauche Ihre Hilfe. Es ist sehr wichtig. Sie müssen Flugpläne und Passagierlisten überprüfen und ...« Sie erklärte ihr schnell alles, und als sie den Hörer schließlich auflegte, zitterte sie. Die Lösung war zum Greifen nah, und doch ... Außerdem war immer noch unklar, warum Lord Scroop sterben musste.

Im Moment hatte sie keine Zeit, darüber nachzudenken. Sie verließ die Telefonzelle, atmete die kalte, saubere Luft tief ein und rannte zu ihrem Wagen. Unter dem Scheibenwischer klemmte ein Knöllchen, weil sie kein Geld in die Parkuhr geworfen hatte. Sie riss den Zettel weg und warf ihn zu Boden. Das war im Moment ihre geringste Sorge.

Sie fuhr wie eine Irre vom Marktplatz; als sie einem langsamen Lieferwagen ausweichen musste, kreischten die Reifen. Sie musste auf dem schnellsten Weg zum Krankenhaus und mit Nanny Lyons sprechen, damit sie ihre Vermutung bestätigte. Sollte sie damit richtig liegen und sollten Julies Überprüfungen ergeben, dass er zu den entsprechenden Zeiten an den Tatorten gewesen sein könnte, wäre die Sache klar. Ich stehe kurz vor der Lösung des Falles, freute sie sich. Zum Teufel mit Rupert Dudley!

Auf dem Krankenhausparkplatz waren sämtliche Plätze belegt. Das hatte ihr gerade noch gefehlt! Wahrscheinlich war Besuchszeit. Sie stellte ihren Wagen einfach ab, überhörte die wütenden Rufe anderer Fahrer, stieg aus und rannte los.

Wenige Meter vom Eingang des Krankenhauses entfernt legte plötzlich jemand eine Hand auf ihre Schulter. Sie zuckte zusammen, drehte sich blitzschnell um und schaute einem Streifenbeamten ins Gesicht.

»Sie habe ich gesucht, gute Frau«, sagte er, »weil Sie sich verschiedener Delikte strafbar gemacht haben. Sie haben die Parkgebühr nicht bezahlt, eine Strafanzeige weggeworfen, sind auf dem Marktplatz in der Stadtmitte so gefahren, dass Sie andere gefährdet haben, und auf Ihrem Weg hierher haben Sie die Höchstgeschwindigkeit überschritten und Ihren Wagen schließlich so abgestellt, dass Sie andere behindern. Das alles sind Straftaten, und darum muss ich Sie leider ...«

»Sie Trottel!«, rief George. »Begreifen Sie denn nicht, dass es ein Notfall ist und ich deshalb so gefahren bin?«

»In diesem Krankenhaus gibt es keine Notaufnahme«, erwiderte der Polizist gelassen. »Also kann das nicht stimmen. Begleiten Sie mich jetzt bitte aufs Revier, oder muss ich Sie verhaften?«

»Scheren Sie sich zum Teufel!«, fuhr George ihn an. Sie versuchte wegzurennen, doch er hielt sie fest.

»Ich verhafte Sie wegen Widerstands gegen die Staatsgewalt«, sagte er, und das schien ihm ausgesprochen gut zu gefallen. »Sie müssen keine Aussage machen, aber wenn Sie etwas sagen ...«

*

Sie musste mit aufs Revier, das genau am Marktplatz lag. Darum hatte die Polizei ihre Manöver so wunderbar verfolgen können. Nachdem George ihren Ausweis vorgelegt und alles groß und breit erklärt hatte, erlaubte man ihr schließlich, zurück zum Krankenhaus zu fahren. Bis es allerdings so weit war, kochte George bereits vor Wut, denn sie war felsenfest davon überzeugt, dass ihre Zielperson Wind von ihren Aktivitäten bekommen hatte und entweder verschwinden oder etwas Schreckliches tun würde. Sie hatte ein sehr ungutes Gefühl, versuchte jedoch, sich zu beruhigen. Als sie schließlich gehen konnte, wurde ihr gesagt, dass man sie benachrichtigen würde, wann sie vor Gericht zu erscheinen habe, um ihre Aussage zu machen. George rannte hinaus. Es dauerte zehn Minuten, bis ein Taxi kam, und endlich fuhr sie durch die Stadt wieder Richtung Krankenhaus.

Es war mittlerweile dunkel, und der kurze Herbstnachmittag machte einem überraschend tiefblauen Himmel Platz. Georges Angst wich ein wenig. Die ganze Sache nahm sie einfach zu sehr mit. Es gab keinen Grund, den Kopf zu verlieren.

Als sie endlich auf der Station eintraf, sah sie zu ihrem größten Entsetzen, dass Mariettas Bett leer war. Nanny Lyons und Dr. Kelley saßen in dem leeren Zimmer. Das Gesicht der alten Frau war tränenüberströmt, und ihre Augen waren so geschwollen, dass sie kaum noch etwas sehen konnte.

»Mein Gott!«, rief George, als sie vor der Tür stand und auf das leere Bett starrte. »Was ist denn hier passiert? Wo ist sie?«

»Frau Doktor, es tut mir so Leid, aber ich konnte nichts tun. Er ist einfach reingekommen und hat gesagt, dass sie zu krank wäre, um in einem drittklassigen Provinzkrankenhaus zu liegen, und dass es eine Gemeinheit von mir wäre, sie hierher gebracht zu haben. Er hat mich rausgeschmissen. Ich soll ihm nie mehr unter die Augen treten, hat er gesagt. Dann hat er sie mitgenommen. Er hat sie einfach aus dem Bett gehoben und mitgenommen! Ich konnte nichts tun. Frau Doktor, was soll ich nur machen? Er will mich nie mehr sehen. Mein Junge. Mein Edward hat mich rausgeworfen. Er hasst mich und will mich nie mehr sehen. Was soll ich nur tun?«

35

Schließlich musste die alte Dame wie eine Patientin behandelt und in ein Bett gelegt werden. Ihr Kummer machte ihr so zu schaffen, dass Dr. Kelley ihr ein Beruhigungsmittel spritzen musste.

»Sie ist eine alte Frau«, erklärte sie, als sie die Dosis auf dem Krankenblatt notierte. »Es kann wer weiß was passieren, wenn sie sich nicht beruhigt. Ich muss sie erst einmal ruhig stellen, damit sie heute Nacht gut schläft. Morgen können Sie dann mit ihr sprechen, aber nicht jetzt.«

»Bitte«, bettelte George. »Bitte! Ich habe nur eine einzige Frage an sie, die von größter Bedeutung ist. Niemand anders kennt die Antwort. Ich muss sie fragen. Wenn ich es nicht tue, werde ich ... Nun, ich muss es einfach wissen. Marietta ist irgendwo da draußen mit ihm – weiß Gott wo sie sind –, und ich bin mir noch nicht einmal sicher, ob ich mit seinem Motiv richtig liege. Ich könnte auch Unrecht haben, aber das glaube ich nicht. Bitte, Dr. Kelley.«

»Was müssen Sie denn unbedingt wissen?« Dr. Kelley schaute George offen ins Gesicht. »Das muss ja äußerst wichtig sein. Sie sehen fast so verzweifelt aus wie die arme Mrs. Lyons.«

George holte tief Luft. Es konnte nichts passieren, wenn sie dieser Frau sagte, um was es ging. Auch sie war Ärztin und würde die Sache vertraulich behandeln. Oder nicht?

George überlegte. »Sie werden mit niemandem darüber sprechen? Ich könnte auch Unrecht haben.«

»Kein Sterbenswörtchen«, versprach Dr. Kelley hoch und heilig und strahlte George an. Dr. Kelley hatte so etwas sicher noch nie erlebt, dachte George, und war darum so hilfsbereit. Sie wusste, dass sie ihr vertrauen konnte.

»Eines der Mordopfer im Ripper-Fall war der Bischof von ...«

»Droitwich«, fiel Dr. Kelley ihr ins Wort. »Ich weiß. Ich habe alles über den Fall gelesen. Wer nicht?«

»Ja, sicher. Es ist ja lang und breit darüber berichtet worden. Er war aber nicht immer Bischof und auch nicht immer Geistlicher. Ich glaube, dass es mit seiner früheren Tätigkeit zu tun haben könnte, dass er sterben musste.«

»Er war früher Arzt.« Dr. Kelley lächelte George an, drehte sich dann um und tupfte eine Stelle auf dem Unterarm von Mrs. Lyons ab, um ihr die Beruhigungsspritze zu geben. »Das war doch allgemein bekannt, nicht wahr? Hier bei uns auf jeden Fall.«

»Vielleicht. Ich weiß es nicht genau. Ich muss Mrs. Lyons fragen, ob er ... Nur sie kann es mir sagen. Bitte.«

»Sie müssen sich beeilen.« Nanny Lyons warf noch immer hektisch den Kopf auf dem Kissen hin und her, und aus ihren geschwollenen Augen rannen Tränen. »Ich habe ihr eine intramuskuläre Spritze gegeben. Sie wird jeden Moment zusammensacken, als hätte jemand ihr eins mit einem Basketballschläger verpasst.«

George hockte sich sofort vor das Bett, legte eine Hand unter Nannys Kinn und flüsterte ihr ins Ohr: »Nanny? Nanny Pushkin?«, fügte sie noch hinzu, als ihr der Kosename der Haushälterin wieder einfiel. Die alte Dame versuchte, die Augen zu öffnen, hörte einen Moment auf zu weinen und lächelte verzerrt. »Liebe Nanny Pushkin«, flüsterte George. »Wie hieß der Arzt, der den Kaiserschnitt gemacht hat, als die Zwillinge geboren wurden? Woher kam er? Sagen Sie es mir. Bitte!«

Die hektischen Bewegungen hörten allmählich auf, und George ließ ihr Kinn los. Die Wirkung des Beruhigungsmittels setzte schon ein.

»Sagen Sie es mir, Pushkin«, bat George in lautem, verzweifeltem Tonfall. Die alte Frau öffnete die Augen einen Spalt und schaute sie an.

»Doktor aus Ardenford«, murmelte sie. Man konnte es kaum

verstehen. »Doktor ...«, und dann schloss sie wieder die Augen und schlief ein. Jetzt hatte es keinen Zweck mehr, sie anzusprechen, obwohl George es in ihrer Verzweiflung noch mehrmals versuchte.

»Sie ist im Reich der Träume«, sagte Dr. Kelley zufrieden. »Sie müssen bis morgen warten.«

»Verdammter Mist!« George sprang auf. »Verflixt und zugenäht!«

»Das ist ja noch ziemlich harmlos. Sie müssen mal hören, wenn ich mich aufrege. Haben Sie nach Dr. Lutter gefragt? Ich habe kaum etwas verstanden, weil Sie geflüstert haben, aber ich glaube, ich könnte vielleicht ...«

George riss die Augen auf. »Sie kennen ihn?«

»Kennen?« Dr. Kelley schaute sie ein wenig verächtlich an. »Er war eine Zeit lang mein Assistenzarzt. Als wir noch ein normales städtisches Krankenhaus waren und ich noch als Chirurgin gearbeitet habe. Das muss Mitte der Fünfziger gewesen sein. Der Kerl hatte geschickte Hände. Es war für uns ein schmerzlicher Verlust, als er Geistlicher wurde, aber so ist das Leben. Am Ende war es für ihn sicher das Richtige ... Dass er dann allerdings umgebracht wurde ...«

George schloss ein paar Sekunden die Augen. Bekam sie jetzt doch noch eine Antwort auf ihre Frage? »Er war also in der Lage, in einem Privathaus einen Kaiserschnitt durchzuführen?«

»Hier im Bezirk, meinen Sie?« Dr. Kelley nickte. »Mein Gott, ja. Wir hatten damals schwierige Notentbindungen, lange bevor die Vorsorge für Schwangere verbessert wurde. Ich erinnere mich noch vage an ein paar Kaiserschnitte, die wir in der sogenannten schlechten Zeit auf dem Lande machen mussten. Ja, jetzt fällt es mir wieder ein. Könnte sein, dass er einen gemacht hat. Er war natürlich praktischer Arzt, aber er hat hier teilweise auch als Assistenzarzt gearbeitet. Das war damals gang und gäbe.« Dr. Kelley schaute wehmütig in die Ferne. »Eigentlich war es damals eine schöne Zeit. Vor diesen ganzen Reformen und Rationalisierungen und Kürzungen und all dem Mist.«

George beugte sich vor und gab ihr einen flüchtigen Kuss auf die Wange. »Dr. Kelley, Sie sind großartig. *Vielen Dank.* Jetzt habe ich den Fall so gut wie gelöst. Danke. Passen Sie gut auf sich auf.« Schon rannte George davon, und Dr. Kelley schaute ihr sprachlos hinterher.

*

Sie wartete solange sie konnte auf eine positive Antwort, als sie im gleichen Polizeirevier saß, wo sie vorhin wegen ihres flegelhaften Fahrverhaltens verhört worden war. Doch jetzt wurde sie als Angehörige eines anderen Polizeireviers geduldet – geduldet war genau der richtige Ausdruck. Niemand sprach mit ihr, als sie hinten im Revier vor dem Funkgerät saß und den krächzenden Stimmen der Streifenbeamten auf den Straßen lauschte, die nach einem schwarzen Rover mit dem Kennzeichen Charlie Alpha Bravo ... suchten. Das Autokennzeichen wurde so oft wiederholt, dass George das Gefühl hatte, es sei ihr ins Gedächtnis gebrannt. Allerdings war die Suche bis jetzt erfolglos.

»Das Haus«, sagte sie zum x-ten Mal. »Warum wird nicht im Haus gesucht?«

»Ich habe es Ihnen doch schon gesagt, Frau Doktor«, erwiderte der diensthabende Sergeant ausgesprochen freundlich. »Ein Streifenwagen ist sofort dorthin gefahren, als die Suchmeldung hereinkam, aber da war Totenstille. Keine Antwort und daher ...«

»Mein Gott, der macht doch nicht die Tür auf, wenn er sie da versteckt«, jammerte George.

»Wir haben keinen Durchsuchungsbefehl, um ins Haus eindringen zu können«, erklärte der Sergeant. »Und ...« Jetzt hob er die Stimme, weil sie ihn unterbrechen wollte. »Und nach den Worten von Inspector Malvern haben wir keine Möglichkeit, einen zu beantragen. Die Beamten suchen nur nach dem Auto, weil Dr. Kelley im Krankenhaus gesagt hat, dass die Frau krank ist und Hilfe braucht. Doch leider muss ich Ihnen sagen, dass gegen kein Gesetz verstoßen wurde, soweit wir es beurteilen können.«

»Mensch, ich hab Ihnen doch gesagt, dass er zu den Verdächtigen im Ripper-Fall gehört.«

»Das ist uns von offizieller Seite noch nicht bestätigt worden«, entgegnete der Sergeant ziemlich kühl. Georges Worte schienen ihn nicht zu beeindrucken. »Diesen Inspector Dudley, den Sie erwähnt haben, konnten wir auch noch nicht erreichen. Den diensthabenden Beamten auf der Ratcliffe Street liegt außerdem kein Haftbefehl gegen Lord Durleigh vor ...«

»Wie denn?«, rief George. »Ich habe doch eben erst herausgefunden, dass er der Mörder ist. Wenn ich erst mit Dudley gesprochen habe, wird es ihm und Ihnen einleuchten ...«

»Frau Doktor!« Sein Tonfall war jetzt eine Spur überheblich. »Es wäre mir und Inspector Malvern eine Freude, mit dem Kollegen zu sprechen, aber leider konnten wir ihn bisher nicht erreichen. Tut mir Leid.«

George gab auf. Sie hatte sich fest vorgenommen, den Fall jetzt endgültig der Polizei zu überlassen und sich nicht mehr einzumischen. Immerhin hatte sie Gus versprochen, nichts auf eigene Faust zu unternehmen. Allerdings war das in Anbetracht der Lage schlichtweg unmöglich. Es war nicht zu übersehen, dass die von der Polizei in Durleighton organisierte Suche nach Marietta sehr oberflächlich betrieben wurde, und die Meldungen der Streifenwagen wurden immer seltener. Die meisten hatten mit Kneipenschlägereien und Ehestreitereien in kleinen Dörfern zu tun und nicht mit der Suche nach der vermissten Patientin. George stand auf, zog ihren Mantel an, nickte dem Sergeant zu und wünschte ihm in eisigem Tonfall einen guten Abend.

»Wollen Sie Durleighton schon verlassen?«, fragte er erleichtert.

Sie funkelte ihn böse an. »Nein, werde ich nicht. Ich werde auf eigene Faust suchen. Wenn Sie Inspector Dudley aufgetrieben haben, sagen Sie ihm bitte, dass ich keine andere Wahl hatte, weil Sie nicht ... Ach, egal, sagen Sie einfach, dass ich es tun musste. Ich nehme meinen eigenen Wagen. Das Kennzeichen haben Sie ja in der Akte. Er kann mich also suchen, wenn er kommt. Ich habe genug Zeit verplempert. Guten Abend.«

Sie lief schnell zu ihrem Wagen, weil sie es für möglich hielt, dass der Sergeant, den ihre Gesellschaft keinesfalls begeistert hatte, es vielleicht doch für vernünftiger hielt, sie zu begleiten, doch der Marktplatz blieb ruhig. Wieder fuhr George die Strecke zu dem Doppelhaus, in dem sie Marietta gefunden hatte. Plötzlich klingelte ihr Handy, und sie fluchte, weil sie nicht wusste, wo es steckte. Endlich fand sie es unter dem Armaturenbrett. »Hallo«, rief sie. »George Barnabas.« Doch es antwortete nur eine blecherne Stimme: »Sie haben zwei neue Nachrichten.«

George hielt an, schaltete das Licht im Wagen ein, blickte auf ihr Handy und fluchte wieder. Die Batterie war fast leer, und sie war schrecklich wütend auf sich, weil sie es nicht mitgenommen und außerdem nicht ausgeschaltet hatte.

Die Batterie reichte nur noch, um den größten Teil der ersten Nachricht abzuhören. Das war George jetzt allerdings egal, weil diese Information alle anderen Gedanken in den Hintergrund drängte.

»Dr. Barnabas.« Es war Julies aufgeregte Stimme. »Ich werde versuchen, keine Details zu nennen, weil ich Sie auf Ihrem Handy anrufe. Hören Sie gut zu. Sie hatten Recht. Ich habe alle Informationen über Abfahrtzeiten, Flugpläne und Tickets eingeholt. Es kann sein, dass er immer vor Ort war. Inspector Dudley hatte auch schon daran gedacht. Er ist der Meinung, dass man zuerst immer an die Familie denken muss, und darum ist es so schnell gegangen. Diese Sache war nämlich schon überprüft worden. Übrigens ist Inspector Dudley ...« Dann gab die Batterie ihren Geist auf. Sie wollte sich die Nachricht noch einmal anhören, doch es klappte nicht.

Im Grunde war es auch nicht wichtig. Sie wusste, was sie wissen wollte. Der neue Ripper hieß Edward Caspar-Wynette-Gondor, jetzt Lord Durleigh. Sie stutzte. *Lord Durleigh?* Mit diesem Namen hatte es noch etwas anderes auf sich, aber das fiel ihr beim besten Willen nicht ein. Er hatte die Möglichkeit gehabt, alle Taten zu begehen, und mit Ausnahme des Mordes an Lord Scroop hatte er ein handfestes Motiv. Und in diesem Moment hatte er auch Marietta. Sie wusste mit Sicherheit etwas, das ihn belastete. Vermutlich hatte sie als Mitglied der Familie die Wahrheit über die Geburt der Zwillinge und deren rechtliche Folgen erfahren. Natürlich wusste sie auch, dass die drei Brüder nicht so gut miteinander standen, wie sie anderen hatten weismachen wollen. Möglicherweise hatte Marietta ihm sogar gesagt, dass sie ihn für den Mörder hielt. Sie war so oder so in großer Gefahr. Er hatte Jasper benutzt, um sie mit Medikamenten voll zu pumpen, aber warum war Jasper so hilfsbereit? Es gab noch sehr viele unbeantwortete Fragen. Jetzt musste sie schleunigst Marietta finden und sie in Sicherheit bringen. Für George bestand kein Zweifel daran, dass sie in dem abgelegenen Landhaus war, auch wenn die Streifenbeamten dort nichts Auffälliges bemerkt hatten.

Sie beschloss, nicht mit dem Wagen bis zum Haus zu fahren, sondern ihn vorher abzustellen und sich im Schutz der Dunkelheit zu Fuß an die Rückseite des Hauses heranzuschleichen. Die Vorderseite hatte er bestimmt im Auge. Sie stieg aus dem Wagen, schloss ihn nicht ab und legte den Schlüssel unter den Fahrersitz. Vielleicht musste es nachher blitzschnell gehen.

Das Wetter war ihr gnädig. Es war eine klare, aber mondlose Nacht und leicht windig. Das Rauschen und Knacken in den Bäumen und Sträuchern übertönte das Geräusch ihrer Schritte. George ging an den Büschen entlang auf das dunkle Doppelhaus zu.

Es war nicht schwierig, an die Rückseite zu gelangen. Die Hecke führte ums ganze Haus, und auf einer Seite war eine alte hohe Steinmauer. Der Gemüsegarten?, fragte sie sich, denn das war ihres Wissens bei englischen Landhäusern häufig der Fall. Wahrscheinlich war auch die Küchentür in der Nähe.

In der Mauer war eine Tür, die nicht verschlossen war. Ihr fiel ein Stein vom Herzen. Sie öffnete die Tür einen Spalt und zwängte sich hindurch. Plötzlich lief es ihr eiskalt über den Rücken, weil sie an Richard denken musste, der sich auf dem Markt in Spitalfields auch durch einen Türspalt in den Lagerraum hatte zwängen müssen. Hinter der Tür standen ein paar Büsche, und dann schritt sie über weiche, feuchte Erde.

Das war gut so, denn der Weg bestand aus Ziegelsteinen, auf

denen ihre Schritte bestimmt zu hören gewesen wären. Es war George gleichgültig, dass sie den schönen Garten zertrampelte. Im Moment war es wichtig, dass niemand sie hörte.

Eigentlich ging alles ganz leicht. Die Hintertür war nicht verschlossen, und sie konnte die Tür aufstoßen und ins Haus gehen. Der Boden war gefliest. George schaute unsicher auf die Fliesen und beschloss, das Risiko einzugehen. Die Erde unter ihren Schuhen würde ihre Schritte schon dämpfen. Tatsächlich durchquerte sie die Küche, ohne Geräusche zu verursachen, obwohl ihre Schuhe sonst ziemlich quietschten.

Von der Küche aus konnte sie den matten Schein des verglimmenden Kaminfeuers sehen, und sie spürte die schwindende Wärme. Er war hier!, freute sie sich. Warum sollte sonst das Feuer im Kamin gebrannt haben? Nanny Lyons war den ganzen Tag nicht im Hause gewesen, also musste er es gewesen sein. Oder Jasper. Beide mussten geschnappt werden, und wenn einer oder beide im Hause waren, musste auch Marietta dort sein.

Erst als sie unten an der Treppe stand, fragte sie sich, was sie tun würde, wenn sie ins Schlafzimmer ging und sie beide dort fand. Edward und Jasper mit Marietta. Sollte sie sich kurz verbeugen, die beiden begrüßen: »Hallo, Jungs, ich wollte nur mal schnell nach Marietta sehen«, Marietta aus dem Bett nehmen und mit ihr abhauen? Sie blieb einen Moment auf der untersten Stufe stehen und überlegte. Wahrscheinlich hätte sie doch besser auf die Polizei warten sollen. Dann aber schüttelte sie den Kopf. Die hatte sich ja geweigert, ihr zu helfen, und hätte sowieso nichts unternommen. Jetzt war sie einmal hier, und es blieb ihr nichts anderes übrig, als unbemerkt Marietta zu suchen. Anschließend würde sie sofort verschwinden, die Polizei verständigen und ihr mitteilen, dass sie Marietta gefunden hatte; sie würde die Beamten bitten, sofort hier einzudringen, um die Frau zu befreien. Wenn sie der Polizei versichern konnte, dass sie Marietta mit eigenen Augen gesehen hatte, musste man ihr doch glauben, oder?

Dieser Gedanke machte ihr etwas Mut, und sie schlich nun leise die Treppe hinauf. Bei jedem Schritt hatte sie Angst, die Dielen könnten unter ihrem Gewicht knarren. Das Haus war jedoch solide gebaut, und auf der Treppe lag ein dicker Teppich. Ohne das leisteste Geräusch zu verursachen, erreichte sie die erste Etage. Als sie oben ankam, ging ihr Atem etwas schneller, aber sie hatte die Situation im Griff.

Plötzlich hörte sie es. Durch den Flur drang ein schwaches Wimmern. Sie blieb starr stehen, aber das Geräusch war verstummt. Gespannt starrte sie ins Dunkel und sah etwas Schwarzes, das sich gegen die Dunkelheit abhob. Die Türkante, dachte sie und kniff die Augen ein wenig zusammen, um ihren Blick zu schärfen. Die Tür war einen Spalt geöffnet, und das Geräusch musste durch die Tür gedrungen sein. Marietta lag dort im Zimmer und wimmerte.

George atmete ein paar Mal tief durch, um ihre Selbstbeherrschung nicht zu verlieren. Bisher war alles ohne Probleme verlaufen, und sie durfte jetzt nicht hysterisch werden. Sie musste sich entspannen und ruhig nachdenken, wenn sie etwas erreichen wollte. Kurz darauf fühlte sie sich wieder besser und ging weiter.

Die Tür ließ sich leicht aufstoßen, und da sie jetzt schon an die Dunkelheit gewöhnt war, konnte sie alles gut erkennen. In dem Zimmer standen ein Bett, in dem eine Gestalt lag, und ein paar Möbel. George stand reglos da, lauschte dem Atem und versuchte festzustellen, ob es nur der Atem einer Person war. Ja, es war nur eine Person im Zimmer, und sie ging aufs Bett zu.

In dem Bett lag Marietta. George fiel ein Stein vom Herzen. Die Frau war etwas ruhelos. Sie bewegte sich ein wenig und befand sich offenbar nicht mehr in einem apathischen Zustand. Vielleicht hatte Dr. Kelleys Behandlung schon gewirkt, und sie erholte sich. Auf jeden Fall musste sie sofort wieder ins Krankenhaus. George musste so schnell wie möglich die Polizei holen.

Sie hatte die Küche schon erreicht und konnte die geöffnete Tür und den Garten sehen. Sogar die Gartentür in der Mauer war schwach zu erkennen, doch dann verschwamm alles vor Georges Blick.

Er stand hinter ihr. Das wusste sie ganz genau. Ihr Herz klopfte zum Zerspringen, und die Angst schnürte ihr die Kehle zu. Ganz langsam drehte sie sich um, starrte in die Dunkelheit und sah eine Gestalt. Das war ohne Zweifel ein Mensch, dessen Kopf etwas verformt war. Der Hut, dachte sie. Der flache Hut, den er immer trug. Die Gestalt war kräftig und weich, und sie stand da und starrte sie an und dachte an den Overall. Der flache Hut und der Overall. Und als diese Gestalt sich plötzlich auf sie stürzte, war sie auf das Schlimmste gefasst.

*

Wie lange sie sich mit der Gestalt am Boden wälzte, wusste sie nicht. Sie wurde mit einem Messer verletzt. Das spürte sie ganz deutlich. Beide Handflächen waren aufgeschlitzt. Sie hatte angestrengt überlegt, wo er das Messer hatte und danach gegriffen. Obwohl sie natürlich nur die Klinge zu fassen bekommen konnte und sich ihre Handflächen zerschneiden würde, konnte er sie auf diese Weise nicht töten. Das warme, dicke Blut lief über ihre Finger, und sie streckte ihre klebrigen Hände noch einmal aus und zerrte an der Gestalt. Weil diese jetzt kein Messer mehr in der Hand hielt, griff sie nach ihrer Kehle, und George erinnerte sich noch rechtzeitig daran, dass der Mörder seine Opfer immer zuerst erwürgt und ihnen dann die Kehle durchgeschnitten hatte. Warum hatte der Mann dann sofort das Messer gezückt? Dieser Gedanke kreiste in ihrem Kopf, obwohl sie wusste, dass es dumm war, sich jetzt, da sie ums Überleben kämpfen musste, mit solchen Überlegungen aufzuhalten. Er war nicht viel kräftiger als sie, denn der Körper unter dem rauen Stoff des Overalls war ziemlich schlank, doch George war ihm unterlegen. Er schien stärker, zäher und entschlossener zu sein als sie.

Im nächsten Moment hatte er beide Hände um ihren Hals gelegt. Ihr wurde schwindelig. Sie konnte noch soeben die bedrohliche Dunkelheit erkennen – und dann hörte sie es. Das ferne Kreischen der Sirenen. Plötzlich war er weg, aus ihrem Blickfeld verschwunden. Keuchend lag sie auf dem Boden und weinte lautlos, während die Sirenen immer lauter wurden. Sie hätte nicht schreien können, auch wenn sie es versucht hätte, denn ihre Kehle schmerzte so entsetzlich, dass sie das Gefühl hatte, nie mehr im Leben einen Laut von sich geben zu können.

36.

Gus hielt sie so fest umschlungen, dass es schmerzte, aber das hätte sie ihm um nichts in der Welt gesagt. Sie lag nur da, spürte die Eisbeutel rings um ihren Hals und hörte ihm zu. Seine Stimme war zum Glück zarter als seine Umarmung.

»Du bist der größte Dummkopf der Welt«, sagte er. »Du rennst blindlings in ein Haus, in das noch nicht mal ein Schwachsinniger gehen würde. Du hast nicht einen Funken Verstand.«

»Ich habe das ganz schön ...«, begann sie, verstummte dann aber und schluckte. Ihre Stimme war rau und das Sprechen schmerzhaft. Es war einfacher für sie, sich von ihm beschimpfen zu lassen.

»Ich weiß, ich weiß. Du hast alles herausbekommen, aber, mein Schatz, der gute alte Roop auch. Da brauchst du gar nicht den Kopf zu schütteln. Dadurch rutschen nur die Eisbeutel weg, und Dr. Kelley macht mir dann die Hölle heiß. Der Gute hat richtig geschuftet und eine ganze Menge herausgekriegt. Er schuftet im Gegensatz zu dir, und du grübelst, ziehst logische Schlüsse, bringst dich in Schwierigkeiten und benimmst dich manchmal wie eine Wahnsinnige, um den Fall zu lösen. Das ist der kleine Unterschied.«

»Halt den Mund«, murmelte sie. »Sag mir nur, was er ...« Wieder verstummte sie. So hilflos hatte sie sich noch nie gefühlt. Was für eine Qual, nicht sprechen zu können!

Gus grinste sie an. »Oh, George, George, wer hätte das gedacht! Mein Liebling ist sprachlos. Dann musst du eben mal zuhören, mein Schatz.«

Sie funkelte ihn wütend an und versuchte, ein Stück von ihm wegzurücken, doch er hielt sie fest.

»Tut mir Leid, Liebling. Ich muss dich einfach ein bisschen ärgern. Irgendwie muss ich ja mit dem Schrecken, den du mir eingejagt hast, fertig werden.«

Sie schaute ihn an, und als sie seine leuchtenden Augen sah, bekam sie ein furchtbar schlechtes Gewissen. Vorsichtig hob sie ihr Kinn ein wenig, und er beugte sich über ihren Kopf und küsste sie zärtlich auf den Mund. Erst als sie ihre Arme um seinen Nacken schlang und ihn zu sich herunterzog, konnte sie ihm beweisen, dass ihr Mund nach wie vor unversehrt war.

Dann schwiegen sie eine ganze Weile. Sie schaute an die Decke des kleinen Zimmers auf der Station Hainault. Obwohl sie den Schmerz in ihrer Kehle genau spürte, fühlte sie sich seltsam losgelöst von allem. Sie wusste nicht, ob das an dem Schmerzmittel lag, das Dr. Kelley ihr gegeben hatte, oder ob es die Folgen der Anspannung und der Angst in den letzten Stunden waren. Sie zog ihren Hals vorsichtig in den Eiskragen und verzog das Gesicht.

»Du sollst still liegen«, schimpfte Gus. »Dr. Kelley hat gesagt ...«

»Interessiert mich nicht«, murmelte sie. »Nun erzähl mir schon alles.«

»Okay, ich erzähle es dir. Dudley hat also deine Nachricht erhalten, die du wegen Marietta hinterlassen hast, und wollte sofort hierher fahren, um die Sache in die Hand zu nehmen. Er wollte die Polizei hier in Durleighton nicht in die Geschichte hineinziehen, weil er sich nicht sicher war, welche Beziehung Edward zur hiesigen Polizei hatte. Selbst bei zuverlässigen Bullen kann es in kleinen Gemeinden vorkommen, dass alte Freundschaften den polizeilichen Ermittlungen im Wege stehen. Edward und die anderen vom CWG-Clan sind hier in der Gegend sehr angesehene Leute ... Auf jeden Fall wollte Roop gerade losfahren, hat dann aber von Constable Waverley, dem er die Verantwortung für die Computerdaten übertragen hatte, erfahren, dass Julie sich die Infos über Edwards Reisen nach Brüssel aus dem Computer ausdrucken wollte. Sie musste es ihm sagen, um die Daten zu bekommen. Roop wusste daher, dass du Edward auf der Spur warst. Für ihn war Edward von Anfang an ein Verdächtiger, weil er der Bruder zweier Opfer war. Und wie wir alten Hasen immer sagen, egal was für seltsame Dinge auch passieren, immer erst die naheliegenden Spuren verfolgen, und das sind Morde innerhalb der Familie. Roop hat zu mir gesagt, das könnte man halten wie man wolle, aber diese Morde gehörten dazu. Vielleicht hätte er auch noch ein paar andere alte Rechnungen mit jemandem zu begleichen, aber ein Grund für diese Morde liege innerhalb der Familie begraben.«

Gus verstummte, beugte sich übers Bett und streichelte ihr übers Haar. Die Nachttischlampe, die mit einem rosafarbenen Stoff abgedeckt war, warf ihren matten Schein auf ihre Gesichtszüge, und George hätte am liebsten vor Freude geweint, dass er bei ihr war.

»Das hast du doch auch gesagt, nicht wahr?«, flüsterte er. »Dass diese Morde aus einem bestimmten Grund begangen wurden und hier kein Serienmörder wahllos seine Opfer ausgewählt hat.«

Sie nickte zustimmend, schloss die Augen und schaute ihn dann mit gerunzelten Brauen an. Vielleicht war es im Moment einfacher, sich mittels Zeichensprache zu verständigen.

Gus richtete sich auf. »Stell dir vor, selbst die Politiker waren der gleichen Meinung. Mike Urquhart hat gesagt, dass die Bodling und dieser Twiley auch davon überzeugt waren, dass es ein familiärer und kein politischer Grund sein müsse. O je, diesmal war ich wirklich auf dem Holzweg, denn ich war ja der Meinung, wir hätten es mit einem typischen Serienkiller zu tun. Man kann nicht immer gewinnen.«

Sie grinste ihn an, sagte aber nichts dazu.

»Okay. Weiter. Roop hat also nach handfesten Beweisen gesucht, die vor Gericht Bestand haben und den Mann wirklich überführen. Zuerst hat er seine Flüge nach Brüssel überprüfen lassen und festgestellt, dass er tatsächlich zu allen Tatzeiten in London gewesen sein könnte. Die Überprüfung war ziemlich kompliziert. Mal hat sich Edward unter falschem Namen in Hotels eingetragen, und mal hat sich sein feiner Freund Powell für ihn ausgegeben. Edward war zu allen entsprechenden Tatzeiten hier in London. Es dauerte eine Weile, bis Interpol alle Daten zusammengetragen hatte, aber schließlich hatten sie es geschafft. Das ist natürlich noch kein Beweis, aber es ist wichtig, dass die Beweise dahingehend schlüssig sind, dass der Beschuldigte die Taten überhaupt begangen haben kann. Anschließend hat Roop die CWG-Familiengeschichte unter die Lupe genommen.«

Gus seufzte. »Ich gebe zu, Schatz, dass er diese Sache mit der umgekehrten Reihenfolge bei der Geburt der Zwillinge durch den Kaiserschnitt, durch den Edward der Zweitgeborene und nicht mehr der Erbe war, nicht herausgefunden hat. Er ist jedoch dahinter gekommen, dass die Brüder sich schon von jeher spinnefeind waren, auch wenn sie in der Öffentlichkeit immer auf dicke Freundschaft machten. Der alte Lord Durleigh, der Vater von David und den Zwillingen, hat in einem Brief, den Roop im Nachlass von David gefunden hat, geschrieben, dass Streitereien in der Öffentlichkeit *unziemlich* seien. Sie mussten alle versprechen, sich *vernünftig* zu benehmen. Interessanter Ausdruck unter diesen Umständen, nicht? Egal, welche Schau sie auch in der Öffentlichkeit abgezogen haben, auf jeden Fall hat Edward seinem Bruder nie verziehen, dass er vor ihm geboren wurde. Es hatte auch mit der vergifteten Atmosphäre in der Familie zu tun, dass David sich so vehement von allen abgewandt hat. Darum wurde aus ihm wohl ein leidenschaftlicher Sozialist.« Gus gluckste. »Es war also nicht alles ganz unerfreulich, oder wäre es vielmehr nicht gewesen, würde der arme Kerl noch leben.«

George versuchte es noch einmal mit dem Sprechen. »War das bekannt?«

»Ach, es gibt immer Leute, die reden, aber nicht die alte Dame hier. Das hatten sie schon versucht. Die haben mal jemanden zu ihr geschickt, der sie ausquetschen sollte, aber die Lyons blieb stumm. Du hast sie erst ans Reden gekriegt. Gut gemacht!«

George errötete tatsächlich ein wenig. »Und dann?«

Er zuckte die Schultern. »Roop hat sich auch für das Leben der anderen Opfer interessiert. Er hat erfahren, dass der Bischof früher hier als praktischer Arzt gearbeitet hat. Es hat dem guten Roop natürlich nicht gefallen, dass wir das vor ihm herausgefunden haben. Na ja, jedenfalls nahm er an, dass etwas passiert war, was unserem Freund Edward nicht passte, wenn er auch nicht wusste, was. Und was Scroop angeht ...« Gus zögerte.

George riss die Augen auf. Über Scroop war sie ja die ganze Zeit gestolpert. »Ja, ich muss es wissen. Sag es mir«, krächzte sie und fing sofort an zu husten.

»O je!«, rief er besorgt. Doch der Husten ließ schnell nach, und sie warf ihm einen so flehenden Blick zu, dass er gleich weitererzählte. »Das war ein ganz seltsamer Vogel. Du hast in deinem Obduktionsbericht geschrieben, dass seine Genitalien unterentwickelt waren. Erinnerst du dich?«

Sie runzelte nachdenklich die Stirn und nickte.

»Wir haben von Jasper Powell viel erfahren. Roop hat ihn hier auf dem Revier vernommen, und er hat ausgepackt. Der hatte sich im anderen Haus versteckt, als Roop dort ankam. Ein widerlicher Typ, dieser Powell. Der hat immer gemacht, was Edward wollte, egal, was es war, und vor allem, wenn es seinen eigenen Interessen entgegenkam, und die waren immer finanzieller Natur. Edward wusste über Alices Schwindelunternehmen Bescheid, und er hätte wohl nicht gezögert, ihn zu verpfeifen, wenn er nicht nach seiner Nase getanzt hätte. Selbst als Powell genug gegen Edward in der Hand hatte, um sich zur Wehr zu setzen, hat er weiter für ihn den Handlanger gespielt. Er hat das Barbiturat gekauft, mit dem sie Marietta schachmatt gesetzt haben. Vielleicht hat er gehofft, dass Edward, wenn er ihm zu seiner verdammten Grafschaft verhelfen würde, für ihn eine gute Geldquelle wäre – möglicherweise durch Erpressung. Er hätte alles getan, um Edward zu helfen, und er ist sogar so weit gegangen, den Unfall mit dir zu inszenieren. Dafür könnte ich den Kerl umbringen, aber ich werde ihn ausquetschen, bis er um Gnade fleht. Jetzt hat er Angst gekriegt. Der würde uns alles erzählen, was wir wissen wollen, weil er hofft, dass es sich strafmildernd auswirkt. Denkste! Wir haben ihm den Floh nicht ins Ohr gesetzt. Natürlich bestärken wir ihn darin, alles auszupacken, und das tut er.« Gus grinste hämisch. »Von dem haben wir das alles erfahren.«

»Warum hat er denn ...?« Zum Glück wusste Gus sofort, was sie meinte.

»Warum er den Unfall inszeniert hat? Er war misstrauisch geworden, weil du dich mit dem Mädchen bei *Sloane's* unterhalten hattest, und er wollte wissen, wer du warst. Du hast ihn tatsächlich reingelegt. Unglaublich! Er war der Meinung, du wärest vollkommen harmlos. Du! Was für ein Idiot!«

»Und Scroop?«, krächzte sie.

»Ach ja, Scroop. Sieht so aus, als ob der junge Edward, der wohl über seine Sexualität immer etwas im Zweifel war, Scroop hasste, weil er ihn enttäuscht hat. Das hat Powell auf jeden Fall gesagt.«

»Enttäuscht?« Jetzt war das Sprechen weniger schmerzhaft. Die Injektion von Dr. Kelley machte sich bemerkbar. Der Schmerz hatte nachgelassen, aber sie wollte auf keinen Fall einschlafen.

Gus seufzte. »Ich muss schon sagen, dass diese ganzen Spielchen nicht meine Welt sind. Ich bin ein langweiliger Spießer. Ich esse gerne gut und ... Na ja, es gab damals einen Club, in dem sie sich alle getroffen haben: Schwule, Lesben und ihre Freunde. Dieser Club lag in der Stadtmitte in der Nähe vom Mitre Square, ob du es glaubst oder nicht. Als Scroop noch jünger war und vermutlich besser aussah, ist er immer dahin. Vielleicht war das Aussehen ja auch nicht so wichtig, und Edward fühlte sich von diesem derben Arbeitertyp angezogen. Jedenfalls war er wohl Feuer und Flamme für den Kerl, doch Scroop hat ihn fallen lassen. Es stellte sich heraus, dass Scroop, den jeder im Club für einen Transvestiten und Schwulen hielt, eher transsexuell war oder mit gewissen Anormalitäten im unteren Bereich geboren wurde. Du kennst dich da bestimmt besser aus.«

George verdrehte die Augen und versuchte, sich die Obduktion von Scroop ins Gedächtnis zu rufen. Das war eine scheußliche Arbeit gewesen, weil der Verwesungsprozess der Leiche schon eingesetzt hatte. Sie hatte jedoch die leeren Hodensäcke oder das, was sie als solche ansah, identifizieren können, obwohl sie genau wusste, dass es auch übergroße Schamlippen gewesen sein könnten, eine Art abnormer Wucherung der normalen Vulva. Sein ungewöhnlich kleiner Penis war ihr ebenfalls aufgefallen. Konnte das eine missgebildete Klitoris sein? Sie versuchte sich an das Aussehen der Geschlechtsorgane zu erinnern, aber ihr gewöhnlich gutes Gedächtnis streikte heute. Auf der Schulter der Leiche hatten degenerierte Körperteile gelegen, und aufgrund der anderen Fälle war sie von den abgetrennten Genitalien ausgegangen. Allerdings ...

»Oh, verdammt«, flüsterte sie. »Ein Hermaphrodit.«

»Kenn ich nicht«, sagte Gus. »Aber nach der Krankenakte des Burschen, die Roop an sich gebracht hat – frag mich jetzt bitte nicht wie – war dieser Typ ein Grenzfall. Er war zwar als Mann gemeldet, obwohl ... Es ist in diesen Kreisen wohl nicht ganz ungewöhnlich, über das Geschlecht im Zweifel zu sein. Edward hat ihn gehasst, weil Scroop ihm nichts davon gesagt und ihn einfach fallen gelassen hat. Powell meint, dass er ihn besonders gehasst hat, weil er ihn über sein Geschlecht im Unklaren ließ. Dieser Powell betätigt sich gerne als Hobby-Psychologe, und er hat uns eine Menge über Edward erzählt. Erstens hatte er Probleme mit seiner Sexualität. Aufgrund seiner Wut über den Kaiserschnitt und die Unfähigkeit seiner Mutter, ihn auf normalem Wege zur Welt zu bringen, damit er sein Erbrecht nicht verloren hätte, hasst er obendrein alle Frauen. Und Scroop war ein weibischer Typ. Powell hat betont, dass Edward Scroop gehasst hat. Plötzlich wollte Scroop Geld von Edward – um der alten Zeiten willen, soll er gesagt haben –, und Edward geriet außer sich. Er hat sich mit Scroop in dem Schuppen auf dem Brachland getroffen. Das war ein alter Treffpunkt von ihnen. Scheinbar ein beliebter Schlupfwinkel. Sie sind beide still und heimlich dorthin, und darum hat auch keiner was gesehen oder gehört. Edward hat ihn erwürgt und die Leiche da zurückgelassen.«

»Warum denn die Ripper-Methode? Wollte er uns nur irremachen?«

»So ungefähr. Wahrscheinlich gehörte das dazu, doch das fiel ihm erst im Nachhinein ein. Nachdem er Scroop erwürgt hatte, wurde ihm bewusst, dass er ihn ganz in der Nähe eines alten Ripper-Tatorts ermordet hatte. Wir gehen davon aus, dass er viel später zurückgegangen ist und die Leiche verstümmelt hat, um ein persönliches Bedürfnis zu befriedigen. Es war für ihn kein Problem, ihm die Kehle durchzuschneiden und die Geschlechtsorgane abzuschneiden. Wie viele Adelige war er ein begeisterter Jäger und wusste, wie man einen Hirschen erlegt und ausweidet. Mit einem Messer konnte dieser Kerl gut umgehen. Anschließend hat er die anderen Morde geplant. Seine Brüder musste er loswerden, damit er die Erbschaft und vor allem den Titel übernehmen konnte, denn dass ihm der fehlte, war ihm – wie uns gesagt wurde – schon immer ein Dorn im Auge, und er war der Meinung, dass er ein Anrecht darauf hatte. Den Arzt traf die Schuld an dem Kaiserschnitt bei der Geburt von ihm und seinem Bruder. Das hast du natürlich herausbekommen. Sam Diamond musste sterben, weil er sich erstens wie Edwards Bruder im Ausschuss dafür eingesetzt hat, die Erbfolge im Oberhaus abzuschaffen, und zweitens um seinem jetzigen Liebhaber Jasper einen Gefallen zu tun. Dieser Jasper ist nämlich hinter dem Geld her wie der Teufel hinter der armen Seele. Natürlich musste er auch sterben, weil er Jasper Powell im Weg stand, denn Sam hatte sich mit Alice gestritten, nachdem er spitzgekriegt hatte, was sie für einen Schwindel betrieb, und er hatte gedroht, Powell das Handwerk zu legen. Edward glaubte, dass er Powell dadurch noch mehr in der Hand hatte. Der Modebetrug war allein Powells Idee. Damit hat er ein riesiges Vermögen gemacht. So hat sich die ganze Sache abgespielt. Wir wissen genau Bescheid, sogar über die Sache mit dem Fax, um uns zu der Lagerhalle zu führen, wo Richards Leiche gefunden wurde. Als er einmal damit angefangen hatte, den Ripper nachzuahmen, musste er so weitermachen. Nur auf diese Weise konnte er uns glauben machen, die Morde, einschließlich der zwei, die für ihn von Nutzen waren, hätten nichts mit ihm zu tun.«

»Er hat seinen Bruder zum Markt gelockt, indem er ihm erzählte, Marietta wäre da und würde nach ihm fragen? Stimmt das?«

»Ja, genau. Du hattest Recht. *Sigaretta!* Mein Gott! Aber wir sind ja dahinter gekommen.«

»Wie hat er es gemacht?«, fragte sie und hustete wieder.

»Wie üblich: mit Betrug und Bestechung. Er hat einem Lagerarbeiter auf dem Markt erzählt, er wollte einem Kumpel einen Streich spielen. Dem Kerl hat er fünfhundert Pfund gegeben und dafür einen Nachschlüssel für die Hintertür bekommen und erfahren, wie das Alarmsystem funktioniert. Roop hat ihn geschnappt.« Gus schüttelte beeindruckt den Kopf. »Eins muss man diesem Scheißkerl lassen – Edward meine ich. Er hat ganze Arbeit geleistet. Zuerst hat er sämtliche Tatorte, an die er seine Opfer später gelockt hat, in Augenschein genommen. Scroop kannte den versteckten Schuppen, weil sie sich früher dort getroffen haben. Wir wissen allerdings noch nicht, wie er den Bischof zum Tatort gelockt hat. Bestimmt irgendeine Story über jemanden, der in Schwierigkeiten steckte. Der Mann war Arzt und Geistlicher, da war es sicher kein Problem, sein Mitleid zu erregen. Seine Brüder David und Richard irgendwo zu treffen, war einfach, auch wenn sie sich nicht so gut standen, wie sie der Öffentlichkeit immer weismachen wollten. Trotzdem waren sie Brüder. Edward musste ja nur irgendeine Krise erfinden, und schon kreuzten sie auf. Auch wenn ihnen nicht der Sinn danach stand, hätten sie es getan. Edward benutzte die kranke Marietta als Köder, wie du gesagt hast. Es gab nur einen einzigen schwachen Punkt, und das war Marietta.«

»Ach?«

»Ja, dadurch wurde die Sache ziemlich heikel. Plötzlich wurde er gewahr, dass Marietta über den Kaiserschnitt bei der Zwillingsgeburt im Bilde war. Entweder hatte ihr Ehemann es ihr gesagt, oder sie war zufällig darauf gestoßen. Also musste sie verschwinden. Powell musste ihm dabei helfen. Wahrscheinlich hatte er auch vor, sein altes Kindermädchen umzubringen, weil es zu viel wusste. Das passt alles zusammen, nicht? Obwohl du bei dem Fall verdammt gute Arbeit geleistet hast, musst du den Tatsachen ins Auge sehen, mein Schatz. Der alte Roop hat die Drecksarbeit gemacht, und du hattest deinen Spaß.«

Sie griff sich an die Kehle, starrte ihn an und zog eine Schnute. »Du hast Recht«, flüsterte sie. »Ich muss mich bei ihm entschuldigen.«

»Das möchte ich mal sehen!«

»Wie geht es Marietta?«

»Gut. Sie liegt auf einer anderen Station. Jetzt liegen sämtliche Opfer des Falles in diesem Krankenhaus. So ein Typ von der Verwaltung rennt durchs Haus und reißt sich vor Verzweiflung die Haare aus. Das alte Lied: Wer soll das bezahlen?«

»Ich kümmere mich darum, wenn ich wieder fit bin. Hör mal, Gus. Es ist vorbei, nicht wahr? Sitzt Edward hinter Schloss und Riegel? Wird er Vorteile haben, weil er Lord ist? Das ist er doch jetzt, oder? Wird er darauf bestehen, dass sein Prozess im Oberhaus stattfindet?«

»Ich habe keine Ahnung, Schatz. Im Moment sitzt er auf jeden Fall in einem ganz normalen Gefängnis, ob er nun Lord ist oder nicht. Ich glaube übrigens, dass die Eheschließung seines Bruders der Anstoß für die ganze Mordserie war. Sein Bruder hätte ja einen Erben zeugen können, und dann wäre der Lordtitel in weite Ferne gerückt. Ach, Schatz, sollen sich Richter und Anwälte darum kümmern. Wir haben genug Beweise erbracht. Mir steht's bis hier.«

George fing vor Erleichterung an zu lachen, doch sofort kehrten die Schmerzen zurück, und ihr traten Tränen in die Augen. Sie streckte die Hand aus und versuchte sich zu beruhigen.

»Oh, Gus«, flüsterte sie. »Mir fällt da gerade etwas ein. Er hat all die Morde doch begangen, um endlich Lord Durleigh zu werden, der Lord von Durleigh Abbey, nicht?«

»Vermutlich«, erwiderte Gus verwundert.

»Das ist ihm nicht geglückt. Er ist nämlich gar nicht Lord Durleigh. Richards Witwe ist mit einem Jungen schwanger. Ist der dann nicht der neue Earl?«

»Weißt du was«, sagte Gus mit einem breiten Grinsen, »weißt du was, mein Schatz – ich glaube, du könntest Recht haben.«

*

Als die Wirkung des Schmerzmittels am frühen Morgen nachließ, wachte George auf. Gus saß noch immer an ihrem Bett. Sein Kopf war ihm auf den Schoß gesunken, doch er hielt noch immer ihre

Hand. George streckte die freie Hand aus und strich ihm zärtlich übers Haar, soweit das mit dem Verband möglich war. Gus zuckte zusammen, als er die Berührung spürte, und sie schaute ihn glücklich an. Kurz darauf wachte er auf und blinzelte.

George lächelte. »Hallo.« Ihre Stimme war noch heiser, aber das Sprechen fiel ihr leichter.

»Hallo, Schatz«, erwiderte er und tippte mit dem Zeigefinger an die Stirn. »Wie geht's?«

»Prima. Wirklich gut.«

»Brauchst du etwas, Liebling?« Seine Stimme klang weich und warm und besorgt, und sie schaute ihn nachdenklich an.

»Erinnerst du dich an unsere Wette, als alles anfing? Du hast gewettet, dass ich mit meiner Theorie, der Mörder hätte ein handfestes Motiv, Unrecht hätte, und du hast gesagt, ich könnte mir wünschen, was ich wollte, wenn ich die Wette gewinne.«

»Ich erinnere mich.« Er warf ihr einen misstrauischen Blick zu. »O Gott, was wünschst du dir denn? Ist es so teuer, dass ich eines meiner Restaurants verkaufen muss?«

George strahlte jetzt übers ganze Gesicht. »Wahrscheinlich. Ich dachte mir, dass es schön wäre, ein Baby zu haben. Solange wir beide noch fit sind. Könntest du das schaffen?«

»Schaffen?«, fragte er. »O ja, ich glaube schon, dass ich das schaffen könnte. Wenn du Privatpatientin wärst, könnte ich es gleich in die Wege leiten. So ist es wohl besser, wenn ich dich erst mit nach Hause nehme, mein Schatz. Warte nur, bis wir beide wieder daheim sind – in unserem Haus.«

Der Super-Schocker des neuen ›King of Crime‹ aus Irland

In Kilbride, einem Dorf in der Nähe von Dublin, wird ein junges Mädchen ermordet auf dem Altar einer Kirche gefunden. In ihrer Wange steckt eine keltische Brosche. Der Priester Liam Lavelle, ein Spezialist für moderne Sekten, sieht Verbindungen zu christlichen und alten keltischen Reinigungsrituale; für ihn ist die Leiche eine Warnung vor kommenden Greueln. Unterstützung erfährt er von Seiten der Kunstjournalistin Jane Ward. Deren Schwester hat sich vor einigen Jahren von der Familie losgesagt und in der selben Gegend einer Sekte angeschlossen, die sich die Hüter des Siebten Siegels nennt. Und genau zu dieser Sekte, die die Welt mit Gewalt neu ordnen will, führen Lavelles Nachforschungen …

ISBN 3-404-14645-X

BASTEI LÜBBE